岐黄思辨录

◎ 洪泉 著

湖南科学技术出版社

　　"中医药学是中国古代科学的瑰宝，也是打开中华文明宝库的钥匙！"诚然，中医药学孕育于中华文化，植根于人民大众，其思源肇兴于上古，其理论奠基于《内》《难》，其方术首彰于仲景，历数千年之传承而源远流长，经亿万次临床而普济天下，为我中华民族繁衍生息竭尽精诚而奉献丰硕。但近百年来，中国受西方列强坚船利炮之攻击，中华文化亦随之受西方文化渗纂污毁之冲击，西风东渐之后，还原论之思维、资本营销之观念导致中医药学蒙尘受诟，迷信之诬、巫术之斥、废存之议等，时有沉渣泛起。进入21世纪，"东方之狮"觉醒，党的十八大以来，党中央、国务院高度重视，大力扶持促进，将发展中医药事业纳入国家战略，中医药学将遵循发展规律、传承精华、守正创新，沿着坚持中西医并重、传承发展中医药事业之方向继往开来，阔步前行！此为中医药学之幸、中国人民之幸、中华民族之幸、人类健康事业之幸！

　　《周易》曰"天行健，君子以自强不息；地势坤，君子以厚德载物"；《礼记》曰"苟日新，日日新"。值此全民为中华之崛起而奋斗之新时代，中医药学者以及致力中医药学传承创新之跨界学科学者，均当勤求古训、博采众长，追本溯源、阐幽发微，砥砺奋进、自强不息，以强健我中华医学之筋骨。

　　《岐黄思辨录》作者洪泉，乃山西大同教育科学研究中心之教研员也！而其先严则毕业于上海医学院，专修皮肤科学，但常以中医药治病救人。自其先严见弃之后，洪泉虽以执教为业，但时常反思、比较中西医学之异同，深感中医药学之博大精深，遂发奋攻读，务求明辨中医理法方药，孜孜不缀十数年矣！日积月累，综合古典哲学、古文字学、现代医学，从理、法、方、药探讨中医学思维之关键所在，力图阐明三焦、经络系统之实质以及舌诊、脉诊的原理等重大理论问题，首倡"中医的最大特点是物质、功能、调节三位一体的生理、病理观""脏腑六系"之说，并围绕脏腑六系理论结构，从方证入手，探讨《伤寒论》之精义。凡此，皆力求立足传统、汇通中西，志在通古今之变，成一家之言，遂终成五十万言之新著，名之曰《岐黄思辨录》。通观全书，堪称适合中医理论研究者、临床医师和传统文化爱好者之优秀读物。

余嘉其志行坚韧清俊、跨界融合奋力向前，故乐为之序！

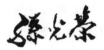

二零二一年六月五日于北京

【序言作者】孙光荣教授，北京中医药大学文化研究院院长，博士后导师；第二届国医大师；第五届中央保健专家组成员；首届中国中医科学院学部委员、执行委员；首届全国中医药杰出贡献奖获得者。

世界上有两种知识。

第一种知识叫命题，像"2＋2＝4"那样的。这种知识，只管处理头脑中的概念，不代表对任何事物的看法，只是一种智力游戏。这种知识有个突出的优点：只要你我对"2""4"的看法一致，对"＋""＝"之类的操作也没有分歧，那么当我们看到"2＋2"时，就一定会共同承认"4"这个结果，而且还不仅是你我，只要是心智健全的人，只要他头脑中的概念、规则和你我一般无二，那结论保证是一样的。最妙的是，命题知识还能推论，能证明。例如，我知道5个1相加是5，又知道"2＝1＋1""1＋1＋1＝3"，那我立刻就能推出"2＋3＝5"，而且一旦推出就永远是正确的。

第二种知识叫意见，像"人都有死"这样的。意见，总是对什么有意见，这就麻烦了。因为命题，不管多复杂，总归是我想出来的，它的方方面面我都很清楚，不需要时，我还可以把它搁置在一边，或干脆遗忘，对于意见就不行了。意见的对象不属于我的世界，我不知道它来自何方，将去哪里，还有哪些性质，我和它之间隔着鸿沟。我要了解它，就必须先做两件事。首先，要把对象改造成我可以理解的样式，就是用感觉特征描述它，这个步骤叫转换形式。比如，你要了解一块石头，当然不可能把一块石头装进头脑，因为你的头脑只能加工石头的感觉特征，这个感觉特征，才是头脑可以理解的。其次，对这个感觉特征，我只能用现有的规则去处理，这个步骤叫综合加工。比如，我可以把石头看成圆的、立体的，有硬度、有色彩的，等等。通过这两步，我就跨过了鸿沟，可以了解石头了。

　　这个办法百试不爽，好像没问题，只是有一点：对这个"感觉特征"我没有十足的把握。你的感觉、我的感觉如此不同，天知道哪个感觉才代表对象本身？庄子不能肯定自己的梦与蝴蝶的梦是否同一，我也不能只凭着感觉就认定对象的存在。苹果这个概念我能想到，但它实在吗？我感觉到的苹果，一定是放在某个地方，能摸、能看、能嗅、能吃的东西，不是概念，更不是臆想。但是，我感觉不到的，就一定不存在吗？我没见过古希腊人柏拉图，他不存在？或者，你感觉到的，就一定存在？你一个人的感觉难道比其他人的更有权威性？再者，是不是所有人都能感觉到的东西就一定存在？也不一定，而且更麻烦。因为，所有人究竟是什么意思，难不成是指自古以来的、曾经的活人？那柏拉图见过苏格拉底，我没见过，我现在正使用的电脑，柏拉图也没见过，苏格拉底和电脑都不存在？没这个道理。凭感觉就确定什么东西存在，或不存在，这真的不行；人没有权力对存在说三道四。

　　但是，最麻烦的还不在这儿。不能确定，那就不确定嘛，反正也不耽误你思考。可是，由此带来一个问题：我们思考的就一定是对的吗？如果不对，那我们岂不是对任何事物都不可能有知识了；如果对，那拿什么来证明呢？为解决这个难题，英国哲学家弗朗西斯·培根搞了一个方案。比如，他想知道热是怎么回事，就把所有热物、冷物的属性——列出来，然后比较，这样，凡热物之特有、冷物之绝无的属性，便是热的本质了。这个方案他称作新工具，我们叫它实验。如此得到的意见好像更可信，不能再叫意见，改称科学。几百年来，靠着这个方案，人们建筑起现代科学的大厦，甚至产生了一种信仰，认为只有如此这般获得的意见才是被证明了的、可靠的、科学的知识，用其他方法得到的，说白了吧，无异于梦呓。

　　实验真能证明什么，它的结论像命题那样坚固不移吗？很可惜，我看不是。做一个实验当然希望结论是普适的，对所有适用对象都成立，但这个"所有"却大成问题。我要了解人的某个性质，能把所有人都放在实验桌上吗？如果不能，凭什么说你发现了关于人的真理呢？也许你会说，我是严格限制了条件的，不可能出现意外。但是，真实的对象都存在于你这个"严格限制了条件"的环境之中吗？显然不是。这个"所有"，实际上把任何实验结论都割裂成了两段：看到的这一段已经发生，大家都承认，没看到的那一段只是信仰，不能确定；实验不过是提高了概率，增强了信心，要说证明，那真的没有！

中医的知识很怪，它既不是命题，也不是意见。它不是在严格限制了条件的前提下，经过比较产生的，但历史足够长，经验足够多，医者甚至亲试药饵"三折肱为良医"，说它有经验基础，没人可以反对。但是，经验对中医来说并非唯一，原始哲学甚至更为重要。比如，那些饱受诟病的阴阳、五行之类，若删去不讲，中医还真就什么都不是了。中医有经验基础，但更接近哲学，很特殊。

哲学是命题，还是意见，我不知道。若是意见，那就能用新工具了，可谁又能在严格限制了条件，经过比较，实验得出一个哲学结论呢？若是命题，谁又能像作数学题那样证明一个哲学结论呢？无经验，哲学便无根基，无命题思辨，就不会有任何哲学。可是，这都不是要害，关键在于，哲学因为命题的性质，你就不能反驳它，又因为经验的属性，你就不能完全相信它；哲学无对错，你不能说哪一种哲学更正确。例如，唯心论者倾向于用我思证明我在，但唯物论者不这么看，他们会说，没有我在，你拿什么去我思？而唯心论者也会反驳，你都不能确定我在，凭什么说我在是我思的前提，除非你认为我在是无需证明的。但你要证明我在，怎么证明呢？难道我思不是最好的证据吗……像这样的争论，我相信是没有尽头的，而且都会在触碰罗素悖论时败下阵来。但是，这对于我们就是一个严重的问题：原始哲学究竟能不能相信？

在我看来，原始哲学主要有两个特点：用神的意志解释一切，用比类于象的方法思考一切，这是时代使然，没有办法。但是，很早以前，在我国最晚也是在孔子的时代，神作为一个元素已退出了哲学。我们今天看老庄，或《易经》，绝无神的踪迹。"子不语力、乱、怪、神。"这不仅是个人信仰问题，也是时代气象。但另一方面，比类于象的思考方法却遗留了下来，阴魂不散，成了古典哲学的一个小尾巴。什么叫比类于象？在原始语言中没有真正的抽象概念。先民们想要说"热"，通常会说"太阳"，用"太阳"这个象比拟于"热"这个类。所以，原始哲学给你的概念，都是比喻，不是定义。对这一点，孔子看得很清楚，所以才说"书不尽言，言不尽意，故圣人立象以尽意"，就是用文字、言语都讲不清楚了，可以拿象去比喻。在中医，的确有不少这样的东西，如阴阳、五行之类。比类于象也有优点：象这个媒介，能把你想清楚的，没想清楚的，根本没想过的，联想、想象，甚至妄想的东西统统固定下来，但缺点也十分突出。这种方法，用作艺术表现那是唯一的，用作科学表述却满身毛病：它是雾霾里的珍宝，你看不清楚时就只有糊涂；时过境迁，本义泯灭，新意滋生，后人不明原始，必然争论不休，每每需要从头开始，一遍又一遍地重新发现中医，莫衷一是，治效如何，全都付与了传说！

中医太特殊，意见不是意见，命题不是命题，既像科学，更像哲学，而且理法浩繁，学起来真不容易。所以魏晋以来，人们花了很大功夫去梳理前人经验，力求弄通原理，以简御繁。杨上善把《素问》《灵枢》打乱，一条条分别纳入阴阳、人合、藏象、经络、俞穴、身度、营卫气、病机、气论、风论、邪论、伤寒、杂病、诊候、摄生、设方、补泻、针刺等大纲之下，此后滑伯仁归为十一类，张介宾归为十二类，沈尧封更简化为平、病、诊、治四类，与今天的理、法、方、药很接近，比阴阳五行、运气、藏象、经络、诊法、治则、针灸、摄生九分法还要简约。同时，随着西医传入，从明末始就有人想拿西医阐释中医。如王清任，他感到中医解剖自相矛盾，花了四十几年时间到处看尸体，但以他的方法是不可能成功的。唐宗海想用西医证成中医，但他先就认定了中医好过西医，古人远胜于今人，结果难免强加比附。临床最有成就的张锡纯，只是拿西医增进自己对中医的理解，虽有实践，却难成体系。陆渊雷不否认中医有疗效，但觉得理论不科学，《内经》没道理，想用西医理论代替旧说，而且讲得通就保留，讲不通干脆丢弃……千百年来，围绕中医理论的再整理，不能说没有成就，但结果实在不能令人满意。

我学中医多年，深感古人言无虚发，笔无妄下，于是就想把经典再读起来，但真正学了，很多时候还是一头雾水，莫名其妙。断断续续地在黑暗中摸索，觉得唯有通达古典文化，参详现代医学，才能辨明经典，洞悉岐黄。今不揣浅陋，将多年所得连缀成章，题为《岐黄思辨录》，若有益于世，则幸甚而无憾矣！

啰嗦几句，聊作序言。

目录

第一章　人是一个小宇宙

历史上某些时候特别奇异，让我们长久感怀。比如，公元前 5 世纪左右，人类好像突然睡醒了，小宇宙瞬间爆发：在希腊，苏格拉底和崇拜者们围坐广场边，讨论真理、善、正义；在印度，释迦部的王子辞家苦修，终于悟得大道；而遥远的东方，有位骑青牛的老者写出了如此金句：

"道生一，一生二，二生三，三生万物。万物负阴而抱阳，冲气以为和。"

《老子》第四十二章开头的这几句话，依我看，实在是对原始哲学最精妙的总结与背叛。但是，想弄懂并不容易，还是让我们从确实明白的地方入手吧。

首先，"三"是什么？三者，多也。在原始计数中，基数大多不会超过三，一旦超出必是大数，古人一概称作多，这是普遍的文化现象。我们看甲骨文一、二、三、四，都是一横划一横划累加起来写的，但到了五就非变不可，后来连四也变了，为什么？这个变，不是简单写法的变，而是复杂的计数法的变：前者是用本能数数，后者用了对位原则；思维变了，写法不得不变。万物纷繁，林林总总，谁能数清，所以必须是多；同时，世间万物有一个东西叫三吗？当然没有！所以，三虽然代表多，但只是一个名；三与万物是名实关系。

其次，道是什么？道这个字，金文写作"𧗴"，从首在行中，后世会意为所行之路，这对吗？不完全对。从原始文化一切神性的时代特征来看，这个首绝非一般的头，这条路也不是一般的路。我们看德字的金文写法"𢛳"，是一个从心从直从彳的字。直的意思是正见，"直其正也"；它不是一个形容词，而是动词。在甲骨文里，正的字形，像直奔着某个地方而去的样子。据此，我们可以断定：道，其实是循着神道行走，德，就是领悟了神的旨意而照着去做，这才是它们的本来面目。在原始文化中，事物变化的终极原因必是神灵，概莫能外，道也是神规定好的。这正是老子哲学的出发点，只是他把道德的神性外衣全扒了下来，还它们"万物为刍狗"的本性，这就与原始哲学分道扬镳了，意思也焕然一新：能解释万物变化的那个终极原因就是道；宇宙间最高的内在规定性就是道。

道的性质如何？

"有物混成，先天地生。寂兮寥兮，独立而不改，周行而不殆，可以为天地母。吾不知其名，强字之曰道，强为之名曰大。"

原来，对于道，我们最好闭嘴！道是不可知、不可名的，我们只能猜测：它是独一无二、从未改变、从未停歇过的，是万物之源。

"道，可道，非常道；名，可名，非常名。无，名天地之始；有，名万物之母。"

有意思的是，2009 年初，北京大学获赠一批西汉竹简，内有一枚《老子》简书，这段话是这样说的：

"道可道，非恒道殹；名可命，非恒名也。无，名万物之始也；有，名万物之母也。"

现今通行的王弼本，将"万物"误改作"天地"，将"恒"易为"常"——避汉文帝之讳。名，自命也，有自我辨白的意味，命名、号称这都是引申义。老子的意思很清楚：明明白白可以遵循的道路，不是永恒的道路；明明白白可以辨别清楚的区别，不是永恒的区别。无，这是所以区别万物之始的；有，这是所以区别万物之母的。

必须说，这是极高的哲学智慧：我知道有种东西，我感受到了它的存在，但我就是不去分析它，为什么呢？我自己还是道的产物呐，怎么能站在道之外，说三道四呢？我知道它"独立而不改，周行而不殆"，这就足够了，再多说一句，那就是冒傻气！这种顶级哲学家特有的逻辑自觉，不是任何人都能具备的。事实上，两千多年后，才有一个叫罗素的英国人看破了这一点，提出了罗素悖论，引发了哲学、数学危机，直到今天还没彻底弄清呐！

道显然是至高的本源，终极的内在规定性，但它只是一个名。被道命名的"一"是浑然一体的、无差别的、绝对的同一性，寂兮寥兮，独一无二。无差别，就不能分辨。无分辨，如何命名？不能命名，怎么言说？所以，道只是个理论假设，只是个名，就像几何里的直线、圆这类东西；它还有一个小名叫无极。极，就是极限。无极，就是无极限，也就是无限。无限了，那当然是绝对同一、绝无差别了。这种东西，你怎么命名，怎么言说呢？但是，绝对的同一，正因为它太绝对，所以是一种极端状态，而老子相信，凡极端的一定会发生变化，这就生出了太极。太极，即大极，也就是最大限度。什么东西有最大限度呢？老子说是阴阳。寂兮寥兮……在绝对孤寂中，绝对同一分解了，有了此在、非此的区别，产生了阴阳。

为什么"二"能生出"三"呢？"二"也是个名，阴阳也不能具体化。作为哲学概念，你完全可以把阴叫做此在，把阳叫做非此，或换过来也无妨，叫什么不重要，只需明白此在、非此作为实，要拿阴阳去命名就可以了。阴阳作为对立的两极显然有三种关系：阴太多而阳太少，阴太少而阳太多，阴阳不多不少，正好平衡。像"一生二"一样，前两种情况都是极端，物极必反，非变不可，后一种情形很稳定；要变的先不去管，稳定的该叫什么？当然叫"三"了！

这就形成了一个系列：道是名，一是实；二是名，阴阳是实；三是名，多是实；多是名，万物是实……到目前为止，我们一直是在概念的圈子里打转儿，讲的都是命题，不是经验；只有层次不同，没有关系差别：前者为名，是能指，后者为实，是所指；前面是一，后面是多。但是，到了三或多，我们就又到了一个关口：它是理性的极致，必然要变，三生万物不可避免。

这是一个精巧的、严密的、不含任何原始神秘色彩的思辨系统，是老子设计的宇宙模型，既是对原始哲学的总结，也是彻头彻尾的背叛：它不信神，改信理智了。从绝对同一开始，前者为名、后者为实，然后物极必反，生出了绝对极限，又从绝对极限，生出了相对平衡，最后，终于冲破了思想牢笼，闯入了万种万殊的大千世界。

其实，比较起来，更精彩的还是后面这句话："万物负阴而抱阳，冲气以为和。"什么叫负阴抱阳？负者，持也；有所秉持，有所依据。抱者，包也，覆也；包裹覆盖。负阴抱阳，是说万物皆自内而持阴，自外而覆阳；也就是说，阴在内，是万物内在的规定，阳在外，是万物变化的条件；阴为阳之守，阳为阴之使，阴阳交合，乃生万物。冲气是什么？冲，读若动，和也。冲气，就是富于生机的和气。和气，就是阴阳和谐、不阴不阳的中气。所以，什么是万物？万物就是阴阳彼此矛盾又高度同一的东西，是内在与外在、此在与非此圆融一气的东西，它的特点就是冲气以为和、阴阳平衡。在我看，这才是中国古典哲学最基本、最重要的命题。它非常聪明地避开了存在悖论，用同一性界定了特殊性，将此在与非此的尖锐对立化解于无形。其实，道理说破了也简单：若非高度同一的整体，又怎能说此物之为此物呢？天所以是天，就因为它的各部分都具有天性；人所以是人，就因为它的各部分都具有人性。一旦那非天、非人的东西多极了，可不就得转化为别的东西了吗？

此在、非此的高度同一决定了此物非彼物，而此消彼长又决定了此物变化为彼物。

《易解》："自有而无谓之变，自无而有谓之化。"

变化其实有两种形式：一种是自无而有的生化，一种是自有而无的运化，两者合起来才叫变化。其实，古人还有一个更简单的式子：起、承、转、合。起，就是此在从非此中发生。承，就是此在发展壮大，与非此和谐相处。转，就是此在发展到极致，物极必反，表面上威风赫赫，其实阴阳离绝。合，就是新的此在、非此交合在一起，创生新事物。从起到承，是此在的从无到有，也是非此的从有到无；从转到合，是此在的从有到无，也是非此的从无到有。从无到有谓之生化，从有到无谓之运化，生化、运化首尾衔接，往复循环，创生万象万物，不可分离，分离则万物湮灭。

变化，或物极而反，不是泛指，它有特别含义。总起来，阴阳的三种状态，实际就两种，一种是冲气以为和的平衡状态，一种是处于生化，或运化阶段的变化状态。万事万物，不是正在变化，就是暂时稳定，所以才那么生机勃勃。每一类有名有实的事物都是负阴抱阳、冲气以为和的，异在的因素多到极点了，就会有新事物诞生——"大曰逝，逝曰远，远曰反"，而"反者，道之动"！

我们今天读老庄有一种很奇怪的感觉：它的思辨博大精深，同时又生动好玩儿，特别是庄子，讲了大量的神话寓言，让人觉得饶有趣味，却又常常摸不着头脑。这个特点，其实是他们无法彻底摆脱原始哲学造成的。比如，他们讲阴阳，就不是从定义出发，而是从比喻出发，是像天地、父母的那类东西。这个特点，在老子哲学中不多，但绝非罕见，在庄子哲学中俯首即是，在中医经典中随处可见。

《素问·天元纪大论》："夫五运阴阳者，天地之道也，万物之纲纪，变化之父母，生杀之本始，神明之府也，可不通乎！故物生谓之化，物极谓之变，阴阳不测谓之神，神用无方谓之圣。夫变化之为用也，在天为玄，在人为道，在地为化，化生五味，道生智，玄生神。神在天为风，在地为木；在天为热，在地为火；在天为湿，在地为土；在天为燥，在地为金；在天为寒，在地为水。故在天为气，在地成形，形气相感而化生万物矣。然天地者，万物之上下也。左右者，阴阳之道路也。水火者，阴阳之征兆也。金木者，生成之终始也。气有多少，形有盛衰，上下相召，而损益彰矣。"

天地是万物的上下极致，左右是阴阳升降的道路，天地交合，形气相感，化生万物。物质从无到有的生成叫生化，从有到无的更替叫运化。运化、生化结合产生了五类运动方式，谓之五行：天气为火，地气为水，它们昭示了阳之行、阴之形；天气佑降为金，地气佐升为木，它们是扶助阴阳变化，启动和结束运化、生化的道路和过程。万物负阴而抱阳，冲气以为和，但运化有多少，形质有盛衰，阴阳相互取用，在万物那里阴阳多少就彰显出来了，事物也因此而区分。

这段话猛听上去，简直像随意编排出来的宇宙神话，怎么天地还有了人性了？然而，这的确是古人长期精密观察研究出的成果。

远至殷商时代，中原只有凉热两季，四季并非分明。殷人虽有明确的四方、四风概念，但对于中的认识，文献阙如，我们还不敢说他们是很清楚的。可是古人很早就已经开始寻找大地原点了，其蛛丝马迹见于《尚书》《山海经》，最后他们在嵩岳附近，在特定的夏至日，惊奇地发现圭尺的日影消失了，中的地理概念由此确立。到了春秋时代，五方概念逐步成熟，且与五方神、天干地支联系在了一起。晚至《洪范》《月令》之时，自然气候四季分明，五行也获得了哲学意味，天干地支、五方神灵与之结合得日益深固，这些条件的成熟，终于使邹衍在引进了五行生克关系之后，完成了原始哲学的古典化，脱去了陈腐外衣，旧貌换新颜。今天，四季轮回、对流雨在我们早已是一个常识了，天地是万物的上下，左右是阴阳的道路，如此深奥的道理也不难理解了，唯一令我们疑惑，乃至于不屑的，就是这个五行。但是，我们真的懂五行吗？

对五行的经典论述见于《尚书·洪范》。

"水曰润下，火曰炎上、木曰曲直，金曰从革，土爱稼穑。润下作咸，炎上作苦，曲直作酸，从革作辛，稼穑作甘。"

这段话简约至极，让人摸不着头脑，必须从文字的本义去分析。

首先是这个行字。行，当读如杭，就是"景行行止"的前一个行字的读法，是名词，道路之义。但道路，我们已经申明，那其实是神路，所以五行，就是合乎神意的五类行止，用古典哲学术语说，就是合乎自然大道的五类活动。《洪范》讲："我闻在昔，鲧陻洪水，汩陈其五行。"这就是说，鲧治洪水时，总结出了五种合乎神旨的工作方法，叫做五行；这个行，不是行走的行，是个名词。所以，五行不是讲五味，更不是讲五物，而是讲五类做事的方法，每一类都合乎天地大道。

"酸者，酢也。"酸是个动词，主人向客人劝酒叫酸，客人回敬主人叫酢。许慎注曰："关东谓酢曰酸。"这句话只有语音意义，是说关东地区管向主人敬酒叫酸，古音读如措。《说文》在下面还有一个解释："酢者，酨也。"酨同酽，滋味浓厚之义，这是酸的形容义。可见，酸的本义并不指醋，或像醋那样酸的味道，相反的，《说文》讲得很明确："醋者，客酌主人也。"酸、醋、酢是因为读音相近才混到了一起，本来是指客人向主人敬酒，又因为它通酽，所以有滋味醇厚之义。《洪范》所说的"曲直曰酸"，意思是可曲可直叫做酸，用的是这个字的形容义，即滋味醇厚，有酝酿的意味。

"辛，物成而收也。"金曰从革，从革曰辛。革，本来是剥去兽皮，引申为革新，这是物成而收一类的行动，而古人秋狝，本来就是准军事行动。辛是一种青铜刀具，圆刃长柄，可能原来是用作剥革兽皮的，后来才做了刑具。从革曰辛，意思是，纵情地剥革兽皮就叫做辛。所以，金在五行，不是指它的名词义，而是指它的动词义，有终止、肃杀、收获的意思。

苦，炎上曰苦，浑身上下像火烧一样发热。炎，甲骨文作"𤏝"，像一个人周身火热的样子，金文讹作"𤎝"，这大概就是《洪范》所本的文字，而《说文》更错误地解释为"火光上也"。苦，应是"酷"的假借字。"酷者，酒味厚也。"因此，苦原来是个形容词，就是像浓酒那样酷烈，令人浑身发热。

咸，即卤字，西方咸地也，指古咸池，即今运城盐池。西，甲骨文作"𠧧"，对这个字的解释真是五花八门，连《说文》都错解为"鸟在巢上"，但同时又说"卤，籀文西"，完全自相矛盾。如果我们结合历史去猜想，则运城盐池正在殷商西境，很可能就是西字的象形物。今天的运城盐池，地处晋南盆地，海拔仅三百多米，东北西南走向，长约三十千米，宽仅三五千米，一头一尾还有鸭子池、硝池陪伴，想来古时的湖岸必定要比现在更加狭长曲折。盐池，作为古中原地区唯一的盐卤来源，数千年来，华夏族人在此取盐，也为种族延续而激战。从甲骨卜辞可知，殷人与羌人曾敌对多年，数次大战，后来羌人战败远走西川，战争起因或者就与争夺盐池有关。随着华夏版图扩大，原位于殷商西境的盐池，后来正对中原之北，所以《说文》才有"咸，北方味也"的说法。润下曰咸，水曰润下，咸就是润泻而下，这种性质可比类于一切收束的、沉降的、流泄运动，所以《说文》又谓"咸，衔也"，就是马嚼子，金属制成，横勒马口，用于约束烈马——有意思的是，马并非中国原产，乃西北外来物种，是不是该约束呢？总之，咸的意思是润泻而下，约束而收。

"甘，美也。从口含一。一，道也。"土为稼穑，稼穑作甘，稼穑本身不是美，但内含美，所以甘是蕴含着美的意思。美又是什么呢？美在甲骨文中作"羑"，像一位盛饰的酋长，一横恰在正中。古人以中和为美。中和，即中穌。龢，甲骨文作"龠"，是缚在一起的多管乐器，即笙。《尔雅·释乐》："大笙谓之巢，小者谓之和。"所以，小笙是用来应和大笙的："三人吹笙，一人吹和。"由于笙的每支管子长度不同，簧片至音窗长短不同，簧尖上的蜡珠大小轻重不同，要想使每支管子都发声中规，应和中矩，那是很不容易的事，而一旦声律和谐，那就真的是冲和而美了。相传女娲氏，风姓，作笙黄。笙在后来发展成十九管的巢、十三管的和，古人觉得它像凤凰，这其实是要扣女娲氏的风姓。所以，笙就是生，风就是"风马牛不相及的"的那个风，也就是两性相感而悦的那个风。概言之，甘、中、冲、美、和，其实都是一个意思，即冲和无偏，而中和之美，又有滋养万物之能。因此，许慎说的"从口含一；一，道也"也就不难理解了：一阴一阳谓之道，阴阳无偏谓之和；和在口中，滋养万物，甘也！

五行，若解释成五味，你很快就会陷入迷途。酸、辛、苦、咸、甘五行，根本就不是五种味道，而是指五类性质不同的运动：酸能酝酿，又能奉养；辛能收获，又能终止；苦是酷烈，又能蒸腾；咸能润泻，又能收束；甘是冲和，又能滋养。这才是五行的本义。

知道了五行本义还不够，还要弄清五行间的生克关系，这是邹衍的一大发明，但原理很简单，只要想想四季轮回就够了。春天来了，暖风轻抚，万物复苏；夏天到了，艳阳高照，万物苗壮；秋天来了，金风萧瑟，万物成熟；冬天到了，寒凝大地，万物收藏。春夏酸苦，是从无到有的生化过程，这个过程生产万物；秋冬辛咸，是从有到无的运化过程，这个过程物成而藏。所以，酸与辛的性质相反，酸要酝酿、升起，辛要终结、肃降；火与水的性质相反，火要酷热、蒸腾，水要酷寒、收束。进而言之，火是克金的，因为金要肃降，火要升腾；木是克土的，因为土要无偏，木要致偏；土是克水的，因为土要滋养生长，水要约束归藏。不仅如此，春天酸的酝酿，升腾为夏天火的酷烈，秋天金的肃降，约束为冬天水的收藏，木火相继，金水相延，而且重阴必阳，重阳必阴，冬天阴寒已极，温暖的春天就在严寒中渐渐萌发，盛夏酷热已极，为性至偏，无偏的土气就在烈火中诞生，所以水为木之母，火为土之母。

五行生克，土最不好处理。土只会滋养生长，冲和无偏，又怎能克制别人呢？其实，土所以能克水生金，全拜其他四行所赐。固然，土是无偏阴阳的，但正因为它无偏无倚，所以又是万物所归。我们看《洪范》，润下作咸，炎上作苦，曲直作酸，从革作辛，这四行都与土密不可分。炎上是说火浮越于土之上；润下是说水浸入土中；曲的代表是规，直的代表是矩，一曲一直恰是万物委屈生长、萌发出土的状态；从革，即纵革，从容纵情地革制兽皮，大获万物，这是大地的馈赠、金秋的收获。总之，酸是万物委屈生长，出于土中，辛是纵情收获，取于土中，火是浮越土上，咸是浸入土下，都离不开土。进而言之，酸不过是令土萌发出温暖，火则令土中热气蒸腾，辛是让清凉沉肃入土，咸则令严寒凝固土中，四行作用交合于土，彼此冲克，结果自然无偏无倚。但是，金水木火只能轮流坐庄，不会同时入土，你见过既是春天，又是夏天，同时是秋天，还是冬天的季节吗？这种怪天气谁也没见过。这就是土在某些时候又有偏性，能克制、生长的原因。具体地说，酸能令土温暖起来，当然苦更能使之蒸腾，辛能让土清凉下来，当然咸更能使之凝结冰冷，而当土升腾起来时，就能使辛气宣发，沉降下来时，就能令水气降泻，这就体现出了土的偏性。所以古人说，脾是不主时的，但每一季都有十八天是脾气寄托其中而主导生命之时，或生或克，斯时毕现。就是说，土也有偏性，但它的偏性是动态的，当它偏阴偏阳，就能生金克水，与金水构成生克关系。

五行不仅是五类运动，而且与四季轮回、大气周行密切相关。古人一定无数次观察研究过四季轮回、对流雨，但他们的解释与我们的不同。天气属阳，地气属阴。地气辅佐天气自左而升，天气保佑地气自右而降，天地之气在中间交合，地气上升则生化，天气肃降则运化，运化、生化结合，万物变化。假如这种运化、生化是合乎道的，那么在天上就会生出玄来，在人就会生出必须遵循的道路，化为五行。人若沿着那必须遵循的道路行事，就显得有智慧；天地若是遵循玄的规律，就显得神奇。神奇的表现：在天是风，在地是木；在天是热，在地是火；在天是湿，在地是土；在天是燥，在地是金；在天是寒，在地是水。天上的风、热、湿、燥、寒都属于气，地上的木、火、土、金、水都属于形。天气、地形相感相交，万物生矣。

在古典哲学，特别重要的概念是玄。

"故常无，欲以观其妙；常有，欲以观其徼。此两者同出而异名，同谓之玄。玄之又玄，众妙之门。"

常，依北大简当作恒，常无、常有就是恒无、恒有。那什么东西才是恒无、恒有的呢？我以为这是省辞，其实是讲，恒以从无到有，或者恒以从有到无。展开说便是：以恒定不变的从无到有的观点看那些奇妙，以恒定不变的从有到无的观点看那些行止。当然，我们从上面就可以了解，前一种观察就是看生化，后一种观察就是看运化，而无论是生化，还是运化，都叫做玄，而且比这更玄的，就是万物生成的奥妙。

《灵枢·本神》："天之在我者德也，地之在我者气也。德流气薄而生者也。故生之来谓之精，两精相搏谓之神。"

天道于我而言，就是要我照着神旨去执行；地气于我而言，就是要我循着生化、运化的规律去做。这两者都是先天存在的，都叫做精。这两种精交合在一起就能产生神。

什么是精？精，就是青。青又是什么？青，金文写作"𤯓"，上面是生，表音，下面是井栏，中间有个点儿是示意符号。有人以为那个点表示青色，其实是误解，从中的青字后起，不足为训。《说文》以为青字从生从丹，这是对的，这个字形声兼会意，丹青并举。丹就是朱砂，井栏当中的那一点就表示朱砂。人类使用朱砂可追溯到遥远的旧石器时代。在大量的史前遗存中都发现了使用朱砂的痕迹，有的饰于尸身，有的涂于器物，有的洒入泥土，这是一个跨民族、跨时代的普遍现象。朱砂在原始文化中象征血液，代表生命。丧葬中使用朱砂，表示赋予死者生命，期望丧主在另一个世界里长生不死。所以，青即朱砂，即生命的精粹，即生生不息，这正是精字所表示的意思。

什么是玄？玄的甲骨文写作"𢆶"，像扭在一起的丝线，中有一结，那就是玄：它存在，很关键，但太小了，很难看见。所以，玄是幽暗中的一点朱砂色，引申为幽远之义。这是一个很奇妙的解释：青就是精，精就是生命；生命确然存在，我们能感觉到它，却看不见、摸不着，无比幽远，隐隐然仿佛玄冥中的一点微光，所以叫作玄；玄与精，一物两名耳！那么，玄之又玄是什么呢？一个玄只是某类生命，天地间生命的总和才是玄之又玄。这就和老子所谓的"物物者"一样，玄之又玄是至高的、纯粹的生命。"玄之又玄，众妙之门"，这种生命，是产生万种神奇变化的门户。所以，天地之精交合就产生了神，而精有多少，神用无方，在天就有了风、热、湿、燥、寒，在地就有了木、火、土、金、水的神奇变化，天地之气左升右降，交合于中，就有了寒、暑、湿、燥、火的季节轮回，是谓大气周流。

我们读中医经典，有时会觉得很奇怪：明明是讲医学的，为什么总是揪住天气不放？讲天气，你就好好讲吧，却又常常毫无过渡地一下子转到了人的生理、病理。后来，不知什么人，将这种乱炖解释为天人合一。

天人合一，粗粗一看很有道理，细细琢磨大成问题：难道人只合于天，不合于地？不是一方水土养一方人吗，怎见得人只对天感兴趣，对地就不感兴趣呢？我看，这一定又是省辞，所谓天人合一，应该是天地与人合一。什么意思？意思是，天地之道与人道完全是一个道，不是两个道。何谓天地之道？在天为阳，在地为阴，地气左升生化，天气右降运化，天地之气交合于中，生化、运化结合，化生万物，这就是天地之道。因是之故，在上为阳，在下为阴，阴气左升生化，阳气右降运化，阴阳之气交合于中，生化、运化结合，变化出万千生命现象，这就是人之道。具体地说，心火为阳，肾水为阴，一南一北，立定两极，极则必反；肝气佐升生化，肺气佑降运化，即肝气辅佐心气生化，肺气保佑肾气运化，名为大气升降。心、肺、肾、肝交合于脾胃，生化水谷精华，泌下糟粕，升降大气，演化出种种生命现象。这就是人道，或者叫标准人体模型，它是天地大道折射于人的必然结果，蕴含着非常深刻的生理、病理学。

《素问·六微旨大论》："出入废则神机化灭，升降息则气立孤危。故非出入，则无以生长壮老已；非升降，则无以生长化收藏。是以升降出入，无器不有。"

什么叫神机？神机者，生命变化内在之规定也。什么叫气立？气立者，生命变化外在之条件也。内因是变化的根据，外因是变化的条件，外因通过内因而起作用。任何器，包括人体，都不过是演出生命的器具；任何器，都存在出入升降运动。出入运动废止了，没了新陈代谢，内在的生命机制也就化灭了；升降运动停息了，没了物质交流，生化、运化就孤立倾危了。出入升降，在人是生、长、壮、老、已，在自然是生、长、化、收、藏。生是草木冒出地面，有创造、发生的意思。长是头发长、岁数大，繁衍成长。化的甲骨文是一正一反两个人形，会意为由正而反，引申为壮盛已极，物极必变。收是捕捉，让人顺伏，这就走上了反面。藏通臧；《汉书》只有臧，金文中字像用戈刺眼珠子。《方言》："荆淮海岱，杂齐之间，骂奴曰臧，骂婢曰获。"臧的本义是男奴隶，引申为善。臧又与嬗相通，义为演变、更替。所以，变化过程，你尽可理解为生、长、化、收、藏，或生、壮、老、已，但综合起来，每种变化的前一段都是从无到有的生化，后一段都是从有到无的运化。升降出入是普遍的，无器不有。既然无器不有，那么"上下阴阳、左右升降，交合于中，生化、运化，造生万象"这个模型，就不仅对整个人体，而且对任一系统，对任何组织，甚至对每一个细胞都是适用的，它们都遵循同一个道。想象一下，人体，或人体的任何一个局部，不是在生化，就是在运化，不是在出入，就是在升降，生化、运化，出入升降层层分布，此起彼伏，无止无休。人和天地之道是一个，人和脏腑之道是一个，脏腑和组织之道也是一个……一个道，生化、运化两种形式，升降出入四种运动，贯穿人体所有，在任何一个局部重现。惟其如此，我们才能从舌头判断全身境况，从寸口脉动推断五脏六腑病变。

天地之间，阴升阳降，生、长、化、收、藏；人体上下，心肾对峙，肝升肺降，脾胃出入，生、长、壮、老、已。天心地肾，左肝右肺，脾胃通衢，第次变化，犹如春夏秋冬四季轮回，水谷出入、大气周流、昼夜交替，犹如云行雨施，万物生长，壮大，萧杀，枯槁，死亡。

《周易·系辞》："易有太极，是生两仪，两仪生四象，四象生八卦。"

这一套故事，其实是老子哲学的通俗小说版，不仅恶俗，而且刻板。然而，只要删除乾坤这两个纯假设，这套故事却出人意料地适合于人体模型：离、巽、坎、兑对应的是火、风、水、辛四种基本象，分别代表心、肝、肾、肺四脏，其中，巽不过是水向火的升发，兑不过是火向水的肃降，于是我们有了一个神奇的圆环：上为心火，下为肾水，左为肝风，右为肺兑。假如水向火升发不及，那就演成了艮，不动如山；假如火向水肃降太过，那就演成了震，雷雨不息；中央之地，水火交济，风兑交合，性无所偏，万物所归，恰好是个土象。所以，若肝风升发，则土偏于胃，是为阳土，若肺兑肃降，则土偏于脾，是为阴土。水火下上，左右风兑，寒温升降，交替往来，于是大气周流，水谷出入，生化、运化更替，生命在一派祥和中上演了。

第二章　都俞吁咈

假如能穿越回 3000 年以前的古中国，你肯定会被吓坏的。看一看身边人们的面孔和自己没什么两样，可说出话来，真比外语还难懂！比如，你请求别人一件事，人家答应了，他会说——俞！他要赞美什么，会说——都！那些君王、大臣们聚在一起讨论天下大事，对别人的意见感到诧异，就会说——吁！坚决反对，就会说——咈！后来，人们觉得人家那君臣关系真好啊，于是就造了一个词"吁咈"，意思是君臣关系和洽。后来，又不知到了哪朝哪代，出了一个天才，把五脏六腑都研究透了，而且特别让人惊异的是，他借用君臣关系阐述自己的见解，这真是——吁！都！

经典讲脏腑，最妙的无过于《素问·灵兰秘典论》，但初读乍看，相信每个人都会忍不住发笑：这哪是医学论文啊，简直是皇帝上朝嘛，哪儿来的这么多的官儿呀？然而，请先别轻易否定，让我们一一辨析清楚吧！

"心者，君主之官也，神明出焉。"

君，从尹发号。尹，甲骨文作"𠂤"，像一只手举着一根棍子，牧字所从，挥鞭之义，引申为治理。君是个会意字，发号施令、治理事务的那个人叫君。问题是，君是个什么身份？这里说他是个官，但君主不是什么官呀，所以这个官字，宜当管讲。管什么呢？管主。主是什么？主是灯主，就是灯火中心最亮的那一点。神明出焉，字面上是神明从心里出来，但我们知道，"两精相搏谓之神"。对人来说，神是父母之精结合后所产生的生命力，用现代术语说，就是受精卵中的那条 DNA 所承载的生命机制，在个体生命历程中，在阴阳交合的一次次生化、运化活动中表现出来的现象与活力。这有两个意思：一是中枢对心脏的调节能力和模式，二是心脏本身得自遗传的对中枢调节的响应方式与能力。所以，神明出焉，就是中枢对心脏调节，而心脏在中枢调节下体现出来的某种恒度。这种恒度是神明的，即生化、运化如日月般升降有序，明晦有秩，磊落光明。但是，这只是心的一种身份，另一种是相对于其他脏腑的，君是代天牧民的天子，是心君。作为君主，心所施行的治理，不是他本人的意愿，而是奉行天地之道，即执行精神的旨意，所作所为都是公正无偏，恰如其分的。总之，"心者，君主之官也，神明出焉"，意思是：心是主管火中之火的，它依照精神旨意发布命令，阴阳冲和，日月光明。

"肺者，相傅之官，治节出焉。"

相，甲骨文作从目从木，用眼睛看树木，引申为相看；"相鼠有皮"，这用的是本义。傅同付、敷，是付与、布散，且次第井然的意思。然而，用眼睛看树木这件事令人费解，没事看树干什么？若要给它一个合理的解释，我只能说，这是在观察生命的盛衰；具体地说，就是看肝气、大肠，以及全身内外生命活动的强弱。所以，相傅合起来，就是看着生命活动的强弱而有计划地付与、布散。我们今天当然知道，肺是上下腔静脉回流的终点，能监测来自上腔，以及肝系、肾系回流的情况，根据血压、血容的高低、多少，有节奏地输出富氧血液于心脏，敷陈四方。古时庙堂设太师、太傅、太保三公，职责是教训君主以道德，其依据，当然是国情、民情、政情，以及君主的治理行为了。所以，用相傅比类于肺的功能，简直令人拍案叫绝，太妙了！治，理也，让混乱变得井井有条这叫理。《荀子》："少而理曰治，多而乱曰耗。"越治措施越少、矛盾越少，越有条理，这才叫治；越治措施越多、矛盾越多，越混乱，那就是昏乱了。节，即竹节，有两个意思：一是有节奏，二是有约束。节同卩，在甲骨文中像一个踞坐的人形，意思是坐有坐相，遵从礼节。遵从什么礼节呢？当然是精神调节的规矩、心君的需要了。总之，"肺者，相傅之官，治节出焉"，应理解为：肺主管监测生命活动，能根据生命活动的盛衰，制订好方案，将富氧血液有节奏、有约束地输出心脏，调节外周回流、气体交换，教导、辅佐心君治理天下。

"肝者，将军之官，谋虑出焉。"

这句话，自古以来就没人真正弄懂过。首先，将军怎么解？将军是披坚执锐，领千军万马，保江山社稷的首领。每当国家危难之际才会受命出征，和平年代，无用武之地，你出来干什么？那人在什么情况下就危急了？当然是在应激之时！人遭受不能适应的刺激，紧急动员，抵御入侵之敌，这个时刻，正是危急存亡之秋也，将军就该出马了。那什么刺激不能适应呢？从西医讲，人都有个基础代谢，从中医讲，人都有肝经主时，这对于任何人都一样，是共有的、肝主导的生理活动，此时，代谢虽然活跃，但不算危急。然而，外感六淫，内伤饮食，情志激越，房事不节，乃至于一切正常、不正常的刺激，对每个人的意义是不同的，个体反应强度也不一样；你觉得无所谓，别人觉得比天大。无所谓，当然就能适应，比天大，自然不能适应，就会引起应激反应，肝将军的赫赫威风，猝然而至：焦虑、抑郁、烦躁、愤怒，甚至气逆巅顶，中风癫狂！所以，作为将军，肝是主管应激的，面对一切内外刺激与挑衅，加强代谢、回流，给予心脑及周身以强大物质能量支持，从而体现其将军之威。谋虑又是什么？谋者，虑难也。难，或为困难，或为危难，但无论是什么，都要虑之以度，也就是做好准备、制订计划。肝将军它不是鲁莽的，面对危难，它能虑之以度，理智处理；木曰曲直，能曲能直，当曲则曲，当直则直，这才是一个好将军。《孙子》曰："故将有五危，必死可杀，必生可虏，忿速可侮，廉洁可辱，爱民可烦。"移之于医道，则从反应敏感，到应激太过，都是肝病。《孙子》曰："故善战者之胜也，无智名，无勇功。"移之于医道，当你察觉不到肝的作用时，就没病，能察觉到肝的作用了，肯定有病。总之，"肝者，将军之官，谋虑出焉"，这句话的意思是：肝是主管应激的，它有计划、有准备地应对危难。

"胆者，中正之官，决断出焉。"

这又是一句令人费解的话。中者，冲和为中。正者，不偏为正。决者，引流而下也。断者，截也，绝也，引刀断丝也；《周易》有之："其利断金"，这是用本义。决与断是性质完全相反的两种操作：决开沟渠，引流而下，水流通畅，这叫决；截断河流，引刀断丝，交通绝断，这叫断，而一决一断恰好中正无偏。所以，胆这个官儿是主管调度的：水少了不通畅了，它引流而下，水多了泛滥了，它截断堵塞，目的只有一个，让水流不多不少，不急不缓，沟渠通畅，正道直行，按时疏泄，中正冲和。那么，胆之决断针对谁呢？首先是针对肝。胆是贮藏、排泄胆汁的，胆汁是肝脏合成的；我只管贮藏，不排泄，或少排泄，你不就断了？或者，我只管排泄，不贮藏，或少贮藏，你不就决了？其次是针对消化道。胆汁有什么用？胆汁主导小肠对脂肪等精微物质的消化、吸收。现在它不排了，脂肪消化困难，全都堆积、堵塞在肠道了，这不就断了，反之不就通泄了？然而，这些不过是胆功能的主要方面，它管的还宽着呢？如决断三焦，转枢大气，甚至"十一脏皆决于胆"，这意味着，胆的一些功能是属于中枢的，质言之，就是中枢性的可概括为交感调节效能的一切功能。总之，"胆者，中正之官，决断出焉"，意思是：胆主管阴阳冲和、正道直行，它决断胆道、消化道、三焦，保证十一脏生命活动循度顺畅进行。

"膻中者，臣使之官，喜乐出焉。"

膻中，即心包络，又叫心主，它是个臣使之官，什么意思呢？膻，肉膻也，意思是肉味膻气。然而，这个字从肉亶声，而亶是多谷的意思，中是中心、核心之义，膻又通嬗，是变化而善之义。所以，总起来说，膻中就是多肉多谷、变化诸善的核心。包与络，地位相同，都是辅助、维护的角色，而作为心的包络，当然是保护、滋养、辅助心脏的组织，犹如今天心包、冠状动脉系统的综合。主，即灯主；心主，当然是心火的核心了。那么，问题来了，心君与心主又是什么关系？十二官之首是神明之君主，这个心，更多的是作为中枢调节的对象所表现出来的特性，即心脏先天的、中枢的调节属性，这是心脏相对于精神而言的角色；同时，心脏是输出血液，推动循环的，这是心火之核心，故称心主。这个功能是心脏本有的，接受中枢调节，体现调节效能，而对于其他脏腑，又有灌输、温煦之能，就像是心君的大臣、使者，辅佐心君谋划决策，宣布诏令，出使万邦。问题是，心主作为臣使之官输出了、循环了，心就喜了、乐了？怎么理解？喜、壴其实一字。壴，即鼓的初文，甲骨文作"壴"，像鼓。乐，五音八声之总名也，甲骨文从木，两丝缚其上。在上古，击鼓作乐可是了不得的大事。《乐记》："大乐与天地同和。"《易经》："先王以作乐崇德，殷荐之上帝，以配祖考。"《孝经》："移风易俗，莫善于乐。"乐是合乎天地之道的，能与上帝、祖先交流对话的，治理万邦、移风易俗的政治手段。所以，鼓乐那可不是一般的声响，而是神灵、祖先的心声，能体现阴阳大道，宣示君命，协和万邦，规范风俗，实现政治。而且，鼓乐也不是任何时候都能演奏的，那是春祭的保留节目。《说文》："春分之音，万物郭皮甲而出，故谓之鼓。"鼓乐奏响，天气从此告别阴寒，转向暑热，大地万物苗壮茂盛；肝将军、肺相傅的工作已经结束，下面就看心主的了。心主要干什么呢？做臣！做使！臣的工作是牵引向前，像牛马一样拉车效劳。《礼记·曲礼》："效马效羊者，右牵之；效犬者，左牵之。"效犬马之劳，这就是臣的工作。移诸医理，就是心主特别忠实地执行心君的指示。使的工作是交通万邦、宣布王命、协和四方。《管子·枢言》："天以时使，地以材使，人以德使，鬼神以祥使，禽兽以力使。"万物要显示其属性，昭示其存在与影响就得有个使节，必须借助中介，否则它有多暴烈，又有多温柔，自己是表现不出来的。所以，阴为阳之守，阳为阴之使，说的就是，阴能规范阳的运化，阳能实现阴的生化，显示阴的存在与影响。那么，心主这个臣使，又相当于现代医学的哪个器官呢？没有相应的器官，只有相应的功能，即心脏在中枢调节下，输出血液，推动循环，灌注组织，输运代谢产物的功能。所以，古人看心脏要比我们复杂：一个心脏分作两部分：一部分体现中枢调节之能，这叫心君，必须神明；一部分只管输出、循环、灌输、转运，这叫心主，必须像犬马那样听话，忠实执行心君的指示，出使四方，协和上下。膻中心主，它是照亮黑暗的核心火焰，是多肉多谷的膻中气海，是约束、保护、滋养心君，交通万邦，宣布王命，协和四方的使节，诸变诸善，皆归于膻中。总之，"膻中者，臣使之官，喜乐出焉"，这句话的意思是：膻中心主，是为心君效劳，交通万邦，宣布王命，协和四方的臣使，能输出血液、推动循环、灌注组织、转运废物，鼓动生命进入暑热，通达精神，至于冲和。

"三焦者，决渎之官，水道出焉。"

这是《素问》里最难理解的一句话，云山雾罩，千古聚讼，莫衷一是。焦，《说文》本作雧，从火雥声，形声兼会意。古人计数，三以上就是多，雧字有三个隹，再结合下面的火，那就是火太多了。雧本来就是火多之义，三雧则是火上加火，实属不辞。所以，雧又别作雧，再加上个三，这在逻辑上就说通了：三焦当作三雧，这才是正名。雧，从火隹声。隹就是鸟，属东方、南方，所以雧暗含肝心之火；《礼记·月令》"其味苦，其臭焦"，正切此义。决，引水下流也。渎，沟也，又邑中沟，有两个意思：一是水流经过的河道、注入的孔穴，二是城中的排水沟。综合起来，三焦就是多火的、流动的河道、沟渠，以及注水的孔穴——这是什么东西？它杂合水火，有河道、水渠、水孔，这在现代解剖中究竟是什么脏器？我以为，如果河道指大血管，那么水渠显然是小血管，注水的孔穴当然是腧穴，概言之，三焦就是微循环系统！

古人天才地感觉到了微循环组织的存在，揣摩出了它的一些特性，仔细研究了它的分布和构造，甚至将其纳入理法系统，作为生理、病理、诊断、治疗的理论基础，这些事情都发生在二千多年前！现代医学真正开始了解三焦，那还是上世纪电子显微镜广泛应用之后的事情，而在我国，对微循环系统的研究始于20世纪60年代，到现在也不过几十年。我们不得不叹服，古代大医们究竟是怎样做到的？

微循环是血液循环系统的交接构造，也是机体生理、病理过程实际发生的场所。心主输出，血液进入大动脉，第次分为各级小动脉，穿行组织脏器，逐渐变细。在接续静脉时，血管变得极细，血管壁甚至由单层内皮细胞构成。血流经过时，血管内的物质精微能够泌出，进入组织间隙，透过细胞膜，交流物质、能量、信息，滋养组织，输运代谢产物，然后回渗静脉，回归肺系。所以，三焦微循环正是血液流行交换之所。

三焦作为血液循环的一部分，遍布全身，井然有序。那些直接连属脏器，主导血液径流的大血管，不就是河道吗？人身无非一器，脏腑也无非一器，一器犹如一城。脏器中有动静脉血管网，人体中有穿行组织的次级血管，它们都小于循环大血管，居于城邑之中，这不就是邑中沟吗？在皮肤表面，特别是在微循环密布的手足、四肢、头面、胸腹壁分布着无数敏感点，刺激这些敏感点能激起周围肌肉张力、微血管形态、局部调节的改变，进而使微循环过流发生剧烈变化，甚至将这种变化如波浪般扩散、传递到远端，这不就是腧穴吗？三焦名为水道，但这只是比拟之词。实际上，古人还把血脉视作经隧，即直行的隧道，把十二经比作十二条江河，把血液比作水流，说三焦是水道其实是说，三焦是血液之道，只不过，这个血液之道不同于大的、密闭的血脉。它是规律涌动的、在物质交换过程中流过的、微血管内外有成分、功能区别的血道，有点儿像发了洪水的江河，中央是干流，两岸泛滥，吞没了周边的村庄、树木、山丘。另一方面，这个道也不是一般的河流、道路，从原始文化看，它还要遵循天地之道，有恒度、有节奏、有节律地活动，不能随意流泄、泛滥。总之，"三焦者，决渎之官，水道出焉"，这句话要理解为：三焦杂合水火，主管疏通微循环，血液有节奏地泛滥过流，有层次、有节律地周流上下表里，让生命活动合乎阴阳变化之恒度。

"胃者，仓廪之官，五味出焉。"

《五行大义》引《素问》，以及《素问》遗篇《刺法论》在述及脾胃时，都是分开来讲的，《刺法论》更有"脾为谏议之官，知周出焉"的论述。律之十二官文法皆一句一官，而"脾胃者，仓廪之官，五味出焉"这句话，一口气讲了两个官，这令人怀疑。很可能，原文只是讲胃的，不关脾什么事儿，后来不知是谁妄加了一个脾字。

仓廪是什么？仓，谷熟而藏之，引申为藏谷之处。廪，甲骨文本作㐭，露天堆谷，上覆草席，是一种临时仓库。所以，谷未去皮而藏之，廪也；已去皮而藏之，仓也。仓廪，表示谷的两种加工、贮藏方式，一粗一精，这不正是胃受纳腐熟功能的写照吗？

消化从口腔咀嚼开始，经咽喉、食管，第次推送食糜至胃，这是第一段。胃受纳水谷，加入胃酸等消化液，再推送至小肠，这是第二段，犹如口腔—食管段的豪华升级版。所以，口腔咀嚼、咽喉吞咽、食管推送、胃府受纳腐熟，都是为小肠吸收作准备工作的，正如谷子收储、去皮是蒸食前的准备一样，从功能论，它们都属胃的范畴。

五味，不是五种味道，而是水谷中蕴藏的酝酿温煦、酷烈蒸腾、清肃收获、约束收藏、冲和滋养五种功能、五类运动。胃出五味，不只是输出含有五种功能的半消化物，而且要形成、主导五种特性的升降出入运动。作为器，胃之升降出入，不仅有赖于自身的功能，同时也是由五脏阴阳交合的结果决定的。因是之故，五脏变，胃气必变，或能实不能虚，或能虚不能实，或能入不能出，或能出不能入，或出入停滞，或阴阳不交；胃气变，人身大气必变，或温煦如春，或酷烈如夏，或宣降如秋，或流泄如冬，或甘美如饴。总之，"胃者，仓廪之官，五味出焉"，可理解为：胃主管受纳腐熟，将水谷中蕴藏的能主导五种功能、五类运动的精微物质输出至脾，遵循阴阳变化之恒度而升降出入。

"小肠者，受盛之官，化物出焉。"

受，甲骨文像一只手将盘子递到另一只手中。所以，以手付手叫做受。传递什么呢？古时春夏祭祀要用鸡彝、鸟彝，下面都要托一个承盘。上古，鸟、鸡之类，或古人想象的凤鸟族类属东南地方图腾。东南行旅必乘舟，承盘即舟船象征。所以，貌似用了一个盘子，实际代表了原始思维的特点：鸡、鸟是你的祖先，盘子是你的舟船，只有用你祖先熟悉的器物，才能将祭祀祈祷的心愿传递给东方、南方的神灵。所以，小肠所传递的，首先是特指供奉给肝、心的精华物质。小肠怎么祭祀呢？将黍稷放在器物中祭祀，这叫做盛。盛者，成也，大也；物成于秋，万物壮大。《尔雅》："春祭曰祠，夏祭曰礿，秋祭曰尝，冬祭曰烝。"尝者，进上新谷而尝。烝者，火气上行也。"炊之于甑，爨而烝之。"古时烝祭，殷商早期进献谷物、牲畜、美酒，后期则专进谷物。西周烝祭，行于夏历九月或十月，春秋以下则在秋收后举行。所以，小肠是通过受而奉养肝心，通过盛而奉献肺肾的，大公无私，不妨叫四季贡奉者。化，本为变化，引申为教化。匕，就是变。甲骨文确然从匕的字，一为化字，一为坠字，特别是坠字，是从山崖上跌下之形。所以化，就是反转之义，转化为相反的东西了。物，从牛从勿。勿，杀而分之也，甲骨文作一刀形，上下有两点，表示分散。所以，剖牛而分谓之物。勿，又作旆，从㫃。《说文》解释勿，说是州里所建旗，有柄，三游，杂帛。《周礼》："杂帛为物。"又说："九曰物贡。"物贡，就是贡献杂物，指鱼盐橘柚之类，故物字有滋养、零散之义。物则整而分散，化则逆为相反，这不正是小肠消化、吸收之能吗？总之，"小肠者，受盛之官，化物出焉"这句话可解释为：小肠主管供奉心、肝，盛大时滋养肺、肾，它将水谷化整为散，变化性质而输出。

"脾为谏议之官，知周出焉。"

这句话出自《刺法论》。谏者，证也。辨明善恶，以书束陈奏于君，匡正偏失，这叫证，也即正；《尚书·说命》"后从谏则圣"，这是用本义。议者，语也；语者，论也。《周易》："君子以制数度，议德行。"议不是争吵，而是依制循度评论德行。脾有谏议之责，意思是，脾能补阙拾遗，匡正偏失，让君不犯错，不狂悖。也就是说，心脾之间有个同盟关系：心君监测脾的活动，指挥其行动；心君有什么要求，犯了什么错误，脾也会努力满足、纠正。

如何理解呢？中医的脾，不是免疫系统的那个脾，从现代解剖看，脾的核心是小肠，能分清泌浊，吸收水谷精华，为肝系代谢提供物质支持。但是，脾的消化、吸收多少有些被动，其功能与心主循环密切相关。循环无力，水谷精华输运不及，必然淤积肠道，精华、糟粕混杂而下流，大便溏泄；同时，肝缺少代谢底物，心脑供给必然不足，中枢调节紧张兴奋，呼吸、心搏增强，心神逆乱。循环太过，代谢旺盛，水谷精华供给不及，必然过分消烁水液，糟粕聚集肠道，大便干燥；同时，呼吸、心搏增强，上下腔静脉回流艰难，心脑组织营养不良，中枢调节紧张亢奋，心神逆乱。所以，唯有脾系消化、吸收中正冲和，才能奉养神明，安抚心君，纠正逆乱。从这个角度说，脾系的消化、吸收与心君是否神明是密切相关的，不仅火能生土，而且脾能谏心，这个关系我称其为心脾联盟。

知者，智识之词，也就是合乎阴阳大道的言论。周，甲骨文作"田"，像田地里稼穑密布，引申为密集、周到；《周易》有"知周乎万物"，这是用本义。稼穑密集，周到四方，意思是，脾能特别智慧地将水谷精华输布周身而无遗漏，这是对脾主运化、为胃行其津液之能的概括。

怎么理解？其实，古人多少有些心胃不分，认为胃气是心功的一部分。脾为胃行其津液，胃为脾主其运化，其实是脾为心提供津液，心为脾输运精华，这个行不仅是规范心气的循行，而且要作为基础，体现心脾联盟关系。脾系消化、吸收不利，肝系代谢、心主输出源泉枯竭，心脑供给不足，必使精神紧张，心君、相傅乱作一团，行为失检，举止偏颇，治理混乱，毫无智慧！这个局面，不是君主昏了头，而是脾作为谏议之官的失职引起的，是脾丧失了智识。

《五行大义》对脾还有一个论述："脾者，仓廪之本，名曰兴化，能化糟粕转味，出入至阴之类，故通土气。"

何谓仓廪之本？树根为本，树稍为末。脾为树根，胃为树稍，脾能生长胃气，胃能体现脾气，仓廪之本是也。脾之能叫分清泌浊，意思是能分离水谷，把精华分泌出去，糟粕排泄出去，这当然就是指"化糟粕转味"了。至阴者，至于阴也，它是足太阴脾之名，也指足少阴肾。分清泌浊是前提，出入至阴是结果；通过分清泌浊，水谷精华出入脾，糟粕下泄肾。兴化，这个词用得妙到巅毫！兴，甲骨文作"𦥑"，像四只手共持一个方块儿。四手表示四人或多人，中间方块是夯筑时用的杵，以及用绳索绑缚的四根交叉木杠。杵，或用木头，或用石头，都必须沉重，所以要挽绳于四边木棍，四人共举同落，才能夯实沙土，建筑堤坝、围墙、宫室。脾在身体中央，心、肺、肝、肾偏居四隅，四脏共举同落，这难道不正是兴字的本形本义吗？四脏同心协力，从各自需求出发，令脾系升降出入，生化水谷精华，这是何等精妙的描述！总之，脾主管规劝君主，有智慧地密布水谷精华于四方；它是消化、吸收的根本，能生长胃气，为心主提供物质精华，又依赖心主温煦；它分清泌浊，变化出滋养物质，受四脏抬举，精华、糟粕出入至阴，升降大气，性同泥土，生长万物。

然而，问题来了：脾的核心是小肠，现在又单独拿出一个脾，小肠和脾是什么关系？小肠是受盛之官，只管化物。脾就不一样了，它是谏议之官，是管知周的。小肠活动是手段，脾的作用是小肠活动的必然结果。《五行大义》把脾和小肠放在一块儿说，容易混淆，但我们要清楚：主管规劝心君，调整政策，将水谷精华智慧地密布四方，升降大气的，这是脾；分清泌浊，生化水谷精华，奉养心脑，生长胃气的，这是小肠。脾管调节，小肠管生产，一个侧重于功能，一个侧重于活动，正如心君和心主，本为同一脏器，却按功能一分为二了，如是而已。

"大肠者，传道之官，变化出焉。"

传，遽也，是传递情报、转运物资、供给使者的驿站；《左传》"以传召伯宗"，这个传，就是驿站。传道，或以为当作传导，其实不必，此道，即道路之道，阴阳之道。现代解剖，大肠接续回肠，由结肠、直肠构成，能规律排便，同时吸收水液、电解质，这就意味着，它也有监测之能，负责收集、传递水情信息，转运粪便，供给水津，平衡电解质。水液过多，大便泄利，电解质流失，刺激中枢、外周响应，加强水液、电解质吸收，减少分泌，硬化大便，提高肠道张力，升浮大气，甚至梗阻肠道；水液太少，大便干燥，加强分泌，减少吸收，软化大便，疏通肠道，肃降大气，甚至潴留水液。所以，大肠吸收水液、电解质的多少对循环有极为重要的调节、缓冲作用，是水液代谢主要的代偿途径之一。大肠的寒温、润燥、升降、张力变了，作为信号，必然刺激中枢、外周调节，水液代谢，脏腑生化、运化的方式与强度都不得不变，甚至变异阴阳，整个过程，就仿佛通过大肠驿路将君主的诏命传递出去了，万邦响应，四方协和，故曰"变化出焉"！总之，"大肠者，传道之官，变化出焉"，意思是：大肠主管循度排泄粪便、吸收水液，通过监测、收集、传递信息，启动中枢调节，令机体水液代谢，脏腑生化、运化发生改变。

"肾者，作强之官，伎巧出焉。"

作，起也，甲金文不从人，只写成乍。甲金文中乍字所从、附饰极多，如木、玉、攴、又、中、丁、卜等都有，看似极为复杂，但总起来都是某种行为的开始动作。所以，作指的是开始作为。强，蚚也，指米中小虫，其籀文字形是上彊下双虫，所以又直接写为彊，简化为强。强者，弓有力也。综合起来，作强的意思是，初为米中极弱之虫，后为弓弩极强之力。这是什么意思？意思是，肾主管生命活动从弱到强的转变。伎者，与也。与者，共举也，如党与。但是，如前所述，共举当作兴字，意思是同心协力。巧字，从工丂声，这是个后起字。原来丂作于，气欲舒也；向外吁气，气息越来越舒展、强烈。伎巧总起来，意思是同心协力，使气息越来越舒展，越来越强烈。什么气息？肾作强、伎巧，乍看只说阳气，但其实对阴气也适用，一方面让阳气越来越强、阴气越来越弱，另一方面让阴气越来越强、阳气越来越弱，阳强则阴弱，阳弱则阴强，一事两名也。总之，"肾者，作强之官，伎巧出焉"可理解为：肾主管阴阳由弱到强、由强变弱，指挥五脏六腑同心协力，让阴气或阳气越来越舒张、越来越强烈。

"膀胱者，州都之官，津液藏焉，气化则能出矣。"

水中可居之地叫州，有宗庙的大城叫都。州，原本被水淹了，现在水退了，陆地干了，能住人了，这显然是指膀胱排尿。有宗庙的大城是什么呢？当然是君主居住的都城。那么，膀胱排尿跟都城又有什么关系呢？今天看，肾脏过血量超级大，血液中的营养、代谢废物、水液经肾系过滤而重吸收，有用的留下，没用的排出，而可利用的静脉血又回流肺系，经肺相傅一番评估后，再输出心脏，供奉心脑，同时调节血容、血压、体温，最后在中枢主导下，心主按照心君命令输出血液，灌注外周。这不就把州与都联系在一起了吗？

进而言之，沙洲说的是谁？其实，肾与脾功能类似，都能化物转味，只不过肾系直接回流，功能叫升清泌浊，脾系必经肝代谢才能回流，功能叫分清泌浊，而膀胱之能，实在是肾-膀胱这个构造的综合。所以，作为脏腑，肾-膀胱、小肠-大肠可以类比，大肠有监测、收集、传递信息，转运废物，供给使者之能，膀胱也一样。肾-膀胱少排多收，大量水津重归循环，扩张血容，升高血压，心君兴奋，心主强化输出，提高体温，烈日炎炎，汗出散热，小便减少；同时大肠也少排多收，大便干燥，肠道壅塞，大气升腾，于是原来湿漉漉的沙洲露出了水面，能住人了，源源不竭的水津上奉心君，滋养精神。肾-膀胱多排少收，大量尿液泌入膀胱，减少了血容，降低了血压，心君安静，心主弱化输出，体温降低，秋风瑟瑟，汗孔收缩，小便增多；同时大肠也多排少收，大便溏泄，肠道通畅，大气肃降，沙洲淹没，无法住人。所以，正如大肠寒温、润燥、升降、张力的改变能触发相应的调节机制，肾-膀胱系统的寒温、润燥、决断、张力等因素的改变也可以影响水液出入，大气升降，生化、运化方式与强度的改变。"便去阴生，水去阳升。"大小便的去留，大肠、膀胱的通畅与壅塞，寒温与张力，是启动机体调节的重要刺激信号，影响巨大。可见，所谓沙洲是特指膀胱、大肠的，进而也指三焦微循环，它们能不能住人，和高高在上的心君的居住条件是密切相关的。

血液经肾脏滤过、解毒，将物质精华，包括水津保留下来，不需要的水液、污浊排泄出去，所做的事情都属水液代谢，但经典却说膀胱"津液藏焉，气化则能出矣"，膀胱真的能藏津液吗？这个藏，如果是收藏，那绝对不可能，否则糖尿、蛋白尿、乳糜尿，甚至尿血都来了，那还了得？所以，藏津液，只能是变化津液；津液藏焉，其实是说，肾-膀胱这个构造能升清泌浊，变化津液。进一步说，肾-膀胱也不能藏津液，它变化津液，其实是代偿津液。因为，后面我们还要讲到，小肠分清泌浊，生化水谷精华，供给肝脏，进入静脉回流之后，水谷精华才变成了津液；津液回流肺系，经气体交换，化赤之后，才变成了血液；血液输出心脏，进入循环之后，才变成了真正可用的营气。所以，血液成分，既有血细胞，又有糖、蛋白质、脂肪等营养物质，更有富含电解质、微量元素的水液，而血浆中占比达90%以上的水液，虽然是血容之主，但显然不能代表全血浆，更不能代替全血液。但是，水津不足则血容不足，血压必降，血浆功能丧失，循环衰竭不可避免；反之，水津上去了，血容、血压也就上去了，即使津液不足，但在一定范围内还能凑合，不致于立刻循环衰竭。更何况，津液生化、回流、循环的全过程，那是一刻也离不开水津的。血浆够不够要问水津，有没有用要问津液；没有水津，津液多了就是瘀血，没有津液，水津多了必病水肿。唯有水津、津液平衡，才能确保循环，实现膀胱主管的州都之能。经典说，亡血者无汗，亡汗者无血，这确是至理名言！所以，肾-膀胱不能藏匿津液，只能变化津液，代偿津液，这是它的本事之一。

膀胱实现其功能的前提条件是气化。何谓气化？肾-膀胱是主管水液代谢的，也能代偿津液。水津尽管对脏腑、心君、精神都无比重要，但要想实际发挥作用，就必须进入循环，回流肺系，输出心系，灌注组织，也就是说，必须化水为气。这就需要两个条件。第一个条件，原始水液是不能直接利用的，必须经过脾系生化，吸收入血，灌注肾系，滤过解毒，泌入膀胱，回流肺系，输出心系之后才能使用。那些淤积肠道，不能吸收入血，未经滤过解毒、回流肺系、输出心系，进入循环的水液，只是代谢底物，不是真正可用的水津。这样的水，只是水，不是气，当然也谈不上气化。第二个条件，即使已经生化成为水津，也必须周流上下表里，不能只待在膀胱，更不能潴留一隅，否则都病成水肿了，还气什么化？所以心系要输出，组织、脏器要回收，肾-膀胱要滤过回流，肺系要接收评估，这些环节一个也不能少，有一个地方出了问题，水津周流之环必然残缺，想要化水为气，那是绝无可能。总之，"膀胱者，州都之官，津液藏焉，气化则能出矣"，这句话可理解为：膀胱主管化水为气，奉养心君，代偿津液，只要尿液、汗液正常出入，大气就能循度升降，阴阳就能应时转枢了。

我们讲了十二官，也就是十二个脏腑的功能，那什么是脏腑呢？其实，古人原来不分脏腑，都叫府。"府，治藏。"治藏之所，就是藏书、起草文告，使诸善变化有条理的地方，这叫府。可见，府绝非寻常之地，乃藏精储智、落实君主统治的地方，有点儿像大清朝的南书房、军机处。在人体，府是执行精神旨意，实现各种功能，从不同侧面维护、支持生命活动的器官，更像我们今天所说的脏。在经典中，藏多作藏匿、蓄积讲，但《汉书》只有藏，意思是善，又通嬗，所以一讲到藏，就有变化而善的意思，不只是个器官。此外，古人还造了一个专用字臓，表脏器，且藏与臓通用。臓字后来用得不多了，反倒是藏字大行其道；再后来，脏字成了正字，又造出个腑字。于是脏腑二字面目全非，你根本猜不出原义了。把脏腑分开其实也很早，《素问》"能满不能实，能实不能满"就指出了二者显著的区别。今天，我们将贮藏智慧，变化诸善的器官叫做脏，把辅佐脏实现其功能的器官叫做腑，但其实腑也是有智慧、能变化诸善的。比如，十二官之外还有一类特殊器官，说是属于腑，但实际更接近脏，这就是所谓的奇恒之府。

《素问·五藏别论》："脑、髓、骨、脉、胆、女子胞，此六者，地气之所生也，皆藏于阴而象于地，故藏而不泻，名曰奇恒之府。"

单一不偶谓之奇，常而不变谓之恒。奇恒之府，即单一无偶、恒常不变之府。如何理解呢？这先要弄清古人对精神意志的看法。

《灵枢·本神》："天之在我者德也，地之在我者气也。德流气薄而生者也。故生之来谓之精；两精相搏谓之神；随神往来者谓之魂；并精而出入者谓之魄；所以任物者谓之心；心有所忆谓之意；意之所存谓之志；因志而存变谓之思；因思而远慕谓之虑；因虑而处物谓之智。"

　　在原始文化中，感悟到神意而遵照执行谓之德；在古典文化中，感悟了天道而遵照执行这也叫德。天道之于我的，我必须遵照执行，这就是德；地道之于我的，我必须遵照执行，这就是气。所以，天道为德，地道为气，人在天地之交，得自然之道而生。自然之道之于父的是阳精，之于母的是阴精，两精交媾而生我之精。所以，我之精是一种先天的，按照自然之道生长、调节的潜能和模式，本身就是杂合阴阳，冲气以为和的。两精交合形成的精气出我心窍，是谓心神。随我之心神而运化的叫魄，随我之心神而生化的叫魂。壬，许慎认为，这个字的意思"与巫同意"。巫是什么？通晓神意、交通天人者，谓之巫也。所以，任就是相符、同一；任物，就是能够使心与物同一。心与物同一，能正确反映事物的意识，这叫心。忆，志也，就是识记。意识之识记，这叫意。识记中念念不忘的，叫做志。因念念不忘而欲有所改变，叫做思。因思而有所向往、进行谋划，这叫虑。因谋划而以特定的方式行事，这就是智慧。

　　所以，精神其实不同。精在脑髓，是先天的，神在外周，精出窍才是神。精杂合阴阳，冲气以为和，是合乎自然之道的生长、调节模式和潜能。神是精的使者，自然也是杂合阴阳，冲气以为和的，但它在实际调节中，或趋向于阴，或趋向于阳，"阴阳不测谓之神"。神的工作其实有两类，或调节运化，或调节生化，而这两类工作，都要按阴阳之道施行，且各具特色。所以，心藏脉，是说心主脉气变化，而这个变化的根据是什么呢？直接的就是神，间接的就是精。所以，精出心窍，形成心神；心神调节心主输出、循环，体现自然之道，于是就有了心藏脉，脉舍神，神明出焉。同理，精出肝窍即为魂，调节津液生化、回流；精出脾窍即为意，调节水谷精微生化；精出肺窍即为魄，调节呼吸，有节奏地治理水津、津液的回流、输出；精出肾窍即为志，协调五脏六腑生化、运化，转阴为阳，转阳为阴，显得特别有智慧。

　　弄懂了这个逻辑，下面的就好办了。《淮南子·说山训》："魄问于魂。"《淮南子·说山训·注》云："魄，人阴神；魂，人阳神。"附于形质者谓之魄，附于生气者谓之魂。所以，肝主津液变化，其主宰是阳神；肺主大气变化，其主宰是阴神。仿此，脾主精微变化，其根据是心神的识记；肾主精气变化，其根据是智识。肾何以能主精气变化？脑为精之府，生髓；髓生骨，肾合骨。所以，中医的肾其实是脑的一个外府，当然能变化精气了。精是先天的，不应损失，但为什么还会损失呢？后天不节，必损先天。智识过用，就会损伤先天精气。所以《灵枢·本神》有言：盛怒伤志，志伤则喜忘其前言；恐惧伤精，精伤则骨酸痿厥，精时自下。意欲无穷，必然有不遂之时，患得则怒，患失则惧。愤怒、恐惧不休，原来先天的精气，也就耗损了。

明白了古人对精神意志的看法，奇恒之府的意思也就很清楚了。首先，脑、骨为髓之府。髓，不是简单的骨中之脂，而是滋养脑、骨，涵养精气的组织。精气也不是纯粹心理的，它是先天的按照自然之道生长、调节机体的模式和潜能。精出心窍即心神，心神是精气在心脏的使者。作为精之使，心神杂合阴阳，调节脉气，自然冲和无偏、特别有规律。心神调节，或在生化，或在运化，生化归肝，运化归肺，原来混一天成的心神因此一分为二：偏于阳者赋予肝为魂，为阳神；偏于阴者赋予肺为魄，为阴神。通过肝之阳神生化，肺之阴神运化，特别是通过胆的中正决断，最后落实在脉气上，那必然是合乎四季五脏阴阳变化之恒度的，而女子胞宫、男子精室也就具备了孕育生命的条件。所以，奇恒之府，实际当作"寄恒之府"，也就是内寄精神，直接体现精神调节，令脏腑生化、运化合乎阴阳恒度之府，表现心、意、志、思、虑、智之府。

第三章　奇葩不过是三焦

三焦、经脉……多么熟悉！但你千万别给我解释，因为你不说我还明白，你一说我反倒糊涂了。古人说不明白，是他们不知道有微循环，现在说不明白，是因为西方实体存在观盛行，根本不承认功能、调节的存在价值。有人用理化技术研究经脉，也确实在皮肤表面找到了一些"高振动""低阻抗"的点，把这些点连起来竟然和经典所描绘的十二经脉循行路径高度吻合，这似乎证明了经脉的存在。但是，这种证明，还是不能严格符合西方实体存在观的标准。看不见，摸不着，就不能使人尽信，不信又怎么解释生理、病理现象，解释不了，临床价值从何谈起，最后，信与不信也都无所谓了。

三焦微循环密布周身上下，交通内外表里，从体内到体外，可分为中心三焦、外周三焦，自巅顶至足底又可分为至上之焦、上焦、中焦、下焦，即三焦四部，从构造看有内三焦、外三焦之差异，按功能分有正三焦、直三焦、短三焦之不同。

中心三焦围绕人体纵向中心轴展开，与消化系统大部重合，外周三焦广泛分布于机体、脏器表层，以及深层细密组织，以手足、舌头、皮肤、筋膜、关节、骨腔等处最为集中，这是对三焦的横向划分。纵向看，自巅至足，锁骨以上为至上之焦，锁骨至中脘，包括手臂为上焦，中脘至天枢为中焦，天枢以下至足为下焦。至上之焦为精神之府，以耳前为界分前后，以目系为界分上下。目系以上为精之府，以下为神之府。至上之焦血供，颈内静脉为一系，颈外静脉、颈前静脉、下颌后静脉、耳后静脉等为一系，统由上焦供给。至上之焦的精神交互作用产生了意识、认知、情感等高级神经活动，精气出外周之窍就是神气：出七窍则为视、听、嗅、味、触诸感觉，出心主就是心神，出肝窍就是阳神，出肺窍就是阴神，如此等等。上焦乃心、肺、胃之大络所居，主呼吸、心搏，回流外周，供给至上之焦，犹如心君的宫殿。中焦是肝胆、胃脾之府，分清泌浊，生化津液，转枢阴阳，升降大气，出入水谷。下焦为肾-膀胱-大肠、生殖系统居所，升清泌浊，排泄糟粕，孕育生命。至上之焦为精神之府，规范生命之恒度。上焦如王庭，代天巡狩，交通万邦，宣布王命，协和四方。中焦如仓廪，供给物资，交通上下，协和表里，应激救困；下焦如使臣，调和大气升降出入、三焦水火流行。

在三焦局部，微循环由动脉端、毛细血管网、静脉端三大部分构成，主要包括微动脉、后微动脉、毛细血管前括约肌、真毛细血管、通血毛细血管、动静脉吻合支、微静脉等不同结构、功能的微血管组织。微动脉、微静脉就像前后两道闸门，控制三焦的总血流量，中间部分除真毛血管外，都如小闸门，有调节作用。真毛细血管外壁仅由单层内皮细胞构成，外面有一层很薄的基膜，交织成网，穿行于细胞之间，血流缓慢，通透性极高，能交换物质、能量、信息，用于营养组织，血液流经过时则进行内外交换，是真正的三焦流行之所。微血管之内流行血液，为三焦径流，叫内三焦，微血管之外的组织细胞间隙，泛滥组织液、淋巴液，叫外三焦。在三焦局部，动脉血进入静脉，组织液出入细胞、微血管，内外三焦，以及外三焦与组织细胞之间交换物质、能量、信息，淋巴液汇入静脉，回流循环。三焦局部也是一个小系统，功能划分十分细致。正三焦由微动脉→后微动脉→毛细血管前括约肌→真毛细血管→微静脉构成。真毛细血管穿行组织细胞之间，密布成网，血管壁薄，通透性高，流速缓慢，主要用于内外三焦之间物质、能量、信息的交换，滋养组织。直三焦由微动脉→后微动脉→通血毛细血管→微静脉构成，多分布于骨骼肌之内，恒常开放。通血毛细血管壁偏厚，能承受较大血压，通路较直，流速较快，便于直接回流肺系，供给心脑。短三焦由微动脉→动静脉吻合支→微静脉构成，广泛分布于皮肤、手掌、足底等处。动静脉吻合支血管壁厚，有完整的平滑肌层，口径变化与体温调节密切相关：温度升高，刺激吻合支大量开放，口径扩大，血流增多，汗出热散；温度降低，吻合支渐次关闭，口径缩小，三焦过流、散热减少，体温得以保存。

微循环穿行于组织细胞之间，灌注组织，供给营养，交换物质，输运代谢产物，抵御病邪，维持细胞生态环境，支持脏腑生化、运化，各类调节机制，只有在三焦才能真正落实，所有生理、病理过程，只有在三焦才能实际发生，一切治疗措施，只有依托三焦才能发挥效用。古人讲三焦，有人说是水谷道路，有人说是水道，有人说是水火道路，究竟是什么？其实，这些说法都对，只是侧重点不同。说三焦是水谷道路这最明白，中心三焦大部与消化系统重叠，当然是水谷道路了。说三焦是水道，只要将水的比喻意思想明白，也很容易理解。微循环是血液过流，津液灌注、交换、输运的组织，自然如江河流泄了，何况汗孔、泪腺、鼻腔、前阴等器官还是真正的水道呐！说三焦是水火道路也不难理解。内三焦流行血液，外三焦流行组织液、淋巴液，一个偏火，一个偏水，水火交合于三焦，唯有阴阳冲和，才能正常落实中枢调节，实现脏腑功能；同时，天地阴阳，上有心火，下有肾水，唯有心肾交通，水火交济，才能调和血容、血压、体温，令大气循度升降周流。三焦不仅流行水火，而且落实阴阳大道，这不就是水火之道吗？

内外三焦之间的物质交换由有效滤过压决定。内三焦的压力由毛细血管血压、血浆胶体渗透压构成，组织间隙的压力由组织液静水压、胶体渗透压构成，其中，毛细血管血压、组织液胶体渗透压之差决定了内三焦渗出外三焦的压力，血浆胶体渗透压、组织液静水压之差决定了外三焦回渗内三焦的压力，一出一入之差就是有效滤过压。这个压力，如大于零，内三焦就渗出外三焦，如小于零，外三焦就回渗内三焦。一般情况下，内三焦外渗、外三焦回渗大抵相当，外渗稍过于回渗。微循环过流、物质交换是一个动态过程：动脉血灌注之初，毛细血管血压最大，微循环以内三焦外渗为主要活动，血流进入微循环，血压渐次降低，有效滤过压逐步归零，外三焦开始回渗，接近静脉端时，有效滤过压小于零，微循环以外三焦回渗，输运代谢产物，静脉回流为主要活动。所以内外三焦物质交换，初以内三焦外渗为主，终以外三焦回渗为主，一出一入大抵相当，动态平衡。

内三焦津液、细胞内液外渗组织间隙，汇为组织液，主要成分是水、蛋白质等，其中约90%还可回渗毛细血管，10%将渗入毛细淋巴管，转化为淋巴液。毛细淋巴管集合成淋巴管网，再汇合成淋巴管。浅淋巴管收集皮肤、皮下组织淋巴液，深淋巴管与深血管伴行，收集肌肉、内脏等处的淋巴液。全部淋巴管汇合成两条淋巴导管，即左侧的胸导管和右侧的右淋巴导管，分别回流左右锁骨下静脉，最后重归循环——此时已不是淋巴液，而是津液了。

毛细淋巴管始为盲端，管径大毛细血管5～10倍，通透性高，允许大分子物质进入，能回收内三焦外渗的蛋白质。每天生成的淋巴液有2～4升之多，有75～200克蛋白质经淋巴回流重归循环，这对于避免营养流失，稳定胶体渗透压，平衡内外三焦物质交换都具有极为重要的意义。组织液生成过多，输运太少，淋巴回流失代偿，外三焦水液潴留，都是导致水肿的病因。淋巴系统是一条隐蔽战线：淋巴液内含多种消化酶，又是吸收脂肪的主要途径，肠道所吸收的80%～90%的脂肪是由小肠绒毛的毛细淋巴管，即乳糜管吸收的；淋巴循环还是最重要、最基础的免疫屏障，不仅能捕捉、清除受损细胞，而且淋巴节中的巨噬细胞还能捕杀病原体。淋巴循环始于外三焦，终于静脉回流，是宏观尺度的内外三焦交流机制，犹如机体的长城，抵御着各种内外侵扰，卫外以为固！

微动脉是毛细血管的前阻力血管，其平滑肌受交感神经、儿茶酚胺、血管紧张素、血管加压素调控。交感兴奋，或缩血管活性物质血浓度增高，微动脉收缩，动脉压升高，微循环血流量减少。后微动脉、毛细血管前括约肌也属前阻力血管，能分流微动脉血液，对物质交换有重要价值，但主要接受体液调节。儿茶酚胺等缩血管活性物质浓度增高可令后微动脉、毛细血管前括约肌收缩，而局部组织代谢增强、血供不足、血氧分压降低、代谢产物堆积、组胺增多等因素，能刺激其舒张，令真毛细血管开放，血流量增加；同时，舒张的结果，又能引起缩血管物质增加，后微动脉、毛细血管前括约肌再度收缩，引起代谢产物堆积，再度刺激舒张，如此反复不已。微静脉是毛细血管的后阻力血管，控制回流，收缩时，毛细血管后阻力增大，引起微循环瘀血，回流减少。微静脉平滑肌也接受交感神经、血管活性物质调节，其响应虽不及微动脉强烈，但对缺氧、酸性物质刺激却远比微动脉敏感，反应强烈。当组织器官活动增强，代谢旺盛，代谢产物增多时，该组织器官的血流量就会增加，原因就在于堆积起来的代谢产物刺激了微循环，舒张了微血管。由此可见，前后阻力血管之间，虽然有着共同的调节机制，但侧重不同。前阻力血管对整体调节更敏感，后阻力血管则倾向于局部调节，而且在一定范围内，其调节还是自适的，即根据三焦状态进行自我调节，反复不已。那么，怎样才能引起微循环局部交感紧张、活性物质增多呢？很简单，针刺、火灸、按摩等刺激都可以提高局部组织紧张度，增强活动，从而影响微循环灌流、输出。很有可能，三焦微循环局部自调节机制是针灸、按摩等治疗手段能够取效的基础。

我们可以这样来推究针灸的原理：通过针刺，或火灸，或药物刺激，或按摩，引导特定部位微血管系统紧张或舒张，形态、灌流、输运、代偿发生相应改变，从而疏通三焦，改善循环，祛除病邪，达到补虚泻实的目的。微血管对各种刺激的反应都有时相性：初则收缩，继则舒张，最后复原，收缩时灌流减少，舒张时急泄而出。所以，针灸补法宜徐徐进针，少捻少转，疾速出针，尽量减少刺激，泻法宜疾速进针，多捻多转，徐徐出针，尽量加强刺激。刺激小，微循环形态改变小，物质精华损失少，但三焦通畅了，组织获得了补给，这当然就是补了；刺激大，微循环形态改变大，物质精华损失多，但代谢废物、病理产物、致病因子也随之输运而出，细胞生态环境焕然一新，这自然就是泻了。微循环潜在容量极大，安静时真毛细血管仅开放 20% 左右，能贮存全身血量的 5%～10%，病理条件下，毛细血管网大量开放，使静脉回血、心输出急剧增多，但动脉压难以回升。这就是说，必使外周微循环贮存与静脉回血、心主输出之间保持平衡，才能充分供给组织，实现有效灌注。所以，在应激情况下，中枢对微循环进行调节，重新分配血液，轻则保障心脑、骨骼肌血供，牺牲脾胃、肾、肝血供，重则只能保障心脑血供，连筋骨供给也会牺牲，其结果必然会改变大气升降；同时，通过针灸改变局部微循环形态，开放或关闭毛细血管网，也能有效调节大气升降、三焦出入，且能特异性地恢复失养组织、脏器的血供，达到调气治病的目的。外三焦就像一个大水池，富含带电离子，有良好的波动传导性能，针灸刺激局部所引起的变化，沿着一定路径传递远端，泛溢周边，而且在传导过程中一路改变细胞膜电活动，令人感到酸、麻、胀、痛，这是针灸得气，也是刺近治远所以能取效的原因。

三焦组织或出体表，或入肌肉，或连属筋骨，或维络组织、脏器而构成网络，或结成集束，或散开成膜，特别是在组织、脏器、系统交接之处，血管、神经穿行密布于组织之中，难分难解，三焦微循环的作用十分突出，这就形成了一些特殊的组织。

第一类特殊组织叫系，或大络，有时也叫宗。系字，甲骨文如多组丝线、绳索并联之形，意思是丝线、绳索汇集起来，归于一处，有维系、规范的意味。这就像宗族世系，从一个祖先分出若干子辈，每个子辈又分出子子孙孙，子子孙孙向上汇集到一个源头，而那个非祖的源头就叫宗。为什么不把祖叫宗呢？这是因为，在原始文化中，所谓的祖都是图腾，和生养自己的宗根本不同；一个是信仰，一个是现实，古人分得很清楚。

系这种组织，既有形态特点，又有功能特性。如肺系，叫百脉一宗，意思是所有的血脉，都要归宗于肺。这不仅是指上下腔回流的解剖构造，也是指肺主治节这个功能特点。再如胃系，叫万物所归，意思是万物都出于胃，又汇聚于胃，而与此相关的功能，经典称之为十二经、五脏六腑、水谷之海。

目系是很重要的系组织，又称眼系，即眼球后面的三焦丛束，属于心系，入络脑中。目系是颈项－畜门－目系－脑中－巅顶这条重要通路上的一道关隘，出入视觉信号，不仅能沟通经脉，而且能交通精神与外界，是中枢体现智识、实现其高级调节功能的途径之一。所以，目系不转是精神亡失的证据，十分凶险；西医不也以瞳孔散大、光反射消失判断中枢调节衰亡吗？

舌头从性质上说也是一个特殊的系组织。舌是心神之窍，肺系出喉咙，肾系循喉咙、挟舌本，脾系挟咽、连舌本、散舌下，肝系入颃颡、连目系，五脏皆通于舌咽，舌体形态、动态能反映脏器、中枢的情况。舌是暴露在外的肌肉组织，血供由颈外动脉分出，走舌下，至舌尖，相伴而行的舌静脉、舌深静脉与舌动脉交汇于舌下，舌乳头内部含有丰富的微循环组织，这样一种血供构造，使得舌表面几乎完全成了三焦的天下，方便我们直接观察。如舌乳头体积减小，乳头内微血管收缩，管径变细，数量减少，甚至部分毛细血管消失，则舌瘦色白，多见于严重虚弱患者；乳头内微血管数明显减少，血供严重不足，组织灌流不良，则舌体枯瘦、僵硬，舌色晦暗，多见于久病体虚，或严重贫血，或大剂量放化疗损伤，或重度感染、休克患者，是为极虚；乳头内毛细血管、细静脉收缩，管径细小，微血管扭曲瘀滞，颜色晦暗，则舌瘦色绛，多见于失血性休克、糖尿病、动脉硬化患者；舌乳头增大，微血管扩张，血流瘀滞，血管周围渗出，则舌色鲜红，舌苔黄厚，多见于静脉回血不畅，血液黏度增高，如感染、血液肿瘤早期、骨髓增殖、肝脾肿大、心肺综合征患者；舌乳头微血管血流停滞，血管周围渗出，血色暗褐，循环不良，组织缺氧，乳头萎缩，则舌体枯干，舌色晦暗，多见于久病体虚，及瘀血患者……舌诊是对三焦的直接观察，也是中医极富特色的诊断技术之一。

系组织是集束构造，如扩展、平摊开，那就成了膜系组织，如脑膜、膈膜、心包、肠系膜、胸膜、腹膜之类。筋膜是一大类组织，分布极广。浅筋膜是周身皮下深层的纤维膜，深筋膜遍布全身各处。筋膜内部富含血管、淋巴管、神经，不仅能包裹、分隔、固定、保护肌肉、血管、神经、关节、内脏、骨髓、大脑，也能发挥滋养、调节作用。肠系膜在历史上很有名，也叫肓膜、膏肓，"病入膏肓"说的就是它。"肝主筋"，包裹、连属骨节、肌肉的膜系组织，质地坚韧，弹性极佳，俗称筋，其中宗筋是附着于横骨的筋膜丛束，上络胸腹，下贯髋尻，且延伸为外生殖器，有时还特指阴茎、睾丸，既是系组织，又是膜系，还是外生殖器，非常特殊。

　　第二类特殊组织是孔窍，即机体向外的开口，能沟通内外表里，游行出入精气，转换生命过程与状态。体表最重要的孔窍有九个，即五官七窍加前后二阴。十三窍是指除九窍之外，再加上心窍舌，津窍廉泉、玉英，汗窍毛孔，精窍茎口。这些孔窍，皆开口在外，沟通表里，各有所属，三焦组织密集分布。

　　经典认为，心开窍于舌，肺开窍于鼻，脾开窍于口，肝开窍于目，肾开窍于耳、前后阴，似乎舌是专属于心的，耳是专属于肾的，其实不然。如目，古人也认为是集中了五脏六腑的所有精粹，瞳仁属肾，黑眼属肝，白眼属肺，白眼血络属心，眼睑属脾，一个眼睛并属五脏，不是专属哪个脏器的。实际上，前后二阴、汗孔、津窍、精窍能将有形之物化为无形，符合运化之机，可名之为运化之窍，五官七窍能收纳信息，无中生有，符合生化之机，可名之为生化之窍，诸孔窍或主生化，或主运化，都是转换生命过程与状态的机枢。如目为肝之窍，受血则能视，这不是说肝功正常就能产生视觉，而是说在血供正常的情况下，目系就能生化信息，转换视觉信号，反映精神状态。目受血是一个很复杂的过程，精气调节，心神指挥，脾胃生化水谷精华，肝代谢、回流，肾协调肺心，充实血脉，灌注三焦，哪一个环节也不能少，五脏没一个是闲着的。推而广之，诸孔窍功能正常，必以气血滋润、阴阳交合为前提。所以，古人称孔窍为精气游行出入之所，这是很有道理的。

孔窍有时也叫门户，如胃之五窍指咽门、贲门、幽门、阑门、魄门，如畜门指鼻孔、吸门指会厌、飞门指唇、户门指齿，等等。孔窍、门户都有内外之分。心有两窍：心之苗窍是舌，心神之窍是精气出入的门户，能沟通心脑，类似今天的窦房结。原则上，各种腧穴都是门户，也都是孔窍。孔窍、门户是一大类特殊形态的组织，数量多到无法计数，如汗孔属十三窍，但其实是一大族，谁能数清？认识到孔窍、门户是一类组织，是一个系统，这很重要，没有内外孔窍、门户，说什么阴阳转枢，升降出入，那就是欺人之谈；从守使关系来说，系、膜、孔窍、门户都是精神之使，流行精气，交合阴阳，最能体现中枢调节，脏腑生化、运化的情形，在生理、病理、诊断、治疗等各方面都具有极为重要的价值。

第三类特殊组织是合。以脏腑为中心，直接连属脏腑的血管古人叫大络，穿行组织之间、肉眼可视的动静脉叫血脉，三焦微循环是微血管的天下，横向连络微血管的细小血管古人叫络脉，更细的联系络脉的血管叫孙脉……这是一个层级结构，由宏观到微观，步步深入。在这个层级结构中，三焦微循环直接滋养组织，脏腑功能通过血脉传递作用于各类组织。所以，必须通过三焦微循环，脏腑才能将其作用投射到特定的组织，而这些组织就是合，即脏系功能的集中投射区。最著名的合组织叫五脏之合：肝合筋，肾合骨，心合脉，肺合皮毛，脾合肌肉。如何理解呢？

心主脉好理解。脉其实是脉气、血脉的综合，即心主输出、循环和血管功能的综合，经典认为，这是由心主导的。但是，血管接受的是中枢神经-体液调节，如高血压患者，交感兴奋，血管长期处于紧张状态，这必然影响心脏输出、循环功能。所以，心主脉其实是心神主脉，更明白地说，是中枢通过调节心脏、血管而主脉。如此而言，调节脉气的主宰是中枢，心不过是中枢调节的使者，没有心主，心神不能主脉，这才是合组织的真切含义。

按这个逻辑，如肺主皮毛，即中枢调节肺系，影响血容、血压，升降体温，开阖汗孔，能主导皮肤表层组织器官的功能，以皮肤、毫毛、汗孔等作为集中投射的对象。在这里，毛发其实是个象征，也是个代表，它像秋天成熟的庄稼，代表皮肤的营养水平，并不是说肺系只关心毛发，不计其他。肺是相傅之官，心怀天下生灵，怎么能说只管毛发呢？

脾主肌肉也好理解，虽然有点绕。脾是生化水谷精华、为肝系提供代谢底物的。肝代谢生成的津液必须回流肺系，交换气体，化赤为血，灌输于心，再由心主输出才能滋养肌肉四肢。如此一来，虽然在根本上，脾决定着肌肉的营养状况，但毕竟不是直达肌肉的，那古人所谓的脾主肌肉是什么意思呢？其实，古人所讲的"脾为胃行其津液"，真正的意思是，胃气为脾行其津液，脾为胃气供给津液；脾代谢提供了滋养肌肉的基础，胃气在心神的指挥下输出灌注，滋养肌肉四末，精神调节，神气之使，脏腑之合，缺一不可。

肝主筋比较复杂。肝的物质能量代谢和回流肺系，在很大程度上决定着血液的质量，不仅是筋，主要是心脑，更依赖于肝功。所以，肝代谢、回流的状态，是启动中枢、调节代谢的主要信号源，对心肺调节也有直接激发作用。交感亢进，肝代谢加强了，但消耗大量水谷精华，生成的津液也不能顺畅回流入肺，造成心脑供给不良，于是在中枢调节下，心肺紧张兴奋，呼吸、心搏加强，但津液无源，回流艰难，心脑反而愈加严重缺血缺氧，迫使中枢迅速改变调节模式，重新分配血液，导致内脏、肌肉、关节、筋膜等组织失去有效供给，久而久之，筋膜病变，或痿或痹；相反的，迷走神经持续兴奋，肝代谢低迷，胆汁排泄过多，大便溏泄，水谷精华流失，肺、心回流、输出无力，同样也会造成心脑缺血缺氧，从而启动代偿机制，重新分配血液，关节、筋膜丧失有效供给，产生病变。所以，肝代谢、回流的状态，若不是阴阳冲和的，总会造成血液重分配，筋膜、关节失养。虽然筋膜、关节的最终主导者还是中枢，但肝代谢、回流是最重要的中介和信号源，没有肝冲和的代谢、回流，筋膜、关节必然失去有效供给，产生各种病证。这才是肝主筋的真切含义。

肾主骨最复杂。主骨的肾，当然不只是泌尿系统的那个肾，而是在中枢调节下，能特别影响骨骼营养、造血过程的以肾冠名的功能。骨，首先是"骨为干"的那个骨。什么是干？古有天干地支，干是一个系统的核心构架，能代表系统运行的大规律。如干支纪年，其实是表征四季阴阳变化的一个系统：甲乙代表木，这是春季；丙丁代表火，这是夏季；戊己代表土，这是长夏；庚辛代表金，这是秋季；壬癸代表水，这是冬季。十个天干轮转一周，一年四季的阴阳变化尽在其中矣！这就叫做四季恒度。骨也是如此，骨的生、长、壮、老、已记录了人一生，支撑着人的一生，与中枢神经一体液调节直接相关。这是肾主骨的第一层意思。

交感兴奋，或类似交感调节效能的激素释放，使甲状腺、甲状旁腺功能亢进，分泌增多，而甲状旁腺素浓度的增高，使肾系加强对钙的重吸收，抑制对磷的吸收，造成低血磷-高血钙病态；同时，又能刺激骨细胞膜提高对钙离子的通透性，促进破骨细胞生成，激发小肠对钙的吸收，大大提高血钙浓度。血钙浓度升高，虽能抑制甲状旁腺分泌，但在病理状态下，高血钙的损伤是深刻而持久的。首先是周身骨骼疼痛、行动困难，甚至造成骨畸形、骨折、牙齿脱落；其次是抑制肾的磷吸收，使钙盐在一些组织中沉积，形成结石，多饮多尿；再次是抑制中枢，皮层兴奋性不足，肌张力减弱，极度疲劳，智力、记忆减退，情绪不稳，失眠，性格改变，甚至引发精神病。肌张力不足的一个重要表现是胃肠道运动迟缓无力，造成食欲不振，恶心呕吐，便秘，产生消化道溃疡。这是肾主骨的第二层意思。

促进造血的刺激因子的生成与肾、血管、免疫系统有关。如红细胞生成素主要由肾小管内皮细胞合成，失血、低氧可刺激其合成增多。粒细胞-巨噬细胞集落刺激因子主要来源于 T 细胞、B 细胞、血管内皮细胞、成纤维细胞，粒细胞集落刺激因子主要来源于单核巨噬细胞、血管内皮细胞、成纤维细胞，单核巨噬细胞集落刺激因子主要来源于单核巨噬细胞、血管内皮细胞、成纤维细胞。雌激素能调控造血干细胞增殖、定型，白细胞介素能调节其分化，转化生长因子能调节其增殖、冬眠、静止、分化。对骨髓造血功能的调节，血液质量只是初始的刺激信号，血管内皮细胞代谢将启动造血过程，在中枢调节下，肾系、免疫、血管等相关组织功能的改变，能促使骨髓造血干细胞的最终成熟。这是肾主骨的第三层意思。

总而言之，肾主骨终究还是一个中枢主导的过程，不仅决定着电解质的平衡、内环境的稳定，决定着造血功能，而且记录着人的一生；骨骼作为中介组织，它的生化与运化，健康与疾病，最终还是由中枢主导的。

以三焦微循环为基础构成的最大、最重要的组织，就是极富中医特色的经脉系统。那么，什么是经脉？

经脉与三焦密切相关，这是我们已经感觉到的，但三焦本身还不是经脉，它只是经脉的组织基础之一，对这一点，我们只要想一想循环系统的解剖就清楚了。循环系统的核心是那些大的动静脉，它们决定了循环的走向。从大的动静脉渐次分出的次级动静脉，直到深入组织之后，才逐步形成了微循环，也即三焦。这样一来，三焦就有了两个特点：在宏观上，有一个大致的循行方向，在微观上则不能明确定位——这不正是经脉的特点吗？由大的动静脉、次级血脉联合决定的规律性的三焦循行构成了十二经，深入体腔的是经别，散于皮肤、肌肉表层的是皮部，维络筋骨的是筋经，穿插于组织间隙的是络孙之脉，网状分布的是膜系，结为集束的是大络。不是有三焦就一定有经脉，也不是有动静脉就一定有经脉，微观三焦与宏观循环之构造、功能、调节的综合，才是连属周身上下表里，滋养组织，实现中枢、系统、局部调节功能的经脉系统。

经脉是宏观循环、微观三焦结构、功能、调节的综合，所以只弄清三焦微循环是不够的，还必须弄清宏观循环，特别是静脉循环。现代解剖将静脉循环分为上腔静脉系、下腔静脉系、心静脉系三部分，我们只能择要而论。

上腔静脉回流的要害在于，它能回流头部、颈部、手臂、肩膀的动脉血，通过胸静脉络属胸膺，通过奇静脉沟通上下，特别是能络属食管上段、纵隔、心包、支气管、两肋、舌、咽、甲状腺，其流向特征恰与手经重合：手太阴肺-手阳明大肠经以锁骨下静脉系为主；手少阴心-手太阳小肠经以颈静脉、奇静脉为主；手厥阴心主-手少阳三焦经以胸静脉、奇静脉、颈静脉为主，它们彼此贯通，构成了一个大系统，凡后之脊背，前之胸膺，上之脑中、颠顶，下之肠系，尽皆属焉。

下腔静脉系由髂外静脉系（回流下肢）、胸腹壁静脉系（回流筋膜系统，脐周静脉除外）、肾静脉系（回流肾，肾上腺、睾丸、卵巢、膀胱、子宫、阴道、外生殖器、肛门下部，以及直接注入下腔静脉的膈下静脉、腰静脉所属的动脉血）、肝静脉系、椎静脉系构成。对下腔静脉系，我们主要关注几条脏支回流。

肾系回流指肾静脉，肾上腺静脉，左侧睾丸（卵巢）静脉至下腔静脉的回流系统。肾脏吸收水津，排泄尿液，清洁血液，调节血容、血压、体温，维持电解质平衡、内环境稳定，其静脉回流极有特点：首先是流量大，能滤过心输出总血量的 $1/5\sim1/4$，相对过血量超过肝、脑，居诸脏器之首；其次是路径短，动脉血直接来自腹主动脉，有利于滤血；再次是能自我调节，当灌流压在 $80\sim180$ 毫米汞柱之间波动时，肾犹能自主调节流量，维持血流稳定。

肝系回流是指肝门静脉收集下消化道（包括食管腹段）、胃、肠系、脾、胰、胆囊、盆腔、附脐静脉回血，入肝后经由小叶下静脉汇合而成的左、中、右肝静脉，再从腔静脉沟注入下腔静脉，回流肺系的巨系统。肝门静脉系首尾两端都是毛细血管，无瓣膜，非常容易瘀堵、逆流；同时，它还是交通上下腔的主要通路，主干有 3 条：

肝门脉-胃系统：起肝门静脉，经胃左静脉、食管静脉丛、食管静脉到奇静脉、上腔静脉，回流肺系。

肝门脉-胸腹壁系统有四支，皆起自门静脉，由附脐静脉、脐周静脉网，一路经腹壁上静脉、胸廓内静脉、头臂静脉，至上腔静脉回流肺系，一路经胸腹壁静脉、胸外侧静脉、腋静脉、锁骨下静脉、头臂静脉，至上腔静脉回流肺系，一路经腹壁下静脉、髂外静脉、髂总静脉，至下腔静脉回流肺系，一路经腹壁浅静脉、大隐静脉、股静脉、髂外静脉、髂总静脉，至下腔静脉回流肺系。

肝门脉-脾系统有两支：起自肝门脉，经脾静脉、肠系膜下静脉、直肠上静脉，至直肠静脉丛，一路经直肠下静脉、髂内静脉、髂总静脉，至下腔静脉回流肺系，一路经肛静脉、阴部内静脉、髂内静脉、髂总静脉，至下腔静脉回流肺系。

正常情况下，这些交通上下腔的侧支循环管径细小，血流量少，当肝门静脉因回流受阻，或交感亢进、拘急收缩之时，侧支循环开放，管径扩张，血流增多；同时，由于血流量骤然增加，原来细小的交通支不堪过流，或在食管静脉丛，或在直肠静脉丛，或在脐周静脉丛，怒张委屈，青筋暴露，病成静脉曲张。若食管静脉丛、直肠静脉丛曲张处破裂，就会造成呕血、便血，若侧支循环失去代偿能力，就会引起肝脾肿大，病成臌胀、腹水。

盆腔诸脏器静脉在器官壁内或表面形成丰富的静脉丛，男性有膀胱静脉丛、直肠静脉丛，女性有子宫静脉丛、阴道静脉丛。睾丸静脉起自睾丸和附睾小静脉，汇成蔓状静脉丛，构成精索的一部分，经腹股沟管进入盆腔，汇成睾丸静脉，左侧以直角汇入左肾静脉，右侧以锐角注入下腔静脉，所以左睾丸静脉易发生精索静脉曲张。卵巢静脉起自卵巢静脉丛，在卵巢悬韧带内上行，注入部位一如睾丸静脉。男女前阴之血回流髂内静脉，汇入下腔静脉。男女后阴之血回流起阴肛静脉，注阴内静脉，再注髂内静脉，最后汇入下腔静脉。直肠下静脉经肛门静脉丛、直肠上静脉，与肝门脉系的肠系膜下静脉沟通。膀胱血供由髂内动脉前支的膀胱上下动脉负责。在女性，除上下膀胱动脉供血外，还有阴道动脉、子宫动脉供给膀胱。膀胱静脉网状分布于膀胱壁层，其主干走膀胱底部静脉丛，在男性与膀胱及前列腺之间的静脉丛汇合，最后流注髂内静脉。盆腔内诸静脉，位置低，道路迂曲，多网状分布，无静脉瓣，所以很容易造成瘀血，病成癥瘕积聚。

足经六脉与下腔静脉回流路径也是高度吻合的：足阳明胃-足太阴脾经以奇静脉、肝门脉、髂外静脉、胸腹壁静脉、胃左动脉、舌静脉为主；足太阳膀胱-足少阴肾经以颈静脉、椎静脉、腰静脉、肾静脉、膀胱静脉丛、髂外静脉、肝静脉、肺静脉、甲状腺静脉、舌静脉为主；足少阳胆-足厥阴肝经以颈前静脉、胸静脉、肝门脉、胸腹壁静脉、髂外静脉、肾系静脉、腹壁浅静脉为主。足经系统的特别之处在于，腰脊、下肢、腹腔、胃肠道、盆腔供血皆出自上焦，回流沟通上下腔静脉系，上至巅顶，供血绝无近水楼台之便，回血却有负重远行之难，重力效应突出，当供血发生障碍，心脑供给不足时，常常首先牺牲胃肠道、下焦血供，造成组织缺血缺氧，多病痿痹、癥瘕、厥逆等证。

就血液循环而言，心、肺、胃中脘以上诸器官、组织其实是一个功能整体。心功能性循环起右心，入肺，回左心，输出外周，再回到右心；营养性循环，即冠状动脉循环，起左心，经左右冠状动脉、小动脉注入毛细血管网，出静脉丛、右心冠状窦，回右心房。肺功能性循环起右心，经肺动脉干、左右肺动脉注入肺泡毛细血管，交换气体后，出左右肺静脉，回流左心。肺营养性循环有两支：支气管循环起左心，经胸主动脉注入肺泡壁毛细血管网，经肺静脉、支气管静脉回左心；支气管壁静脉丛循环起左心，出支气管静脉、肋间静脉，经半奇静脉、奇静脉回右心。呼吸性细支气管静脉丛大部分与肺小动脉联网汇入肺静脉，一小部分由支气管壁、邻近组织形成静脉丛，汇成支气管肺静脉，流注肺静脉。气管隆突、叶、段等支气管壁之静脉丛是真正的支气管静脉，经肋间静脉、半奇静脉、奇静脉回流右心。支气管壁之肌肉层有内外之分，肌肉层内动脉、静脉毛细血管丛穿行，且络属管壁肌肉层下的毛细血管丛。肺动脉高压、支气管拘急、管壁肌肉收缩，迫使血液进入肌肉层下的毛细血管丛，而肌肉层内静脉血难以回流，使得支气管静脉瘀血，组织失养，导致水肿、管腔狭窄，病发喘咳。

　　我讲过，古人是多少有些心胃不分的，说胃气，其实是说心气，但这并不是一个解剖错误。胃系上起咽喉，循食管，至于腹中，下接十二指肠，它的血供十分特殊：动脉血供，咽喉段由甲状腺下动脉供给，胸段由支气管动脉供给，胃中脘以上由起自胸腹主动脉的胃左动脉供给，从而连属心肺，胃中脘以下由肝动脉、脾动脉供给，因此属于肝系；静脉回流，下属肝门脉，上属肺脉，连属甲状腺、面静脉，后属椎静脉丛。

　　胃系如此奇特、复杂的血供构造蕴涵着极为特殊、极为重要的价值。胃中脘以上的动脉血供属胸腹主动脉系统，静脉回流归于肺系，与心肺关系更为密切，在功能上实属上焦，主要体现运化功能。说到底，这一部分的胃，它根本就不属于胃系，反倒是心肺功能的一部分，综合了机体的运化之能，可称为胃气之阳。胃中脘以下的动脉血供出自肝系，静脉回流归于肝门静脉，这种构造使之与肝脾关系更为密切，在功能上属于中焦，总和了机体的生化之能，可称之为胃气之阴。胃中脘以下的"地气"，是受纳腐熟的消化系统的胃，与肝脾活动统一，说是机体生化能力的综合；胃中脘以上的"天气"，名曰胃之大络，与心肺活动统一，是机体运化能力的综合，这有什么意义吗？它的重要意义在于，胃中脘是人体上下的阴阳分界，上为运化之阳，下为生化之阴，上阳下阴分界、交合于此，综合起来就是一个胃气！因此，只有运化、生化和谐交融于胃中脘，胃气冲和，大气才能循度升降，阴阳才能顺利转枢；反之，运化、生化不平乖戾于胃中脘，胃气不和，则必然阴阳厥逆，甚至阴阳离别，胃气断绝，必死无疑。所以，"有胃气则生，无胃气则死"，不是能吃东西则生，不能吃必死，而是说机体运化、生化阴阳分离了，必死无疑。胃气综合了运化之阳、生化之阴，而上焦心肺，中焦肝脾，下焦肾直接主导运化、生化，脏腑、经脉病变也必然导致运化、生化不平，胃气上下失衡，同时胃之大络连属心肺，静脉回流归于肺系，所以脏腑、经脉病变必然见之于手太阴寸口、足阳明人迎，据此所以我们可以，通过诊脉推断脏腑、经脉的各种病变，这是中医脉诊所以可能的根本原因。古人说，治病必求于本。阴阳不平，主要就是胃气不平；胃气不平，其实就是运化、生化不平；运化、生化不平，责之于脏腑、经脉，其不平也，必然有所分别；有所分别之运化、生化之不平，必然见之于寸口、人迎；寸口、人迎之特殊脉症，必然反映病理之本。所以，察色按脉，辨别病理之本而加以治疗，纠正胃气不平，恢复运化、生化和谐关系，这是治病的基本大法；寸口、人迎再现冲和胃气，"脉大为进，脉小为退"，胃气回归是疾病治愈的判别标准。总之，古人所说的胃含义复杂，最专门的是指受纳腐熟的胃，扩展开是代表生化之能的胃，更广泛些是杂合运化之阳、生化之阴的胃气，这其中，运化之阳其实就是心气。所以，古人心胃不分，这实在不是一个解剖错误，而是根据对脏腑功能、血液循环的深邃认知才得出的令人惊叹的结论，说它是理解中医的一个关键，也不为过。

说到三焦经脉，还必须搞清楚一件事，这就是命门！

《难经·六十六难》："脐下肾间动气者，人之生命也，十二经之根本也，故名曰原。三焦者，原气之别使也，主通行三气，经历于五藏六府。原者，三焦之尊号也，故所止辄为原，五藏六府之有病者，皆取其原也。"

《太素》无"肾间""通"三字。"三气"不辞，实为"生气"之误。动通中，和也；动气，就是中气，即冲和之气。命，令也，指精神调节的指令。原通元，首也；又通源，根本也，原气不仅根本，而且至尊。什么是原气之别使呢？别，分解也。使，王之使者，宣布王命，交通内外，协和四方。凡实现中枢调节功能的中介组织都是王的使者。原气之别使，就是原气在另一条道路上的使者，这个使者，叫三焦。为什么叫别使，不叫正使呢？原气不会只把精神调节的指令宣布给三焦，不给脏腑，毕竟脏腑才是主要的；和脏腑比较起来，三焦只能是别使。总起来，脐下的冲和之气，能发出精神调节的指令，生长十二经，所以叫做原。作为原气别使，三焦主导交通，流行生气，络属所有脏腑。所以，原气是调节三焦的宗主，而三焦流行之所也能反映出原气的调节。因是之故，通过调节三焦流行，进而调节原气，自然也就能治愈五脏六腑的疾病了。

三焦之原，肾间动气，不仅是精神宣布命令的门户，调节五脏六腑的根本，也是十二经根本、呼吸之门，这究竟是什么东西？其实，围绕命门之所以纠缠不清，主要是因为古人对以肾冠名的功能难以分辨，讲不清楚。今天看，经典中以肾冠名的功能分作三层："肾合膀胱，膀胱者，津液之府也"，这个肾，是作为泌尿系统的肾，主导排泄尿液，维持血容、血压、体温，不妨叫肾功；"肾者，作强之官，伎巧出焉"，这个肾，是作为内分泌系统的肾，分泌肾上腺髓质激素、皮质激素和性激素，功能在第二层，不妨叫肾神气，简称肾气；人体遗传的、中枢性的、整体的调节能力与模式，属中枢神经-体液调节系统，肾气只是其中最重要的一部分，这是最高级的第三层功能，不妨叫肾精。对照以肾命名的三层功能，所谓命门，其实很清楚，就是肾气出入、调节三焦的门户；所谓原气，就是肾气调节三焦经脉系统的能力与模式，至于左肾、右肾、肾间、脐下之类，都是指示命门位置的，其实质就是左右髂总动静脉交汇之所。这个地方，外有关元、中极，内有血脉交通，来自下肢、周边脏腑的静脉血完成了各自的使命在此汇聚，走下腔静脉，回流肺系，来自心肺的动脉血在此分离，奔赴各处，宣布王命，来的走的汇聚于此，分别于此。因是之故，精神调节也必然集中于此、区别于此。这不就是肾气出入之所、命令之门吗？这个门户，交汇了下焦肝系、肾系的冲和之气，共中隔肌、腰、髂属肾系、胁肋、季胁、胸腹壁属肝系，功能上包括了肝系的代谢、回流、收集、净化、修复组织，以及肾系的作强、排泄、生殖、运动，是机体生化的核心构造、传统的冲脉系统的组织基础。更妙的是，类似的构造也由左右颈动静脉构成。据此，《素问·海伦》所谓的"冲脉者，为十二经之海，其办理上在于大杼，下出于巨虚之上下廉""膻中者，为气之海，其输在于柱骨上下，前在于人迎"，也就有了着落。

肾气，通过命门，将精气的调节指令宣布给三焦，这个过程放在今天看，也是极有道理的。肾功升清泌浊，减少或增加微循环组织间液，改变电解质浓度，影响内外三焦之间的物质、能量、信息交换。肾上腺髓质组织本质上是交感神经的延伸，能收缩三焦微血管，直接影响三焦灌注、流行、输出，令三焦少灌缓行。肾上腺皮质激素能促进物质能量代谢，将大量营养物质输入血脉，改变血流变性质、三焦物质构成，影响内外三焦交换，令三焦多灌迟滞。肾功、肾气结合起来能有效调节微循环形态，增强或削弱整个循环系统的效能。所以，所谓命门，不过是肾功、肾气综合调节微循环，进而调节全身经脉系统的构造与机制；所谓原气，不过是肾功、肾气出入命门，改变三焦微循环形态，调节经脉系统的能力与模式，如是而已。

肾精之使叫肾气，肾气调节三焦别称原气，而原气治理经脉系统的使者，古人叫奇经八脉。

何为脐下动气？脐下即关元所在，关元这个地方的冲和之气，就是脐下动气。任脉、督脉、冲脉一源三歧，皆起于肾下，这个位置恰好与关元重叠。奇经八脉，只有任督二脉有自己的腧穴，连冲脉都没有。冲脉，即冲和之脉，它的特点就是阴阳冲和。冲脉起气冲，下交任脉、督脉于会阴，中交脉宗气于膻中，上交任脉于颃颡，前并阳明而交任脉，后走伏冲而交督脉，它的冲和之气，如同树根滋长树枝一样生出十二经脉。但是，冲脉没有自己的腧穴，在性质上属于络脉系统。所以，中枢调节三焦经脉，一定是通过任督二脉治理冲脉，再由冲脉治理阳明，从而调和十二经、五脏六腑的。这就是胃与冲脉都叫做十二经、五脏六腑之海的原因。

任脉、督脉、冲脉一源三歧，皆出肾下，下交会阴，上交百会，是一个严密的大系统：脊背有督脉，胸腹有任脉，纵向上下有冲脉，横向环绕有带脉，阴阳维脉作为巨大的络脉系统维络、规范诸阴诸阳正经，阴阳跷脉络属足少阴、足太阳，贯通上下，这样一个大系统，要拿来干什么呢？一言以蔽之，总领三焦经脉！

督脉总领诸阳，任脉总领诸阴。何谓领？领者，头颈也，引申开就是治理；《乐记》"领父子君臣之节"，这个领就是治理。所以，任督二脉的工作是治理诸阴诸阳正经的。治理什么呢？冲脉贯通太阴、阳明，上出颃颡，下出气冲，渗诸阳，灌诸阴，交合营卫，升降大气，性质冲和，为五脏六腑、十二经之海。冲脉，即活力满满的动脉、无偏阴阳的冲和之脉，任督二脉既然是总领阴阳的，那冲脉只能是由任督二脉交合而成的。换言之，任督二脉直接治理的，正是冲脉。

冲脉又如何能治理十二正经呢？奇经与正经的关系，经典说，奇经如湖泊，正经如江河。江河满溢则泻入湖泊，江河干涸则湖泊回馈，总的结果是使江河既不因水盛而泛滥，也不因水枯而断流，也就是说，奇经是通过缓冲、补益的方式治理正经的。所以，任督二脉、冲脉与十二经有这样的关系：十二正经为径流，冲脉为周边河岸、湖泊；十二经水盛泛滥则溢入冲脉络系，十二经水流枯竭则冲脉之水汇入正经；任督二脉治理冲脉阴阳，当阴经不足时，任脉缓冲、补益冲脉，将冲脉阴络之水汇入阴经，当阳经不足时，督脉缓冲、补益冲脉，将冲脉阳络之水泌入阳经。与此同时，阴阳维脉交通、维护、规范阴阳正经，作为冲脉的后援与补充，与冲脉协调动作，避免冲脉过用虚竭；阴阳跷脉作为足少阴、足太阳的络脉系统，在督脉的治理下，与冲脉协调动作，及时增益命门原气，使之不至于迅速衰竭。这里还要特别讲一下带脉。带脉循行腰腹，是任督二脉横向的络脉系统，与冲脉正好纵横相对。带者，绅也，意思是大带。申，即神，阴阳不测谓之神。所以，绅这条大带，能变换阴阳，无比神奇，深奥难测。为什么呢？带脉出足少阳，络属任督二脉，连属宗筋、阳明、少阴，犹如任督二脉与足少阳、足少阴之间的中介系统。足少阳是中正之官，足少阴是作强之官，它们都能转阴为阳、转阳为阴。所以，带脉实属任督二脉之使，能缓冲、补益足少阳、足少阴，进而转枢阴阳，升降大气，规范经脉流注，变化水火，与冲脉配合，从机制、物质两方面，辅佐任督二脉治理经脉系统。总之，任督二脉代表中枢神经-体液调节的不同倾向，冲脉是任督二脉与十二正经之间的使者，阴阳跷维是冲脉的后援与补充，整个系统是通过缓冲、补益的方式实现治理正经，调节三焦微循环，滋养脏腑，维持生化、运化活动的。奇经八脉之间的关系可图示如下：

$$
精神\begin{cases}原气阳神——督脉\\原气阴神——任脉\end{cases}\}带脉-冲脉\begin{cases}阴阳跷脉\\阴阳维脉\end{cases}
$$

今天看，所谓奇经八脉，实际上就是那些沟通上下腔的静脉回流侧支，以及左右髂总动静脉中枢调节特性的综合。如前所述，左右髂总动静脉位在关元、肾下，是静脉回流、动脉分流的交汇点，集中体现了中枢神经-体液调节的效能，这是一个方面。另一方面，椎骨血供自上而下由椎动脉、肋间后动脉、腰动脉和骶外动脉分出的椎间动脉供给，回血汇成椎内外静脉丛，再汇入椎间静脉，自上而下分别汇入椎静脉（回颈内静脉）、肋间后静脉（回奇静脉）、腰静脉（回下腔静脉）。椎内静脉丛回流椎骨、脊髓之血，注于椎间静脉，椎外静脉丛回流椎骨、周围软组织之血，它们在椎间孔、黄韧带之间的裂隙处连属，特别是椎内静脉丛，在枕骨大孔处与颅内的基底静脉丛连属。所以，椎静脉系是沟通上下腔静脉系的重要通道，且能通过奇静脉沟通肺系，将身体前后联为一体。当咳嗽或呕吐时，腹内压突然增高，下腔静脉不能正常受纳腹腔、盆腔静脉回血，此时血流可经骶外静脉、腰静脉和肋间静脉返流，再经椎内静脉丛注入上腔静脉；但同时，由于肺内压增高，回流不易，遂导致腰脊、颈部循行障碍，项强、腰脊痛。胸腹壁在组织上称作筋膜，本身就是沟通上下腔循环、微循环的构造，浅层多脂肪，深层多纤维，血管、淋巴管、神经穿插密布，联络成网。胸腹壁静脉系分深浅两层，都属交通上下腔的构造。浅层静脉由三部分构成：肝门静脉通过脐周静脉网、胃左静脉、食管静脉、奇静脉连属上腔静脉，回流肺系；脐以上静脉注于腋静脉、锁骨下静脉、上腔静脉，回流肺系，脐以下静脉注于髂外静脉、髂总静脉、下腔静脉，回流肺系。胸腹壁深层静脉由腹壁下静脉（出髂外静脉）、腹壁上静脉（胸廓内静脉）构成，下走股静脉，上走腋静脉。下肢及髂外静脉系起股静脉，汇集旋髂浅静脉、腹壁浅静脉、阴部外静脉、股内侧浅静脉、股外侧浅静脉之后，注入胸腹浅静脉、腋静脉、锁骨下静脉，至上腔静脉回流肺系。沟通上下腔静脉系的回血构造与奇经循行是高度吻合的。椎静脉系与督脉，肝门脉系与任脉，奇静脉系与冲脉，腰静脉系与带脉，胸腹壁静脉系、下肢及髂外静脉系与阴阳跷维，都仿佛镜像与实物，虚实重叠，如影随形。奇静脉系、椎静脉丛系、肝门静脉系、胸腹壁静脉系、下肢及髂外静脉系沟通上下腔静脉系，在主要静脉回血障碍时能建立侧支循环，所以是一个代偿调节系统，与奇经缓冲、补益十二正经的作用恰好符应。奇经又如何充当原气之使，治理十二经呢？这就是功能性、调节性的存在形态了，用实体存在观无法解释。事实上，如果连沟通上下腔的侧支循环，即奇经，都失去了代偿作用，那主要的静脉循环必定早已严重障碍，中枢调节也必定早已深陷危局。所以从功能、调节的角度看，凡奇经病都属难治，正如湖泊必干涸于江河之后，奇经也是在十二正经严重损伤之后才发生显著病变的；也就是说，奇经作为三焦经脉的治理者，它的功能、调节与中枢调节是同步统一的，是中枢性的调节系统。

总之，精神通过奇经治理三焦经脉。督脉起肾下、出会阴，女子则系其溺孔，男子则绕阴器、循阴茎，这是它深伏体内，出为络脉的部分，然后分走两路：身后一路从前后二阴之间绕过臀部，与足少阴、太阳络脉连属，再循足少阴贯通脊柱，连属于肾为核心，再向上循足太阳出颈项、入颅颢，至内眼角而出，上额交颠，入络脑中，转出下项，循肩髆内夹脊至腰中，入膂而行，维络于肾；身前一路循少腹直上，贯穿脐、心而入喉，上颐环唇，维系于两目中央之下。所以，督脉下能交通、规范前后二阴，交冲任二脉于会阴，上能治理阳维、太阳游行眼目、颈项，上巅络脑交诸阳、厥阴，交冲任二脉、厥阴于颅颢，身前则行腹里，贯脐心而入喉，身后则循脊背、颈项，总领诸阳。任脉起胞中，下会阴，别走两路：身后则上循脊里，为经络之海，身前则循腹上行，入喉咙，与阴维交天突、廉泉，环绕唇口，入颅颢，交督冲二脉与厥阴，循面至两目之下而终。所以，任脉上能游行咽喉、颃颡、眼目而交冲督二脉、厥阴、手足阳明，下能交冲督二脉于会阴，身前则携足三阴而行，身后则散为络脉，总领诸阴。任督二脉如人身子午，造分日夜寒暑，从躯体前后统领阴阳正经，调节寒温，升降大气，转枢阴阳。冲脉起胞中，出气街，分为两路：下则注少阴大络，走腘中、足胫，并足少阴而渗三阴，伏行出跗，循跗入大指间，渗诸络而温足趾；上则再分两路，身前并阳明上行，出颃颡，渗诸阳，灌诸阴，身后走伏冲之脉，潜行脊膂之间。所以，冲脉下交任脉、督脉于会阴，上交督脉、任脉、阳明于颃颡、两目、咽喉，共荣唇口，身前治理阳明上行，身后深入脊膂，为任督之使，乃十二经、五脏六腑之海，如通衢大道，交通、规范阴阳正经，升降大气，交合表里。阴阳跷维作为冲脉的后援、代偿组织，行走外周三焦，宣布精神之恒度，规范平衡阴阳，交通协和四方。带脉出章门，携足少阳，环绕腰腹，上交厥阴，下交冲脉、阳明、宗筋、督脉，变换阴阳，深奥难测。任督二脉，通过纵向的冲脉络系、横向的带脉转枢，从物质、机制两方面治理经脉流注，大气升降……真可谓奇经布列，八阵森然，正正之旗，堂堂之阵！

心为天，肾为地，肝气佐心而升主生化，肺气佑肾而降主运化，胃脾通衢，上阳下阴，交合于中，升降大气，出入水谷，合乎四季五脏阴阳之恒度，这个人体模型作为古典哲学的直接推论，晓畅明白，缺点是太过简约。现在，我们知道了脏腑、经脉学说，一个新的人体标准模型便呼之欲出了。

这个模型，以三焦四部分隔脏腑，以经脉系统连贯上下，以络脉系统维络表里。具体说，至上之焦为精神脑髓之府，上焦为脉宗气之府，中焦是脾胃、肝胆居处，下焦为肾、膀胱所主。天枢以上，为天属阳，天枢以下，为地属阴。胃气之阳，总和运化之阳；胃气之阴，总和生化之阴。阴阳交和，见之于太阴寸口。在天之经为阳系之经，在地之经为阴系之经。阳系经脉，属心肺主运化；阴系经脉，属肝肾主生化。所以，心为阳中太阳，肺为阳中太阴，肾为阴中太阴，肝为阴中太阳，脾为阴中至阴，胃为阳中至阳。大气升则阳经运化，大气降则阴经生化。运化至极，转枢生化；生化至极，转枢运化。大气升降，阴阳转枢，谓之神机；水谷入则大气升，表里交合，水谷出则大气降，上下交合，水谷出入，阴阳交合，谓之气立。因是之故，大气升降，阴阳转枢，水谷出入，表里交合，循度变化，谓之平人。任督二脉，分置两级，人身子午，造分阴阳寒暑；冲脉贯通上下、维络手足六经；奇恒之府，诸系膜、诸合窍，阴阳跷维，各据关隘；皮肉脉筋骨构成躯体，喜怒悲思恐表达情志。大气升降，阴阳转枢，水谷出入，阴阳交和，气血周行，如环无端，精神出入，恒有节度，合乎四季五脏阴阳变化之恒度，以为常也！

第四章　五精并行

中医总是说津液啦，气血啦，好像不管什么都可以叫做气，那究竟什么才是津液、气血呢？

《灵枢·决气》："余闻人有精、气、津、液、血、脉，余意以为一气耳，今乃辨为六名，余不知其所以然。"

什么是气？气，甲骨文作"三"，像云气。云是什么？地气蒸腾为云，天气肃降为雨。在原始思维里，云是交通天地的使者，人通过云向天表达诉求，天通过雨传达神的旨意。所以，气通乞，凡给予、乞求都叫气。《文子·守弱》："形者，生之舍也；气者，生之元也。"这个气用的是本义。时代变迁，原始神性退出了人们的日常思维，于是另造一个"氣"字专表云气，更造一个"餼"字保留原义。而从医理来说，气也成了奉养精神、滋长组织、调治生命活动的综合实在，有一个上下循行、交通四方的活动方式，有一个奉养精神、滋养组织的功能，有一个调和阴阳的作用，三者综合起来，才是气。

《灵枢·决气》开篇就说精、气、津、液、血、脉都是气，都是奉养精神、滋长组织，调治生命的，有什么区别呢？

"两神相搏，合而成形，常先身生，是谓精。"

"谷入气满，淖泽注于骨，骨属屈伸，泄泽补益脑髓，皮肤润泽，是谓液。"

《素问·经脉别论》："食气入胃，散精于肝，淫气于筋。"

"两神"当作"两精"，律之《灵枢·本神》"两精相搏"可知。父母阴阳之精交合所产生的，能生成形体，恒生于我身体之前的，这个叫做精。谷者，甘也，美也。水谷之美不能自然产生，必须经历一番复杂的生化过程，当那些能够实际奉献给精神、滋养形质的气十分充沛丰满时，就会产生一种黏稠如泥的、光润的液态物质流注滋养筋骨，让关节伸屈自如，流泄润泽脊髓、脑精，让皮肤润泽，这叫做液；液出自食物，由胃气将细小的精粹输出于肝，随着脉理浸渍于筋。显然，这不是普通的水液，它自内而外具有广泛的滋养、润泽之力，能调制生命，不妨称作髓液。髓液很有特点：形质黏稠如泥，居有固定之所，有独特的营养价值，如关节液、脑脊液、骨髓、脑髓之类，都属于髓液。某些组织器官离不开髓液，如古人所谓的奇恒之府，脑、髓、骨就不用说了，脉、子宫也有明显的活动节律，显然是特定物质、机制调节的结果；也就是说，各类激素、神经介质、精液，等等，也都属于髓液。

髓液作为精神的物质基础，与精在很多方面都是重合的。精得自先天遗传，是中枢性、整体性的调节模式与潜力。男女交媾产生受精卵，遗传基因记载生命密码，这就生成了我之精。古人将此解释为天地阴阳的结合，认为阴阳交合，负阴抱阳，冲气以为和，就会诞生万物，人也一样。今天看，尽管遗传性的生命恒度可贮存于每个细胞，但真正能起到整体调节作用的，只有中枢性的神经-体液调节系统，只有这一部分先天的调节模式与潜能才可以叫做精，或者说，只有脑精才可以叫做精。中枢之精与外周组织能建立广泛的联系，相对独立的、成系统的调节通道，构成反馈调节关系，现在一般叫轴系，而古人更习惯于称其调节过程为出窍。精出窍即为神：出脑精之窍为神志，出脏窍为脏神，出腑窍为腑神，出五官之窍为感觉，出情绪、思维之窍为情志……精在中枢、外周的调节模式和力量，就是该组织、构造、器官之神，或生命之象。所以，精出窍即为神，神入窍即为精；内在规定为精，外在表现为神；精为神之守，神为精之使，将精的旨意宣布四方、协和上下表里。因是之故，精与神，或在很多方面髓液与神，不过一物两名，不可分离，分离必死。

生命的模式和潜能，在内为精，在外为神。精出心窍为心神，情志为喜，感觉为味；出肺窍为阴神，情志为悲，感觉为嗅；出肝窍为阳神，情志为怒，感觉为视；出脾窍为意，情志为忧，感觉为触；出肾窍为志，情志为恐，感觉为听。心君为十二官之主，阳盛时周身火热，阴盛时周天寒彻，若调节循度，则阴阳冲和，调节偏颇则十二官危，或倾倒于阳，或倾倒于阴。心最能感受胃气变化，上传于脑精，宣布于心神，做出调整，令总的变化冲和中正，如春季擂鼓祭天，有事于南亩。精出肺窍为阴神，出肝窍为阳神，这是落实左右阴阳道路的组织构造。肝气如春，万物苏醒。阳神在肝则大气升腾，在目则成视觉，在情志则为怒。《扬子·方言》："楚谓怒曰凭。凭，忍盛貌。"怒是一种隐忍的激越的情绪，这是非常精妙的刻画。肺气如秋，物成而收。阴神在肺则大气肃降，在鼻则成嗅觉，在情志则悲。悲者，痛之上也。《诗经·豳风》："女心伤悲。"《郑笺》："春，女感阳气而思男；秋，士感阴气而思女，是其物化，所以悲也。"悲，肺感到心神偏阴，大气肃降，所以悲。悲是一种压抑、约束的情绪。《淮南子·原道训》："忧悲多恚，病乃成积。"积这种病，是因为肝多怒，脾多忧，肺多悲引起的。"心有所忆谓之意。"这个心，其实就是脑精。脑精针对特定对象而施展开，这就是意。所谓心无旁骛，就是精无所偏。精无所偏，就是脑精调节负阴抱阳，冲气以为和。脾性如土，性无所偏，脑精对脾的调节是可阴可阳的，这种调节在情志则为忧，在感觉则为触。忧，心动也。心动，故曰思；思而不得，故曰愁。所以，只是感觉到了，但是难以明确，这样一种不阴不阳的状态，就是忧，就是触。"意之所存谓之志。"脑精调节，有着确乎不移的方向了，这就是志。志者，识也，记也，如也，总之是智识。脑精清醒的、理智的、明确的，合乎阴阳之道的调节，谓之志。这种调节，可说是最贴近于精本身了，所以"肾藏精"，精与志高度同一，脑精通过肾精反映出来的生命之象，最能代表精。听者，静也，顺从之谓。《尚书·太甲》："听德惟聪。"恐者，惧也。猝然临之谓之惊，志而明之谓之恐。因恐惧而谨慎、顺从，这种情志、行为，正如冬之万物，委屈求生。所以，脑精通过肾精的调节最能体现精的本性，令周身上下表里，慎从安静。五脏藏精，即五脏是变化生命之象的地方，它们所表现出的神气，与五种藏神、五种情志、五种感觉是高度一致的，是异质同构的。迎风落泪，对月伤情，不是诗人太脆弱了，而是他们对异质同构关系高度敏感；临秋风而寂寥，感春气而欣然，五脏活动的特性，与情志、感觉是高度相关的。总之，精出窍，调于五脏六腑，建立不同的轴系，调节效应表现为情志、感觉、认知、行为诸生命之象，这就叫做神。所以，精是生命的核心，神乃精之使者，滋养、支持精神活动的物质精华是髓液，髓液来源于水谷之美，而水谷之美不只有髓液。

"上焦开发，宣五谷味，熏肤、充身、泽毛，若雾露之溉，是谓气。"

上焦打开门户，如发射箭矢般宣泄出去，这是讲心主输出。宣，天子宣室，即天子大室、正室，虽不是庄严肃穆的正殿大宫，却是处理日常事务的重要机关，如汉未央宫宣室，如清养心殿。气的日常工作是将五谷之美，像宣布王命一样，如风宣散，和调阴阳。溉的意思是洒，而洒的意思有洗涤，还有奉养牺牲。清洁洗涤，这是针对六腑生化的，让六腑生化井然有序、清浊分明；奉养牺牲，这是针对供给心脑的，因为只有至高无上的神灵、君主才配上奉养、牺牲祭祀。所以，溉要当主持六腑生化、奉养心脑讲。总之，气是什么呢？它从上焦迅猛输出，像君王那样宣布五谷之美，温养肌肤，生长身体，光润毛发，如雾露般清洁、规范六腑生化，奉养心脑……显然，这个气，说的是脉宗气。

脉宗气的出身十分复杂。经典认为，胃之大络出脉宗气，但胃里只有初级消化物，怎能穿膈、络肺、出喉咙、贯心脉呢？其实，胃上半部血供属心肺，下半部血供归肝脾。作为水谷生化之始，胃系的受纳腐熟为中焦分清泌浊、吸收水谷精华做好准备。准备工作不到位，下面的水谷生产必受影响，而水谷生产质量，作为内源信号，直接刺激中枢，调节心肺功能，改变呼吸、心搏。所以，胃上半部的心肺之能综合了机体的运化之阳，下半部的消化、吸收之能综合了机体的生化之阴；上半部的运化与下半部的生化彼此顺接，守使相成。所以，胃气运化之阳是脉宗气的直接反映，生化之阴是导致脉宗气变化的内在信号源，胃气从生化、运化两个方面支持了脉宗气。所谓胃之大络出脉宗气，无非是说，脉宗气出自胃气之阳，特别强调了胃气对脉宗气的基础地位。

脉宗气就像天子在自己的办公室里处理日常事务，如风一般宣布五谷之美，和调阴阳；它温养肌肤，充实身体，光润毛发，用雾露般的清气清洁、规范六腑，奉养精神；它具体的工作日程是：

"上焦出于胃上口，并咽以上，贯膈，而布胸中，走腋，循太阴之分而行，还至阳明，上至舌，下足阳明，常与营俱行于阳二十五度，行于阴亦二十五度，一周也。故五十度而复大会于手太阴矣。"

每日，脉宗气从胃上口出来，循着食管、气道，贯穿膈肌，到达咽喉，然后散布胸中，行走腋下，沿着手太阴路径而行，再然后，它返回来循着手阳明之路到了舌头，再下走足阳明。原来，君王的一日是这样过的！我们看看它一日都干了些什么？

脉宗气走手足阳明，而阳明为十二经、五脏六腑之海，遍布周身上下，络属内外表里，多气多血，所以脉宗气的基本工作就是宣布五谷之美，温养肌肤，充实身体，光润毛发，而且更重要的，还要洗涤六腑，使之分清泌浊，循度更替虚实，生化水谷精微，真是王命所及，遍布周身；出胃上口，并咽而上，贯膈，散布胸中，所以又能主导饮食受纳，呼吸出入，滋养心包、支持心搏；经手阳明连属心系、舌窍，所以奉养精神、接受旨意，形之于言语。贯膈，这是讲脉宗气主导呼吸的作用，因为肺不能自主收缩、舒张，必须依赖呼吸肌群；布胸中，这是讲脉宗气滋养心肺组织，包括横纵膈膜、心包，流注支气管循环、冠状动脉循环等。总之，脉宗气有广泛、深刻的营养、支持作用，特别是对至上之焦的精神、胃中脘以上的消化道、全部呼吸系统、心血管系统，以及孔窍、肌肤、身体、毛发等外周组织，举凡上焦、至上之焦组织、器官，都是脉宗气滋养、温煦的对象。要之，脉宗气能主导饮食、呼吸、心搏、言语、精神等基本生命体征。

脉宗气占据了胃气的半壁江山，是运化之阳的代表。

《素问·平人气象论》："平人之常气禀于胃；胃者，平人之常气也。人无胃气曰逆，逆者死。"

常气，即恒气。什么气是日常恒在的？诸气皆不能恒在，唯脉宗气必须恒在，呼吸、心搏须臾不可停。诸气如只是阴阳偏颇，不至于死，唯有脉宗气不可逆，呼吸、心搏去而不返，必死无疑。所以，古人讲："有胃气则生，无胃气则死""所谓无胃气者，但得真脏脉，不得胃气也。"真脏脉就是胃气失去了运化之阳，或生化之阴，阴阳离绝之脉，或至刚，或至柔，刚柔至极，物极必反，所以非死不可。

脉宗气太重要，有之则生，无之则死，那它的物质基础又是什么，它运化什么呢？

"中焦受气取汁，变化而赤，是谓血。"

"壅遏营气，令无所避，是谓脉。"

中焦付与的气、获取的汁，变为充满生命力的红色液体，这个叫做血。壅即辟雍，原型是上古先民居住的营地。西周之时，原来集物质生活、精神崇拜、智慧传承于一身的先民营地分化为专门的居所、社稷、宗庙、大学，而辟雍是象征智慧传承的建筑：圆形，高丘在中，四边围墙，环以水流，前后有出入通道。辟雍不是简单的学校，而是传承、创造智慧的场所，代表上古诸神的意志，是文化、精神的象征。遏者，微止；有规矩地行止。使营气如辟雍环水那样行止有精神、有智慧、有规律，让它没有过错，这个叫做脉。血脉常并称，但其实根本不同。中焦获得生化之力，撷取五味之汁生成的赤色液体，这个叫做血。能够围拢、规范细密的营气，令其无法乱走的，这个叫做脉。所以，血脉，既包括物质的血、组织的血管，又包括滋养、循环、规范之能；血是物质，脉是功能，物质和功能综合在一起才是血脉。血与脉一物两名，不可分离。

血从哪里来，营气又是什么？

《灵枢·营卫生会》："中焦亦并胃中，出上焦之后。此所受气者，泌糟粕，蒸津液，化其精微，上注于肺脉，乃化而为血，以奉生身，莫贵于此，故独得行于经隧，命曰营气。"

中焦等齐于胃中部，从上焦之后发生。中焦所接受的气，能轻快地流泄渣滓，细细燃烧的火焰蒸腾酝酿出津液，生化精微物质，回流灌注于肺系，气体交换之后化为红色的富氧血液，用于奉养精神、生长身体，再没有比它更宝贵的了，所以要毫无杂质、不受污染地独自循行于经隧，这个就叫做营气。

营气的出身、变化很容易混淆。中焦起于中脘之下、上焦之后、胃的下半部，即胃系，这没有问题。"泌糟粕、蒸津液、化其精微"，津液的生化，是将初级消化物分解为细微营养物质，经小肠吸收入血，但这只是津液，不是营气。"上注于肺脉，乃化而为血"，这是说静脉回流、化赤为血的过程，所以血液有两个来源：首先是回收来的静脉血，其次是新生的营养物质，它们都是津液，由营养物质、血细胞、水津、代谢废物构成，不含氧气，不够清洁，不能滋养组织；上下腔静脉血、新生的津液回流肺系之后，经肺相傅的监测、清洁、交换气体、排泄废物、平衡电解质之后，才能成为血液，但也只是血液，不是营气。肺系输出心脏，心主输出外周，流行血脉、三焦微循环之后的血液，能实际奉养精神、生长身体，这才是营气。所以，营气是运化的血液；由脉宗气输出、流行的血液才是营气，它极为宝贵，不容玷污，灌注脏腑大络、环行循环血脉、三焦微循环干流，如同辟雍之环水，体现精神旨意，如环无端，周流不息，智慧行止。

营气有什么用？

《素问·痹论》："和调于五脏，洒陈于六腑，乃能入于脉也。故循脉上下，贯五脏，络六腑也。"

《灵枢·邪客》："营气者，泌其津液，注之于脉，化以为血，以荣四末，内注五脏六腑，以应刻数焉。"

营气无比珍贵，独行经隧，循脉上下，贯通五脏，维络六腑，符应刻数，这是讲营气的循行，有几个特点：独行经隧，周流上下，如环无端，其流行之路是一个密闭的环流系统；贯五脏，络六腑，这是有交通联络之能；

符应刻数，营气流行一日，漏下百刻，这是说营气循行有严格的节律性。当然，营气更重要的功能是奉养精神，生长身体，那它是如何奉养生身呢？

和调，即协和、调解。邻里间吵架了，有人出来调解；五脏间闹矛盾了，营气出来调解，以维护五脏间的和谐关系。这就是说，五脏间的和洽关系是由营气维护的。营气病则五脏气争。洒陈，即清洁而有序。清洁什么呢？古时祭祀要用牺牲，宰杀牺牲以奉上帝必先清洁，否则就是大不敬；而用什么祭品，按什么次第摆放都有一定之规，不能乱来。小肠是受盛之官，专管生产祭祀牺牲，六腑配合小肠完成任务，生化水谷精微，营气的作用，就是让小肠分清泌浊，让六腑生化井然有序。营气的功用集中在机体内部，专注于五脏六腑，能和解五脏关系，维持和平稳定，主导小肠消化、吸收，令六腑按流程、循次第生化水谷精微，所以独行经隧，无比珍贵。

营气为什么能和调五脏、洒陈六腑呢？

六腑生化有先后次第。水谷始入于胃则胃实，泌入小肠分清泌浊则脾实，结肠吸收水津则结肠实，直肠泄下则直肠实，肾系渗入膀胱、排泄尿液则膀胱实，上实则中下虚，中实则两端虚，下实则中上虚，六腑生化虚实更替，井然有序，所以三焦通畅，大气循度升降，水谷出入有节。若六腑生化次第逆乱，前后颠倒，上下不得顺接，或停滞不通，或肆行无忌，则必使糟粕、精华混杂一处，瘀瘀积聚，污浊不堪。五脏运化有生克关系，心主输出如火，肾系升清如水，肝系代谢回流而升腾，肺系回流宣发而肃降，胃得心火、肾水而平和，得肝升、肺降而通畅，脾得心火、肾水而温润，得肝疏、肺降而通行，相克相生，秩序井然，于是五脏循度盛衰，机体生、长、化、收、藏合乎四季阴阳变化之恒度矣。若五脏生克逆乱，盛衰颠倒，有冬无春，有夏无秋，必使代偿调节困难，彼此不得相互应和。

营气能滋长身体，奉养精神。若营气不足，至上之焦缺血缺氧，则神气必出，心肺呼吸、心搏增强而代偿，于是肝火旺盛，肾水枯竭，脾系常虚不实，胃系常实不虚，结肠无水而大便干燥，膀胱泌少排多而小便短涩，胆汁不排，大气升腾，五脏气争、六腑无序；若营气太过，至上之焦脑髓满溢，心系上奉受阻，肺系回流不通，神气郁痹不出，则精神志意恍惚，官窍不通，脾胃生化停滞，污浊淤积，肝肾代谢终止，遇阻难行，胆汁有排无节，大小便或虚而不禁，或实滞不行，大气厥逆，五脏不平，六腑不洁矣。进而言之，营气供给脑髓固然义不容辞，但脉宗气主导呼吸、心搏，维持基本生命体征，营气的充分滋养，静脉的有效回流，同样不可须臾稍怠，否则一样是五脏气争不平，六腑失度，津液不生。所以，心脑是生命的核心，供养心脑是营气的根本使命。营气对重要脏器的充分血供，能调和五脏关系，规范六腑分清泌浊、虚实次第，赋予脏腑生化、运化以节律，输运代谢产物，顺接上下表里。营气不调则五藏气争，六腑污浊，虚实逆乱，表里不通，官窍闭塞，阴阳不得循度转换，大气不得应事升降，水谷不得应时出入矣。

换个角度，从脏腑的观点看，营气规范脏腑运化、生化的作用更为显明。脾系分清泌浊，肝系代谢回流，生化津液，回流肺系，化赤为血，心主输出，流行表里，营气以成，这是营气生化、运化的基本过程。不难推想，若脾系生化健旺，肝系代谢顺遂，津液大源充沛，心脑供给无虞，则精神清静，心君安和，心肺融洽，肾水涵养，脾胃三焦通畅，风调雨顺，五脏和洽相处，六腑生化有序，表里通和，大气循度升降，水谷出入有节。若脾系津液不生，肝系代谢不利，心脑化源不足，必使中枢强烈应激，脉宗气紧张代偿，遂使肝气逆上，肾水消烁，心火亢盛，肺系焦灼，三焦痰瘀积聚，上下不接，表里不通，严重时重新分配血液，初则脾系、肾系、肝系，继则肌肉，甚至筋骨缺血失养，组织损伤。所以，营气环流，循脉上下，贯五脏，络六腑，病则脏腑不和，琴瑟不协，神机化灭，气立孤危。

那么，营气如何实现其功能呢？

《素问·经脉别论》："食气入胃，浊气归心，淫精于脉。脉气流经，经气归于肺，肺朝百脉，输精于皮毛。毛脉合精，行气于府，府精神明，留于四藏。气归于权衡，权衡以平，气口成寸，以决死生。"

女嫁曰归。"桃之夭夭，灼灼其华。之子于归，宜其室家。"女子嫁人，一则有了归宿，一则助养夫家，归其宗族，宜其家人，变化家风，归藏是也。淫是特殊的流浸形式，叫随理浸渍，很缓慢、细密地浸入，但有固定的道路。朝。甲骨文像日月在草中，盖形声字，表时间，后专指早晨；君臣、同类相见曰朝，这是引申义。百脉，即络脉，言其极多；毛脉，如毛之脉，纷披而下，盖指孙脉。收藏文书、撰写诏令的机关叫做府，所以府之精神，犹言府之功能。

营气出自水谷之美，在胃气推动下，精粹归藏于心，循着脉理输出血脉，流行经脉。走表者，由心主输出，归藏肺系，肺系流注、宣布于体表络脉，将精粹输至皮毛；走里者，由孙脉将精粹集合起来，流行于脏腑，在脏腑精神作用下产生冲和之气，再流行四方、改变四方。这一系列的变化，所归所藏，浮沉合度，阴阳冲和，呈现于气口成为寸脉，据此气口寸脉便可推定生死。所以，营气是由心主输出，先至血脉，再至经脉，再到络脉、孙脉，其中，走表的，借着肺系通道流散皮肤，走里的，由孙脉集中起来再注入、流注脏腑，在脏腑精神的作用下发生变化，然后输出四方、改变四方。这一系列的变化，反映于气口形成寸脉，根据寸脉之象可推定生死。这是营气从生化到运化的一般情况，若具体说：

《灵枢·营气》："谷入于胃，乃传之肺，流溢于中，布散于外。精专者，行于经隧，常营无已，终而复始，是谓天地之纪。故气从太阴出注手阳明，上行注足阳明，下行至跗上，注大指间，与太阴合。上行抵髀，从脾注心中；循手少阴，出腋下臂，注小指，合手太阳；上行乘腋，出颏内，注目内眦，上巅，下项，合足太阳。循脊，下尻，下行注小指之端，循足心，注足少阴；上行注肾，从肾注心外，散于胸中；循心主脉，出腋，下臂，出两筋之间，入掌中，出中指之端，还注小指次指之端，合手少阳；上行注膻中，散于三焦。从三焦注胆，出胁，注足少阳；下行至跗上，复从跗注大指间，合足厥阴，上行至肝，从肝上注肺，上循喉咙，入颃颡之窍，究于畜门。其支别者，上额，循巅，下项中，循脊，入骶，是督脉也；络阴器，上过毛中，入脐中，上循腹里，入缺盆，下注肺中，复出太阴。此营气之所行也，逆顺之常也。"

这就是著名的十二经流注。营气周流，行于血脉，滋养生命，协和五脏六腑，体现天地大道，终而复始，分为四节：

阴气生化过程：起手太阴肺系，根据手阳明大肠传递的信息，调和卫气，在面部启动足阳明流行周身，在足趾启动足太阴，催动髀关运动，生化津液，回流心中。手太阴、手阳明，足阳明、足太阴是个对称结构，不妨称春气生化。这是营气从寅时至巳时的活动，时在夜半3点至清晨9点，如春季。

阳气运化过程：从手少阴输出，经腋下、手臂至手指交手太阳，上循眼眶、目眦，上巅顶、下颈项，流注头巅身中；在颈项交合足太阳，循脊下尻，流散体表，至足小趾、循足心，启动足少阴，上行注肾，从肾注心，散于胸中，流散身中。手少阴、手太阳，足太阳、足少阴也是一个对称结构，不妨称夏气运化。这是营气从巳时到申时的活动，时在上午9点至午后3点，如夏季。

营气流散络脉，输运糟粕，汲取精粹的过程：由胸中脉宗气，循心主脉，出腋下臂，出两筋入手掌，在中指后还注小指、次指端交手少阳，循经而上流散上焦；上行注膻中气海，散于三焦，流散中焦；从三焦注胆，出胁注足少阳，下行至足背，流注足大趾交足厥阴，流散下焦。手厥阴、手少阳，足少阳、足厥阴也是一个对称构造，不妨叫秋气肃降。这是营气从申时到亥时的活动，时在午后3点至暮夜9点，如秋季。

营气储备物资，修复组织，休息整理，准备再战的过程：从足厥阴上行贯肝注肺，循喉咙，入颃颡，在畜门达到极致，流散至上之焦。从畜门别走上额，循巅下项，循脊入骶，流散于中枢神经系统，是为督脉，乃中枢治理诸阳经的构造；维络阴器，上过阴毛中，入脐中，循腹里，入膻中，是为任脉，乃中枢治理诸阴经的构造。在督脉、任脉治理下，经气复注肺中，再度流行于手太阴，重启一日营气循行。足厥阴、督脉、任脉、手太阴这个构造不是对称的，而是连锁构造，足厥阴佐升，手太阴佑降，督脉如午，任脉如子，犹如冬季作强。这是营气在亥时至寅时的活动，时在暮夜9点至深夜3点，如冬气作强。

十二经流注既精致完整，又古怪神奇，这是古人的臆造吗？当然不是。

生物体按特定时间、特定规律进行的周期性调节，叫做生物节律性调节。生物节律类型极多，如超日律、近日律、亚日律、近周律、近月律、近年律等，其中以24小时为周期的调节即近日律，或昼夜节律是最为重要的。人体生化、运化活动都能表现出昼夜节律，如寤寐交替，血压高低，心率快慢，体温波动，激素（胰岛素、糖皮质激素）水平的潮汐式变化，代谢盛衰，细胞生死，以及免疫调节，摄食行为等，都有昼夜节律性，且昼夜节律的振荡与年龄、性别、遗传无关。昼夜节律不仅表现在生命整体活动中，也表现在系统水平、器官水平、细胞水平，甚至分子水平。如血压节律，凌晨3点至5点是最低的，此后在2～4小时内出现晨峰，然后逐步降低，并在白天保持一定的水平，夜晚入睡后则进一步降低。调节生物昼夜节律的组织叫昼夜节律钟，包括中枢时钟和外周时钟。中枢时钟的核心在下丘脑视交叉上核——阴阳跷脉、阳明经恰好维络目眦；阳跷脉满则张目，阴跷脉满则瞑目，胃不和则卧不安——它是昼夜节律的起搏点，通过神经、体液调节影响外周时钟。外周时钟主要在肝、心、肺、肾，恰是水火升降，但几乎所有的组织、器官也都有分布。中枢与外周时钟系统的精妙协调，使得机体活动与环境变化相呼应，从而维持生命活动的规律。所以，十二经流注是古人对机体活动细致精微的观察，反映的是人体调节的近日节律，描绘的是营气具体的工作日程。

在经典，营卫常并称；卫气和营气一样重要，甚至在某些方面比营气更重要。

"腠理发泄，汗出溱溱，是谓津。"

古人对"腠理"怀有极大的兴趣，经典中每每言之。腠是肤腠，理是纹理，肌肤表面如起伏的山地，曲折的山谷即腠理。在肌肤上汗孔密布，毫毛如林，是为人体的第一道防御阵地。从腠理如箭一般发射、流泄汗水，那出得很欢畅的，叫做水津，它从哪儿来？

《灵枢•营卫生会》："下焦者，别回肠，注于膀胱，而渗入焉；故水谷者，常并居于胃中，成糟粕，而俱下于大肠而成下焦，渗而俱下，济泌别汁，循下焦而渗入膀胱焉。"

下焦在回肠处与中焦离别后，便注于膀胱，疏浚下流了。所以，原来下焦与中焦还并居胃中，生化津液呐，现在却受纳了糟粕，其中还混杂着水津一起进入了大肠，然后酿酒分泌，区分糟粕精华，升清泌浊，沿着下焦疏浚道路，卫气就进入了膀胱太阳。

起胃中脘到回肠，包括中脘以下的胃系，全部小肠、胰腺、脾脏、肝胆系统等组织器官，这一段可以叫广义中焦，狭义中焦专指消化系统的胃系、小肠、脾胰等相关组织和器官。从回肠开始，包括全部结肠、直肠，盆腔诸脏器，肾脏、膀胱，前后二阴，下肢双足，这是广义的下焦，狭义下焦起回肠，包括结肠、直肠、肾脏、膀胱等相关组织和器官，经典说，这一部分组织器官是生化卫气的。非常奇怪，从回肠到直肠属消化系统，而肾脏、膀胱属泌尿系统，它们是怎么搞到一块儿去的？从回肠开始，包括结肠、直肠、肾、膀胱、男女前后二阴，这一段中心三焦生化水津卫气，所谓"别回肠，注于膀胱，而渗入焉"，意思是把结肠水液吸收、肾系升清泌浊、膀胱排尿、卫气生化合而为一了，这是怎么回事？

为什么结肠对水津的吸收属泌尿系统？小肠是水津吸收的主体，每日吸收水液量约 8500 毫升，但小肠在吸收的同时，也将分泌等量的水液，吸收、分泌大致相等，它吸收水液主要是用于物质交换，从而将代谢底物泌入循环，供给肝系，从功能上说，完全是消化系统的活动。结肠每日吸收水液约 400 毫升，真正泌下直肠的每日只有 100 毫升左右，主要用于湿润大便。小肠每日吸收 8500 毫升水液以保证代谢之需，不足的部分当然要取自结肠，导致直肠缺水、大便干燥，而无法吸收的多余的水液，也要排入结肠，泌下直肠，导致腹胀、大便稀溏。所以，结肠吸收的 400 毫升水液，对物质交换、肝系代谢没有直接意义，反而是进入了循环，去调和血容、血压、体温了，从功能上说，根本就是肾系升清泌浊的一部分，直接决定了大便的干湿，间接决定了肾系的滤过、小便的多少。肾系分清泌浊，每日溶解 35~50 克代谢产物，最低需要 500 毫升左右的水液，而每日正常尿量约为 1500 毫升，如果不计肺系呼吸、皮肤蒸发、出汗等途径消耗的水液，则结肠吸收的水津总量，将接近总尿量的 1/3 弱，几乎等于最低尿量。所以，小肠吸收水津是功能性的，结肠吸收水津是调节性的，血容不足、外三焦组织间液减少就多吸收，血容有余、外三焦组织间液增多就少吸收；在水津不足，肾系吸收不能充分维持基本血容，平衡内外三焦水液、电解质时才开始紧张工作。若结肠吸收发生障碍，肾系独立承担升清泌浊重任，必然导致功能亢进，滤过增强，大便难而小便数，久则组织损伤，小大皆难；反之，若肾系吸收发生障碍，结肠全力工作，初则代偿调节加强，大便干结，小便难，久则失代偿，大便溏泄，小便难。所以，经典说，水津、津液在"别回肠"之后就"注于膀胱"了，明确指出结肠吸收是属于泌尿系统的。与此同时，结肠对小肠还有一个逆调节机制。结肠吸收不利，不能迅速排空，小肠糟粕就不能顺利泌下结肠，造成腹胀、腹痛；结肠吸收充分，迅速排空，小肠糟粕才能顺利泌下结肠，进入直肠，排出体外。所以，小肠、结肠与胃、小肠之间的关系是一样的，都是虚实交替，相辅相成。胃与小肠、小肠与结肠更虚更实，顺利交接，则三焦通畅，大气升降、水谷出入必然合乎四季阴阳变化之恒度。

肾系升清泌浊是生化水津卫气的主力军，结肠吸收只有代偿调节作用，调节什么？调节水津。那么，什么是水津？

有生理功能的体液才是水津，初级消化物、代谢废物、病理性淤积等等，虽然也是液态的，但不是水津。水津要进入循环，出入微循环，滋养组织，奉养精神，调和生化、运化，有明确的生理功能。水津循环，要完成如下使命：交换物质能量，滋养组织，排出代谢产物，清洁血液，平衡电解质，维护内环境；调控血容、血压、体温，维持昼夜节律、大气升降周流。水津回流，降低了心肺前阻力，缓解了交感紧张，大气肃降；水津输出，心肺后阻力降低，外周压力升高，交感紧张，大气升腾。调节体温，宣发汗液，水津达至皮毛、腠理、肌肉，降低了血压，带走了热量，缓解了交感紧张，汗出热散；外周遭受刺激，交感亢进，水津不得周流，肌肉、皮肤拘急，水津回流内脏，大气升腾。所以，水津循行不仅是一个滋长组织、奉养神明的过程，也是一个系统、中枢调节的过程。

但是，肾系升清泌浊、结肠调节代偿，只是生化了水津，卫气在哪儿呢？

《素问·经脉别论》："饮入于胃，游溢精气，上输于脾，脾气散精，上归于肺，通调水道，下输膀胱，水精四布，五经并行，合于四时五脏阴阳揆度，以为常也。"

水饮在胃气推动下，流行泛滥，其中一路源自于脾，经脾上输，将精气散布出去，归藏于肺，由肺疏浚、调节三焦而流行，另外一路灌注肾系，升清泌浊、疏浚、下输膀胱。所以，水津的来源有二：一是脾系新生的水津，包括结肠的代偿吸收，一是肾系静脉血的回收。这两路水津，回流肺系，布散四方，等齐于五脏经脉之营气而循行，合乎四季五脏阴阳变化的规律，是为恒常之态。所以，水液吸收进入循环成为水津之后，生化转枢为运化。运化之路，走内脏者，由脾系回流肺系，心主输出，下流三焦；走表者，经肾系升清泌浊，下输太阳膀胱，流散于表。这个过程是遵循大气升降、五脏运化阴阳变化之规律的。所以，运化的水津才是卫气。

水津生化、运化皆处在中枢神经-体液调控之下。交感兴奋，肝代谢、回流旺盛，心肺功能增强，输出增多，脾系吸收太过，结肠代偿加强吸收，大便干燥，营卫流走上焦，大气不降，同时血压升高，肾系血管收缩，滤过效能下降，尿液浓缩，小便短赤，于是结肠停滞，肾系淤积，上焦郁热，汗孔开放，汗出散热，一派卫气充盛之象。迷走兴奋，肝代谢、回流低迷，心肺功能减弱，输出减少，脾系分泌增多，结肠吸收减少，水液潴留肠道，泌下直肠，大便稀溏，大气有降无升，同时血压降低，组织间液增多，肾系血管舒张，滤过增加，尿液清冷，量多频数，于是结肠淤积，肾系失禁，上焦清肃，汗孔闭塞，一派阴风惨澹，卫气虚少之象。所以，卫气、水津其实一物两名。水津是卫气的物质基础，卫气是水津之功能效用，水多则气少，水少则气多；水津为守，卫气为使，卫气无水津规范则循行无度，水津无卫气温煦则淤积不流，水津、卫气阴阳冲和，才能正常实现彼此的功能。

经典认为，卫气是水谷中的强悍之气，形质稀薄，流行迅猛滑利，只能泛滥、围裹在营气周边，不能进入经隧。它常去的地方是皮肤之中，分肉之间，能温养肓膜，散于胸腹，总之是游走外周。那么，卫气能干什么呢？

《灵枢·本藏》：“卫气者，所以温分肉，充皮肤，肥腠理，司开合者也。”

卫气的功能是温煦分肉，充实皮肤，肥厚腠理，管理开阖。温分肉、充皮肤、肥腠理是卫气的滋养作用，这很好理解。卫气行于外三焦，直接融入组织、细胞，腠理是皮肤最外层，皮肤是身体最外层，分肉是肌肉最外层，都属卫气恒行之所，为水津所滋润，为卫气所温煦。但是，卫气司开阖是什么意思？显然，司开阖是卫气的调节作用，一般理解为主管汗孔开阖，开则汗出，闭则恶寒。但是，今天看，汗孔开阖是中枢调节的结果，与卫气何干？中枢调节短三焦，开放动静脉吻合支，口径变粗，过流增多，则体温升高，汗孔开放，关闭动静脉吻合支，口径变细，过流减少，则体温降低，汗孔关闭。中枢调节体温，以开阖汗孔为使：体温升高，汗孔开放，汗出热散；体温降低，汗孔收缩，肌肉寒战，体温升高，发热恶寒。所以，主导汗孔开阖的是中枢，不是卫气。然而，《灵枢·根结》有云：

“太阳为开，阳明为阖，少阳为枢。”

"太阴为开，厥阴为阖，少阴为枢。"

脏腑无开阖，只有能实不能满，能满不能实，虚实交替，运化、生化不息，否则脏器就衰竭了，还怎么开？所以，开阖是三焦经脉的功能，而且所谓的阖，也只能是暂时的减弱，还必须能再开。开，就是打开门户，阖就是关闭门户，在开门、关门的过程中，经典说，少阳、少阴就像门轴，是开阖的机关枢纽。所以，所谓卫气司开阖，无非是说，对于阳经，当卫气充盛之时，就能打开足太阳膀胱、手太阳小肠的门户，当卫气衰减，就能关闭足阳明胃、手阳明大肠的门户；对于阴经，当卫气充盛之时，就能打开足太阴脾、手太阴肺的门户，当卫气衰减，就能关闭足厥阴肝、手厥阴心主的门户。这是什么意思呢？足太阳膀胱主导体表水津流行，手太阳小肠主导水津体内流行，足阳明胃主导水谷进入，手阳明大肠主导糟粕排出；足太阴脾主导津液生化，手太阴肺主导津液回流，足厥阴肝主导津液代谢，手厥阴膻中主导津液输出。因是之故，对于阳经，卫气充盛，则使体表水津、体内水津加强流行，卫气衰减，则使体表水津、体内水津流行减弱，同时卫气充盛，则使水谷加强进入、不再排出，卫气衰减，则使水谷不再进入、加强排出；对于阴经，卫气充盛，则使津液生化、回流加强，卫气减弱，则使津液生化、回流减弱，同时卫气充盛，则使津液代谢、输出增强，卫气减弱，则使津液代谢、输出减弱。显而易见，当卫气充盛之时，对阳经而言，足太阳、手太阳加强水津流动，对阴经而言，足厥阴、手心主加强津液代谢、输出，同时消谷善饥、大便干燥，其结果必然是内热剧增，刺激中枢调节，打开汗孔，排汗散热；反之，当卫气衰减之时，足太阳、手太阳减弱水津流行，足厥阴、手心主减弱津液代谢、输出，同时水谷难进，大便溏泄，汗孔关闭，尿道疏浚，小便清长。所以，开阖汗孔只是卫气功能的一种附带效应，中枢调节三焦述流的一种手段而已。

因是之故，所谓卫气司开阖，不只涉及汗孔，凡大气升降，水谷出入，生化、运化转枢，昼夜交替转换，等等，都属开阖，也都与卫气有关。卫气盛，血压、体温升高，大气升腾；卫气衰，血压、体温降低，大气降肃降。卫气温和则能消谷，燥热则使人善饥，温燥太过则格阳，水谷不入；卫气虚则不欲饮食，寒则不能食，虚寒太过则胃反难消。所以，开阖汗孔固然是卫气之功能，但转枢生化、运化，开阖大气升降、水谷出入门户，规范昼夜节律，才是卫气最重要的本职工作。凡开阖转枢，皆归于卫气，根于中枢，这才是卫气司开阖的真切含义。

卫气还有一个重要的功能，即抵御病邪、卫外以为固，这是什么意思呢？人体抵御病邪需要充足的物质、能量支持。卫气水津一物两名，营气血液一物两名，营卫充盛，水气冲和，血压、体温合乎阴阳变化之恒度，温而不热，凉而不寒，皮肤坚实，腠理密固，病邪自然不易侵入皮肤、呼吸道、胃肠道，即使侵入，卫气所主导的诸液态免疫物质也能抵御，抗病能力当然不差。但这只是第一道免疫屏障，更重要的，营气循行内三焦，卫气流行外三焦，内外三焦之间恒常交换物质，不断清除代谢废物、病理产物、致病因子，细胞生存环境时时优化，而属于卫气的组织液直接营养细胞，维持电解质平衡、内环境稳定，更是第一线的清道夫。同时，淋巴液出外三焦组织液，沟通卫气与静脉回流系统，实现宏观内外三焦物质交换，流注淋巴结，追随营气周流全身，而肾气出命门调和三焦水火，血管、肾脏等组织脏器因营卫流行变化而变化，刺激骨髓造血干细胞生化、成熟，同时也决定了卫气的盛衰，这就构成了人体的第二道、第三道免疫屏障。因是之故，卫气流行无碍，淋巴液生化、回流必然顺畅，免疫物质基础扎实，系统效能强弱适宜，免疫力自然正常；卫气流行怠惰，淋巴液生化、回流必然衰微，免疫物质基础削弱，系统效能下降，免疫力自然不足；卫气流行迅猛，淋巴液生化、回流必然太过，免疫基础物质增多，系统效能太强，必然造成免疫超敏、自体免疫损伤。所以，惟有营卫冲和，卫气循度流行，淋巴系、静脉系顺接无碍，人体才能拥有正常的抵御内外病邪的能力。

那么，卫气如何实现其功能呢？

《灵枢·卫气行》:"岁有十二月,日有十二辰,子午为经,卯酉为纬。天周二十八宿,而一面七星,四七二十八星。房昴为纬,虚张为经。是故房至毕为阳,昴至心为阴。阳主昼,阴主夜。故卫气之行,一日一夜五十周于身,昼日行于阳二十五周,夜行于阴二十五周,周于五藏。

是故平旦阴尽,阳气出于目,目张则气上行于头,循项下足太阳,循背下至小趾之端。其散者,别于目锐眦,下手太阳,下至手小指之间外侧。其散者,别于目锐眦,下足少阳,注小趾次趾之间。以上循手少阳之分侧,下至小指之间。别者以上至耳前,合于颔脉,注足阳明以下行,至跗上,入五趾之间。其散者,从耳下下手阳明,入大指之间,入掌中。其至于足也,入足心,出内踝,下行阴分,复合于目,故为一周。

其始入于阴,常从足少阴注于肾,肾注于心,心注于肺,肺注于肝,肝注于脾,脾复注于肾为周。"

古人喜欢拿天干、地支、星宿说事,是因为它们能反映天地阴阳之道,天干、地支轮替交合、星宿柄斗流转,不过是天地之道的起承转合。一年分十二月,十二月配地支十二,春夏为阳,秋冬为阴;一日配十二辰,子午为纵向经线,卯酉为横向纬线;周天有二十八星宿,虚、张为纵向分界,房、昴为横向分界。所以,从房到毕属阳,从昴到心属阴。阳为白昼之主,阴为夜晚之主。卫气循行十二经,也如经历十二月、十二辰、二十八宿一样,白天行于阳经二十五度,夜晚行于阴经二十五度,一日一夜行五十度环身一周,而在夜晚卫气周遍了五脏。

所以,平旦之时卫气周遍五脏而阴气尽,开始循行阳经。首先走阳跷而出于目;目张则卫气行于头,循项而下,行背脊至足小趾端,这是循足太阳;另一路分散开,别走出目外眦,至手小指外侧,这是循手太阳;另一路分散开,别走出目外眦,循足少阳而下,至足小趾、次趾间,这是行足少阳;另一路分散开,循手少阳别走,至手小指、次指之间,这是行手少阳;另一路分散开,别走至耳前,交颔脉,注足阳明而下,至足背,入五趾之间,这是走足阳明;另一路分散开,别走耳下,下手阳明,入手大指、手掌中，这是循手阳明，这样就走遍了阳经，凡二十五度。卫气从头至足的多路经气皆汇入足心，出内踝，从足少阴进入诸阴经，循足少阴上行走阴维，交足少阴、足阳明，沿着足太阴、足厥阴、任脉路径上行至目下，复合于目，这样就走遍了阴经，凡二十五度，总计五十度而环身一周。所以，卫气循行与营气不同，它起于目、终于目，白天走阳经从头下足，夜晚走阴经从足上头，同时遍历五脏。阴维之脉，起踝上三阴交，入足少阴筑宾，然后循股内廉入少腹，交足三阴、足阳明，经足太阴交合足厥阴，然后借道厥阴，走胁肋，上胸膈，挟咽而会任脉，至目下，接续阳跷，开启新的一天。阴阳维脉属络脉系统，维络、规范诸正经，结成网络。所以，卫气行阴阳十二经，乃行于奇经络脉系统而实现，这就体现了其悍气、迅疾、滑利、轻薄的特点，或者说是行于脉外、游走外三焦的特性。这是卫气循行体表，而在体内，卫气在夜晚要遍历五脏：从足少阴注于肾，肾注于心，心注于肺，肺注于肝，肝注于脾，脾注于肾，走的是一条五脏相克的路子。

经典所谓的气，专门地说，就是营气、卫气、脉宗气，它们都有浓厚的原始文化色彩。卫，环绕宿卫也；营，环绕匝居也；脉，水流别支也；宗，族系之源也。原始部族居住的村寨，常选一块高平之地，中央建王宫、神坛、仓库、武库等重要公共建筑，部族人等环绕中心比邻而居，围成一个广场，最外一周有深沟土墙、出入通道。白天人们走出村寨劳作、狩猎、采集，夜晚一队队卫士举着火把、沿着沟墙巡逻，护卫营地安全。若移诸医理，则脑髓如神庙，心脏如王宫，这就是族系之源；脏腑如仓廪、武库，皮肉如堑壕、寨墙，孔窍如出入通道，体循环、微循环如营垒卫士，这就是水流别支——营卫循行，阴阳相贯，如环无端，周流不已！

营气是血液的运化，卫气是水津的运化，脉宗气主导营卫运化，那么，三者之间又有什么关系呢？

《灵枢·营卫生会》：（脉宗气）"常与营俱行于阳二十五度，行于阴亦二十五度，一周也，故五十度而复大会于手太阴矣。"

这个表述很奇怪。一日一夜行五十度，这是营气的循行节律，白天行于阳二十五度、夜晚行于阴二十五度，这是卫气的循行节律，何以脉宗气同时拥有营卫的循行节律呢？字面上，脉宗气是追随营卫节律的，但其实水津、血液运化都是脉宗气主导的，不是脉宗气拥有营卫节律，而是营卫体现了脉宗气的节律。

经典说，营气独行经隧，卫气追随营气，营卫循行五十度之后大会于手太阴寸口，这些话乍听如梦呓，但其实大有深意，价值非凡。度是古天文学的计量单位。以度计量营卫循行，无非是说，天地之道与人道是一样的，人体活动一天犹如天地活动一天，必然合乎一天的阴阳变化恒度。所以，营气一日一夜循环五十度，环身一周，这既是一种节律，也是一种恒度。今天看，若交感神经亢盛，则内三焦过流困难，外三焦回渗太过，渗透压升高，细胞膜内外电解质失衡，细胞脱水，组织损伤，炎性物质渗出，毛细血管通透性增大，内三焦蛋白质、血细胞、水津外渗，胶体渗透压降低，于是经脉不通，阴阳不交，组织瘀血失养，变性变形；若迷走神经亢盛，则内三焦过流乏力，外三焦水液淤积，渗透压降低，细胞膜内外电解质失衡，细胞水肿，组织损伤，炎性物质渗出，毛细血管通透性改变，内三焦蛋白质、血细胞渗出，于是经脉不通，阴阳不交，组织水肿失养，变性变形。营气运化太过，抑或不足，都会导致三焦过流障碍，内外交换失衡，经脉不通，阴阳不交，组织失养，变性变形。所以，昼夜循行五十度是营气恰好满足组织灌注、输运需求，正常无病的标准。反映于脉象，就是一吸再至，一呼再至，呼吸之间一至，每次呼吸五至，一分钟心搏75次，这个心率，既是营气的正常节律，也是脉宗气随呼吸而出入的正常节律。所以，脉宗气呼吸、心搏逆乱，必直接导致营气周行之数逆乱，脉率或数或迟，日夜或长或短，寒暑或热或寒，生命节律紊乱，五脏气争，六腑不洁。与此同时，卫气循行，平旦出目之阳跷，自头走足，身半以上诸阳经打开门户，开始运化，夜晚至足，走足少阴入阴维，身半以下诸阴经打开门户，开始生化，然后上循足厥阴、任脉道路至目下而交阳跷，生化顺接运化。所以，脉宗气在运化营气的同时，也在运化卫气，只是营气运化要求有固定节律，卫气运化则必须转枢阴阳，顺接生化、运化。那么营气流行一日一夜行五十度，然后大会于手太阴，又开始了下一次的旅行——大会又是什么意思？人一呼脉再动，大气推移三寸，一吸脉再动，也推移三寸，一次呼吸大气移行六寸。人一日一夜呼吸一万三千五百次，营气循行五十度，大气正好环身一周，又回到了手太阴寸口。所以，手太阴寸口既是大气起点，也是终点。不是经气循行不会于手太阴寸口，而是大气，或五脏六腑之气，在一日之内，必以手太阴寸口为始终。至于"小会"那是时时发生的，否则人早死了。所以，脉宗气节律是保证营卫平衡的前提。脉宗气节律不乱，营卫循度流行，三焦畅通，内外平衡，营卫交合，人自然健康无病；脉宗气一乱，或营过于卫，或卫过于营，内外不平，交合不利，则必生病祸。可以想见，如脏腑、经脉、膜系、孔窍但有营气、没有卫气，或但有卫气、没有营气，甚至营卫皆无，或营卫并盛，其结果都必然是组织失养，五藏气争，六腑逆乱。这就是说，所谓的脉宗气逆乱其实有几层意思：首先是大气逆乱，营气循行不及或超过五十周；其次是卫气逆乱，白天走阴系，夜晚走阳系，不能按时打卡，迟到早来；再次是营卫逆乱，营气逆入卫气，或卫气逆入营气，清浊相干，营卫不平；最后才是脉宗气逆乱，相傅不辅，臣属叛乱，心君昏聩，心主喜乐太过不及。

总之，脉宗气是人身大气之宗，营卫是脉宗气之使。脉宗气随呼吸而出入，有固定不移的节律，这个节律决定了营卫循行的节律；同时，脉宗气也就附带上了一日一夜行五十度，日行于阳、夜行于阴的类似于营卫的节律。

人身五精，即气、血、津、液、精，是五种富有生命力的精微物质，能奉养、滋长、调治生命，那它们之间又有什么关系呢？

《灵枢·经脉》："人始生，先成精，精成而脑髓生，骨为干，脉为营，筋为刚，肉为墙，皮肤坚而毛发长，谷入于胃，脉道以通，血气乃行。"

生命最初拥有的，不过精髓、水谷。水谷生化物质精微，同时产生了狭义的气；物质精微生化津液，回流肺系，化赤为血，脉宗气运化，同时产生了营气；肾系升清泌浊、大肠代偿吸收生化水津，回流肺系，脉宗气运化，同时产生了卫气。所以，气与水津、津液可归为一类，名曰味；血与脉可归为一类，名曰气；精与髓液可归为一类，名曰精。精主精神，气主运化，味主生化，气味形之于内外则主形质。气味有滋养之能，精神有调节恒度，形质有盛衰不同，它们之间的关系是十分复杂的。

《素问·阴阳应象大论》："水为阴，火为阳。阳为气，阴为味。味归形，形归气，气归精，精归化。精食气，形食味。化生精，气生形。味伤形，气伤精。精化为气，气伤于味。"

归，女嫁曰归。食，入米也，集中起水谷为食。生，像屮（草）木生出土上，有创造、发生的意思。自然万物有生、长、化、收、藏五个发展阶段，生是草创阶段。伤，创也，即金刃伤，泛指损伤。

这段话概括了五精之间的关系，大意是：水是阴的代表，火是阳的代表。阳是营卫之气，阴是滋养之味。味能滋养形质，又要依托形质；形质依托营卫，又能护佑营卫；营卫生长精神，又为精神所调节；精神依赖五味生化，又能调节五味生化。精神以营卫为滋养之物，形质以五味为滋养之物。五味生化滋生精神，营卫运化强壮内外形质。五味生化逆乱损伤形质，营卫运化失常损伤精神。精神调和营卫，阴阳冲和，营卫损伤于五味，滋养不利。总之，精神是至高的调节模式与能力，在外周表现为某种形式的运化、生化恒度；内外形质是滋养效能的集中体现，运化、生化合宜则能生长形质、奉养精神，营卫逆乱则损伤精神、形质。总之，精神、营卫、营养、形质互为归所，人身五精物质、功能、调节缺一不可。

至此，气的大轮廓也就清楚了：广义的是指胃气，狭义的是指水谷之美。胃气综合了运化之阳、生化之阴，为诸气之宗；水谷生化五味，为诸气根基。但专门的气，还是指营卫之气、脉宗气。

第五章 独木不成林

《史记·孙子吴起列传》："忌数与齐诸公子驰逐重射。孙子见其马足不甚相远，马有上、中、下辈。于是孙子谓田忌曰：'君弟重射，臣能令君胜。'田忌信然之，与王及诸公子逐射千金。及临质，孙子曰：'今以君之下驷与彼上驷，取君上驷与彼中驷，取君中驷与彼下驷。'既驰三辈毕，而田忌一不胜而再胜，卒得王千金。"

诸公子与田忌马的脚力大体相当，为什么一比就败？很简单，他们没有系统观念！把两个东西放在一块儿看会发生什么？首先，它们都不自由了，有了主次差别，有了无数牵扯，谁也离不开谁。其次，它们都降级了，在它们头上有了一个更高的综合。最后，它们都安定下来了，因为孤立看，个体仿佛就是一切，联系起来看，各自的作用、价值、意义才能清晰地呈现出来。你不能将某匹马放在一群马中衡量，又不能将一群马放在一个更高的观念下估量，最终结果可想而知。

生命体无疑是个系统，而且极富特色：它不断自主更新，维持动态平衡，保证综合效能；通过自调节机制，协调关系，有层次地构成系统，有秩序地发挥作用。用系统的观点看脏腑、经脉，甚至整个人体，这是中医的优良传统，但有两个问题先要弄明白。

首先，中医的脏腑和西医的脏器并不完全对等。在中医，心君、心主加起来才是西医的心脏，其中心君专指中枢对心脏的调节之能，心主专指心脏输出、循环之能。在中医，脾主要是小肠，它不仅是个消化器官，作为心君之使，还能监测水谷生化质量，而免疫系统的那个脾，其实属于卫气。中医的肾，不只是泌尿系统的，还是内分泌系统的，更是中枢神经-

体液调节系统在外周的一个代理。中医的胃很复杂，上半部属呼吸、循环系统的一部分，下半部才属消化系统。中医的胆是奇恒之府，不仅有消化之能，而且还有中枢性的开阖三焦微循环的重要功能。西医的结肠在中医属肾系，能代偿调节水津吸收，脾系生化的精华、糟粕由此别回肠，渗膀胱，升清泌浊。还有一些组织脏器中西医名称不同，如中医叫心包络的组织，其实包括了冠状动脉循环，中医所谓的孔窍，如心窍等，有一大部分是神经-体液调节的靶组织、靶器官。中医所谓的脑更倾向于中枢-外周轴系构造，如脑-肺系主阴神，脑-肝系主阳神，脑-心系主神明，脑-脾系主意念，脑-肾系主智识，等等。当然，最主要的，中医的三焦经脉系统在西医叫微循环，它连属脏腑，沟通表里，贯通上下，滋养组织，实现脏腑功能，调虚实，处百病，决生死。其次，中医讲的脏腑其实都是一个系统：说心，其实是说心系；说胆，其实是说胆系……以此类推。脏系是把一脏一腑、每脏每腑都当系统看；脏腑系，则是以脏为主、以腑为辅，以经脉连络的组织为外围，内有所司，外有所合，内外表里紧密结合构成的功能单位。如肺-大肠这个系统，肺为主，大肠为辅，这是核心，连属肺、大肠的手太阴经、手阳明经是它的连属经脉，手太阴、手阳明经循行之所，如前胸、肩前、颈、颊、鼻旁，以及相关皮部、络脉、经别、经筋、关窍，如呼吸道、咽喉、鼻腔、汗孔、俞穴等，是这一系统的功能投射区，把这些东西都综合在一起才是完整的肺-大肠系，或简称肺系。总之，我们要想从中医或西医的角度理解对方，首先要弄清楚各自说的是什么，有时争来争去，说的根本就不是一回事。

人们常说五脏六腑，但其实是六脏系、六腑系、六脏腑系，因为脏里面多了个心主，腑里面有个三焦，总为十二系，又称十二官；同时，脏系之间还能通过相使关系构成小系统，原则是"凡此十二官者，不得相失也"。相，就是省视。失，甲骨文从示从止，形声兼会意，表示祭祀不合规范，放逸不伦，漫不经心，引申为过失。相使，即相视为使，说的是脏系之间怎样彼此监测、相互为使。相失，就是十二官之间要守使相辅，不得错看妄作。具体说，就是脏腑间要有正确的守使关系，五脏间要有相生相克关系，六腑间要有相辅相成关系。

脏腑之间是守使关系，对这一点，我们只需比较一下脏腑的功能就清楚了。

心者，君主之官也，神明出焉——小肠者，受盛之官，化物出焉。

肺者，相傅之官，治节出焉——大肠者，传道之官，变化出焉。

肝者，将军之官，谋虑出焉——胆者，中正之官，决断出焉。

膻中者，臣使之官，喜乐出焉——三焦者，决渎之官，水道出焉。

脾者，谏议之官，知周出焉——胃者，仓廪之官，五味出焉。

肾者，作强之官，伎巧出焉——膀胱者，州都之官，津液藏焉。

守，就是守官，即规范管理行为。使，就是使令，即交通四方，宣布王命，协和万邦。一般说，五脏是制定政策的，六腑是负责执行的，但这要区别运化、生化：对心肺来说，相使才是它们的天职；对肝肾来说，相守才是它们的责任。

具体说，心君落实精神调节，靠什么？靠小肠生化的水谷精化，用营气流行去和调五脏，洒陈六腑；反过来，小肠生化的质量，既是激起心神调节的信号，也是心君调节的对象。肺是观察生命浮沉、规定生命盛衰和节律，辅佐心君治理天下的，它观察什么，又如何判断呢？要观察大肠水津的吸收，从大肠收集的情报、排泄的糟粕做出判断，借卫气宣降去治理大气盛衰与节律；反过来，大肠的水津吸收也是肺系重点调节的对象。心主乃心君之使，负责出使四方，宣布王命，协和万邦，靠什么？靠三焦流行营卫；反过来，组织灌注不良，三焦营卫不通，必然激起心主反射性亢进，反躬自责。心君、肺系、心主皆居上焦而主运化，性质属阳，小肠、大肠居中下焦而主生化，性质属阴，三焦为通衢大道。阳为阴之使，阴为阳之守，心君、肺系所主导的营卫流行，必须在小肠精华、大肠水津规范之下才能相使，而小肠精华、大肠水津生化的质量，既是刺激心肺制定政策、变化盛衰的依据，也是它们尽力调和的对象；同时，三焦组织灌流的质量，既是刺激心主不断变化输出、循行的强弱与节律的信号，同时也是心肺运化营卫、落实功能的条件。总之，运化之阳因生化之阴而相使，生化之阴据运化之阳而相守；手经脏系，是以脏为阳、腑为阴的。

肝是负责应付危难的，计划、准备工作如何才能做到恰如其分呢？要靠胆决断三焦，转枢阴阳，供给代谢底物。三焦断绝，津液无源，代谢底物匮乏，肝欲阳而胆欲阴，肝将军就算是手眼通天，制订了周密的计划，那也是枉然；三焦通畅，津液泛溢，代谢底物充足，肝欲阴而胆欲阳，肝将军汝能安卧否？虽然，胆汁是肝细胞合成的，胆囊血供也归肝系，中枢神经对肝胆的调节是同步的，但体液调节对肝胆并非一视同仁。肝胆相照，听着美好，其实脆弱，稍有不协，肝将军焦躁如火、怒气冲天，那也解决不了问题。脾系负责分清泌浊，生化水谷精微，准备工作谁来做？要靠胃系受纳腐熟，输运初级消化物做好准备工作。肾是负责转阴为阳、转阳为阴，率领小伙伴走向春天的，靠什么转枢？靠膀胱泌浊、结肠代偿，平衡水火：阴盛阳虚则多排尿、少排便，尿去阳升；阳盛阴虚则少排尿、多排便，便去阴生，所谓"肾为前后关"。肝、肾、脾三系皆居中下焦而主生化，性质属阴，胆府、膀胱、胃系主运化，性质属阳。阴为阳之守，阳为阴之使，胃系、膀胱运化要看脾系、肝系生化的脸色行事，而胆府决断三焦，又是肝系代谢、回流津液的前提条件，是脾系、肾系实现其功能的通衢大道。一言以蔽之，胃系、膀胱运化因脾肾生化而相使，脾系、肾系生化据胃系、膀胱运化而相守；足经脏系，是以腑为阳，脏为阴的。

脏腑关系中，以脾胃关系最复杂，也最难理解。

古人说的腑，首先是地气所生之腑，即脑、髓、骨、脉、胆、女子胞，它们都是精神之使，能出使四方，宣布王命，协和万邦，行使治理之权，性如五脏。再就是天气所生之腑，即胃、大肠、小肠、三焦、膀胱，它们受纳风气雨露，为五脏所规范。所以，五脏属阴，阴为阳之守；六腑属阳，阳为阴之使。五脏变化精神魂魄而规范六腑，六腑奉献水谷精微、输运糟粕而配合五脏。所以，脏腑守使关系协和才能相使，厥逆离合，必然相失。但是，如上所言只是一般情况，放在脾胃这儿不准确，也不合适。那怎么说才准确、合适呢？用虚实、阴阳、升降去说。

首先，什么叫实？"水谷入口则胃实而肠虚，食下则肠实而胃虚。"水谷所在为实，水谷离去为虚。所以，胃受纳为实，腐熟为虚；脾分清为实，泌浊为虚。脾胃运动，上虚则下实，上实则下虚，虚实更替，第次推进，从口腔到魄门，第次而下。其次，脾胃皆居中焦，但胃偏上属阳，脾偏下属阴，阴阳异位。说脾是脏，但干的是腑的活儿；说脾是腑，却住在至阴之界。说胃是腑，但干的是脏的活儿；说胃是脏，却住在至阳之界。胃系属阳，倾向于升；脾系属阴，倾向于降。然而，实则气升，升则主外；虚则气降，降则主内。胃虽属阳，却有肃降之能；脾虽属阴，却有运化之责。为什么脾病而四肢不用？因为组织、脏器都是从胃气哪儿获得滋养之气的，但这个滋养之气它自己是过不去的，必得借道脾系才能行其津液。如果脾病了，道路不通，筋骨肌肉得不到胃气滋养，日益枯萎，那最后就只有偏废不用了。所以脾不主时，为什么？脾系生化水谷精华，说它不主时，其实是一年四季都要生产水谷精华，一刻也不能停，没水谷生命就结束了。这就是说，脾系必须时刻开放道路，永远处在运化状态，随时准备流行津液。脾之大络，名大包，能管全身血络，道理不就在这儿吗？总之，说脾胃是守使关系既不准确，也不合适，它们应该是阴阳、虚实、升降的关系。

五脏间的关系是相克相生。生者，进也，像草木生出土上，有创造、萌发之义。克者，任也，负荷、肃杀之义。五脏生克，一方面是能让对方未曾有过的生化、运化活动萌发出来，另一方面是承受、肃杀对方已有的生化、运化活动，两方面综合在一起，才是五脏间的正常关系。五脏生克，其实源于庞大的原始分类系统，即五行生克。和所有原始分类系统一样，五行生克不仅是事物分类的法则，也是规范相互关系的框架，更是个体寻找归宿的地图。但是，《内经》时代的五行生克已经剥离了原始神性，以古典面目出现，只涉及阴阳之性，不论其出身贵贱、图腾意味，而对我们来说，五脏间的生克关系才是最值得关心的。

风生木，木生酸，酸生肝……筋生心，怒伤肝，辛胜酸

热生火，火生苦，苦生心……血生脾，喜伤心，咸胜苦

湿生土，土生甘，甘生脾……肉生肺，思伤脾，酸胜甘

燥生金，金生辛，辛生肺……皮毛生肾，忧伤肺，苦胜辛

寒生水，水生咸，咸生肾……髓生肝，恐伤肾，甘胜咸

何谓生？生化之谓生，从无到有是也。何谓克？运化之谓克，从有到无是也。天生地长，阴阳交合，生成五行。如，天气为风，则地气为木，木可以助长风气。天地间的这种配合，落实下来，就产生了生化活动，化生五味。五种生化形式，在人体中，由于五脏之气的助长，就生成了筋、血、肉、皮毛、髓五种实体。五种实体，得到五脏之气的助长，就产生了五种情志。五种情志，对于不同的脏器，太过了就会伤害它，而作为运化，若走到了反面就能克制它。比如怒，对于肝来说就是太过了，所以怒能伤肝；而辛作为运化，若走到了肝气的反面就能克制它，所以辛能胜酸。五脏生克也有一个中正冲和的标准，即生克制化，意思是五脏生克，因制而化。制者，裁也，裁而合度，所以是规范之义；化者，教行也，所以是按规矩行事。这就是说，五脏唯有彼此规范，生克合度，才能正常生化、运化。所以，五脏生化、运化太过或不及都是害，必生大病，只有循度彼此规范、滋生才能壮大生命。

六腑间的关系主要是顺接，即相互扶助、相互成就。

胃系-小肠-大肠顺接

结肠-膀胱-三焦顺接

胆-胃-小肠-大肠-膀胱-三焦顺接

脾胃在中医叫后天之本，十分重要，它们的关系最根本的就是更虚更实。更，交替之谓。实，富也，从宀从贯；贯，就是钱串子，家里有一串一串的钱，当然很富有。金钱充实，财多富足，这叫实。所以，胃以能受纳、脾以能分清为实。虚，即墟，人去屋留，这叫墟。所以，胃以能腐

熟、脾以能泌浊为虚。胃虚则脾实，胃实则脾虚，胃之受纳与脾之泌浊顺接，胃之腐熟与脾之分清顺接，这个关系才是正常的。脾胃更虚更实，密切配合，顺利交接，相辅相成，才能正常生化水谷精微，出入精华、糟粕，升降大气。

小肠位在中焦，生化水谷精华，大肠位在下焦，吸收水津、泌下糟粕。胃与小肠是更实更虚的关系，小肠与大肠也是更虚更实、上下顺接的关系。进一步而言，结肠吸收水津，膀胱泌下湿浊，三焦流行水火，在三焦、结肠、膀胱之间同样存在更虚更实，阴阳顺接的问题。更进一步说，胆为中正之官，决断三焦，对六腑生化、运化的影响更加显著。胆汁不排，胃、小肠、大肠、膀胱、三焦不能顺接，六腑推送次第必然逆乱，三焦清浊混杂，溃溃如坏洲矣！要之，六腑性质是欲实先虚，欲虚先实，欲降先升，欲升先降，欲出先入，欲入先出，唯有更虚更实、升降出入顺接才能正常生化水谷精微，不能顺利交接，秩序紊乱，清浊混杂，精微不生，化源空虚，就会激起五脏气争，生克关系逆乱，或厥或逆，或离或合。

十二官之间正常的关系是相使，不正常的关系是相失，但整体看也有贵贱主次之分。

《素问·灵兰秘典论》："主明则下安……主不明则十二官危，使道闭塞而不通，形乃大伤。"

十二官的首脑是心君，它是生命运化之始。在心君统治下，气血周流合乎四季阴阳之恒度，诸脏腑冲气以为和，这就是明。心君治理，或阴或阳，阴则如月，阳则如日，阴阳不测，这就是神。心君神明，抑强扶弱，扶危救困，脏腑安静；心失神明，阴阳不伦，诸脏腑不安而恐惧，不堪为心君之使，身必大伤。

《素问·六节藏象论》："心者，生之本，神之变也；其华在面，其充在血脉，为阳中之太阳，通于夏气。肺者，气之本，魄之处也；其华在毛，其充在皮，为阳中之太阴，通于秋气。肾者，主蛰，封藏之本，精之处也；其华在发，其充在骨，为阴中之太阴，通于冬气。肝者，罢极之本，魂之居也；其华在爪，其充在筋，以生血气，此为阴中之少阳，通于春气。脾、胃、大肠、小肠、三焦、膀胱者，仓廪之本，营之居也，名曰器，能化糟粕，转味而入出者也，其华在唇四白，其充在肌，此至阴之类，通于土气。凡十一脏，取决于胆也。"

《六节藏象论》讲了一大通脏腑常识之后，突然来了一句"凡十一脏取决于胆"，什么意思呢？取者，捕取也。古时打仗，抓了战俘，割取左耳以记功。捕有使之顺伏之义，割取左耳这种野蛮行径，也是为了识别、驯服敌人，使之听从的。十一脏围攻胆，欲使之驯服、听从，如何使之驯服、听从？要靠胆决断三焦，约束营卫，转变阴阳。比如脾胃、大肠、小肠、膀胱这几个脏器，因为都有生化精微之能，所以叫仓廪之本，营养之源，能运化糟粕，转化滋味，出入水谷，以口唇四周、肌肉为合。它们要想正常发挥功用，就必须让胆听从它们的诉求，决开三焦，运化营卫，将阳经运化转枢为阴经生化。要是胆不理会它们的请求，营卫专注在其他地方，阳经没有关闭，阴经没有打开，那怎么能生产水谷精微呢？同样道理，比如心君，它是生命根本，神气居所，颜面、血脉为其所合，性属阳中太阳，如夏天般酷烈，它要想正常履行职责，必须要求胆决开三焦，供给营卫，转阴为阳，要是没有胆在物质、机制两方面的支持，即便贵如心君，也只能是无所作为。总之，胆既能决断三焦、节制营卫，又能转化阴阳，令阴经，或阳经进入状态，像个法官一样俯瞰天下，中正执法，十一脏欲求正常实现其功能，无不取决于胆。总之，尽管五脏六腑都很重要，但比较起来，犹以心君、胆府最为要紧，它们一个是运化之神，一个是三焦水闸的主管；心君无神，生命立刻停息，中正败坏，天下大乱！

脏腑间的相使，五脏间的生克，六腑间的顺接，这些关系的存在使脏腑、五脏、六腑结成了一个个系统，已经十分复杂了，但它们还只是中层组织，比起生命巨系统来说还是太简单了，甚至不及在它们之上的高阶系统——脏腑六系。

　　什么叫脏腑六系？脏腑，及其外围经脉构成了脏系，这是最基层的组织；脏系之间通过相使、贵贱关系构成中层组织，互为表里，各显其能；数个脏系结合在一起，围绕水、气、血、火、精、神的生化、运化构成了生命体之下的高阶构造，这就是脏腑六系，分别叫水系、气系、血系、火系、精系、神系，凡生命之神奇，于兹毕现！

　　水系是脏腑六系的第一系，主水津的生化、卫气的运化。这个系统是个环路：水饮入胃，脾系散精，回流肺系，输出心主；心神调节，心主输出，灌注肾系，大肠代偿，升清泌浊，回流肺系，渗下膀胱，是为水津生化。心主输出，灌输肺系，流散皮毛，熏于肓膜，散于胸腹，是为水津走表之运化；心主输出，灌注血脉，循行脏腑，流行经脉，散于络脉，毛脉合精，五经并行，合乎四季、五脏阴阳变化之恒度，是为水津走里之运化。水津运化，即为卫气。水系循行，起癫顶，络耳目，下颈项，出畜门，连目系，入络脑中，循脊背，属肾，络膀胱；复起肾，上注肺，出喉咙，注于心，交肩上，出咽，下膈，抵胃，下行连小肠；上有肺系贯注于心，下有小肠连属大肠，构成环路。

　　人身五精，每一精的变化都包含了生化、运化前后两个阶段。水津生化有两个途径：一是脾系新生，二是肾系回收，它们统归于肺系，再输出心脏。在心神调节下，水津由心主输出表里，是为水津运化，也即卫气循行。

　　人体水液代谢，粗略分有三个环节。水液摄入：口腔唾液腺每日分泌水液 1000～1500 毫升，消化系统外分泌腺分泌水液，胃 2000 毫升/日，胰 1500 毫升/日，肝 500 毫升/日，小肠 1500 毫升/日，此外，每人每日尚需饮入至少 2000 毫升水才能充分满足机体代谢需求：吸收水津：小肠每日吸收约 8500 毫升，结肠每日吸收约 400 毫升左右。排出水液：结肠泌下直肠每日约 100 毫升左右，皮肤蒸发、汗出每日约 500 毫升左右，肺呼吸每日消耗 300 毫升左右，肾-膀胱排出终尿 1000～1500 毫升/日。总起来算，成人每日水液进入约 9000 毫升，吸收约 8900 毫升，排出约 2400 毫升，留存循环系统、人体各处的水津大致是 6600 毫升，多了必然淤积，少了显然不够。

水饮入胃，脾系散精，回流肺系，输出心主，这本是津液生化的主要途径。小肠是津液生化的主体，吸收的水津原只用于物质交换，且吸收、分泌相当，对水津代谢影响甚微。但是，小肠生化的津液进入肝脏，合成物质精微，回流肺系，化赤为血之后，必须溶于水津，周行于内三焦经隧，构成营气的绝大部分，能从内三焦直接渗出外三焦，是强大的水津后备军团。由于肝系、静脉系贮藏了人体 88％以上的循环血液，所以这一部分津液的回收、生化、回流对水津代谢的影响就不只是一星半点了，而是具有决定性的影响。肝系合成蛋白质的多少，决定了内三焦胶体渗透压的高低，对内外三焦物质交换有主导作用。阳气不足，静脉回流减弱，肝代谢低迷，蛋白质合成减少，内三焦胶体渗透压降低，水津渗出外三焦，外三焦水多气少，卫气怠惰；阳气有余，肝代谢旺盛，内三焦胶体渗透压升高，外三焦水津回渗内三焦，外三焦水少气多，卫气充盛。进而言之，心主输出，推动营气循行，而小肠循行相对被动，无法自主输布津液，严重依赖营气循行效能。若心主亢进，营气循行效能激增，血流加速，肠道温燥，则即使小肠消化不良也必无充足水液泌下结肠，令结肠代偿不及，肾系负担加重，循环血容不足，大便干燥，小便短涩，大气浮越，卫气弛张；若心主不足，营气循行效能下降，血流缓慢，肠道湿润，则即使小肠吸收充分也必定水液淤积，津液不生，回流减少，要是再碰上小肠有病吸收不充分，三焦不通，结肠吸收不及，代谢产物淤积肠道，化为痰饮，精华、糟粕混杂，水系不得别回肠、渗膀胱，则必然大便溏泄，小便或数或难，外周营养不良，四末不温，短气乏力，大气低迷，卫气萧索。

所以，在一定范围之内，营卫之间是有一个自调节机制的，可以彼此代偿。如"荣四末"是营气的一个重要功能。经典认为，四肢属胃气所营，乃阴阳交合之所，其总体性质属阳，说营气荣四末，无异于说营气能荣养卫气。

《灵枢·营卫生会》："营卫者，精气也；血者，神气也。故血之与气，异名同类焉。故夺血者无汗，夺汗者无血。"

大失血则无汗，大汗出则无血，何以故？其实，在三焦微循环，水津、津液并无本质区别，所不同者，一个在脉内构成血浆的主要成分，属津液营气，一个在脉外构成组织液的主要成分，属水津卫气，内外三焦之间水津可以自由交换，或回渗，或渗出，时时代偿，往来不休。内三焦水津属血液，外三焦水津为汗水之源。若失血太过，内三焦水津亡失，则外三焦水津必定回渗，水津匮乏，自然亡血无汗；若大汗淋漓，外三焦水津亡失太过，则内三焦水津必定渗出，血容不足，自然汗出无血。因是之故，古人常不区分水津、津液，并总结出了"夺血者无汗，夺汗者无血"的经验。

总之，心主输出，营气循行，小肠生化固然属于津液生化的主要途径，但每个环节都会影响水液代谢，祸及水津生化；水津生化不利，欲求卫气运化无过，不可得矣！

心神调节，心主输出，灌注肾系，大肠代偿，升清泌浊，回流肺系，渗下膀胱，排出尿液，这是水津生化的主渠道。

肾脏血供，直接受血于腹主动脉，过流量惊人，自调节功能也十分强大，它这是要干什么？很明确，用古人的话说是作强，用今天的话说是调节血压、血容、体温，清洁血液，平衡电解质，稳定组织细胞生存内环境。腹主动脉直接供给肾脏，给予的不仅是丰沛的血液营气，同时也把来自心神、心主的压力信号传递给了它。心阳太过，营气亢进，血压激增，则肾脏少排尿、多回流，使回流相对加强，血容扩张，进而汗出热散，从而缓解心脑紧张，降低了血压；心阳衰微，营气低迷，血压降低，则肾脏多排尿、少回流，使回流相对弱化，血容相对减少，血压升高，从而刺激心脑紧张，提高体温。心主灌注肾系，滤过解毒，重新吸收水津，回流肺系，谓之升清；原尿泌下膀胱，终尿排出体外，谓之泄浊。肾系升清泌浊主要受神经调控。肾系血供、膀胱上端、输尿管由交感神经控制，下端逼尿肌、括约肌由副交感神经控制，所以有没有尿，交感神经说了算，尿出尿不出，副交感神经说了算。交感兴奋，肾系小动脉收缩，滤过减少，膀胱、输尿管拘急，终尿减少，小便短赤、淋涩；副交感兴奋，肾系小动脉舒张，滤过增加，输尿管、膀胱下端逼尿肌、括约肌舒张，终尿增多，小便清长。所以，升清有余、泄浊不足，大气肃降；升清不足，泄浊有余，大气升腾。由肃降而升腾，要增加排尿量；由升腾而肃降，要减少排尿量。排尿量增加，淹没沙洲的洪水退去，干燥可居，三焦火过于水，高高在上的都城一派繁荣；排尿量减少，洪水重又吞没沙洲，一片汪洋，三焦水过于火，都城愁云惨淡，这就是——作强！

但是，神经调节对肾系作强只有常规、短期效应，血压的长期稳定，还得中枢体液调节说了算。抗利尿激素为下丘脑-垂体分泌，以饮水不足、水肿、呕吐、腹泻、腹水、渗出、出血、出汗等血容暴减因素为刺激源，信号感受器分布在肺系大血管、颈动脉、主动脉，即集中于脉宗气范围，中枢响应组织是下丘脑-垂体系统，响应效应是促使垂体分泌抗利尿激素，靶效应是肾系加强水钠重吸收，扩张血容，升高血压，浓缩尿液，令人口渴、小便短赤。但是，抗利尿激素系统的调节是阳性、单向的，三焦水少气多了它才会出手，水多气少它是不管的，那谁来管呢？这就是心房钠尿肽-交感-醛固酮系统的事情了。心房钠尿肽由心房肌细胞合成，在血容变化、心房牵张、压力改变时分泌，醛固酮由肾上腺皮质合成，在血容变化、水液淤积时分泌，它们两个一上一下，一南一北，相辅相成。外三焦水液淤积，交感抑制，卫气不足，心房钠尿肽分泌太过，肾系水钠吸收减少，小便清长，则交感-醛固酮系统启动；外三焦水津不足，交感兴奋，卫气弛张，醛固酮分泌太过，肾系水钠吸收增多，尿液浓缩，小便短赤，则心房钠尿肽系统启动，上则火中有水，下则水中有火，共同维持三焦水火平衡。因此，阳气不足，回流迟滞，输出减少，循环乏力，营卫滞留远端，或肠道渗透压降低，水多火少，则交感-醛固酮系统启动，加强水钠吸收，浓缩尿液，扩张血容，收缩血管，升高血压；阳气太过，回流加速，输出增多，循环有力，血容扩张，营卫充溢心脑，血压飙升，肠道渗透压升高，水少火多，则心房钠尿肽分泌增多，抑制水钠吸收，舒张血管，降低血压，减少血容。

无论是动脉血灌注，还是静脉血回流，肾脏的单位过血量都十分惊人，这不是它吃苦耐劳，而是血液中通常会淤积大量代谢产物，其中许多废物必从肾系-膀胱随尿液排出，特别是电解质的平衡主要也由肾脏完成，而电解质环境的稳定，又是外三焦组织细胞存活所必需的。所以，肾脏清洁血液十分重要，一刻也不得停息。同时，血压循度变化，稳定在一定范围之内，这对肾功正常发挥是十分重要的，尽管肾脏有强大的自调节能力，血压波动在一定范围内，还可以保持血流稳定，滤过效能不减，但毕竟过流量太大了，天长日久，难免损伤组织。所以，为肾系配备代偿调节机制是十分必要的。

大肠每日吸收约 400 毫升水津，直接进入循环，回流肺系，汇入脉宗气，弥补肾系之不足。小肠、结肠水液分泌由交感-副交感神经调控，吸收却依赖于渗透压变化。三焦、血脉水津多少、动静脉压力高低作为内源刺激，信号可上传中枢，启动调节机制，副交感兴奋则水液淤积，大便溏泄，交感兴奋则水液干涸，大便干燥。小肠对钠离子、氯离子的主动吸收所形成的渗透压梯度是吸收水津的主要动力。小肠、结肠向肠内分泌钠离子、氯离子增多，或吸收减少，水津随之泌出增多，吸收减少，水液淤积肠道，大便溏泄；分泌钠离子、氯离子减少，或吸收增多，水津也会随之泌出减少，吸收增多。十二指肠、空肠上部，水液由肠内进入循环，同时水津也从循环泌入肠道，出入总量虽多，但大致平衡，主要用于物质交换。回肠以下，肠内进入循环的水津激增，远过于循环回渗肠内的水液，所以肠系对水液的吸收，主要发生在回肠以下的结肠，这个机制，对调节血容、血压就有了直接的意义。"下焦者，别回肠，注于膀胱，而渗入焉。"古人是怎么发现这个秘密的，不可思议！

钠离子、氯离子在小肠、结肠、肾系对水津代谢的效用是不同的。在小肠、结肠，钠离子、氯离子在肠道的聚集可促进水津泌出，在肾系聚集则促进水液吸收。所以，钠离子、氯离子对小肠、结肠，以及对肾系水津代谢的效应正好相反，有一种此消彼长的拮抗关系：肾系吸收增多，则小肠、结肠吸收减少；肾系吸收减少，则小肠、结肠吸收增多。更重要的是，小肠吸收水液主要是用于交换物质，满足津液代谢之需，结肠则单纯地吸收水液，直接进入循环，平衡肾系升清泌浊。肾系吸收减少，则结肠吸收增多，小便清长，大便干结；肾系吸收增多，则结肠吸收减少，小便短赤，大便稀溏。所以，最后决定大便燥湿、小便多少的，既有小肠、结肠的神经调控和渗透压变化，又有肾系的神经调控和离子平衡，而结肠对肾系的升清泌浊直接构成了代偿调节关系。

不管是来自脾系，还是来自肾系的水津，它们的最终归宿都是肺系。在肺系它们又将经历一番磨砺，才能成为合格的水津，输出心脏，在心神调节下，由心主输出，灌注血脉，循行脏腑，流行经脉，散于络脉，这就属于卫气运化的范围了。

肺是相傅，它这个宰相要辅佐谁呢？当然是心这个君主了。心脏输出，推动血液循环，外周血液都要回流右心，输送至肺，经肺相傅清洁血液，交换气体，监测血压，规定节律之后，再输出左心，由心主泵出。肺既要接收上下腔静脉回流，又要交通内外，交换气体，内外病邪，首先犯肺，所以肺气必须具有卫气功能，卫外以为固；同时又要像肾系一样，平衡电解质，维护内环境。所以，古人说："肺为华盖"，有护佑心君之能，是言不虚也。肺系大血管，包括颈动脉，主动脉，均分布有血压感受器，它们是肺相傅的"眼睛"。血压升高，交感亢进，则支气管平滑肌舒张，呼吸加深加快，分泌黏稠痰液；血压降低，副交感兴奋，则支气管平滑肌收缩，呼吸变浅变慢，分泌多量清稀痰液。所以，肺相傅相看了半天要干什么？就是要决定呼吸频率、深浅的；而呼吸频率、深浅力度的改变，直接决定了大脑氧供和电解质环境，激起中枢对心主的调节，于是由肺系输出心脏的血量必然改变，由心主输出血脉、脏腑、三焦经络的营卫之气也必然随之增减。与此同时，肺系呼吸深快，心主输出必多，营卫充溢至上之焦，泛滥肌肤，遂使中枢打开汗孔，排汗泄热。因是之故，肺相傅呼吸浅慢，则大气肃降，由夏变秋，呼吸深快，则大气升腾，由秋变夏。肺系依据血压，规定呼吸频率、深浅，从而决定心主输出多少，三焦营卫盛衰，大气升降，汗孔开阖，表里交通，所以有相傅之责，治节之能，能疏浚水道，限制或促进脾系、肾系回流，土生金，金生水。

所以，心主是血液输出的闸门，肺系是血液回流的闸门，君相一体，一损俱损，一荣俱荣。若肺病，右心的血送不上去，或者肺罢工了，不给左心输出血液，那心这个君主还能有什么作为呢？心力衰竭是必然的。所以，心这个君主的功业能做到多大，和肺这个宰相干得好赖密切相关。肺这个宰相虽不能让一个庸才成为伟大的君主，但足以让一个伟大的君主堕落为昏君。若心神有出无入，心主输出、循环加强，则肺系必然随之扩张支气管，加强呼吸，满负荷通气，分泌黏稠痰液，处于紧张状态，造成组织损伤；若心神有入无出，心主输出、循环减弱，肺输出艰难，则肺系一方面收缩支气管，减少通气，分泌清稀痰液，另一方面因心脑缺氧、中枢兴奋，进一步引起组织紧张、输出艰难，而且不管心神有出无入，还是有入无出，肺系作为外周回流的终极闸门都会造成上下腔回流困难，最终也难逃心肺衰竭，水津、卫气流行艰难，生化、运化俱废，水系阴阳离绝，动态平衡打破。

所以，肾系升清泌浊、结肠调节代偿，吸收的水津最终都要回流肺系，接受肺系对血容、血压、体温的侦测，宣散汗液，调节体温，控制血容、血压，平衡电解质，输出心系，从而决定了水系在上焦的回流阻力、输出势能。肾系吸收水津，结肠代偿调节，直接调控二便排泄，从而决定了水系在下焦的输出阻力、回流势能。上焦回流阻力小，下焦回流势能大，必然有利于水津回流；上焦输出势能大，下焦输出阻力小，必然有利于水津输出。水津输出无碍，回流充沛，则水系循环顺畅，大气周流，一路绿灯。所以，肺系、肾-大肠系就像两个闸门，一上一下，更虚更实，顺利交接，调控着水系的上下周流。由此可见，对于水系循环来说，脾系、肾-结肠系是生化之源，肺系是重要的调节枢纽，而心主是水津流行、散布三焦的关键。

心主输出，无非一上一下，一表一里：灌输肺系，流散皮毛，熏于肓膜，散于胸腹，是为卫气走表，循行上焦、至上之焦；灌注血脉，循行脏腑，流行经脉，散于络脉，毛脉合精，五经并行，是为卫气走里，循行中焦、下焦。天枢以上诸经脉，在天属阳，所以卫气走上焦、至上之焦，循行于表，是流溢于手经六脉、足经三阳；天枢以下诸经脉，在地属阴，所以卫气走中焦、下焦，循行于里，乃泛滥于足经六脉、手经三阳。因是之故，卫气循巅顶，沿脊背下行，属肾络膀胱，又从肾上输于肺，这是主要的循行路径，上则走上焦、至上之焦主运化，下则走中焦、下焦主生化。上巅顶，络耳目，走颈项，出畜门，连目系，络脑中，这是卫气主要的上行道路。上巅顶、络脑中，这是卫气交合五阳、足厥阴，滋养脑髓的构造；走颈项、出畜门则交手太阴，连目系则交手少阴，连耳目则交阴阳维脉、任脉、足阳明、足少阳；出喉咙，随呼吸而宣降，则汇入脉宗气；上肩，出咽，贯膈，抵胃，连属小肠，熏于肓膜，散于胸腹，则交诸手经、足阳明；日行于阳二十五度，夜行于阴二十五度，则转枢阴阳，交手足少阳、手足少阴。

总之，只生成水津还远远不够，没有实际效用的、不守规矩的水津不过是乱臣贼子；有生化、有运化，有守有使，有调节规范、代偿缓冲，能维护系统稳定、动态平衡的水津才是真正的水津，或真正的卫气。

气系是脏腑六系的第二系，主生化水谷精华，生成脉宗气。水谷精华的生化有两个途径，一是水谷入胃，下输于脾，分清泌浊，一是外周上下回流，两路统归肺系，输出心系，随呼吸而出入，生成脉宗气。所以气系起面部，属胃，络脾，又起脾，连肺，注于心，交通联络则起缺盆，属肺，络大肠，上环口唇，下连气冲，后属督脉。

水谷精华还不是津液，更不是营气，而是津液的代谢底物，本来是为肝系准备的，但作为人身之气，与大气之宗脉、宗气休戚相关，单独构成了一系。水谷生化，始于胃系受纳腐熟，形成初级消化物，为脾系消化、吸收做好准备，继之以脾系分清泌浊，分离物质精华，吸收入血，排出代谢废物；同时，游溢外周组织细胞、外三焦组织液、内三焦津液中的水谷精华，随经流散，泌入络脉，渗灌血脉，游走脏腑，回流肺系，成为重要的来源之一。

水谷入胃，下输于脾，分清泌浊，这主要是讲脾系的生化过程。脾的功能，其实就是小肠的功能，曰化物，曰泌出，曰受盛。容纳初级消化物，分别出精华、糟粕，让水谷原来的性质发生改变，这叫化物；吸收精华，泌下糟粕，这叫泌出；奉养心脑，滋长组织，谏议心君，拾遗补缺，纠正偏失，这叫受盛。所以，分清泌浊，不只是生产代谢底物，其奉养精神，滋长组织，出入水谷，升降大气，通畅三焦，调和阴阳才是更要紧的工作。消化系统的运动方式很特别，水谷刺激并不能够令整个系统紧张起来，而是刺激局部紧张，同时舒张下段，所以是第次推进的。交感兴奋，肌张力增强，分泌减少，吸收增多，消化道呈现为收缩；迷走兴奋，蠕动加强，分泌增多，吸收减少，消化道呈现为舒张。所以，当食物刺激、交感主导时，消化道倾向于横向扩张，脾胃之气倾向于升腾，有利于吸收；迷走主导时，消化道倾向于纵向下行，脾胃之气倾向于肃降，有利于消化。不难理解，只有紧张－松弛、升腾－肃降、湿润－干燥、进食－排泄、消化－吸收交替进行，上下接续，第次推进，阴阳平衡，才能确保脾胃生化顺利进行。所以，在食物刺激、神经调节下，口腔咀嚼、食道推送是为胃受纳腐熟创造条件的，胃受纳腐熟是为小肠分清泌浊创造条件的，小肠分清泌浊是为结肠吸收水津创造条件的，结肠吸收水津是为直肠泌下糟粕创造条件的。上一环节消化不充分，压力就会推移到下一环节；下一环节吸收不充分，压力就会逆传上一环节。上下虚实不得顺接，大气升降、水谷出入必乱。所以，交感兴奋，胃肠张力增强，蠕动停滞，吸收增多，分泌减少，胆汁不排，三焦有断无决，交通断绝，脾胃不得顺接，大气有升无降，水谷能入难出；迷走兴奋，胃肠张力减弱，蠕动增强，分泌增多，吸收减少，胆汁排泄，三焦有决无断，糟粕、精华潴留肠道，脾胃清浊混杂，大气有降无升，水谷能出难入。唯有脾胃阴阳交替，更虚更实，第次推进，上下顺接，才能循度生化水谷精微，泌下糟粕，出入水谷，升降大气，中州砥定，四海清平！

脾系分清泌浊，水谷精华吸收，其滋养温煦之能，谓之脾气，或称中气，但遗憾的是，脾气不能自我成就，就算是生产、吸收了再多的水谷精华，也不能自主上奉心君，滋养精神，化身为气，必须借助心主输出、循环之气，才能供给肝系，回流肺系，灌输心系，周遍全身。没有心神调节、心主输出，精华、糟粕只能潴留肠道成为病理性淤积，化为痰饮水湿，根本无法实现其滋长组织之能。因是之故，唯有心主输出、循环强健，才能温煦小肠，输运代谢产物，滋养四肢肌肉。所以，心主与三焦相表里，脾气就是心气，治脾就是治心，加强心主、肠系之间的灌注、输运、交通，令营卫流动、三焦通畅，便是补脾。进一步言之，所谓脾统血，这其实也不是脾的功能。气虚出血是因为心神调节衰微，心主循环乏力，微循环阻滞，血液渗出络脉所致。与其说脾有统血之能，不如说心神有统血之能；与其说脾之大络主诸血络，不如说心神主诸血络。所以，四君子汤号称补脾祖方，但人参补精气、心气，白术、茯苓通调阳明、太阴，甘草交合胃气，哪有什么专门补脾之药。关键在于，脾气是以心气为核心的，火能生土，心主功能健旺，脾气自然不虚。

心主输出，其实是脉宗气功能的集中体现。胃气分别中脘，胃之大络出脉宗气，它穿膈、络肺主呼吸，出喉咙、贯心脉接受精神调节，随呼吸出入而循治节。所以，脉宗气容纳了所有生化之气以为基础，综合了所有运化之气以为动力，滋养上焦心肺、至上之焦精神，在心神调制、肺系治节下，由心主输出，出入孔窍，灌注血脉，行走五脏六腑，流行经脉，游溢络脉；同时，肾气出命门，走三焦，治理经脉，任督子午，天枢上下，经气周流，日夜不息，如环无端。所以，水谷精华、外周精微虽不能直接用于脉宗气，但作为脉宗气的基础，却是一个强烈的刺激信号：脾胃代谢顺遂，水谷精华充盛，脉宗气得到充足供给，则精微留滞外周，外之皮肤、肌肉、四末，里之脏腑、血脉、经络，上之精神，下之肾精，都能得到充分滋养；脾胃代谢逆乱，水谷精华不生，脉宗气源泉枯竭，则精微分解回流，外之皮肤、肌肉、四末，里之脏腑、血脉、经络，上之精神，下之肾精，尽皆失养。不仅如此，胃系夹在心主、脾系之间，其受纳腐熟之能，更要取决于脾系与心系的和调。脾系不能虚，则胃系不能实，脾系不能实，则胃系不能虚；同时，心系运化不及，则胃系不能实，心系运化太过，则胃系不能虚。所以，脾系生化过于心主运化，胃系逆上，逆上则不能实；脾系生化不及心主运化，则胃系陷下，陷下则不能虚；脾系生化、心主运化皆不及，胃系停滞，水谷不消；脾系生化、心主运化皆太过，胃系活跃，消谷善饥。脾胃生化水谷精华，其最终归宿是奉养心君、精神，这是核心目的。若代谢底物不足，则必使中枢加强调节，肝代谢亢进，脉宗气紧张代偿，外周物质精华分解、回流加强，大气升腾；若代谢底物充盛，则必使精神和洽，肝代谢安和，脉宗气通顺，肌肉孔窍，脏腑三焦尽皆周全，表里交合，大气肃降。总之，脉宗气-胃系-脾系-外周构成了一个小系统，彼此间有一个微妙的制衡关系，相互促进，彼此代偿，相辅相成，命曰同盟。

脾胃生化水谷精微，脉宗气利用水谷精微，荣华见于颜面，所以气系运化，起面部，属胃络脾，复从脾，上连肺系，注心，这是它的主要的路径，生化水谷精粹；环口唇、下气冲，交冲脉、阳明，行督脉、太阳，这是它的外周路径。

气系循行，别起缺盆，属肺，络大肠，前走冲脉，后属督脉，这条路径对调和气系循行有举足轻重的价值。肺系既是诸回流的终点，又是诸输出的起点，相看生命盛衰，接受精神调制，规定生命节律，制约脉宗气盛衰，它的观察点，不只是肺系大血管、颈动脉、主动脉这些反映营气盛衰的感受器，更有大肠这个反映卫气盛衰的驿站。若迷走兴奋，大肠湿浊，营卫不足，肺系就制定增强生命节律的呼吸方案，上传精神，令心神出窍，心主加强输出、循行；若交感兴奋，大肠干燥，营卫充盛，肺系就制定减弱生命节律的呼吸方案，上报精神，令心神出窍，心主减弱输出、循行。于是营卫和恰，脾胃更虚更实，上焦顺接中焦，中焦顺接下焦，三焦通畅，中州安和。

奇经同源，俱出肾下。任脉出会阴，循腹里，并阳明而上行，交于颃颡，渗诸阳，灌诸阴；督脉络前后阴器，夹脊上行，入颈项、出畜门、络目系、上巅顶、入络脑中。任督二脉通过冲脉治理阴阳诸经，沟通上下，交合表里，分极子午，转枢昼夜寒暑。所以，原气如炉火，三焦如盛水之锅。无炉火则水不能煮熟食物，也不能化为蒸汽，锅中之水既不能增加，也不能减少，生化停滞；炉火太旺则锅中水干，食物焦糊，化源干枯，水津不朝。所以，气系虚实，穷则必责之于冲脉、督脉；心肾不交，水火不济，治则必交通三焦、平衡水火。

所以，只是水谷充盛、营卫循行还不够，还要奇经治理经脉，疏浚三焦，沟通上下表里，令营卫前走冲脉、阳明，后走督脉、太阳，入络脑中，上奉精神，温煦三焦，顺接上下表里。于是，内之脏腑、血脉、筋骨、脑髓，外之皮肤、肌肉、孔窍化源不绝，督脉规范前后二阴，男子藏精，女子系胞，任脉渗诸阳，灌诸阴，冲脉络满，十二经营卫周流，如环无端，合乎四季五脏阴阳变化之恒度，这个时候，我们才可以说拥有了真正的气系。

血系是脏腑六系的第三系，主津液回流、血液运化。津液回流有两条道路：脾系分清泌浊，肝系代谢，以及肝系回收所属静脉血，两路津液汇入肝静脉，回流肺系，化赤为血，再输出心脏；在脉宗气运化下奉养心脑，流行内外表里，循度周流，以应天地纲纪，这是血液运化的过程，即营气循行。血系循行起下肢，入腹里，属脾，络胃，过膈，上注于肺，属心包，连心，入咽，至舌，连目系，络脑；复起胸中，属肺，络大肠；肺、胃连属胸中，大肠连属小肠。

　　什么是津液？津，水渡也，就是渡口，这是泛指。津字，古文从舟从淮，即淮水上的渡口。古时江淮为南北分界，这里的渡口有交通要冲的意思。液，意思是气液，其字从彡从聿从血。彡即如毛之饰，聿是执笔书写。这种气液可不得了，它能渗透最细微的组织间隙，还会书写。总起来，津液这种东西是一种液体，它在南北分界处出现，交通上下，能到达组织细密处，还有智慧。人身南北，显然中焦，在这里有一种液体，交通上下，无所不至，有规范之能。这是一种什么东西呢？当然，它就是血浆。

　　血液的组成，今天说，包括血浆和血细胞，其中红细胞输运氧气和少量二氧化碳，白细胞构成免疫屏障，血小板能止血和加速凝血；血浆占比约 55%，主要成分是水，内含蛋白质、葡萄糖、无机盐等，它像一条传送带，送去代谢底物，运出代谢废物。津液出于物质精华，物质精华生于水谷。小肠消化、吸收，生化水谷精华，供给肝系，这只是津液的原始形态；肝系代谢、贮藏起来的物质精微，以及全部外周静脉血，这是津液的贮藏形式；肝系将贮藏形式的津液输出血脉，回流肺系，这才是真正的流动的津液。在肺系，津液被进一步处理，经过侦测、清洁、缓冲，化赤为血，规定节律，这才形成了血液。血液输出心系，奉养心脑，流行上下表里，协和四方，其物质、功能、调节的综合才是营气，即运化的血液。所以，血液的前身是津液，而在某些情形下，古人是不分津液、血液的。

　　那么，血又是什么？"血，祭所荐牲血也。"祭祀中奉献给神灵的牺牲之血，它象征生命力；有生命力的物质精微才是血，它天生就有奉养心脑、象征生命的特性。所以，中医所谓的血，既是奉养心脑的物质形态的血，又是循环周流的不断运动的血，更是反映中枢、系统、局部调节作用的血，是物质、功能、调节三位一体的综合。没有实际效能的血，不算真正的血，生化、运化不合乎阴阳恒度的血，不是真正的血，失去规范，不能循度滋长组织、周流上下的血，不是真正的血，在这一点上，中西医是根本不同的。在西方传统中，所谓存在必须得有一个实体，离开实体不能谈存在；在传统哲学，不仅肯定实体存在，对功能、调节性存在也认为有其实在意义。这就是玄的概念，你能感觉到它的作用，但看不见、摸不着，可它同样是万物之源、众妙之门，不能否认其存在性。因是之故，中医的血虚和西医的贫血也不是一个概念，不一定是血细胞数量不足、品质低劣才是血虚，凡津液不足，循环不利，调节失常都属血虚。

津液的来源，一是新生的，经脾系分清泌浊，肝系代谢合成，释放入血，回流肺系，二是回收来的外周静脉血。为什么上腔、肾系回流不在其中呢？上腔回流归脉宗气系统，天枢以上，运化主之，肾系升清泌浊，生化水津，从功能上讲，不属津液。因此，肝系回流，及经肝系回收的静脉血的回流，这才是津液之大源。

《素问·经脉别论》："毛脉合精，行气于府，府精神明，留于四藏，气归于权衡，权衡以平，气口成寸，以决死生。"

如毛纷披之脉，自然是指三焦微循环络脉，即静脉血贮藏之所。由络脉系统汇入经脉，再流注血脉、脏腑，这是静脉回流的一般情形。所以，凡阴经，皆从手足而走头胸，意义何在？阴经主生化，阳经主运化；足经主生化，手经主运化。阴经从手足而走头胸，非常重要的一点，就是回流静脉血。这样的津液，回流肺系，化赤为血，再灌注脏腑，则脏腑精神必定圣明；流散四方而变化，其变化必定浮沉合度，轻重合宜。这样的冲和之气在气口形成寸脉，比较之下，生死立判。

静脉回流之血，不是肝系新生的津液，而是尚可回收利用的、有待评估、清洁的贫养津液，其中还包括了旧有的和骨髓中新生的血细胞。津液既来自肝系的生产、补充，也来自静脉血库。静脉血进入肝门后，交合肝代谢生化的新生津液，回流肺系，这条通道，就是津液回流之路。所以，血系循行，起足下，入腹里，属脾，络胃，过膈，上注于肺，这个构造就代表了肝系生化、回收静脉血，回流肺系的过程。

肝系回流分肝体内部回流和肝体外部回流。内部回流主要指肝代谢、分解糖原释放入血，回流肺系，外部回流即著名的肝门脉系统的回流。肝系起足下，盆腔、腹腔静脉血多汇入肝门脉系统，肝系、静脉系贮存了占比 88％以上的循环血液，可见容量之大。

肝系回流起于下肢，这意味着骨髓新生的血细胞也将被带入循环，回流肺系。中医虽没有血细胞概念，但对于骨髓却有自己的认识。

《素问·平人气象论》："藏真下于肾，肾藏骨髓之气也。"

真，从匕。匕，相与比叙也。比是无差别，叙是有次第，所以匕可引申为化；同时，匕又是古人取食之物，即勺子。所以，真这个字的意思是变化而有次第；同时，它这个化，是祖先、神灵取用了祭祀供奉之后的化，反映了精神调节之能。"藏真下于肾"，即脏腑的调节之力下属于肾，而肾的变化，从骨髓生化血细胞、滋养骨骼，交通上下的活动中表现出来，代表着精神圣明的调节。如此一来，血液回流就不仅仅是奉养心脑，滋长精神了，而是实现精神调节的一种手段。简言之，精神调节，既体现在骨髓生化血细胞上，也体现在血液运化上，所以周流的营气才能体现天地纲纪。

神经调节对肝内回流的影响不是很大：交感兴奋糖原分解入血，同时胆囊、胆管抑制，胰岛减少分泌，升高血糖，红细胞计数增加，胃肠道运动、分泌抑制，副交感兴奋甚至对肝内回流没有影响，只是相关的，如胆囊、胆管舒张，胰岛分泌增多，血糖降低体现了副交感调控的作用。然而，神经调节对肝外回流影响太大了。交感兴奋，肝代谢旺盛，大量代谢产物进入循环，血液流变性质改变，回流阻力必然增大；同时，肝门脉收缩，肝系所属，如食管、胃、胆、脾、肠系、胸腹诸膜系等诸脏器、诸组织静脉系统回流尽皆受阻，致使津液无源，心脑供给匮乏，是一种源泉不竭、但回流困难的状态。这种状态，作为内源刺激，可激起迷走神经中枢兴奋，缓和肝代谢，舒张静脉，改善微循环。但在病理条件下，如应激太过，或持续紧张，就会导致心脑失养，脉宗气紧张代偿，肝火逆上。此时，若肾精不衰，肾气阴阳冲和，犹能拨乱反正；若肾精不足，肾气阴阳不平，甚至阴虚阳亢，不能纠正病态，则精神兴奋，情志愤怒，内风盘旋，血压飙升，甚至大厥卒中。副交感兴奋，肝代谢低迷，肝门脉舒张，肝系所属，特别是胆、胃肠道皆处于兴奋状态，活动增强，分泌增多，蠕动加快，湿浊聚积，反而不利于物质精微的生产，是一个能回流、但源泉不足的状态。由此可见，神经调节及时、精准但时效短，体液调节缓慢、宽泛但时效长，在对肝系回流的调控中，神经对运化的调节效用更广泛、更深刻，体液调节才是生化之主。

肝系回血，兼有回流新生津液、外周津液的双重机制，对循环血量、血液质量具有决定性的影响。肝系回血障碍，所属之食管、横膈、胃下部、脾、胆、肝、肠系、胸腹膜系，无不瘀阻受祸，血容必然不足，质量必然下降，严重时，即便开放侧支循环也无济于事，而最需要血氧的心脑系统首先严重失养。脉宗气因心脑供给不足而紧张代偿，中枢神经系统因严重失养而强烈应激，头晕、头痛、目眩、呕吐，甚至神昏，肌张力亢进，抽搐强直，舌不能言，目不能视，耳不能闻，诸窍不通。所以，肝系回血，包括免疫、解毒、清洁血液，回收、利用、生化津液，调和血凝，维持血液流变性质，对于维持循环血量，保证血液质量，有效供给心脑都是十分重要的。

血系循行，从肺系"连心包，入咽，至舌，连目系，络脑"，这是津液运化、奉养心脑、滋长精神的构造，也是脉宗气出入游行的路径。舌咽是吞咽、发声、呼吸的器官，为精神之使；目系属心，是主管视觉的三焦系组织，精神出入游行之所。血液奉养心脑、滋长精神，意味着有供给脉宗气、脑组织，支持言语、饮食、呼吸、视听的功用。精是什么？精是得自遗传的，中枢性的，整体的调节模式与能力。血液奉养脉宗气，进而奉养精神，令人能够呼吸、言语、吞咽、观察，这是脑精调制血系，神气出入诸窍而使之表现出智识的过程。

《灵枢·营气》："营气上巅、下项，合足太阳，循脊，下尻，注足少阴；上行注肾，从肾注心，散于胸中；从肝上注肺，上循喉咙，入颃颡之窍，究于畜门。"

营气循行，主要的路径有三条：从肝注肺，循喉咙，入颃颡，斡旋于畜门；上巅顶，下颈项，循脊，下尻，注足少阴；从肾注心，散于胸中，交通南北，水火既济。从肝注肺，这是津液回流之路，循喉咙、入颃颡，则营气交于足少阴、冲脉、任脉。巅顶有百会，这是营气交合手足三阳、督脉之所。颈项有风府，卫气从风府出畜门，连目系，入络脑中，这是营气交合足太阳、手太阴、手少阴的路径。循脊，下尻，注足少阴，这是营气交合督脉、足太阳之路。肾属足少阴，心属手少阴，胸中属脉宗气，营气从肾注心，散胸中，这是营气贯通南北，交济水火的构造，体现的正是津液交通南北，无所不至，维护天地纲纪之能。

古人以为，头面孔窍皆精气游行出入交合之所。目系、畜门、风府相连，卫气出焉，营气游行。阳明、冲脉、任脉、阴阳跷脉围络眼目，阳跷脉盛、卫气出则张目，阴跷脉盛、卫气入则目瞑。耳属手太阳、足少阳，肾精不足，耳聋无所闻。咽通地气，喉通天气，营气循喉咙，入颃颡，出入畜门，冲脉出颃颡，渗诸阳、灌诸阴，足太阴挟咽、连舌本、散舌下，足少阴循喉咙、挟舌本，足厥阴循喉咙、入颃颡、连目系，手少阴挟咽、系目系，喉咙为肺系之窍，舌头为心系之窍，颃颡、咽喉、舌头乃精神所系，营卫大会之所，手足交合之地。厥阴绕唇内，阳明、任脉、冲脉环绕唇口，脉宗气上属心肺，下属胃之大络，阳明主表，太阴主里，中焦营气顺交下焦卫气，气冲属阳明，冲脉、原气出焉，因是之故，必得冲脉、阳明营卫交合，厥阴、少阳，少阴、太阳转枢接续，水火交济，则内三焦一线不能通畅，营卫不能相交，上下表里不能顺接。

从津液到血液，从肝系到脉宗气，从脉宗气到脑髓、感官，血系完成了它的主要工作。然而，要维持这个大系统的稳定运行可不是一件简单的事，好在血系循行有着强大的调节支持。

"起胸中，属肺，络大肠"，这是血系交合水系，交通营卫的构造。起胸中，即起于脉宗气。属肺，络大肠，即脉宗气灌输肺系，下络大肠。近年来，脑-肠轴系概念越来越清晰。大量研究指出，胃肠病患者之肠道菌群，在结构、数量、分布等方面与常人差异显著，而应激、焦虑、抑郁可增加肠道通透性，降低免疫力，改变肠道微生物种群数量、结构、分布，帕金森病、老年痴呆症、精神分裂症、自闭症也会导致类似结果。有理由假设，中枢神经系统－自主神经系统－肠神经系统－肠道菌群能构成系统调节轴系，名为脑-肠轴系。在这个系统中，肠道微生物，以及肠道分泌、蠕动，黏膜通透性变化作为内源刺激能诱发中枢反馈调节。肠黏膜密布神经网络，被称为"肠脑""第二大脑"，而 5－羟色胺作为神经介质不仅参与肠道分泌，蠕动调节，疼痛感知，同时也是情绪、认知调控的重要因子。所以，血系深入水系，不仅有温煦、滋养组织的作用，而且能通畅三焦，交合营卫，调和阴阳，升降大气，促进水谷生化。在微循环，营行脉中，卫流脉外，津液从内三焦溢出外三焦，才能接触细胞，滋长组织，发挥实际作用。所以，营卫交合，津液才能缓冲、补益、调和水津，生成组织液，支持卫气，水津才能回渗内三焦，补益、调和津液，优化血流变性质，以气代血。这个机制，对维持三焦营卫运化，通畅内外表里，保证水火平衡是具有重要意义的。

血系，上有肺胃相连，下有大小肠相贯，这是胃气支持，奇静脉调节，气水联手，综合调节血系的构造。肺胃血脉连属，肺气属胃气之阳，土能生金。胃气不足，能虚不能实，脉宗气有肃降而无升发，肺气必然不足；胃气有余，能实不能虚，脉宗气有升发而无肃降，肺气必然有余。肺胃升降相随、寒温相关，以心主为使，主宰血系供给、回流心脑之效能。奇静脉沟通上下腔静脉系，对主要静脉回血有极为重要的辅助代偿作用，本身也是支气管营养性循环的主要通道。奇静脉之于血系、肺气的作用，正如奇经之于十二经的作用：河水盛大，注入湖泊，则不致于水漫河堤；河水枯竭，湖泊回馈，则不致于河道干涸。所以，奇静脉能有效地缓冲、补益血系，滋养肺系，当肝系回血障碍，津液不足，肺系出入节律失常，在一定范围内，"以奇静脉为代表之一的冲脉系统能维持津液供给，稳定呼吸节律，保证心脑供给。结肠吸收水津、泄下糟粕，则能逆调小肠，顺接中焦，气水交合。结肠吸收不利，大便干结，则小肠气逆不下，泄浊不能；大便溏泄，则气陷水系，精微不生。于是，三焦水气不调，中焦不得顺接下焦，上下不通，表里不和，津液无源，血系不得循行，肌肉失养；反之，大肠顺接小肠，则三焦气水和调，上下表里和洽，津液充盛，血系循行畅行无阻，肌肉充实，腠理固密。总之，津液回流、血液运化，不仅需要交通肺-大肠系，交合营卫，而且需要胃气和调、支持肺系，不仅需要冲脉治理滋养肺系，规范节律，而且需要三焦水气和调，上下表里通畅。

火系是脏腑六系的第四系，主管津液生化。津液的来源有二，皆与肝系相关，所以津液生化也有两个途径：肝系代谢和上腔静脉回流。火系循行，起足下，绕阴器，过胞宫，属肝，络胆，夹胃，注肺中；走胁肋，上咽，环唇内，过鼻咽，连目系，至巅顶，会督脉；复起肺中，络大肠，连小肠。

什么是火？火曰炎上，炎上作苦。火能让人发热，像喝了烈酒，浑身发烫。火，古音毁，转声为喜。《说文》"火，燬也"，这是转注。心主者，臣使之官，喜乐出焉，这个喜可不是喜欢，乐也不是笑，而是击鼓祭春，祈求暖气，生长万物，和洽阴阳。为什么上腔回流属火系，不是血系？上腔回流是脉宗气奉养心脑的基础，回流不畅，营气循行阻力剧增，直接决定了心脑供给效能。所以，与其说这一部分津液是用来生化血液的，不如说是规范、调控营气运化的，与肝系回流的津液在功能上各有侧重，宜乎不同。再者，从现象上说，上腔回流亢盛，意味着脉宗气紧张，精神亢奋，交感活跃，至上之焦、上焦，甚至全身发热发烫，一派火曰炎上、炎上作苦的"上火"状态。因此，将上腔回流归于火系不是很合适的吗？简言之，上腔回流直接关系着脉宗气的活跃程度，对于津液生化反而贡献不大，所以应归火系，不属血系。

火系的主要工作是生化津液，这是由肝肾两系携手合作完成的。起足下，绕阴器，过胞宫，属肝，络胆，夹胃，注胸中，这是火系归肝，接受肾气调节，游走命门三焦，转枢阴阳，温煦胃气，生长脉宗气的构造。这个构造与血系相近，但是强调奇经调节，是火系的主要结构。那么，火从哪儿来呢？

火系生化，起足下，绕阴器，过胞宫，这是什么意思？足下属少阴肾，起足下，意味着火系之源在肾。这是哪一部分肾呢？绕阴器，过胞宫，唯督脉能"男子藏精，女子系胞"。所以，这里的肾不是泌尿系的肾功，而是以性腺轴为代表的肾精。今天看，肾上腺素使基础代谢率增高，肝分解糖原剧增，导致高血糖，促使脂肪分解，导致高血脂；去甲肾上腺素能促进脂肪分解，能有效提高基础代谢率。皮质醇与去甲肾上腺素促进分解，使人肌肉消瘦、血糖升高，同时强化脂肪合成，令人食欲增加，体重上升，性欲减退，极度疲劳，导致胰岛释放增加，骨质酥松，免疫低下，尿液浓缩。肾上腺雄激素促进外生殖器、第二性征发育成熟，更要紧的是，令肝系合成氨基酸，进而促进骨骼、肌肉生长。所以，火系的种子是肾精，就津液生化而言，体液调节的效能远大于神经调节。体液调节主生化，神经调节主运化，是言不虚也。

火系"属肝"，这是什么意思？

《灵枢·营卫生会》："中焦亦并胃中，出上焦之后，此所受气者，泌糟粕，蒸津液，化其精微。"

中焦起胃中脘、上焦之下，它所付与的气，能做三件事：泌糟粕，蒸津液，化其精微。泌糟粕，当然是指中焦推动糟粕泌下，化其精微，意思是变化其中富于生命力的细微物质，这些都好理解，那蒸津液又是什么意思呢？古时点灯要用蒸薪。蒸是细的草木，薪是粗的木头，引申开，蒸就是分析粗木为细的灯芯，所谓"析麻中干也"。移诸医理，蒸津液，就是将物质分析为细细的燃烧的灯芯。"冬祭曰蒸。"冬季祭天的仪式叫做蒸，意思是，在冬季的严寒中，物质分析为很细的津液，燃烧照亮滋养精神、心君，这就叫蒸津液。显然，这是指肝系代谢、分解糖原的过程。肾乃作强之官，它在冬天里燃起火苗，越烧越旺；肝主蒸津液，它分解物质精华，驱散严冬，温暖大地。冬至一阳生，肝系在肾系照亮的严冬里，点燃细微的灯火，把严冬带入暖春。所以，准确地说，蒸津液当指肝寻常的代谢活动，即基础代谢。它排除了运动、情志、环境等因素的影响，只管生成最低的维持生命的物质能量，是一种基本的、底色的火。基础代谢率在10％～15％之间徘徊时影响不大，超过20％上下限就是病理性的，或陈寒痼冷，或燥热难捱。如甲减时，基础代谢率低于正常平均值20％～40％，甲亢时，高出正常平均值25％～80％；肾上腺皮质机能低下，则基础代谢率不足，必病阳虚无火。另一方面，肝系主管将军之事。将军之事，计划谋略，扶危救困。肝将军应付危机，办法无非是两个：一是加强分解、回收，一是加强回流。肾精出肾窍即为肾气，调和于肝系即表现为肝火，或称阳神，又叫藏魂。肾上腺系统的调节，提高了基础代谢率，强化了物质能量代谢，将营养物质源源不断地生产出来，回流肺系，输入循环，为机体应付危机提供保障。当此之时，周身上下就像燃烧火焰，又像痛饮了烈酒。反过来，如肾气衰微，肝系无火，新的津液生化不能，旧的津液瘀滞外周，回流障碍，肺系津液无源，通气量不足，心系输出乏力，心脑严重缺血缺氧，必然激起中枢强烈反应，脉宗气紧张代偿。若持续不解，中枢调节能力下降，组织调节丧失敏感，就会病入虚损，陈寒痼冷，有冬无春，了无生气。

上腔回流可谓君火，是机体另一个重要的火源。至上之焦有延髓呼吸、心搏中枢，其地位、性质皆似命门，为神气之源；胃气综合了营卫生化、运化，犹如大后方；肺系如侦查、参谋机关，负责将情报、方案上传大脑总指挥部；心主如作战部队，根据肺系情报、方案和延髓的命令，派出相应的营卫力量，解决特定的问题。所以，上腔回流不仅性属营卫运化，而且能直接反映心脑供给状态，由此决定了肺系情报、方案的具体内容。回流不足，交感兴奋，情绪亢进，心率加速，收缩有力，心搏加强，血压上升，支气管平滑肌舒张，呼吸加深加快，鼻腔、泪腺、唾液腺血管收缩、分泌抑制，鼻、咽、口腔干燥，口苦，内脏、皮肤、外生殖器血管收缩，肾系缺血而尿浓缩，皮肤竖毛肌收缩、汗腺分泌，面部血管扩张，面红目赤；回流有余，刺激副交感神经兴奋，情绪抑郁敏感、忧虑悲伤，焦急则二便频数，悲伤则流泪，惊吓则心率减慢，忧虑则消化液分泌增加，心率降低，收缩无力，心搏减弱，血压降低，软脑膜动脉舒张，支气管平滑肌收缩，呼吸浅慢，流涕、流泪、舌润，膀胱逼尿肌收缩、括约肌舒张而多尿。上腔回流属运化，以神经调节为主，但具体到火系，体液调节也同样重要，如肾上腺素系统兴奋，心排血量增加、支气管扩张、中枢兴奋，去甲肾上腺素能显著升高血压，皮质醇与去甲肾上腺素配合共同维持动脉张力、血压和神经兴奋。所以，上下之火性质是一样的，都以中枢兴奋、心主亢进、呼吸深快、血压升高为特点。所不同者，心火以营卫循行增强、效能提高为特点，肝火以代谢增强为侧重；心火主要出于神经调节，及时、精准、短暂，肝火主要出于体液调节，迟缓、宽泛、长效。

火系"属肝"之后，要"络胆，夹胃，注胸中"，这是什么意思？手足六经，天枢以上，为天属阳主运化，天枢以下，为地属阴主生化。足少阳胆能决断三焦，转枢阴阳，将足经生化转枢为手经运化。胆主管中正，有一部分功能属交感调节，兴奋时能收缩微动脉、后微动脉、微静脉等微血管，减小口径，衰减过流，降低血压，或扩张口径，增加过流，升高血压。肝胆相照，就神经调节而言，肝胆是统一的。交感兴奋，肝代谢增强，同时肝门脉收缩，三焦关闭，肝系集中于肝体内津液回流，遂使脉宗气活跃，大气升腾，手经运化之能加强；副交感兴奋，肝代谢不变，肝门脉舒张，三焦开放，遂使脉宗气兴奋性降低，大气肃降，足经生化之力加强。因是之故，肝系生火，一定要借助胆系转枢阴阳、开放三焦才能上输脉宗气，没有胆府的决断中正，即便是肝将军也必无所作为。进而言之，肝系生火，上输脉宗气，还有一个很重要的任务："夹胃，注胸中。"夹者，辅也；辅佐、扶持之义。夹，甲骨文作"夾"，像两个小人扶掖着一个大人；《左传》"夹辅成王"，这是用本义。什么意思？胃气之阳名胃之大络，出脉宗气，而火能生土。夹胃，不过是说，肝系之火可辅助胃气之阳，也即辅佐、扶助脉宗气。因是之故，火有助于强化心主输出，温养心气，增强肺气，奉献精神。显然，这才是火系应尽的职责。

火系循行"走胁肋，上咽，环唇内，过鼻咽，连目系，至颠顶，会督脉"，这是它运化营卫，发挥实际效能的途径。诸膜系、诸孔窍皆精气游行出入之所，也是火系表现的舞台。胁肋属膜系，居身侧，属足少阳，回流归肝肺两系。肝系火盛，肺系郁闭，胆阖三焦，大气有升无降，胁肋流行必难，疼痛胀闷。咽通地气，为诸阴经维络，连属冲任，鼻咽乃颃颡所在，厥阴所主，冲任灌渗。所以，咽喉、鼻腔营卫交合，水火温润，自然无病，三焦火过于水，必然干燥，甚至吐血、衄血。口唇外属冲任、脾胃，内属脾胃，任冲脾胃不和，唇干口燥，髭须不生。目系属心，连属脉宗气，入络脑中，为营气所主；颠顶百会，诸阳所在，督脉、足厥阴交合之所，为卫气所主，若营卫交合，渗诸阳，灌诸阴，则心脑安和，精神圣明，耳聪目明，内无焦灼，外邪不侵；若营卫不平，交合不利，则必然心脑失养，精神逆乱，耳目多病，心如煎迫，溃溃如坏都矣！"阴精上承者寿，阳火下陷者危。"至上之焦无阴精则折寿，无阳火则倾危，必得水火和谐，不能清静安和，这个道理是极深刻的。

火系循行需要肺-大肠-小肠系统的辅助调节。大肠为传道之官，小肠是受盛之官，一个生化水津，供给水系，一个生化津液，供给气系，肺系通过监测水津、津液生产，规定呼吸频率、回流力度，调和心主输出，从而控制火系运化盛衰，即"酷热"的程度。肺系如血液循环的一道闸口，回流障碍，则不但外周回流无比艰难，最终也会导致心力衰竭，连输出都成了问题。然而，肺系能排泄汗液、降低体温，直接缓和火系盛衰，调节回流阻力、循环势能，加强水津重吸收，改善血流变性质，缓解小肠泄浊压力，疏浚三焦，顺接上下表里。水津、津液正常生化，下焦顺接中焦，这是保证三焦道路通畅的前提，也是火系燃烧，温煦内外的必要条件。三焦水过于火，痰瘀积聚，则津液代谢无源，火系回流障碍，运化道路不通，心脑反而供给不足，脉宗气亢奋；三焦火过于水，水津、津液消烁，大便干结，小便短赤，火系运化失守，逆乱无制。进而言之，火系太盛，外三焦水津不足，电解质因失水而浓度升高，细胞脱水，内三焦血流变性质改变，瘀阻不通，心脑失养，脉宗气紧张，大气有升无降，上下腔回流阻力增大，颅内压升高，头痛、呕吐，甚至肌张力亢进，角弓反张；火系不足，外三焦水液淤积，电解质因多水而稀释，细胞水肿，内三焦空虚，心脑供给不足，脉宗气代偿，上热下寒。

脏腑六系之水、气、血、火四系，其中水津及其运化构成了卫气，血液及其运化构成了营气。营卫流行三焦，与脏腑、功能、血脉综合为十二条干流，以及无数交通、缓冲、补益干流的分支，这样一个大构造，即经脉系统。经脉系统以天枢为界，天枢以上为天属阳主运化，天枢以下为地属阴主生化；相应的，十二经脉，手经六脉、足经三阳主运化，足经六脉、手经三阴主生化。生化、运化往来不已，生、长、壮、老、已出焉，生命节律、盛衰也尽在其中矣！然物极必反，运化至极必变生化，生化至极必变运化。生化、运化转枢，叫做阴阳转枢；主导阴阳转枢的构造，便是手足少阳、手足少阴。

少阳负责转运化为生化，其构造起胸中心主，向下贯通脾胃；复起于足，过阴毛、胁肋，属胆，络肝，入胸中，合心主；辅助调节，上起目外眦、入耳，下缺盆，经目系、胸中连属心主、少阳，下则大小肠贯通。

心主为臣使之官，唯心君之命是从。起心主、贯脾胃，其实就是心主运化营卫、温通三焦。胆经走身侧，凡足侧、腿侧、胁肋、腹胸之侧尽皆络属，虽主要流行于外周三焦，但能贯通上下，出入表里之间。什么叫表里？往大处说，动脉循环为表，静脉回流为里；往小处说，微循环内三焦营气流行属里，外三焦卫气流行属表。所以，所谓出入表里之间，就是说微循环，以及微循环所属的膜系，都属少阳管辖。所以，从运化看，心主温煦三焦，运化营卫，升降大气，顺接上下，胃系出入、脾系物质交换、结肠水津吸收必然活跃，从生化看，胆收缩或舒张三焦微血管，控制三焦过流，增强或减弱外三焦物质交换，促进或削弱胆—心交通，是为少阳决断。中心三焦物质交换活跃，大气升腾，手经六脉、足经三阳尽皆运化；外周三焦物质交换活跃，体温升高，回流加速，足经六脉、手经三阳尽皆生化，心－胆交通加强；反之，心主不温，中心三焦物质交换低迷，大气肃降，手经六脉、足经三阴尽皆生化，外周物质交换低迷，体温降低，回流减少，足经六脉、手经三阴尽皆运化，心－胆交通断绝。所以，手足少阳的辅助系统也主要是辅助沟通表里，疏浚道路。如从目眦、入耳，下缺盆这个构造是足经连手经；经目系、胸中连属心主、少阳这个构造，是手经连足经，大小肠贯通的意义是疏浚三焦，顺接上下。

少阴负责转生化为运化，其构造起足下，循内踝，入跟中，上腨内，出腘内廉，上股内后廉，贯脊，属肾，络膀胱，复从肾上贯肝、膈，入肺中，循喉咙，挟舌本；复起心中，属心系，下膈，络小肠；辅助调节，上合于咽、喉、舌、目系，中合于肺系、心系，下合于小肠、肾系。

肾是作强之官，能使阳气越来越旺、同时阴气越来越弱，也能使阴气越来越旺、同时阳气越来越弱，此消彼长，最后阴阳冲和。起足，循内踝，入跟中，上腨内，出腘内廉，上股内后廉，贯脊，属肾，络膀胱，这是少阴回流肾系、主管水系运化的途径，所以是转秋为冬；复从肾上贯肝、膈，入肺中，循喉咙，挟舌本，这是少阴主管肝系代谢的途径，所以化冬为春。心为君主，起心中，属心系，下膈，络小肠，主管营卫运化。肾系作强，加强回流，肺系清肃，心君安和，输出减少，小肠物质交换低迷，大气肃降，足经六脉、手经三阴尽皆生化；肾系作强，减少回流，肺系宣腾，心君不安，输出增多，小肠物质交换活跃，大气升腾，手经六脉、足经三阳尽皆运化。肾系作强，肝代谢增强，肺系呼吸深快，喉咙、舌本营卫充盛，神气游行，手经六脉、足经三阳尽皆运化；肾系作强，肝代谢低迷，肺系呼吸浅慢，喉咙、舌本营卫虚少，神气不出，足经六脉、手经三阴尽皆生化。所以，足少阴转枢有两个途径：一个是通过转枢水系生化、运化而变化阴阳，一个是转枢火系生化、运化而变化阴阳，综合起来，必使三焦水火冲和。所以，心藏神，肾藏精，虽然都能集中体现中枢神经调节效能，但对象不同：心神的靶器官是五脏六腑，肾精的靶组织是是三焦。所以，少阴转枢的辅助系统也以三焦营卫交合为主：上合于咽、喉、舌、目系，中合于肺系、心系，下合于小肠、肾系。咽喉、舌目交合则神气出焉，心肺交合，则胃气之阳出焉，小肠、肾系交合，则胃气之阴出焉。因是之故，心肾南北，水火交济，它的主要意义就在于平衡胃气，游走神气。

少阳、少阴是如何实现其转枢之能的呢？《灵枢·根结》《素问·阴阳离合论》有之：

"太阳为开，阳明为阖，少阳为枢。"

"太阴为开，厥阴为阖，少阴为枢。"

阴系、阳系生化、运化转枢，犹如出入门户。在阳系，太阳能打开门户，开启阳系运化，阳明能关闭门户，结束阳系运化，少阳能转枢阴阳，关闭阳明、打开太阴，转阳系运化为阴系生化；在阴系，太阴能打开门户，开启阴系生化，厥阴能关闭门户，结束阴系生化，少阴转枢阴阳，关闭厥阴、打开太阳，转阴系生化为阳系运化。所以，少阳、少阴作为门户枢纽，体量不大，居处偏狭，却能开能阖，转枢阴阳，令三焦通畅，上下表里顺接，营卫交合。

那么，少阳又何以能够转阳为阴、转运化为生化呢？

肝系合成、分泌胆汁，胆囊贮藏、排泄胆汁，胆汁能促进脂肪、蛋白质、维生素、微量元素吸收，刺激小肠、结肠蠕动，有轻微的致泄作用，胆本身也能将大量水液注入肠道。交感亢进，胆汁合成减少，胆囊拘急，奥狄氏括约肌收缩，胆汁不排或少排，淤积浓缩而成结石，肝组织损伤，结合胆红素能力下降，血液逆流，淤积皮肤而成黄疸，肠道张力、吸收增强，蠕动、分泌减弱，代谢底物、水津耗损严重，特别是三焦微血管收缩，过流迟缓，血流变性质改变，营气难行；同时肝门脉收缩，静脉回流障碍，脉宗气供给无源，紧张代偿。于是三焦不通，痰瘀聚集，组织损伤，有夏无秋，大气升腾，口苦、咽干、目眩。在这种状态下，大量代谢产物进入循环，门静脉、肝内感受器将刺激信号沿迷走神经上传下丘脑、网状结构，引起迷走神经中枢兴奋，于是肝系又开始加强胆汁合成、分泌，奥狄括约肌松弛，胆囊加强收缩，胆汁再度排放，肠道松弛，分泌增多，蠕动加快，吸收减少，糟粕排出，大便通泻，三焦通畅，特别是微血管舒张，过流顺畅，心脑得到充足供给，心主输出前阻力减小，循环通畅，原来紧张的交感神经、脉宗气得以松弛，血压下降，体温降低，大气肃降，清秋萧杀矣！交感兴奋，肝系代谢增强，大气升腾，这对于阳明、太阴来说，胃气运化之阳过于生化之阴，阳明不能关闭、太阴不能打开，所以运化不能转枢为生化；迷走兴奋，肝代谢低迷，大气肃降，这对于阳明、太阴来说，胃气生化之阴过于运化之阳，阳明不能打开、太阴不能关闭，清浊杂处不分，胃肠张力不足，虚实不能更替，生化不能转枢为运化。所以，少阳转枢不利，则阳明、太阴开阖不利，上下不接，表里不通，唯有少阳应时应事决断三焦，才能使生化顺接运化，转枢阴阳，升降大气，通畅上下，交合表里，实现中正之能。

　　进而言之，手厥阴心主为臣使之官，秉承心君旨意，有节律地输出血液，推动循环，手少阳为手厥阴之使，心主必假三焦道路，才能交通四方，协和上下。心主输出、循行加强或减弱，中心三焦必然同步增强肌张力、减少分泌，或加强蠕动、分泌，一决一断，酷似足厥阴、足少阳行径。于是足少阳胆能开阖足阳明、足太阴，疏浚气系，手少阳能开阖手阳明、手太阴，顺接水系，手足少阳密切配合，就能从水气两个方面转运化为生化，通畅三焦上下表里，交合营卫，升降大气。如此这般，才算是真正实现了少阳转枢。

　　少阴何以能够转阳为阴、转运化为生化呢？

　　精出肾窍即为肾气。肾气循度调和肝系，原气循度调和三焦，督脉、任脉治理阴阳诸经，变化于带脉，交合为冲脉，于是肝系得以代谢回流，脾系得以分清泌浊，肾系得以升清泌浊，三焦通畅，水火平衡，营卫生化，奉养心脑，充实跷维，滋长组织，升降大气，此为常也。若肾气不平，阳盛阴虚，肝代谢旺盛、回流障碍，脾系消烁津液，肾系升清过于泌浊，则厥阴、太阳有开无阖，有运化、无生化；阴盛阳虚，肝代谢、回流低迷，脾系清浊杂处，肾系升清不及泌浊，则厥阴、太阳有阖无开，有生化、无运化。原气不和，若督脉无阳，任脉虚寒，则小肠张力不足、分泌增多，水湿淤积，结肠水聚，大便溏泄，肾系升清不及泌浊，小便清长，三焦有水无火，冲脉不能缓冲阴浊、增益阳气，冲气逆上，呕吐清涎，心脑失养，脉宗气紧张代偿，昼则安静，暮则烦躁，有冬无夏，不能转阴为阳矣！若督脉无阴，阳气鸱张，任脉枯热，血气逆上，则小肠张力增加、分泌减少，痰饮郁积，血流变性质改变，回流艰难，结肠干涸，大便干结，肾系升清过于泌浊，小便淋涩，三焦有火无水，冲脉不能缓冲壮火、增益阴气，奔突冲逆，内结七疝，带下瘕聚，心脑失养，脉宗气弛张，焦躁、失眠、心悸、头晕、善忘、抑郁，有夏无秋，不能转阳为阴矣！所以，肾气、原气虚损，阴阳不平，则厥阴、太阳开阖不利，三焦上下不得顺接，表里不和，营卫不交。

　　进而言之，足太阳循脊而上，出颈项、畜门交手太阴，出目系交手少阴，从巅顶、目系入络脑中，足厥阴穿膈，注肺，循喉咙，入颃颡，游行畜门交手太阴，出目系交手少阴，上巅顶，下颈项，循脊，下尻交督脉、太阳，从肾注心，散胸中，交通南北。所以，水津生化出足少阴，运化出手少阴，津液生化出足厥阴，运化出手厥阴，手足少阴顺接，则水火交济，手足厥阴顺接，则营卫交合，于是三焦通畅，厥阴、太阳应时应事开阖，生化转枢为运化矣。且足少阴循度生化水津，手少阴循度运化卫气，则结肠调节代偿、肾系升清泌浊协和，三焦通畅，熏于肓膜，散于胸膛，心肾顺接，水火交济，表里寒温，合乎四季阴阳之恒度矣！足厥阴循度生化津液，手厥阴循度运化营气，则心脑供给充足，营卫交合上下表里，和调五脏，洒陈六腑，上下升降，合乎五脏阴阳之恒度矣！所以，少阴能开阖足厥阴、足太阳，顺接厥阴、太阳，从水火转生化为运化，手少阴能开阖手厥阴、手太阳，顺接厥阴、太阳，从火水转运化为生化，手足少阴密切配合，就能转枢水火两系生化、运化，协和三焦水火，疏浚上下，协调表里，交合营卫，升降大气。如此这般，才算是真正实现了少阴转枢。

《太素》有一段很有意思的对话，可以教我们认识阴阳转枢。

"肾何以主水？答曰：肾者至阴也。阴者盛水也，肾者少阴，少阴者冬脉也，故其本在肾，其末在肺，皆积水也。问曰：肾何以能聚水而生病？答曰：肾者胃之关闭，关闭不利，故聚水而从其类，上下溢于皮肤，故为胕肿。"

肾为什么能主水？肾是阴系之极。阴系是主管容纳、奉献水津的，属少阴，即冬季的水流别支。它的根本在肾，末梢在肺，都能聚积水液。那肾为什么能潴留水液而生病呢？肾能关闭胃气的门户。假如关闭不利，就会滞留水液，而肺有样学样，也会跟着聚集水液，上下水液泛溢皮肤，就病成水肿了。

这是什么意思呢？肾为至阴，那心就是至阳。至阴则无阳，所以肾为运化之终；至阳则无阴，所以心为生化之终。因此，脾为生化之始，肝为生化之枢，心为生化之终；肺为运化之始，胃气为运化之枢，肾为运化之终。水谷精华生于脾，津液代谢回流于肝，血液成于肺而终于心；水津卫气生于肺，输出运化于胃气，流散三焦而终于肾。肾系作强，脾系、肝系生化，寒冬变为暖春，回流肺系而终于心，暖春变为暑夏，生化变为运化，是为少阴转枢；肺系治节，心主输出，盛夏变为清秋，胃气运化，流散三焦而终于肾，清秋变为寒冬，运化变为生化，是为少阳转枢。所以，脾系、肝系、肺系、心系不协调，则津液聚为痰饮，生化不得转枢为运化；肺系、胃气、三焦、肾系不协调，水津留为水肿，运化不得转枢为生化。这是大气升降、阴阳转枢的一般情形。

所以，营行脉中，卫行脉外，阴阳相贯，如环无端，一日一夜行五十周而大会于手太阴，这不是白说的，因为它是生命之律。一日之内，卫气行于阳二十五度，行于阴二十五度，走到阳之极的位置就兴起，走到阴之极的位置就返回，兴起则走表，返回则走里。所以，卫气在正午行至阳极之位时叫重阳，阴气在夜半行至阴极之位时叫重阴；夜半之时，阴气盛大，阴极转阳，此后逐渐衰落，到平旦之时阴气衰至谷底而阳气兴起，到了日中阳气盛大，阳极转阴，此后逐渐衰落，到夜晚之时，阳气衰至谷底而阴气始发，行至夜半之时，天人阴气大会，万民皆卧，这叫合阴，此后又回到阴极阳生，阳极阴生的轨道。如此这般，周流不已，同一于天地纲纪，既是大气升降图，又是经脉流注路径图，更是营卫周流路线图、阴阳转枢示意图。

当阴系经脉流注到肝经关闭阴系、太阳打开阳系之时，有一个构造：从肺，上循喉咙，入颃颡，究畜门，别走额上，行颠下项，循脊至骶，是为督脉；然后络阴器，上过阴毛，入脐中，循腹里，入缺盆，注肺中，是为任脉，遂复出大会于手太阴——调和三焦水火，平衡阴阳，让生化、运化的转枢，回归恒度。这个构造，是任督转枢、子午分割，属于中枢，归为精神，在脏腑六系则是第五、第六系。

神系、精系是脏腑六系的第五、第六系，为中枢神经－体液调节系统，及其外周之使的总和。传统上，神主要包括心神、肺魄、肝魂、脾意、肾志五种脏神，喜、悲、怒、忧、恐五种情志，视、听、嗅、味、触五种感觉，以及诸轴系调节之气，精主要有脑髓、肾精、生殖之精，以及诸精神-体液调节之精粹。

精神两系是至高的中枢调节系统，可分为两类：一类是偏于外周的中枢-外周反馈调节系统，即中枢-外周轴系；一类是偏于中枢内部的实现交互作用的轴系。第一类轴系，如性腺轴就是个典型，主要由脑精－天癸－任脉-冲脉-性器官组成，调节过程十分复杂。中枢内部实现交互作用的构造不仅极多，而且还能不断生成、更新，不断联合扩张，如皮层与网状组织之间的交互作用，额叶与感觉-运动中枢之间的交互作用，下丘脑与垂体之间的交互作用，生理与心理之间的交互作用等等。中枢不同层级之间广泛存在的交互作用，将大脑整合为一个自调节的动态平衡系统，构成了一个巨大的层级网络，而不同层级之间的交互作用决定了中枢活动的基本模式和潜能，表现出种种精神活动。

中枢内部的交互作用，首先有下丘脑-垂体类型的，它们能直接改变外周状态，并根据外周刺激信号改变自身状态。丘脑下部有三条调节通道：下丘脑-脑干-脊髓植物神经中枢-外周脏器，下丘脑—抗利尿激素·催产素-神经垂体-循环，下丘脑-神经激素-腺垂体-外周腺体-靶组织、靶器官。通过这些途径，下丘脑能调节体温、摄食、水和电解质平衡、血压、内分泌、情绪、生物节律等重要生命活动（详见附表1、附表2、附表3）。下丘脑-垂体激素的分泌一般是爆发式的，两次分泌之间有短暂的休止，但促肾上腺皮质激素、生长激素、催乳素分泌遵从昼夜节律，黄体生成素、卵泡刺激素遵从近月节律，这是下丘脑对垂体的调治，而体温、血压、激素循环水平、情绪等外周效应反过来又能激发下丘脑-垂体作出调整。其次是网状组织-皮层类型的，如同检查站，能转枢刺激，交通上下，协和四方，让中枢、外周做出合适的反应。网状组织，又称网状结构，是脑干内部一种灰、白质混合，细胞、纤维杂处的组织，从脊髓一直延伸到丘脑，呈手指状分布。网状结构分上行系统、下行系统。上行系统能激活意识，维持觉醒，保证皮层处于一定的兴奋状态，对注意有直接影响。下行系统调节肌张力，能加强或弱化肌肉活动。来自脊髓的感觉信号，经网状组织过滤，输送到脑的特定部位，同时唤醒皮层。没有网状组织的参与，大脑就不会选择，也不能指定特定结构处理信息，并指挥肌肉作出相应的反应。因此，在皮层-脑结构-网状组织-外周肌肉之间，特别是皮层-网状组织之间存在一种交互作用：当皮层抑制，或没有处在清醒状态时，网状组织就唤醒皮层，将特定的选择出来的信息交付脑组织，引起注意；反之，当皮层过度兴奋，注意过度敏感，网状组织即进入保护性抑制状态，以减少皮层损伤。第三种交互类型是我的一种假设：中枢 A－B 交互系统。构造 A、B 分别处于中枢的不同层级，两者之间是综合-分析的关系；也就是说，构造 B 能对构造 A 上传的刺激进行同一化处理，从而归纳出一个意义，而外周通常可以忽略。这就存在两种可能：构造 A 提供的信息可能是同一的，也可能是矛盾的。当信息是同一的，矛盾可以忽略，则构造 B 就可以得出同一归纳；当信息并非同一，矛盾不可忽略，构造 B 将无法得出同一归纳，结果不是放弃，就是另辟蹊径，寻找新的综合构造 C；但在极端情况下，上传信息不能忽视、矛盾不能回避、新的综合又无法实现，那就只能容纳矛盾，导致精神分裂。从中医学理法讲，前两种状态是冲和的，后一种状态是阴阳偏颇的，冲和的交互作用符合负阴抱阳之道，而偏颇的交互作用，打破了中正协和的脑精调节，表现为病态的交互过程，同时在外周呈现出精神病症。

中枢轴系调节不是一步完成的。组织局部、轴系内部也有调节功能，分别称作局部调节和系统调节。微循环系统就存在灵敏的局部调节，在一定范围内，对血流变化有一个自调节机制。中枢调节肾功这是决定性的，但肾系本身也有自主调节能力，当血容量在一定范围内波动时，肾系依然能维持正常的升清泌浊功能，保持血压、血容稳定。中枢对心主的调节，最初只是加快搏动频率，然后才是增强搏动力度，最后才是加强代谢，调节血脉-三焦形态，重新分配血液，而且是先保证骨骼肌、心脑血供，减少脾、肾、肝等内脏血供，不行了再进一步减少骨骼肌血供，只保证心脑供给。同时，轴系调节也必先起于局部调节，再继之以系统调节，最后才是中枢调节。组织、脏器对调节的反应敏度也有一个渐变过程，最初组织、脏器受体极多，局部、系统调节效能显著，能很快纠正病态；继之受体减少，组织、脏器不能通过局部、系统调节而改变，演进为全身性的阴阳偏颇；最后受体耗尽，组织、脏器对中枢调节不再敏感，同时中枢调节也竭尽了全力，遂病入虚损。总之，精神二系不可分离，它们都是得自遗传的、中枢性的、整体性的调节模式与能力，是规范、执行生命恒度的构造，得之则昌，失之则亡。

第六章 所谓真人

古人研究医学，有一部分原因是为了得道成仙，做一个追随、和调于阴阳的真人。为达此目的，他们详细地研究了生殖、体质、预防、养生等问题，留下了许多卓有见地的论述。

在自然，天为阳，地为阴，天地阴阳之气交合于中，负阴抱阳，冲气以为和，万物生化。在人，父精为阳，母精为阴，男女媾精，阴阳交合，负阴抱阳，冲和中正，遂生我身。孕育生命的机制是十分复杂的，但经典的描述简明生动。

《素问·上古天真论》："女子二七天癸至，任脉通，太冲脉盛，月事以时下，故有子。丈夫二八肾气盛，天癸至，精气溢泻，阴阳和，故有子。"

癸，十天干之末，在时令为冬极而春萌。《说文》："癸，冬时水土平，可揆度也。"揆度，即恒度，也就是规律。冬时水土平，何以有恒度？水曰润下，土爱稼穑；润下则根本生，稼穑则水谷成，于是万物得以生长。严冬之时，水土虽不再生长万物，但其中潜伏着勃勃生机，能化生万物。癸，就是潜藏于其中的恒度。天癸就是上天给予我们的规范生命孕育的恒度，用今天的话说，就是性腺轴分泌的一系列激素。

孕育生命，男女都有肾气实，齿更发长这个条件，这是身体的成熟。女子十四岁性腺轴成熟，分泌天癸，同时任脉通畅、冲脉满溢，涵养胞宫，月经因此应时流泻，这就具备了孕育生命的基本条件。男子也有天癸至，但前提是肾气盛。"命门者，诸精神之所舍也。男子以藏精，女子以系胞，其气与肾通。"所以，这个肾气，贯通命门奇经，为精神调节之使，在男子能藏精，在女子能系胞。藏精，就是变化精气；系胞，就是规范、滋养胞宫。肾气变化至极，天癸遂至，精气溢泻，阴阳冲和，然后有子，何以故？男子是应事泻精，女子是应时泻精；男子先得有性冲动，然后才有精气溢泄，女子即便没有性冲动也会应时泻精，即排卵。因是之故，这里的肾气，指性腺轴激素的调节之力；这里的精气，当是精液、性功能的综合。男子肾气充盛，天癸应事而至，性冲动至极，精液流泻，阴阳冲和，这就具备了孕育生命的基本条件。

男子是否需要任脉通、太冲脉盛这个前提？绝对需要！经典称之为阴阳和，这是什么意思？命门原气调和三焦，以任脉、督脉、冲脉为使，奇经三脉也担负着性腺轴调节之能，《灵枢·五音五味》对此有一番很精彩的分析。

"冲脉、任脉皆起于胞中，上循背里，为经络之海，其浮而外者，循腹右上行，会于咽喉，别而络唇口，血气盛则充肤热肉，血独盛者澹渗皮肤，生毫毛。今妇人之生有余于气，不足于血以其数脱血也，冲任之脉，不荣口唇，故须不生焉。"

胡须属第二性征，今天看是雄激素调节的结果，而经典认为，它是由冲脉、任脉滋生的。冲脉、任脉，皆起于胞宫，下连少阴大络，上循背里，为经络之海。冲任之脉，别者循腹上行，会于咽喉，绕络唇口。冲脉盛，则肌肤充实，肌肉温养；任脉盛，则渗灌皮肤，生养毛发。妇人天生有余于气、不足于血，后天又屡屡失血，任脉失去代偿能力，不能荣养口唇，所以不能生长胡须。在这里，所谓"冲任之脉，不荣口唇"应理解为十二经空虚，又得不到冲脉，特别是任脉的补益调和，然后才不长胡须的。所以，有无胡须是一个精神病症，并非简单的"发为血之余"。

"士人有伤于阴，阴气绝而不起，阴不用，然其须不去，其故何也？宦者独去何也？宦者去其宗筋，伤其冲脉，血泻不复，皮肤内结，唇口内荣故须不生。"

人有伤睾丸的，阴茎气绝而阳痿不可用，但胡须还能生长，宦者也一样伤了睾丸，却不长胡须，为何？宦者是去了睾丸、阴茎了，宗筋、冲脉绝断，唇口不得气血滋养，经气封闭在皮肤里，所以不生胡须。士人伤阴和宦者去势，既有程度不同，也有性质区别，前者只是任脉不通，后者冲任并绝。胡须、前阴皆归属性腺轴调节，经典将其联系于冲任二脉，可见它们有一部分功能是属于性腺轴的。

"其有天宦者，未尝被伤，不脱于血，然其须不生其故何也？此天之所不足也，其任冲不盛、宗筋不成，有气无血，唇口不荣，故须不生。"

有天生成宦的，也没有破坏睾丸，也不曾大失血，但也不长胡须，为何？这是天生精气不足，冲任不盛，阴茎无法长成，有气无血，唇口不荣，胡须不生。先天精气不足，特别是性腺轴发育不良，冲任二脉没有性征调节能力，以至于阴茎、胡须都不能生长。有气无血，不是说十二经有气无血，那样人早死了，而是指冲任奇经特别地丧失了性征调节能力，使得专门濡养、调节胡须、阴茎的气血不足，形成了天宦。

命门是精神之府，在男子能变化精液，在女子能规范胞宫，其气交通于肾。肾气，在男子能变化精液，规范生殖活动，在女子能维络胞宫，规范孕育活动。肾气出入命门即为原气，原气调节三焦即为任督二脉，所以在调节生殖活动这件事上，命门原气、任督二脉、肾气不过同物异名而已，作用略无差别。所以，女子孕育，首先要齿更发长，然后才是肾气盛，天癸至，然后才是任脉通，太冲脉盛，月事以时下，男子孕育，首先要齿更发长，然后是肾气盛，天癸至，精气溢泻，然后才是阴阳和，而从三焦微循环观点看，这是命门原气、任督二脉主导的过程。

这是一个精巧的机制：精气出肾窍即肾气，肾气出命门调节三焦即为原气，原气以奇经为使，缓冲、补益十二经，调节第二性征，胡须、毛发、性器官因此发育成熟。督脉，躲在幕后生化雄激素，冲脉治理维络口唇、性器官的诸经脉，任脉治理滋长毛发、性器官的诸经脉，相辅相成，阴阳冲和，于是就生长出了胡须、毛发，决定了性器官的发育成熟。可见，所谓阴阳和，首先是指督脉、任脉协和，其次是指冲脉阴阳和谐，最后是指阴系阳系生化、运化冲和无偏。这些条件具备了，男子第二性征成熟，也就能化育生命了。

男女孕育生命，要求天癸至、奇经调和。孕育生命首先是中枢神经-体液调节所主导的事情，且必须以正常生理活动为基础，只有十二经满溢，才能充实奇经，满足任脉通、冲脉盛、精气变化、阴阳冲和这些条件；它不是寻常的生理活动，而是对一般生命活动的超越，必使天癸至，奇经调和、厥阴、少阴、太阴、阳明畅盛，阴阳和谐，才能孕育出生命。尤其是女子，天癸至，任脉通，太冲脉盛，月事以时下，不仅是孕育生命的条件，也是生殖系统正常无病的标准，自然也就是诊断、治病的圭臬。至，矢自高至于地也；通，畅达可用也；盛，置黍稷于器而祭祀也。所以，天癸自上而至，宣布的是精神的恒度，任脉是通畅充盛而至，有重要的滋长、调和作用，冲脉是滋养而至，调和营卫，养育胞宫。这些条件都具备了，月事就会因之泻下，女子就可以孕育生命了。总之，男女媾精，孕育生命，都要仰仗天癸应事应时而至，冲脉调和滋养，所不同者，女子更偏重于营气，倚重生化，男子更偏重于卫气，倚重运化，男女之不同，于兹可见。

在经典，孕育生命是精神系统主导的生命现象，没有天癸，一切免谈。但是，只有天癸还不够，必须得有充足的，乃至于多余的营卫滋养内外性器官。这就像奇经与十二经的关系，孕育生命不是器官、经脉的常规活动，但必须建立在常规活动之上。由于孕育生命的基础是脏腑、经脉的正常生理活动，所以年老体衰，或脏腑、脉经有病，即使天癸能应事应时而至，却也不能孕育生命矣！

所以，精神受纳五脏之精而变化，五脏充实就能以菁华奉养精神，精神充溢就能流溢而出，孕育生命；五脏衰竭，筋骨解堕，天癸尽竭，那就难以孕育生命了。具体而言，在女子，人近四十，先是阳明脉衰，面焦发落，继之督脉衰，鬓发白，继之任脉虚，冲脉、天癸竭，形坏而无子；在男子，先是肾气衰，祸及脾胃，发落齿枯，然后冲脉衰，鬓发白，最后肝气衰，筋不能动，天癸竭，精少无子。无论男女，皆先衰于阳明，终于任脉，起于气而终于血。

因是之故，生殖、健康皆与奇经关系最为密切。在生殖，督脉领诸阳，任脉领诸阴，任督二脉阴阳交合，乃生太冲。太冲，即大冲；大冲，即大和、大中、大动。大和之脉，杂阴阳，无偏性，所以为五脏六腑、十二经之海。督脉无阳，任脉无阴，太冲脉可缓冲、补益之；督脉之阳，任脉之阴，也必由太冲脉开阖、渗灌十二经，取效于五脏六腑，合之于内外表里。所以，太冲实为任督二脉之使，能转枢阴阳，恰在中枢调节、十二经之间。所以，中枢调节、十二经、五脏六腑，都要通过冲脉，才能彼此贯通，相互作用，相辅相成，相克相生。健康、衰老，根本也在任、督、冲脉。肌肉、须发脾胃所生，阳明所养，太冲治理。太冲衰，十二经无源，则面目枯焦、鬓发斑白。筋骨为躯体干维。肝生筋，厥阴养筋，任脉调节；肾生骨，少阴养骨，督脉调节。肾精虚，肾神不出，命门火衰，督脉无源，则少阴不养，干支倾危，骨骼不生。肾精虚，肾神不出，阳神失度，任脉无源，则厥阴不养，筋膜不生，骨属不得规范、滋养，关节伸屈不利。筋会于宗筋，冲任所养。冲任脉虚，厥阴、阳明不养，营卫不能滋润宗筋，则诸痿不用。任督二脉皆衰，太冲脉虚，宗筋无源，厥阴、少阴空乏，骨软筋疲，肌肉枯槁，罢极而齿发俱去矣！总之，生殖、健康的根基在奇经，奇经的根基在原气，原气的根基在肾气，肾气的根基在精神。精神得自先天，养于后天，为五脏六腑、十二经脉所奉养，而冲脉－太阴－阳明－脾胃这个构造，又是最重要的交通上下表里之枢纽，通衢大道，生殖、健康、治病之机枢关窍。

父母之精交合而生我之精，我之精出窍则生我之神。精气恒度不同则神气不同，阴阳必偏，体质必异。所以，体质是个体先天性的心理、生理、病理倾向性的综合（见附表4）。不同体质的人，正常地度过自己的一生，这就是年寿，有两个问题：生命正常的盛衰规律是什么？什么样的人才能得享高年？

《灵枢·天年》："人生十岁，五脏始定，血气已通，其气在下，故好走；二十岁，血气始盛肌肉方长，故好趋；三十岁，五脏大定，肌肉坚固，血脉盛满，故好步；四十岁，五脏六腑十二经脉，皆大盛以平定，腠理始疏，荣华颓落，发颇斑白，平盛不摇，故好坐；五十岁，肝气始衰，肝叶始薄，胆汁始减，目始不明；六十岁，心气始衰，若忧悲，血气懈惰，故好卧；七十岁，脾气虚，皮肤枯；八十岁，肺气衰，魄离，故言善误；九十岁，肾气焦，四脏经脉空虚；百岁，五脏皆虚，神气皆去，形骸独居而终矣。"

首先，人生十岁五脏开始成熟，肝肾阴系先旺，所以好跑；二十岁脾胃血气、肌肉成熟，所以好快步走；三十岁，五脏完全成熟，脾胃、心系充盛，所以好走路；四十岁，五脏六腑、十二经都成熟了，盛极而衰，腠理开始稀松，面色开始枯老，两鬓开始斑白，喜欢简单生活，好坐；五十岁，肝气衰，视物不明；六十岁，心气衰，忧愁悲伤，血气循行缓慢，喜欢躺着；七十岁，脾气虚，皮肤枯槁；八十岁，肺气衰，阴神离，言语多误；九十岁，肾气枯，能输出的经气日益减少，四脏经脉空虚；百岁，五脏都已空虚，神气去，徒留形骸。

人的一生，先旺于肝肾，筋骨健壮，才能站立起来，二三十岁脾胃健旺、心肺强盛，外周才能坚固。这就好比古时候盖房子，先起木架构，上梁置顶，然后再垒墙，安置门窗，装饰外表；毁坏起来，却是先坏门窗、围墙，最后才柱倒梁塌。因是之故，人生过程，也是胚胎过程的重演。

《灵枢·经脉》："人始生，先成精，精成而脑髓生，骨为干，脉为营，筋为纲，肉为墙，皮肤坚而毛发长，谷入于胃，脉道以通，四气乃行。"

骨为干，筋为纲。骨是支撑身体、规定生命盛衰的，筋是维护骨节的，筋骨强健，人就能站起来了，生命就有了最基本的架构。脉为营，肉为墙，皮肤坚硬，毛发生长，房屋用途，以及外墙、外表装饰也就都有了。人过四十，五脏开始衰弱，先从外表腠理、面容、两鬓开始，继之肝心衰微，再则脾胃气乏，最后肾气枯竭，精神皆去，徒具形骸，这就是人一生通常的盛衰过程。

那么，什么样的人才能得享高年呢？

《灵枢·寿夭刚柔》："形与气相任则寿，不相任则夭。皮与肉相果则寿，不相果则夭。血气经络胜形则寿，不胜形则夭。"

形气能相互胜任、彼此养护，气之供给能满足活动所需；皮肉相互包裹，皮肉紧实，腠理坚固；营卫能保证活动所需，满足了这些条件，一般都能得享高年，否则就容易早夭。这三个得享高年的条件，归结起来实为一个，即血气、经络胜形，也就是有源源不竭的后援支持。这个观点，其实可概括为"阴精所奉其人寿，阳精所降其人夭"。生化之阴能奉养精神，支持运化之阳，运化之阳能卫外以为固而不至于陷落阴系，其人可得高年，也即运化之阳、生化之阴待在它应该待的地方，无逆乱之祸，其人可得长寿。总之，只有阴阳冲和，才能得享高年。

阴阳冲和能从身体外观反映出来吗？

《灵枢·天年》："使道隧以长，基墙高以方，通调营卫，三部三里起，骨高肉满，百岁乃得终。"

从身体外观看，那些得享高寿的，人中长，两颊方正，营卫冲和流利，三焦充沛，骨高肉满；短命之人，五脏不坚固，人中短，鼻孔外翻，呼吸急促，两颊短小，鼻子不高，血气虚少，肌肉不硬，又屡屡害病，血气虚，经脉不通，正邪相争，祸乱相引接连不断，常常只能活到中年。

《素问·阴阳应象大论》："年四十而阴气自半也，起居衰矣。年五十体重，耳目不聪明矣。年六十，阴痿，气大衰，九窍不利，下虚上实，涕泣俱出矣。"

人四十以后，肾气虚，心气盛，精气损失将及一半，劳作休息已衰。到了五十，脾气虚，身体沉重，肝肾亏虚。六十以后，宗筋痿弱，肺气大衰，五脏皆损，九窍不通，肾虚寒，心火热，鼻涕眼泪不能自控，阴阳分别。所以，针对生命盛衰，要积极预防、治疗，调和阴阳，才能减缓衰老，老者复壮，壮者复强。

根据生命盛衰而调治，这是预防年寿之衰，谓之养生。

《素问·四气调神大论》："春三月，此为发陈。天地俱生，万物以荣，夜卧早起，广步于庭，被发缓形，以使志生，生而勿杀，予而勿夺，赏而勿罚，此春气之应，养生之道也；逆之则伤肝，夏为寒变，奉长者少。夏三月，此为蕃秀。天地气交，万物华实，夜卧早起，无厌于日，使志勿怒，使华英成秀，使气得泄，若所爱在外，此夏气之应，养长之道也；逆之则伤心，秋为痎疟，奉收者少，冬至重病。秋三月，此谓容平。天气以急，地气以明，早卧早起，与鸡俱兴，使志安宁，以缓秋刑，收敛神气，使秋气平，无外其志，使肺气清，此秋气之应，养收之道也；逆之则伤肺，冬为飧泄，奉藏者少。冬三月，此为闭藏。水冰地坼，勿扰乎阳，早卧晚起，必待日光，使志若伏若匿，若有私意，若已有得，去寒就温，无泄皮肤，使气极夺。此冬气之应，养藏之道也；逆之则伤肾，春为痿厥，奉生者少。"

随和阴阳，即追随阴阳之道、顺和阴阳之变，只有这样才能令营卫安和，各居其所，不至逆乱为祸。具体做法是：春天在阴阳是破旧立新之时，在人事就应当夜卧早起，多立少破，反之则伤肝，夏天病发寒热。夏天在阴阳是交合俱旺之时，在人事就应当晚卧早起，努力工作，宣发郁热，敢立敢破，反之则伤心，秋病疟疾，冬天酿成大病。秋天在阴阳是万物盛大甘和，在人事就应该早睡早起，收敛心气，不要多生事端，反之则伤肺，冬病飧泄。冬天在阴阳是外关内藏，在人事就应该早卧晚起，天色大亮再活动，不要过多作为，远离寒冷，亲近温暖，反之则伤肾，春病痿厥。总之，要随和阴阳，变化人事，春夏不要损伤运化之气，秋冬不要损伤生化之气，否则就是为疾病夭折创造条件了。所以，"圣人不治已病，治未病；不治已乱，治未乱"。等大病已经发生了再去用药治疗，逆乱已经发生了再去治理，好比口渴了再打井，搏斗了再铸造兵器，那不是太晚了吗？

张仲景在《金匮要略》开篇也讲治未病，但他讲的是预防未病之衰。

"夫治未病者，见肝之病，知肝传脾，当先实脾，四季脾旺不受邪，即勿补之。中工不晓相传，见肝之病，不解实脾，惟治肝也。"

上工的做法是治可能病、尚未病之脏腑。某脏，因生克关系，必然由于自身状态而祸及他脏。在疾病发展过程中，某脏如本，他脏如未，依据生克关系而治疗可能病、尚未病之脏，就是治未病。"治未病"与"治本病"是相对的。"治病必求于本"，不能因治本病不易就专治未病。所以，治病求本是对的，也是原则，但具体治疗、实践时，却可以从末梢开始，就是说，先要明白"阴阳四时者，万物之终始也，死生之本也，逆之则灾害生，从之则苛疾不起"，再去"不治已病，治未病，不治已乱，治未乱"，这才称得上领悟、遵从、融入了自然大道。

遵从自然大道，延年益寿，修道之人，长存此念，真人是他们最高的追求，而在真人与常人之间，却有着迥然不同的生活态度与方式。我们且看《素问·上古天真论》里怎么说。

"上古之人，其知道者，法于阴阳，和于术数，食饮有节，起居有常，不妄作劳，故能形与神俱，而尽终其天年，度百岁乃去。"

"今时之人不然也，以酒为浆，以妄为常，醉以入房，以欲竭其精，以耗散其真，不知持满，不时御神，务快其心，逆于生乐，起居无节，故半百而衰也。"

上古之人能随和阴阳而生活，今时之人不能随和阴阳而生活，正确与不正确的生活方式，其根本区别在哪儿？正确的生活方式，是能外避虚邪贼风，内守精神志意，"志闲而少欲，心安而不惧，形劳而不倦"，反之，就是不正确的生活方式。所以，在领悟大道，随和阴阳而养生方面，是有层次高下之不同的。

"上古有真人者，提挈天地，把握阴阳，呼吸精气，独立守神，肌肉若一，故能寿敝天地，无有终时，此其道生。"

"中古之时，有至人者，淳德全道，和于阴阳，调于四时，去世离俗，积精全神，游行天地之间，视听八达之外，此盖益其寿命而强者也，亦归

127

于真人。"

"其次有圣人者，处天地之和，从八风之理，适嗜欲于世俗之间，无恚嗔之心，行不欲离于世，被服章，举不欲观于俗，外不劳形于事，内无思想之患，以恬愉为务，以自得为功，形体不敝，精神不散，亦可以百数。"

"其次有贤人者，法则天地，象似日月，辨列星辰，逆从阴阳，分别四时，将从上古合同于道，亦可使益寿而有极时。"

真人寿敝天地，无有终时，是因为他已化作了天地阴阳一类，本身就是自然的一部分了，所以与天地同寿，天地不灭，真人不死。至人，就是达至阴阳大道之人，能较为完全地遵从大道，与阴阳大道和谐相处，去世离俗，养精全神，游行天地之间。圣人与阴阳大道的关系总体上是和谐的，虽不能免俗，却也能随遇而安，所以形体不敝，精神不散，寿尽百数而去。贤人，因为他只是以天地阴阳为法，行为举止比拟于日月星辰，迎接、顺从阴阳变化，按照四时不同而调整自身的行为，远没有融入自然大道之中，所以只能落得个"益寿而有极时"的结果。总之，越是贴近、融入阴阳大道，就越能达至内外冲和的生理、心理状态，直至像真人那样，完全成为自然的一部分而寿敝天地、长生无已！

第七章　三位一体

中西医有很多不同，但最本质、最要紧的区别是什么？那就是中医坚持物质、功能、调节三位一体的综合的生理、病理观。

我们一直在一般的意义上谈论物质、功能、调节，这是不够的，必须精确。首先，对于物质，经典叫水谷精华。精即生命力，华通花，精华就是生命之花。生命之花，不仅最能证明生命之存在，更重要的是，它能结出果实，既是生命力的集中体现，也是滋长、维持生命的精粹。水谷精华在形态、结构、运动、功能等方面都可以发生变化：在体外叫水谷，在脾胃叫精华，在肝系叫津液，在肺系叫血液，输出循环，流散三焦叫营气。水谷精华为什么能变化？原因是脏腑、经脉有变化之能，也就是有特定的生化、运化作用。水谷入胃，脾系分清泌浊变成了物质精粹，肝系代谢变成了津液，流行血脉，出入三焦又变成了营气。脏腑、经脉的变化之能改变了水谷原初的形态、结构、运动、功能，使之奉养心脑、滋长组织、调和生命，而脏腑本身似乎也具有了特殊的生化、运化能力，即脏腑功能，但其实，离开了水谷精华，脏腑、经脉还不是空有一身本事？同时，脏腑、经脉能自动变化吗？显然不能。没有中枢神经-体液调节系统的激发、规范，想也别想！神经-体液调节系统的模式与能力是先天的、整体的、中枢性的，名曰精神，或精气，它仿佛不需要什么支持。但是，精气本身就是个耗血耗氧大户，它的组织基础是精髓，也有自己的活动方式和规律，不能凭空产生。只不过，精气不像脏腑、经脉要听别人调遣，它只听自己的。听什么？"两精相搏谓之精"——爹妈早给安排好了。

在病理方面也一样。比如贫血，在西医看，外周红细胞或血红蛋白不足，到不了平均水平，那就是贫血；但在中医看，血浆加上血细胞还不是血液，唯有真实地发挥出效用的血浆和血细胞，那才是血液，所谓贫血，一定是真实的血液效用的不足。你只有血浆、血细胞，物质是具备了，但瘀留血脉而不周流，这叫什么血液？就像一个人死了，徒具形骸，一点生命体征都没有，那还能叫人吗？进一层讲，你有了血浆、血细胞，也能循环周身了，但不接受调节，这是真正的血液吗？那只能叫乱臣贼子、致病的祸根。所以，物质、功能、调节必须协调作用、综合发挥，血液才能正常运化，成为营气。所以，血浆，或血细胞少了，不敷使用，这是血虚，但循环之力不足，灌注不良，难道就不是血虚了？循环正常，但血细胞变异，根本不能发挥出应有的作用，这不是血虚？血液充足，血细胞也正常，但调节不利，或输出乏力，或回血障碍，或流动缓慢、一日一夜不足五十度，这是不是血虚？物质匮乏，或功能障碍，或调节不利，都能妨碍血液正常发挥其效能，都是血虚，谁说只有红细胞不足才会贫血？

物质、功能、调节三位一体综合的生理、病理观贯穿于中医之所有，既是一种思想方法，也是把握生理、病理机制的工具，可以说是一件法宝，须臾不可离。

例如，什么是病？古人管病叫疒（读 nè），倚也。在甲骨文中，疒作"𤕫"，从爿从炎，爿即床，旁有一人，身上下有小点，表示发热，这就是病了。疾、病不是一个概念：疾是泛称，甲骨文像一个大人腋下中矢，后来"大"讹作疒，遂变为疾字；病是疾加，即病得厉害。我们今天疾病混称，已不加分别。

疾病原来就有非常态的意思，现在的定义也是如此，认为是在致病因子作用下，机体代谢、功能、结构发生了改变，表现出不正常的症状、体征和行为。但这个定义，相信大多数人都不满意。什么叫不正常？如果我们将所谓正常人都集中起来，测试他们的各项指标，算出一个均值定为标准，符合这个标准的，就是正常无病的，不符合就是有病不正常的，那至少还有一部分正常人可能被当作了患者，但实际上他们无病。又或认为，对疾病的认定应加上个适应不良的限制，你不符合标准，同时适应不良，你就病了。然而，即便如此，这个定义依然存在标准不客观、不能严格区分常态、病态的问题，还是不能令人满意。

经典界定疾病也有非常态这个意思，但着眼点不同。

《素问·风论》："风者，百病之长也，至其变化，乃生他病也。"

传统上，我们是将风视为百病之初始原因的。但是，什么是风呢？这里的风，当然不能只是空气流动；自然界的风也能致病，但肯定不会是百病的初始病因。我们要扩张一点——风，不良刺激是也！

什么是不良刺激？凡非我原有者，都是刺激。刺激本身无好坏。致病菌是刺激，它原来不是我身体里的居民，抗生素也是刺激，它也原非我所有，致病菌让我生病了，抗生素治好了我的病，然而，若是没头没脑地大量使用抗生素，它就又成了一害，让我们不堪一击。致病的是刺激，治病的也是刺激，刺激本身对我们来说真是不知好歹。所以，只有那些不能适应的刺激才是坏的刺激，或者说是不良刺激，而这个不良，乃是具体的、个别的，对特定个体才有意义。比如，就说自然界的那个风吧，对常人来说毫无问题，到了夏天还非得有点儿风才凉快呐，但对于表虚的人来说就不适应了，就是一个不良刺激，让他觉得生病了。虚，就是墟，原来有人居住，现在人去屋空，这就是墟。天地有正气，也有虚邪之气。虚邪之气，就是致病之气，也就是不能适应之气。无论在体内、还是体外，凡是不能适应的刺激，或状态，皆可名之为虚邪，意思是，能够致病的刺激或状态，这是一个意思。再一个意思，"邪之所凑，其气必虚"，原来还有正气居住，现在病邪一刺激，正气走了，只剩下毫无抵抗能力的组织、脏器，这也是虚。这种虚，事实上就是一种病理状态了，经典认为，这才是患病的基础。

《灵枢·百病始生》："风雨寒热不得虚，邪不能独伤人。卒然逢疾风暴雨而不病者，盖无虚，故邪不能独伤人。此必因虚邪之风，与其身形，两虚相得，乃客其形。两实相逢，众人肉坚。其中于虚邪也因于天时，与其身形，参以虚实，大病乃成……"

自然界的气候变化，若不趁着虚，就不能单独伤人，所以能伤人而病，是因为自然刺激不正、人也有病理状态可乘，两种虚凑到一起了，才使人生病的。如果自然刺激是正气，人也没有病理状态可乘，两实相逢，就不会生病。所以，疾病都是内外因素联合作用引起的，都是因虚因实而患病或不病的。推而广之，内外刺激，若没有病理状态作基础，就不会成为不良刺激使人患病。换句话说，患病是个以内因为根据，外因为条件，内外共同决定的事情；疾病，就是内外不良刺激引发的病理反应。那么，什么又是病理反应呢？不良刺激所能引发的反应其实就是——应激反应！

应激反应原本是人类数百万年进化、由遗传保存下来的适应能力，是帮助人们适应刺激、环境的。比如，在野外，突然碰上了一头野兽，你的精神顿时紧张，心脏剧烈跳动，血液都充溢到了心脑、肌肉，呼吸加深加快，瞳孔放大，然后，你才有能力快速逃跑！再如，天气寒冷，裹着厚衣还是不能暖和过来，寒毛竖立，毛孔闭塞，身体寒战，代谢陡然加强，心跳加快，输出增加，血压升高，然后，你才有能力抵御严寒。所以，我们是需要应激反应的，而且正常的、平和的应激反应并不能造成伤害，只有不能顺利进行的应激反应才是病态的。但宽泛地讲，一切应激反应又都属阴阳不和，都不正常，所以又都可以叫做病，而一切引起应激反应的刺激又都可以叫做风，只是有些应激反应，我们毫无感觉，它是隐性的，有些应激反应，我们无法承受，它是显性的。这是因为，应激反应都是双刃剑，在提高人的适应能力的同时，也会埋藏大量隐患，甚至直接伤害身体。如，由于血液重分配，骨骼肌、心脑获得了充足的血供，但胃肠道、肾脏、肝脏却灌注不良，回流不利，处于失养状态，引起炎性反应。内外刺激引发了应激，而有些应激过程存在障碍，或过于暴烈，不能适应，造成损伤，它的病态是显性的，有些应激可以无视，它的病态是隐性的。那不能适应的显性的应激，使原本中性的刺激变成了坏的刺激，古人概称其为风。

我们一定会对这个逻辑感到惊诧：凡是叫做风的不良刺激所引发的应激反应，我们都不能适应；凡是不能适应的应激反应，都叫显性应激反应；凡是显性应激反应，都叫病理反应；凡是内外不良刺激引发的不能适应的、显性的应激反应，都叫做疾病——很明显，这是一个循环论证，但它讲的恰恰是疾病的实情。机体的某种改变究竟是不是疾病，这总是一个用结果证明原因的问题，总是一个对个体才有意义的事情，古人用阴阳不和来界定这种状态，今人用适应不良来定义这种状态，其实都有漏洞。疾病不可论证，只能用经验把握，所以医学才是经验科学，不是命题知识。

《伤寒论》是讲什么的？其实就讲了一个病态应激反应的例子：不同的人感受风寒刺激后，会有怎样的应激反应。《伤寒论》没有讲全部的不良刺激和应激反应，但描述了应激反应的全过程，且分作六个部分，给出了病症表现、诊断标准、治疗原则、制方用药。由于应激反应具有时相性，有普遍的、共通的规律，所以《伤寒论》讲的六经脉证就有了辨别病证，对证施治，预测未来，示范其他的价值，成为了中医辨证论治的经典。《伤寒论》里虽有许多细致的观察、杰出的思想、精彩的论述，但毕竟太过远古，今天读起来，未免都有点丈二和尚摸不着头脑。为深入理解疾病，我们很有必要详细考察一下现代医学对应激反应的认识。

应激反应大抵分为三个阶段。

应激初期，致病因子侵袭人体，交感-上腺髓质系统激活，皮质系统启动拮抗。

交感-肾上腺髓质系统在应激初期即被激活，交感神经兴奋，髓质激素释放。但这是一柄双刃剑，在强化人体适应能力、激发潜能的同时，也将埋下隐患。

——中枢兴奋：使人反应灵敏，但皮质兴奋性太高，精神亢奋。

——物质能量充实肌肉组织：使人精力、体力旺盛，但同时产生了大量代谢产物，对循环输运能力提出了更高要求，若不能缓解，则极度疲劳，遗留内源性致病因子，成为隐患。

——心肺功能增强：保证心脑、肌肉供给，为血液重分配奠定了基础，但也增加了心肺负担，大量消耗资源。

——血液重分配：反应初期心脑、骨骼肌得到充足血供，为应激提供了精神、体能基础，但皮肤、消化系统、肾脏、肝脏缺血缺氧，而失养，炎性物质释放，造成组织损伤和器官功能衰竭，产生一系列病理改变；若反应持续，骨骼肌血供也被牺牲，只能保证心脑供给；最后，大脑、心脏血供也不能充分保证，出现心力衰竭及精神病症。

——物质能量代谢加强：肝代谢旺盛，血容物充实，保证了物质能量供给，但同时体温升高，内热郁积，汗出散热，血容不足，血液浓缩，血小板数目增多、黏附聚集性增强，白细胞数、纤维蛋白原浓度升高，血液黏稠，血液流变性质改变，回流阻力增加，血栓形成，血管壁破坏，外周瘀血，微循环灌流艰难，组织失养，炎性反应，病理产物淤积，毛细血管通透性增加；更严重的是代谢方式改变，由原来的糖能主导，变为脂肪能主导，蛋白质合成减少、分解加强，氮酸淤积，负氮平衡，令人消瘦、贫血、创伤不愈、抵抗力下降。

——潜能耗竭：免疫系统，各脏器，特别是中枢系统功能亢进，潜力耗竭；同时，外周组织受体减少，对中枢、系统调节失去敏感，调节失敏。

在交感-肾上腺髓质系统被紧急动员的同时，为冲抵负面影响，肾上腺皮质系统也将参与应激过程，与交感-肾上腺髓质系统形成拮抗关系。

——抗炎：抑制炎症，减轻应激损伤。

——抗休克：解热、强心、抗毒、改善微循环。

——造血：刺激骨髓造血。

但皮质激素本身也是典型的应激激素，会给机体带来一系列的损伤。

——调节异常：与去甲肾上腺素一起维持动脉张力、血压、神经兴奋性，使人精神兴奋、激动、失眠、欣快，严重时可诱发精神病；抑制肾上腺皮质系统，令腺体萎缩，性欲减退，女子闭经；抑制机体生长发育。

——防病能力损伤：抑制细胞、体液免疫，诱发陈旧病灶，扩散和加重感染。

——损伤消化系统：促进胃酸、胃蛋白酶分泌，令人食欲、体重增加，抑制黏液分泌，诱发或加重应激性溃疡。

——代谢方式改变：肝代谢旺盛，血糖升高，脂肪沉积，引发高血糖、高血脂，形成豆芽菜体型；分解过程加强，胰岛素释放增加，令人消瘦，极度疲劳；钙流失，骨质酥松；侵入细胞，干扰染色质转录过程，诱导异生蛋白质合成，引起细胞变性。

——水系危机：保钠排钾，尿浓缩，细胞外液增加，血容扩张，引发水肿、高血压；汗液、唾液分泌增加，肠失水钠，大便干燥。

此外，生长激素能促进蛋白质合成，有利于组织保护，β-内啡肽能镇痛，也有拮抗髓质激素的作用。

应激中期，交感-肾上腺髓质系统逐步退出应激过程，肾上腺皮质系统占据主导地位。

急性应激，或应激初起阶段由交感-肾上腺髓质系统主导，肾上腺皮质系统则主导慢性应激，或应激持续阶段。

慢性应激的刺激源很复杂，有的来自外部，有的来自体内，或为外源刺激，或为内源刺激；有的经年累月刺激，有的短期重复刺激；有的刺激源是有形物质，有的干脆就是一种状态，看不见、摸不着，但确实存在。慢性应激多由内源刺激引起，如焦虑、紧张、饮食不节、睡眠不足、劳逸无度、志意无穷、代谢产物滞留，等等，甚至一种正常的生理机制，如反馈调节也会启动皮质系统，引起应激。如长期代谢率低下，体温偏低，必使心脏负担加重，导致心功能衰弱，因而激发促甲状腺素释放，令甲状腺肿大，功能亢进，甲状腺素合成增加，基础代谢率提高；同时，较高的代谢率要求更有效率的循环，心脏负担愈加不堪，遂造成甲状腺性心脏病。随着 T_3、T_4 的升高，中枢反馈调节机制令促甲状腺素分泌减少，但肿大增生的甲状腺组织长期处于失养状态，若引起炎性反应则患甲状腺炎，若组织变性则患甲状腺肿瘤，若病理改变长期不能纠正，必使中枢调节能力衰微，相关组织、脏器调节失敏，遂病成甲状腺功能减退（简称甲减）。在这个过程中，刺激源长期存在，病理改变一个接着一个，经久不愈，病症变化复杂，风起云涌……这些特点，都与急性应激不同。

慢性应激，或急性应激的第一阶段，都会产生大量代谢产物，若淤积不去，刺激微循环形态改变，就会引起一系列病变，成为病理性产物，致使外三焦淤积，内三焦瘀阻，内环境恶化，组织失养，细胞变性，器官功能衰竭。

慢性应激的主要病理改变有：

——中枢亢奋：激动，烦躁，失眠，抑郁，妄想，甚至出现严重的精神病症。

——内分泌紊乱：雄激素增多，皮脂腺分泌旺盛，脱发秃顶、前列腺增生、妄想妄动，女性卵巢功能抑制，闭经、痤疮、多毛、男性化；甲状腺功能抑制，分泌减少，T_4 转化 T_3 抑制，反射性地引起甲状腺代偿性肿大，分泌增加，形成甲亢。

——免疫抑制：抵抗力下降，旧疾复发，感染加重，反复不愈。

——水系病变：水肿，有效血容不足；低钾血症，肌无力，麻痹，甚至周期性瘫痪；肾小球浓缩功能减退，烦渴多尿，夜尿增多，尿钙、尿酸增多，引起失钾性肾病，导致肾结石、泌尿系感染、肾盂肾炎、痛风，肾间质瘢痕形成；肾动脉高压，血管硬化，产生蛋白尿，导致肾功能不全。

——气系病变：胃肠道平滑肌张力不足，食欲不振，腹胀，嗳气，或肠失水钠而大便干枯，或病生应激性溃疡。

——血系病变：肝代谢旺盛，血液内容物激增，高血压、高血脂、高血糖形成，血液流变性质改变，回流阻力增大，心脑失养，头痛、头晕、乏力、耳鸣、弱视；造血功能异常，血液实际效能下降，贫血；心肌肥厚，动则缺血、喘息，心律失常，心肌纤维化，心界扩大，心力衰竭。

——代谢方式改变：肝代谢旺盛，内热郁积，能量代谢由糖能主导，变为脂肪能主导，产生向心性肥胖；蛋白分解过程加强，血液成分改变，负氮平衡，消瘦、贫血、创伤不愈、皮下出血，骨钙质流失，骨质疏松。

拮抗皮质激素的主要是心房钠尿肽（ANP），其靶效应是促使血管平滑肌舒张，促进肾排水钠，有效抑制醛固酮系统。当心房壁受到牵拉，如血量过多、头低足高位、中心静脉压升高、身体浸入水中，均可刺激心房肌细胞合成释放 ANP。

应激末期，皮质激素调节效能下降，外周受体减少，调节失敏，机体防御能力下降，微循环瘀阻，内环境恶化，组织变性，器官功能衰竭，休克，死亡。

应激后期，精神调节能力耗竭，潜力用尽，皮质激素系统损伤，外周组织受体减少，对中枢、系统、局部调节不再敏感，病理改变不能有效纠正；同时，微循环灌流障碍，效能严重下降，病理产物淤积，电解质紊乱，内环境恶化，组织失养，细胞变性。这种病理改变，中医称之为虚损，分急性、慢性两种，主要表现为：

——电解质紊乱，内环境恶化：水钠不平，失水多，则口渴、尿少、尿浓缩，同时中枢紊乱，循环衰竭；失钠多，则细胞内外液增加，乏力、恶心、呕吐、头痛、嗜睡，甚至引起颅内压增高、脑水肿、脑疝，导致木僵、失语、抽搐、定向失常、烦躁、昏迷，呼吸、心搏骤停。血钾不足则肌肉痿软无力，甚至呼吸肌、平滑肌麻痹，短气懒言，恶心呕吐，腹胀，多尿，尿清长，夜尿增多，心律失常，精神萎靡，冷漠，昏睡，昏迷；血钾太过则呼吸衰竭，心律失常，甚至心搏骤停。

——器官功能衰竭：心力衰竭，左心衰则输出不足，腹胀，食欲不振，恶心呕吐，少尿，呼吸困难，右心衰则回血不利，胸腔积液，腹水，肝脾肿大，黄疸。肺衰竭则呼吸困难，唇甲发绀，狂躁，昏迷，体循环瘀血，胃肠充血水肿，溃疡，消化道出血。肝衰则食欲减退，恶心呕吐，腹胀腹泻，黄疸迅速加深，肝缩小，脾肿大，腹水，乃至黄疸，肝臭，出血，甚至引起肝性脑病，初则烦躁，谵语，震颤，继而意识错乱，睡眠障碍，行为失常，角弓反张，危重时神志不清，昏睡不醒，惊厥。慢性肾衰竭则面色无华，疲倦，味觉障碍，恶心呕吐，腹泻，腹胀或便秘，下肢、眼睑浮肿，甚至全身水肿；急性肾衰竭则尿量改变，从少尿、无尿，到突然多尿，面色苍白，疲乏无力，精神不振，烦躁不安，嗜睡，意识模糊，呼吸深而有尿臭味。

——休克：初则中枢兴奋性激增，精神紧张，烦躁不安，皮肤苍白，四肢厥冷，呼吸、心跳加快，尿量减少；继则血压骤降，心脑血管调节失敏，心搏无力，神志淡漠，昏迷，肾灌流严重不足，少尿、无尿，四肢厥冷、发绀；最后血压持续下降，难以恢复，微循环弥散性瘀血，组织坏死，器官功能衰竭，生命消亡。

应激在西医虽很重要，但也只是作为一种特定的综合征，简单地列入疾病谱就完了，甚至只把它当作了神经症的一种，不认为它具有普遍意义。西医病理学的基础是细胞损伤，至于为什么会产生损伤，应激只是原因之一，更多的致病因子是细菌、病毒之类。但事实上，细菌、病毒等也可视作刺激因子，免疫反应也可视作应激反应，应激是一切疾病的背景，细胞损伤等病理改变不过是应激的结果，千般疢难，完全能用应激反应统一起来。因为，从应激的观点看，任何致病因子都是不良刺激，不管它来自体内，还是体外，是有形质的实邪，还是无形质的病态，只要是刺激，就会激起机体的响应，应激不遂，或损伤组织，不能适应，便成疾病。

《素问·生气通天论》："圣人传精神，服天气，而通神明。失之，则内闭九窍，外壅肌肉，卫气散解，此谓自伤，气之削也。"

通达天道之人，能团聚精神，顺服天道变化而施用神明；若不遵从天道，内则五脏气争，外则九窍不通、肌肉壅塞、卫气虚弱，引起疾病。所以，若机体先自有了一个病理改变，则内外刺激成为风的概率就会大大增加，很有可能引发疾病。为什么"百病之生也，皆生于风寒暑湿燥火，以之化之变也"？不是"风寒暑湿燥火"本身一定能致病，而是你的饮食起居、行为志意不能顺服阴阳之道，机体已经有一个病理基础了，这些刺激才成了致病的风；病发之后，又因人的体质特性，治疗、护理措施不同，产生了种种变化，形成了万千疾病。所以，疾病的发生是个内外配合的过程：内因是致病的根据，外因是致病的条件，外因通过内因而起作用。

《素问·阴阳应象大论》："喜怒伤气，寒暑伤形。暴怒伤阴，暴喜伤阳。厥气上行，满脉去形。喜怒不节，寒暑过度，生乃不固。故重阴必阳，重阳必阴。故曰：冬伤于寒，春必温病；春伤于风，夏生飧泄；夏伤于暑，秋必痎疟；秋伤于湿，冬生咳嗽。"

生身不固的原因，在于喜怒不节，寒热过度。大喜伤阳系，大怒伤阴系。阴系、阳系伤损，寒热必伤生身。阳系伤，就是心病；阴系伤，就是肾病。肾病伤足经，心病伤手经。肾病，足经厥逆，血气满脉而形体损伤；心病，寒热失度，肌肉不能坚固。所以，冬天肾因寒而病，春天就会病温；春天肝因风而病，夏天就会病飧泄；夏天心因暑而病，秋天就会病疟疾；秋天肺因湿而病，冬天就会病咳喘。

认识疾病，不仅要认识疾病的基础，还要认识具体病证，从分析的观点把握疾病全体。张仲景在《金匮要略》对疾病做过一个简单的分类。

"千般疢难，不越三条；一者，经络受邪，入藏府，为内所因也；二者，四肢九窍，血脉相传，壅塞不通，为外皮肤所中也；三者，房室、金刃、虫兽所伤。以此详之，病由都尽。"

疾病不过三类：外邪刺激，三焦经络受病，传于脏腑，这是内病因外病而得，可名为外因致病；四肢九窍与脏腑血脉相连，脏腑元真因血脉壅塞不能通达于外，四肢九窍因此患病，这是外病因内病而起，可名为内因致病；脏腑过用、金刃创伤、虫兽所害等都是凭空患病，属不内不外因致病。这个思想架构甚为精当，其基本分类原则，一个是根据致病因子属内属外，一个是根据有无传变过程，特别实用，只是将房室所伤归为不内不外因病显然不妥。后世继承、发挥了张仲景的思想，还搞过一个三因病分类系统，虽较为详尽，但核心思想也没什么新意，特别是不能给遗传病一个位置，显得不那么完备，另外将"饮食饥饱，叫呼伤气，尽神度量，疲极筋力，阴阳违逆"等放在不内外因当中，则是完全错误的。

从应激看，疾病可分为三大类：外源性疾病、内源性疾病、内外综合病证。顾名思义，外源性疾病由外源刺激引起，内源性疾病由内源刺激引起，内外综合病证则由内外刺激联合作用引起，或在内源刺激发生作用后，再由外源刺激进一步引发疾病，或先有外源性疾病，而后转为内源性疾病。外源刺激，包括风、寒、暑、湿、燥、火等气候变化，也包括细菌、病毒、外伤、药物、中毒等。内源刺激，传统上有饮食、劳倦、房室、情志，现代则有染色体变异等。内源性疾病非常特殊的一点，就是各种病理状态，甚至生理状态，以及代谢产物、病理产物本身也是一种刺激，而过用、失养对内源性疾病具有特殊重要的意义。

自然界的气候变化，我们每日的饮食作息，情志波动，以及男女媾精，本来都是正常的活动，若走向极端，就会成为致病因素。脏腑生化、运化，三焦流行营卫，中枢调节都有一个功能区间，在这个区间内，机体可以正常实现功能。区间的宽度反映了脏腑生化、运化，三焦流行营卫，中枢调节阴阳的潜能，一旦超出了这个区间，机体势必启动代偿机制，这就已经处于病态了，若再失代偿，则必然潜力用尽，功能衰竭。过用，就是超越了功能区间，耗竭潜力，启动代偿，趋于衰竭。显然，超越区间是一种病态，也是一种内源刺激，或者说，过用也是一种致病因子。三焦滋养组织、脏器，输运代谢产物，调节大气升降，若循行不利，灌注不良，则组织、脏器失养，代谢产物淤积，遂形成失养病变。失养，一方面是组织、脏器因失养而产生损伤，另一方面，淤积的代谢产物，组织、脏器的病理状态，三焦循行、大气升降的异常，都可作为内源刺激，进一步引发一系列的病变，产生深刻的影响。失养是更具有普遍意义的内源刺激，它与过用，都属内源性疾病的基础病变。如果我们进一步考虑疾病发生、发展的复杂的情况，则内外综合病证才更普遍，更贴近实际。如外感风寒，绝大多数的情况是患者先有一个各种刺激引发的基础病变，后来又感受外源刺激，内外结合才发病的，里热外寒是外感病的基本病理。这种情况，虽然从疾病分类上来说意思不大，但对临床诊断、治疗却价值非凡。所以，我们要将它作为一个独立的分类项目，以突出疾病分类学的临床指导意义。

疾病起于内外因素联合作用，先有人违逆自然，后有内外刺激，两下结合，人就病了。病后的发展变化，一方面取决于患者的体质特性，另一方面也取决于共性的应激演化规律，经典称其为病传。

体质是由遗传固定下来的，它在生化、运化方面的特性，通常能决定疾病发展的趋向，古人早已认识到了这个事实。

《灵枢·五变》："余闻百疾之始期也，必生于风雨寒暑，循毫毛而入腠理，或复还，或留止，或为风肿汗出，或为消瘅，或为寒热，或为留痹，或为积聚，奇邪淫溢，不可胜数，愿闻其故。夫同时得病，或病此，或病彼，意者天之为人生风乎，何其异也？"

疾病的发展，即使病因一样，初始的过程也一样，但结果却不相同，有的病邪自己出去了，有的却留下了；留下的，或病风肿汗出，或病消瘅，或病虚劳寒热，或病痹证，或病积聚，为什么呢？原因在于"非求人而人自犯之"。

通常，疾病发展有一定规律，就像树木之损伤，总是先伤枝叶，后伤根本；同时，也有容易患病的人，比如骨节、皮肤、腠理不坚固的，就容易患病，这也是常事。具体地说：人有常病汗出的，这是肌肉不坚固，腠理疏松，多病风厥所致。凡腘窝处不坚固、结构不清楚的，就是腠理疏松的人。人有常病消瘅的，这是五脏运化无力，肝盛脾虚所致。这种人皮肤薄、目光锐利、心火盛，多怒，气常厥逆留于胸中，充皮肤，瘀血不行，刺激发热，消烁肌肤，这就容易患消瘅。消瘅即风消，初起肝脾不和，继之心火盛，脾胃郁热，再之经脉、肌肤三焦瘀阻，流行不利，刺激发热，销铄肌肉。人有常病寒热的，凡骨小柔弱之人，阴系不足，阳气逆入，则多病虚劳寒热。这从颧骨就能看出肾气盛衰；另外，皮肤薄，腘窝无肉，下巴颜色黑，且与额头不同，四肢后面肉薄，骨髓不满的，也都属多病虚劳寒热之人。人有常病痹证的，凡腠理疏松、肌肉不硬的人，多病痹证。痹证究竟会发生在哪儿，要看五脏分布：皮、脉、肉、筋、骨，对应肺、心、脾、肝、肾，阳系之痹在高，阴系之痹在下。人有多病肠中积聚的：腹腔、盆腔积聚，或在肠中，或在脂膜，或在筋膜，或在血络，或在肌肉。若只是运化不利、生化乖谬，则病瘕为疝；若弄假成真，组织变性，留著不去，则病发为癥。凡皮肤薄而无光泽，肌肉不硬而湿浊，这样的人，其脾胃分清泌浊能力很差，组织失养，痰瘀刺激，留滞不去，寒温无伦，伤及冲脉，就会病生积聚。总之，从病理看，体质对疾病发展的影响大致可分为两类，一类属大气周流不利，多患厥逆，一类属局部三焦不通，多患拘急。所以，同样的病因，在不同的阶段，针对不同的病理基础，祸乱不同体质之人，就会产生了不同的病理结果。

撇开体质因素，疾病传变也有一定规律。

《素问·玉机真藏论》："是故风者，百病之长也。今风寒客于人，使人毫毛毕直，皮肤闭而为热。当是之时，可汗而发也。或痹不仁肿痛，当是之时，可汤熨及火灸刺而去之。弗治，病入舍于肺，名曰肺痹，发欬上气，弗治，肺即传而行之肝，病名曰肝痹，一名曰厥，胁痛出食。当是之时，可按若刺耳。弗治，肝传之脾，病名曰脾风，发瘅，腹中热，烦心，出黄。当此之时，可按、可药、可浴。弗治，脾传之肾，病名曰疝瘕，少腹冤热而痛，出白，一名曰蛊。当此之时，可按、可药。弗治，肾传之心，病筋脉相引而急，病名曰瘛。当此之时，可灸、可药。弗治，满十日，法当死。肾因传之心，心即复反传而行之肺，发寒热，法当三岁死，此病之次也。"

病发之初，先感受到了外源刺激，接着病邪客居经络，使人毫毛竖立，汗孔关闭，恶寒发热，这是应激初起的外症。若影响了三焦循行，则病发痹痛，肌肤不仁、肿胀。若治疗不愈，则传于肺，外症咳嗽、逆气。为什么感受风寒刺激，肺系是第一应激器官？其实，并不是肺系首先应激，事实上其他脏器、组织也处于应激状态，但肺系应激，在此时此刻是显性的，所以直观地看，是肺系先病，而其他脏腑、经脉的应激还是隐性的，患者自觉还没有生病。显性应激能自我感觉、有直观的外症，隐性应激，不是没有病变，只是没有病症而已。所以，疾病传变的实质，无非是隐形应激第次转变为显性应激的过程。因是之故，若水系，特别是肺系疾病治疗不愈，则病传于肝，胁痛、呕吐，这是疾病由卫气传到了营气，血系因应激而表现出了病症，演变为显性的了。若治疗不愈，则病传于脾，腹中热、烦心、黄疸。这是心、脾、胃、肝应激的综合表现：心功能亢进、胃肠道失养，三焦循行淤滞，则腹热、烦心，肝门脉拘急，回流不利，胆道瘀阻，则病生黄疸。若治疗不愈，则病传于肾，少腹积热、小便混浊。肾系因交感亢进，血液重分配，血脉拘急而组织失养，滤过减少，效能下降，炎性反应，导致小便不利，水津不回，血压升高，下焦回流障碍，所以少腹积热，小便浑浊。若治疗不愈，则传于心，筋脉牵引抽搐，这是心主输出、循环不利，血液重分配，不能实现有效灌注，三焦病理产物淤积，特别是精神失养，内环境紊乱，所以抽搐。此时，病势垂危，于法当死，但如果中枢调节依然有效，则肾水调心，疾病还有可能好转，若调节无力，病成虚损，寒热不绝，日益消耗，则可能数年后死亡。

同样的病传过程，也可以从三焦经脉角度加以描述。

《素问·热论》："伤寒一日，巨阳受之，故头项痛，腰脊强。二日阳明受之。阳明主肉，其脉侠鼻，络于目，故身热目痛而鼻干，不得卧也。三日少阳受之，少阳主胆，其脉循胁络于耳，故胸胁痛而耳聋。三阳经络，皆受其病，而未入于藏者，故可汗而已。四日太阴受之，太阴脉布胃中，络于嗌，故腹满而溢干。五日少阴受之。少阴脉贯肾，络于肺，系舌本，故口燥舌干而渴。六日厥阴受之。厥阴脉循阴器而络于肝，故烦满而囊缩。三阴三阳，五藏六府皆受病，荣卫不行，五藏不通，则死矣。"

这里所描述的病传过程有几个地方需要辨析。病邪客居于人身，原非我所有，是种不良刺激。病邪不一定是实体，如风寒就是一种以气候变化为特征的刺激；非实体性的刺激，也能使机体局部，甚至整体处于应激状态，而局部，或整体的应激状态，又可以作为内源刺激进一步引发其他病理改变。当然，病邪可以是实体，如代谢产物输运不及淤积为病理产物，这就是内源实邪，而细菌、病毒、毒素等，这些都是外源实邪。内外病邪所引起的应激反应，与其自身刺激的特异性作用是密不可分的。对外源刺激来说，不管是有形的，还是无形的，若机体事先不存在病理改变，则统称为病邪，若机体事先存在病理改变，则统称为虚邪；无论是实邪，还是虚邪，刺激机体之后，或能引起病变，或能强化病变，则统称做病邪客居。对内源刺激来说，有形质的叫实邪，无形质的叫虚邪，其概念与外源刺激不同，与机体抗病的虚实状态也不同。总之，病邪是引发机体局部或整体应激状态的内外不良刺激，或为有形质的实体，或为无形质的状态，又因机体有无事先存在病变而有虚实之分。

经典应激是整体性的，从中枢到外周犬牙交错，原本不应该有什么病传次第，为什么会有从皮毛，到经络，到肺系，到肝系，到脾系，到肾系，到心系依次相传的规律，而且在传统中，这个传变规律还备受推崇，甚至发展出张仲景的六经辨证，温病学派的卫气营血辨证、三焦辨证？机体各组织、脏器、系统对不同刺激的反应敏度不同，虽然应激是整体性的，但有的组织、脏器、系统表现为显性应激，有的则表现为隐性应激，而在疾病发展过程中产生的内源刺激，又可以进一步激发其他病变，在这种情况下，疾病发展未必会按照生克关系推进，应该是哪里正气不足、邪气客居，病变就发生在哪里，应激就显现在哪里，病症就表现在哪里，没有一定之规。但是，在长期进化中，机体对刺激的适应能力与模式早已由遗传固定下来，事先就存有根据组织、脏器、系统对生命意义的大小而自动排序的整套的应激预案，使得应激次第显示出规律性。疾病初起，能成为显性应激的系统、器官、组织，自身就有排斥、调节的能力，如皮毛、汗孔、肌肉、肺脏、脾胃、肾脏、膀胱等，都能通过阻挡、排汗、咳嗽、呕吐、排泄等反应，抵御、缓冲，或将不良刺激驱除出去，也能通过一系列的感觉异常警示中枢，或通过自身调节，甚至在中枢调节之下，迅速调整状态，以纠正病变，恢复正常。这些脏器、组织，在脏腑六系中属水系、气系，在六经辨证中属太阳、阳明，在卫气营血辨证中属卫、气，在三焦辨证中属上焦，完全符合先贤的经验概括。若应激进一步发展，对物质能量的需求越来越迫切，对肝、心功能的要求越来越高，则肝系代谢、心脏输出就会异常活跃，同时循环系统就会因应激而损伤，脏器、组织的变化就会被感觉到，出现外症。这些脏器、组织，在脏腑六系中属血火二系，在六经辨证中属少阳、太阴，在卫气营血辨证中属营气，在三焦辨证中多属中焦。若病患不解，应激持续，中枢调节潜力用尽，外周调节失敏，心肺功能衰竭，津液回流困难，物质能量代谢方式改变，三焦灌注不良，内环境恶化，则病入虚损。这种病理改变，在脏腑六系中属精神二系，在六经辨证中属少阴、厥阴，在卫气营血辨证中属血，在三焦辨证中则多属下焦。最后，患者因中枢调节衰微，外周调节失敏，微循环瘀滞而休克，多脏器功能衰竭而死亡……都属阴阳离绝。总之，病传规律反映于主观感觉、客观体征，基于隐性应激次第传变为显性应激，病传次第实质上反映了从外周到脏腑，再到中枢的层层抗邪机制的启动、障碍、衰竭，以及从相互代尝到不能支持的复杂进程。病传次第一旦打破，规律失效，就会转为体质特征、病理基础综合主导的疾病演变过程，风起云涌，难以捉摸。

《素问·玉机真藏论》："然其卒发者，不必治于传，或其传化有不以次，不以次入者，忧恐悲喜怒，令不得以其次，故令人有大病矣。因而喜，大虚则肾气乘矣，怒则肝气乘矣，悲则肺气乘矣，恐则脾气乘矣，忧则心气乘矣，此其道也。"

急证，或没有传变规律的，就不必遵循传变规律而诊断、治疗了，直接治病就是了。情志病就不会依次相传，它直接乘虚而入，刺激脏腑，引发大病。如大喜伤心而虚，肾气就会直接侵入心，愤怒使肝气直接侵入脾，悲伤则肺气直接侵入肝，恐惧则脾气直接侵入肾，忧愁使心气直接侵入肺，诸如此类。

开始就很严重的病，也无所谓传变。

《素问·热论》："黄帝问曰：今夫热病者，皆伤寒之类也，或愈或死，其死皆以六七日之间，其愈皆以十日以上者，何也？不知其解，愿闻其故。岐伯对曰：巨阳者，诸阳之属也。其脉连于风府，故为诸阳主气也。人之伤于寒也，则为病热，热虽甚不死，其两感于寒而病者，必不免于死。"

以发热为主，都像伤寒一类的病，何以有死有生？对这个现象，经典的解释是：太阳，诸阳连属之，它的经脉连通风府，所以精神能经风府，通过太阳而调节一身阳气。这就是说，主管人身阳气的，一个是太阳的卫气，一个是督脉的神气。人病伤寒，发热而不死，这是太阳伤寒，中枢还有纠正能力，虽然很热但也不会死。然而，要是太阳、督脉都因寒而病，中枢调节能力原来就不足，不能代尝、支持有效纠正病态，周身无阳，那就不免于死了。但两感于寒并不只限于太阳、督脉，凡调节不利，不能有效纠正病态的，都叫两感病。

《素问·热论》："两感于寒者，病一日则巨阳与少阴俱病，则头痛口干而烦满；二日则阳明与太阴俱病，则腹满身热，不欲食谵言，三日则少阳与厥阴俱病，则耳聋囊缩而厥。"

太阳、少阴俱病是典型的两感于寒。阳明、太阴俱病，则三焦升降逆乱、水谷出入不利，少阳、厥阴俱病，则开阖决断不利，都有调节不利、纠正病态能力不足的问题。这类疾病都属支持不利，较之一经受病要严重的多，当然不是依次相传了。

伏气温病也没有一定的传变规律，起病就是血系炽热。

《温病条辨》："凡病伤寒而成温者，先夏至日者，为病温，后夏至日者，为病暑。

"长夏受暑，过夏而发者，名曰伏暑，霜未降而发者少轻，霜既降而发者则重，冬日发者尤重。"

先有伤寒，郁热潜伏，后因触而发，两热相并，所以热甚。伏暑初起，状如伤寒，继则如疟，热盛于夜。《六因条辨》认为："四时伏气，皆能为病。"如此，春温就是冬之伏寒，肠风就是春之伏风，疟痢就是夏之伏暑，咳嗽就是秋之伏燥。今天看，所谓伏气而病，就是先有了一个基础病变，感受不良刺激后，病邪乘虚而入，强化旧疾，迅速恶化。至于伏邪藏于何处，古人理解并不一致，有人认为藏于膜原，有人认为藏于少阴，但其实五脏六腑、阴系阳系都有可能事先存在基础病变，不一定在哪儿。伏气而病，疾病的发展演化，与基础病密切相关，传变也没有一定规律。

疾病发展到最后阶段，即便治愈，也必有所遗，这也是病传的应有之义。

《素问·热论》："诸遗者，热甚而强食之，故有所遗也。若此者，皆病已衰而热有所藏，因其谷气相薄，两热相合，故有所遗也。"

从应激观点看，大病愈后，代谢产物、病理产物堆积三焦，内源刺激并未根本消除，血流变性质改变，瘀热丛生，诸脏器因应激而造成的损伤一时难复，皮层兴奋，心功疲惫……总之，是一个气阴两虚、实邪淤积的病理状态，还必须经过一个调养过程，才能彻底康复。此时，若妄加刺激，就会有食复、劳复等病证发生。

病传对指导中医辩证论有重大价值。人体抗病总是先启动外周抗邪机制，然而层层推进，显现出深层抗病机制的效应。对六经抗病来说，太阳抗病不利则太阳病，阳明抗病及支持太阳抗病不利，则阳明病；少阳抗病及支持太阳、阳明抗病不利，则少阳病。这是阳系抗病。太阳抗邪及支持阳明抗邪不利，则太阴病；厥阴抗邪及支持少阳抗邪不利，则厥阴病。少阴抗邪及支持太阴、厥阴、太阳抗邪不利，则少阴病。这是阴系抗邪。进而言之，阴系抗邪及支持阳系抗邪不利，则阴系病；阳系抗邪及支持阴系抗邪不利，则阳系病。所谓"两感于寒"，就是表里皆病，外有强敌，内无支持，所以十分危险，预后不良。脏腑六系抗病也有这样的规律性：一系抗病的不利则一系病；深层机制抗病及支持不利，深层病：抗病机制，由浅入深，层层第二次启动，从陷性应激转变为显性应激。

中医疾病现象学不仅有病传这样的极富特色的观察，对病症也有自己独到的认知。治病先要诊断，诊断要依据病症。为此，首先要明确病、证、症三者之间的关系。

病症是自我感觉，或客观查体确定下来的独立的病理现象。如脉浮是个客观体征，通过脉诊而查知，它有明确的特征，可区别于其他病症，是独立的；颈项强痛也是病症，但它是患者的自我感觉，是患者告诉我们的。对于症状、体征西医分得很清楚，中医也应该区别，症状是患者的主观感觉，体征是我们查体后发现的客观现象，两者都属病症。

许多病症集合在一起，能反映某种病理改变，就可以给这些病症一个总的名称，这就是病证。如太阳中风就是个病证，它是由发热、恶寒、汗出、脉浮缓等一系列病症构成的。一个病证，不一定需要很多病症表现，有时一个就够了。如脉洪大有力，这个脉症足以反映阳明热盛，其他如口渴、汗出、发热、面赤等，都不过是辅助证据而已，虽然必要，却不一定必需。所以，区别主症、辅症极为重要，抓不住主症，就不能准确判定病证。不仅如此，病证的性质也有区别，其中最关键、最有治疗指导价值的病证叫病机，就像弓弩上的扳机，又像门户上下的枢纽。如"诸痛痒疮，皆属于火"，就是说，火能引起痛、痒、疮三种病症，或者痛、痒、疮这三种病症出现了，不管是单独出现，还是组团为祸，就是我们治疗火证的最佳时机。病机在治疗学上价值非凡，因为它是机枢，所以用力甚小，取效甚大，四两拨千斤。此外，还有一个方证，就是把治病用的方子与病证联系起来，将方子主治的一系列病证，系之于方剂名下。如桂枝汤能治太阳中风、自汗等证，这些病证，若病症表现与桂枝汤脉症一致，就可以叫桂枝汤证。这个办法贴近临床，依证选方，随症加减，便捷好用，但毛病在于只见树木，不见森林，初学者往往知其然，不知其所以然，机械套用。

一系列病证的集合，能反映一个疾病的演变全程，给它们一个总的名称，这就是病。所以，伤寒是种病，它由太阳证、阳明证、少阳证、太阴证、少阴证、厥阴证构成，这六个病证，反映了伤寒病理演变的全过程。当然，不是每个人患了伤寒都会从头走到尾，可能在太阳证这个阶段就好了，可能在阳明证这个阶段就死了，所以太阳证、阳明证等也可以叫太阳病、阳明病，以此类推。

中医对病理、生理的认识，无论多么复杂，都是从物质、功能、调节三位一体综合的观点去分析、理解的，对每一种病理状态，也都是从这三个方面去描述、把握的。任何病理都可归结为物质、功能、调节的综合，都是三位一体的构造，这可以说是中医病理学的第一原理。

第八章　风

人类长期进化，对周遭环境早已适应，甚至把自己也当作了自然的一部分，同晨昏，共出入。

"日出而作，日入而息。凿井而饮，耕田而食。"

古人的生活很纯粹，作息跟着太阳走，水和食物从土地中攫取，自自然然。但是，生活哪有一帆风顺的？比如风，它自带寒暖，来去莫测，看不见、摸不着，但确实存在，有时很友好，有时面目狰狞；友好的叫惠风、和风，不友好的，古人叫邪风、邪气、病邪，会让人生病。

什么叫邪？邪者，不正也。古音读如徐，与虚、蛇、移、余音近。邪，既有不正偏移之义，又有正去邪存之义；既有委屈不足之义，又有偏颇太过之义。气有奉养精神、滋长组织、协和四方之能，但这是正气，邪气正相反，不能奉养精神、滋长组织、协和四方，是一切病因的统称。

邪气或有形，或无形。有形刺激，可引起无形病态，无形病态，也可产生有形刺激。单纯的有形刺激是不存在的，它必然引起功能，甚至调节失常；单纯的无形病态也不存在，功能、调节失常终会导致病理性淤积。有形刺激，不仅能引发许多疾病，而且由此产生的病理产物都会作为内源刺激，进一步引起更为严重的病变。所以，有形病邪不去，风证病态就会持续存在，终不能解；无形病邪不去，风证病态不能纠正，必生有形病邪。有形、无形病邪持续存在，令人虚损，阴阳离绝，生命消亡。

风有狭义、广义之分，又有古时、今时之不同。古时，狭义之风专指外源刺激，名六淫，风、寒、暑、湿、燥、火是也；广义之风，指病变迅速、游走不定的病证，如肝风。今时之风，广义的，凡不良刺激皆可名之为风；狭义的，专指一种紧张敏感的病态，即风证。古时，外风多自然气候变化，今时之外风很多都是人造的，如空调风、光刺激、噪声、雾霾、水土污染、空间幽闭，等等。古时虽对瘟疫也有相当认识，但绝不像今天这么详尽。古时外伤，用金疮一词就能穷尽了，今天外伤的种类多到无法统计。古时所讲的六淫、瘟毒、蛊疰，乃至虫兽、金疮，已不足以穷尽今日之风，在今天，外风早已是一个自然、物理、化学、生物、社会、生活等诸多因素构成的庞大的病因谱系了。然而，不管怎样，只要是不良刺激，它就是风，就是邪气；只要是疾病，最初的病变，就是风证。

风证，或由外源刺激引起，或由内源刺激触发，但多由内外刺激联合作用所致，且分为急性、慢性两种。内源刺激引起内风证，外源刺激引起外风证。急性风证，势如疾风骤雨，来时猝然而起，走时倏忽而去。慢性风证，刺激长期、持续存在，病证缠绵不解，几十年里时重时轻，了无尽头。风证，既是一个单独的病证，又是各种疾病发生、发展的前提条件，是一种病理状态，或疾病的底色，主要包括几方面病变。首先是交感兴奋，或有类似交感调节效应的体液调节持续存在，或短期作用。交感兴奋只是泛称，其激烈程度有差，可分为四等：兴奋、偏盛、激越、亢进。兴奋是存在交感作用，但很快能自我纠正。偏盛是交感作用占优，调节效能不完全，但拮抗、缓冲机制还有效。激越是交感作用全面主导，拮抗、缓冲机制很难发挥作用。亢进则是交感作用盛极将衰，表面上威风赫赫，其实是强弩之末。典型的风证，交感作用在兴奋到偏盛之间，从存在到占优，善行数变，时起时伏，组织、脏器紧张敏感。其次是三焦不通，或外三焦淤积，或内三焦瘀阻，营卫流行、交合不利，内环境恶化，组织失养，痰淤积聚。再次是大气升降异常，生化、运化转枢困难。这些病变的综合，使得机体、脏器、组织处于一种紧张、易激惹的病态，稍有其他刺激就会触发各种疾病。所以，古人说："风者，百病之始也。"

各组织、脏器、系统都可能病生风证。如脏躁、抑郁属精气风证；惊悸、厥逆属营气风证；肠风、风消属脾系风证；风疹、水肿属卫气风证，等等，这些病证的要害，无非是交感持续兴奋，组织、脏器紧张敏感，三焦营卫流行不利。风证病态持续不解，中枢调节衰微，外周调节失去敏感，营卫不交，如再遭受不良刺激就很容易引发各种大病。

如外感病，常先有身体劳倦、情绪激动、饮食不节、房劳汗出等风证病态，此为内在根据，复感受不良刺激，此为外在条件，然后内外合邪才引发疾病的，是先有内、后有外，外邪借内虚引发了病证。如肠风，药食难进，稍触即泄，如再饮食、起居不注意，则大便泄利，肠道病变，多患癥瘕。如少阴病，命门火衰在前，遭受寒邪在后，病始得之，发热脉反沉，遂两感于寒。伏气温病，大家一直争论邪伏何处，其实，无非先感受寒邪，交感持续兴奋，血系瘀热，后来中风也好，中暑也好，遂"冬伤于寒，春必温病"了。我们今天的生活节奏太快、压力极大，人们精神紧张，多处于精气风证病态。最初可能只是消化不良，脉宗气紧张敏感，心脑供给有余，回流障碍，脑组织失养损伤，神经传导异常，网状组织兴奋－抑制转枢障碍，失眠、健忘、抑郁风起云涌，后来风证不解，再遭逢刺激，则或病中风、心痛，或病九窍不通，或病痿痹，或病肿瘤，诸证蜂起矣。要之，人本无病，所以患病，是因为内外刺激引起机体应激，正气日夜消耗，不能滋养精神形质，反集中抗病祛邪而犹嫌不足，组织、脏器紧张敏感，病态持续不解，病理产物淤积于里，内外刺激屡犯于外，于是变生大病，一溃千里，不可收拾。

从病症学观点看，不管内风，还是外风，病症主要集中在体温、汗出、消化、吸收、大便、小便、呼吸、心搏、精神等几个方面，可称为症纲，这意味着，症纲的区别与组合，决定了不同风证的特点和病理特性。

风证的第一类病症是体温、汗出异常。

人对体温的感觉，主要集中在皮肤、四肢，对体内温度变化当然也有感觉，但不甚明确。古人对寒热有一个直截了当的解释：胃气实则热，胃气虚则寒。胃之大络出脉宗气，心主健旺，十二经灌注充分，手足、肌肤自然温暖；心主不足，无力灌注十二经，必然寒冷。脾系生化水谷精华，冲脉交通上下表里。水谷充盛，冲脉满溢，肌肉、手足温煦；脾系生化不利，心脑失养，脉宗气紧张代偿，上热下寒，冲脉不治，三焦不通，表里不协，营卫不交，转枢不利，寒热不平。张仲景云："阴阳气不相顺接，则厥。"这说明了一个真理：三焦循行是调节体温的直接手段，短三焦过流正常则皮肤、四肢和暖，不正常则或寒冷，或发热。拿这个做标准，营卫循行，凡恰好能满足微循环灌注、输运、交换需求的叫有效灌注，不能实现有效灌注则必生寒热。

发热有时相规律。在发热上升期，交感兴奋，髓质激素大量分泌，棕色脂肪分解，肌肉颤抖，代谢率提高，令人发热；同时皮肤血管拘急，面色发白，立毛肌收缩，汗毛耸立，散热减少，低皮温刺激冷感受器，使人畏寒。棕色脂肪组织属三焦膜系，细胞内含大量线粒体，毛细血管密布其间，交感神经纤维直达细胞膜，在寒冷刺激下，髓质激素作用于细胞受体，组织分解，直接转化为热能，提高代谢率，大量产热——代谢率每提高 13%，体温就会上升 1 ℃左右。棕色脂肪主要分布于肩胛之间、腹部大血管及周围，相当于大椎、关元左近，且以婴儿、儿童最多，成人极少。所以，大椎、关元是传统调节寒热的要枢，婴儿不经寒战便直接进入高热，儿童体温短时内就能攀至高峰，成人则不耐高温。在发热持续期，产热、散热均达到高水平，正三焦充盛，直三焦流速加快，短三焦口径扩张，中枢兴奋，免疫抑制。高热刺激热感受器，体温调定点升高，使人对高热产生了适应，只觉得发热，甚至怕热，不再恶寒。在这个阶段，体温升高主要是因为代谢率激升，即营气亢盛、血温升高所致。血温升高使皮温也随之升高，血管扩张，散热增加，大汗出。在发热下降期，体温调定点回落，血温依然偏高，皮肤血管扩张，机体深处的郁热扩散至皮肤表层，令人蒸蒸汗出。总之，发热初起乃卫气主导，发热恶寒，部位主要在肌肉、皮肤；发热持续期由营气主导，血温升高，发热汗出，部位主要在机体深处；发热下降期归中枢神经-体液调控，郁热汗出，有节律性，部位有表有里。

高温刺激可引起一系列病理改变。

中枢系统：供给增加，回流不畅，脑组织失养损伤，颅内压增高，头痛、头晕、视物不清，甚至神经传导异常，神昏谵语，狂躁，抽搐，肌张力亢进、角弓反张，中枢兴奋-抑制转枢不利。

免疫系统：初则加强，继则抑制。发热初起，卫气亢进，外三焦淋巴液生成增多，回流加快，效能提高，免疫力加强；发热持续，营气亢进，代谢产物淤积，外三焦回渗，淋巴液生成减少，回流障碍，效能下降，同时皮质激素开始主导应激，遂使免疫力抑制。高温使血中蛋白、皮质激素明显增多，而免疫系统活跃、白细胞增多，不仅进一步升高了体温，且影响深远，虽有利于免疫、抗感染，但也大大增加了能量消耗，加重了器官负荷，损伤组织。如肾、心、肝细胞变性浊肿，甚至坏死，肝组织自由基增多，胎儿致畸率提高。

循环系统：心率加快，输出增加，循环加速。单纯的血温上升对心率影响不大，血温每升高 1 ℃，心率仅增快 4～5 次/分。所以，心肺功能亢进是改变心率的主要因素，代谢率，或营气变化只是改变心率的辅助力量；心搏频率加快，主要是津液不足，回流不利，脉宗气紧张兴奋的反映；换言之，脉数是以运化代偿生化，与津液不足，回流不利，血容减少，心脑失养，脾胃损伤密切相关。

消化系统：厌食、恶心、呕吐、便秘，口燥咽干，口腔异味。

物质能量代谢：代谢率提高，蛋白、糖原、脂肪分解加强，合成减少。高热时，1 小时肝糖原可减少 20%，各处组织细胞耗氧量明显增加，肌肉消瘦，乳酸淤积，血脂、血糖、血压升高，水溶性维生素消耗增加，水津因代谢、散热、蒸发而消耗严重，失去代偿作用，血容减少，血流变性质改变，循环阻力剧增，回流艰难；代谢方式由糖能主导改变为脂肪能主导，蛋白质分解加强，负氮平衡，创伤不愈，代谢产物输运不及而沉积。

发热总要有一个原因，称致热因子，种类很多，或为内外刺激，或为应激反应本身，或为应激反应的副产品。如微生物是外源刺激，致炎刺激物、坏死组织、致热性类固醇是应激反应副产品，免疫亢进是应激反应的一部分，同时也是致热因子。内外刺激首先作用于免疫系统，生成致热源后，一部分致热信号经下丘脑终极血管器上传，来自胸腹部的致热信号沿迷走神经上传，特殊情况下，致热因子甚至能透过脑血屏障直接刺激中枢，这些致热信号都要刺激下丘脑，引起发热。

下丘脑是体温-汗出的调节中枢，通过开阖汗孔，汗出散热，75％的体温可以得到调节。调节体温的靶效应，既有皮肤血管扩张、汗出热散，又有面红目赤、呼吸加深加快，若感觉寒冷，则皮肤血管收缩，身体、肌肉寒战，从而升高体温。下丘脑对体温的调节是双向的，有热散热，有寒生热，但对水液代谢的调节却是阳性单向的，只有在血容、血压不足时才释放抗利尿激素，令肾系加强水钠吸收，形成浓缩尿。所以，寒热初起时小便变化不大，或只是小便频数，待高热形成后，血容不足，这才引起口渴、小便短涩，大便干燥。分泌抗利尿激素，调节肾系升清泌浊，升高血压、体温，这只是卫气、水津调节的常规途径。除此之外，生长激素能促进糖、脂肪分解，促甲状腺素能提高基础代谢率，皮质醇能维持动脉张力、血压、神经兴奋，升高血糖，沉积脂肪，分解肌肉，醛固醇能滞留水钠，增加细胞外液，扩张血容，升高血压，特别是肾上腺髓质激素使心排血量增加，提高基础代谢率，扩张支气管，加强通气，增快呼吸频率，促使肝糖原分解，升高血糖，分解脂肪，令中枢高度兴奋，刺激垂体释放促皮质激素、促甲状腺素，它是主要的、长期的升温激素。去甲肾上腺素与肾上腺素效能多有重合，它们联合起来则收缩血管、升高血压，促进脂肪分解的效用更加显著。

中枢神经-体液调节效能虽然强大，但也必须通过改变外周组织功能状态才能实现，而处于体温感觉、汗出调节第一线，落实各类调节效能，反映内外温度变化的组织正是三焦：中枢调节必须通过改变三焦状态才能实际发挥效用，唯有三焦才能落实有效灌注，或汗出散热，或排尿升温。

因是之故，我们根据发热、三焦营卫循行特点就可以区别出不同的发热型。

发热恶寒是初起的、基本的发热型。病邪刺激，交感兴奋导致棕色脂肪分解，使人发热，同时令皮肤微血管收缩，三焦流过减少，不能有效灌注皮肤、肌肉，低皮温刺激冷感受器，令人恶寒，总的效应是，发热同时恶寒。这种病态刺激，正常时会引起交感持续兴奋，代谢旺盛，脉宗气亢进，血压升高，血液重分配，外周脾系、肾系、肝系缺血失养，皮肤、肌肉三焦因此恢复有效灌注，甚至超过流，体温激增，遂导致中枢干预，开放汗孔，排汗散热，恢复正常。那么，问题来了：外感病必有恶寒发热，它为什么就不正常？

发热且恶寒是外感病初起时的特异性病症，它所以是一种病态，原因在于：其虽有发热但无汗出，或虽有汗出但不彻底，不能达到散热目的，同时又恶寒或怕风，不能顺利进入下一个发热时相，所以这是病，这是抗邪不利，得治。

那么，为什么不能进入下一个发热时相，又如何进入下一个发热时相呢？外邪刺激，交感兴奋，外周微血管收缩，令人恶寒，肌肉、骨节酸痛，同时代谢旺盛，血温升高，瘀热自内而外逐步向皮肤表面扩散，蒸蒸发热。但是，发热也有程度区别，只有热到一定程度，且皮肤表面微血管充分扩张，才能打开汗孔，汗出热散，脉静身凉。若脉宗气不足，或病邪太甚，不能迅速达到汗出热散的临界点，那么恶寒、无汗、内热的病理状态就会始终存在，无法缓解，不能顺利进入下一个发热时相，这就形成了麻黄汤证：或已发热，或未发热，必恶寒无汗。不但如此，有时即使有汗也未必能进入下一发热时相：

《伤寒论》："太阳病，发热，汗出，恶风，脉缓者，名为中风。"

是不是很奇怪？按理说，已然发热，而且出汗了，这就已经进入了发热持续期，为什么还会恶风呢？脉宽缓、发热、汗出，这是代谢旺盛，内热郁积，但恶风的存在，提示脉宗气还没有强大到转枢阴阳的程度，所以汗愈出，人愈怕风，甚至怕冷，必须帮它一把，才能进入汗出热散、脉静身凉的阶段。如何解决呢？当然是增强脉宗气运化之力，消除病邪刺激了。怎么增强呢？张仲景是用桂枝汤温煦脉宗气，增强营卫运化之力，用药物帮助三焦实现有效灌注，达到汗出热散临界点，推进下一个发热时相到来的。麻黄汤证是发热无汗，桂枝汤证是发热有汗，但这只是程度不同，实际上都没有达到汗出热散临界点，都必须发汗祛邪。这就是为什么非得用发汗法治疗太阳病的道理。

外感风寒常伴有鼻流清涕、咽喉痒痛、咳嗽等病症。鼻流清涕是肺系鼻腔黏膜因交感兴奋而拘急收缩，外三焦水津流行不利，淤积渗出所致，实为鼻腔黏膜微血管收缩的一种表现，用经典术语说，即卫气不能出畜门、交手太阴，营卫不交于鼻腔所致。咽喉痒痛也是交感兴奋，卫气流行不利，同时血温升高，营卫不交所致，其中咽喉痛是病在营气，以血温升高，营气瘀热，组织肿胀，炎性渗出为主，已经属于温病范围，咽喉痒则是病在卫气，以卫气流行不利为主。外感咳嗽病理其实与鼻腔流涕、咽喉痒痛类似，只是病发于气道而已。交感兴奋，呼吸肌群张力增加，大气逆上，奇静脉、支气管肌层静脉网回流不畅，同时支气管扩张，血温升高，营气壅盛，所以营卫气争，若病在外三焦卫气，水液淤积，则多咳清稀痰液，若病在内三焦营气，津液外渗，则多咳黏稠黄痰，甚至干咳无痰，咯血胸痛。

腋温保持在 39 ℃以上，持续不降，或稍降即升，大汗出、身大热、口大渴、脉洪大，不怕冷、反怕热，这叫做高热。恶寒发热是不能顺利达至汗出临界点，高热则是汗大出而热不解，根本没有汗出不彻的问题。那么按理说，汗大出，不怕寒、反怕热了，应能达到汗出热散临界点，进入一下个时相不再发热了，为什么还会持续高热呢？原因无非两个：一是中枢调节亢进，一是病邪持续刺激，而更多的情形则是病邪持续刺激、中枢调节亢进同时存在。单纯的中枢调节亢进当然也能达到高热水平，但持续高热，甚至接近 41 ℃热限，有阳无阴，这于理不合。高热且汗出不解，中枢调节亢进显然，但持续高热，汗出不解，体温调节机制失效，这种情形，除非是有非常厉害的病邪持续刺激，否则是不可能的。所以，西医所谓稽留热、弛张热多见于急性传染病。然而，事有常，也有变。如肾系、脾系回流障碍，水津不足者，如肝系代谢太过、回流障碍，营气亢盛者，如脉宗气紧张代偿、中枢调节亢进者，如棕色脂肪较多、大量分解者，等等，即使没有外邪刺激，也可能高热不解。此时，脏系病态是一种内源刺激，加之中枢调节亢进，病发高热也就不可避免了。

高热必有脉宗气弛张的病理基础，它不是达不到汗出热散的临界点，而是汗出了也不能散热，这就说明，精神调节太过亢进了。为什么？因为高热表现也有不同，稽留热之外，还有弛张热，虽基础温度很高，但毕竟还有降低之时，虽下降不多，但毕竟也体现出了中枢调节的作用，只是调节不够强大、不到位罢了。这说明，高热必是一个病邪刺激，中枢亢进，脉宗气弛张的病理。所以，要纠正高热病态就必须抑制中枢，调和脉宗气，抓住一个清字。清者，冷也，精也，除也。清除病邪刺激，补益阴分不足，调和精神状态，用药物将弛张的脉宗气、亢盛的中枢调节，拉回到汗出热散的时相，用力的方向，正好与发汗法相反。清热、滋阴常并称，但意义不完全一样。清热是抑制中枢、祛除病邪，滋阴是补益中枢、疏通三焦，一个是往回拉，一个是往前推，一个是阳气太过，一个是阴气不足。同时，滋补阴分与抑制阳分又应当配合，因为中枢调节杂合阴阳，不能纠正酷烈病态，显然也不利于清凉抑制，所以要苦寒配甘寒，这是清热的常规手段。因是之故，高热初起用白虎汤就够了，口渴了就得加人参，病邪持续刺激、高热不解才用解毒的办法。总之，清热、滋阴、解毒要分开。

高热是发热的巅峰状态，此后峰回路转，逐步进入发热下降期。经历了发热持续期，代谢产物、病理产物淤积，三焦营卫不通，体温调定点回落，散热祛瘀成为机体主要活动，发热类型也随之一变。

先寒后热、寒短热长，或先热后凉、凉后又热，或午后发热、日暮为甚、夜热早凉，蒸蒸发热，手足汗出，往来如潮，或一日数发，或一日一发，或数日一发，这种发热型西医叫间歇热，中医叫往来寒热。为什么会出现这种病症呢？在发热持续期，中枢兴奋，代谢旺盛，血温升高，大量代谢产物、病理产物淤积三焦，血流变性质改变，脾系、肾系、肝系瘀热失养。进入发热下降期后，体温调定点渐次回落，平均温度降低，中枢依然兴奋，调节能力下降，皮质激素淤积灭活尚需一段时间，靶器官、靶组织受体减少，调节失敏，代谢产物、病理产物淤积，内源刺激，心脑供给不足、回流艰难，脉宗气时时兴奋，血温自内而外散发，刺激汗孔开放，潮热汗出。总之，在此时期，中枢调节衰落，纠错能力下降，物质能量代谢清浊混杂，代谢产物、病理产物淤积，三焦不通，上下不一，表里不和，营卫不交，脏腑、经脉不能循度生化、运化，成为主要的病理改变。在此基础上，如再感受内外刺激则必生寒热：若反应以少阳为主，则交感兴奋，胆汁不排，阳明不阖，太阴不开，有运化、无生化，口苦、咽干、目眩，往来寒热，先寒后热，寒短热长；若反应以厥阴为主，则营气壅盛，回流不利，阳明、太阴混杂不分，厥阴不阖，太阳不开，生化、运化都不彻底，胸胁苦满，不能饮食，先热后凉、凉后又热；若患者原有营气瘀热，如妇人经水适断，则昼日明了，暮则谵语，仿佛鬼疰作祟；若卫气不能周遍全身，脉宗气兴奋，则但头汗出、齐颈而还，或上半身汗出，下半身无汗；若内源刺激持续不解，则三焦上下表里不通，营卫不交，或蒸蒸发热、手足汗出，或午后发热、日暮为甚、夜热早凉，往来如潮，日夜消耗，缠绵不绝，有数十年不愈者。

　　为什么会往来寒热？少阳能决断三焦，转枢阴阳，接续生化、运化。病邪刺激，交感兴奋，三焦断绝，胆汁不排，大气升腾，脉宗气亢奋，于是郁郁烦热，表里不和。这种病态作为内源刺激沿迷走神经上传，令迷走中枢兴奋，于是三焦重新开放，胆汁泄利，胃肠张力不足，分泌、蠕动增加，大气肃降，所以清冷恶寒。病邪留滞不去，交感持续兴奋，迷走反复调节，三焦时断时续，大气升而复降，所以往来寒热不休。另一方面，少阳有一部分功能属中枢调节，而精神调节是有节律性的，阴阳盛衰、兴奋抑制服从多种节律，特别是近日节律。这就造成了一种态势：病邪刺激，交感兴奋，迷走调节，少阳关闭、打开三焦，中枢按照自身节律，加强或衰减调节力度。调节力度增强，三焦或开放发热，或关闭恶寒，调节力度衰减则状如常人，不觉寒热。于是，少阳外感风寒，则先寒后热、寒短热长；厥阴瘀热在里，则先热后凉、凉后又热，蒸蒸发热，汗出齐颈，往来如潮；中枢调节节律性明显则午后发热、日暮为甚、夜热早凉；病邪反复刺激则一日数发；近日节律调节为主则一日一发，其他节律调节为主则数日一发。总之，中枢节律性调节、少阳开阖三焦共同决定了往来寒热的发热型。

往来寒热与但热不寒、但寒不热有前后相继关系。少阳病的外症是往来寒热，厥阴病的外症是烦而复静、静而复烦，究其根本，却在阳明、太阴、少阴不能顺接。若少阳有温无寒，热郁阳明，则但热不寒，发热散热同步亢进，代谢旺盛，水钠潴留，尿液浓缩，血容扩张，血压升高，输出增强，呼吸加深加快，通气量激增，肌肤高温，体温调定点高居不降，营卫大盛，远远超出有效灌注需要，身大热，汗大出，口大渴，气促面赤，舌苔黄厚，脉洪大；若少阴有寒无温，肾气虚寒，命门火衰，坎中一点微火不能作强，太阴有开无阖，厥阴不能顺接太阳，脉宗气、营卫交通断绝，三焦水湿淤积，瘀阻不通，结肠清浊混杂，冲脉不治，十二经、五脏六腑缓冲不能、补益无源，守使逆乱，精神、筋骨、肌肉、皮毛失养，陈寒痼冷，虚损难复。

进而言之，往来寒热又有郁热、瘀热之不同，前者偏属卫气发热，后者偏属营气发热。气分郁热的特点是外三焦卫气弛张，体温高，尿浓缩，汗出淋漓，水津虚少不能代偿津液，内三焦营气充盛，血流变性质改变，血容不足，血压升高，流行艰难，大便难、小便赤。营气瘀热的特点是调节衰微，代谢旺盛，三焦不通，转枢不利，绝对体温不高，但缠绵反复，潮热起伏，午后发热，夜重昼轻；同时，代谢产物、病理产物、内毒素淤积三焦，血流变性质改变，内三焦瘀血，津液回流艰难，外三焦水钠潴留，水津流行不利，营卫交换障碍，组织失养，细胞变性，脉宗气紧张代偿，热扰心神则心烦、心悸，热扰精神则兴奋失眠，甚至健忘发狂，热扰胃系则逆气冲心、消渴善饥、呕逆、嗳腐吞酸。营气瘀热，中枢、外周调节衰微，三焦结滞上下表里不通，营卫交换不利，津液不能代偿水津，肝系、肾系、脾系回流不利，心脑失养，脉宗气紧张代偿，所以散热方式多以局部汗出为主，或蒸蒸发热、手足汗出，或五心烦热，或上半身汗出、下半身无汗，或但头汗出、齐颈而还。

在传统中医还有一种热型，即真寒假热、假寒真热。

《伤寒论》："病人身大热，反欲得近衣者，热在皮肤，寒在骨髓也；身大寒，反不欲近衣者，寒在皮肤，热在骨髓也。"

寒在骨髓、热在皮肤，这是真寒假热；热在骨髓、寒在皮肤，这是真热假寒。何以故？凡营卫循行正好满足微循环灌注、输运、交换、回流之需，便是有效灌注，太过则发热，不及则恶寒。在应激后期，中枢调节衰微，外周调节失敏，皮层兴奋-抑制转枢逆乱，肝系、肾系、脾系回流不利，脉宗气弛张，外三焦淤积，内三焦瘀阻，代谢产物、病理产物、内毒素实邪刺激，内环境恶化，电解质紊乱，免疫抑制，组织失养，细胞变性坏死，组织、脏器损伤，在这种情形下很难保证普遍的有效灌注，造成三焦上下不一，表里不和。如外周三焦水系淤积、流行不利，中心三焦血系瘀热、郁闭不出，或外周三焦卫气弛张，中心三焦寒湿淤积，则表有酷寒、里有瘀热，或表有酷热、里有陈寒，真热假寒，真寒假热。厥阴病热深厥深，热轻厥轻，厥后复热，热后复厥，就是这种病理。如中枢调节衰微，外周调节失敏，心脑失养，脉宗气代偿不利，重新分配血液，必使营卫不得周流上下，造成上下厥逆。少阴病，四末厥冷、下利不止，反咽喉肿痛，或四末厥冷、脉沉微弱，反面赤如妆，就是这种病理。不仅如此，中枢调节不利，外周调节失敏还会造成脉症矛盾。因为中枢、外周调节不衰，则调节效用必能周遍三焦，有效纠正病态，热则上下皆热，寒则表里皆寒。若病入虚损，中枢、外周调节衰微，调节效用不能周遍三焦，则整体与局部病症必然不能统一，脉症脱节。此时，补阳则伤阴，补阴则伤阳，祛邪则伤正，扶正则敛邪，进退狼狈，古称难治。

风证的第二类病症是卫气循行不利，大小便异常。

外三焦水津容量只需有 1％～2％ 的变化就足以触发抗利尿激素的干预，血容、血压只有下降 5％～10％ 才能激发调节，抗利尿激素系统的调节对外三焦水津卫气变化更敏感，对内三焦津液营气变化稍显迟钝，这就决定了机体对病邪刺激的应激次第：先病在气，久病在血；先病三阳，后病三阴。所以，风证初起，水津卫气生化、运化不利，大小便异常是很常见的病症。

病邪刺激，机体应激，最初的、短时的反应就是交感兴奋，而病症以水津生化障碍最为常见。交感亢进，肾系动脉收缩，组织失养，细胞变性坏死，炎性反应，有效滤过减少，少尿无尿，下肢水肿，甚至病生血尿、蛋白尿；同时膀胱上口拘急，尿液渗入艰难，膀胱、输尿管组织失养，小便短赤艰涩，若刺激尿路，则尿频、尿急、尿痛。副交感持续兴奋，初则肾系滤过增加，膀胱上口、输尿管反射性拘急，逼尿肌节律性收缩加强，括约肌松弛，尿液反少，且不能控制；继之膀胱、输尿管、逼尿肌、括约肌松弛，小便清长，若病久不愈，调节失敏，组织损伤，则尿多失禁，或潴留不排。

然而，这只是一般的情况。实际上，膀胱上口归交感神经管理，如果只是一般性地兴奋，如感觉紧张，或天气微热、登台讲话、外出旅行之类，则膀胱上口张力增加、收缩有力，反而有利于尿液泌入，使人多尿不禁。只有交感神经高度兴奋，甚至引起肾系血管收缩，也即为保障心脑供给而收缩外周、减少血供之时，肾系、膀胱上口才处于强力收缩状态，尿液难以泌下，同时旺盛的物质能量代谢消耗了大量水津，造成小便短赤、淋涩。同样道理，膀胱下口归副交感神经管理，如果只是一般性兴奋，感觉稍微寒冷，输尿管、膀胱括约肌松弛，则小便频数；如副交感高度、持续兴奋、输尿管、膀胱括约肌紧张收缩，内寒刺激，泌下不易，排出亦难，则不仅无尿，就算有尿也很难排出了。大便的情形也一样。结肠每日泌下 400 毫升水液，用 100 毫升左右湿润大便，多则溏泄易解，少则干燥难排。如交感一般性兴奋，人感觉轻松愉悦，肠道张力微增、蠕动有力，大便不仅不会燥结，反而排出顺畅；如果交感太过兴奋，心脑供给不足，水津消耗严重，肠道张力剧增，紧张收缩，蠕动停止，灌注不良，回流不利，则大便燥结，排泄艰难，病生便秘、痔疮。如果副交感只是一般性兴奋，肠道张力不减，蠕动稍快，分泌不多，则大便湿润，容易排出；但如果副交感神经高度、持续兴奋，肠道张力锐减、蠕动无力，组织灌注不良、回流乏力，初则分泌增多、腹胀肠鸣，大便泄利，久则心脑失养，脉宗气紧张代偿，津液耗损而水津不足，内寒刺激而肠道收缩，反使大便干燥难解。总之，微热微寒都有利于大小便排泄，而大小便排泄，在一定范围内，也有助于纠正阴阳不平的病理状态，所谓便去阴生、尿去阳升；但是，过热过寒都不利于大小便排泄，还能产生严重病祸。

不仅如此，大小便难易还有一个复杂的组合关系：或单纯小便难易，或单纯大便难易；若水津不足，不能同时保证排便、排尿，是或小便易、大便难，或大便易，小便难；若水津充足，能同时保证二便之需，则或大小便皆易，或大小便皆难。一般而言，凡大小便艰难，不是心脑供给不良，脉宗气紧张代偿，气系、水系不得周流，机体为保障心脑供给而外周收缩、丢车保帅的一个效应，就是病入深沉、中枢调节外周失败的一个结果；凡大小便容易，不是病患初起，阴阳稍偏，气系、水系代偿性调节的一个结果，就是病久不愈，中枢无力调节外周的一个反应。所以，伤寒初起，交感微盛，水系郁热，小便微数，剧则脉浮、微热消渴，小便不利；病下阳明，交感大盛，身热汗出，大便燥结，但有时小便少于往日，则大便必能排泄；少阳病，病在转枢，阴阳不定，二便难易无伦；病在太阴，副交感兴奋，腹胀腹痛，自利益甚；病在少阴，副交感主导，交感低迷，循环衰竭，下利不止，小便色白；病入厥阴，中枢调节衰微、外周调节失敏，于是下之利不止，同时又有久利，或下利后重。

脉宗气与肾系也是同盟关系。交感兴奋，脉宗气弛张，水津回流艰难，血压升高，心脑失养，中枢干预，发汗散热，同时肾系加强升清、减少泌浊，结肠加强吸收、减少泌下，遂汗出、口渴，大便干结，小便短涩；迷走兴奋，脉宗气清寒不足，输出减少，循环乏力，血压降低，心脑失养，中枢干预，收缩汗孔，同时肾系加强泌浊、减少升清，结肠加强泌下、减少吸收，遂无汗，甚至恶寒，口不渴，甚至呕逆、吐清涎，大便溏泄，小便清长。肺为水之上源，肺系肃降，则肾系升清、结肠泌浊，肺系宣发，则肾系泌浊、结肠吸收。肺系、结肠同步升降，仿佛肾系水道的两个闸门，与肾系升清泌浊恰好构成掎抗关系。肺系、结肠升降顺接，则肾系水道周流无碍，如上下闸门有开无阖，或有阖无开，则肾系升清泄浊、水系流行必然逆乱。

水津、津液回流不足，输出减少，循环乏力，血压降低等刺激是启动交感-醛固酮系统调节的信号，但究竟调用何种调节机制却要看情势而定：脱水500毫升以下，启动醛固酮调节就能解决问题；脱水在1000毫升以上，仅靠醛固酮调节就不行了，必须调用交感调节，重新分配血液，以期维持心脑供给。初则减少肾系、脾系、肝系血供，继则牺牲皮肤、肌肉、筋骨血供，遂使水津滞留三焦，血容不足，卧姿时心脑尚能得到充足血供，体位改变，甚至排尿，都会使心脑失养，头晕黑蒙，甚至晕厥，肌肉瞤动，动则气喘，疲倦嗜卧，手足厥冷，脉微欲绝。

人体无纯水。水津分处细胞膜内外，膜内主要是钾离子，膜外主要是钠离子，膜内外离子浓度平衡是细胞生存环境质量的重要指标。正常时，虽然内外三焦之间物质交换频繁，但总量相等，不会造成水肿、瘀血，而组织间液如生成稍多，还可以通过加强淋巴回流给予代偿，最终会使三焦水火平衡。若交感兴奋、抗利尿激素分泌太过，肾系保钠排钾，细胞膜外水钠潴留，膜内钾离子减少，或交感兴奋，前阻力血管拘急，或肝系代谢方式改变，蛋白质合成减少、分解增多，或脾系、肝系、肾系回流障碍，静脉压升高，或肾系损伤，泌浊不利，或组织损伤，炎性反应，渗出过多，毛细血管通透性增大，内三焦蛋白质渗出……在此等情形下，必使内外三焦交换不利，水津、津液不能相互缓冲代偿，电解质紊乱，内环境恶化，组织失养，细胞变性，器官损伤，或病水肿，或病瘀血。

血不利则为水，水不利则为血。肝系、静脉系贮藏了占比 88％以上的血液，其代谢、回流对水津卫气循行有举足轻重的作用。迷走兴奋，津液生化不足，胶体渗透压降低，内三焦水津外渗，外三焦水液淤积，病成水肿，必然造成血容不足，脉宗气紧张代偿；交感兴奋，代谢旺盛，肝门脉拘急，回流不畅，组织失养，炎性反应，毛细血管通透性增加，内三焦蛋白质、血细胞、水津渗出，外三焦代谢产物、病理产物、内毒素淤积，组织肿胀疼痛，同样也会造成营卫不交，血容不足。脉宗气与肝系是同盟关系。肝系代谢、回流的核心作用，是确保正常或应激情况下的心脑供给。肝系代谢、回流减少，或代谢太过、回流艰难，都不能有效供给心脑，必然激起中枢干预，脉宗气紧张代偿，甚至重新分配血液，使脾系、肾系、肝系缺血缺氧，严重时造成肌肉、筋骨、脑髓失养，组织损伤。同时，交感兴奋，肝门脉拘急，肠系回流障碍，瘀血失养，组织损伤，张力增加，蠕动停滞，分泌减少，精微、糟粕混杂潴留，津液不生，湿热淤积，三焦淤阻，而脉宗气紧张代偿，结肠水津干涸，糟粕阻塞肠道，小大不利。若持续不解，中枢调节衰微，组织调节失敏，必然导致肝系、脾系、脉宗气损伤，病入虚损，病理状态难以纠正。

从三焦、经脉系统看，水津卫气循行失常的影响更大。

少阳决断三焦，转枢阴阳。若少阳有断无决，胃气有升无降，结肠水津虚少、糟粕停滞，阳明不阖，太阴不开，三焦不通，脉宗气鸥张，小便淋涩，大便干结。若少阳有决无断，胃气有降无升，太阴不能别阳明，精华、糟粕杂处，三焦水湿壅塞，水谷大源枯竭，心脑失养，脉宗气紧张，大便泄利无度，小便先数后难。

少阴作强，伎巧出焉。若肾气不足，任督二脉不治，冲脉不得缓冲、补益三焦水火，水多火少则结肠水聚，肾系升清不及泌浊，大便稀溏，小便频数，水少火多则结肠水枯，肾系升清过于泌浊，大便干结，小便淋涩。冲脉无阳，督脉、太阳有水无气，男子阳痿、女子带下，腰脊、下肢水肿痹痛；冲脉无阴，督脉、太阳有气无水，男子遗精、女子崩漏，腰脊、下肢筋骨失养，痿软不用。

卫气不生，不能循脊而上，入颈项、出畜门，上巅顶、出目系，入络脑中，交合脉宗气、奉养心脑，同时肝系代谢抑制，不能生化津液，回流肺系，循喉咙，入颃颡，上巅顶，会督脉，出目系，于是卫气不能从太阳顺接脉宗气，营气不能从脉宗气顺接太阳，厥阴与太阳断绝，生化不能转为运化，厥阴不阖，太阳不开，少阴不能转阴系为阳系，虽有脉宗气紧张代偿，犹不能奉养心脑，上吐下泄，头痛欲裂，昼则安静，暮则烦躁，营卫不交，四肢厥冷。

卫气弛张，气多水少，结肠干枯不通，小肠消烁水津，泌浊不利，糟粕停聚，胃气逆上不能受纳，痰饮淤积，冲脉不能缓冲阳气、补益阴气，卫气鸱张，循脊逆上，太阳有开无阖，游走畜门、目系、巅顶，脉宗气持续兴奋，心脑有进无出，供给增多、回流艰难，颅内压增高，头痛头晕、视物不清、呕吐抽搐，甚至谵语狂躁，同时肝系代谢亢进，门脉拘急，血流变性质改变，回流艰难，不能顺接太阴、少阴，于是厥阴、太阳有开无阖，心肾不交，水火不济，运化不能转化为生化，少阴不能转阳系为阴系，虽有脉宗气充足供给，然生化断绝，势难持久，最终阳气耗尽，营卫不生。这种病理状态持续不解，则必使中枢调节衰微，组织调节失敏，最后病入虚损，难以救治。

风证的第三类病症是脾胃生化不利，大气升降逆乱，水谷出入异常。

胃肠道为交感-迷走神经双重控制，若阴阳偏颇，寒热不协、燥湿不和，则变证蜂起。应激初起，交感兴奋，脾胃分泌减少、张力增加，三焦不通，大气有升无降，则口渴、口苦、咽干、恶心、眩晕。胃肠拘急失养，组织损伤，则里急后重，泄利脓血而腹痛。应激持续，营卫鼎盛，大汗出，水津不足，则口大渴，不大便，或大便难，小便短赤，甚至瘀血善忘，谵语发狂。交感亢进，肝门脉拘急不通、回流不利，肝组织损伤，脾、食管下部、胃、肠系、盆腔瘀血，侧支形成，组织失养，毛细血管通透性增强，血液渗出，则臌胀、吐血、便血、痔疮下血、脐周、胸腹壁瘀血、皮下出血。病久虚损，气分郁热，血系瘀热，脉宗气不足，而肝系代谢犹盛，血流变性质改变，则消渴、善饥、渴饮无度。脾胃损伤，分清泌浊能力下降，代谢产物、病理产物淤积，痰淤阻滞，三焦不通，营卫不交，血系瘀热，则口渴，或口渴不欲多饮，或但欲热饮。脾胃久病而成虚寒，湿浊淤积，张力不足，中气下陷，则腹痛、腹胀、泄泻，口不渴，吐清涎，若脉宗气弛张，则阴火逆上，缠绵发热，若胃不能腐熟，脾糟粕淤积，则无食欲，食入则吐，或朝食暮吐、暮食朝吐。

胃气别于中脘，中焦分清泌浊、生化水谷精华，下焦别回肠、渗膀胱，所以脾胃风证，约为三类：一是胃气不平，一是水谷生化不利，一是三焦水火不平、接续不顺；同时又有病在脏腑、在经脉、在络脉的区别。

中脘以上，胃气之阳属运化；中脘以下，胃气之阴属生化。病邪袭扰，四脏逆乱，胃气阴阳不平。若胃阳过于胃阴，运化胜生化，则烦心、恶心，干呕，甚至吐血，若胃阴过于胃阳，生化胜运化，则脘闷、呕吐，呃逆，嗳气，甚至胃反，朝时暮吐，暮食朝吐。若水谷出入异常，则口渴，或口渴不欲多饮，或口不渴、入水即吐，或食欲不振，或消谷善饥。

饮食入胃，大气升而欲降；食糜入脾，大气降而欲升。胃实则脾虚，胃虚则脾实，脾胃更虚更实，腐熟与分清顺接，受纳与泌浊更替，水谷精华得以析出，糟粕得以泌下，大气循度升降，三焦通畅，于是津液源源不竭，回流肺系，化赤为血，奉养心脑，营行脉中，卫行脉外，周流上下表里，合乎四季五脏阴阳之恒度。若脾不能分清、胃不能腐熟，精华、痰浊淤积肠道，呕吐、嗳气，腹胀，腹痛，泄泻；若脾不能泌浊、胃不能受纳，则冲气逆上，脘中痞闷，嗳腐吞酸，二便不利。脾胃败坏，津液不生，心脑失养，脉宗气紧张代偿，上下腔回流障碍，肝气逆上，肝系所属食管、膈肌、膜系、胃系、脾系尽皆失养，组织损伤，或噎膈、喘咳、风消，或烧心、吞酸、呕逆。病久不愈，心脾两虚，或喘息、卒中，或痿痹、癥瘕，隐曲不利，女子不月，饮食不为肌肉……种种病证，风起云涌，中州遂坏。

传统上，胸腹膜系、结肠水系病症也属脾胃。

胸腹膜系性属三焦，上归肺系，下归肝系，冲脉治理，交通上下，卫气熏于肓膜，散于胸腹，其循行之所恰在此间，所以很容易遭受外邪，特别是湿浊、疫疠之邪的袭扰，病则头重如裹，身重体乏，胸腹痞满，恶心呕逆，甚至大腹水肿。

肾为作强之官，伎巧出焉。太阴顺接阳明，大气肃降，少阴在严冬升起微微火焰，厥阴顺承肾气，蒸津液，关闭阴系，升发阳气，春风和暖；厥阴顺接太阳，温煦的津液回流肺系，减少胆汁排泄，舒张胃之大络，交合来自畜门、目系的卫气，汇入脉宗气，打开阳系，转阴为阳，张开眼睛，迎接新的一天。同时，肠道张力增加，吸收过程加强，分泌、蠕动减少，大气升腾，烈日当空，稼穑茂盛，大量代谢产物进入循环，内源刺激信号逆传至上之焦，迷走神经兴奋、网状组织抑制，输出减少，肺气肃降，胆汁分泌增多，小肠迅速排空，大肠润泽，三焦通畅，秋风萧瑟，水流四野，只余坎中一点微火，灼灼独照！

如肾系作强不能，党与不协，精气不出，厥阴有阖无开，则太阳不开，胆汁流泄，脉宗气运化低迷，三焦湿浊淤积，甚至昏睡不醒，四肢厥冷，下利不止，脉微欲绝，厥阴有开无阖，则卫气弛张，胆汁不排，脉宗气亢进，三焦燥热干枯，大便燥结，小便短涩，甚至失眠，狂躁，肌肉抽搐，角弓反张。进而言之，肾气出命门、治三焦。任、督、冲脉一源三歧，皆出肾下，别关元。下焦结肠寒温润燥如锅灶，中焦脾系水谷生化如煮食。下焦水多火少，炉火不温，则食物不熟，津液虚少，腹胀泄利；三焦火多水少，炉火燥烈，食物焦煳，津液枯竭，大便干结。

风证的第四类病症是呼吸、心搏、精神异常。

脉宗气运化营卫，奉养精神，温煦脏腑，流行经络，协和四方。肺为相傅，监测大肠、肾系水情，一呼一吸，规定生命节奏、大气升降；心君神明，体察脾系谏议，规范心主输出，推动循环，运化营卫。在脉宗气调控之下的呼吸、心搏，既有强弱差别，又有节奏快慢，既能升降大气，又能转换阴阳。

血液因压力而循环，又因压力而实现有效灌注，整个系统可分为动脉系、微循环系、静脉系。动脉系是高压系统，心系所主，静脉系是低压系统，肺系所主，在两者之间是微循环系，三焦所主。正常情况下，主动脉压在 120～80 毫米汞柱之间波动，平均压力 95 毫米汞柱，肺动脉压在 25～10 毫米汞柱之间波动，平均压力 15 毫米汞柱，彼此相差 80 毫米汞柱，这个压力是克服了微循环阻力之后获得的，既是有效灌注周身组织的保证，又是肺系回流的根本，超出这个数值必然太过，不及这个数值当然不足。所以，脉宗气病症，或表现为心主输出不利，或表现为三焦过流障碍，或表现为肺系回流不利，或表现为心主、三焦、肺系压力失衡，循环效能冲抵，代偿不能。所以，中枢、系统、局部对循环的调节，或针对循环势能，或针对循环动能，核心追求就是确保心脑供给，在这个前提下，尽量满足其他组织、脏器的需求，若不能全面达到目的，那就依次减少皮肤、内脏、肌肉、筋骨的供给。因是之故，在保障心脑供给的前提下，组织灌注不良就必须提高循环动能，加强输出，重新分配血液，外周回流不利就必须提高循环势能，收缩外周，舒张肺系，但更多的时候是采取联合行动。如应激状态下，交感-肾上腺髓质系统启动，加强输出之外，同时收缩外周血脉，提高循环势能，扩张肺系，促进回流，重新分配血液，依次减少皮肤、肾系、脾胃、肝系、肌肉、筋骨的血供，以确保心脑供给，直至调节衰微，病入虚损，脏器功能衰竭，生命消亡。

三焦微循环整体上是削弱循环动能、规范回流势能的，而在病理条件下，毛细血管网大量开放，在改善组织供给的同时，也削弱了循环能量，严重影响静脉回流、心脑供给，遂使中枢调节亢进、脉宗气紧张代偿。微循环前阻力系统决定灌流质量，所以属动脉系，后阻力系统决定回流势能，所以属静脉系，真正属于微循环系的是穿行于组织、细胞之间的真毛细血管，深入骨骼肌的通毛细血管，流散皮肤、手足心的动静脉吻合支。灌流不足，过流缓慢，物质能量匮乏，组织失养，代谢产物、病理产物淤积，内环境恶化，微循环效能下降，多病水肿，免疫低下；灌流太过，压力剧增，物质能量充盛，回流艰难，毛细管血通透性改变，组织瘀血失养，多病疮痈，免疫超敏。所以，灌流不足是病起卫气，祸及营气，灌流太过是病起营气，祸及卫气，内外三焦交换不利，彼此不得代偿，则营卫俱病。三焦营卫病，组织、脏器生化、运化障碍，局部病变可祸及整体，危及生命。

肺脏自身的血流几乎不受自主神经控制，却贮藏了全身9％以上的血液，是肝系-静脉系之外人体最大的独立贮血器官，对循环效能有很好的缓冲、代偿功能。肺主气，通气量不足，血氧分压、血液酸碱度立时改变，迅速引起脑脊液酸碱度变化，刺激呼吸中枢，下传信号至膈肌、肋间肌，增强肌肉张力，呼吸加快加深，力度增强。肺系用于通气的构造，如呼吸道、气管、支气管均接受自主神经调控：交感兴奋，支气管平滑肌，特别是细支气管舒张，通气顺畅，分泌黏稠痰液；副交感兴奋，支气管平滑肌收缩，通气减少，分泌清稀痰液。所以，中枢-膈肌-肋间肌-支气管这样一个构造能决定肺系呼吸效能，调控外周回流。不难理解，呼吸疾病无非两类：中枢调节乏力，膈肌、肋间肌张力不足，支气管拘急不通，痰涎壅盛，是为虚寒；中枢调节亢进，膈肌、肋间肌张力太过，支气管舒张，喘息干咳，是为实热。支气管通气不良也可分为两类：张力性病变表现为气道拘急，或松弛；阻塞性病变表现为组织变性、变形，痰液壅盛，淤堵不通。但更多的情况是，既有气道阻塞，又有张力病变，出入艰难。张力性病变，或回缩无力，吸入易、呼出难，或舒张无力，吸入难、呼出易，甚至回缩、舒张都难以完成，中枢调节衰微，组织调节失敏，病入虚损，呼吸衰竭。阻塞性病变，吸入艰难，呼出不易，通气量不足，残气量增多，不能有效供给心脑，所以必须加大呼吸力量，加快呼吸频率，喘促不已，咳嗽不止，痰涎壅盛，出入有声，病名哮喘。

肺系必须得到适量回流，其温度、湿度适宜，才能确保呼吸效能，有效交换气体，化赤为血。若外感应激，呼吸道拘急，上下腔回流不利，肺系既不能获得足够回流，又不能得到充足血供，组织失养，炎性反应，痰涎刺激，呼吸中枢亢奋，则呼吸急促，逆气不降，咳痰黄稠，甚至咯血。若病久不愈，中枢调节衰微，心肺调节失敏，免疫抑制，心力衰竭，肺系损伤，则顽疾难愈，稍加刺激，便喘咳不已。若左心衰，肺输出阻力增加，肺组织失养水肿，气道阻塞，则病生咳嗽、肺水肿；若右心衰，上下腔回流不利，气体交换不充分，血氧分压降低，中枢调节加强，脉宗气紧张代偿，膈肌、肋间肌张力增加，呼吸加快加深，则逆气喘息。若心肺两系患病日久，病入虚损，心输出量既少，外周回流艰难，通气量严重不足，恶性循环，脉宗气衰竭，则难免于死。

膈肌血供主要属肝肾系，支气管血供则属奇静脉。奇静脉负责回流食管上部、纵隔、心包，以及前之肋间静脉，下之腰髂静脉，特别是通过颈深静脉丛、肋间静脉、腰静脉、骶外侧静脉连属椎静脉丛，并通过椎外静脉丛回流椎体，通过椎内静脉丛回流脊髓、椎骨及其韧带，向上连属颅内枕窦、乙状窦、基底丛。所以，膈肌、肋间肌、支气管等呼吸构造，与食管上部、纵隔、心包、胁肋、腰、髂、脊椎、颈项、巅顶是一个系统，而这个系统，正是传统的太阳、督脉、脉宗气系统，即卫气运化系统，且与肝系、胃系连属为一体。所以，外感风寒，太阳先病，传于脉宗气，祸及肝系、胃系；外感风温，脉宗气先病，传于肝系、胃系，祸乱精神。

肺系作为相傅之官，与肝系、脾系、肾系这些封疆大吏都有密切合作关系。脾系生化水谷精微，肝系代谢津液、回流肺系，为营气之源，病则津液不足，心脑失养，脉宗气紧张，心火酷烈，乃伤肺叶，初病肺痈，久病肺痿。肺系与肾系关系更加密切，真正是"君住长江头，我住长江尾"，它们共同主持水系，调和酸碱度，维持内环境稳定。体内生化、运化所产生的挥发性碳酸皆回流肺系，交换气体后，二氧化碳释出，酸度得以调和。回流不足，病生呼吸性酸中毒，呼吸急促，头痛烦躁，视物不清，甚至震颤谵妄；回流太过，病生呼吸性碱中毒，呼吸浅慢，狂躁谵语，嗜睡，手足搐搦，小便难。体内生化、运化所产生的非挥发性酸皆灌输肾系，结合碳酸氢钠，碱度得以调和。交感-醛固酮系统亢进则病生代谢性碱中毒，呼吸浅慢，躁动，谵语，嗜睡，手足搐搦，少尿，组织失养，肝系损伤；强烈应激，肾系损伤，肾衰竭则病生代谢性酸中毒，呼吸深快，心律失常，腹痛腹泻，恶心呕吐，手足搐搦，筋骨损伤。所以，必使肺系回流输出、肾系升清泌浊守使平衡，才能和调酸碱，稳定内环境。

　　动脉系压力代表了营卫运化之能，静脉系压力代表了营卫生化之能，三焦过流代表了营卫滋养、调节之能。所以，动脉压升高，营卫运化强劲，静脉压必须同步升高，强化营卫生化、微循环过流，动脉压降低，营卫运化低迷，静脉压必须同步降低，弱化营卫生化、微循环过流，以此满足激烈运动，或安静睡眠要求。然而，强烈应激，或长期、持续交感兴奋、运化太过，则静脉回流、营卫生化、微循环过流难以同步跟进，彼此脱节，造成大气厥逆，三焦拘急，组织损伤，营卫不交，阴阳分离。代谢旺盛，生化太过，回流艰难，静脉压升高，三焦过流难以应和，营卫不能滋养组织、调和脏腑，组织损伤，营卫运化、大气升降逆乱。三焦过流能冲抵动静脉压力，营卫运化动能至微循环而渐次消解，生化势能经微循环而得以规范，所以营卫流行必假三焦为道路，运化、生化必以三焦为使者，营卫滋养组织，开阖阴阳，升降大气必须落实于三焦才能真正实现。若微循环过流障碍，代谢产物、病理产物、内毒素淤积，运化、生化联系断绝，不得顺接，则营卫不交，组织、脏器失去养护调和源泉，遂病上下表里不和。若病久不愈，中枢调节衰微、外周调节失敏，组织损伤，局部祸及整体，脏器功能衰竭，病理状态难以纠正，则阴阳分离，生命消亡。

　　风证既是一种基础性的病理状态，也是一大类独立病证，其中最典型的风证便是伤寒、温病，或称外感病。

叶天士将外感病分为伤寒、温病，认为伤寒先病足经，温病先病手经，这是什么道理？外感风寒，恶寒发热，颈项强痛，腰脊痛，甚至小便不利，这是病症先见于足太阳；若两胁痛，嗜睡，或鼻流清涕、咳嗽、喘促，甚至倦怠、头痛，这就是病传手太阴、手少阴了。所以，伤寒是先病足太阳，后传手太阴、手少阴，先病足经，后病手经。外感风温，咳嗽、咽痛、口渴，这是病症先见于手太阴、手少阴，甚或发热重、恶寒轻，颈项痛、头痛、目胀、小便短黄，这就是足太阳、督脉病症了。所以，温病是先病手太阴、手少阴，后传足太阳、督脉，先病手经，后病足经。手足相传路径，或从畜门、出颈项，或从目系、出巅顶。所以，伤寒先病足经，顺传脉宗气；温病先伤脉宗气，逆传足经。

外感伤寒初起，常足太阳、手太阴皆病，而后或传膀胱，或传心主、胃系，或传脾系，或传肾系，或传肝系。但是，这个演变规律存在两个问题：卫气出目系、上巅顶，而巅顶为三阳五会，手足阳经交合，督脉、厥阴连属，难道伤寒初起，厥阴不病，而且手少阴哪去了，心君不病？对此，古人有一个解释：心为君主，不能受邪，病则心包代之。其实，不管内风，还是外风，最初的病理改变都是交感兴奋，而对不同体质者来说，病理反应虽不尽相同，但代谢加强、心功亢进却是必然的。若心主素来不足，应激效应显著，则发热、汗出、恶风、颈项强，遂病成桂枝汤证；若肺系素来不足，应激效应显著，则恶寒发热，无汗，鼻塞流涕，周身肌肉、骨节酸痛，遂病成麻黄汤证。桂枝汤证是手少阴、足太阳病，手少阴病重，足太阳病轻，显然是从目系、巅顶、厥阴这条路径传变的；麻黄汤证是手太阴、足太阳病，两经病皆重，显然是从畜门、颈项、太阳、督脉这条路径传变的。谁说厥阴不病，心君不能受邪？只不过，伤寒初起，厥阴血系诸证尚未成为显性的，一般影响不大，感觉不到罢了，而心君不病，则纯属迂腐。

古时，热病、伤寒几乎是外感病的代称。《素问·热论》所讲的热病，显然指病证特点而言，意思是像伤寒那样的热病。《难经》所讲的伤寒，当指病机而言，意思是中风、伤寒、湿温、热病、温病，这些病证都可以叫伤寒，因为它们和伤寒的病理是一致的。随着温病学派的兴起，医者早已能明辨温病、伤寒了，但同时也少了古人那样的贯通功夫。

《温热论·外感温热篇》："温邪上受，首先犯肺，逆传心包。肺主气属卫；心主血属营。辨营卫气血，虽与伤寒同，若论治法，则与伤寒大异也。"

叶氏讲温病、伤寒在辨证上没什么区别，但治法却根本不同。既然辨证是一致的，为什么治法不一样，而且大异呢？其实，今天看，这个问题很清楚：不管是伤寒，还是温病，它们都属外感证，所以不同是因为病邪寒热属性、抗病机制不同；这种不同，并非南辕北撤，根本有差，而是病性、病位的区别。事实上，张仲景也认识到了这个问题，并在《伤寒论》中多有阐发。

"太阳病，发热而渴，不恶寒者，为温病。"

就是说，还有一种太阳病，发病之初就有类似阳明病的发热、口渴、不恶寒，这种太阳病叫温病。对这种病的治疗，张仲景也有自己的经验。

"若发汗已，身灼热者，名曰风温。风温为病，脉阴阳俱浮，自汗出，身重，多眠睡，鼻息必鼾，语言难出。若被下者，小便不利，直视，失溲；若被火者，微发黄色，剧则如惊痫，时瘛疭；若火熏之，一逆尚引日，再逆促命期。"

治温病，你要是发汗，则汗出热不解，身反灼热，脉阴阳俱浮，自汗出，身沉重，嗜睡，甚至舌强难言，病成风温；你要是攻下，则洞泄不止，小便不利，甚至失禁，目系拘急；你要是用火灸，则病不能去，反生黄疸，甚至惊痫、抽搐。

这种太阳病，为何与伤风、伤寒的区别如此巨大？其实，在病理上，伤风、伤寒、温病没有根本不同，都是交感兴奋，所以不同，原因在于：伤风病在手少阴、足太阳，伤寒病在手太阴、足太阳，温病则病在手太阴、手少阴，它们都属热病，都是风证，没有根本不同。

温病初起与伤寒小异。伤寒病在手太阴、足太阳，手少阴病症不明显，不过心烦而已；温病则病在手太阴、手少阴，太阳病症不明显，不过微恶风寒而已。所以，温病的实质是营气应激为主，初起就有营气病症，如咽痛，舌尖红，脉浮数等，而且汗出热不解，火灸必抽搐、癫狂；若病不能解，它的庐山真面目就会暴露无遗，如心神不安，夜甚无寐，斑点隐隐……这才是温病典型的病症。所以，治温病与治伤寒大异，原因是，前者要紧扣营气病变这个核心，兼顾卫气，后者要紧扣卫气病变，兼顾营气。如银翘散，虽以清宣太阴、少阴、太阳郁热，通畅三焦为主，但荆芥、薄荷、连翘、金银花、淡竹叶之属，何一不是清通营气之品？更不要说营气沸腾，津液虚少，精神失养，三焦瘀阻，皮下出血，必须"急急透斑"为要了。温病严重时，其实就是两感于热，对此，叶天士辨析甚明：若斑出热不解，这就是胃无津液，或肾水素亏，虽未及下焦，先自彷徨，必验之于舌！斑出则营气瘀热当解，但如果脉宗气有阳无阴，肾水不足，调节不利，那就难以清肃纠正了，这时就要验之于舌，看看究竟是手少阴的问题，还是足少阴的问题：干燥无津当然是胃无津液，舌绛深红当然就是肾水不足了。

温病还包括一些特殊的病证，如火毒、瘟疫，它们的基础病变与一般温病类同，主要是兼有内源实邪刺激，病势如山倒海啸，疾如风雨，类似今天的流行性传染病、菌血症、毒血症、败血症之类。

《肘后方》："伤寒一二日便成阳毒，身重腰背痛，狂言或走，或见鬼神，或吐血下利，脉浮大数，面赤斑斑如锦文，咽喉痛，唾脓血。伤寒初病一二日便成阴毒，身重背强，腹中绞痛，短气不得息，唇青面黑，四肢厥冷，脉沉细紧数。"

身重、腰背痛，病在太阴、太阳；咽喉痛、吐脓血，则病在少阴、太阴；狂言或走，或见鬼神，脉浮大数，病在脉宗气、精神；面赤斑斑如锦文，则内毒素刺激，三焦瘀热。若腹中绞痛，短气不足息，唇青面黑，四肢厥冷，脉沉细紧数，则病在足太阴，脉宗气紧张代偿。所以，阴阳毒是一个内毒素污染血液的病理，类似今天的菌血症、败血症、毒症、脓毒血症。菌血症是致病菌进入循环，直接对抗免疫系统，外症常不甚凶险，往往是一过性的，所以"五日可治"。败血症则肝脾肿大，皮疹发斑，脏器损伤严重，所以"七日不可治"。毒者，厚也。所以凡病邪，不论有形无形，久留不去则为毒，祸乱太甚也是毒。比如走黄，疮顶突然塌陷，色黑无脓，根底迅速扩散，寒战高热，头痛烦躁，胸闷，四肢酸软……这就是典型的淤毒所致的败血症了。

火毒、瘟疫都起于有形病邪刺激，或在内，或在外。病症方面，传染病、败血症、菌血症、毒血症都有起病急，寒战，高热弛张，关节疼痛，应激猛烈的特点。由于营气病重，回流艰难，所以常有肝脾肿大，多充血性、出血性、坏死性皮损。在治疗上，火毒、瘟疫与一般温病大不相同，必须清热解毒，以毒攻毒。如张仲景治阴阳毒用升麻、雄黄，可能就出于这种考虑。

第九章 厥逆

张仲景为后世所有学医者的老师，非常厉害，所以厉害，首先在于他对病理有深刻的认识，而且能用精妙的语言表达出来。比如这句：

"阴阳气不相顺接，便为厥。"

何谓厥逆？厥者，断也；逆者，迎也。所以，当至不至为厥，去而不返为逆。手足四末是阴阳经交合之所，若不能顺利交接则必然四肢厥冷。人体上下，每个脏器内外，全部皮肤，肌肉，筋骨，膜系、孔窍，由微血管接续形成的网络无处不有，特别在肺泡、肾毛细血管床、心肌、肝门脉两端、胃肠道、胸腹膜系、脑组织等处更是密集分布，若交接不利，组织失养，就会病成厥逆。推而广之，凡阴阳交合都有一个顺接问题，小如微循环过流不良，孔窍、膜系失养，大如生化、运化转枢不利，脏腑守使紊乱，接续不利，便成厥逆。

人生天地之间，若能顺接阴阳变化，自然无病，不能顺接，百病丛生。春天万物滋生，顺接季节变化，微感风气，交感兴奋，代谢稍盛而外周收缩，脉弦柔和，这是没病。若脉洪滑，或脉细微，这就是不能顺接了，前者升发太过为逆，后者当至不至为厥。人作为社会动物时时刻刻处于困扰当中，若能顺接五志，情志平和，则病患不生，不能顺接，意欲无穷，情志激越，饮食不节，起居无常，五脏气争，六腑逆乱，三焦上下表里不通，营卫不交，则上厥下逆，头寒足热，或上逆下厥，头热足寒。

胃系与小肠、小肠与大肠之间，若不能顺接，则三焦上下不通而厥，若病瘅中，或寒中，则表里不和。肺与大肠相表里，三焦水火不平，肺气宣降不利，则二便失常；心与小肠为表里，小肠精粹生化不利，精神不宁，心君不安，或厥或逆。外感病以真寒假热、真热假寒最难辨证，但这其实也是一个表里不相顺接的问题，或表厥里逆，或表逆里厥。肝经厥逆最为常见，病在标则头目眩晕、咽干口苦，病在本则足胫苦冷，小大不利，月经不调。在三焦局部，营行经隧，卫行脉外，营卫不协，物质交换逆乱，或营强卫弱，或营弱卫强，病症表现与营卫整体厥逆不同，更为复杂。

人身本无厥逆，何以竟生厥逆？

厥逆病本，必在中枢、系统、局部调节能力不足。调节能力不足，营卫不能周遍全身，上下表里不能顺接，这就产生了厥逆病变。设若调节能力正常，热则同热，寒则同寒，盛则同盛，虚则同虚，何来厥逆？所以，厥逆常相伴出现，如影随形；有厥必有逆，有逆必有厥。在表为厥，在里为逆；在上为厥，在下为逆；在脏为厥，在腑为逆；在本为厥，在标为逆。

机体调节三焦，精神之外，上焦有心主贯通三焦，中焦有胆决断三焦，下焦有肾气调和三焦水火。

心主贯通中心三焦，中焦津液，下焦水津皆回流肺系，奉养心脑。供给不足，肺系宣发、心神鼓动、心主强化，加强输出，促进循环；回流有余，肺系肃降、心神约制、心主弱化，衰减输出、弱化循环。所在，在心脑供给与津液、水津生化之间，心主如权衡，能和调两边的关系，所谓臣使之官，喜乐出焉。若心主病，调节能力下降，则有浮无沉，有沉无浮，上下不平，必生厥逆。

胆火古称相火，即相视而火，相看什么呢？相看三焦水火。三焦火过于水，少阳决开，三焦水过于火，少阳断绝，一绝一断，中正平和。相火太过，则大气能升不能降，三焦壅塞不通；相火不足，则大气能降不能升，三焦清浊混杂，精华不生。今天看，交感兴奋，胆汁有断无决，三焦阻塞，水津枯竭，胃能腐熟不能受纳，脾能分清不能泄浊，阳明有开无阖，太阴有阖无开，阴阳断绝，水谷源泉枯竭；迷走兴奋，胆汁有决无断，三焦通泄，胃能受纳不能腐熟，脾能泄浊不能分清，阳明有阖无开，太阴有开无阖，清浊混杂，水谷精微流失。然则，无论是相火有余，抑或是相火不足，都会导致脾胃更虚更实、大气升降、水谷出入不得顺接，脉宗气与脾系联盟关系崩解，上焦阳气鸱张，至上之焦或回流不利，或供给不足，病成厥逆。

肾气出命门则为原气，原气分阴阳则为任督二脉。任督二脉以冲脉为使调和三焦水火。冲脉循行起肾下，并少阴，出气冲，这是冲脉通过气冲调节阳明，连属三焦；循阴股、入腘中，循胫骨，走太溪，合跗阳，灌注足胫诸络，这是冲脉交合诸足经，络属阴阳跷维；从跗阳、气冲注阳明，走脊柱，夹脐上行，散胸中，绕口唇，达咽喉，入颃颡，灌诸阳，渗诸阴，这是任督二脉交合冲脉，调和阴阳，治理十二经。所以，冲脉出任督二脉，为百脉通衢，上交颃颡、百会，中治阳明，下交会阴、气冲，上属大抒，下出巨虚，沟通上下前后表里，汇诸阴，抟诸阳，转枢任督二脉。冲脉，即冲和之脉，交合阴阳，冲和无偏；又是冲动之脉，营卫充盛，常行不已；更是中通之脉，通衢大道，百脉所归。所以，冲脉善能治理诸经脉，缓冲、补益十二经、五脏六腑。冲脉病则必然阴阳不平，或督脉不足、阴过于阳，或任脉不足、阳过于阴。阴过于阳，不能缓阴补阳，所以任脉用事，诸阴逆上，诸阳厥下；阳过于阴，不能缓阳补阴，所以督脉用事，诸阳逆上，诸阴厥下。阳过于阴，大气有升无降，初则脉宗气弛张，继则阳气耗竭，终归陈寒痼冷；阴过于阳，大气上逆下厥，初则上盛下虚，营气弛张，继则营卫并损，风气百疾。冲脉为通衢大道，介于精神、命门、任督二脉与经脉、脏腑之间，为内外之使，脏腑、经脉病，通过冲脉，逆传任督、命门、精神；精神、命门、任督病，通过冲脉，病传脏腑、经脉。肝胆、脾胃、阳明、太阴皆居于中土，辗转于阴阳之间，更虚更实，若冲脉不调，痰淤积聚，五脏六腑、十二经营卫无源，大气有升无降，则三焦上下表里不通，营卫不交，所生病证，不可胜计。

所以，厥逆是一种普遍的、基础性的病理改变，病变根本就在于诸调节不利；同时，厥逆病变一定要落实到三焦微循环，才能真正形成。厥逆病变一旦形成，病症表现必然矛盾，或寒热错杂，或虚实逆乱，或上下不平，或表里不一，或病症属阳而脉症属阴，或病症属阴而脉症属阳，复杂多变。此外，厥逆病变本身就是一种内源刺激，能进一步引发许多病证，千般灾祸，风起云涌。

经脉系统的主要病理改变就是厥逆。

三焦经脉流行营卫，十二经第次相传，周行不已，一日一夜行五十度而大会于手太阴，这是生命的节律，违逆这个节律，或未至而至，或至而不至，或至而不去，或至而太过，不是厥，就是逆。

十二经有个流注次序：

肺手太阴-大肠手阳明—胃足阳明-脾足太阴—心手少阴-小肠手太阳—膀胱足太阳-肾足少阴—心主手厥阴-三焦手少阳—胆足少阳-肝足厥阴—肺手太阴—督脉-任脉—肺手太阴

我们换个角度看，它其实是这样的：

运化—生化—运化—生化—调节运化—调节生化—调节三焦水火

肺-大肠主管运化，肺监测大肠水津生化，制定生命节律，确定脉宗气运化强度。胃-脾主管生化，胃脾更虚更实第次推进，生化水谷精微。心-小肠主管运化，心监测小肠生化水谷精微，决定心主输出的强弱。膀胱-肾主管生化，膀胱响应肾系升清泌浊，调整排尿频次和数量。心主-三焦管理运化调节，根据三焦营卫灌流的情况，心主调节输出强度和频率。胆-肝管理生化调节，肝代谢、回流，胆决断三焦，直接决定了阴系供给阳系的流量，维护中正。督脉、任脉管理运化、生化，通过冲脉阴阳盛衰治理十二经、三焦水火。从手太阴到督脉，再从督脉到任脉，然后大会于手太阴，三焦水火、营卫循行都得到了调和。

经脉所以能"处百病，调虚实"，关键在一个"通"字。什么叫通？龟甲正中一线叫千里路，能通达神灵、祖先。占卜得神示，龟裂纹分列千里路两旁，合于神旨则为通。所以，通，就是合乎天地阴阳、生命节律的营卫周流。经脉通，微循环循度灌注，心身无恙，不通则微循环不灌不流，昏厥而死。经脉流注，生化、运化更替，阴极而阳，阳极而阴，手足相继，不离不分，必须循度。营卫一日一夜恰好循行五十度，太过则逆，不及则厥。生化、运化顺接，当至不至则厥，不当至而至则逆，至而不去则厥，至而太过则逆。手足经脉互为表里，而经脉循行出入表里，每经起合也有标本之差，手足不和，表里不协，标本不一便是厥逆。

经脉厥逆以《灵枢·经脉》讲得最好，但先要弄清两个问题。什么叫是动病、是所生病？是，金文从日从甲从止，乃古时观象祭祀的表征，会意为正当某一时刻。是动病，即本经正病，也即本经运化病；是所生病，即生化而来的本经病，也即本经生化病。经气有盛虚，这是说胃气不平。胃气之阳胜过胃气之阴，或运化胜过生化，则人迎大于寸口，上逆下厥；胃气之阴胜过胃气之阳，或生化胜过运化，则寸口大于人迎，上厥下逆。凡经脉皆伏行而不可见，可见者都是络脉；行于里者为经，浮于表者为络。所以，每一经都有经病、络病，或里病、表病之差。这又何尝不是一种厥逆呢？

手经管运化，足经管生化，经脉循行自手而足，自足而手，往来不息。所以，经脉循行不利便是厥逆，生化、运化不得顺接，便是厥逆。具体说：

手太阴肺经起中焦，下行交通、规范大肠，还行胃口，上膈连属肺为核心，这是走里属经；从肺系出腋下，行臂入寸口，这是走表属络。运化病肺胀满，咳喘，这是经病；交两手而瞀，这是络病，名臂厥。生化病咳嗽、逆气、喘息，烦心胸满，这是经病；手臂痛冷，掌中热，这是络病。上逆下厥则肩背痛，风寒则汗出，中风则小便数、欠伸不已；上厥下逆则短气，尿色变。手阳明大肠经起大指、次指端，行臂而上，交大椎，这是走表属络；交通、规范肺系，连属大肠为核心，这是走里为经。游行于颈颊，下齿，口，鼻孔诸孔窍、膜系。运化病则齿痛颈肿。生化水津病，目黄口干，喉痹，这是经病；经循一线痛，属络病。上逆下厥则经循处热肿；上厥下逆则寒战。

大肠经夹鼻孔，肺系出畜门，阳明起两目内眦，太阳出畜门交太阴，这说明畜门是一个重要的交通枢纽，卫气游行之所。肺系-大肠主管卫气、水津运化，卫气盛则阳明开，生化万物，所以下面要顺接胃经。

足阳明胃经起鼻，游行额颅，上齿，口唇，耳等孔窍、膜系，连属胃为核心，交通、规范脾，下行腹里，这是走里为经。下人迎，循喉咙，贯通乳，脐，气街，髀关，膝膑、足跗，这是走表属络。运化病则寒战欠伸，额头黑，厌恶人与火，心悸只想闭户独处，此为络病；欲登高而歌，弃衣而走，腹胀肠鸣，此为经病，名足胫厥。生化血病，狂躁、疟疾、温热、汗出，口唇生疮，喉痹，大腹水肿，这是经病；膝膑肿痛，经循一线痛，这是络病。上逆下厥则胸腹热，消谷善饥，尿黄；上厥下逆则脊背寒，胃寒胀满。足太阴脾经起大趾，走胫骨后入腹，这是走表属络；连属脾为核心，交通、规范胃，上注心中，这是走里属脉；游行于咽，吞根、舌下诸孔窍、膜系。运化病则舌根硬，食则呕，胃脘痛，腹胀嗳气，此为经病；大便、矢气后爽快但虚弱、身体沉重，此为络病。生化病则舌根痛，身体不能动摇，属络病；食物难下，属经病。上逆下厥则心烦，心下拘急疼痛，便溏，泄痢；上厥下逆则小便不利，黄疸，嗜卧，膝内肿冷。

胃-脾主管水谷精微生化，支持脉宗气，所以下面要接手少阴，奉养心脑，构成同盟关系。

手少阴心经起心中，连属心系为核心，络小肠，这是走里为经。游行于咽，目系。从心系回肺出腋下，循臂至小指端，这是走表属络。运化病则咽干心痛，口渴欲饮，名臂厥；生化病则目黄胁痛，经循一线冷痛而掌中热痛。手太阳小肠经起小指端，行手臂上肩，这是走表属络；维络于络，行咽，下膈，抵胃，连属小肠为核心，这是从表走里。游行于颈颊颧，眼角，耳中，鼻等孔窍、膜系。运化病则咽痛颌肿，这是经病；不能回顾，肩痛如拔，臂痛似折，这是络病。生化津液病，上逆下厥则耳聋、目黄、颊肿，上厥下逆则经循一线痛。

心-小肠主管水谷精微运化，是神气调节津液生化的主要途径，所以下面要顺接膀胱水津生化。如膀胱不能泄浊而厥，则小肠水液潴留为逆，仲景治用五苓散，温心主，开太阳，是古人治疗经脉厥逆证的一个范例。

足太阳膀胱经起内眼角，游行额巅项，耳等孔窍、膜系，入络脑。从项沿脊背下行，交通、规范肾，连属膀胱为核心，此属经。从髀左右而下，贯通身后而下至小趾端，这是走表属络。运化病则眼珠如脱，头项腰脊痛，大腿不能弯，属络病，名踝厥。生化筋病，痔疮、疟疾、癫狂、晕厥，头囟颈项痛，目黄泪出，经循一线痛，多属经病。足少阴肾经起小趾，走足心，上股内后侧，这是走表属络；贯脊，连属肾为核心，交通、规范膀胱，贯肝，入肺，络心，注胸中，这是走里属经。游行于喉咙、舌根。运化病则饥不能食，面色晦暗，咳唾带血，喘息不能卧，视物不清，多属经病，名骨厥。生化病则口热舌干，喉咙干痛，咽肿逆气，心烦痛，黄疸，下痢，痿软、厥冷、嗜卧，经行一线痛，多经病。

膀胱-肾主管水津生化，是大气转枢的关键，事关调和，所以下面要接续运化调节系统。

手厥阴心主经起胸中，连属心包为核心，贯通、规范三焦，这是走里属经。循胸出胁，走腋，循臂至小指次指端，这是走表属络。运化病则手心热，臂肘拘急，腋肿，胸胁支满，此属络病；心大动不安，面赤目黄，神志失常，神气逆乱，属经病。生化则脉病，心烦痛，掌中热。手少阳三焦经起小指、次指端，循手臂而上入缺盆，这是走表属络。布膻中，交通、规范心包，连属三焦为核心，这是走里属经。游行于项额颊，耳前后左右，眼外角等孔窍、膜系。运化病则耳聋，咽肿，喉痹。生化气病则汗出，经循一线痛。

心主-三焦主管运化调节，以中心三焦过流为启动信号，虽贯通三焦上下，但不及内外表里，所以下面要接续胆经。

足少阳胆经起外眼角，游行额角，耳内外；从外眼角下大迎，循身侧入气街，直下大指端，这是走表属络；交通、规范肝，连属胆为核心，这是走里属经。运化病则口苦，常叹气，属经病；心胁痛不能转侧，面蒙微尘，肌肤枯涩，属络病，名阳厥。生化骨病，头额、外眼角痛，马刀侠瘿，汗出寒战，疟疾，经循一线痛。足厥阴肝经起大趾丛毛大敦穴，循腿内侧，上环前阴，抵达少腹，布胁肋，这是走表属络。挟胃，连属肝为核心，交通、规范胆，贯膈注肺，这是走里属经。游行额，唇内，喉咙，颅颡，连目系，交督脉于巅顶。运化病则腰痛不能俯仰，男子阴囊肿通，妇女少腹肿胀，咽干，面容枯槁，多属络病。生化病则胸满、呕逆、飧泄，狐疝，遗尿或小便不通，多属经病。

胆-肝偏重生化调节，决断三焦，转枢阴阳，而胆有一部分功能属于中枢，所以下面要接续任督二脉。正如太阳照射地球，直射点往来于回归线之间，任督二脉阴阳权衡，决定了卫气之昼夜短长，营气之南北寒温。督脉强于任脉，则昼长夜短，南热北寒，三焦火过于水；任脉强于督脉，则夜长昼短，南寒北热，三焦水过于火。如此，任督二脉的调节作用大会于手太阴之时，肺系即调整生命节律，传之于心神，变之于心主，见之于寸口、人迎，厥逆不生矣！

各经脉也都有绝证，要严重于一般的厥逆。手太阴绝则水津不至皮毛骨节，所以皮毛焦，爪甲枯。手少阴气绝则脉不通、血不流，面无光泽。足太阴气绝则营卫不荣于肌肉，舌萎、口唇外翻。足少阴气绝则骨髓失养，骨枯肉痿，骨肉不相亲，齿长而污浊，头发无光泽。足厥阴气绝则筋膜失养，口唇色青，舌卷缩，阴卵拘急。阴经气绝则阴脱，眼珠不转，神志亡失而死；阳经气绝则阳脱，冷汗淋漓而死。

营卫循度周流，必无厥逆，不能循度而行，必生厥逆。经脉厥逆，营卫逆乱，祸及脏腑，特别是营气逆乱必使脏气寒热逆从：脏气寒则当至不至，为厥；脏气热则去而不返，为逆。

《气厥论》："肾移寒于肝，痈肿少气。脾移寒于肝，痈肿筋挛。肝移寒于心，狂隔中。心移寒于肺，肺消。肺消者饮一溲二，死不治。肺移寒于肾，为涌水。涌水者，按腹不坚，水气客于大肠，疾行则鸣濯濯，如囊里浆水之病也。"

脏腑活动旺盛则热，衰微则寒。平人脏腑生化、运化此消彼长，生克制化，寒热交替，始终保持阴阳冲和、守使平衡的关系，当然无偏寒热。病理状态下，或有寒无热，或有热无寒，守使逆乱，或厥或逆。所以，肾寒传肝，不是肾将寒气传给了肝，而是肾阳不足，不能顺接肝系，使之代谢、回流障碍，脉宗气紧张代偿，所以病生痈肿、短气。似此，脾寒传肝，则病痈肿、筋挛；肝寒传心，则病癫狂、心痹；心寒传肺，则病肺消，小便不禁；肺寒传肾，则病涌水，水客大肠，漉漉有声。肾气不能顺接肝气，令肝气升发，则必然凝聚于下，对肾来说，这就是上厥下逆了。似此，脾寒不足则病痈肿，肺寒不足则病短气。

《素问·气厥论》："脾移热于肝，则为惊衄。肝移热于心，则死。心移热于肺，传为鬲消。肺移热于肾，传为柔痓。肾移热于脾，传为虚，肠澼死，不可治。胞移热于膀胱，则癃溺血。膀胱移热于小肠，鬲肠不便，上为口糜。小肠移热于大肠，为虙瘕，为沉。大肠移热于胃，善食而瘦入，谓之食亦。胃移热于胆，亦曰食亦。胆移热于脑，则辛頞鼻渊。鼻渊者，浊涕不下止也，传为衄蔑瞑目。"

脾热传肝，则肝气升发，逆而不返，心气亢进，肺系郁热，所以病惊悸、衄血。似此，心热传肺，则病消渴；肺热传肾，则病柔痓；肾热传脾，则病肠澼；男子精室、女子胞宫热传膀胱，则病癃闭、尿血；膀胱热传小肠，则病不大便而口糜；小肠热传大肠，则病瘕聚、痔疮；大肠热传于胃，则病善饥消谷、消瘦乏力；胃热传于胆，则病消谷；胆热传于脑，则病鼻渊，鼻腔辛辣，衄血，视物不明。

不难发现，五脏寒热厥逆，实为母子相生、克制为病：生者当至，不至则为厥，克者当制，不制则为逆；六腑以通为顺，以滞为逆，寒热厥逆，实为上下不得顺接，不降则逆，不通则厥。脏腑寒热厥逆，生化、运化或抑制，或亢奋，五脏气争，六腑逆乱，守使不平，主辅相失。

诸病厥逆，以肝系厥逆最为常见。交感兴奋，肝代谢亢进，血系瘀热，门脉拘急，回流不利，肝血供减少、输出艰难，组织失养，细胞坏死变性；肝系所属静脉回流艰难，食管、膈肌、胃肠、胰腺、盆腔诸脏器、胸腹诸筋膜皆瘀血失养，肝脾肿大；胆道收缩，胆汁不排，三焦不通，食欲不振，恶心呕吐，消谷善饥，诸胀痞积，大便或溏或结，小便或短或数；下肢回流不利，足、胫、腰、背、骶等低垂部位皆肿，晨轻暮重，男子精索曲张，遗精，阴囊湿痒，女子月经不调，赤白带下，胞宫失养，病生癥瘕；水谷精微不生，津液回流艰难，心脑失养，脉宗气紧张，血液重分配，上焦瘀热，下焦虚寒，至上之焦回流艰难，颅内压增高，脑髓失养，头昏头痛，视物不清，肌肉震颤，甚至角弓反张，抑郁焦躁；回流艰难，上下不通，侧支开放，血液瘀滞，两胁胀痛，大腹膨胀，上下血溢……种种病祸，如风盘旋。若病深不解，中枢调节衰微，组织调节失敏，阴阳不足，则病入虚损：或脉律不整，心动悸，脉结代；或脾胃组织损伤，饮食不为肌肉，肌肤甲错；或肌肉、筋骨、脑髓失养，病生痿痹；或痰瘀积滞，脏腑、经脉营卫流行不畅，痞满疼痛；或少阳、少阴转枢不利，三焦上下表里不通；或瘀热不解，血流变性质改变，黏稠难行，微血栓形成，回流不足，右心衰，肝组织失养，细胞变性坏死，病生黄疸、脂肪肝、高血脂、高血糖、高血压，甚至肝硬化、肝衰竭、肝性脑病……津液不生，回流又难，中枢调节衰微，外周调节失敏，组织损伤，气虚血虚，百病丛生。总之，肝系病变，或阳逆不返、阴厥不生，或阴逆不返、阳厥不生，始则气虚血热，终则气虚血虚，最后无非阴阳气不相顺接，病成厥逆。

"左右者，阴阳之道路也。"交感兴奋，肝分解过程增强，进出肝系的血液减少，肝组织失养损伤，同时支气管扩张，呼吸加强，血压升高，大气升腾；迷走兴奋，肝合成过程加强，进出肝系的总血流量虽然不变，但肺支气管收缩，外周回流减少，心输出量减少，胃肠活动增强，大小便排出，血压降低，大气肃降。若交感亢进，肝门脉拘急收缩，胆汁不排，腹压增高，同时肺支气管扩张、内压增高，肝系回血艰难，木火刑金。若迷走兴奋，脾系吸收物质精微能力不足，支气管收缩拘急，消化道、呼吸道分泌增多，大便溏泄，心脑失养，初则脉宗气紧张代偿，喘促咳嗽，久则中枢调节衰微，脉宗气调节失敏，病入虚损，大气有降无升，喘息艰难，肾不纳气。于是，左右道路断绝，上下水火不交，出入废，升降息，神机化灭，气立孤危。

肝系厥逆，病症因应激类型不同而不同。在慢性应激，交感持续兴奋，肝系郁热，则口苦咽干，目赤流泪，头晕目眩；胃底瘀热，张力增加，则胃痛、呕逆、嗳腐、吞酸、消渴、善饥。在急性应激，肝代谢旺盛，门脉痹阻，奇静脉分流逆上，冲击心膈、食管、支气管，则逆气撞心、烧心、恶心、喘息、呛咳。若血流变性质改变，肝门脉不通，诸筋膜三焦瘀阻，则胁痛、胸痛、臌胀、呕血、便血。若肠系回流不利，组织失养，胃热脾寒，上下气争，则病呕吐、呃逆、腹胀、泄利；病久不愈，脾胃俱寒，则朝食暮吐，暮食朝吐。若脾系组织失养，炎性渗出增多，代谢产物、病理产物淤积肠道，则里急后重，便下脓血。若脉宗气亢进，胃肠道失养，分泌减少，张力增加，拘急停滞，大便秘结，则病成三承气汤证。

脉宗气为营卫生化、运化机枢，肺系侦测、制订计划，精神调节、宣布命令，心主输出、执行王命，上则奉养心脑，下则流散三焦，而以供给心脑为核心使命。脉宗气奉养精神，与脾系、肝系、肾系结为同盟，就营卫生化而言，脾系、肝系、肾系为本为里，脉宗气为标为表，就调节而言，精神为本为里，脉宗气为标为表，就奉养滋长而言，脉宗气为本为里，精神为表为标，就营卫运化而言，脉宗气交合营卫，温煦脾系，输出肝肾为本为里，诸孔窍、膜系，脾系、肝系、肾系为标为表……如此复杂的标本表里关系，决定了脉宗气厥逆必为多发病、常见病。

胃气造分阴阳。脾胃生化不利，营卫无源，为保证心脑供给，脉宗气必紧张代偿，运化过于生化，大气有升无降，至上之焦回流艰难，组织失养，精神必乱。若持续不解，中枢调节衰微，脉宗气调节失敏，病入虚损，如再感受内外刺激，脉宗气紧张应激，则肺系宣降不利，心系出入逆乱，或厥或逆，遂病呃逆、嗳气、噎隔、喘咳、心悸……种种病证，风起云涌。

心悸，轻者为惊悸，重者为怔忡。惊悸因惊恐而起，猝然临之谓之惊，思而畏之谓之恐。惊是交感一时性亢奋，恐是交感持续紧张，然而无论哪种情况，都使肝代谢旺盛，门脉拘急，回流不利，激起脉宗气紧张代偿。长期心肺紧张代偿，或一过性强烈刺激，都能使心脏过用，心肌受损，潜力竭尽，稍加刺激，便悸动不已，遂病心悸。若持续不解，心肌、肺泡、中枢调节损而不复，则即便没有刺激也会心悸不宁，遂病怔忡。所以，心悸病理总属脉宗气不足。脉宗气不足，脑血供障碍，回流艰难，脑组织失养，或水肿损伤，或持续兴奋，于是失眠、健忘、眩晕、耳鸣等证一时蜂起。

为保证心脑供给，在回流不利的情况下，则收缩外周，升高舒张压，重新分配血液，遂使外周脏器失养而厥，上腔回流受阻而逆，于是可见舌下、手臂浅静脉异常充盈，久而久之，必然导致心力衰竭，或所谓心厥。左心衰则输出无力，周身灌注不良而厥，同时产生肺动脉高压而水肿，上下腔回流不利而逆，呼吸困难，动则喘息；右心衰或因右心组织损伤，抽吸乏力而厥，或因左心输出艰难，回流无源，脏器过用而厥，或因肺高压，右心输出困难而由逆致厥，或因外周回流艰难，右心负担太重而由逆致厥。右心回血无源，必使肺系交换不利，输出减少，左心缺血而紧张代偿，若持续不解，中枢调节衰微，脉宗气潜力竭尽，则病成全心衰。

脉宗气供给不足、回流不利，至上之焦头颈回血不利，则颈内静脉怒张，脑组织失养水肿、瘀血，电解质紊乱，中枢敏感失眠，嗜睡，甚至精神错乱，上腔回血不利则咳嗽，声嘶，头痛头胀，视力改变，颜面水肿，颈胸部静脉怒张，下咽困难，恶心，严重时气道受阻，呼吸喘鸣，颅内压增高而抽搐；奇静脉高压，则胸壁、上腹壁可见静脉怒张。

脾胃更虚更实顺接则三焦通畅，水火和柔，水谷源泉不竭，于是肝系代谢回流、肾系升清泌浊、脉宗气营卫运化均能得到有力支持，心脑供给充足、回流顺畅，大气自然循度升降，厥逆不生。脾胃乃通衢大道，必先能实而后能虚，先能运化而后能生化。所以，自口腔到魄门各段，有一个先虚后实，先运化后生化，次第推进的问题。然而，遗憾的是，脾胃是不能自主完成这一变化过程的，必得四脏兴化，阴阳转枢，奇经治理才能顺接各段。而五脏也有一个更虚更实的问题：心脏右回左出，左不能出而运化，右何以回而生化？肺回流输出、呼吸交替，不能输出、呼出，何以回流、吸入？肝代谢回流，不能回流，何以代谢？肾升清泌浊，不能泌浊，何以升清？脾分清泌浊，不能泌浊，何以分清？因是之故，三焦各段，次第推移，必先得心主温煦，后得肾水滋润，先得肺气佑降，后得肝气佐升，先得少阳之决，后得少阳之断，先得太阴运化，后得阳明生化，先得少阴伎巧，后得少阴作强，先得太阳开张，后得厥阴闭合，先得督脉之治，后得任脉之治，先虚后实，虚实更替，依次相传，上下顺接，才不会产生厥逆病变；反之，三焦各段当温不温，当润不润，寒温无序，当升不升，当降不降，升降无伦，运化未行，生化先起，转枢不利，道路阻塞，经脉不通，营卫不交，中心三焦这部精巧的机器必然损坏，生产效能下降，产品质量不能保证，心脑失养，天下大乱。若交感亢进，张力有余，分泌、蠕动不足，组织失养，生化之源枯竭，多发溃疡，大便难，小便黄；若迷走亢进，分泌、蠕动有余，张力不足，则痞闷、腹胀、腹痛、大便泄利，小便清长。如病久不愈，营卫不生，脉宗气紧张代偿，中枢调节衰微，脾胃调节失敏，病入虚损，三焦清浊混杂，痰淤积聚，壅塞不通，任督二脉阴阳不足，冲脉治理不能、标本不称，十二经、五脏六腑此厥彼逆，此逆彼厥，中州败坏，变证蜂起。

脾居中土，四脏据四隅，上下水火，左右升降，经气交织，如夯土筑城，所以脾主兴化。交感亢进，四脏兴起，胃为之逆，脾为之滞；迷走兴奋，四脏夯筑，胃不能腐熟，脾不能分清。一逆一滞，上下不通，阳明不得顺接太阴，一虚一寒，表里不一，痰瘀积聚，精华、糟粕混杂下流，营卫不生，脉宗气或鸥张不制，或紧张代偿，遂病失眠、寒热、躁狂、烦乱、喘息、咳嗽、嗳气、呃逆、呕吐、胃反、烧心、吞酸、痞满、腹胀、肠鸣、腹痛，小大不利、脏器下垂、阴火炽盛……种种病状，风起云涌。

肾系升清泌浊、结肠代偿调和生化卫气水津，如三焦水气平均，周流无碍，则水火交济，大气升降、水液出入循度，自然无忧于厥逆。若肾气不足，命门火衰，肾系升清不及泌浊，水过于火，初则加强升清，大便干结，小便难，继而加强泌浊，大便溏泄，小便频数，而升清不及、血容不足，必使心脑失养，脉宗气紧张，外周收缩，血压升高，脉数而弦，以营气运化补偿水津生化，于是上焦瘀热，下焦水寒，水火不得顺接，久则中枢调节衰微，肾系调节失敏、组织损伤，结肠吸收、脉宗气运化均失代偿，升清不能，泄浊也难，小大不利，水系停滞，内环境恶化，电解质紊乱，外三焦水液淤积，胶体渗透压降低，组织细胞水肿，内三焦流行迟滞，血细胞渗出，水湿积聚，水不利则为血。若肾气有余，命门水枯，肾系升清过于泌浊，火过于水，初则加强泌浊，大便溏，小便数，继则加强升清，浓缩尿液，大便干结，小便淋涩，而血液黏稠、水津不足，必使心脑灌注不良，脉宗气弛张，血压升高，脉滑而数，以营气生化补偿水津运化，于是上焦瘀热，下焦湿热，水火混杂，清浊不分，久则肾组织失养损伤，不得滤过解毒，少尿无尿，代谢产物、病理产物淤积三焦，电解质紊乱，内环境恶化，外三焦水液干枯，组织细胞失水，毛细血管滤过压升高，血管壁通透性增大，血浆蛋白、水津渗出，淤积外三焦，瘀血水肿，血不利则为水。若病久不解，脉宗气潜力耗尽，肾系损伤难复，中枢调节衰微，病入虚损，三焦污浊，脏器失养衰竭，生命消亡。总之，肾气有余，命门火过于水，脉宗气灌注加强、肾系血管拘急、组织灌流不足，泌浊不及升清，则病上逆下厥；肾气不足，命门水过于火，脉宗气输出不足、肾系组织失养，升清不及泌浊，则病上厥下逆，无论何种情形，都是一个心肾不交，水火不济，脉宗气-肾系联盟关系崩解，阴阳气不得顺接的病变。

厥逆是一种基础病变，也是一大类病证的总称，粗约分为三类：冲气、内风之类属整体厥逆；疝气、呃逆、嗳气、噎隔、喘咳、泄利、便秘、遗尿、癃闭之类大抵属局部厥逆；消渴、自汗、出血、带下、崩漏、闭经、遗精、不孕不育之类多有一个厥逆基础，但病症见于局部。

冲气逆上是典型的整体大气厥逆，症见气从少腹上冲胸咽，面赤如醉，头晕眼花，手足厥冷，小便难，脉沉微；有冲气犯肺、犯心之不同，又有寒热、水火之殊异。寒逆则阳不足，胸中寒，少腹痛，中满暴胀，疝瘕，遗溺，胁支满烦，女子绝孕；热逆则阴不足，咳唾，躁热上抢心，眩仆，四肢如火，心烦，恍惚痴狂。脚气冲心也属冲气逆上，先见腿脚麻木、酸痛、痿软无力，或挛急、弛缓、肿胀、萎枯，继而气冲入腹攻心、小腹不仁、呕吐不食，心悸，胸闷，气喘，神志恍惚，言语错乱，甚至死亡。"冲脉为病，气逆里急。"冲气逆上主要是因为冲脉空虚，阴阳不平。冲脉属络脉系统，能缓冲、补益十二经。诸阴阳经不足，冲脉缓冲弥补，遂使络中空虚，阴阳不平，营气不足则麻木不仁，卫气不足则痿软不用，营卫不足则组织失养、麻木不用，而患者自觉气从下而上冲逆，厥处反空痛。

中风是典型的大气逆证，现在叫脑卒中，分缺血性、失血性两种。脑组织缺血，主要与颈内动脉、椎动脉狭窄或阻塞，血流变性质改变有关。如颈内动脉缺血，则肢体运动、感觉障碍，失语，短暂失明；如椎动脉缺血，则眩晕、耳鸣、复视、步态不稳、吞咽困难。脑组织失养日久，则梗死，如属完全性卒中，则意识障碍，神经功能很难恢复。出血性脑卒中与高血压，特别是收缩压高居不下有关。如血肿形成，压迫周围脑组织则形成脑疝，压迫神经则阻断传导，脑干出血则直接危及生命。

脑组织为什么会失养，或出血呢？交感持续兴奋，肝代谢亢进，大量代谢产物进入循环，营气壅盛，同时肝门脉收缩，回流障碍，心脑失养，脉宗气紧张代偿，至上之焦遂处于供给、回流双重困难，造成脑组织紧张敏感，细胞失养变性，调节潜力耗竭、模式紊乱，这是病发脑卒中的病理基础。若血液黏稠，回流艰难，脑血供不足，则组织失养，水肿形成，若有形实邪瘀阻血脉，则脑血管形态、生态改变，管腔狭窄，甚至阻塞，供给断绝，若脉宗气持续紧张，必然造成中枢调节衰微，脉宗气调节失敏，阴阳不足，营卫不交，病入虚损，至上之焦供给断绝，循环迟缓，回流艰难，不仅脑组织严重失养，而且诸窍不通……凡此种种，都会造成缺血性脑卒中。如上述病理基础已经形成，加之血管脆性增加、适应不良，如再感受内外刺激，或情绪太过，或醉酒饱食，或房事劳累，或气候剧变，则极易导致脑血管猝然破裂，病发出血性脑卒中。

《素问·调经论》："血之与气，并走于上，则为大厥，厥则暴死——气复返则生，不返则死。"

血为营，气属卫，统治营卫运化的，当然是脉宗气。气血并走于上，这是脉宗气逆上，病成大厥。本来是逆上，何以叫大厥？逆气至极，至上之焦回流停滞，供给反而阻塞而绝，这是大逆成厥，故称大厥。在这种情形下，法当必死，唯气返者生，即卫气返回脉宗气，又开始循度周流，才能生存。这是因为卫气是出畜门、连目系，入络脑中，交合脉宗气的。古人还将危重的风中脏腑分为闭证、脱证两类：猝然昏仆、神志不清、半身不遂、口眼㖞斜、言语謇涩之外，闭证则见牙关紧闭、两手紧握、面赤气粗、喉中痰鸣、二便不通，脱证则见目合口张、手撒遗尿、肢冷、脉细弱，甚至汗出如油、两颧如妆、脉微欲绝，或浮大无根。显然，闭证、脱证都属营卫逆上，但闭证偏于阴气不足，脱证偏于阳气不足，所以闭证宜清营开窍，脱证宜回阳固脱、芳香通窍。

疝气是典型的局部逆证，分两种：狭义的，体腔内容物向外突出而疼痛，或外生殖器肿大疼痛，破溃流脓，如腹外疝、急慢性睾丸炎、精索扭转、膀胱炎、前列腺炎、肠痉挛、肠嵌顿、子宫脱垂、痔疮之类；广义的，凡组织变形，向周边位移、挤压，皆可名之为疝，如脑疝。

《素问·大奇论》："肾脉大急沉，肝脉大急沉，皆为疝。心脉搏滑急为心疝。肺脉沉搏为肺疝。"

急者，衣小也；衣服小则身体大，是拘急、紧张的意思。所以，急脉即弦紧脉。肾脉沉大弦紧而数、肝脉沉大弦紧而数、心脉弦紧滑数有力，肺脉沉而有力，皆为疝，意思是肾、肝、心、肺诸系因局部刺激，紧张拘急，营卫气逆而流行不畅，组织位移、疼痛，都是疝病。所以，诸疝病皆以组织位移、肿痛、脉弦紧数为特征，病理都属脏腑、经脉局部营卫气逆，不得周流。

《素问·骨空论》："任脉为病，男子内结七疝，女子带下瘕聚。"

冲脉有寒热厥逆。热厥，任脉不能缓冲阳气、补益阴气，卫气循脊而上，后迫风府，前逆目系，头痛、呕吐，病成脑疝；寒厥，督脉不能缓冲阴气、补益阳气，营气逆于胁肋，则马刀瘿瘤、两胁胀痛，逆于胞宫，则带下瘕聚，腰痛不可转侧，逆于五枢、维道，则男子内结七疝，女子阴挺、赤白带下、月经不调、少腹痛、便秘、水肿，逆于腘中，则足痿、脚气。任督阴阳不平，冲脉不能缓冲、补益诸经，阳明逆于人迎，则咽喉肿痛、瘰疬、瘿气，逆于气户、库房则咳嗽气喘、呃逆、胸胁支满，逆于天枢、外陵、大巨、水道、归来、气冲则绕脐痛、少腹痛，逆于上下巨虚则痹痛不可伸屈，病生脚气，厥于历兑，阳明标本不协，则鼻衄、齿痛、咽喉肿痛、腹胀、发热、多梦、癫狂。

三焦表里不和、标本乖戾也是常见的厥逆病证。营气出中焦，卫气出下焦，营气循行内三焦，卫气循行外三焦。所以，三焦表里，以脾胃为本为里，皮肤、肌肉为标为表；在阳系，则以太阳为表为标，以阳明为里为本，少阳为通衢大道；在阴系，则以太阴为表为标，以厥阴为里为本，少阴为通衢大道。外感应激，外有皮肤、肌肉紧张拘急，内有脾胃根本失养，遂病表里不和。

《素问·热论》："今夫热病者，皆伤寒之类也。"

《难经》："伤寒有五，有中风，有伤寒，有湿温，有热病，有温病。"

内热外寒，卫气厥于外，营气逆于内，这是所有热病的共同病理，不管是伤寒，还是温病，莫不如此。五种类似伤寒的病证所苦不同，但作为热病却是一致的，都属外厥里逆、标厥本逆。如太阳病，恶寒发热，头项强痛，这是表有卫气循行不利，为标厥；脉浮，这是里有脉宗气郁热不出，为本逆，总属病在阳系，太阳厥而阳明逆。如少阴病，下有泄利不止，外有四肢厥冷，内有脉微欲绝，反见咽喉肿痛，面赤如妆，上下不一，表里不和，显然病在阴系，太阴厥而厥阴逆。

外周调节体温有两个途径：外感寒邪，交感兴奋，正三焦灌流减少、回流不畅，直三焦流速减慢，内外三焦流过减少，短三焦微动脉、动静脉吻合支收缩，令人感觉寒冷，继之代谢增强，血压升高，正三焦舒血管活性物质增多，直三焦流速加快，短三焦因瘀热而动静脉吻合支舒张，内外三焦过流增加，令人发热，待瘀热累积到一定程度，刺激汗孔开放，则汗出热散；内外刺激，交感兴奋，基础代谢率陡然飙升，肝系代谢增强，脉宗气兴奋，正三焦营气壅盛，直三焦过流增加，短三焦因热开放，内外三焦流过增加，待瘀热累积到一定程度，刺激汗孔开放，则汗出热散。在前一种情况，因明确存在寒性刺激，有一个三焦收缩，灌流减少，回流不畅的前奏，所以是卫气主导，调节体温；在后一种情况，因不存在寒性刺激，直接进入代谢增强，三焦流过增加，汗出热散时相，所以是营气主导，调节体温。所以，如调节不利，营卫不交，守使不平，不能彼此呼应，汗出热不解，则必病营卫不和。

如营气充盛，卫气虚弱，营气逆而卫气厥，内热郁积，虽汗孔开放，汗出如水也不能彻底散热，则病表虚自汗。若病久不愈，肾气不足，营气逆于里，卫气厥于外，汗出恶风，甚至动则喘促、心悸，小便数，夜尿多，脉沉微，则病阳虚自汗。若交感亢进，血流变性质改变，回流不利，代谢产物、病理产物淤积三焦，上下不通，表里不和，内源刺激，郁热累积，营气逆、卫气厥，或"但头汗出，齐颈而还"，或手足汗出、余无汗，或黄汗出、足胫冷，则病湿热汗出。若营气虚、卫气实，卫气逆于外而不肯入于内，营气厥于内而不能出于外，午后潮热，入暮汗出，夜热早凉，甚或寐则汗出，则病血虚自汗、阴虚盗汗。若病久虚损，中枢调节衰微，脾胃调节失敏，营卫化源不足，饮食不为肌肉，汗出消瘦，畏寒神疲，则病虚劳风消汗出。若病入虚损，营卫不足，表里不和，标本乖戾，寒逆于内，热浮于外，两颧如妆，冷汗如珠，脉反沉微，则病真寒假热；若热逆于内，寒浮于外，手足四逆，热深厥深，脉反沉实，则病真热假寒。

咳嗽是最常见的厥逆，但很不简单。脉宗气运化营卫，将肺系、心系、胃气之阳综合为一个功能单位，经脉络属心脏冠状动脉系统、肺支气管，以及膈肌、肋间肌、食管上段、咽喉、鼻腔等组织，位在最高。脉宗气随呼吸而出入，呼则出，吸则入，营卫回流、输出，大气升降就有了节律，若失其宣降节律，则必病咳喘。若膈肌、肋间肌虚弱，气息出入支气管艰难，或支气管回流不利，组织失养，久而变性，阻塞道路，通气量不足，电解质紊乱，心脑氧供不足，脉宗气紧张代偿，大气有升无降，则病肺咳："咳而喘息有音，甚则唾血。"若心输出障碍，肺失宣降，则病心咳："咳则心痛，喉中介介如梗状，甚则咽肿，喉痹。"若脾系生化不利，肝系代谢无源，脉宗气紧张代偿，则病脾咳："咳则右胁下痛，阴阴引肩背，甚则不可以动，动则咳剧。"若肠系虚寒，营卫不生，糟粕下流，脉宗气无源，则大肠咳而遗失，小肠咳而失气。若肝系门脉拘急，回流不利，则病肝咳："咳则两胁下痛，甚则不可以转，转则两胠下满。"若肾系升清泌浊不利，外三焦淤积，则病肾咳："咳则腰背相引而痛，甚则咳涎。"若肾系虚寒，水聚下焦，则病膀胱咳："咳而遗溺。"若胃系虚寒，则病胃咳："咳而呕。"所以，"五脏六腑皆令人咳，非独肺也。"

膈肌、肋间肌构成呼吸肌群，支气管负责气体出入，它们本是一个功能单位，不仅血供相关，而且调节交互。脉宗气不足，膈肌、肋间肌收缩、舒张乏力，支气管供给、回流不良，肺系宣降艰难，再猝然遭受内外刺激，则支气管因刺激而咳嗽，气道因阻塞而哮鸣，脉宗气虽欲应激抵抗，但力不从心，必无力而喘，遂病咳喘。所以，咳嗽、喘促本是一个虚实杂凑的病理：脉宗气不足而紧张代偿、气道收缩，或阻塞不通、气息出入困难，则病喘促；支气管收缩，营卫流行不畅，组织失养，毛细血管通透性增加，炎性物质大量渗出，代谢产物、病理产物淤积，凝聚成痰，刺激支气管，则病咳嗽、咯血；若病久不愈，组织变性变形，填塞气道，气息出入艰难，则病哮喘。所以，咳喘之证，其本在脉宗气，其标在支气管、呼吸肌群，标本乖戾，病生咳喘。《素问·咳论》云：

"久咳不已则三焦受之，三焦咳状，咳而腹满不欲食饮。"

"此皆聚于胃，关于肺，使人多涕唾而面浮肿气逆。"

关，以横木持门户也。于，气欲舒出也。久咳不已，三焦受之，这是说因诸脏腑、经脉患病而引发的咳嗽，若病久不愈，其病理后果是一定要让三焦承受的。那后果是什么呢？当然是脉宗气阴阳虚极！脉宗气阴阳不足，则肺系不得肃降，心系火不生土，脾胃营卫不生，周身营卫不行，"咳而腹满、不欲食饮"。营卫不生，回流、输出又不顺畅，心脑失养，脉宗气必然紧张代偿，但肺之宣发肃降，就像被一根棍子插住的门户，开阖不得，遂病涕唾、面浮肿、气逆。

现代生活节奏太快，各种刺激常骤然而至，人们精神紧张，多病阳明厥逆。

"二阳之病发心痹，有不得隐曲，女子不月，其传为风消，其传为息贲者，死不治。"

"心痹"，《素问》作"心脾"，《太素》作"心痹"，主要意思一样，即心脾病是阳明病的根源。痹，从疒从畀；畀，赐也。《尚书·洪范》："不畀洪范九畴。"这是用本义。隐，蔽也；微小而不可见，谓之蔽。曲，器曲能受物也。能化为微小之物，能受纳万物而无遗，这不正是胃之功能吗？所以，"二阳之病发心痹，有不得隐曲"，即胃病不能受纳腐熟，是因为心君不再赐予：心君不赐则胃系、肠系虚寒。胃虚寒则不能腐熟，小肠虚寒则泄泻，准备工作一塌糊涂，水谷生化效能又太低，肝系瘀热不通，任脉不治，冲脉无源，不能滋养胞宫，调和阴阳，遂使女子月经不调。若病久不愈，胃肠道失养，清浊混杂，化源枯竭，脉宗气紧张代偿，则饮食不为肌肉而病风消，大气有升无降则病息贲，虚损至极，则难以救治。

为什么心君不赐，胃跟着就病了？为什么胃病了，女子就月经不调了，甚至病成风消、息贲而死不治？胃之血供，中脘以上属心肺，中脘以下属肝系，心君调节，心主输出，则温煦胃口，火能生土；肝系火郁，则熏蒸胃底。脉宗气综合运化，肝系综合生化，造分于中脘，上下不平，生化太过则病消谷善饥、呕逆吐唾。奇静脉连属食管、支气管，而膈下动脉又连属胃、食管，所以肺系、胃系血脉相通，标本相连，土能生金，肝系、肺系阴阳不平、升降不和，则病呕逆、呛咳。胃静脉回流，左静脉居上，右静脉居下，左右静脉皆回流肝门脉，总属肝系，肝系回流不利，胃系回流艰难，组织失养，必然肿痛、溃烂。因是之故，胃为肺系呼吸根本，其升降出入主要取决于脉宗气，组织营养主要取决于肝系，心君不赐，心主输出、循环乏力，胃不得温煦，则隐曲不利。交感兴奋，特别是交感持续紧张，肝门脉拘急，胃瘀血积热，组织失养，不能胜任营卫生化准备工作，化源枯竭，脉宗气紧张代偿，必致血热气寒。气寒则营卫不生，血热则心肺日损，气愈寒而血愈热，遂不可解。于是，任脉不调，冲脉无源，胞宫组织失养，初则月经先期，乃至崩漏，继则前后无期，时断时续，最后闭经不通，甚至病生癥瘕。若病久不愈，中枢调节衰微，脉宗气调节失敏，病理状态难以纠正，脾胃清浊混杂，瘀热在里，饮食不为肌肉，则病风消，呼吸无根，则病息贲。

厥逆作为一种基础性、调节性病变，绝不是短期内形成的。病证初起，常常只是一过性的，靠局部调节就能纠正病态，恢复正常；病久不愈，机体紧张应激，脉宗气功能亢进，三焦上下表里寒热虚实差异显著，阴阳气不得顺接，这才形成了典型的厥逆；若病深不解，中枢调节衰微，外周调节失敏，病入虚损，则厥逆难复，变生大病，甚至阴阳离决，生命消亡。

第十章 拘急

拘，止也。以手止之，使人委曲服从，所以抓人叫拘捕。急，衣小也。衣服以合体为度，衣不变，身大是急，身不变，衣小也是急，都让人觉得憋屈。总起来，拘急有收束、紧张、压迫，又有撑胀、痞塞、郁结等意思；作为病理，则是一种组织、脏器、系统因拘急而失养，物质、功能、调节紧张应激的病态。如血脉拘急，则血管收缩，阻滞血流，迂曲不通，而这种病理状态作为内源刺激，又能进一步引发其他病变，祸生百端。

拘急是一种具有普遍意义的、基础性的病理改变，任何组织、脏器、系统，甚至机体本身都可能处于拘急病态。

应激初起，肾上腺髓质系统启动，微动脉、后微动脉、毛细血管前括约肌、动静脉吻合支拘急，灌流减少，同时微静脉收缩，输出减少，三焦流过艰难，输运、交换效能下降，毛细血管壁通透性增加，内三焦蛋白质渗出，胶体渗透压降低，血脉因代谢产物壅塞、血流变性质改变而瘀阻，营气效能降低，外三焦因内三焦渗出而聚集水液，代谢产物、病理产物淤积，输运不利，环境恶化，组织失养，细胞水肿。动脉端血流减慢，静脉端血流受阻，微循环流行迟缓，甚至毛细血管、细静脉血流停滞，物质供给、交换停止，组织细胞功能障碍，血管内皮细胞坏死，管腔闭合，微血管减少，组织萎缩坏死。如病变持续不解，组织液生成日益增多，淋巴回流失代偿，微循环前阻力血管反射性松弛，后阻力血管持续紧张，三焦灌入多、流出少，大量水液、代谢产物、病理产物、内毒素淤积外三焦，内三焦津液流失、效能降低、瘀阻难行，组织水肿、瘀血。微循环流速、管径改变对血细胞也会产生深刻影响，如红细胞聚集可增加血流阻力和黏度，减少氧供，加重血管内皮损伤，使毛细血管通透性增大，血浆外渗，而白细胞贴壁、翻滚、游出，血小板聚集，纤维蛋白生成，内皮细胞损伤可导致血栓形成，更严重的是，血细胞病变刺激骨髓过度造血，损伤造血组织，产生严重后果。如病深难解，中枢调节潜力用尽，组织、脏器受体减少，调节失敏，病入虚损，则三焦不灌不流，营卫循行停滞，微循环弥散性瘀血，组织坏死，脏器衰竭，生命消亡。

脏腑六系多病拘急。

水系流行，一路上要出入许多关隘、闸口，一旦拘急，则病祸无穷。精华、糟粕别回肠，渗膀胱，在回肠与结肠、结肠与直肠交接处都存在孔窍、门户组织，且与肾系相互制衡。若结肠吸收不足，大便溏泄，血容有损，则肾系必然加强吸收，保钠排钾，膀胱、尿道括约肌拘急，小便淋涩、尿频、尿急、尿痛，甚至引起失钾性肾病；若结肠吸收太过，大便干结，血容扩张，则肾系必然加强排泄，排钠保钾，膀胱、尿道括约肌舒张，小便清长，甚至引起高钾血症。然而，结肠长期、持续吸收不足或太过，组织损伤，效能下降，调节失敏，终将失去代偿作用，肾系只能独立承担调和血容、血压、体温的重任，必然过用损伤，效能下降，调节失敏，三焦水火不平，电解质失衡，内环境恶化，大气升降无伦，水系败坏，病证丛生。

结肠为什么会吸收不足或太过呢？交感兴奋，胃肠道分泌减少，吸收增多，张力增加，回肠拘急，不得顺接结肠，精华不能渗入膀胱，糟粕不能泌下直肠，大便难、小便数；迷走兴奋，胃肠道分泌、蠕动增强，吸收减少，回肠松弛，不能别结肠，精华不能渗入膀胱，糟粕下流直肠，大便溏、小便难。结肠拘急，直肠无源，则大便干燥、水津不生，结肠松弛，糟粕聚集，则大便泄利，精华流失，而不论是结肠水聚，还是干涸，本身都属内源刺激，皆令回肠、结肠、直肠、肾脏、膀胱、尿道，甚至脉宗气紧张拘急，二便不利，阳气鸱张。

肾脏、膀胱、输尿管、前阴等组织构成肾系，多孔窍，多膜系，拘急则癃闭，舒张则失禁。交感兴奋，肾血管拘急，组织失养损伤，滤过减少，尿液浓缩，甚至无尿，升清过于泌浊，于是卫气激越，三焦有气无水；迷走兴奋，肾血管舒张，滤过增多，尿液清长，甚至尿失禁、夜尿频多，泌浊过于升清，于是卫气衰微，三焦有水无气。肾气出命门，调和三焦水火。阴分不足，水津不生，卫气失其守而逆乱无制，结肠水津枯竭，大便干燥，任脉、冲脉无阴，三焦无水枯竭；阳分不足，卫气不生，水津失其使而淤积，结肠失代偿而潴留，大便溏泻，督脉、冲脉无阳，三焦清浊混杂，淤阻不通。冲脉水火不平，则心肾不交，水火不济，大气升降逆乱，三焦上下表里不通，十二经、五脏六腑阴阳不和，百病蜂起。

体液调节是肾气平衡三焦水火的主要途径。外三焦水津不足，卫气弛张，醛固醇系统激活，肾系加强水钠吸收，排出钾、氢离子，扩张血容，收缩血管，升高血压。但随着大量失钾，肾小管上皮细胞变性坏死，尿浓缩功能丧失，反多饮多尿，口燥咽干，尿路感染，甚至引起肾衰竭；同时，钾离子不足、血容扩张，必使心肺负担激增，脉宗气紧张，初则亢进，久则衰竭，以至于心肌肥厚，心律失常，心动过速，甚至发生室颤；低钾病态使肌肉痿软无力，神经传导迟缓，甚至呼吸、吞咽困难，手足搐搦。

《素问·风论》："肾风之状，多汗恶风，面庞然浮肿，脊痛不能正立，其色炲，隐曲不利……"

交感兴奋、醛固醇分泌太过，肾系血管拘急，组织失养，甚至坏死，滤过不利，回流无源，心主输出阻力巨大，上腔回流艰难，于是上有多汗恶风，颜面浮肿，面色黧黑，中有隐曲不利，精华不生，下有脊痛不能站立，少尿无尿，遂病成肾风。

肺系是水津回流的终点、输出的起点，能根据大肠水津吸收的情况而治节；同时，肺为华盖，在位最高，通达体外，极易遭受各种刺激袭扰，常处于紧张病态。交感兴奋，支气管舒张，通气量激增，呼吸肌群张力增加，宣发有余，肃降不足，肺气壅盛，黏稠痰液分泌，回流艰难，卫气循脊而上，出畜门而入太阴，肺系多火少水；迷走兴奋，支气管收缩，通气量减少，呼吸肌群痿软，宣发不足，肃降有余，肺气虚少，清稀痰涎分泌，输出艰难，卫气运化无力，不能出畜门而交太阴，肺系多水少火。所以，支气管通气量、呼吸肌群张力，上下腔回流、心主输出，中枢调节、心神响应等因素决定了肺系呼吸、循环的质量，任一环节拘急不畅都足以影响肺系治节，造成许多疾病。

肺系宣发有余、肃降不足则心脑回流艰难，咳嗽、头痛、恶心，甚至颅内压增高，抽搐，颜面水肿；肃降有余、宣发不足则心脑氧供不利、内环境改变，呼吸肌群痿软无力，呼吸艰难，脉宗气紧张代偿，胸廓胀满，目如脱状。若祸及心神、心主，则烦躁、心悸，面色晦暗、唇甲发绀。若祸及脾胃，则脘腹胀满、不得卧。若祸及肾系，则肾不纳气，遍身水肿，命门火衰，甚至昏迷、抽搐而喘脱。奇静脉支持肺系营养，如回流不利，支气管、肺泡失养，组织损伤，通气效能下降，炎性反应，痰涎壅盛，气道受阻，病发哮喘。肺居上焦，大肠居下焦，根本相连，开阖相辅，厥逆相关，如中枢调节衰微，脏系调节失敏，上升腾而下停滞，上肃降而下流泻，则二便不通，或流泻不禁。

气系生化水谷精华，支持脉宗气，病发拘急，则诸窍不通。精出心窍则为心神，心神出入循度则十二官安，出入逆乱则十二官危。心主为心神之使，主管输出、循环，如循环衰竭，或激烈应激，或长期高血压，或回血持续不利，心脑严重失养，则心界扩大，组织变形，心律失常、胸痛，或心、脑、肺、肾栓塞，严重时产生充血性心力衰竭。胃受纳腐熟，脾分清泌浊，更虚更实，生化水谷精华，支持脉宗气。如心神有出无入，大气有升无降，则胃之大络瘀热，组织失养，遂病噎膈、胃痛；如有入无出，大气有降无升，则胃之大络虚寒，遂病胃反，朝食暮吐，暮食朝吐。交感兴奋，脾胃张力增加，大气升腾，上充实而下拘急，则消谷善饥，大便秘结，心神不归，烦躁、失眠；迷走兴奋，分泌、蠕动增强，大气肃降，上空虚而下充实，则腹痛、腹胀，大便泄利。

"九窍不通，都属胃病。"何以故？胃病，即胃气运化、生化不平，孔窍、膜系不能循度开阖、护佑组织。胃气之阳太过与不及，则头面孔窍、膜系阴阳不和、营卫不协，耳聋、目昏、郁瞀，鼻不闻香臭，口不知滋味，容颜枯槁。胃气之阴太过与不及，前后二阴或失禁不制，或闭塞不通，大肉尽消，肌肤甲错。

血火二系生化津液、运化血液，多病拘急。交感亢进，肝门脉收缩，肝系所属之食管下段、胃、脾、胆、肠系、脐周、胁肋、胸腹壁、肛门等处静脉回流受阻，组织瘀血失养。如津液不能上朝肺系，输出心系，则心脑供给不足，脉宗气紧张，大气有升无降，至上之焦回流不利，脑组织失养损伤。如肝系代谢旺盛，组织瘀血失养，胆汁逆流，三焦有断无决，则病生黄疸。如病久不愈，三焦痰淤积聚，血流变性质改变，回流艰难，则病生痰饮，甚至心搏、呼吸衰竭。迷走兴奋，胃肠环境恶化，组织损伤，清浊混杂，津液代谢无源，精华尽失，心脑失养，脉宗气紧张，大气有升无降，上实下虚。如病久不愈，中枢调节衰微，脏器调节失敏，三焦不通，转枢不利，则上有呕逆、头痛、吐清涎，下有大便泄利，四末厥冷，烦躁欲死，十二经、五脏六腑化源枯竭。

外三焦卫气流行不利，代谢产物、病理产物淤积，内三焦营气壅盛，血液黏稠，流行缓慢，效能降低，这样一种拘急病态能引发许多病证。若内三焦通透性增加，津液外渗，内源刺激，皮肤、肌肉紧张应激，则轻者瘙痒肿胀，游行如风，重者红肿热痛，溃烂流脓，甚至腐烂肌肉，深入筋骨，紫黑剧痛。病久不愈，调节衰微，组织变性，毒素淤积，常使脏器衰竭，生命消亡。

痈疽是典型的外周三焦拘急病证，多属卫气虚寒，营气瘀热。痈者，肿也。外痈生皮肤、肌肉之间，病在水气，红肿热痛，肿胀溃烂，内痈则不知病患何处，或在肺，或在肝，或在胃，或在肠……五脏六腑，三焦筋膜、孔窍皆有可能。疽者，久痈而溃烂也，生于肌肉、筋骨之间，甚至深入骨髓、关节，病在血火。初起有脓头，红肿热痛，继而深入内部，扩散周边，脓头如蜂窠，最后溃烂，乃至深入筋骨，损伤筋膜、骨髓。

人患痈疽，多因喜怒太过，饮食不节。情志激越则交感亢进、营气壅盛，过食膏粱，饮酒无度，三焦湿热不通，久而伤气，于是外三焦淤积，卫气流行不利，气系精华不生，肌肉、筋骨失养，内三焦壅盛，营气难行，逆从内起，厥自外生，瘀热欲出而卫气虚，开阖不利，欲入而血脉壅塞，进退不得，只得游走皮肤、肌肉、筋骨之间，刺激组织，拘急发热，病成痈疽。若病久不愈，内毒素淤积，调节衰微，营卫不足，皮损变性、变形，病证时轻时重，反复发作，病深难解，则病成菌血症、毒血症、脓毒症、败血症，脏器功能衰竭，生命消亡。

《灵枢·痈疽》："寒邪客于经络之中，则血泣，血泣则不通，不通则卫气归之，不得复反，故痈肿。寒气化为热，热胜则腐肉，肉腐则为脓。脓不泻则烂筋，筋烂则伤骨，骨伤则髓消，不当骨空，不得泄泻，血枯空虚，则筋骨肌肉不相荣，经脉败漏，熏于五藏，藏伤故死矣。"

交感兴奋，毛细血管血压、通透性增高，水津、蛋白质、血细胞渗出，则红肿热痛；组织失养，有氧过程抑制，无氧酵解过程加强，乳酸激增，局部酸中毒，则肿胀疼痛；前阻力血管不耐酸性刺激，或对缩血管活性物质调节失敏，血管松弛、灌注增多，但微静脉颇能耐受酸性刺激，拘急不通，同时毛细血管网大量开放，微循环灌入剧增，输出反少，于是肿胀愈甚。正三焦营卫淤积，直三焦流过迟缓，短三焦管径扩张，内三焦血流变性质改变，毛细血管通透性增加，津液外渗内阻，外三焦代谢产物、病理产物、体液因子、血管活性物质淤积，炎性渗出，细胞坏死，组织失养，溃烂流脓，而这种病理状态更能进一步刺激微血管扩张，导致心脑失养，脉宗气紧张代偿，于是瘀热不解，恶性循环，反复难愈。如病理改变迟迟不能纠正，微循环对中枢、系统、血管活性物质调节失敏，微血管进一步扩张，三焦不灌不流，广泛瘀血、水肿，组织、脏器失养，功能衰竭，则危及生命！

疼痛是一种十分常见的三焦拘急病症，患者也多因疼痛才去寻医治病。然而，何谓疼痛？

疼痛是痛感觉、痛反应综合而成的病症，在中医同时也是一种病证。痛反应发生于躯体、内脏，痛感觉则属于精神自觉。疼痛有程度区别：最轻的只是似痛非痛，总体上是另一种感觉，如瘙痒、酸麻、沉重，如强痛就是一种僵硬、不灵活而酸楚的自我感觉，其实就是一种微痛；有痛反应了就是轻痛，局限在一定范围；痛反应强烈、痛感觉显著，那就是真痛；如难以忍受，那就是剧痛了。疼痛也是一种内源刺激，能激起一系列的病理反应，特别是引起强烈的消极情绪，伤害极大。

对疼痛的病理，传统上有一个很好的概括："通则不痛，痛则不通。"但问题是，究竟是什么不通，又如何不通了？

《素问·热论》："伤寒一日，巨阳受之，故头项痛，腰脊强。"

病邪刺激，交感亢进，立毛肌、汗孔收缩，外三焦卫气壅塞、内三焦营气郁热，皮肤、肌肉微循环拘急，头项痛，肌肉酸、腰脊强。卫气流行不畅，物质交换障碍，同时内三焦应激，代谢旺盛、血络拘急，必使营气循行迟滞，三焦入多出少，代谢产物、病理产物、内毒素淤积，轻者疼痛局限一隅，重者痛反应强烈、痛感觉显著。若病理状态不能缓解，内三焦渗出、瘀血，外三焦组织损伤，大量活性物质刺激损伤神经，则剧痛难忍。如病久不解，调节衰微，筋骨失养，组织变性，则麻木不仁，骨节畸形，发为顽痹。如痹症晨僵，睡眠时迷走神经兴奋，血流减慢，病变关节瘀血水肿、渗出增多，晨起时僵痛难以短时缓解，要活动开了才能令炎性渗出回流，缓解疼痛。若病久不愈，病症时轻时重，损伤的组织时好时坏，层层堆积，变性变形，则顽痹难愈，关节畸形。如强直性脊柱炎，古称大偻，不仅组织变性、生成肉芽组织，而且循环障碍，阻断营卫循行，久而久之，脊背佝偻，尻以代踵，脊以代头。

疼痛可发生于皮肤、肌肉、孔窍，也可发生于脏腑、膜系、筋骨深层。《素问·举痛论》云：

"寒气入经而稽迟，泣而不行，客于脉外，则血少，客于脉中则气不通，故卒然而痛。"

"寒气客于五脏，厥逆上泄，阴气竭，阳气未入，故卒然痛死不知人，气复反则生矣。"

"寒气客于肠胃，厥逆上出，故痛而呕也。热气留于小肠，肠中痛，瘅热焦渴，则坚干不得出，故痛而闭不通矣。"

营卫周流，本有恒度。今寒气刺激，卫气拘急而流行不畅，营气因卫气影响，拘急紧张，瘀滞难行，只能缓慢地流泣，恒度既失，三焦异变。若病发于外三焦，内三焦只是稍有迟滞，效能下降，则酸困、僵硬。如祸及内三焦，则营卫不通，猝然而痛，这就是既有痛感觉，又有痛反应的真痛。若五脏应激拘急，微血管网络不通，营气竭尽，卫气不入，则猝然痛死不省人事，待营卫再灌注才能恢复。若病发于肠胃，冲脉郁痹，逆气上出则胃痛呕吐；同时，上逆则下厥，胃寒则小肠郁热，所以瘅痛焦渴，大便干结、腹痛难解，病生肠痹。

"寒气客于肠胃之间、膜原之下，血不得散，小络急引故痛。按之则血气散，故按之痛止。"

"寒气客于肠膜、关元之间、络血之中，血泣不得注入大经，血气稽留不得行，故宿昔而成积矣。"

若病发于胃肠之间、膜系之下，则营气瘀阻，络脉拘急，牵引疼痛，而按揉可助营卫流行，所以能止痛。若病发于肠膜与关元之间的络脉，营气流行不畅，回流艰难，不能汇入循环，三焦营卫留滞不得行，则日久成积矣。

"寒气客于脉外，则脉寒，脉寒则缩蜷，缩蜷则脉绌急，则外引小络，故卒然而痛。得炅则痛立止。"

"寒气客于经脉之中，与炅气相薄，则脉满，满则痛而不可按也。寒气稽留，炅气从上，则脉充大而血气乱，故痛甚不可按也。"

营卫周流不利分两种情况：外三焦卫气虚少，内三焦营气应激拘急，微循环挛急，牵引络脉，猝然而痛，在这种虚寒情形下，可以按揉止痛，热则痛解；内三焦营气应激拘急、代谢旺盛，瘀热胀满，在这种实热情形下，不可按揉，否则更痛。所以，痛证也有一个发展过程：初病在外三焦卫气，外症为疼，常常是一过性的，时轻时重的酸痛；继则祸及内三焦营气，营卫不通，外症臃肿剧痛；最后调节衰微，病入虚损，络脉瘀血，缠绵不愈。叶天士说：初病治经，久病治络，可谓得之矣！

身不变，衣小为拘急，衣不变，身大也是拘急，只是不再叫拘急了，改叫郁结、肿胀。

郁，木丛生也，丛林茂密之义。脏气太过、营卫壅盛，又不能宣泄而出，这就产生了郁证，可分为虚实两类：邪气郁结，如风郁、寒郁、热郁之类，脏气郁结，如气郁、火郁、木郁、土郁、水郁之类，情志郁结，如怒郁、思郁、忧郁、悲郁、恐郁之类，它们都属无形虚郁；水郁、血郁、湿郁、痰郁、食郁之类，它们都属有形实郁，总的病理，无非邪气郁积，营卫壅盛，三焦不通，郁闭难出。结，缔也，绳结难解之义。郁是充盛难出，结的程度要超过郁，干脆闭结不出，都是严重的营卫拘急。张仲景首揭脏结病，即脏气闭结不出，类似于郁，严重于郁。所以，四逆散可治郁证，疏通三焦，通达四末，但要治结胸，就得用陷胸汤，而要治脏结就得用乌梅丸了。郁与结的程度是不同的。

《素问·举痛论》："思则心有所存，神有所归，正气留而不行，故气结矣。"

脾主意，意有所指，流连不去，则为思；思，即心神集中不散之义，这是正常的。但是，心神集中一处，久久不散，留止不去，这就太过了，变成了病理性的气结。所以，结证的病理改变无非是营卫、调节、病理产物闭结不去。为什么闭结不去？根本原因，就是内外刺激在此处引起了应激反应，组织紧张拘急，久之，调节衰微，闭结愈发不可解矣。

《素问·阴阳别论》："结阳者，肿四支。结阴者，便血一升，再结二升，三结三升。阴阳结斜，多阴少阳曰石水，少腹肿。三阳结谓之消。二阳结谓之隔。三阴结谓之水。一阴一阳结谓之喉痹。"

卫气郁结，则四肢水肿；营气郁结，瘀热充盛，回流不畅则便血。阴阳郁结而不平，多阴少阳则病石水，少腹臙胀；太阳郁结，则病消渴；阳明郁结，则病大便不通；太阴郁结，则病水肿；手少阳、少阴郁结，则病喉痹。所以，郁是充盛而不出，貌似有余，其实不足；结是闭结不开，貌似不足，其实有余。郁证是因为调节不利，营卫虽盛而不能出；结证是因为调节太过，紧张拘急，营卫虽少而出不得。然而，不管是郁，还是结，都强调营卫郁结三焦而不得出，所以必致肿胀。

肿胀是从组织损伤看郁结，若细分之，则胀是一种自我感觉，肿是一种客观体征，但统言之，其实是一回事：自觉有痞塞、憋闷之感，客观有鼓胀之形。肿胀也有轻重、类型之不同。如痞满，只是有堵塞感的肿胀；冲逆，是有方向感的肿胀；气结，是伴有疼痛感的肿胀。胀只是感觉，肿是客观体征，因此肿比胀严重；胀不能治，就会发展为肿。肿胀病理不离郁结，营卫充盛，或闭结不出，壅塞不通，停滞不行，便成肿胀，病久不愈，就会发展成积聚。

《灵枢·胀论》："黄帝曰：脉之应于寸口，如何而胀？岐伯曰：其脉大坚以涩者，胀也。黄帝曰：何以知藏府之胀也？岐伯曰：阴为藏，阳为府。"

寸口脉大硬而涩，就是胀证。脉大硬，这是卫气盛；脉涩，这是营气少。有气无血，营卫虽处于应激状态，但郁结不流，所以成胀。何以故？推其所以，营卫应激，外三焦水液淤积，内三焦流行不畅，效能降低，则发为肿胀。若这种病变见于下焦，则尺脉大硬涩沉，见于上焦则寸脉大硬涩浮。所以，论者解释道：

《灵枢·胀论》："卫气之在身也，常然并脉，循分肉，行有逆顺，阴阳相随，乃得天和，五脏更始，四时循序，五谷乃化。然后厥气在下，营卫留止，寒气逆上，真邪相攻，两气相搏，乃合为胀也。黄帝曰：善。何以解惑？岐伯曰：合之于真，三合而得。"

　　为何病发肿胀？卫气的正常状态是等齐于营气血脉，行于分肉之间，有上有下，紧随营气，与天地之道应和，令五脏各主其时，不违四时次第，六腑顺利地生化水谷精华，当然就不会病生肿胀了。假如阴系厥于下，营卫不行，寒邪袭扰于上，机体强烈应激，正邪相搏，营卫逆上而郁结不流，这就要病发肿胀了。所以，治肿胀，要驱除邪气，让营卫回归正道就好了。所以，肿胀的发生也有一个内外合邪的问题：先有大气厥逆，后有外邪袭扰，然后才会病发肿胀。

　　郁结、肿胀作为基础病变可发生于任何组织。血脉、脏腑其实皆有胀病，但都不是根本所在。胀病都发生在脏腑之外、三焦膜系。膜系肿胀，挤压脏腑，扩张胸胁，撑胀肌肤，所以叫胀。为什么呢？因为脏腑、孔窍、膜系正常时都有各自的界限。营气循脉而行，流行其间，卫气冲逆营气，则脉胀瘀血；营卫并盛，逆于肉分，则肌肤肿胀。所以，肿胀的病理是卫气应激、营卫失衡。营卫壅盛，代谢产物、病理产物淤积外三焦则成胀；病不能解，营卫并盛，逆于脏腑之外、分肉之间、三焦膜系，挤压脏器则成肿。所以，脏器拘急也可分为两种情况：脏气壅盛，但不能宣泄而出，结果内压激增，脏器肿胀，实质改变，从内向外扩张挤压，如肝脾肿大之类；脏器、组织拘急收缩，或脏外组织挤压，结果外压激增，脏器拘急，组织坏死，如脏器萎缩、占位性病变之类。具体而言，如心胀，则心烦、短气、卧不安；肺胀，则胀满喘咳；肝胀，则胁下满，痛引小腹；脾胀，则时时哕，四肢胀，身沉重，不想穿衣裳，卧不安；肾胀，则腹满，背部肿胀，腰髀痛；胃胀，则腹满，胃脘痛，像闻到了焦糊味，妨碍饮食，大便难；大肠胀，则肠鸣而痛泄，冬天受寒则飧泄；小肠胀，则少腹胀，腰痛；膀胱胀，则少腹胀、癃闭；三焦胀，则皮肤之下胀满有气，按之不硬；胆胀，则胁下胀痛，口苦，时时叹息。

　　所以，郁结、肿胀总的来说是三焦营卫壅盛，郁闭不出，胀满变形，如落实到物质层面，则必有代谢产物、病理产物淤积不去，这就是另一大类病证的根源——痰饮。

痰饮是生化病，水肿是运化病；痰饮事关营气，水肿多在卫气。痰饮、水肿初起，有形实邪淤积不一定十分严重，而只是一种状态，一种节奏迟缓，最典型的便是湿证。

机体上下表里，各种组织、脏器，三焦微循环无处不有，有三焦就可能有湿证。消化系统、呼吸系统、泌尿系统，如食管、胃、大小肠、胆、前后二阴、呼吸道、膀胱等，固然以能泻不能满为特点，有一个升清泌浊的运化形式，运化乏力，营卫流行迟滞，节奏缓慢，清浊混杂，容易病生湿证，即便是能满不能泻、以藏为用的五脏也有一个运化不利的问题，也能产生湿证。湿，只是运化效能下降，代谢产物不能及时输运、清理，外症也多是一种沉重、怠惰的感觉，如进一步发展，代谢产物、病理产物淤积成实，那就不是感觉问题了，而是外有肿胀，内有水肿、痰饮、瘀血。

湿、痰、饮、水同源而异病。副交感神经兴奋，鼻腔、泪腺、唾液腺、胃、小肠、胰腺分泌增加，大量清稀液体、胃液、胰液泌出，胃肠蠕动增加、括约肌舒张，胆囊收缩，胆汁排泄，肛门松弛，膀胱逼尿肌收缩、括约肌舒张，支气管平滑肌收缩，黏膜腺分泌增加，呼吸肌群张力不足，呼吸浅慢，痰液增多，心跳缓慢，心房张力不足、收缩无力，软脑膜动脉、外生殖器血管舒张，皮质兴奋-抑制转枢不利，抑郁、敏感、忧虑、悲伤，肌肤清冷潮湿。通常，神经调节需要一个刺激，如咀嚼食物可刺激消化腺分泌、胃肠道蠕动，性兴奋时外生殖器血管舒张，忧虑可导致消化液分泌增加，悲伤则流泪，惊吓则心率减慢，这些都是正常反应，同时也暴露了生化有余、运化不足的问题。在这个基础上，若局部、系统、中枢调节不利，运化能力不足，就会形成湿证。在湿证基础上，若再遭逢刺激而应激，营气亢盛，卫气激越，内三焦血流变性质改变而外渗，外三焦代谢产物、病理产物淤积，组织失养，炎性渗出，则凝聚成痰而病成痰饮。若外三焦淤积严重，水系循环不利、输运不及，水液流渗脏器间隙而留聚成饮，或淤积组织间隙而凝聚成水，遂病成水饮。若病久不愈，阴阳并损，调节衰微，三焦失敏，不能有效纠正病理状态，组织持续失养，病理产物反复刺激，则病入虚损，生化停滞，运化疲惫，诸病蜂起。

如，出汗能调节体温，所以天热衣厚，体温升高，内热郁积，则腠理开，汗液出。此时，如汗出当风，寒气刺激分肉，则卫气凝聚，水津淤积，肌肉、关节疼痛。天寒则体温降低，腠理关闭，卫气不行，水津不能从汗孔泻出，必然下流，凝聚肠道则矢气，化为尿液则小便数。今天看，交感兴奋则汗孔开、汗液泄，副交感兴奋则汗孔闭，尿液、矢气增多，这是正常调节，但同时也意味着，若调节不利，卫气水津循行必然病变，形成水肿。如外感应激，汗出不利，肺系回流障碍，则头面浮肿而喘息；若肾系拘急，排尿功能障碍，则四肢肿，卧即喘咳；若心主流行不利，肾系灌注不良，则肌肤水肿而少尿；若肝系回流障碍，则腹大臌胀，胸腹壁、下肢静脉曲张；若小肠运化不利、结肠失代偿，三焦水湿淤积，则眼睑、头面浮肿，身体沉重。

五脏六腑如一朝君臣。心神是君主，耳为心倾听，目为心侦视，肺为心相傅，肝为心将军，脾滋养肌肉为心君卫士，肾生化卫气、调和阴阳，交通内外，为心之使节。心神以心主为使，心主出心系而连目系，所以五脏精华皆上朝于心，灌注于目。若心君感到悲伤，大臣们自然紧张，诸气并集，宰相更是焦虑万分，高举肺叶，于是水津就会上溢而泪出。但是，心系不能常急不缓，肺气不能常升不降，它们必须有上有下，于是上则泪出，上而不能下则咳嗽。今天看，精神感到悲伤，交感兴奋，脾肾动脉收缩，泻浊不利，心肺拘急逆上，肝系代谢旺盛，升发太过，则咳嗽、泪出，这原本是正常调节，但同时也意味着，假如调节不利，脉宗气只能上、不能下，就会病生痰饮咳嗽。心藏神，这个神原本是阴阳冲和的。现在心君悲伤了，多阴少阳，肺系阴神主事，拘急逆上，这就形成了痰饮的病理基础。心阳不足，心肺常上不下，脾就顾不上温养肌肉了，肾也顾不上泻浊了，脉宗气欲降，但肝系阳神逆上而不许，于是呛咳不断，泪流不已，脾系精华凝聚胃肠而不能滋养肌肉，肾系只管逆上顾不得泻浊，外撤藩篱，内绝交通，痰饮病就形成了。

髓液生化不利，运化不及，分布不均，也会产生特殊的水气病。肝脾热郁则消谷善饥，虚寒则胃肠张力不足，痰浊逆上，输运不及，令人唾涎。脾胃运化不利，津液生成的髓液原本是要渗灌骨空、补益脑髓的，现在有阴无阳，下逆上厥，不能同时滋养腰脊、小腿、脑髓，所以头目眩晕，腰背痛，小腿酸。

卫气循行不利，外三焦代谢产物、病理产物淤积，则病湿、痰、饮、水，而湿浊、痰饮、水肿作为内源实邪，又能刺激组织、脏腑，淤堵经脉，引起一系列病证。

《素问·大奇论》："肺之雍，喘而两胠满；肝雍，两胠满，卧则惊，不得小便；肾雍，脚下至少腹满，胫有大小，髀胻大跛，易偏枯。"

雍，即古时辟雍，周边有水，环丘一周，所以可引申为聚集，性质与肿胀、拘急类同。肺雍，就是肺系雍聚，上腔回流不利，所以喘促、两胁满。肝雍，就是肝系回流不畅，所以两胁痞满，睡则惊悸，下焦湿热，小便癃闭不出。肾雍，就是泄浊不及，所以少腹至足水肿，左右腿粗细不一而跛行，易病偏枯，肢体不用。

《素问·大奇论》："心脉满大，痫瘛筋挛；肝脉小急，痫瘛筋挛；肝脉惊暴，有所惊骇，脉不至若瘖，不治自己。"

心脉盛大则惊痫、抽搐、筋挛，这是心神有出无入，脉宗气逆上，至上之焦回流不利，皮层兴奋太过，颅内压增高，神经传导障碍，筋肉有阳无阴所致。肝脉小紧则惊痫、抽搐、筋挛，这是肝气郁结，回流不利，心脑、筋脉供给不足，组织失养所致。惊痫、抽搐、筋挛，乃至于营气暴盛而失音，皆激烈应激所致，病程之中，或病去之后都会产生大量痰涎。这些痰，输运不利，留聚三焦，凝结于孙络隐匿之处，刺激应激，则多生疑难重证。故曰："痰多怪病。"

《素问·大奇论》："肝肾并沉为石水，并浮为风水，并虚为死，并小弦欲惊。"

肝主津液生化，肾主水津生化，若肝肾脉沉，则津液、水津生化不利，凝聚下焦，则腰以下先肿，病生石水。若肝肾脉浮，津液、水津运化不利，上腔回流障碍，则腰以上先肿，病生风水。若肝肾脉无，津液、水津运化、生化皆病，那就是死证了。若肝肾脉小而弦，则津液、水津虚少，心脑失养，就会病发惊悸、癫痫。

外三焦卫气循行不利则病生水湿、痰饮，内三焦营气循行不利则病生瘀血、臃肿；不管是内三焦营气，还是外三焦卫气，但凡流行不利，皆令内外三焦物质交换障碍。所以，血不利则为水，水不利则为血，瘀血证也可因水气病而起。

瘀血，宽泛而言，凡营气流行不利，不管有无血栓形成或出血，都是瘀血。代谢旺盛，大量代谢产物进入循环，血液黏稠，流行艰难，回血不利，淤积内三焦，血栓形成，血管阻塞，血细胞渗出，则病成阻塞性瘀血；代谢低迷，血液内容物不足，内三焦胶体渗透压降低，流速迟缓，水津、血细胞渗出，则形成渗出性瘀血。所以，营气壅盛难行，或流行迟滞，都可能导致瘀血证，前者叫热迫血出，后者一般叫气虚出血，但其实应该叫火衰瘀血。

黄疸其实是一种瘀血证。黄疸是非结合胆红素血浓度超高引起的，但病机却有两类：交感兴奋，代谢旺盛，肝血供不足、回流不利，组织失养，肝细胞大量坏死，摄取、结合胆红素能力不足，非结合胆红素血浓度增高，则病成溶血性黄疸；交感兴奋，胆道拘急，胆汁排泄不畅而逆流，或胆汁浓缩沉积阻塞胆道，肝内小胆管、微细胆管、毛细胆管破裂，胆红素溢出，返流肺系，则病成梗阻性黄疸。所以，黄疸病理总属营气亢进，三焦瘀热不通。如黄疸且发热恶寒，多见于胆管炎、肝脓肿、败血症、病毒性肝炎、急性溶血性黄疸，这些病证都属典型的应激病态。再如，黄疸外症有巩膜、皮肤黄染瘙痒，面部、皮肤色素沉着，颈胸部毛细血管扩张，腹壁静脉曲张，粪便、小便颜色改变，食欲减退，上腹饱胀，恶心呕吐，消化道出血等，这些病症也都属营气瘀热、三焦淤积不通，而肝、脾、胆肿大，腹水臌胀，这是肝系拘急，门脉收缩，回流不利所致，更属血脉不通，三焦瘀滞。若病久不愈，阳黄演变为阴黄，黄染颜色从柠檬黄、浅黄、金黄、黄绿色逐渐晦暗，甚至变为灰黑，这就是病入虚损，三焦瘀阻不通的典型表现了。

肝主血，所属食管下段、膈肌、胃系、脾系、胆系、肠系、脐周、胸腹壁、肛门都要经肝门脉回流肺系。交感兴奋，肝门脉拘急收缩、回流艰难，脉宗气紧张，输出无源，回流障碍，心脑失养，则口苦、咽干、头晕、头痛、耳聋、目眩，迎风落泪，甚至惊痫、抽搐，角弓反张；若肠系回流不利，则组织拘急、充血、失养，三焦不通，腹胀、腹痛、大小不利；若胆汁不排，三焦不通，则呕逆，往来寒热，胸胁苦满，四末厥冷，心烦失眠，郁怒、抑郁；若下焦回流不利，则下肢、盆腔瘀血，胞宫失养，小便隆闭。若病理状态长期得不到纠正，病久不愈，则任督二脉不治，冲脉、带脉或阴阳不和，或空虚不治，阴跷不能增益阴气、平衡阳气，阳跷不能增益阳气、平衡阴气，阳维不能交通、规范阳系，阴维不能交通、规范阴系，则百病蜂起，痼疾难愈。

张仲景在《金匮要略》里讲过一段很精彩的话，用作妇人杂病纲领，阐明了冲任虚寒的病理。

"妇人之病，因虚、积、冷、结、气，为诸经水断绝，至有历年。血寒积结胞门，寒伤经络，凝坚在上，呕吐涎唾，久成肺痈，形体损分。在中盘结，绕脐寒疝，或两胁疼痛，与脏相连，或结热中，痛在关元，脉数无疮，肌若鱼鳞。时着男子，非止女身。在下来多，经候不匀，令阴掣痛，少腹恶寒；或引腰脊，下根气街，气冲急痛，膝胫疼烦，奄忽眩冒，状如厥癫；或有忧惨，悲伤多嗔。此皆带下，非有鬼神。久则羸瘦，脉虚多寒。"

妇人情绪激越，肝系郁结，三焦不通，久而久之，胃不能受纳腐熟，脾不能分清泌浊，肾不能升清泌浊，营卫不生，心脑供给不足，脉宗气紧张代偿，大气厥逆，上盛下衰，若病久不愈，中枢调节衰微，脉宗气调节失敏，则病成虚、积、冷、结、气。虚，主要是中枢调节衰微，组织、脏器调节失敏，营卫虚少，冲脉不治，十二经、五脏六腑之海枯竭，胞宫失养；积，主要是络脉痰淤积聚，经脉不治，组织失养；冷，主要是三焦不通，湿浊淤积，肌肉失养，四末厥冷，胞宫虚寒；结，主要是脏气郁结，孔窍、膜系不通，督脉、任脉不治；气，主要是大气厥逆，三焦上下表里不和，营卫不交。中枢衰微，肝经瘀血，阳明疲惫，奇经八脉不治，胞宫失养，所以经水断绝；营卫不生，脉宗气紧张代偿，大气厥逆，所以吐涎唾，病发肺痈，甚至息贲；肝系拘急，回流不利，肠系失养，水肿、瘀血，所以病浮梁、癥瘕、肥气；营卫化源不足，心脑、肌肉失养，脉宗气紧张代偿，所以脉数、肌肤甲错、饮食不为肌肉，病发风消。冲脉阴阳不平，大气升降失其恒度，所以冲气逆上，病发奔豚，下肢剧痛，头晕眩冒，甚至精神错乱，抑郁、悲伤、多怒。最后，中枢调节衰微，脏器调节失敏，三焦不通，营卫枯竭，"久则羸瘦，脉虚多寒"，阴阳俱损，难以救治。这一系列的病变，张仲景称为带下病，其核心病理就是肝系拘急，回流不利，盆腔瘀血，现代又叫盆腔瘀血综合征，病症表现十分复杂。

情志激越：烦躁、易激动，或悲伤、邪哭、抑郁；睡眠不实，夜梦多，常头痛伴精神、体力无能感。

疲劳：身体沉重，少气乏力，甚至不能胜任日常工作；常伴心悸、心前区痞闷，或呃逆，腹胀，排气不畅；食欲差，消化不良，全身酸痛不适，手指拘急。

月经不调：月经过多，甚至崩漏，周期紊乱，甚至闭经、倒经。

赤白带下：带下量多，或黄色浓稠，气腥恶臭，或清稀流淌，淋漓不止，甚至带下红黑。

疼痛：痛经，经前数日发病，下腹痛，腰骶或盆腔坠重、胀痛，甚至痉挛，经前一日，或来潮第一日为甚，经后减轻；下腹疼痛多发于月经中期，痛在耻骨联合上区，或两侧下腹部，或牵引下肢，尤以大腿根、髋部为甚；低位腰痛，痛在骶臀水平，常伴下腹疼痛，多发于经前期，或长久站立，或性交之后；性交痛，性交时疼痛，次日则下腹痛、腰痛加重；乳房胀痛，多为瘀血性乳房痛胀，有硬结，按压痛甚，月经前一日，或来潮第一日为剧，经后缓解；尿道痛，尿频数，排尿痛，甚至膀胱三角区静脉充盈、充血、水肿，乃至于尿血；直肠坠痛，或排便时疼痛。

外阴肿胀：外阴、阴道肿胀坠痛，或外阴烧灼、瘙痒，着色深沉，阴唇肿胀肥大，甚至静脉充盈、怒张。

妇女因心理、生理特点多病瘀血，但这只是古时的一般情形，今天则无论男女，身处自然、社会漩涡当中，病患高血压、高血脂、高血糖的十分普遍，心脑血管意外常有发生，这些病证从病理上讲，都属瘀血证。所以，瘀血有轻重。轻者，凡营气流行不利都属瘀血；重者，血液渗出内三焦，瘀留外三焦，甚至血栓梗阻，或形成夹层，组织、脏器血供断绝；最重的瘀血是三焦弥散性出血，营卫流行停滞，血压不升，脏器功能衰竭，生命消亡。

第十一章　虚实

"彼黍离离，彼稷之苗。行迈靡靡，中心摇摇。知我者谓我心忧，不知我者谓我何求。悠悠苍天，此何人哉？"

这首诗名《黍离》，说一位周朝的高官路过离乱之后的旧都镐京，见繁华尽毁，满眼都是庄稼地，黍禾疯长。他感伤于周室颠覆，低回徘徊不能去，只得无奈地质问苍天："知我者谓我心忧，不知我者谓我何求，此何人哉？"

宗周离乱而成废墟，人身离乱也必虚损。那么，什么是虚？

《素问·通评虚实论》："邪气盛则实，精气夺则虚。"

虚，即废墟，正如离乱之后的宗周故地，原来还是宫阙巍峨，繁华无限，只因战火窃掠，如今物非人非，只剩废墟。什么叫夺？手里抓着一只鸟，现在飞走了，这叫夺。什么叫精气？能奉养、调和生命的东西，是为精气。脉宗气、营卫之气都是精气，原来好好地待在那儿，尽职尽责，现在病邪袭扰，它们顾不上奉养、调和生命了，纷纷起来抗击病邪，这种病变叫做实；战至弹尽粮绝，宗庙宫室尽毁，只遗废都，空余形骸，这种病变，就是虚。

虚有阴阳之不同。在自然，物有生长化收藏，在人身，人有生长壮老已。阳生阴长，阳杀阴藏。阳气是管生、收或生、老的，阴气是管长、藏或长、已的，阴阳共同管理生化，壮大身体。无阳气，万物不能萌生、收获，人身不能孕育、活力不足；无阴气，万物不能长大、变化，人身不能成长、生命消亡，唯有阴平阳秘，万物才能苗壮，身体才能壮实。阴阳不平，生化、运化逆乱；阴阳并损，生化、运化衰竭；阴阳离绝，生化、运化停滞，生命消亡。所以，阳气管运化，阴气管生化；阴为阳之守，阳为阴之使，阴阳各尽所能，密切配合，才能使生化、运化相辅相成，壮大生命。脏腑功能，无非生化、运化，偏于生化者，名阴系，偏于运化者，名阳系。肝系、脾系主生化，属阴系，肺系、心系主运化，属阳系，肾气杂合阴阳，能阴能阳，位居在下偏属决；胃气总和运化、生化，位居在上，偏属阳。阴气虚，机体生化能力不足，不能滋长组织、延续生命；阳气虚，机体运化能力不足，不能孕育生命、日渐衰老；阴阳并损，生化、运化衰竭，生命消亡。所以，阴阳盛衰，根本在肾气阴阳、胃气阴阳，而肾气之使在肝系、脾系，胃气之使在肺系、心系，靶组织在于三焦营卫，靶效应见于上下表里。

宗周不是一天败亡的，人也不会凭空而虚。从虚实观点看，疾病发展都有一个时相规律。未病之时，精气充实皮肤、肌肉、三焦、脏腑、筋骨、精髓，组织、脏器都住着精气，本来是不虚的，后来病邪侵入，祸乱正气，精气离开了故乡，失去了正常作用，正去邪存，这就虚了。这个病变，其实就是病邪刺激令局部紧张应激，原来的精气失去了滋养组织、调和生命的作用，组织、脏器就变成废墟了，或者说，因为正气离去，组织、脏器人去屋空，病邪就很容易侵入了。但是，这还不是真正的虚。如果中枢调节还有潜力抵御病邪，扭转不利局面，外周组织、脏器也有能力配合，精气还没有耗尽，正邪还能激烈抗争，这种病理改变反而叫做实。在实这个阶段，精气、邪气都打起来阵地战、消耗战，双方损失巨大。所以，接下来，精气日益消耗，邪气逐渐减少，中枢、外周调节乏力，机体纠错能力削弱，或精气多、邪气少，或精气少、邪气多，邪正相持，你来我往，形成了虚实杂凑的局面。最后，中枢再也没有力量纠正病理改变了，外周组织、脏器受体减少，调节失敏，精气耗尽，邪气残存，遂病入虚损，欲补则助长邪气，欲攻则损伤正气，组织、脏器就真得变成废墟了，这时的虚才是真正的虚。所以，如果是真虚，那病理改变必然包括三焦不通，代谢产物、病理产物、内毒素淤积，内环境恶化，组织严重失养，细胞变性、变形，脏腑功能损伤，生化、运化不利，中枢调节衰微，阴阳俱损，外周调节失敏，病理改变难以纠正，精气虚少，生命枯竭，这种病理改变，古人又称为虚损，或虚劳。

虚损其实是激烈，或长期、持续应激后的病理改变，所以又可以叫应激后综合征。病邪刺激，应激初起，肾上腺髓质激素释放，精华供给不利，营卫运化紊乱，正去邪存，这只是虚弱；进一步发展，交感激越，中枢兴奋，代谢亢进，血液重分配，肝系、肾系、脾系，乃至于肌肉、筋骨失养，内环境恶化，组织、脏器损伤，则正邪并盛；若病深难解，肾上腺皮质激素发挥主导作用，中枢激越，代谢旺盛且方式改变，代谢产物、病理产物、内毒素淤积，血流变性质改变，营卫流行艰难，三焦瘀阻不通，内环境进一步恶化，组织失养，皮质激素结合靶细胞内的特异受体，改变染色质转录，诱导异样蛋白质合成，细胞功能改变，组织变性损伤，心肺负担日益加重，脉宗气潜力耗尽，中枢调节衰弱，系统调节、局部自调节失效，脏腑生化、运化障碍，邪正往来，这就形成了虚实错杂之势；若病久不愈，细胞变性，组织损伤变形，代谢产物、病理产物、内毒素淤积严重，中枢调节衰微，外周调节失敏，病理改变难以纠正，生化、运化迟滞，脏器功能衰竭，物质、功能、调节全面衰退，阴阳并损，三焦上下表里不协，营卫不交，在此情形下，不要说抵御内外刺激了，就是支持基本生命体征也十分困难，这就真的虚损了。

虚损有先天、后天之分。先天虚损是遗传基因异常导致的中枢调节障碍，如小儿五迟五软，类似今天脑发育不全、智力低下、脑性瘫痪、佝偻病等。后天虚损是因病致虚，过用致虚，因虚致损，因损难复，《诸病源候论》分为劳、极、伤三类。

"夫虚劳者，五劳、六极、七伤是也。五劳者：一曰志劳，二曰思劳，三曰心劳，四曰忧劳，五曰瘦劳……六极者，一曰气极，令人内虚，五脏不足，邪气多，正气少，不欲言。二曰血极，令人无颜色，眉发堕落，忽忽喜忘。三曰筋极，令人数转筋，十指爪甲皆痛，苦倦不能久立。四曰胃极，令人酸削，齿苦痛，手足烦疼，不可以立，不欲行动。五曰肌极，令人羸瘦，无润泽，饮食不为肌肤。六曰精极，令人少气吸吸然，内虚，五脏气不足，发毛落，悲伤喜忘。七伤者，一曰阴寒，二曰阴萎，三曰里急，四曰精连连，五曰精少、阴下湿，六曰精清，七曰小便苦数，临事不卒。又，一曰大饱伤脾，脾伤，善噫，欲卧，面黄。二曰大怒气逆伤肝，肝伤，少血目暗。三曰强力举重，久坐湿地伤肾，肾伤，少精，腰背痛，厥逆下冷。四曰形寒寒饮伤肺，肺伤，少气，咳嗽鼻鸣。五曰忧愁思虑伤心，心伤，苦惊，喜忘善怒。六曰风雨寒暑伤形，形伤，发肤枯夭。七曰大恐惧，不节伤志，志伤，恍惚不乐。"

　　劳，剧也，用力太过为劳；极，尽也，太过竭尽为极；伤，创也，损而不全为伤。所以，虚损，或虚劳，无非是过用而能力不足，因能力不足而精气虚少，因精气虚少而损伤难复。五劳是情志激越所致的虚损；六极是精气竭尽所致的虚损；七伤则分广义、狭义，狭义之伤是肾精不足，广义之伤无异于过用衰弱。所以，虚损，或虚劳，无非因病、过用致虚，精气虚极致损，前后相继，密切相关。

　　虚损，从类型看，又有虚极、虚恶、闭脱之别。虚极，就是精气极度缺失，如气极、血极、筋极、胃极、肌极、精极之类。虚恶，就是不仅精气极虚，而且这种病态作为内源刺激还能进一步损伤组织，衰败调节。如恶病质，皮包骨头，严重贫血，内毒素淤积，脏器衰竭，这是精气虚极、调节衰微造成的。闭脱，卒然口噤目张，两手紧握，痰壅气塞，是为闭，汗出如珠，四肢厥冷，口开手撒，二便不禁，脉微欲绝，是为脱，都属精气急性衰竭。所以，虚损也有急缓之分。猝然应激，精气亡失太过，这是急性虚损。如发汗太过，或泄利不止，循环血量不足，突然出现手足厥冷、唇爪发绀、脉微欲绝、冷汗如珠，这就是急性虚损。病深日久，组织、脏器损伤，中枢调节衰微，外周调节失敏，这就是慢性虚损。如高血压，血管持续紧张拘急，中枢调节衰微，心脑血管病变而调节失敏，病程漫长，这就是慢性虚损。

虚损轻重程度有差。如口渴，通常只是摄入不足，局部调节不能代偿，喝点水也就缓解了；若交感兴奋，分泌减少，这就涉及系统调节了，光喝水当然不行；若无热口渴，饮水不解，越喝越渴，这就不仅是系统调节问题了，而是生化、运化障碍，水津不得上朝；若病成消渴，饮一斗、溲一斗，这就是命门火衰，中枢调节能力不足了；最后，血容不足，调节、功能、物质全面衰竭，水津淤积三焦，循环衰竭，难以恢复，这就是虚损至极了。因是之故，最初的虚损，只是物质、功能因内外病邪刺激而逆乱不足，部分组织、脏器损伤，不能全面、有效地抵御不良刺激，病理改变主要是功能逆乱；若病深不解，精气损伤、调节能力不足日益严重，病理状态持续发展，难以纠正，病理改变就是调节能力不足了；最后，中枢、系统、局部调节衰微成为主要矛盾，病入虚损，病理改变就是调节能力竭尽，正气衰竭了。所以，从根本上讲，虚损是由中枢、系统、局部的调节能力决定的，严重程度也可以用纠正病理改变能力的强弱来衡量：纠错能力强，就能全面、迅速、有效地纠正病态，祛除病邪，恢复健康；纠错能力弱，则纠错无效，或不能全面纠正病态，或效用迟缓；纠错能力衰竭，则中枢、系统、局部调节能力全面衰退，不仅严重缺乏纠错能力，而且无法抵御病邪袭扰，稍触即溃。所以，虚损病成，必因邪而乱，因乱而虚，因虚极而损，因损而难以恢复，阴阳离绝，生命消亡。

在各种虚损中，以营卫虚损最为常见、最为基础。营卫虚，首先是物质精华不足，水津、津液生化、运化逆乱，其次是营卫调节功能衰弱，不能有效纠正错谬，这种病态如进一步发展，以至于精气虚极，就会导致精神损伤，难以恢复。

《灵枢·五禁》："形肉已夺，是一夺也；大夺血之后，是二夺也；大汗出之后，是三夺也；大泄之后，是四夺也；新产及大血之后，是五夺也。"

大泄利，水谷精华尽失，则营卫无源；大失血，循环血液不足，内三焦空虚，则营气虚；大汗出，血容不足，外三焦空虚，则卫气虚；新产大失血、形肉夺，则营卫气血并虚，前者为急性虚损，后者为慢性虚损。所以，虽然病名五夺，但根本却在营卫不足、三焦空虚。

《难经·十四难》："一损损于皮毛，皮聚而毛落；二损损于血脉，血脉虚少，不能荣于五脏六腑；三损损于肌肉，肌肉消瘦，饮食不能为肌肤；四损损于筋，筋缓不能自收持；五损损于骨，骨痿不能起于床。"

《灵枢·决气》："精脱者，耳聋；气脱者，目不明；津脱者，腠理开，汗大泄；液脱者，骨属屈伸不利，色夭，脑髓消，胫酸，耳数鸣；血脱者，色白，夭然不泽，其脉空虚，此其候也。"

营卫虚损必有外症。皮聚毛落，这是水津卫气虚；血脉虚少，这是津液营气虚；肌肉消瘦，这是营卫生化、运化虚；筋缓不能自收持，这是液虚；骨痿不能起于床，这是髓虚。五精并虚，精气无源，脑髓失养、坏死、萎缩，中枢调节衰微，外周调节失敏，损极难复。五精不足的基础是水津、津液不足，是津脱、血脱。水津、津液不足，所以气、脉不足；气、脉不足，才会有液、髓、精之不足。所以，营卫虚损也有一个轻重次第：先损水津卫气，后损津液营气，再损脉宗气，最后液、髓、精损伤难复。

急性的五夺，慢性的五损、五脱，损伤的都是物质，而在物质亡失的同时，也将发生功能障碍。脉宗气与脾系、肝系、水系之间都有同盟关系。小肠消化、吸收不利则物质精华不生，肝系代谢无源则津液生化不足，肾系升清泌浊不平、结肠失代偿则水津不足，这些病变皆使心脑失养，脉宗气紧张代偿，交感亢进，营卫弛张。若病变不能纠正，久而久之，回流不利、灌注不良，则组织过用损伤；同时，脉宗气盛衰固然受制于心神调节，但启动信号却来自脾系、肝系、水系，津液、水津不足，精神持续兴奋、脉宗气日益衰弱，难免造成供给不足，病成气虚。气虚则营卫运化逆乱、乏力，组织损伤进一步扩大，调节能力进一步衰弱则病成阴虚、阳虚，最后阴阳皆虚，病成虚损。

所以，水津、津液生化不利是起因，营卫运化逆乱是过程，中枢外周调节能力衰竭是结果，这是一般的营卫虚损过程。具体地说，卫气能调节体温，开阖大气，滋养分肉、皮肤、腠理，修复组织，抵御病邪，身处抗邪第一线。内外病邪刺激，卫气或运化障碍，或弛张离散，体温必然异常，大气必然逆乱，这就步入了虚损之途。"阳气者，烦劳则张。"烦劳不绝，神气不归，卫气弛张，必然导致中枢调节日渐衰微、组织调节逐步失敏，卫外不固，藩篱尽撤，百病丛生。内外三焦交换物质，生化、运化阴阳相贯，卫气病，营气必不能独善其身。

《素问·调经论》："气血以并，阴阳相倾，气乱于卫，血逆于经，血气离居，一实一虚。血并于阴，气并于阳，故为惊狂。血并于阳，气并于阴，乃为炅中。血并于上，气并于下，心烦惋善怒。血并于下，气并于上，乱而喜忘。"

"有者为实，无者为虚，故气并则无血，血并则无气。今血与气相失，故为虚焉。络之与孙络俱输于经，血与气并则为实焉。血之与气并走于上，则为大厥，厥则暴死，气复反则生，不反则死。"

营卫失衡，卫气狂乱，营气厥逆，营卫离开它们的居处，就会产生虚实病变。若营气集中在阴系、卫气集中在阳系，则病发惊狂；若营气逆入阳系、卫气逆入阴系，则病发热中；若营气集中在上、卫气集中在下，则病心烦热、善怒；若营气集中在下、卫气集中在上，则病逆乱、善忘。这是因为，卫气集中的地方营气必虚，营气集中的地方卫气必虚，而人身无非营卫，集中则实，离开则虚。所以，内外三焦阴阳不平，营卫不交，则必病虚损。络脉、孙脉连属经脉而灌注其中，若营卫都集中在脑，这就是大实，名大厥。大厥之病，或有暴死，营卫能返回原来的居处则生，不能返回就会死亡。所以，营气太过则六腑不洁，痰淤积聚，神气久出不归，失眠不寐，谵语癫狂，肌肉抽搐；不足则五藏气争、六腑失序，神气出入无常，大气或厥或逆，营卫盛衰无序。营卫病久不愈，中枢调节潜力用尽，脏腑调节失敏，虚损不复，最后难免五精并损，阴阳离决。

经脉连属脏腑，营卫不足，经脉空虚，不能滋养组织，久而脏腑必虚；脏腑虚，气争逆乱，又要祸及经脉，病症见于三焦。

《素问·脏气法时论》："肝病者，两胁下痛引少腹，令人善怒。虚则目䀮䀮无所见，耳无所闻，善恐，如人将捕之。心病者，胸中痛，胁支满，胁下痛，膺背肩胛间痛，两臂内痛。虚则胸腹大，胁下与腰相引而痛。脾病者，身重，善饥肉痿，足不收行，善瘈，脚下痛。虚则腹满，肠鸣飧泄，食不化。肺病者，喘咳逆气，肩背痛，汗出，尻阴股膝髀腨胻足皆痛。虚则少气，不能报息，耳聋嗌干。肾病者，腹大、胫肿、喘咳身重，寝汗出、憎风。虚则胸中痛，大腹、小腹痛，清厥意不乐。"

肝病实证，两胁痛，牵引少腹痛，多怒，这是交感激越，肝系拘急，肺系壅塞，回流不利，中枢失养敏感，情绪易激惹；肝系虚证，目盲无所见，耳聋无所闻，常恐惧，这是津液虚少，心脑失养，心系紧张敏感。心病实证，胸痛支满，胸膺、肩胛、两臂内侧痛，这是交感亢进，心系瘀阻，肺系壅塞，脉宗气流行艰涩；心病虚证，胸腹大，胁下与腰牵引疼痛，这是心主输出不利，脾系、肺气虚寒，回流艰难。脾病实证，身重，善饥，肉痿，足不收行，善瘈，脚下痛，这是脾系湿热，肌肉、筋骨失养；脾病虚证，腹满，肠鸣，泄泻，饮食不消，这是副交感兴奋，脾系虚寒，湿浊淤积。肺病实证，喘咳逆气，肩背痛，汗出，尻、阴股、膝、髀、腨、胻、足皆痛，这是交感兴奋，肺气壅塞，肺系、肾系所属回流不畅；肺病虚证，少气不足以息，耳聋、咽干，这是副交感兴奋，呼吸肌群萎靡，通气量不足，上下腔回流不利。肾病实证、腹大、腿肿、喘咳、身重、恶风、盗汗，这是肾气壅实，泄浊不利，肺系紧张代偿；肾病虚证，冲气逆上、胸中痛、大腹、小腹痛，手足厥冷，抑郁，这是肾气虚寒，命门火衰，冲脉无阳，三焦不通，卫气流行不利，不能荣养脑髓，皮层兴奋不足、抑制太过。

《素问·调经论》：阳虚则外寒，阴虚则内热，阳盛则外热，阴盛则内寒。阳受气于上焦，以温皮肤分肉之间，今寒气在外，则上焦不通，上焦不通，则寒气独留于外，故寒栗。有所劳倦，形气衰少，谷气不盛，上焦不行，下脘不通，胃气热，热气熏胸中，故内热。上焦不通利，则皮肤致密，腠理闭塞，玄府不通，卫气不得泄越，故外热。厥气上逆，寒气积于胸中而不泻，不泻则温气去寒独留，则血凝泣，凝则脉不通，其脉盛大以涩，故中寒。

阳系为心肺所主，根本在胃气调节，能温分肉、充皮肤，现在遭受寒邪刺激，交感激越，脉宗气流行不利，水系拘急，所以寒战而发热，是为阳系虚则外寒。阴系由肝脾所主，根本在肾气调节，劳倦刺激，交感兴奋，代谢旺盛，肝脾两系回流不利，皮肤、肌肉失养，所以形气衰少，三焦湿浊淤阻，水谷精华不生，心脑失养，脉宗气紧张代偿，所以胸膺内热郁积，难以散解，是为阴系虚则内热。肾气不调，脉宗气亢进，阳气弛张，不能清肃，若病久不愈，阳气耗尽，皮肤因此拘急，腠理因此闭塞，汗孔不开，卫气反郁积于肌肉、皮肤之中不能泻越，所以感觉发热，是为阳气盛则外热。肾气不调，肝脾代谢旺盛，逆气上冲，回流不利，心脑失养，脉宗气紧张代偿，若病久不愈，中枢调节衰微、脉宗气调节失敏，病入虚损，寒气郁积胸中，营卫不主流行，血脉瘀阻，三焦不通，脉虽盛大而反涩，是为阴气盛则内寒。

经脉在表，脏腑在里，表里虚实本当一致。营卫不足，调节衰微，脏腑、三焦必然虚损，但程度却未必一致。于是，内之脏腑，外之三焦，在虚损不调的情形下，常表现出表里不一、脉症矛盾，若不能解，常病入虚极，危及生命。

《灵枢·玉版》："腹胀，身热，脉大，是一逆也；腹鸣而满，四肢清，泄，其脉大，是二逆也；衄而不止，脉大，是三逆也；咳且溲血，脱形，其脉小劲，是四逆也；咳，脱形，身热，脉小以疾，是谓五逆也。"

腹胀，反身热、脉大；肠鸣，腹满，四肢冷，泄利，反脉大；衄血不止，反脉大；咳嗽，尿血，形肉脱，脉小反劲；咳嗽，形肉脱，身热，脉小反疾。这些病证，脉症矛盾，病情持续加重，不可遏止，都属难治。

《灵枢·玉版》："腹大胀，四末清，脱形，泄甚，是一逆也；腹胀便血，其脉大，时绝，是二逆也；咳，溲血，形肉脱，脉搏，是三逆也；呕血，胸满引背，脉小而疾，是四逆也；咳呕，腹胀且飧泄，其脉绝，是五逆也。"

腹大胀，四肢冷，形肉脱，泄利甚；腹胀便血，脉大时绝；咳嗽，尿血，形肉脱，脉反搏动有力；呕血，胸背痞满，脉小反疾；咳嗽，呕吐，脉搏动有力，时时绝。这些病证，有的是脉症矛盾，有的已失代偿，病入危急。

营卫虚只是个基础，如病久不愈，祸及命门元气，奇经不治，三焦败坏，那就真成虚损了。

任者，保养也，从人壬声。壬居北方，冬去春来，阴极阳生，所以任脉保养的主要是少阴、厥阴，虽杂合阴阳，但阴多阳少。所以，任脉者，阴盛已极，微阳初萌，有保养阴系，滋养胞宫、目系、脑髓之能。任脉病，或不能缓冲厥阴逆气，或不能补益营气。不能缓冲厥阴，必然逆气、瘀血，不能补益营气，必然血枯液少，五藏气争，六腑痰淤积聚，更虚更实次第紊乱。

《素问·骨空论》："任脉为病，男子内结七疝，女子带下瘕聚。"

带下是胞宫瘀血失养，瘕聚是肠系、盆腔三焦拘急，病理改变不离任脉治理不利，不能缓冲、补益厥阴。任脉病，督脉失其守，冲脉不平，十二经阴系不得保养：若不能保养心系，则病浮梁，少腹、绕脐痛；若不能平衡督脉、保养冲脉，则冲气逆上；若不能调和少阳，则两胁、腰脊痛，不得俯仰；若不能保养厥阴，则痛引横骨、外阴。

督者，察也，从目叔声。目为相视，叔为次第。所以，督脉能根据三焦水火监测结果，开阖阴阳，主要是治理少阴、太阳，虽杂合阴阳，但阳多阴少，有相看阳气虚实，规范卫气运化，令大气循度周流之能。督脉病，或不能缓冲少阴、太阳，或不能补益少阴、太阳；不能缓冲，则阳气弛张，不能补益，则任脉无使，冲脉无阳。

《难经·二十九难》："督之为病，脊强而厥。"

《灵枢·经脉》："实则脊强反折，虚则头重，高摇之。"

《素问·骨空论》："从少腹上冲心而痛，不得前后，为冲疝，其女子不孕，癃，痔，遗溺，嗌干。"

脊强反折、头痛震颤，这是督脉不能缓冲少阴、太阳，卫气弛张，颅内压增高，肌张力亢进；头重高摇，这是精神失养，阳维不治，不能交通、规范卫气。督脉虚，失察于冲脉，则逆气冲心而痛，不能前后俯仰，病名冲疝；不能令男子变化精液，女子规范胞宫节律，则男子精少，女子闭经；失察于前后二阴，则小大不利，病生痔疮，或癃闭，或遗溺、咽干。

任督二脉乃人身子午。子时一阳生，午时一阴生，任脉兴于子时，督脉察于正午，任督二脉不治，四时次第紊乱，当至不至，又当至而至，百病丛生。

冲者，动也，和也，通也，意思是活跃的、冲和的、通达的。冲脉主要治理阳明、太阴，阴阳平均，有缓冲、补益三焦水火，治理十二经，滋养五脏六腑之能；阳明、太阴冲和，更虚更实，则三焦通畅，中正和平。所以，药食欲调和营卫、驱逐病邪，必假道三焦、脾胃通衢，必仰赖冲脉缓和、补益之能。诸经脉、脏腑、奇经病，无不传于冲脉、祸及精神；精神调和三焦，也必以任督二脉为使，通过冲脉，传达四方。所以，冲脉病，诸经脉、脏腑、奇经无不受病。

《难经·二十九难》："冲之为病，逆气而里急。"

任脉多阴少阳，督脉多阳少阴，任督二脉交合，恰好成就冲脉之阴阳中和。所以，冲脉为任督二脉之络。冲脉不治，不能缓冲阴气、补益阳气，则督脉逆上，不能缓冲阳气、补益阴气，则任脉逆上，总使大气不得循度升降，三焦上下不通，表里不和，逆气冲心，少腹拘急。冲脉不治引起的脾胃病，绝非一般的消化、吸收障碍，正如王叔和所说，阴阳皆盛，令人精神失养，或恍惚，或狂躁，或痴癫。冲脉缓冲不利，督脉不治，则少腹痛上抢心，遗溺，任脉不治，则病成瘕疝，女子绝孕，胁支满烦，胸有寒疝。

冲脉在组织上即左右髂总动静交叉、左右颈总动静交叉形成的构造，以这两个交叉为中心，存在广泛的附属支脉，遍布上下表里。所以，冲脉是最大的络脉系统，阴阳跷维归属于冲脉。维，本来是古时绑缚车盖的绳索，所以有交通、维系、规范之义。阳维通督脉，规范诸阳，阴维通任脉，规范诸阴，其实都属冲脉，乃任督二脉的使者，冲脉的后援。

《难经·二十九难》："阳维为病苦寒热；阴维为病苦心痛。"

阳维不治，不能交通、规范诸阳，则病生厥逆寒热；不能缓冲、补益阳气，则肌肉痹痒，皮肤痛，下肢不仁，汗出而寒，甚至病生癫痫，手足相引，失音不能言。阴维不治，不能交通、规范诸阴，则病生心痛；不能缓冲、补益阴气，则病癫痫、强直、失音，肌肉痹痒，自汗出，恶风。

跷者，举足而高也，增益之义。阳跷增益阳脉之阳，阴跷增益阴脉之阴，都是冲脉之使，代表任督二脉治理运动、行为之能。

《难经·二十九难》："阴跷为病，阳缓而阴急；阳跷为病，阴缓而阳急。"

缓则宽大，急则拘急。冲脉阴阳不平，增益阴气，则阳气急，增益阳气，则阴气急，运动、行为不遂。阳跷病，不能缓冲阴气、增益阳气，则病腰背痛、身体强痛、痹痛，癫痫僵扑，偏枯恶风；阴跷病，不能缓冲阳气、增益阴气，则病癫痫，寒热，皮肤淫痹，少腹痛里急，腰、髋、阴中痛，男子阴疝，女子漏下不止。

带脉起少阳，交通厥阴、少阴，前合任脉，后合督脉，交阳明于气冲，滋润宗筋。带脉之能，古称收引。收，就是捕捉；引，就是张弓。捕捉则阖，张弓则开。所以，带脉能开阖任督二脉，交合阳明，缓冲、补益少阳、厥阴、太阳、少阴。

《难经·二十九难》"带之为病，腹满，腰溶溶如坐水中。"

《明堂经补》："带脉为病，少腹痛，里急后重，月事不调，赤白带下。"

《脉经》："带脉为病，左右绕脐，腰脊痛，冲阴股也。"

腹满，腰溶溶如坐水中，这是督脉不治，太阳不开。少腹痛，里急后重，月事不调，赤白带下，这是任脉不治，胞宫失养，厥阴瘀血。左右绕脐、腰脊痛，冲阴股，这是带脉不能治理少阳、少阴，厥阴瘀血。

要之，任脉总领诸阴，督脉总领诸阳，任督二脉交合为冲脉，以带脉为使，转枢阴阳，冲脉以阴阳跷维为使，交通、规范、增益诸阴诸阳。营卫枯竭，奇经丧失治理能力，不能统领十二经，滋养五脏六腑，组织、脏器失养损伤，药石难耐，稍触即溃。所以，治奇经病，不能因循脏腑、经脉治法，滥伐无辜，只能填实奇经，以养代治，重药缓投，徐徐图之。

虚损是一种具有普遍意义的、基础性的病理改变，与功能失常、物质能量代谢障碍互为因果，相互推动，病入虚损都是难治重症，其中尤以痹、痿、癥、瘕最为典型。

《素问·痹论》："风寒湿三气杂至，合而为痹也。"

寒湿刺激导致交感亢进，外三焦水津卫气淤积，内三焦津液营气充盛，代谢产物堆积，内环境紊乱，组织失养，炎性反应，病理产物充斥三焦，这种病态，作为内源刺激又进一步损伤组织，最后就形成了痹证。"痹者，湿病也。"痹症之发生，外源刺激中不一定有湿邪，但内源刺激一定是有形湿邪：它既是一种病理状态，又是一种病理产物；既是普遍存在、影响广泛的病理改变，也与特定疾病密切相关。这个湿，是病理产物淤积之湿，营卫循行不利之湿，组织炎性反应之湿。但是，只是外寒内湿还不足以引起痹症，外感风寒、内著湿邪不过是痹症发生的条件，虚损才是内在的病理根据。

《素问·痹论》："阴气者，静则神藏，躁则消亡。饮食自倍，肠胃乃伤。淫气喘息，痹聚在肺；淫气忧思，痹聚在心；淫气遗溺，痹聚在肾；淫气乏竭，痹聚在肝；淫气肌绝，痹聚在脾。"

人身五精，充足能守则神气变化冲和，不能守则神气狂躁、精气消亡。饮食太过，脾胃损伤，湿浊积聚而精华不生。若水津不足，喘息无度，则痹集合于肺；若忧思太过，津液不足，则痹集合于心；若遗尿无制，则痹集合于肾；若房事不节，竭尽精液，则痹集合于肝；若过度劳作，肌肉损伤，则痹集合于脾。五精不足则阴虚不能守，神气变化失其恒度，病久不愈，阴损及阳，痹证的病理基础就形成了。在这个基础上，水津不足则肺痹，津液不足、心气衰微则心痹，遗尿无阳则肾痹，精液亡失则肝痹，肌肉不荣则脾痹。

痹证其实很普遍：痹在皮肤则寒，痹在肌肉则不仁，痹在筋膜则屈伸不利，痹在血脉则凝涩不流，痹在关节则肿痛。五脏有合，六腑有俞，外邪侵犯，循俞、合而入则病发脏腑痹。所以，骨痹不已则伤肾，筋痹不已则伤肝，脉痹不已则伤心，肌痹不已则伤脾，皮痹不已则伤肺。所以，风雨、寒湿伤人而成痹证，必先始于皮肤；皮肤受刺激则腠理开，邪从毛发侵入；病邪深入刺激，毛发竖立，则淅淅恶寒，皮肤痛。若留滞不去，则内传络脉，肌肉痛。病入经脉，留而不去，则客舍于经脉，淅淅恶寒，多惊悸。病邪循经传至俞穴，阻断经脉之间的联系，六经不能通达四肢，则四肢骨节痛，腰脊强。若病邪传于腰脊下的冲脉别络，则身体重痛。若传至冲脉前络就会进入肠胃，多寒则肠鸣飧泄，饮食不化，多热则便溏黏腻。若病邪留滞不去，传于胃肠之外、膜系之间，瘀留络脉，就会病发积聚；积聚或着于孙脉，或着于络脉，或着于经脉，或瘀阻足太阳俞脉，导致诸脉不通，或着于冲脉，或着于后背筋脉，或着于肠系脂膜，连属宗筋。

疼痛是痹症必有的一种病症。

《灵枢·周痹》："风寒湿气，客于外分肉之间，迫切而为沫，沫得寒则聚，聚则排分肉而分裂也，分裂则痛，痛则神归之，神归之则热，热则痛解，痛解则厥，厥则他痹发，发则如是。"

痹痛有两种，一种是众痹，痛随病所而发，没什么规律；一种是周痹，痛随营卫流行路径而发。痹痛病理，经典说是风寒湿邪刺激，迫使水津化为涎沫，遇寒凝结，挤压组织而痛；作为内源刺激，疼痛激起心神调节，加强患处营卫运化，于是发热而疼痛缓解。营卫周流无已，此处缓解，别处又痛，此起彼伏，游走不定。今天看，风寒湿似乎是三种刺激，但其实都属风，只不过这种风的性质是寒湿而已；同时，不但寒湿可引起卫气水津淤积，就是湿热、干燥、火热，乃至于细菌、病毒、寄生虫、真菌，或化学、物理等刺激也都能引起局部应激，使外三焦卫气流行不利，代谢产物、病理性淤积，内三焦营气流行障碍，瘀血、水肿挤压组织，刺激神经，引起瘙痒、酸胀、麻木、沉重、僵硬、疼痛等病症，而这种病理状态作为内源刺激，又可以进一步败坏内环境，使组织失养，变性变形，病理产物沉积，活性物质剧增，实邪刺激，痛不可忍。

痹证的内在病理是卫气虚寒而淤积，营气亢盛而瘀阻，阴阳不足，病入虚损，三焦失养，营卫流行不利，其外症或痛，或不痛，或不仁，或麻木不仁，关节变形，肢体不用。痛，传统认为是寒气多，实际是炎性反应，组织损伤，活性物质刺激神经。不痛是因为存在痹在骨则重，在脉则血凝而不流，在筋则有屈不伸，在肉则不仁，在皮则寒这五种情况，其实是病深日久，营卫稍通，炎性反应逐步缓解而不痛。不仁，或麻木不仁是因为病深日久，营卫流行艰难，时通时不通，不通则不仁，卫气稍通则麻，营气不通则木，营卫不通则麻木不仁。痹证初起，组织失养，细胞变性，继之引起炎性反应，病理产物沉积，细胞变性坏死，组织损伤，于是损伤，修复，再损伤，再修复……时好时坏，病久不愈，组织变性、变形，关节粗大僵硬，肢体不用，"尻以代踵，脊以代头"，甚至完全瘫痪。总之，炎性反应只是痹证病变的一个方面，实际的病理改变要复杂得多，而作为基础病变，它的影响也要广泛得多。

痿证、痹证常并称，但皆以痹为病理基础。痹起于卫气病变，痿起于营气病变，营卫病变则病理产物淤积，三焦不通，组织变性。在这个基础上，若偏于卫气不通，那就是痹证，若偏于营气不通，那就是痿证。所以，古人至少在词语上不细分痿痹：痿就是痹，痹就是湿。

痿证表现为肢体痿弱无力，不能随意运动，握力丧失，肌肉萎缩，眼睑下垂，呼吸、咀嚼、吞咽困难，古人以为，这是五脏热郁所致。

《素问·痿论》："肺热叶焦，则皮毛虚弱，急薄，着则生痿躄也。心气热，则下脉厥而上，上则下脉虚，虚则生脉痿，枢析挈，胫纵而不任地也。肝气热，则胆泄口苦，筋膜干，筋膜干则筋急而挛，发为筋痿。脾气热，则胃干而渴，肌肉不仁，发为肉痿。肾气热，则腰脊不举，骨枯而髓减，发为骨痿。"

情志、饮食、起居、劳倦诸内源刺激，令五脏应激，交感持续兴奋，若阴系不足，调节乏力，三焦淤积，组织失养，则病生痿证。肺系，既是营卫回流的终点，又是辅佐心君之相傅，对外周回流、营卫运化有监督、治节之责。若外周回流不足，心脑失养，脉宗气紧张代偿，手少阴转枢不利，心火炙热，肺叶焦枯，组织损伤，调节失敏，交感兴奋，血液重分配，外周组织灌注不良，痰瘀结滞，则下肢远端失养，必生痿躄。任、督、冲脉一源三岐，皆起于肾间。若心火酷烈，三焦水津、津液枯竭，奇经不能缓冲、补益，胞宫、膀胱瘀热，则病生崩漏、尿血，营气不足，肌肉失养，则发为肌痹，传为脉痿。若脾系回流不利，水谷化源枯竭，肝代谢底物不足，筋脉失养，宗筋驰纵，不能束缚筋骨、滋养机关，则病生筋痿。思想无穷，心火亢盛，欲望不遂，肝系郁热，意淫于外，脾系损伤，房事太过，精气衰微，居处寒湿，饮酒无度，水谷尽化为糟粕，肌肉失养，则病成肉痿。远行劳倦，大热而渴，肾系不主升清，卫气不能流行，血容不足，髓海无源，骨属失养，足不任地，则病成骨痿。所以，五脏应激，逆气上冲，组织失养，则生痿证：肺热，卫气逆上，不能肃降，下肢失养而痿躄；心热，营气逆上，下肢脉气空虚，胫纵不任地；肝热，髓液有升无降，筋膜枯干，拘急痉挛，肢痿不可用；脾热，化源枯竭，脉宗气紧张代偿，肌肉失养而不仁；肾热，精液逆上，水津枯竭，腰脊不举，骨枯髓减，痿弱不能持。

五脏郁热，三焦失养，其实就是一种代谢旺盛，回流不利，营卫无源的湿热病态。

《素问·生气通天论》："湿热不攘，大筋软短，小筋弛长，软短为拘，弛长为痿。"

痿证病变，初起皆湿热为患。然而，若只是五脏热郁、三焦湿热还不足以产生痿证。与痹证相仿佛，痿证的病理基础也是虚损，特别是筋骨痿证，必以中枢调节衰微、组织调节失敏为基础。

《素问·痿论》："阳明者，五脏六腑之海也，主润宗筋；宗筋主束骨而利机关。冲脉者，经脉之海，主渗灌溪谷，与阳明合于宗筋，会于气街，而阳明为之长，皆属于带脉，而络于督脉。故阳明虚则宗筋纵、带脉不引，故足痿不用。"

脾为胃行其津液，这是什么意思？显然，这里的胃，不是消化系统的那个胃，而是胃气。脾为胃行其津液，就是说，脾是为胃气兴造津液的；得到了脾的支持，胃气输出有源，然后才能主四肢、养肌肉。同理，阳明为五脏六腑之海，这里的阳明是指脉宗气，它才是五脏六腑之海。诸筋为肝系所主，宗筋非阳明所润，所谓阳明主润宗筋，当是肝系代谢津液，生化髓液，滋润宗筋，而这个过程是相对于脉宗气而言的，即肝系代谢津液，是脉宗气润养宗筋之始作。所以，胃气得到脾系、肝系的支持，能灌输五脏六腑，滋润宗筋。宗筋得以滋养，就能约束骨属、滑利关节。骨属因约束而坚固，关节因润滑而伸屈自如；骨属、关节既坚固，又灵活，足以支撑体重，活动四肢，当然就不会病生痿证了。冲脉由任督二脉共同治理，体现中枢对三焦的调节，所以能缓冲、补益十二经，交通上下表里，不仅滋润宗筋，而且与阳明交合于气冲，这个构造，所以能发挥作用，必以胃气为兴起，以带脉为使者，以督脉为主导。因为带脉作为任督二脉的转枢系统，与督脉相连，通过带脉，任督二脉就能循度开阖，冲脉就能润养宗筋，宗筋就能约束骨属，滑利机关了。那么，为什么会病生痿证呢？首先是胃气失去了脾系、肝系的支持，不能滋润宗筋了，其次是带脉不能像拉开的弓弦那样强劲有力地打开督脉，治理冲脉了，一方面是营卫不足，一方面是中枢不调，然后才产生了痿证。所以，治痿独取阳明，必须从脾系、肝系开始，从脉宗气这个源头开始，温煦督脉、带脉，通畅、调和冲脉，然后针对病位"补其荥而通其俞，调其虚实，和其逆顺"，这样才能扭转虚损病态，清除病理产物，恢复筋、骨、肉、脉、皮等组织的营养供给，治愈痿证。

痿证、痹证共同的病理基础是虚损、三焦营卫循行不利、组织失养，以外三焦病理产物淤积为主者为痹证，以组织失养为主者为痿证。在这个基础上，如果内环境持续恶化，细胞变性，组织异生，则病生癥瘕。

古人原不分癥与瘕，癥是腹中病，瘕也是腹中病，后来发现腹中病也各有特点，于是便区分开来：癥则固定不移，主要是营气病变，瘕则忽聚忽散，主要是卫气病变。癥瘕也是泛称，细分之则有种种不同。古有五积六聚之说，前者是五脏病，后者是六腑病。五积，肝积名肥气，在胁下，有头足，病久不愈令人咳、疟；心积名伏梁，起于脐，大如臂，上至心下，病久不愈令人烦心；脾积名痞气，在胃脘，大如盘，病久不愈令人四肢不收，黄疸，饮食不为肌肉；肺积名息贲，在胁下，病久不愈令人洒淅寒热，喘嗽；肾积名奔豚，逆气自少腹上冲心，上下无定时，病久不愈令人短气、喘咳、骨痿。六聚，大肠、小肠、胆、胃、膀胱、三焦之聚，外症皆攻冲胸腹，胀满，走窜切痛，时作时止。

积聚、癥瘕常并称，其实病位不同：积聚生于脏器之外，癥瘕生于脏器之内；积聚病轻，癥瘕病重。积聚是癥瘕的初级阶段。积是卫气淤积，营气为病；聚是营气厥逆，卫气为病；积以聚为基础，聚以积为始终。积聚必疼痛，区分只在于痛有定处，或痛无定处，若发展为肿瘤，病生于脏器之内，或痛或不痛了，才叫做癥瘕。所以，癥瘕、积聚、疝癖、痞癖、疢积只是名称不同，病理实质一线贯通，没那么大的差别。

为什么会病生癥瘕？

《素问·大奇论》："肾脉小急，肝脉小急，心脉小急，不鼓皆为瘕。"

脉小弦紧，则病生瘕聚。弦紧脉是典型的应激脉，说明有病邪刺激；脉小则卫气不足，证属虚寒。所以，脉小弦紧是卫气不足，寒邪刺激，这是瘕聚的病理。肾脉小而弦紧，这是肾气、卫气不足，寒邪刺激。肝脉小而弦紧，这是寒邪刺激，卫气不足，营气应激。心脉小而弦紧，不浮不硬，这是脉宗气不足，病在下焦，寒邪刺激，不同于外感证。所以，瘕聚病理，以卫气不足，寒邪刺激为主，在这种情况下，病久不愈，病入虚损，营卫不足，三焦病理产物淤积，组织变性、变形，特别是肝系拘急为甚，任脉不治，则病生臌胀，甚至弄瘕成癥。

臌胀病起于交感亢进，肝门脉拘急，回流不利，肝系所属食管、膈肌、胃、脾、胆、肠系、筋膜回流障碍，组织失养，内三焦瘀血外渗，外三焦水肿，病理产物、内毒素淤积，电解质紊乱，内环境恶化，在此病理基础上，若中枢、系统调节尚堪支撑，偏于营气流行不利者，则多病疝气，偏于卫气流行不利者，则多病瘕聚。

《素问·大奇论》："三阳急为瘕，三阴急为疝。"

任脉不能治理厥阴，缓冲阳气、补益阴气，卫气不足则病成瘕，营气不利则病生疝。疝气的病症特点是组织局部痛胀，脉沉紧，不仅有寒邪刺激，而且营气不足，总属组织失养，肿胀疼痛，营卫行涩。为什么任脉不治便病成疝气了呢？交感亢进，代谢旺盛，肝门脉拘急，厥阴营气壅盛，这个时候需要任脉缓冲阳气，而营气壅盛，血液流变性质改变，瘀阻难行，组织灌注不良，缺血失养，这个时候又需要任脉补益阴气，总之是需要任脉有足够的清通能力，才能治理营气，保证组织供给。若中枢调节衰微，肾气无阴，命门火旺，三焦有气无水，则肝系所属内三焦营气流行不利，组织肿胀疼痛，气结成疝，胞宫瘀血失养，炎性反应，营卫交换不利，外三焦卫气时滞时通，则病成瘕聚。这一系列的病变，偏于卫气流行不利、祸及营气者，则病生为瘕，偏于营气流行不利、祸及卫气者，则病生为疝，这是它们的区别。

瘕聚是癥积之初起，癥结是瘕积之重症。瘕聚，虽有内三焦营气壅盛，外三焦卫气淤滞，营卫流行不利，病理产物、内毒素淤积，电解质紊乱，内环境恶化，组织瘀血、水肿而失养等多种病变，但中枢、系统调节能力依然残存，所以时聚时散，若病久不愈，中枢调节衰微，组织调节失敏，内环境严重恶化，细胞变性，组织异生变形，损伤不复，就会弄假成真，病生癥积。

《灵枢·百病始生》："厥气生足悗，悗生胫寒，胫寒则血脉凝涩，血脉凝涩则寒气上入于肠胃，入于肠胃则䐜胀，䐜胀则肠外之汁沫迫聚不得散，日以成积。卒然多食饮，则肠满，起居不节，用力过度，则络脉伤，阳络伤则血外溢，血外溢则衄血，阴络伤则血内溢，血内溢则后血。肠胃之络伤则血溢于肠外，肠外有寒，汁沫与血相搏，则并合凝聚不得散，而积成矣。卒然中外于寒，若内伤于忧怒，则气上逆，气上逆则六俞不通，温气不行，凝血蕴里而不散，津液涩渗，着而不去，而积皆成矣。"

为什么会病生癥积？"积之始生，得寒乃生，厥乃成积也。"癥积病理，是因寒而起，因厥而成。交感兴奋，肝系拘急，大气厥逆，回流不利，下焦组织灌注不良，因而生寒，这种寒，不同于外寒，是因厥而寒；若不能纠正病态，上逆下厥，首先小腿静脉回流受阻，营卫交换不利，内三焦断绝，外三焦淤积，组织失养，就病成了寒厥。若进一步发展，寒厥这种病理状态逆入肠胃，则卫气流行不利而生䐜胀，水液凝聚不散而病理产物日聚成积，在这种情形下，若再有饮食、起居、劳倦等不良刺激进一步引起营气壅盛，络脉瘀血，组织损伤，就会病生衄血、便血。营气瘀热不通，卫气凝聚不流，病理产物淤积，组织失养变性、变形，就将病成癥积。若再猝然遭受外邪刺激，及内伤于忧怒，营卫愈加厥逆，不能从俞穴灌注六经，温和的卫气不能流行，营气淤积不能消散，病理产物留着不去，就会病成癥积。所以，寒厥是营卫厥逆导致的病理改变：营卫厥处，卫气虚寒，营气瘀热，便成寒厥。

在寒厥病理基础上，因病发部位不同而有肠覃、石瘕之区别。肠覃，即胞宫旁、少腹内、脏器外的积聚，形如蘑菇，病起于寒厥。寒从何来？从肝系拘急，回流不利，组织失养，外三焦卫气不能有效灌注组织而来。结果卫气凝聚，病理产物输运不及而留着，营气瘀热不通，组织失养，散发恶气，生长恶肉，遂病成肠蕈。这种病，肿块初如鸡蛋，病成如怀孕，经年累月，按之坚硬，推之可移，病在脏器之外，所以月经正常。石瘕也因寒厥而生，但病在胞宫之内。由于任督二脉不治，冲脉不和，病理产物淤积，欲移泻而不能移泻，络外瘀血留著，肿块日益增大，最后犹如怀子，同时月事不调。

　　癥积，今天叫肿瘤。为什么会病生肿瘤呢？交感长期、持续兴奋，内三焦营气壅盛，流行迟滞，外三焦痰淤积聚，难以实现有效灌注，内外三焦交换不利，经络不通，于是营气瘀热、卫气虚寒，组织失养，内环境恶化，代谢产物、病理产物、内毒素淤积，皮质激素灭活障碍，靶细胞染色体变性，蛋白质异生，细胞坏死变异。若免疫系统依然强大，中枢、系统、局部调节依然有效，病理状态被及时纠正，就能清除变异细胞，不会产生异生细胞聚落。若慢性应激，皮质激素分泌增多，灭活障碍，免疫抑制，中枢、系统、局部调节不利，病理状态长期不能纠正，则变异细胞就会适应恶劣的内环境，繁衍生长，形成异生聚落，即没有正常生理功能的组织，病生肿瘤。因是之故，肿瘤细胞是在恶劣环境中变异，经环境选择获得适应能力而存活，无正常生理功能，反而窃夺营养，滋生内毒素的异生细胞。这就如同自然界的进化：正常细胞不能适应恶劣的内环境而坏死，异生细胞适应了恶劣环境而生存。它们抢占正常细胞的生存空间，与正常细胞激烈竞争，夺取给养，其代谢活动、代谢产物对正常组织而言，无疑是一种病理性的内源刺激，即内毒素。可以设想，越是恶劣的内环境，越能选择出生命力顽强的异生细胞，可能造成的危害也越大。那些繁殖旺盛、生长迅速、毒性甚大的异生细胞，便是恶性肿瘤。

　　异生细胞不同于致病微生物。各种致病微生物，对人体来说，都是完全异在的，当它们侵入人体后必然激起猛烈抵抗，最后不是致病微生物被清除，就是机体死亡，或是机体适应了微生物，带病生存，逐步形成寄生关系，彼此需要，相辅相成，如肠道菌之类。异生细胞则不然，它们在很大程度上接近于正常细胞，消耗正常代谢底物，生产内毒素，利用正常生化、运化机制，四处繁衍生长，在变异早期也不会造成严重适应不良，在异生聚落形成而进行治疗时，又由于其特异性含糊不清而很难与正常细胞相区别，势难在不损伤正常细胞的情况下加以清除。因是之故，恶性异生聚落必在机体调节系统损伤、纠错能力严重下降时才会生成，治疗也只能在虚损条件下实施；恶性肿瘤之所以难治，根本原因也就在于此。

第十二章 精神

中医究竟有没有解剖？我相信是有的。《灵枢·经水》里有一段话讲医学知识的来源：

"且夫人生于天地之间，六合之内，此天之高，地之广也，非人力之所能度量而至也。若夫八尺之士，皮肉在此，外可度量切循而得之，其死可解剖而视之。其藏之坚脆，府之大小，谷之多少，脉之长短，血之清浊，气之多少，十二经之多血少气，与其少血多气，与其皆多血气，与其皆少血气，皆有大数。其治以针艾，各调其经气，固其常有合乎。"

天高地广，我们没办法测量，但人就不一样了：长不过八尺，活的时候可以度量皮肉、切循经脉，死了可以分解剖析、观察研究，五脏结实与脆弱，六腑大小与长短，能容纳多少水谷，以及血脉长短、起止、清浊，受气多少，十二经气血的比例，都能大致了解。在此基础上，治以针灸，根据观察、解剖得到的知识调和经气，必能心手相应、药到病除。所以，中医知识也来源于观察、实践，怎么能说没有解剖呢？

然而，既然有解剖，那为什么根据同样的观察结果，却与西医得出了不一样的结论呢？这就是中医的特色了：任何解剖构造都是物质、功能、调节三位一体的综合；功能、调节也有实体性；医学知识不仅要从实践中探寻而得，还必须放在哲学体系中加以理解。所以，当我们说"心主神明"的时候，是将功能、物质、调节融合在一起的，是把皮层意识，器官知觉，高级神经活动，延髓、脊髓神经传导与调节，心脏输出、肺系呼吸等等过程综合在一起的。我们所以这样说，是因为它们尽管在物质构造上没有直接联系，但在功能上是密切相关的，并且在哲学上都能体现出"神明"这个范畴的真义。一句话，中医的精神学说也一如既往地坚持了自己的特色，在很多方面与西医是不同的。

　　天地阴阳，人在气交，男女交媾，生命的活动方式与能力潜藏其中、固定下来，是为我之精。所以，精是得自先天遗传的内在规定性，是中枢性、整体性的调节模式和能力。精调节的对象既有外周，也有中枢，不仅针对生理过程，也针对心理过程。脑为精之府，但生命活动的既定模式以不同方式也藏于每个细胞、每种组织、每个脏器、每个系统……自上而下，自内而外，自大而小，无所不在，这就构成了一个庞大的系统，名为精系，而脑精-外周之间相对独立的神经-体液调节系统，构成了轴系。精通过轴系，作用于靶器官、靶组织，古人将此过程称为出窍，将表现出来的生命活力称为神气，且与精系相对应，构成了一个庞大的体系，名为神系。所以，神就是细胞、组织、脏器、系统在精气调节下表现出来的生命活动与力量。内在规定为精，外在表现为神；精为神之守，神为精之使，神将精的旨意宣布内外、协和四方；精神一物两名，不可分离，分离则死。

　　精神是调节生命活动的，活动所及，分为中枢-外周调节、中枢-中枢调节两大领域。中枢-外周之间的调节，又称轴系调节，或反馈调节。中枢内部不同组织、不同功能单位、不同层级之间的相互作用，我称为交互作用。与中枢-外周轴系调节类似，中枢-中枢交互作用也有个动态平衡问题。最简单的交互构造，由两个功能单位和相关外周构成，即：单位 A-单位 B-相关躯体 C。单位 A、单位 B 可处于中枢的不同层级、不同功能区域，它们之间的交互作用方式是事先规定好的：或来自先天遗传，或来自后天发展，而交互作用的结果则是形成了一个综合效应；换言之，两个功能单位之间是综合-分析的关系，单位 A 上传单位 B 的刺激信号，能够按照事先规定好的交互作用方式进行同一化处理——建构于既有的结构——从而归纳出一个综合信号，并以此综合信号作为进一步调节的启动刺激。

这种假设承认可能发生这样的情形：比如，视觉系统感受到三个物体，这个刺激在视觉中枢形成注意中心，另一个功能单位，比如数理中枢，依据先天的规定，迅速做出一个计数综合"三"，并将此信号扩散开，引起情绪、行为方面的连锁反应——因为"三"此时只是外在刺激的主要信息，同时存在的可能还有诸如"苹果"这样的信息，必须同步做出反应，而这类反应的依据，同样得自先天精神。当然，这个交互过程是可以发展的。例如，当外在刺激在数量上远多于三个个体的时候，只靠先天数感就不可能完成计数任务了。这个时候，在原始文化中，一般会将三以下的数一一数出，而对三以上的数概称之为"多"。然而，就在数三以下的数的过程中，或许就能建立起一种原则，比如拿着手指去和三、二、一配对，并且将这一原则推广开，拿着五个，或十个手指去和物体配对，从而构建起基数系统。这个"对应原则"就是对先天精神调节方式的发展，虽然很常识，但毕竟扩大了先天数感的适用范围，获得了新的综合方式，能自由地应付十以下的计数任务了。自然，人类的探索是不会停步不前的，在数千年反复不断的数数的过程中，还会发展出新的综合原则。比如，有十个数，就叫一个十；有两个十，就叫二十；有三个十，就叫三十……终有一天人们会发现这样的新原则：零散的数字能综合为完整的数字，只要照着"逢十进一"去做就行了！从先天本能，到后天常识，再到知识、能力、素养……数制就是这样建立起来的，而个人的社会化进程也是遵循这个路径完成的，个体社会化程度与聪明才智，也集中地体现在识记、理解、运用、评价综合原则上；同时，个体在这个进程中还会发展出两种关系，一种是个体对自然、社会的适应，一种是对自身精神的适应。这两种适应关系，使个体精神面对内外困扰时负阴抱阳，冲气以为和——"志意者，所以御精神，收魂魄，适寒温，和喜怒者也。"

然而，事有常，也有变。在这一精神发育进程中，出错的概率也很大。例如，提供分析信息的单位 A，它传来的信息，相对于个体而言，可能事先就准备好了综合原则，也可能根本没有综合原则，可能与现有的综合原则并不冲突，也可能是矛盾的。在前一种情况中会出现理解，或不理解的问题，在后一种情况中，如果是可以同一的信息，当然能让负责综合的单位 B 得出同一综合，但当信息并不同一，矛盾又不可忽略时，单位 B 将无法得出同一综合，结果不是放弃综合，就是另辟蹊径，寻找新的综合原则。然而，在极端情况下，上传信息不能忽视，内在矛盾不能回避，新的综合原则遍寻无着，又该怎么办呢？那就只能容纳矛盾，导致综合过程的碎片化、分裂化，片面地处理信息，产生精神分裂。

我们假设的精神交互过程是这样的：两个功能单位，提供分析信号的 A，它所产生的刺激信号激起了负责综合的功能单位 B 的响应，得到综合信号后，再传递出去，激活其他功能单位，其和谐无病的状态是：在这个过程中，每一步骤都是可处理、可协调、可适应的，对每一个功能单位来说，传递而来的信号，都不得作为不良刺激而触发不能适应的应激，由此产生的中枢或外周效应，都能循其恒度，而总的结果，一定是负阴抱阳，冲气以为和的；若非如此，就会导致精神调节混乱，甚至产生错误调节，乃至于无法实现调节，发展成精神病证。精神交互作用的可处理，即循其恒度的正常调节；可协调，即正常调节失衡后，代偿机制能查漏补缺，纠正偏失；可适应，即调节虽有失常，但可容忍，能消弭，若不能适应，则失代偿，无法消弭，结果就是不可避免地产生了精神疾病。

在原始文化中，精神犹如祖先、神灵，是一切变化背后的终极原因；心君代天巡狩，执行精神旨意，就像是上天的儿子。脉宗气奉养精神，精神通过中枢-外周轴系调节脉宗气，靶效应以呼吸、心搏的强弱变化表现出来。脑是耗氧、耗血大户，安静时也要消耗心输出总量的 15％、全身供氧量的 20％以上。可以说，五脏六腑日夜不停地工作，最主要的就是为了生产物质精华，交给脉宗气运化，奉养精神，确保心脑供给，维持生命体征。

颈内静脉压接近右心房血压，所以决定脑血流量的主要是颈动脉压，即脉宗气。脑血供系统有较强的自调节能力，当灌注压在 80～100 毫米汞柱、平均动脉压在 60～140 毫米汞柱之间波动时，仅靠自身系统调节就能使血流量维持恒定；当灌注压降至 60 毫米汞柱以下，或平均动脉压超过系统调节上限时，脑血流量才会产生显著变化。脑血流量的局部调节主要由血液中的二氧化碳、氧气分压的变化决定：血 CO_2 分压升高，刺激脑微血管舒张，血流量增加；过度通气，CO_2 呼出过多，血 CO_2 分压降低，血流量减少，令人头晕。此外，脑组织物质能量代谢也会影响血供，代谢加强，H^+、K^+、腺苷等代谢产物增多、氧浓度降低，可刺激脑微血管舒张，增加血流量。总之，脉宗气所主导的呼吸、心搏、电解质的变化，都能直接影响脑血流量，刺激精气自我调节。

经典认为，督脉、太阳循脊而上，入络脑中，能开阖大气，护卫中枢，维持脑内环境的稳定，而以阴阳跷维为使；大脑总体上是多阳少阴，如日象天，为清阳之府，同时也说明，外三焦水津卫气对滋养脑髓、支持大脑调节有特殊重要的意义。脑血流量主要靠脉宗气运化营卫，所以它多阳少阴。脑静脉管壁薄，无静脉瓣，回流主要靠高位势能，而极为特殊之处在于它有强大的专门的缓冲构造，这是卫气所以能护卫中枢，维持脑内环境稳定的关键。脉宗气要随时应付内外刺激，回流压力不时变化，而大脑要维持相对稳定的血供，必须借助强大的缓冲机制，否则静脉压升高，脑静脉回流不利，可直接导致颅内压增高，令人头痛、呕吐、视物模糊，电解质紊乱，神经传导异常。脑毛细血管网平时也是大量开放的，没有其他器官毛细血管收缩－舒张的交替变化，唯有缺氧才能令其舒张。在大脑，游行髓质内部的深静脉与维络皮质表面的浅静脉，它们之间不是直接吻合的，而是都汇入脑硬膜静脉窦，通过这些特殊构造的、连续的隧洞空隙，缓冲剧烈变化的静脉压，再汇入颈内静脉，回流上腔。不仅如此，硬膜静脉窦还通过蛛网膜颗粒等构造回收脑脊液，汇入静脉系，而充满脑室、脑池、蛛网膜下腔的脑脊液，其实正是中枢的组织液、淋巴液，性属外三焦水津卫气，能有效缓冲静脉压、稳定内环境、调和营卫平衡。脑脊液更新速度极快，正常储量只有 150 毫升左右，但每日生成多达 800 毫升，而且还有等量的脑脊液回流静脉，维持恒定。脑脊液保护大脑，缓冲刺激，使大脑漂浮其中，质量减轻至不足 50 克，回流由蛛网膜颗粒与硬膜静脉窦之间的压差调和，蛛网膜这边压力大，脑脊液回流静脉增加，静脉窦这边压力大，蛛网膜颗粒重吸收增强，这一机制对调节颅内压、缓解脑水肿具有重要价值。此外，在血—脑，以及脑—血之间还有特殊的屏障机制，使大分子物质很难从血液进入脑脊液，而氧气、二氧化碳等脂溶性物质很容易透过，对葡萄糖、氨基酸的通透性也比较高。这类屏障是脑组织特有的缓冲构造，性质上如膜系，能滤过有害物质，保护脑组织，维持理化环境的稳定，使神经元冲动不受离子浓度的干扰，循环中的活性物质也不易进入脑组织，祸乱中枢。只是在某些部位，如第三脑室周围、延髓后缘区等，毛细血管通透性较高，活性物质较易渗入，而当脑组织遭受缺氧、损伤等刺激时，毛细血管通透性也会大大提高，各种物质也比较容易进入。这是一种修复、保护措施，也是脑损伤的途径之一。

古有三部九候诊法，其实至上之焦又何尝不能分作天地人三部。大体上，精神天气指大脑皮层，精神地气由延髓、脊髓，诸感官、神经、腺体构成，中脑身在气交，负责交通、转枢，为精神人气，整个构造如阳明-少阳-太阴，或太阳-少阴-厥阴，又仿佛任督-冲带-阴阳跷维。精神杂合阴阳，皮层能开能阖，延髓-脊髓诸外周构造性秉阴阳，而相当于少阳、少阴转枢系统的中脑，既能转阳为阴，又能转阴为阳。中脑介于皮层、延髓之间，丘脑-垂体是体液调节中枢，延髓是神经调节中枢，中脑如户枢，关闭生理过程、往皮层上去就是心理世界，关闭心理过程、往延髓下来就是生理世界。皮层诸交互中心所产生的信号，必假道于中脑才能传递外周，出窍为神，转化为生理活动；外周刺激信号，必须通过中脑的选择和传递，才能送达相应皮层投射区，唤醒皮层，引起注意，转化为心理信号。没有中脑的选择、传递、转换，无生命的理化信号就不能循度转化为可意识的心理信号，而精神志意信号也不能循度转化为纯粹的理化信号，中脑在心身转化过程中的作用，正如少阳转运化为生化、少阴转生化为运化，是顺接、转枢心身过程的通衢大道、户枢机关。中脑是由脉宗气直接奉养的，凡血氧供给不足、电解质失衡，上腔回流障碍，必先祸乱中脑，使其组织失养，颅内压改变，内环境紊乱，神经传导障碍，网状结构功能异常，兴奋-抑制转化失衡，中枢交互过程紊乱，进而引起外周神经-体液调节逆乱，或抑制，或亢进，甚至肌张力改变，肌肉瞤动，角弓反张，神昏谵语，舌强不能言，目直不可视，耳聋不可听，三焦不通，营卫不交，或寒或热，变证蜂起。若病理改变反映于命门原气，则任督二脉阴阳失和，带脉不宁，冲脉不平，或厥或逆，阴阳跷维不能治理十二经，或病不孕不育，或病抑郁、癫狂，脏器紧张敏感，稍触即病，虚损难复，不可遏制。

精神病证，或起于先天不足，或由于后天损伤，共同的病理基础无非两个：一个是虚损，一个是风证。精神病证都有一个虚损的病理基础，中枢调节衰微，外周调节失敏，阴阳不足。中枢虽有强大的缓冲、保护、代偿机制，外周病变一般不会对精神造成严重伤害，但在一些特殊情况下，如先天不足，或应激猛烈，或营卫极虚，使得精神严重失养，保护、缓冲、代偿机制失效，也难免损伤组织，令精神调节能力不足，模式紊乱。所以，精神不病则已，病则必入虚损。在中医病理，风证是以组织紧张敏感为核心，或兴奋，或抑制，善行数变、易激惹，长期、持续存在的病理改变。精气风证其实是一大类精神病证的总称，表现为精神持续紧张敏感，皮层兴奋-抑制、情绪激越-沉静、网状结构觉醒-睡眠、轴系调节紧张-松弛等转枢过程失衡，中枢交互作用失代偿，其实是所有精神病证的基础。所以，精神病证粗分也就两类：中枢-外周轴系调节紊乱算一类，中枢交互作用障碍是另一类。当然，这不是绝对的，因为轴系调节混乱必有中枢交互作用不利的病因，交互过程逆乱也多起于外周病证，精神病证通常总是中外皆病。

脉宗气奉养精神，督脉入络脑中，髓液滋养大脑，卫气护卫中枢，阳气弛张则脉宗气回流不利，髓液不足则精神失养，于是神气或出而不归，或出入无常，遂变生大病。

肌张力亢进，肢体抽搐，古称瘈疭。瘈者，狂犬也；疭者，病也。瘈疭，是一种像狂犬病那样的剧烈抽搐，意识丧失，两目直视，牙关紧闭，二便失禁，甚至昏迷的重病。然而，这只是此类病证中很特殊的一种情况，根据病症特点不同，这类病变又称为痉或瘈，或麻木不仁。

瘈疭，或痉，或麻木不仁，这类病证的病理其实一样，而且前后相继，互为因果，病理改变集中在两个方面：从肌张力降低、瘫软，到频频抽搐、痉挛，乃至于肌张力亢进，肢体僵硬，不能被动活动；同时，肌肤感觉异常，或非痛非痒，如虫行，按之不止，搔之益甚，或肌肤如木，按之不知，掐之不觉。《医学准绳》认为，麻属痰属虚，木属湿痰死血，所以肌肤麻木，总属病理产物淤积三焦，肌肤失养，神经传导阻滞引起，而肌肉瞤动、颤抖、抽搐的病理改变恰与麻木相反，是内外三焦营卫空虚，神经调控亢进、异常，肌张力改变引起的。麻木、抽搐，或因有形之邪致病，或因无形失养致病，总属三焦营卫空虚、组织失养病变。《金匮要略》以为，痉病是因发汗太多而致，分刚痉、柔痉，这其实正是抽搐、麻木的分别之处。

"太阳病，无汗，而小便反少，气上冲胸，口噤不得语，欲作刚痉。"

既无汗，又无小便，外三焦卫气水津枯竭，一无所有，内三焦气上冲胸、牙关紧闭而不得语，中枢系统紧张拘急，结果就是抽搐，这是刚痉。与此相反，柔痉是有汗的，身体重着，肢节拘挛，内外三焦病理产物淤积，组织失养，结果就是麻木。痉病还有一种类型，病证特点是发热、脉沉而细，这就不仅是三焦营卫空乏，或有形病邪淤积了，更有厥逆、循坏衰竭的趋势，所以难治。

肌肉抽搐、麻木与电解质代谢障碍关系密切。为什么会产生肌张力降低，或肌张力亢进，或肌肤感觉异常呢？三焦营卫交换、灌注、循行不利是病理基础，电解质代谢紊乱，特别是钠、钾离子代谢紊乱是直接原因。

体液主要由水、电解质、低分子有机物、高分子蛋白质组成，总量约占体重的 60%，其中细胞内的水液约占体重的 40%，细胞外的水液约占体重的 20%，后者包括内三焦的约占体重 5% 的血浆，外三焦的约占体重 15% 的组织间液。细胞置身外三焦，组织间液环绕周围。细胞内的电解质主要是钾离子，细胞外的电解质主要是钠离子，它们主导着肌肉细胞的动作电位，决定着肌肉伸缩的兴奋性；钾离子性质属阴，钠离子性质属阳，钾离子过多则肌肉兴奋性不足，钠离子过多则肌肉兴奋性有余，此为常也。

外三焦水津不足、内三焦津液减少，若减少不足 500 毫升，通过醛固醇系统激活、抗利尿激素分泌，肾系加强水钠重吸收就可以得到补偿，若超过 1000 毫升，且交感神经调节无效，就会导致血压下降，尿量减少，头晕目眩，肌肉抽搐，循环衰竭。若钠离子相对增多，外三焦水津不足，醛固酮系统激活，则口渴，小便短赤，细胞内液外渗，脑细胞脱水，烦燥、嗜睡、昏迷、肌肉抽搐。所以，刚痉抽搐，总属阳气亢盛，亡血失精，汗泄无度，内外三焦空虚所致。

若肾上腺皮质功能衰退、醛固醇分泌减少，尿液清长频数，或大汗出、大呕吐、腹泻不止，钠离子流失，血容不足，则轻者体位变化或排尿即可导致低血压，头昏晕厥，重者四肢厥冷，汗出如珠，病成阳脱。不仅如此，低血钠更可导致许多复杂的变证：低血钠早期，渗透压感受器抑制，口不渴，不欲饮水，抗利尿激素分泌不足，肾系水钠重吸收减弱，尿频清稀，一派虚寒；若持续不解，心脑失养，脉宗气紧张代偿，上盛下衰，乃至于心气竭尽，脉微欲绝，则病成四逆汤证；交感亢进，抗利尿激素分泌剧增，肾系拘急不得泄浊，水钠潴留，外三焦淤积，钠离子因水液淤积而相对不足，水津逆入细胞，则细胞水肿、坏死，甚至引起脑水肿、颅内压增高，脑膜紧张拘急，头痛、恶心、呕吐，肌肉瞤动、震颤，颈项强直，角弓反张，意识昏沉、记忆力下降、嗜睡、昏迷，病成五苓散证、猪苓汤证、真武汤证。

水钠潴留，或水钠丢失，均能严重影响钾离子分布、去留，从而引起一系列病证。

钾离子分布，细胞内约占 98%，细胞外只有 2%。细胞凭借膜上的 Na^+-K^+-ATP 酶泵平衡内外离子，维持生存环境，膜外钠离子浓度变化，膜内钾离子必然随之而变。膜外钾离子不足，则神经、肌肉兴奋性、张力不足，四肢无力，肌肉细胞坏死，横纹肌溶解，舒血管反应失敏，糖原合成减少，能量不足，细胞内钠离子升高。如平滑肌张力下降，肠蠕动减弱，则腹胀、恶心、呕吐、厌食，甚至引起麻痹性肠梗阻；如呼吸肌麻痹，心肌兴奋性增高，自动除极加快，传导性降低，心肌损伤，收缩性不足，则导致多种心律失常；如肾系集合管、远曲小管损伤，抗利尿激素调节失敏，水钠重吸收能力不足，则多尿、夜尿，尿液清长。膜外钾离子有余，肌肉兴奋性太过，则骨骼肌先兴奋后抑制，轻者肌肉兴奋性增高，肌肉震颤、刺痛，手足感觉异常，重者肌肉兴奋性降低，极度倦怠，动作迟钝、嗜睡，四末厥冷，肌肉麻痹；如呼吸困难，心肌初则兴奋性增高，继之降低，甚至毫无兴奋性，收缩性、传导性、自律性降低，去极化迟缓，心率减慢，心律失常，乃至停搏。

精神调节持续紧张是以中脑组织损伤，皮层兴奋-抑制转枢不利，网状结构功能紊乱，中枢调节易激惹，外周反应亢进为特征的神经障碍，具体病证包括情绪性神经障碍、癫痫、神经衰弱、自主神经失调、应激适应不良、紧张型分裂症，等等。

情绪性神经障碍，或表现为抑郁，或表现为狂躁，同时伴有躯体病症。如躁狂发作，以心境高涨、且与情境不相称为特征，从紧张、易激惹，到高兴、愉快，直至欣喜若狂，可出现幻觉、妄想。病患不能集中或随境转移注意，言语增多、加快，思维奔逸，意念飘忽，自我评价夸大，精力充沛，睡眠减少，性欲亢进，不断改变计划，行事鲁莽。如抑郁发作，以心境低落、且与情境不相称为特征，从闷闷不乐，到悲痛欲绝，伴有木僵，也会出现幻觉、妄想。病患兴趣丧失，无愉快感，精力减退，极度疲乏，自我评价过低，常自责，或内疚，联想困难，自觉思考能力下降，反复出现自杀念头，睡眠障碍，或食欲下降，性欲淡漠。

紧张型精神分裂症，病症集中于外周，以木僵、紧张状态交替出现为特征，精神分裂不突出。这种病的来龙去脉比较清楚，交感持续激越，精神高度紧张，津液回流不利，上焦脉宗气亢进，至上之焦回流障碍，脑组织失养，中脑黑质多巴胺能神经传导障碍是主要的病理改变。病证初起，病患精神萎靡，倦怠，无食欲，少兴趣，继之发生木僵，呆立呆坐，不言不语，不饮不食，呼之不应，推之不动，或肌张力亢进，伴幻觉、妄想；随后出现紧张，患者激动异常，行为暴烈，伤人毁物，持续几十分钟、几小时，甚至几日，然后又进入了木僵状态。

癫痫是常见的精神病证，表现十分复杂：强直-阵挛性发作，以突发意识丧失，全身强直、抽搐为特征，常伴舌咬伤、尿失禁、窒息；失神性发作，以突发动作中止，两目凝视，呼之不应为特征；强直性发作，以全身或双侧肌肉持续抽搐，身体固定为紧张姿势为特征；肌阵挛发作，以突发肌肉快速、短促收缩为特征，仿佛遭受电击；失张力发作，以肌张力丧失，突然倒地为特征；复杂部分性发作，以突然动作停止，两眼发直，呼之不应，不跌倒，面色无改变为特征，可伴不自主、无意识动作，如舐唇、咂嘴、咀嚼、吞咽、摸索、擦脸、拍手、无目的走动、自言自语等，过后不能回忆。

经典对情绪性神经障碍、癫痫都有生动的描述。

《灵枢·癫狂》："癫疾始生，先不乐，头重痛，视举目赤，甚作极，已而烦心。癫疾始作，而引口啼呼喘悸者。癫疾始作，先反僵，因而脊痛。骨癫疾者，顑齿诸腧、分肉皆满而骨居，汗出烦悗，呕多沃沫。筋癫疾者，身倦挛急大。脉癫疾者，暴仆，四肢之脉皆胀而纵。呕吐沃沫。"

"狂始生，先自悲也，喜忘、苦怒、善恐者得之忧饥。狂始发，少卧不饥，自高贤也，自辩智也，自尊贵也，善骂詈，日夜不休。狂言，惊，善笑，好歌乐，妄行不休者，得之大恐。狂，目妄见，耳妄闻，善呼者，少气之所生也。狂者多食，善见鬼神，善笑而不发于外者，得之有所大喜。癫疾者，疾发如狂者，死不治。"

癫疾开始时，先不高兴，头重痛，眼直视红赤，极度抽搐，缓解后烦心。癫疾发作后，发出啼叫，伴随喘息、悸动；或先有角弓反张，后有脊痛。足少阴癫病，两腮牙齿各俞穴，以及分肉都会胀满、骨骼僵硬，汗出烦闷，呕唾痰涎；足厥阴巅病，身体拘急蜷缩，脉大；手少阴癫疾，突然倒地，四肢松懈不用。

狂病开始时，先自悲伤、喜忘事、爱发火、多恐惧，忧愁、饥饿常为直接触发原因。狂病发作后，不眠不饥，自高贤，自以为聪明，自以为尊贵，乱骂人，日夜不休。肾之狂，狂喜、害怕、狂笑、好歌乐，日夜不休，乃大恐惧所致。肝之狂，幻视幻听，时时惊叫，气衰神怯所致。心之狂，多食，妄见鬼神，常窃喜，大喜所致。

癫，失阳神也；狂，失阴神也。癫疾似狂，阴阳神尽失，所以为死证。今天看，癫痫的病理基础是离子通道功能障碍、神经递质异常、神经胶质细胞病变导致的兴奋-抑制失衡。离子通道决定兴奋性调节，蛋白质异常，离子代谢障碍则神经兴奋性提高。神经胶质细胞代谢物质能量，滋养神经元，稳定钾离子浓度，调节活性物质，促进突触形成，增强传递过程，一旦病变则损伤神经元，引起传递异常。神经兴奋-抑制传递是平衡的，兴奋性神经递质过多，抑制性神经递质必少；抑制性神经递质过多，兴奋性神经递质必少，结果神经传递兴奋-抑制失衡，必然引起癫痫性放电。

神经衰弱以中枢-躯体功能衰弱为特征，发展缓慢，可追溯长期精神紧张、疲劳等刺激源。患者烦恼，心情紧张、易激惹，常感生活困难重重，难以应付；易兴奋，回忆、联想增多，但指向性思维困难，对声光敏感；肌肉痛，头痛，头晕；睡眠障碍，入睡困难，或多梦、醒后疲乏，睡眠-觉醒节律紊乱，头晕、眼花、耳鸣、心慌、胸闷、腹胀、消化不良、尿频、多汗、阳痿、早泄、月经紊乱。

睡眠障碍，或失眠，或嗜睡，都是十分常见的精神病证，病理改变也比较复杂。

《灵枢·邪客》:"卫气者,出其悍气之慓疾,而先行于四末分肉皮肤之间而不休者也。昼日行于阳,夜行于阴,常从足少阴之分间,行五脏六腑。今厥气客于五脏六腑,则卫气独卫其外,行于阳,不得入于阴。行于阳则阳气盛,阳气盛则阳跷陷,不得入于阴,阴虚,故目不瞑。"

人为什么睡不着?水谷入胃,糟粕、津液、宗气分别循着自己的道路运化。卫气流动迅疾凌厉,行于四肢、肉分、皮肤之间,白天周行于阳系,夜晚从足少阴进入阴系,行于五脏六腑。今病邪客居脏腑卫气不能进入阴系,只得流行于阳系,阳跷脉盛,令人目不得瞑而汗出。所以,五脏六腑遭受病邪刺激,紧张应激,卫气不得回归是失眠的一个重要原因。

《灵枢·大惑论》:卫气不得入于阴,常留于阳。留于阳则阳气满,阳气满则阳跷盛,不得入于阴则阴气虚,故目不瞑矣。卫气留于阴,不得行于阳,留于阴则阴气盛,阴气盛则阴跷满,不得入于阳则阳气虚,故目闭也。

阴阳跷脉交通、规范十二经,为冲脉之使,内阳外阴绕络眼目。卫气不能从足少阴进入阴系则阳系盛,阳系盛则阳跷脉满,所以目不瞑。卫气滞留阴系则阴跷脉满,不能从足厥阴流注足太阳、手太阴,所以视物昏花、目闭不开。这是冲脉虚损引起的失眠。

《灵枢·大惑论》:人之多卧者,何气使然?此人肠胃大而皮肤湿,而分肉不解焉。肠胃大则卫气留久;皮肤湿则分肉不解,其行迟。夫卫气者,昼日常行于阳,夜行于阴,故阳气尽则卧,阴气尽则寤。故肠胃大,则卫气行留久;皮肤湿,分肉不解,则行迟。留于阴也久,其气不清,则欲瞑,故多卧矣。其肠胃小,皮肤滑以缓,分肉解利,卫气之留于阳也久,故少瞑焉。其非常经也,卒然多卧者,何气使然?邪气留于上焦,上焦闭而不通,已食若饮汤,卫气留久于阴而不行,故卒然多卧焉。

胃肠肌张力不足而松弛,卫气久留不出,不能散布皮肤,阴浊不去,肌肉收缩无力,倦怠懒动。卫气久留胃肠之中,太阳、督脉、目系、脑髓失养，阴浊淤积，则嗜卧多睡。胃肠紧张，卫气不能久留，迅疾散布皮肤，肌肉收缩有力，则精神兴奋不眠。原来还挺精神，突然嗜睡，这是邪气留滞上焦，脉宗气不通，又多食饮，卫气滞留胃肠，不能奉养至上之焦，所以猝然嗜卧。所以，脾胃、脉宗气虚实影响卫气出入，令人嗜睡，或失眠，此类失眠即"胃不和则卧不安"。

脉宗气常保和柔，不急不缓，奉养精神，中枢调节浪静风平，精则养神，柔则养筋，自然无风证之忧。然而，阳气者烦劳则张，若内外刺激不绝，精气紧张、易激惹，神气游行不定，出入无常，脉宗气难以保证正常循行，上下腔回流障碍，脑组织失养损伤，内源刺激滞留不去，外源刺激无力抵御，病久不愈，中枢调节疲惫，外周调节失敏，中枢兴奋-抑制过程转枢不利，欲阴不能阴，欲阳不能阳，则必病精气风证。下丘脑维护机体自稳态，整合动机、情绪，网状组织（睡眠、清醒）、丘脑（痛觉）、边缘系统（情绪、嗅觉）、延髓（血压、心率）活动，结合感觉信息，平衡机体状态，在中枢交互作用、皮层兴奋-抑制、中枢-外周反馈调节等许多方面，都有整合信息，维护平衡的作用，用传统术语说，就是能转枢阴阳。然而，中脑，包括下丘脑，是中枢最容易受到伤害的地方，外周病变，特别是脉宗气功能亢进，很容易造成中脑损伤，神经传递异常，兴奋-抑制过程转枢不利，病成精气风证：多阳少阴则情绪不稳，焦燥易怒，紧张恐惧，敏感多疑，心悸失眠，短气乏力，记忆减退，注意难以集中，反应迟钝，饮食无味，腹胀恶心，呃逆，胃烧灼，喜叹息，咽喉不利，头痛、头昏、头晕，胸痞，眼球憋胀，眼睛干涩，视物模糊，面部憋胀不舒，项背僵硬，四肢麻木，周身疼痛，感觉异常，手足心热，潮热，自汗；多阴少阳则陈寒痼冷，心动过缓，心律失常，血压降低，面色苍白，冷汗常出，少气懒言，畏寒肢冷，手足无力，头晕失眠，记忆减退，常觉委屈，莫名啼哭，抑郁悲观，了无生趣，浑身难受。

中枢-外周轴系调节障碍还有一种以焦虑、抑郁、恐惧、强迫、疑病等精神障碍为主，同时存在外周躯体病症的类型，也叫神经症。病患常有

251

一定人格基础，发病诱因多为社会心理因素刺激，没有可证实的器质性损伤，自认也相对完整。

如恐惧，患者对某种对象、处境过分惧怕，明知没必要，但不能遏制，常伴焦虑，主要有场所恐惧、社交恐惧、特定恐惧等类别。如焦虑，病患情绪焦虑，但常常缺乏明确对象、具体内容，就是整天提心吊胆，肌肉紧张。躯体形式障碍是以持久担心、深信存在躯体症状为特征的神经症，多伴有焦虑、抑郁情绪，有的以胃肠不适为主，疼痛、打嗝、返酸、呕吐、恶心等，有的以异常皮肤感觉为主，瘙痒、烧灼、刺痛、麻木、酸痛等。疑病症患者总是怀疑自己身患重病，紧张焦虑，不断跑医院、做检查，越疑越信，越信越疑，久久不解，乃至抑郁。自主神经紊乱的神经症，以自主神经兴奋为背景，同时伴有躯体病症，如在心悸、出汗、脸红、震颤基础上，自觉躯体疼痛、烧灼、沉重、紧束、肿胀。还有一些无法分类的神经症，主要局限在躯体特定部位或过程：如梅核气，患者自觉咽喉有物哽塞，吞之不下，吐之不出；如进食障碍，包括神经性厌食、神经性贪食、神经性呕吐、儿童拒食、偏食、异食，等等。

精出窍则为神。中枢-外周轴系调节失常，其病变核心就在于神气逆乱。心神逆乱则心功亢进、精神兴奋；阴神逆乱则沉郁寡欢、悲伤欲哭；阳神逆乱则烦躁不安、失眠郁怒；意神逆乱则妄想执念、狐疑不决；志神逆乱则丧失理智，幻觉盲从。

《灵枢·脉度》："五藏常内阅于上七窍也。故肺气通于鼻，肺和则鼻能知臭香矣；心气通于舌，心和则舌能知五味矣；肝气通于目，肝和则目能辨五色矣；脾气通于口，脾和则口能知五谷矣；肾气通于耳，肾和则耳能闻五音矣。五藏不和，则七窍不通；六府不合则留为痈。故邪在府则阳脉不和，阳脉不和则气留之，气留之则阳气盛矣。阳气太盛，则阴不利，阴脉不利则血留之，血留之则阴气盛矣。"

脏腑、经络、孔窍这个基本构造，决定了营卫必交合、游行、出入于孔窍：肺气通鼻，心气通舌，肝气通目，脾气通口，肾气通耳。所以，五脏阴阳冲和则官窍自然无病，鼻能知香臭，舌能辨五味，目能分五色，口能尝五谷，耳能闻五音；五脏不和则七窍不通，功能、感觉异常。脏腑为表里。病邪刺激六腑则阳系不和，气盛聚集；阳系气盛，阴系不和则瘀血；瘀血刺激，则阴系气盛。阴系、阳系气盛，躯体、孔窍紧张敏感，奇怪生矣。

视物障碍是典型的孔窍病。

《灵枢·大惑论》："心有所喜，神有所恶，卒然相惑，则精气乱，视误，故惑，神移乃复。是故间者为迷，甚者为惑。"

心有所喜、有所恶，突然迷惑，这是因为精气逆乱，看错了，所以迷惑，回过神来就恢复了。轻的叫迷，重的叫惑。所以，错视是视觉与理解不相协调，综合过程为喜恶所强化，交互过程错乱所致。心有所喜则心神兴奋，有所恶则抑郁，心神持续紧张，颅内压增高，目系失养，交互作用因喜恶强化而不能循度综合，视觉与理解不协于常理，于是就产生了误视。

五脏六腑奉养精神，诸气皆上注于目：肾精气集中在瞳仁，肝精气集中在黑眼，心精气集中在左右目眦发出的血络，肺精气集中在眼白，脾精气集中在眼睑。五脏精气集中在一起，在眼后结束为目系，络入脑中，出项而连属太阳、督脉。若邪中于项，身体虚弱，则病邪循目系入脑，就会引起头晕。头晕又使目系拘急，目系拘急又导致目眩。眼之五脏精气被邪气困扰，精神离散不能集中，就会出现幻视、双视。眼睛是五脏六腑精华灌注的地方，气血魂魄恒常出入，所以能反映神气盛衰。若心神过劳，魂魄离散，则志意紊乱，视物不清，两目昏花无神；瞳仁、黑眼属阴系，白眼、血络属阳系，阴阳两系冲和才能使眼神华彩焕然，否则必然昏花混浊，目无光彩；目系连属心系，为心神之使，心神错乱，则目系不转，直视翻转；若突然看到异常景象，魂魄、精神就会散乱不能凝聚，所以迷惑。

《灵枢·大惑论》：人之善饥而不嗜食者，何气使然？精气并于脾，热气留于胃，胃热则消谷，谷消故善饥。胃气逆上，则胃脘寒，故不嗜食也。

善饥而不能食属胃窍病，病因是脾热胃寒。脾热则逆于胃，胃热则消谷善饥；脾热则不能虚，胃寒则不能实，所以善饥而不嗜食。脾胃病久虚损，营卫不生，脉宗气无源，精神失养，精气-脾胃轴系调节紊乱，多生怪病，或嗜异食，或失眠、善忘，或妄想，或耳鸣、失音，在外周则卫气虚弱，营气郁热，多病疮痈，或顽固性皮肤病。

《灵枢·口问》："人之嚏者，何气使然？阳气和利，满于心，出于鼻，故为嚏。"

嚏是鼻窍病。阳气充盛，满于心主，出于鼻，所以打喷嚏——寒气收束上呼吸道，脉宗气充盛逆上驱除之，所以喷嚏。

《灵枢·口问》："人之太息者，何气使然？忧思则心系急，心系急则气道约，约则不利，故太息以伸出之。"

叹息是咽窍病。忧愁、思虑则心系拘急，心系拘急则肺系气道收缩，气道收缩则呼吸不畅，所以要用力叹息使之伸展舒出。

《灵枢·口问》："人之涎下者，何气使然？岐伯曰：饮食者，皆入于胃，胃中有热则虫动，虫动则胃缓，胃缓则廉泉开，故涎下。"

涎下是津窍病。饮食入胃则胃热，胃热则活动增强，胃气充实注于任脉、阴维，廉泉大开，所以流涎。

《灵枢·口问》："人之自啮舌者，何气使然？此厥逆走上，脉气辈至也。少阴气至则啮舌，少阳气至则啮颊，阳明气至则啮唇矣。"

啮舌是舌窍病。诸经脉逆上，标本不一，足少阴经气逆上令人咬舌，足少阳经气逆上令人咬颊，足阳明经气逆上令人咬唇。

《灵枢·口问》："人之軃者，何气使然？胃不实则诸脉虚；诸脉虚则筋脉懈惰；筋脉懈惰则行阴用力，气不能复，故为軃。"

軃，当作捶，倦怠无力也，属筋膜病。胃气不实则十二经空虚，筋脉无力；筋脉无力，又兼房事太过，筋骨失养不能纠正，所以倦怠无力。

《灵枢·口问》："人之唏者，何气使然？此阴气盛而阳气虚，阴气疾而阳气徐，阴气盛而阳气绝，故为唏。"

唏是喉窍、目窍病。阴盛阳虚，肺气虚寒冲逆，心气不足而迟缓，所以悲伤、哽咽而无泪。

《灵枢·口问》："人之哀而泣涕出者，何气使然？心者，五脏六腑之主也；目者，宗脉之所聚也，上液之道也；口鼻者，气之门户也。故悲哀愁忧则心动，心动则五脏六腑皆摇，摇则宗脉感，宗脉感则液道开，液道开，故泣涕出焉。液者，所以灌精濡空窍者也，故上液之道开则泣，泣不止则液竭；液竭则精不灌，精不灌则目无所见矣，故命曰夺精。"

泣涕是心窍、目窍、肺窍、鼻窍病。心为五脏六腑之主，藏神；目系为心气所灌注，是上液的出口；口鼻是气息出入的门户，为肺气所灌注。所以，心感到悲哀、忧愁而神气动，心动则五脏六腑都要加强生化、运化。心主感受到了心神的调节，就会决开上液之道，令眼泪流出；肺系感受到了心神的调节，就会决开口鼻，让鼻涕流出。液是灌注、滋养空窍的，若哭泣不止，鼻涕、眼泪流泄太多，就会使液枯竭，不能灌注、滋养目系，导致目盲。这就叫夺精。

《灵枢·口问》："人之耳中鸣者，何气使然？耳者，宗脉之所聚也，故胃中空则宗脉虚，虚则下溜脉有所竭者，故耳鸣。"

耳鸣是耳窍宗脉病。耳聚集了手足少阳、太阳、手阳明五经的阳气，就像五脉的宗主。胃气虚，则耳宗脉虚，耳中溜脉自然不足，经气枯竭不能荣，所以耳鸣。

《灵枢·口问》："人之欠者，何气使然？卫气昼日行于阳，夜半则行于阴，阴者主夜，夜者卧；阳者主上，阴者主下；故阴气积于下，阳气未尽，阳引而上，阴引而下，阴阳相引，故数欠。阳气尽，阴气盛，则目瞑；阴气尽而阳气盛，则寤矣。"

欠是精神转枢、阴阳跷脉病。卫气昼行于阳，夜行于阴。若阴气盛于下，阳气未尽，阳气欲使卫气上，阴气欲使卫气下，阴阳第次相引，卫气欲循度上下而不能，所以屡屡哈欠。直到阳气尽了，阴气占据优势，才能睡觉。等到明晨阴气尽了，阳气复盛，人也就清醒了。

神经症病理，既有精气风证基础，又有诸孔窍神气出入不利、营卫不交具体病变。如恐惧、焦虑、抑郁、狂躁、强迫、疑惑等，或兴奋有余、抑制不足，或抑制有余、兴奋不足，精气风证明显，神气出入异常，显然与网状结构转枢不利有关，且辐射于情绪、视听、躯体中枢，甚至影响皮层综合。如神经衰弱，既有一个长期、持续紧张敏感的风证基础，又有诸孔窍调节失敏、神气出入无常的具体病变，不仅易兴奋、易激惹，而且易疲劳、易抑制。病患心情紧张、精神兴奋，同时又意志消沉，不断反复回忆、联想，漫无目的，精力无法集中，对声光敏感，肌肉紧张、酸痛，入睡困难、多梦，疲倦不堪，头晕眼花耳鸣，心慌胸闷，腹胀消化不良，尿频多汗，阳痿早泄。凡病邪袭扰之处，正气必然不足，更加精气虚损，神气调节不利，则诸孔窍之病生矣。神气出入目窍不利，则视物不清，甚至失明，或直视转睛，乃至于幻视；出入耳窍不利，则耳聋、耳鸣，甚至重听失聪，或听觉敏感，不能忍受纤毫噪声，甚至幻听；出入皮肤孔窍不利，则触觉、温度觉异常，或畏寒，或怕热，或自汗，或无汗，或虫蚁爬行，或木僵而不知痛痒；出入咽喉、舌窍不利，则吞咽困难，乃至于沙哑失音，或谵语，甚至神昏，或郑声，或弄舌，或口噤；出入鼻窍不利，则不闻香臭，或时时流涕、喷嚏；出入前后二阴不利，则或遗尿，或癃闭，或泄泻，或便秘；出入性腺轴不利，则或阳痿，或性欲亢进，或遗精、精液质量下降，或持续遗泻不止，或梦交，或性行为异常，或月经不调，或不育不孕；出入网状结构不利，则或失眠，或昏睡，皮层或兴奋，或抑制，注意力或超敏，或涣散，甚至昏迷，肌肉活动或紧张，或松弛；出入中脑不利，则或强直、抽搐，甚至癫痫，或瘫软不用，或头痛、眩晕、呕吐……诸躯体病症，再附加上情绪体验、认知障碍、人格改变，这就构成了神经症。

痴呆是脑组织损伤引起的综合精神病征。痴是精气调节水平低下；呆是适应不良，不能胜任日常生活，完成一般任务。呆，古人又称之为癫，多出于先天。患者自幼发病，发育畸形，头小头短，眼裂窄，舌体肥大，成年后神情呆滞，反应迟钝，词不达意，记忆力差，智商不及平均水平，生活不能自理，喜怒无常，对危险、伤害了无意识。痴多生于后天，患者认知能力低下，记忆力衰退，语言障碍，理解、书写困难，甚至失语，不能执行简单意念活动，社会适应能力丧失；非认知功能衰退，如空间感知障碍，平衡能力丧失，经常跌倒，言语模糊不清，如判断力、预见力丧失，或高估自己，或低估危险；人格改变明显，如前额叶萎缩患者常不讲卫生，不修边幅，言语污秽，行动攻击，从事无意义活动，处理问题不当，无道德底线；精神兴奋-抑制、心理-生理转枢不利，焦虑，抑郁，易激惹，甚至出现幻觉、妄想。

皮层，或皮层下损伤引起的痴呆，典型的如阿尔茨海默病，以及帕金森病、亨廷顿病。严重脑组织损伤，如脑积水、脑梗死、脑炎、艾滋病、梅毒、脑占位性病变、成瘾和非成瘾药物损伤，以及肝、肾、肺性脑病、甲状腺功能低下、妊娠中毒等，都可能导致痴呆：最初只是遗忘，继之精气调节紊乱，思维、判断力低下，情感障碍，社会适应能力差，甚至人格改变，失语、肢体动作不遂，最后不能完成简单任务，社会适应能力完全丧失，卧床不起，四肢强直，瘫痪，终因器官衰竭而死。

善忘，特别是短期记忆丧失，是痴呆病的典型症状，病理复杂，但有时候起于外周病变。

《灵枢·大惑论》："人之善忘者，何气使然？上气不足，下气有余，肠胃实而心肺虚。虚则营卫留于下，久之不以时上，故善忘也。"

上气不足，下气有余，即脉宗气不足，脑髓失养，胃肠紧张，营卫滞留于下，久病虚损，气血不能上朝，这是善忘的外周病理之一。所以，善忘的核心病变是脑髓失养，但有虚实不同：虚损，脉宗气不足，营卫滞留下焦，气血不得上朝，这是善忘虚证；瘀血阻滞，经络不通，营卫回流不利，脑髓失养，这是善忘实证。

善忘，其实是一大类精神病证的总括，核心病理是脑组织失养，细胞变性，中枢交互过程不完整，环节缺失，不能生成综合信号，构成记忆回路。

脑功能单位有分析性的，有综合性的。分析性的功能单位提供信息，综合性的功能单位，根据分析信息和事先贮存的综合规定，完成综合，得到一个综合信息，再将此信息扩散到其它功能单位，或反馈给分析单位，从而引起一系列的响应。所以，所谓先天之精，实际上就是长期进化形成的、由遗传肯定下来的、按不同层级分布的综合-分析构造。新生儿拥有整套的、得自遗传的综合-分析构造，其中的综合规定完全是先天的本能，而智慧的发展也体现在综合规定的质量递增，以及不同单位、不同层级、不同功能的综合-分析单位的联系的深度和广度。如视觉－计数，这是一个先天构造，其中的综合规定是本能数感。当个体掌握了对应这个新的综合规定后，就等于在先天构造的基础上，另外创建了一条新的侧支通路，对于相同的视觉对象，也就新增了一条综合规定的路径，个体不仅能用本能处理对象，也可以用后天发展起来的原则处理对象，而且随着原则质量的递增，对同一对象的处理，势必要联系到更加广泛、深入的领域，不仅有情绪体验，动作技能，而且有社会适应，语言表达，不仅日益上升到皮层顶端，而且深入到外周，扩展到社会……个人的智慧也必然随之而增长。

但是，若先天之精存在综合-分析构造数量、种类缺失，或结构残破，或严重断层，则必然导致问题处理适应不良，病成先天性痴呆。如不言不语，不饮不食，忽笑忽歌，忽愁忽哭，这可能是网状组织先天不全、皮层兴奋-抑制、心理-生理转枢失调，功能单位联络不畅所致；如不知好歹，这可能是社会适应中枢功能单位先天缺失，或感觉中枢与社会适应中枢之间先天断层所致。在这样的情况下，患者无法辨别事物的社会意义，或感觉系统虽能完整感知事物，但由于感觉系统与社会适应中枢之间缺少综合规定，以至于无法彼此沟通，不能产生具有社会适应意义的综合，好歹不分，善恶不辨。比如笑脸能引起社会适应中枢的积极响应，儿童本能地将笑脸综合为友善之类，从而使这一综合具有社会适应价值。但是，先天呆癫者，虽能完整感知对象的面部信息，却无法解读其社会意义，导致社会适应不良。

分析单位缺失则无法采集信息，综合单位缺失就不能处理信息，综合规定缺失，则即使有完整的信息采集，也不能得到综合信息。如学习外语，对没有任何经验的学习者，一个语句无异于一连串乱码，只是一些声音刺激，根本不能完成综合，除非他脑中事先存储了相关的综合单位，能够与意义系统联系起来，甚至与情绪体验、价值判断、生活经验、行为意志等功能单位联系起来，否则整句话就毫无意义，他也不可能对这句话进行恰当的、合乎社会规范的处理。什么是记忆？从综合-分析的观点看，所谓记忆，必须建立在理解的基础之上，而新建一个综合-分析构造，就是理解形成的过程。如果综合-分析构造已然建立，则从分析端开始，激活综合端，这就是再认，从综合端开始，激活分析端，这就是回忆。所以，再认总是心不由己的，回忆则可能自主选择，而经常重复、不断扩散综合信息，就成了巩固记忆的有效手段。痴呆最早出现的病症就是记忆障碍，而且主要表现为工作记忆障碍，长时记忆反不受影响，为什么？原因是，在综合-分析交互关系建立的过程中，痴呆证患者由于组织损伤，短时综合-分析系统难以建立，长时综合-分析单元犹然残存，这就造成了痴呆性记忆障碍。

大脑是一个层级构造，这是由进化决定的。上下层级之间联络缺失，不同功能单位之间联系断绝，中枢兴奋-抑制、心理-生理转枢失调，则即使能获得综合信息，也不能有效扩散，适应情境、任务。综合规定太过本能，综合规定与任务不相匹配，则不能胜任复杂任务。如只依靠先天数感就不能完成"三"以上的计数，只用常识，就不能完成"十"以上的计数，只有掌握了数制，才能完成高级计数任务。脑组织损伤，即使能获得正确综合，但综合结果不能扩散于高级中枢，心里虽然明白，但就是不能给出适应性响应。如前额叶退行性病变，当萎缩达到一定程度后，患者虽智力正常，但人格改变，不能有效扩散综合信息，生理-心理、兴奋-抑制转枢失恒，处理问题毫无道德底线，社会适应不良。

中脑是调节视觉、听觉、运动、姿势等生命活动的皮层下中枢。正常时，大脑皮质的相关信号先进入中脑功能单位，再经延髓、脊髓传出扩散，引起各种躯体反应。中脑组织损伤，则即使皮层能形成正确综合，也不能循度扩散，引出正确反应。基底核包括纹状体、苍白球、黑质、丘脑下核，与皮层、丘脑、脑干相连，能调节自主运动，参与意识、记忆、情感、奖励学习等高级认知活动，是一个兼管身心的功能单位。多巴胺能神经元主要分布于基底核的尾核、黑质、苍白球，由它传导的信息，能激发好奇、探究、运动、觅食等行为，不足时则不饮不食、不言不语、呆坐不动、刺激反应不能，甚至木僵。黑质通过边缘系统参与情绪调节，通过中脑-大脑皮质参与认知，甚至思维，通过下丘脑-垂体参与体液调节，它的缺席，必然引起情绪低落、认知障碍、外周异常。胆碱能神经元参与睡眠、运动、攻击行为，对学习、记忆有重要调节作用。5-羟色胺系统功能亢进可引起认知-行为改变、神经肌肉异常、自主神经紊乱三联征：精神激越、焦虑、轻躁，意识模糊、昏睡，发热、恶心呕吐、大汗淋漓、腹泻、瞳孔扩大，心动过速，共济失调，反射亢进，肌肉强直、震颤，不能静坐，牙关紧闭，乃至发生肌阵挛，智力、体力发育障碍。肾上腺素能神经元可调控多巴胺能神经元活性，决定应激适应能力，或抑郁易感性；应激引发的抑郁，或表现为易激惹，或表现为兴奋。去甲肾上腺素能神经元参与调节情绪、觉醒-睡眠，对适应性、抑郁易感有重要作用。所以，中脑能将上传信号扩散至皮层，又能将皮层下传信号扩散到外周，类似于少阳、少阴转枢系统，对心理-生理、兴奋-抑制、觉醒-睡眠、快乐-抑郁、行动-安静、注意-多动等过程均有平衡转枢作用，是一个兼管身心、专职转枢、交通上下、扩散综合信号的功能单位。中脑组织损伤，神经递质缺失，或异常，必然造成综合障碍。如帕金森病，主要是中脑黑质多巴胺能神经元变性坏死，纹状体多巴胺含量显著减少，以及黑质残存神经元胞质内出现嗜酸性包涵体引起的；同时，非多巴胺能系统的神经元病变，如基底核胆碱能神经元，蓝斑去甲肾上腺素能神经元，脑干中缝核的 5-羟色胺能神经元，以及大脑皮质、脑干、脊髓、外周自主神经系统的神经元损伤，也会对综合扩散过程产生严重影响，病成痴呆。

神为精之使。神不出窍，或出入无度，或模式混乱，则精气调节必然逆乱。何以故？原因无非两类：首先是先天精气残缺，其次是后天脑组织失养，组织变性、坏死、变形。先天精气残缺，作为使者的神气，秉承错误旨意，自然不能交通上下，协和四方。外周病变，脑供给不良、回流不利，至上之焦内环境恶化，电解质紊乱，细胞坏死、变性，组织变形，自然不能正确处理、有效综合、循度扩散信息，激起适应性反应。中脑组织直接交通外周，脉宗气病变首先祸及中脑。交感亢进，脉宗气激越，脑供给太过，若上腔回流艰难，则外有发热、面浮肿，内有代谢产物、病理产物淤积，颅内高压，电解质紊乱，内环境恶化，组织失养，头痛、呕吐、视物不清。下腔生化不利、回流艰难，心脑失养，脉宗气紧张代偿，心搏、呼吸必然加强：初起之时，尚能激发中枢反馈调节，强化心肺功能，重新分配血液，保障心脑正常血供；病久不愈，外周调节失敏，脑组织奉养无源，供给不足，代谢产物、病理产物、内毒素淤积，电解质紊乱，脑室压力、稳定性改变，头痛眼花、意识不清，组织失养损伤。大脑有若干缓冲、保护、代偿机制，甚至有专门的血-脑屏障，但这些机制与屏障并非铁板一块，丘脑附近第三脑室周边的通透性就明显高于其他部位，在至上之焦日积月累的环境恶化过程中，以此为中心，可逐步将损伤扩展至周围组织。第三脑室前有视交叉、垂体，上有丘脑、下丘脑，后有中脑导水管、松果体，正是交通、传导综合信号，平衡电解质，维护脑环境稳定，调节中枢转枢过程，影响视、听、记忆、节律、情绪、肌张力、动作、平衡，整合触觉、温度觉、痛觉的重要构造。这个部位压力剧增，组织病变，不仅躯体，高级中枢综合过程也会发生异常，出现头痛、呕吐、嗜睡、神昏，记忆衰退、情绪不稳、躁动违拗等病症。丘脑下部受压，则多尿、体温上升，乃至嗜睡、阳萎、月经不调，病变持续不解，则耳鸣、听力减退、运动失衡、肌张力异常、步态蹒跚。如长期、持续紧张应激，精神转枢不利，内环境恶化，中脑黑质损伤，多巴胺递质减少，中枢兴奋性、外周肌张力异常，则导致帕金森病。

以精神调节模式紊乱为特点的精神病证，可名之为调节性精神证，包括综合信息投射错误、模式错谬等不同类型。

精神分裂症是以综合信息错误投射为主要病变的精神障碍，多发于青壮年，发展缓慢，经年累月，反复加重，主要有偏执分裂、青春分裂两个类型。病患智能无明显下降，常出现言语性幻听，思维松弛破裂，逻辑倒错，内容单调贫乏，言语不连贯，或有病理性、象征性思维，语词新作，有时思想被插入、撤走、播散，思绪中断，或强制；常觉得自己被他人控制，多妄想知觉，或妄想心境，情感明显淡漠，精神紧张，行为怪异或愚蠢，意志减退或缺乏，无自知力，社会适应严重障碍，不能交流。

精气风证是综合信息错误投射的病理基础，而错误综合一旦形成，必将导致精神交互过程的破裂，病成精神分裂证。人格、遗传等因素可造成某些精神构造紧张敏感，处于易激惹的风证病态，刺激效应常被放大，综合信息容易误投，如果不断强化，就会形成固定的、错误的综合投射，丧失自认而精神分裂。如情感误投，精神要处理悲伤事件，则综合信息应投射到感受悲伤的情绪中枢去，若由于感受欣快的情绪中枢恒常处于易激惹状态，就可能误投，将悲伤误认作欣快。再如语言误投，语句认读完成后会产生一个综合信息，它应被投射到相应的意义单元才会产生符合逻辑的响应，否则即使每一个功能单元都是健全的，交互作用也是完整的，结果也将是前言不搭后语，令人莫名其妙。偏执分裂所以形成，最初原因可能就是投射区敏感、易激惹，最后导致了综合信息的扩散、投射异常。精神构造紧张敏感，无关紧要的交互过程所产生的综合信息很容易被投射到敏感区域，从而产生适应错误的响应，且在长期隐蔽的强化过程中，逐步清稀肯定，以至于任何综合信息，甚至纯碎生理性的综合信息，也被错误扩散、投射，造成精神交互过程与社会适应的分裂。综合信息错误投射的区域或涉及思维，或涉及感觉，特别是听觉-语言中枢。听觉传入路线长，又经过中脑转枢构造，在中脑风证病态下极易被强化，加之病发隐蔽，所以幻听常逐步产生，进行性加重。开始幻觉到的声音数量少、内容简单，以后数量越来越多，内容越来越丰富，直到病患自认丧失，意志、行为、情感、思维都被幻听、妄想所左右，坚信不疑，甚至与并不存在的对象进行交流，竭力抗争，最后完全相信了幻觉中的世界，病成精神分裂。

人格变态是交互模式错谬导致的精神障碍。病患在处理问题时存在倾向性错误，如在态度、性格、特征、习惯等方面的一贯性的错谬倾向。人格变态有很多类型，如癔症，偏执，习惯性冲动，病理性赌博、纵火、偷窃，性别、性取向、性角色、性偏好异常，等等。在内外刺激下，意识、情感、躯体反应出现倾向性错谬，即俗称的癔症，或歇斯底里。癔，心意病也，即意识在倾向性方面犯了错误。作为一种人格障碍，癔症多起病于青春期，或更年期。病患有极强的表现欲、体验欲，在突然遭受内外强烈刺激，不能有效综合、协调内心冲突时，选择性地采取有利于自己的反应，表现为意识范围狭窄，状态朦胧，仿佛做梦，如同醉酒，可伴有突然情感爆发，哭笑打滚，捶胸顿足，狂喊乱叫，或戏剧化表演等有助于自己摆脱困境，发泄压抑情绪，获取他人同情或注意，取得支持和补偿的反应。

人格障碍表现为病患在处理问题时一贯地偏离常识和社会规范，虽无智能问题，但适应不良的行为模式难以矫正，常病发于童年期或青少年期，成年后或有减轻。偏执人格障碍是以猜疑、偏执为特点的行为适应不良。病患对挫折、遭遇过度敏感，对侮辱、伤害不能容忍，耿耿于怀；多疑，容易误解他人，产生敌意或轻视，毫无必要的好勇斗狠；过度自负和自我中心化，总感觉受压制、被迫害，常将外在事件解释为阴谋，过分警惕和抱有敌意。分裂样人格障碍以观念、行为和外貌装饰的奇特、情感冷漠，以及人际关系明显错谬为特点。病患性格内向，表情呆板，情感冷淡，对赞扬或批评无动于衷，缺乏愉快感，缺乏亲密、信任的人际关系，在遵循社会规范方面存在困难，行为怪异，对性不感兴趣。此外，焦虑性人格障碍以紧张敏感，缺乏安全感、自卑为特征；依赖性人格障碍以过分依赖为特征，将重要责任，自己的希望、需要寄托于他人，过分服从他人意志，常感无能无助。

从发病特点看，癔症常有遗传、人格基础，多在青春期、更年期、妊娠期、月经期等精神高度紧张之时发病，所以病理基础不离精气风证。从病证特点看，癔症与整体综合有关，不涉及具体分析-综合内容，其综合处理倾向于逃离困境、发泄紧张情绪，是精神为消弭紧张而所采取的保护措施，且在多次有效缓解困境之后，逐步形成固定而错谬的综合倾向。从病理机制看，额叶是大脑最高的综合构造，能将下级各类综合-分析的结果整合在一起，从而做出有社会适应价值的反应。所以，癔症病理改变很可能与额叶的病态激活、强化有关。癔症的精神性病症常由强烈情感触发，躯体病症多由暗示、自我暗示引起，首次发病的原因决定了以后的发病特点，以后的发病其实是首次发病的翻版，而再次发病时也不需要很强烈的刺激，仅凭联想、回忆应激事件，或接触类似事物就可触发……这些规律性的特点，都指向了额叶综合倾向的错谬。

早已证实，前额叶损伤是人格障碍的首要原因。一般认为，前额叶虽然不是任何精神活动的专门投射区，但它负责最重要的整体综合。前额叶与大脑各区域、各中枢，如顶叶、枕叶、颞叶、丘脑、脑干等都有交互通道，能将各功能单位上传的综合信息再综合，协调各种精神活动，使高级精神活动具有觉察性、指向性、目的性、逻辑性、创造性，经前额叶加工过的信息是有意识，有目的，有逻辑，可自控的，在精神系统中能明确定位，与其他信息和谐共存。如前额叶-丘脑这个构造就可以综合觉察，使精神活动在被意识的情况下展开。工作记忆的性质，实际上就是当下被意识到的记忆，其质量决定了精神调节的效能。前额叶退行性病变首先表现出来的病症就是工作记忆的质量下降。所以，前额叶能综合信息，纠正错误，制订计划，如果损伤，则不能集中注意于观察、思考，不能进行逻辑推理，对突发事件束手无策，工作记忆质量下降、健忘，行动、反应迟缓，性格偏执、孤僻，情绪不稳，喜怒无常，自私，缺乏怜悯和责任，甚至不诚实，无道德底线。

临床常见的前额叶损伤、人格障碍精神病证可分三个类型：亢奋型以人格改变为主，行为放纵，轻浮、躁狂而无欣快感，抑郁型以抑郁为主，但无悲痛、病态偏见，混合型则亢奋-抑郁交替出现，或同时存在。所以，无论是躯体疾病导致的人格偏离，还是精神障碍引起的人格改变，都有一个基础的精气风证背景，未必有器质性病变，但额叶的某些区域必定敏感、易激惹，从而使上传信息不可避免地被此优势区域所综合，而其他区域则处于抑制状态。结果，额叶只能进行有残缺的综合，不能正确协调信息间的关系，整个精神调节失去了系统性，行为举止、处理问题出现矛盾和偏差。最终，经额叶综合后的行为、情感、认知、问题解决表现出偏执、强迫、冲动的倾向，而在一些精神高度紧张，如赌博、纵火、偷窃、性行为等活动中，就非常容易激活、强化额叶的某些区域，使综合倾向发生错谬。

天地阴阳，人在气交，从道理上讲，原本不应有精神病证、外周病证的区别，只是我们在分析病理时，必须有所侧重，不能胡子眉毛一把抓，所以才把原本完整的病证分开了而已。

如男女精气病，虽偏属生殖系统，但其实是完全的心身疾病。经典认为，脾系不得隐曲则精华不生，津液回流不利，脉宗气紧张代偿，卫气不和。营气不足，卫气不和则冲脉不平而空虚，胞宫失养，脉宗气亢进则大气逆上厥下，任脉不治则胞宫瘀血不通，督脉失调则不能规范孕育活动。女子怀孕的条件是天癸至、任脉通、太冲脉盛、月事以时下。天癸属精气，任脉治阴系，冲脉滋养胞宫。若冲脉充盛，任脉清通，督脉规范、温煦胞宫，天癸应时而下，土肥水美，气候温暖，种子优良，则何愁稼穑不生？若冲脉无源，任脉不治，胞宫瘀血不通，督脉不能规范、温煦胞宫，土地贫瘠，气候寒冷，种子质量低劣，则稼穑何以生长？若交感太过，肝系拘急，盆腔回流不利，营气瘀热渗出，则病崩漏；若营气瘀阻，卫气虚寒，营卫或通或不通，则月事不调，或血下黑紫，或血下清淡，经期前后不定；若营气瘀热，卫气虚寒淤积，胞宫失养，炎性反应，则病带下，或赤或白；若肝系拘急，回流不利，冲脉不治，胞宫失养，冲气逆上，则病闭经、倒经；若外三焦卫气循行不利，内三焦营气充盛，再遭受内外不良刺激，营卫厥逆，不荣于胞宫，精气调节衰微，寒厥病态不能及时纠正，则病肠蕈、石瘕。

精出肾窍则为肾神气，肾气出命门则为原气。原气以督脉为使，在男子能循度生化精液，规范性行为，平衡三焦水火，交通心肾，在女子能温煦胞宫，规范孕育，安和胎儿。肾气阴阳不平，三焦有火无水，则病遗精、小便短赤，甚至尿血，膀胱肿瘤；小便短赤，循环不足，肠系必然强化水津吸收，大便干结难下，则病生痔疮，甚至肠道肿瘤；若营气瘀热，卫气虚寒，三焦不通，湿热聚集下焦，大便黏腻，则小便短黄，甚至癃闭难出，若精索拘急迂曲，睾丸失养，则无子不育、遗精；若肾气旺盛，竭泽而渔，肾气、奇经阴阳俱虚，则小便清长，乃至遗尿、阳痿；若肾气不调，小便清冷，大便飧泻，营卫不生，冲脉无源，天寒地冻，种子不发，则精子质量下降，甚至无精。

再如，青少年心身发育不全，精神病证高发，病症所及，很难区分内外。如儿童多动症，以注意力难以集中，活动过度为特征。病患学习活动易分心，对外在刺激探究过度，不注意细节，粗心大意，出错率高，不爱惜东西，做事凭兴趣，不能持久，与之交谈则心不在焉，似听非听，难于静坐，上课时常做小动作，玩东西，讲悄悄话，好插嘴，过分喧闹，干扰他人，行为过火，登高爬梯，好冒险。如儿童抽动障碍是一种突发的、不随意的异常肌肉运动，或发声，分为简单、复杂两类：眨眼、斜颈、耸肩、扮鬼脸属简单运动抽动；蹦、跳、打自己属复杂运动抽动；清喉声、吼叫、吸鼻属简单发声抽动；重复言语、模仿言语、秽语属复杂发声抽动。各种抽动在短时内可被意志控制，在应激情况下加重，在睡眠时减轻。如青少年品行障碍以反复持久出现反社会性、攻击性、对立性品行为特点。病患好斗、霸道，残忍对待动物、他人，破坏财物，纵火，偷窃，反复说谎，逃学或离家出走，经常发怒、对抗、挑衅。如儿童选择性缄默症起病于童年早期，在学校，或陌生人面前沉默不语，在其他环境中言谈自如，缄默时，常伴有焦虑、退缩、违抗等情绪。如儿童反应性依恋障碍以长期社交障碍为特征，如过度抑制，过分警惕，或明显矛盾，常伴有情绪紊乱等病症。此外，还有不少特发于童年期的精神障碍，如情绪障碍、分离性焦虑、社交恐惧、广泛性焦虑等，都有完全的心身疾病的特点。

　　青少年身心发育尚未完成，精神常紧张敏感，反应多偏激、强烈，精神构造上下层级之间不协调，特别是额叶功能不完备，对来自下级构造的冲动不能完善综合，很容易出现综合错谬。从发育看，在青少年早期，皮层下的结构早已完成，但高级皮层，特别是前额叶，在青年期最后阶段才能臻于完善，精神上下层级之间，特别是额叶与其他功能单位之间会出现了一个时间差、功能差，这就使青少年更容易罹患精神病证。所以，青少年精神疾病的一般病理基础，多与精气风证、综合信息错误扩散、投射有关，性质上完全是一种特殊构造导致的全心身疾病，只有心身同治才能取得理想疗效——但这又何尝不是治疗一切疾病的原则呢？

第十三章　走过那座桥

中医的学术体系由理、法、方、药构成。知道了正常的生理、不正常的病理，你只是掌握了理。然后，把理用到临床，找出不正常的证据，推断疾病发生、发展、预后的情形，提出解决问题的方案，开展治疗、护理、康复，让不正常回归正常，这就是诊断、治疗了。诊断如过桥，桥这边是理论，那边是治疗。理论不过是纸上谈兵，治疗却是实际操作，而要想将理论用于解决实际问题，就必须一步步建筑、走过诊断这座桥，根据诊断，提出解决问题的方案，然后才能治病救人。那么，怎样建桥、过桥呢？办法是各有巧妙不同，但总体来讲要分两步走。

第一步是证明，或证伪。在掌握了一些线索后，提出一个病证假设，然后有目的地排查，最后证实，或证伪假设。如：患者主诉发热、汗出，这就是线索。根据这线索，我们先假设她患了太阳中风，然后再排查：看舌：舌淡苔薄；按脉：脉浮缓；问之：颈项强痛……皆符合太阳中风的病证特征，这就证实了原初的假设。但如果，患者又说她大便稀溏、小便清长、正在经期、量多色红，那怎么办呢？这就要走第二步了——解释病症，明确病机。我们掌握了一些病症，也明确了这些病症归属于某种证，是某种病理状态的反映，但同时还有一些不常见，甚至矛盾的病症混杂其中，这就要用你所掌握的理论去解释了。比如上面这个例子，患者大便稀溏、小便清长，这是一个脾胃虚寒的表现，那么原初断定的太阳中风就要修正为脾胃虚寒、太阳中风了；同时，患者正在经期、量多色红，这就是一个脾胃虚寒、血分瘀热、太阳中风的病证了。这可能吗？还有什么证据？从病理上说，这当然是可能的。查问病史，知道她发热、汗出之前，月经先至，性情急躁，与人口角，而且久有大便不实。于是，我们就能解释所有病症了：她是先有肝木犯脾、月经恰至的病理基础，又与人口角、感受外邪刺激而发病；她的病证显然不同于其他人，有特殊性。这个特殊性，在我们给她治病时必须给予考虑，预判这样一种病理状态会怎样演化，应采取哪些必要措施才能有针对性地治愈她的疾病。所以，解释的过程，一方面是进一步证实或证伪，同时也是明确病证的特殊性，为确立治疗方案、开展治疗——立法、制方、遣药、护理、康复——做好准备。

诊断是研究问题，提出解决方案，但细分之，诊法与断法是不同的。诊法是外在的活动，断法是内心的推断，诊法多用技能，断法依靠思维，一个是外在活动，一个是内心活动，虽密切联系，但相互区别。同时，诊与查也是根本不同的：诊是有明确目的地排查，查是无目的地普查；诊是根据假设展开的，是一个医生经验、修养、技能的体现，查则漫无目的，或目的不明，左右摇摆，莫衷一是，甚至先定下一个结论，再去拼凑证据。传统诊法有望、闻、问、切，但实际临床又有几个医生会在每个患者身上把这四种诊法都过一遍呢？有经验的医生，谁不是根据需要去排查呢？教科书式的诊断不切实用，也没必要。

《素问·阴阳应象大论》："善诊者，察色按脉，先别阴阳，审清浊而知部分；视喘息，听音声，而知所苦；观权衡规矩，而知病所主；按尺寸，观浮沉滑涩，而知病所生。以治无过，以诊则不失矣。"

善诊之人，察色按脉，先辨别病属阳系，还是阴系，审察清阳之升，浊阴之降，了解脏腑中谁发生了病变，这才是根本要害。至于观察患者的喘息、谛听他的声音，了解他因何痛苦，根据脉动的沉、浮、洪、弦判断病机，按察脉的尺寸，看浮、沉、滑、涩的情形，推断病理，那不过是进一步的求证过程，绝不能毫无目的地普查。

中医诊断，或从外在病症推断内在病理，或从内在病理解释外在病症，不是"司外揣内"，就是"司内揣外"，最后要达到"合而察之，切而验之，见而得之，若清水明镜之不失其形"的境界。中医诊病的方法只是望、闻、问、切。望是用视觉，闻是用听觉、嗅觉，切是用触觉，问是语言交流，不要任何工具辅佐，全凭一己感知能力，直接而简单，为什么就能"察色按脉，如见脏腑"呢？

《素问·阴阳应象大论》："天地者，万物之上下也；左右者，阴阳之道路也。"

这是古人假想的宇宙，也是中医心目中的人体标准模型。天地是万物的上下，是说天地上下，万物气交，都是自然演进的产物，所以一定要合乎四季阴阳变化之恒度，不合则为异，就是病。这是人之内在规定性的来由，也是诊断所以可能的根据。左右是阴阳之道路，是说万物与天地之间有一个交流机制：

《素问·六微旨大论》："出入废，则神机化灭；升降息，则气立孤危。故非出入，则无以生长壮老已；非升降，则无以生长化收藏。是以升降出入，无器不有。"

这个交流机制，不仅是"生、长、壮、老、已"诸生命活动的基础，也是"神机化灭""气立孤危"诸病理现象的由来。作为宇宙之子，人拥有和天地父母一样的内在规定性，通过人与自然之间出入升降的交流过程，维持其正常生理活动，表现出诸生命过程、诸病理现象，而根据这个模型和规律，我们就可以"司外揣内"，或"司内揣外"，从外在表现和内在规定的对应关系，判断生理状态、病理改变了。

天地阴阳，人在气交，出入升降，无器不有，这个模型与老子负阴抱阳、冲气以为和其实是一个意思。负者，有所恃也。抱者，怀抱也。阴是事物滋长、规定的力量，没有阴，事物将不能滋长、湮灭，也不能如此这般地拥有此时、此地、此种之属性，此种之形质；阳是事物变化的力量，没有阳，事物将不能发生，不能衰老；唯有负阴抱阳，阴阳冲和，事物才能壮大。阴为阳之守，阳为阴之使。阳改变事物也不能乱来，必须在阴的规范下进行，阴滋长万物也不能凭空，必须借助于阳而进行。阴阳不可分离，一旦分离，事物必将失去其固有的内在规定与变化活力，而崩解消亡。

所以，阴阳是否正常这是相对的，必须看对方的情况。从阴的一方面说，它的不正常，意味着相对于阳来说，滋长束缚太过，或滋长束缚不能；从阳的一方面说，它的不正常，意味着相对于阴而言，变化太过，或变化不及。这样一种偏颇状态，使得阴阳或失其使，或失其守，不能相互应和，相辅相成，事物也就不能合乎四季阴阳恒度地壮大了。所以，若一器内在地偏于阳，则外在必表现为升腾，若内在地偏于阴，则外在必表现为肃降。据此，我们也就可以凭着外在升降之异常，来推断其内部的阴阳关系与变化了。

天地阴阳，人在气交，出入升降，无器不有，这个模型可以说是诊断的第一原理。人，从整个机体，到一脏一腑，到经络，无非一器。作为器，形而上者是负阴抱阳、冲气以为和的内在规定，形而下者是出入升降的外在表现。内在之道，固然可以是正常的阴阳冲和，但也可以是不正常的阴阳偏颇。正常的阴阳冲和，自然于外在表现出合乎恒度的出入升降，不正常的阴阳偏颇，也必然于外在表现出不合乎恒度的出入升降。我们从外在的不正常的出入升降，推断其内在的阴阳偏颇，从形而下的表现，推测其形而上的道理，或透过现象看本质，或依照本质解释现象，"察色按脉，如见脏腑"也就有了根据。

《灵枢·外揣》："日与月焉，水与镜焉，鼓与响焉。夫日月之明，不失其影，水镜之察，不失其形，鼓响之应，不后其声；动摇则应和，尽得其情。"

人体内在规定与外在表现的关系，就像日与月、水与镜、鼓与响的关系。日照亮月，才有影子；水成为镜子，才能浮现形象；鼓被敲击，才能传出声响。动摇前者，必有后者应和，从后者的应和，就能尽知前者之情。

但是，从日知月，从水知镜，从鼓知响，只解决了个体内外相应的问题，只能保证从个体的外在现象推测其内在变化，还不能证明它具有普遍性。简言之，我为什么知道，我在此人身上看到的东西，在彼人那里也照样存在呢？我为什么能确定，在我身上发现的标本相应的现象，在别人那里也是事实呢？直接说，"以我知彼，以心会心"为什么是可能的？其根据还在于"天地阴阳，人在气交，出入升降，无器不有"这一原理。既然人在气交是普遍的，则我与彼都是天地所生，都不能逃离天地阴阳的规律；既然我与彼都不能逃离天地阴阳的规律，都不过是一器，则我与彼就都有升降出入的活动；既然我与彼都有升降出入的活动，则我们与自然的交流就是同一的；既然我们有同一的交流，同一的出入升降活动，则我之出入升降，自然能代表彼之出入升降，我之出入升降的病理改变，自然也能代表彼之出入升降的病理改变，反之，彼之出入升降的病理改变，自然也能代表我之出入升降的病理改变。所以，知己就能知彼，知彼亦能知己；我以我心，就能领会彼心，你以彼心也能领会我心。这样一种人与人的关系，使诊断具有了普遍意义，在自我诊断的同时，可以推想他人，在推想他人的同时，也可以自我诊断。"医者，意也。"以我之意，会彼之情，甚至以物之情，比类人情，这不仅是完全可能的，而且构成了中医思维的特色之一。

《素问·示从容论》："夫经人之治病，循法守度，援物比类，化之冥冥，循上及下，何必守经。"

援物比类，就是在说明、理解、解释生理及病理，制定治疗方案时，拿着自然现象和原理，比类于人体的病症和病理，甚至拿着改造自然的办法，用于治疗疾病。如眩晕、抽搐，我们怎么理解、解释呢？自然中的草木摇动与人体的眩晕、抽搐何其类似？自然中的草木摇动是因为风气吹动，那人体的眩晕、抽搐为什么不是"风气"吹动的呢？所以"诸风掉眩，皆属于肝"，肝风内旋，吹动头目、肢体，则头晕目眩、肢体抽搐。而要治疗这种病证，当然就要"息风止痉"了。援物比类之所以是可行的，原因就在于人与万物皆在气交，都是禀受天地阴阳而生化、运化的。事物之间，包括人与自然、社会之间，存在大量异质同构关系。由于内在构造类似，所以虽有根本性质不同，但外在表现也必将趋于类同，因此可做出某种程度的类比、推论，结论也可作为一种线索，开启思路，助益理解，形成治则。总之，天地阴阳、人在气交、出入升降、无器不有、内外标本、病症影从、援物比类、以心会心等，这些中医诊断的基本原理，既是传统哲学的直接推论，也是千百年来屡试不爽的经验结晶。

诊断，不仅是看病的方法，在根本上，还是一种新的疾病观的体现。从诊断认识疾病，与从病理认识疾病，这是两回事。因为病理是要弄清疾病发生、发展的道理，诊断是为治疗服务的，两者虽密不可分，但各有侧重，不宜混淆。如对寒热这种病症，病理重在说明发生的原因、机制，解释其各种变化，诊断则重在证明它是何种病理的反映，判断它的程度，确定它的位置，估计它的影响，设想治疗它的办法，并提出解决问题的方案。两者处理的虽是同一个对象，但理解上侧重不同，结论当然也就不一样了。所以，我们还必须建立一种侧重于诊断的疾病观，从诊断的需要去理解疾病，分析问题，解决问题。

首先是致病原因，即病邪，它可分为内源的、外源的，无形的、有形的，虚邪、实邪。体内、体外的致病因子对应内源、外源刺激，这很好理解。传统上，虚邪指两虚相合之邪，即外在的不正之气恰与病态的机体相合，联合致病，是为虚邪；相应的，实邪就是不虚机体所对之邪，这是从病因、机体关系加以区分。但同时，虚邪也指无形病邪，在自然界是一种气候变化，在机体是一种病理状态；实邪也指有形病邪，在自然界如致病菌，在体内如痰饮之类。这些不同性质的病邪还可以相互结合，构成特殊的致病因子，如内源有形实邪，指的是痰饮、瘀血、内毒素之类的致病因子；内源无形虚邪，指的是厥逆、寒热之类的病理状态，如此等等。实际上，即使机体正气不虚，只要患病，就很容易形成实中见虚、虚中杂实的复杂局面。

如外感伤寒，从病因说，通常是虚邪致病，但不排除有形实邪混杂其中；从病理说，主要是卫气循行不利，病理产物淤积，既有虚，又有实；

从虚实说，病邪侵入，正气必然不足，若进一步引起病变，病理产物淤积，虚实混杂，势所难免；从治疗说，治虚邪与治实邪完全不同，虚邪必调，用的方法是补、泻、和之类，实邪必攻，用的方法是消、吐、下之类，前者叫调，后者叫治，在经典，这分得很清楚。外源刺激，或为实邪，或为虚邪，侵入人体后，必然造成实中见虚或虚中杂实的病态. 内源刺激，或有形，或无形，病理改变终是虚实混杂。所以，不管哪种情况，都一定会造成虚实混杂的局面，区别只在于虚实多少不同而已。

在古代，自然是生活的第一主角，在现代，社会是生活的第一主角。人遭受自然界刺激，则病患外感，遭受来自社会的刺激，则病患"紧张综合征"。从病因分析，"紧张综合征"的外源刺激，既有快节奏、高压力、逆自然的现代生活方式导致的虚邪，又有污染的空气、食物、水导致的实邪；内源刺激，既有意欲无穷、情志激越的虚邪病态，又有淤积的代谢产物，甚至病理产物、内毒素导致的实邪；内外合邪引起的病证，有交感持续兴奋、精神紧张、有升无降、出入异常的基础病变；有代谢旺盛，致代谢产物、病理产物淤积，血流变性质改变，上下腔回流障碍而引起的诸如高血压、高血脂、高血糖之类的特殊病变；有紧张、失眠、抑郁的中枢病变；有内分泌失调、自主神经紊乱的外周病变；有脉宗气亢进的上焦病，还有脾胃不和、二便不利的中焦病，甚至会有奇经调节、肾气出入异常的下焦病。"紧张综合征"是产生多种内源刺激的渊薮，虚实错杂，能进一步引起多种病理改变，使局部组织变性、变形、异生，病生癥瘕。如果说，伤寒、温病在古代最为常见，那么在现代社会，"紧张综合征"就如同古代的伤寒、温病一样普遍流行。时代变迁，纯粹的内源、外源刺激致病已不常见了，内外、虚实、有形无形病邪联合致病反成为常态，古今之不同，于斯可见。

其次是病位，即疾病发生的部位，这比较复杂。《伤寒论》以来的传统是把病位分为表里。表证主要是太阳、阳明、少阳病，里证主要是太阴、少阴、厥阴病。但这个划分不好理解，不容易把握，特别是阳明、太阴的区别。因为阳明是主肌肉的，太阴也是主肌肉的，但脾是为胃行其津液的，胃又是为脾准备代谢底物的，那究竟是谁主肌肉。主表证呢？其实，阳明是主阳系之里的，太阴是主阴系之表的，肌肉在阳系属里，在阴系属表，所以阳明、太阴皆主表证。只是阳明病变在表，是阳系里证，太阴病变在里，却是阴系表证。这就是说，表里是相对的，在阴系属表，在阳系则属里，反之亦然。而少阳、厥阴在阴阳两系之间，或以为属半表半里。同时，五脏属里，六腑属表，阴经属里，阳经属表，根本属里，标末属表……如此等等。

现代西方医学不讲表里，但讲基础病、继发病，认为基础病有三类：基础代谢障碍、免疫功能障碍、慢性消耗性病变，但这个划分与中医临床距离太远，不切实用。若从中医观点看，基础病也有三类：一是风证，二是脾胃病，三是虚损病，在此基础上，后起病证皆属继发病，这样一来，对治疗的指导意义就比较明确了。如患者先有大便稀溏，又有皮肤风证，复感受寒邪，治疗时当然要解表为先，但必须兼顾基础病，而不必纠缠孰表孰里。内伤病的情况就更复杂了，若不用基础病、继发病的划分，有时候还真说不清楚，治疗也将漫无头绪，动手便错。所以，先不要管表里，只看有无风证、脾胃病、虚损病基础，再看继发病，这样才清楚明白，治疗时也不会迷失方向。

病位描述除准确之外，有没有指导治疗的价值才是最应该考虑的，为此，必须将中医之理融入其中。如外感表证，其实就是卫气水津病，内伤里证，多半是营气津液病，而卫气水津病、营气津液病的定位，显然更具体、更明确，在指导治疗方面更有价值，因为它们包含了中医之理。我们把病位确定在卫气水津、营气津液，气血定位、六经定位也就在其中了，以后治疗，无论是施用方药，还是针灸、推拿，甚至病后康复，就都有了依据。再如，阴阳划分，若作为疾病性质的分类，当然也是可以的，但意义不大，有时根本分不下去，若作为营卫定位的一种，反而能显示出它的意义来。营卫流行经络，本身就是一个巨大的系统。这个大系统内连脏腑，外络皮肤、肌肉、孔窍，因脏腑性质而分为手足阴阳六经，同时也就将经脉分成了阴系、阳系。阴系连属肝脾，阳系连属心肺，阴系偏于生化，阳系偏于运化，而足少阴肾经、足阳明胃经，实际是一身二性，性兼阴阳。所以，阴系病是与肝、胆、脾等相关联的经脉病，当然也包括肾系病，要害在生化不利；阳系病是与心、小肠、肺、大肠、心包、三焦等相关联的经脉病，亦包括胃系病，要害在运化不利。这样一划分，把阴阳局限在病位，不做过多引申，实际上也能涵盖原来大多数病性划分的内容，解释力更强，定位更切确，对指导治疗当然也就更有价值了。

把疾病定位在某脏某腑，这是最自然的了，但要注意的是，中医的脏腑概念不同于西医。比如精神病症，古时归于心、奇经，混杂了脑髓、肾精，又归之于五脏，相当复杂，莫衷一是，今天应重新定位。比如心包病，古时定位在心主，但心主只是心功的一部分，应归属于心。再如三焦病，古时混同于消化系统，今天应扩展其范围，归于微循环。古时的胆和今天的胆区别很大，古时的肾与今天的肾区别更大，古时的脾与今天的脾完全是两回事，古时的胃和今天的胃也大大不同……甚至，古时所谓的脏腑，与今天的脏腑，都不是一个概念，那么从疾病定位来说，应以哪个为准呢？脏腑辨证是中医诊断的精华之一，完全放弃，绝不可行；但是，古时明显不合理的，今天也要改过来，不然脏腑定位也就没有意义了。

三焦部分定位、脏系定位的临床价值更大。三焦部分，自上而下分为四部：锁骨以上属精神，出精气，为至上之焦；胃中脘以上，锁骨以下出脉宗气，为上焦；胃中脘以下，回肠以上，出津液，为中焦；回肠以下，包括肾系，出水津，为下焦。所以，精气病，必在至上之焦；脉宗气病，必在上焦；津液病，必在中焦；水津病，根本在下焦。外周脏系有水系、气系、血系、火系，而运化转枢为生化归之于少阳，生化转枢为运化归之于少阴；中枢脏系有精系、神系，精气病、神气病、情志病、奇经病、虚损病皆定位于精神二系，而中脑-脑桥-边缘系统转枢兴奋-抑制、生理-心理过程，以及神气出入，为精神转枢系统。脏系是脏腑、经脉的综合，依据水、气、血、火、精、神而划分的系统，其生理、病理与三焦部分是对应的，没有脏系理论，三焦部分定位也很难讲得通。总之，脏系定位、三焦部分定位、阴系阳系定位、脏腑定位、营卫气血定位，构成了病变部位的概念，这是从诊断治疗的角度对疾病的重要刻画。

再次是病性，即疾病的性质，主要是寒热、虚实，但笼统讲毫无意义，必须结合病位才能用于实际。如寒热，在卫气，则交感亢进为热，血压升高为热；在营气，则代谢亢进为热，小便黄为热，大便干结为热；在阴系，则生化太过为热，生化不足为寒；在阳系，则运化太过为热，运化不及为寒；在脏腑，则寒热可比拟于四季，在冬性春、在春性夏为热，在夏性秋、在秋性冬为寒，有冬无春、有春无夏为寒，有夏无秋、有秋无冬为热。脾胃顺接，更虚更实，失其恒度，必生寒热。少阳、少阴、中脑转枢阴阳，以中正无偏为恒度，转枢不利，有阳无阴为热，有阴无阳为寒。三焦部分、脏腑六系，升降出入，阴阳守使，不仅要保证系统阴阳和谐，还要保证系统之间的平衡，系统对整体的适应。寒热表现就更为复杂，"阳盛则热，阴盛则寒"固然不错，但必须用对地方。对系统调节来说，为确保部分对系统、系统对整体的适应，就可能存在上热下寒，内热外寒，真寒假热，假热真寒的情况。三焦部分，精神最高。精出窍则为神，神为精之使，阳神出则热，阴神出则寒。阳为阴之使，阴为阳之守，有使无守则热，有守无使则寒。升降出入，因阳而升则热，因阴而升则寒；因阳而降则热，因阴而降则寒。如肺肾两系主卫气水津，若肾系有冬无春，水聚于下，回流不利，则肺系必因心脑失养而紧张代偿，功能亢进，于是上有肺系之热，下有肾系之寒，症见口渴、小便不利、肌肉瞤动，遂病成五苓散证、真武汤证。所以，局部、系统、中枢调节所表现出来的寒热现象，是有很大区别的。

"邪气盛则实，精气夺则虚。"实与不实，这是反应强度问题，既与病邪有关，也与正气有关；虚与不虚，这是调节能力问题，是各组织、脏器、系统纠正病理状态，恢复正常的能力，也就是抵御病邪的能力。与寒热相似，泛泛谈论虚实也毫无意义，一定要明确是哪儿虚，是什么虚。如精气虚，是中枢调节能力不足。脉宗气虚，是营卫运化能力下降，致输出不足，推动无力，而使呼吸效能低下。卫气虚，或因生化不足，或因运化乏力，或因调节不利，肾气虚弱，督脉无阳。营气虚，或因水谷不足，或因津液不足，或因回流不利，或因运化乏力，或因调节衰微。阴系虚生化不足，阳系虚运化不足。脏腑虚，可比之于四季阴阳，当至不至、不至反至，皆为虚。脾胃更虚更实，当虚不虚、不虚反虚、当实不实、不实反实，都是虚。少阳、少阴、中脑转枢，有阳无阴、有阴无阳，都是虚。脏系虚实、寒热，要看整个系统调节情况，看系统之间，以及系统对整体的适应情况，很难一言而终。总之，病位、对象不明而妄谈虚实是没有意义的，只有明确了病位、对象的虚实判断，才能指导治疗。

古人讲病位、病性常以标本、缓急、逆顺为考量要点。

《素问·标本病传证》："凡刺之方，必别阴阳，前后相应，逆从得施，标本相移，故曰：有其在标而求之于标，有其在本而求之于本，有其在本而求之于标，有其在标而求之于本。故治有取标而得者，有取本而得者，有逆取而得者，有从取而得者。故知逆与从，正行无问，知标本者，万举万当，不知标本，是谓妄行。"

治疗的规矩，一定要先明确病证的阴阳偏颇，先病后病的关系，适合逆治还是从治，标病、本病的传变。所以，在治法上就有病在标而治于标，病在本而治于本，病在本而治于标，病在标而治于本的区别；就有治标而得效，治本而得效，逆治而得效，从治而得效的不同。作为医者，知道了逆治、从治，就会按规矩办事，不受干扰，知道了标本传变的规律，就怎么做都是合适的；不知标本、逆从的道理而施治，那就是胡闹。

本，是树根。标，是树枝。树枝源于树根，树根生长树枝。标本，表面上是一个病位概念，及病证先后传变的概念，但实际上却是一个病性虚的实概念。病证在标、在本，这是由病证阴阳偏颇的程度决定的，即机体纠正病理改变的能力决定的。而虚实程度又决定了治疗的方法——逆治或从治。因为正气不足、纠错能力下降才会产生标本不一的现象，才会有疾病先后的传变，进而才会有逆治还是从治的区别。所以，病证阴阳偏颇，适宜逆治还是从治，表面上是依据标本，实际上是根据机体的纠错能力：有纠错能力则逆治，无纠错能力必须从治。

《素问·标本病传论》："治反为逆，治得为从。先病而后逆者，治其本；先逆而后病者，治其本。先寒而后生病者，治其本；先病而后生寒者，治其本。先热而后生病者，治其本；先热而后生中满者，治其标。先病而后泄者，治其本；先泄而后生他病者，治其本，必且调之，乃治其他病。先病而后先中满者，治其标；先中满而后烦心者，治其本。人有客气有同气。小大不利，治其标；小大利，治其本。病发而有余，本而标之，先治其本，后治其标。病发而不足，标而本之，先治其标，后治其本。谨察间甚，以意调之；间者并行，甚者独行，先小大不利而后生病者，治其本。"

去而返者，谓之反；行有所得，谓之得。逆者，迎也；从者，随也。所以，治疗去而能返的病证，即治疗不虚之证，要用逆治；治疗去而不返的病证，即治疗虚证，要用从治。逆治，就是逆反病症而治；从治，就是顺从病症而治。以患病先后论，先病后逆，治先病；先逆后病，治先逆。以寒热论，先寒后病，治先寒，先病后寒，治先病；先热后病，治先热；先热后中满，治中满。以逆从论，先病后泄，治先病；先泄后生他病，治泄，一定要先调和治好了泄泻，再治他病。先病后中满，治中满；先中满后烦心，治中满。以正邪、标本论，大小便不利，治标，大小便正常，治本；实证，病发而传变于标者，先治本，后治标；虚证，病发而传于本者，先治标，后治本。要仔细辨别正邪虚实、病证缓急，根据情况调和之。不紧迫者，标本兼治、从逆并举；紧迫者，先治急迫。如，先有大小便不利而后生出别的病症，大小便不利为紧迫，所以要先治大小便不利。

标本、缓急、逆顺，笼统地说是先后、轻重问题，深究之则是虚损程度不同，所以有易治、难治、不治的区别。如腹胀、身热、脉大，内寒而外热，症寒而脉大，病症矛盾；如泄泻、脉洪大，症寒而脉热，脉症矛盾。脉症不相符应，事关虚实，原因就在于正气虚少，调节不利，不能全面纠正偏颇，抵御病邪，只是局部激烈抗邪，所以才会出现脉症矛盾。由于正气不足，不能抵御病邪，所以凡脉症矛盾，都属重症，古称难治。

从病邪、病位、病性界定疾病，与病理描述侧重不同，这种疾病观，适合诊断，方便治疗。从病邪界定，要明辨内外、虚实、有形无形；从病位界定，要辨析基础病、继发病，既要有脏系观点，又要有三焦部分观点；从病性定义，要弄清楚病位、对象，辨明寒热、虚实，标本、缓急，不能泛泛而论。当我们把这三个方面的情况综合起来，就能得到一个适合指导治疗的、较为完备的病证描述，其实也就回答了因为什么原因，在什么部位，发生了一个什么性质，由于什么原理，产生了什么现象的病理改变的问题，建起了桥梁，跨过了深渊，到达了彼岸！

第十四章　察色按脉

《清史稿》上有段文字，说叶天士"切脉望色，如见五藏"；制方不以成见，寒温视病而定，必胸有成竹而后施治；治病多奇中，"或就其平日嗜好而得救法，或他医之方略与变通服法，或竟不与药而使居处饮食消息之，或于无病时预知其病，或预断数十年后，皆验"……短短百来字，一位古代大医家的风采跃然纸上，"察色按脉，如见脏腑"也成为医者追求的至高境界。

诊断的目的是通过司外揣内、司内揣外，弄清内在规定与外在表现之间的本质联系，揆度奇恒，辨明病机，为制定治疗方案奠定思想和方法的基础。揆度奇恒，就是以恒度奇，以正常为标准，比较、度量、推测不正常。

《素问·脉要精微论》："赤欲如白裹朱，不欲如赭；白欲如鹅羽，不欲如盐；青欲如苍璧之泽，不欲如蓝；黄欲如罗裹雄黄，不欲如黄土；黑欲如重漆色，不欲如地苍。五色精微象见矣，其寿不久也。"

看人面色：色红，但白里透红；色白，但白中微黄；色青，如光泽的苍璧；色黄，如透过网罗的雄黄；色黑，如厚厚的黑漆。五色含蓄鲜活，这就是正常的面色恒度，否则脏气失去约守，命数不长。

《素问·平人气象论》："平人之常气禀于胃，胃者，平人之常气也，人无胃气曰逆，逆者死。"

正常人的恒常之气由胃气赐予。人有胃气则生，没胃气则死。胃气是机体运化、生化的综合。胃气之阳主运化，胃气之阴主生化。人迎脉体现运化，稍盛则少阳病，再盛则太阳病，更盛则阳明病，盛极则阴不能守、阳不可制，病成格阳。寸口脉体现生化，稍盛则厥阴病，再盛则少阴病，更盛则太阴病，盛极则阳不能使、阴不可制，病成关阴。人迎、寸口皆盛，阳不能使，阴不能守，则病成关格，阴阳离绝，生命消亡。所以，比照于呼吸，若脉动不快不慢、不急不缓、不长不短、不虚不实，前后三部均称，上下九候冲和，负阴抱阳而无偏颇，合乎四季五脏阴阳变化之规律，这就是正常脉象，即运化、生化平衡之脉；若脉动不应呼吸，失其节律，或快或慢，或急或缓，或长或短，或虚或实，三部不称，九候不和，有阴无阳，有阳无阴，这就是不正常的脉象，即运化、生化不平之脉。脉动正常，就有恒度，不正常，就无恒度，就是病脉，而病脉之所以能被鉴别出来，就是因为已然确立了正常恒脉。

诊病之所以是可能的，是因为世间万物都有"出入升降，无器不有"这个普遍规律；之所以能实现，是因为有"欲知其始，先建其母"这个方法，而要达到工巧神圣的境界，就必须重视诊法常规，避免误诊、漏诊。

《素问·脉要精微记》："诊法常以平旦，阴气未动，阳气未散，饮食未进，经脉未盛，络脉调匀，气血未乱，故乃可诊有过之脉。切脉动静而视精明，察五色，观五脏有余不足，六腑强弱，形之盛衰，以此参伍，决死生之分。"

诊脉要掌握时机，在干扰最少时进行。什么时间干扰最少？平旦之时，即天亮之时，具体为3～5点之间。此时厥阴已尽，太阳已开，中枢神经-体液调节的影响最小，手太阴经气循行最明显，最容易查知有过之脉。平旦之时也是胃经即将流注之时，此时饮食未进，经脉未盛，气血未乱，阴阳无偏，脉象应当是冲和的，若非如此，就一定是阴阳偏颇的病脉。按脉时，还要观察患者的其他外症，对照脉象，两下综合，这样才能推断出五脏六腑的情形、正气的多少，从而判断预后。

十二经流注反映了中枢调节的近日节律，从诊断意义看，胃经流注之时就应该出现标准的冲和脉象，方便对照，结果也是不受干扰的、准确的。然而，更重要的是，这个时候，血液循环已从"整理内务"转移到了支持脏腑、经脉的功能，脉象反映的是脏腑及经脉生化、运化的情形，若不是阴阳冲和的脉象，那就一定是病脉。假如换个时间，调节机制发挥了更多的作用，脏腑、经脉病态已然得到了一定程度的纠正，再想看明白也就不容易了。

当然，也不是只有平旦之时才能诊脉。"持脉有道，虚静为保。"若能虚静，随时都可以诊脉。虚，就是排除内心的一切定见、烦扰，虚空若谷才能接纳、查知病症；若内心思欲杂陈就会抗拒外来信息，不能接纳、查知病症。静，就是审。绘画之审，色彩、形状分布疏密有序，虽绚烂之极，却毫不杂乱污浊，这叫做静。人心审度，求之必然，虽复杂至极而无纤毫之乱，这才叫做静。诊以平旦、内心虚静，这是对脉诊的一个常规要求。

"问诊首当问一般，一般问清问有关。一问寒热二问汗，三问头身四问便，五问饮食六胸腹，七聋八渴俱当辨，九问旧病十问因。再将诊疗经过参，个人家族当问遍，妇女经带病胎产，小儿传染接种史，疹痘惊疳嗜食偏。"

问诊常规，先问清一般情况，再问寒热、汗出、头身、二便、饮食、胸胁、听觉、口渴、旧疾、病起等，能收集很多很关键的病症资料。

诊法常规要重视一般情况的问询。一般情况，正如喻嘉言所总结的，是人与自然、人与社会的问题，是病因、病程问题，了解的是人在气交的情形，是从发病季节、生理特征、社会生活、基础病史、发病治疗经过、当前主症等方面，努力还原人在气交的具体情形，为诊断收集资料。当前主症对于推断病理有重要价值，但医者和患者的认知可能不一致。如少阴病，对患者来说，可能下利不止最痛苦，但对医者来说，脉微细、但欲寐绝对是要紧病症，治疗时也必须先恢复循环。主症有时还十分隐秘，需要联系起来看。如尿道口痒、少腹胀痛、小便不通，一般当然以为要紧，但主症却是尿道口痒。因为病患先有不洁性交史，下焦湿热拘急才导致了小便不通。所以单单清热利尿是不足以治愈此疾的，必须将解毒、清热、利尿、行气诸法并用才行。再如，西医名为肾炎、肾功不全、尿潴留、特发性水肿、透析失衡综合征、肾积水、脑积水、颅内压增高、慢性充血性心力衰竭、心源性黄疸、结核性胸腔积液、肝硬化腹水、急性肠炎、梅花埃病、妊娠高血压等病，它们能表现出多少病症，恐怕谁也说不清楚。但如果口渴、小便不利同时出现，那就一定是这一系列疾病的主症，抓住了这个主症，才能对症下药，取得满意疗效。

中医诊法内容极为丰富，但最具特色、最有辨证价值的无疑是舌脉诊。

舌是暴露在外的肌肉组织。舌之润燥与消化系统神经调节有关，交感亢进则口干舌燥，副交感兴奋则口舌滋润，甚至唾涎不绝。面神经、吞咽神经支配舌下腺、下颌下腺以及泪腺、鼻、腭黏膜腺、腮腺的分泌，使副交感兴奋，各腺体分泌增多，而口舌润泽。舌属至上之焦，循行舌中的营卫之气与精气、脉宗气关系密切，充盈质量决定舌色。应激初起，若只是脉宗气紧张应激，尚未出现血液重分配，则汗孔紧闭，肌肉寒战，发热恶寒，舌色、舌苔变化不大，与往昔无异；若交感持续兴奋，脉宗气亢盛，血液重分配，肌肉灌注充分，三焦淤积，则舌乳头增生，舌苔黄厚，舌色鲜红；应激持续期，精气、脉宗气、营卫之气大盛，肌肉灌注充分，汗孔大开，则发热汗出，舌色深红，舌苔黄白，或黄腻，或无苔；若精神急性失养，肌肉灌注断绝，则口噤，舌僵，肌肉抽搐，角弓反张，或神昏谵语，或狂躁不安；应激后期，血液重分配，只能保证心脑供给，肌肉灌注不良，营卫流行停滞，若副交感兴奋，代谢产物淤积，舌乳头因失养而坏死，则舌体胖大，舌色苍白，舌苔厚腻；若交感紧张，肌肉灌注不利，则舌体瘦小，干枯少苔，甚至无苔。

舌是重要的感觉器官。舌神经；面神经的鼓索支，以及舌神经舌支，吞咽神经分别支配舌前 2/3、舌后 1/3 的一般感觉。面神经支配面部表情，它的一般内脏运动纤维属副交感神经，控制泪腺、下颌下腺、舌下腺以及鼻、腭黏膜腺分泌，这些部位的湿润度是同步的。吞咽神经的副交感纤维支配腮腺，一般和特殊内脏感觉纤维分布于舌后 1/3。舌特殊的内脏感觉，即味觉，由面神经即鼓索支、舌神经舌支、舌咽神经负责，分别支配舌前 2/3、舌后 1/3。所以，舌的一般感觉、特殊感觉，是由舌神经、面神经鼓索支、吞咽神经负责的，口舌的润泽度也与之密切相关，而且它们都属颅神经，由中枢发出，出颅后直接连属相关组织、腺体，属精气调节的一部分。

舌下神经是颅神经的第十二对，发于延髓，主舌运动，是精气出入的重要通道之一。舌下神经起舌下神经核团，贯穿延髓，直达第四脑室底部，穿延髓网状结构，出颅沿途发出分支以支配不同舌肌，同时有连属迷走神经节和咽丛的分支。颏舌肌是最重要的舌外肌，起源于下颌，止于舌内，作用是伸缩舌、抬高或降低舌根、改变舌体宽度、长度及舌背曲度，使舌在口内做侧向运动。舌内肌改变舌体形状，使舌短缩、变窄、卷曲。若单侧舌肌无力，言语、吞咽基本不受影响。但双侧舌肌无力，或严重时，舌不能伸出口外，也不能侧向运动，吞咽、发声困难。所以，舌苔、舌色病变多为外周病证引起，舌运动病变多属中枢调节障碍。

舌诊有前提，不能无条件地根据舌象推断病证。首先，舌诊必须参照病证时相，是病患初起，还是旧疾缠绵，这非常重要，否则很可能得出错误结论。如病患舌苔黄厚、干燥无津，若不问患病新久，看到黄苔便断为热证，一味清热滋阴，必然坏事。因为这种黄厚苔可能是患病日久，三焦通行不利，代谢产物淤积所致，治疗应以恢复三焦循行为主，特别是对于久病患者，正气已虚，若不通行三焦，绝难清除淤积。所以叶天士以为："黄苔若虽薄而干者，邪虽去而津受伤也，苦重之药当禁，宜甘寒轻剂养之"，可滋阴，但不宜清热。其次，舌诊还必须考虑患者有无基础病。假如患者本来就有脾胃病，舌苔厚腻，舌体胖大，则即使初患外感，也不会出现舌苔薄白、舌色淡红，这时就要——"舍舌从症"了，否则必然造成误判。最后，舌诊所得须分中枢、外周，这也是重要的参照。舌体运动障碍多属中枢病证，或口噤不能言，或吞咽不得下，或弄舌震颤，或歪斜不正，或蜷缩不出，或谵语郑声；舌形态病症，如舌肌痿软，舌体胖大、萎缩，舌面沟裂，舌苔剥落，皆属精气虚损，不得等同于一般外周疾病。舌诊若不分清中枢、外周，诊断的参考价值必然大打折扣。总之，舌诊首先要参照病变时相、基础病变，辨清中枢、外周，然后才能判定舌苔、舌色的病证意义，不能无条件地单凭舌象诊断。

舌诊纲领有舌质、舌色、舌苔、舌形态、舌运动等。古今医家对舌诊有很多论述，然以叶天士《温热论》中的总结最为周详切用。

"再舌苔白厚而干燥者，此胃燥气伤也，滋润药中加甘草，令甘守津还之意；舌白而薄者，外感风寒也，当疏散之；若白干薄者，肺液伤也，加麦冬、花露、芦根汁等轻清之品，为上者上之也；若白苔绛底者，湿遏热伏也，当先泄湿透热，防即干也，勿忧之，再从里而透于外，则变润矣；初病舌即干，神不昏者，急养正，微加透邪之药；若神已昏，此内匮矣，不可救药。"

无论病患何证，病发初起，舌象都不应有太大变化，都应保持正常——不干不湿、不红不白、不薄不厚、不大不小、伸缩灵活，否则必有旧疾。因为应激初起，不应有显著的血液重分配，肌肉灌注当一如既往，舌象应保持原状，这是一个特别重要的参照。假如此时舌象变化很大，则这个病态舌象，如果不是应激过于激烈，肌肉灌注发生急性大变，就一定是原来基础病的反映。据此，我们就可以推断患者基础病变的情况，在治疗时注意兼顾。所以，舌色不变，舌苔薄白，这其实就是正常舌象，此时肌肉灌注还没有发生太大变化，只需治疗风证即可。病初即舌干，这是原有水津不足，若无神昏，则不太严重，可养正并稍加宣透，若已神昏，这就是内匮，正气不足以支持应激抗邪，所以不治。苔薄白而干、苔白厚而干，这是三焦水津虚少。一厚一薄，脾胃生化津液，病则三焦厚积，肺系运化津液，病则簿积，理固宜然。苔白而底绛，即舌质深红，舌苔白厚，这是营气瘀热、卫气淤积，治宜"先泄湿透热""从里而透于外"。

"又不拘何色，舌生芒刺者，皆是上焦热极也，当用青布拭冷薄荷水揩之，即去者轻，旋即生者险矣。舌苔不燥，自觉闷极者，属脾湿盛也；或有伤痕血迹者，必问曾经搔挖否？不可以有血而便为枯症，仍从湿治可也。再有神情清爽，舌胀大不能出口者，此脾湿胃热，郁极化风，而毒延于口也，用大黄磨入当用剂内，则舌胀自消矣。"

芒刺，即舌乳头增生，不论舌色是白、是红、是绛、是紫，都属上焦热极。心在上焦，舌为心之苗。心热极，就是上焦脉宗气热极。舌苔不干，心烦、痞闷，这是脾湿盛。脾系湿郁，津液无源，心肺亢进，心肌耗氧太过，所以心烦。这种病证，卫气水湿淤积，营气心系火郁，必生皮肤疾病，搔抓之下，常留有抓痕、血迹。舌胀大不能回缩，但神情清爽，这就不是精气病，而是脾湿胃热、湿热停聚肌肉三焦，可用大黄磨入药中治疗，这是借鉴张仲景的泻心汤法。

"再有舌上白苔黏腻，吐出浊厚涎沫者，口必甜味也，此为脾瘅病，乃湿热气聚，与谷气相搏，土有余也，盈满则上泛，当用省头草、芳香辛散以逐之则退。若舌上苔如碱者，胃中宿滞挟浊秽郁伏，当急急开泄；否则闭结中焦，不能从募原达出矣……若舌白如粉而滑，四边色紫绛者，温疫病初入募原，未归胃腑，急急透解，莫待传陷而入为险恶之症。且见此舌者，病必见凶，须要小心。"

舌苔白厚黏腻，多吐浊浓涎沫，口甜，病为脾瘅，病理是脾系湿热；舌上白苔如碱，这是胃中旧有浊秽。假如舌苔如白粉、水滑，舌质紫绛，这是营气旧有瘀热，三焦淤积，热气消津而干燥，但还没有使脉宗气大热。这三种情况，都属病证初起，但有基础病变，治疗时必须兼顾，否则病邪将不能透出募原，或大热继起。有基础病，复感受外源刺激，则"见此舌者，病必见凶，须要小心。"

"再黄苔不甚厚而滑者，热未伤津，犹可清热透表；若虽薄而干者，邪虽去而津受伤也，苦重之药当禁，宜甘寒轻剂可之。"

白苔还在外三焦卫气之分，黄苔则入内三焦营气之分，若非旧有宿疾，黄苔出现，都属营气瘀热。若黄苔不浓，水滑，这是湿热，虽热但未伤津，可用苦寒；若苔薄而干，则湿热虽去，但津液已伤，不宜再用苦寒，只宜甘寒轻剂，这是养，不是治。

"再论其热传营，舌色必绛。绛、深红色也。初传，绛色中间黄白色，此气分之邪未尽也，泄卫透营，两和可也；纯绛鲜泽者，包络受病也，宜犀角、鲜生地、连翘、郁金、石菖蒲等清泄之。延之数日，或平素心虚有痰，外热一陷，里络就闭，非菖蒲、郁金等所能开，须用牛黄丸、至宝丹之类以开其闭，恐其昏厥为痉也。"

舌色深红，便是热入营分，这个判断确是真知灼见。激烈应激初起，或应激已久，交感亢进，代谢旺盛，血液重分配，肌肉灌流增加，舌作为肌肉组织当然偏于红紫。初病舌色深红，但犹有黄白苔，说明病邪流连外三焦卫气，治宜兼顾营卫；病深，舌色深红鲜艳，脉宗气亢进，当以生地黄、连翘清心，犀角、郁金、菖蒲清泻精气瘀热；病久，或有基础病变，精气瘀热严重，神气不出，病成窍闭神昏之证，治宜牛黄丸、至宝丹，否则祸及中脑，必发痉厥。叶天士的这个经验说明：脉宗气亢进，至上之焦精气瘀热，回流不利，代谢产物淤积，细胞生存环境恶化，脑组织失养，可致神气不出、痰涎壅盛、窍闭神昏，若进一步影响中脑，就可引起肌肉阵挛，角弓反张，是为急性脑损伤的病变情势。

"再论舌绛而干燥者，火邪劫营，凉血清血为要。色绛而舌中心干者，乃心胃火燔，劫烁津液，即黄连、石膏亦可加入。其有舌心独绛而干者，亦胃热而心营受灼也，当于清胃方中加入清心之品，否则延及于尖，为津干火盛之候矣。舌尖独绛而干，此心火上炎，用导赤散泻其腑。若烦渴烦热，舌心干，四边色红，中心或黄或白者，此非血分也，乃上焦气热烁津，急用凉膈散散其无形之热，再看其后转变可也。慎勿用血药，反致滋腻难散。"

舌绛而干，这是营气瘀热，卫气水津虚少，应凉血而补津；若舌绛而中心干，这是脉宗气热盛，可用黄连、石膏清热。舌心属胃，舌尖属心，脉宗气热盛，可先见于胃，再见于心，或心胃俱热，可治以玉女煎、导赤散之类。但是，如果烦渴、烦热、舌心干燥，仅舌边色红，中心或杂黄白，这就不是营分大热，治宜凉膈散清泻卫分之热，不用凉血补阴之药。

"至舌绛望之若干，手扪之原有津液，此津亏湿热熏蒸，将成浊痰，蒙闭心包也……舌色绛而上有黏腻似苔非苔者，中挟秽浊之气，急加芳香逐之；舌绛欲伸出口而抵齿难骤伸者，痰阻舌根，有内风也；舌绛而光亮者，胃阴亡也，急用甘凉濡润之品；舌绛而有碎点黄白者，将生疳也；大红点者，热毒乘心也，用黄连、金汁；其有虽绛而不鲜，干枯而痿者，此肾阴涸也，急以阿胶、鸡子黄、地黄、天冬等救之，缓则恐涸极而无救也。"

若素有痰饮，或病延已久，则舌色绛不一定代表营分热盛。如病久，舌绛似干，则津液虽少，湿热却重，病成痰浊；如素有旧疾，舌绛、苔黏腻浊秽，治宜芳香；如舌绛，舌体肿胀，伸缩困难，这是精气病；舌绛而光亮无苔，或舌绛、色不鲜艳、干枯瘦小，这是津液大伤，病入虚损，舌乳头萎缩，只宜大补水津、阴分；舌绛，苔杂黄白，这是营分瘀热，津液不生，营养不良的疳积证；舌绛，杂有大红点，这是中毒，或出血病证，治宜凉血解毒。

"再有热传营血，其人素有瘀伤宿血在胸膈中，夹热而搏，舌色必紫而暗，扪之湿，当加散血之品，如琥珀、丹参、桃仁、牡丹皮等，不尔瘀血与热为伍，阻遏正气，遂变如狂、发狂之证。若紫而肿大者，乃酒毒冲心；紫而干晦者，肾肝色泛也，难治。"

绛是深红色，主交感亢进，代谢旺盛，营分瘀热。若舌色紫，则必有淤积，组织失养。若舌紫暗而潮湿，这是旧有瘀血，新受热病，而津液未伤，治宜活血清热，否则脑髓失养，如狂发狂。舌紫肿胀，这是中毒；若舌紫、干燥、晦暗，这是病入虚损，津液亡失，营分淤积之象，治宜养之补之、活血祛瘀，但取效不易，很难治疗。

"舌若淡红无色，或干而色不荣者，乃是胃津伤而气无化液也。当用炙甘草汤，不可用寒凉药。"

舌色淡红或苍白，或舌白干燥、色不鲜活，这是既无津液，脉宗气又虚，当用炙甘草汤全补胃气。

"若舌无苔，而有如烟煤隐隐者，不渴肢寒，知挟阴病，如口渴烦热，平时胃燥舌也，不可攻之，若燥者，甘寒益胃；若润者，甘温扶中。此何故？外露而里无也。若舌黑而滑者，水来克火，为阴证，当温之；若见短缩，此肾气竭也，为难治。欲救之，加人参、五味子，勉希万一。舌黑而干者，津枯火炽，急急泻南补北；若燥而中心厚瘠者，土燥水竭，急以咸苦下之。"

黑属肾，肾主水。舌黑水滑，这是有冬无夏，必须温煦；若舌短缩，这是精气枯竭，治疗不过是聊尽人意；若舌黑干燥，这是精气大热，必须泻心火、补肾水；若舌黑、干燥、中心浓厚，这是肾精虚少、胃中火郁，治宜咸苦。舌隐隐黑、无苔，这是肾精将竭，证属凶险，若心烦、口渴、舌干燥，可治以甘寒；若口不渴、肢冷、舌苔润，则属寒湿。这个道理在于，精气外显，内里必无，肾精外露，内里必虚。所以，偏于热者宜甘寒养之，不可苦寒攻之；偏于寒者，只宜温中填补。

舌诊始于《内经》，到了明清温病学派蓬勃发展，蔚为大观。但是比较起来，脉诊在历史上更受重视，特色鲜明，诊断价值也更大。

经典很少单独谈论物质、功能、调节，通常都是综合起来阐述。如血脉，它是血液、血管、功能、调节的综合，可理解为脉气，即被规范的、有滋养、调节功能的血液循环。它的变化，反映了物质精华的多少，脏腑、经脉功能的改变及精神调节的影响，从而能推断出病邪刺激、机体反应，营卫生化、运化，津液质量、水津虚实，以及精神调节、病患适应等多方面的情形，成就了中医独有的博大精深的诊脉技术。

为什么从异常的脉动能推断脏腑、经脉的病理改变？对此古人有很多解释，首先是血脉在人体层级构造中的位置。

《灵枢·经脉》："人始生，先成精，精成而脑髓生，骨为干，脉为营，筋为刚，肉为墙，皮肤坚而毛发长，谷入于胃，脉道以通，血气乃行。"

血脉在人体层级构造中恰在中间，内有精神、脏腑，外有经脉、筋骨、肌肉、皮肤、毛发、孔窍，水谷精华出于胃气，血脉道路通达，营气独行经隧，至纯至粹，卫气出入阴阳，开阖大气。血脉这样一种构造上的特点，使得脉动既能反映内在精神调节，脏腑生化之功，又能反映外在营卫运化、组织营养之情，携带内外生理、病理信息，且能极为纯粹地反映出来。

《灵枢·营卫生会》："营在脉中，卫在脉外，营周不休，五十而复大会，阴阳相贯，如环无端。卫气行于阴二十五度，行于阳二十五度，分为昼夜，故气至阳而起，至阴而止。"

营者，匝居也；卫者，环卫也。营卫环绕中心比邻而居，周行护卫，这个意象特别生动，酷肖血液循环情状，决定了营卫循行必能反映脏腑、经脉的异常变化。营气周流内三焦，卫气流行外三焦，正常时内外营卫冲和无偏。营卫循行，阴阳相贯，如环无端，毫无瑕疵，完整无缺。若脉气流经机体某处，而该处不是一个负阴抱阳、冲气以为和的正常状态，那必然需要营卫加以修复、弥补，也就造成了营卫虚实关系改变，而这个变化，又势必影响整体循环，如原来是如环无端、毫无瑕疵的，现在有了缺陷；原来一日正好循行五十周，现在或多或少，不称其数；原来卫气出入符合昼夜节律，白天出阳系，夜晚入阴系，脉动也随之或浮或沉，现在当浮不浮，当沉不沉。总之，营卫循行是有规律的，打破了正常状态必然有病，而且也一定会以相应的异常脉动反映出来。

从什么地方可以看出脉动异常？古人看人迎、寸口、趺阳、太溪，我们先只看寸口脉。

《素问·五藏别论》：气口何以独为五脏主？胃者水谷之海，六腑之大源也。五味入口，藏于胃以养五脏气，气口亦太阴也，是以五脏六腑之气味，皆出于胃，变见于气口。故五气入鼻，藏于心肺，心肺有病，而鼻为之不利也。

寸口脉为什么能反映五脏病变？原因在于，胃气，在生化是诸阴之海，在运化是诸阳之源。水谷精华入口，变化于胃气滋养五脏。所以，胃气是机体生化、运化之能的综合。气口之脉属于手太阴，连属于肺系为核心，肺系监测水津生化，而以胃气为根本。所以，五脏六腑生化、运化之情皆反映于胃气而见于气口。外在五气，都要通过肺系之鼻，变化于心肺。外邪刺激，以心肺为代表的脉宗气必然异变，肺系之鼻受纳外在五气必然异常，且通过肺系、手太阴而见之于气口。所以，不管是内在生化、运化，还是人体与外在的关系，只要有变，就一定会通过胃气变化，见之于气口。这就是寸口脉能反映内外病理变化、诊脉独取寸口的道理。

那么，怎样判断寸口脉是正常，还是异常的？"欲知其始，先建其母。"就是说欲知什么是病脉，必先确立平人之脉，也就是标准脉象。

独行于经隧中的营气，周流无已，终而复始，其盛衰反映了天地阴阳的纲纪。由于正常的四季五脏阴阳变化是有恒度的，所以结合中枢调节的近日节律，参照四季五脏阴阳的变化，就能给脉动确立一个标准，比较于这个标准，就能诊出病脉。

《素问·脉要精微论》："春日浮，如鱼之游在波；夏日在肤，泛泛乎万物有余；秋日下肤，蛰虫将去；冬日在骨，蛰虫周密，君子居室。"

春生，夏长，秋收，冬藏，脉也是如此，是为四季恒脉。春脉，像鱼出没皮肤上下，光滑而轻灵；夏脉，蓬勃于皮肤之上，像万物有余，盛大而茁壮；秋脉潜入皮肤，像冬眠的虫子蠕动着将要沉下去了，懦弱而胆怯；冬脉，深藏在骨，像冬眠的虫子团聚起身体，又像君子安居在室内，安静而低调。天地之理与人同一，四季恒脉，其实就是五脏恒脉，四时阴阳变化的生、长、化、收、藏，在五脏也有相应的反映。

《素问·玉机真脏论》：春脉者肝也，东方木也，万物之所以始生也，故其气来软弱轻虚而滑，端直以长，故曰弦，反此者病。夏脉者心也，南方火也，万物之所以盛长也，故其气来盛去衰，故曰钩，反此者病。秋脉者肺也，西方金也，万物之所以收成也，故其气来，轻虚以浮，来急去散，故曰浮，反此者病。冬脉者肾也，北方水也，万物之所以合藏也，故其气来沉以搏，故曰营，反此者病。

这里的弦，当理解为"如弦之动"，其情状是"软弱轻虚而滑，端直以长"。端，物初生之题也，也就是初生之物的顶端。直，正也。长，生长之谓。意思是，春脉虽如弓弦一样振动，却是弱、轻、虚、滑的，就像初生之物的端顶正在生长着。"夏脉如钩"钩，曲钩也。钩是金属制作的，所以硬而滑，像万物蓬勃壮大。"秋脉如浮"浮，泛也，上下沉浮之义，就像万物收束、成就。"冬脉如营"营，匝居也。团聚于中，就像万物潜藏而搏动。

五脏脉，只有脾脉最难讲，经典作为一个问题特别提出。

《素问·玉机真脏论》：脾脉者，土也，孤脏以灌四傍者也。然则脾善恶可得见之乎？善者不可得见，恶者可见。

脾脉，性质属土，无偏阴阳。既然无偏阴阳，所以正常时是觉察不到的，只有脾病了，阴阳偏颇，才能表现出异常来。这一段论述有非常重要的意义。首先，阴阳冲和就是无病之脉，这是一个标准。其次，不管何种脉象，虽有阴阳偏颇，若能符合四季五脏阴阳变化之恒度，气象冲和，那也不是病脉。再次，所谓病脉，就是阴阳偏颇之脉，而这种阴阳偏颇，又不符合四季五脏阴阳变化之恒度。又次，所谓死脉，或真脏脉，就是有生化无运化，有运化无生化，有阴无阳，有阳无阴，阴阳分离之脉。最后，把脾脉作为标准脉象延长了诊脉的时间，原来是平旦之时，现在整个上午，只要未进水谷，都可以参照胃脉、脾脉而诊脉了。这一段关于脾脉的论述，让和缓的脾脉显得特别重要，诸脉象都可参照脾脉而论定。在此标准下，正常脾脉宽缓轻柔，太过了如洪水，汹涌澎湃，衰竭了如鸟喙，不仅脉律不整，而且轻重无伦。参照脾胃脉，心脉钩为阳中之阳，肺脉浮为阳中之阴，心肺脉构成阳系之脉；肝脉弦为阴中之阳，肾脉沉为阴中之阴，肝肾脉构成了阴系之脉。阴阳两系之脉若应和四季，在无病时也能见到，而"察色按脉，先别阴阳"也落到了实处。

脉象可以从脉率、浮沉、虚实、脉形等几个方面加以刻画，这叫做脉纲。然而，究竟有哪些因素决定着脉纲呢？

胃之大络为运化之根，接续生化，肺乃水津、津液回流归宿，心主是营卫运化源头，三者综合而成的脉宗气，随呼吸而出入，奉养精神，贯通上下腔，物质精华之虚实，营卫生化、运化之恒度，精神调节之影响，毕现于斯。

《素问·平人气象论》："人一呼脉再动，一吸脉亦再动，呼吸定息，脉五动，闰以太息，命曰平人。平人者不病也。常以不病调病人，医不病，故为病人平息以调之为法。人一呼脉一动，一吸脉一动，曰少气。人一呼脉三动，一吸脉三动而躁，尺热曰病温，尺不热、脉滑曰病风，脉涩曰痹。人一呼脉四动以上曰死，脉绝不至曰死，乍疏乍数曰死。"

脉率多少，是以呼吸频率为标准的。平人脉率，一呼跳两次，一吸跳两次，呼吸之间再跳一次，凡五跳，呼吸与脉动乃一比五，这就是无病。激烈运动，呼吸加快，脉率提高，但依然保持着正确的比例关系，这也是无病；常年锻炼，心肺功能强健，呼吸、心率同时减少还能维持周身血供，这也是无病。只有呼吸、脉率不成比例，这样的脉率才是不正常的：一呼跳一次，一吸跳一次，呼吸之间跳一次，这是一比三，为少气；一呼跳三次，一吸跳三次，呼吸之间跳一次，这是一比七，当然太过；一呼或一吸跳四次以上，有阳无阴，或绝不跳动，有阴无阳，或脉律不整，阴阳无度，这都是危险的病脉。

脉宗气有冲和之源，有营卫流行，有精神调治，应当是负阴抱阳，冲气以为和的。若生化不及，肃降太过，回流艰难，输出又少，循环乏力，这当然就是少气了；若生化、回流、输出、循环太过，周身酷热，这当然就是多气了。脾胃更虚更实，水谷精华丰沛，心脑供给充足，脏腑安和，营卫柔缓，大气循度升降，这当然无病。然而，有阳明、无太阴，大气必升，有太阴、无阳明，大气必陷，升陷太过，都是病态。所以，脉宗气主营卫运化、大气升降、呼吸脉率、精神调治，是脉动的第一要素。

《素问·经脉别论》："食气入胃，散精于肝，淫气于筋。食气入胃，浊气归心，淫精于脉。脉气流经，经气归于肺。肺朝百脉，输精于皮毛。毛脉合精，行气于腑。腑精神明，留于四藏，气归于权衡。权衡以平，气口成寸，以决死生。"

水谷精华由胃气输出，流注于肝系，循理滋养筋膜；同时，津液回流于心，将生命力循理流注于血脉，血脉将营气流注于经脉。经脉周流，回归肺系。肺系监测百脉盛衰，制定方案、规定节律，将生命力输运至皮毛末端。孙络之脉集合末端富于生命力之营气行于六腑，使六腑生化之生命活力阴阳冲和，流行变化于肝心肺肾四脏，使四脏营气盛衰浮如衡、沉如权。阴阳和洽的营气周流在气口形成寸脉，以此生死决矣！所以，营气生成，首先是回收滋养筋骨的髓液，其次是脾胃肝生化的津液，再是回流肺系的血液。营气的运化与调节，在外则散精于皮毛末端使寒温和洽，内则流注变化于脏腑，令五脏和调、六腑洁净有序。营气周流、阴阳冲和，则于寸口形成标准脉象，而据标准寸口脉就可以决断生死。所以，营气生化源于心，心神调和，则脉无所偏；营气回流终于肺，肺能治节，无需升降舒张压，则脉无宽窄；肝系代谢源于脾，脾无病则性质如土，脉不可见，柔缓而已。柔则和，缓则宽，肝代谢旺盛则津液充实，脉道宽和；代谢衰微则津液虚少，脉道狭窄。总之，营气多少决定了脉道宽窄，这是脉动的第二要素。

《素问·经脉别论》："饮入于胃，游溢精气。上输于脾，脾气散精，上归于肺，通调水道，下输膀胱。水精四布，五经并行，合于四时五脏阴阳揆度，以为常也。"

水饮精华出胃气，流溢、游行为卫气，出入三焦。水津生化始于脾系吸收，流散开来，一路随津液回流肺系，一路别回肠，在肾气通调三焦水道、肾系升清泄浊作用下，形成尿液输出膀胱。肺系监测水津生化盛衰，制定方案、规定节律，输出心系，令水饮之生命力四下散布，五经等齐和畅地循行，使营卫周流符应四时、五脏阴阳变化的恒度，似此则为无病常人。所以，卫气生化，首先是回流游溢于三焦的水津，其次是脾系生化的津液里内含的水津，再次是水液、糟粕别回肠之后，在肾气调节、疏浚下，膀胱渗泄之余而回流肺系的水津。卫气的运化，在肺系规范、心君调节下，由心主输出而散布四方，令五脏各尽所能、经气和畅地流行，于是营卫循行合乎四季五脏阴阳变化之恒度，如是则为无病常人，反之必患疾病。总之，卫气生化出于下焦，回流三焦，调于肾气；运化决于脉宗气，可以调和血容、血压、体温，平衡电解质，稳定内环境，和调五脏、顺畅经气，开阖阴阳，升降大气；其盛衰以肾气为根本，以三焦为通衢，以精神为主宰，以脉宗气为使者，所以能决定脉动能量。

脉动之能量，既有静压能，又有势能、动能。

《灵枢·动输》："气之过于寸口也，上十焉息，下八焉伏，何道从还？气之离脏也，卒然如弓弩之发，如水之下岸，上于鱼以及衰，其余气衰散以逆上，故其行微。"

为什么脉气至寸口而上鱼际之时，有十分之力冲击而上，有八分之力沉伏而下，最终衰减而还？原因是，脉气离开心脏时，就像箭忽然离开了弓弩，又像水流冲击下了河岸。寸口脉从上鱼际到衰减，残余的力量逐步衰弱分散，因有回流之力冲抵，所以行迹就微弱了。用今天的话说就是：血流离开心脏，如弓弩之发，如水之下岸，既有静压能，又有势能、动能。脉形长短主要取决于动能，脉形起伏、搏动力度主要取决于静压能、势能，但由脉形长短、起伏、力度合成的脉象，则是静压能、势能、动能的综合。这些能量由谁给予？当然是由心神、心主、肺气给予的。在心神调节下，在肺气辅助下，心主输出血液的力度、速度、质量决定了脉动能量，也决定了脉象的长短、虚实。

脉动能量由什么见证，又怎样衡量？

《难经》："从关至尺，是尺内，阴之所治也；从关至鱼际，是寸内，阳之所治也。关之前者，阳之动也……关之后者，阴之动也。"

古人将寸口脉分为寸关尺三部，浮中沉九候，前阳后阴，上阳下阴，不上不下、不前不后的关中是个标准，负阴抱阳，冲气以为和，阴阳自此而别。脉象阴阳分布，与血液冲出心脏时的流体能量密切相关。心主输出能量大，能克服压力、阻力，脉动分布就偏于阳性，前后三部、上下九候脉象明显；输出能量小，不能克服压力、阻力，脉动分布就偏于阴性，前后三部、上下九候或有残缺，形状模糊。心主输出在纵横两个方向上的流体能量，决定了脉象的阴阳分布。同时，水津卫气作为脉宗气之使，调和血液容量、流体性质，而电解质的改变直接启动中枢调节、决定心主输出能量。综合起来，卫气最终决定了脉形长短、搏动力度，为脉动的第三要素。

精出心窍即为心神。心藏神，主血脉，中枢调节之于心脏，其效能必见之于脉气变化。

中枢对脉象的调节塑造一如脾脉，正常时看不到，阴阳偏颇，才能显现。大体上，中枢对循环的调节有两种趋向：一种是趋向于心肺功能的调节，一种是趋向于外周循环的调节。所以，在应激状态下，因遗传特质不同，循环改变也集中在两个方向上，形成了两种不同类型的反应：一种是以收缩外周、升高舒张压、加强回流为主，另一种则是以强化心肺功能、升高收缩压、强调输出为主。舒张压升高，增加了循环势能，有助于水津、津液回流，这是对营卫生化的调节；收缩压升高，增加了循环动能，有利于组织灌注，这是对营卫运化的调节。机体就是凭借这两种方式，加强有效供给，增强心脑、肌肉灌注，以提高应激抗病能力的。

升高舒张压的中枢调节手段是兴奋交感，释放去甲肾上腺素，激活肾素-血管紧张素-醛固酮系统，从而收缩外周血管，增加外周阻力，提高循环势能，其血管效应表现为长而直、硬而劲，脉象呈现为紧脉、弦脉；同时，由于肝系门脉收缩拘急，回流障碍，肾系血管收缩，组织缺血缺氧，尿浓缩，水钠潴留，所以循环势能虽有很大程度的提升，但真正回流肺系的水津反而减少，于是卫气水津不能顺利流行于外周，交合营气，使毫毛竖立，汗孔闭塞，出现发热无汗，畏寒肢冷，肌肉、骨节、颈项、腰脊酸痛等病症，表现为一派麻黄汤证。

升高收缩压的中枢调节手段是兴奋交感-肾上腺髓质系统，导致心跳加快，收缩加强，输出增加，循环增速，使收缩压升高，血液重分配，内脏血管收缩而减少灌注，骨骼肌血管舒张而血流增多，外周血管反而舒张；同时，呼吸加快加深，通气量增加，糖原、脂肪分解加快，血糖升高，游离脂肪酸增加，大量代谢产物进入循环，葡萄糖、脂肪酸氧化过程增强，在供给充足物质能量的同时，代谢方式也有了改变。由于心、肺、肝功能强化，大量津液进入循环，动能显著增加，所以其血管效应必然表现为粗而快，脉象则为缓脉、滑脉；同时，由于代谢方式、血液流变性质改变，肝门脉收缩拘急，回流艰难，三焦瘀阻，津液回流肺系阻力大大增加，心脑缺血缺氧，导致脉宗气紧张代偿，内热淤积，体温升高，汗孔开放，出现发热汗出，恶风，颈项强痛，脉浮缓等病症，表现为一派桂枝汤证。

麻黄汤证，收缩外周，升高舒张压，强化回流，增加循环势能，扩充血容，主要影响卫气循行，导致肾系、肺系、胃系、心系病变，病症也集中在外周。桂枝汤证，扩张外周，升高收缩压，强化输出，增加循环动能和有效灌注，主要影响营气循行，导致肝系、脾系、肺系、心系病变，病症也集中在内部。桂枝汤证，日后主要影响脾、肝、胆、心、肺；麻黄汤证，日后主要祸及胃、肾、膀胱、心、肺。这样一种应激态势、调节模式、脉象塑造，是有遗传体质根据的，也是个体心理特质的反映。桂枝汤证患者，其心理特质常表现为自我评价偏低，自信心不足，竞争心不强，精神紧张度较高，是一种内向人格，心理应激阈较低，心脾两系很容易受损。麻黄汤证患者，其心理特质常表现为自我评价偏高，充满自信，好胜争强，精神紧张度较低，是一种外向人格，心理应激阈较高，但舒张压升高，血管持续紧张，罹患心脑血管疾病的危险就会大大增加，天长日久，心肾两系都很容易受损。从脉象上说，麻黄汤证类型长而直、硬而劲，主要表现为紧脉、弦脉，桂枝汤证类型粗而快，主要表现为缓脉、滑脉；麻黄汤证脉形是一类卫气应激脉，桂枝汤证脉形是一类营气应激脉，若营卫都处于应激状态，脉象就趋向于实脉、洪脉一类。

人体是一个极端复杂的巨系统，应激趋向分类虽有流行病学的支持，但总属概率性结论，有常也有变。如，随着舒张压升高，收缩压也必然会升高，否则就不能实现有效供给；收缩压升高，舒张压也必然会升高，否则就不能实现有效回流。但对老年人来说，由于其血管适应性较差，收缩压单向升高也很常见；对年轻人来说，由于精神紧张，交感持续兴奋，外周阻力增高，回流困难，其舒张压单向增高也是极为普遍的。老年人收缩压增高，脉当洪滑，反见弦紧，年轻人舒张压升高，脉当弦紧，反见洪滑，这说明，对脉象的解释，一定要结合病症、体质、年龄等因素综合考虑。

病势轻重、病位部分对脉象也有重大影响。应激初起，交感亢进，血液重分配，心脑、肌肉优先获得供给，肝系、肾系、脾系等内脏血供减少，脉动浮出寸口皮肤，表现为浮脉。但如果不是外感应激，而是内源性应激，营卫之气集中于患病部位，皮肤外周血供减少，则脉动沉潜，反表现为有力的沉脉。若病深不解，心脑失养严重，肌肉血供减少，则脉动沉降，表现为无力的沉脉。若病入虚损，中枢调节衰微，组织调节失敏，心脑供给勉强，则不但内脏缺血，就连肌肉、筋骨也处于失养状态，当此之时，或脉沉难寻，或脉浮不任重按，脉象变化浮沉不定，虚实无伦。所以，精神调节、心神规范对脉形的塑造，正常时不可见，患病时才能出现，决定了脉象的应激形态，是为脉动的第四要素。

脉象由脉宗气、营气、卫气的生化、运化，以及精神调节所主导的内外应激等因素共同塑造，反映了脏腑、三焦功能的改变，揭示了机体正常、病变、危急、死亡等不同状态。那么，各种典型脉象的病理意义又是什么呢？

脉宗气由气宗、脉宗、胃之大络构成。脉宗属心，神气也；气宗属肺，阴神也；胃之大络属胃气，顺接胃气之阴，和调于冲脉。胃之大络之气，奉养肃降之气宗、酷烈之脉宗，恰是负阴抱阳、冲气以为和、性偏于阳而主运化的。若气宗肃降太过，气不配脉，则为少气；脉宗，酷烈太过，脉不配气，则为多火；胃气充实，脉宗气上升，大气升腾，胃气空虚，脉宗气下降，大气肃降。所以，脉宗气有升降，脉率有迟数。

脉率，即脉动频率、节律，属病态的有数脉、疾脉、迟脉、结脉、代脉、促脉，以及与此密切相关的动脉，这些脉象是怎样产生的呢？

心搏频率、节律出于先天，决于精神，关系心主。心搏频率、节律先天就有一个范围，若以安静无事为准，则存在上下极限，标准到极限之间是心搏可以活动的范围，叫心搏潜能。若以脉动一息五至为恒度，迟脉则是一息三至以下，数脉是一息五至以上，疾脉超快，一息七八至，每分钟可达 140 次以上。若如低于一息二至，或超过一息八至，必将导致心脑灌注不良。精出心窍即为心神，调节心主则表现为心搏的频率、节律。若外周回流不利，或输出不足，心脑失养，精气调节亢进，神气出窍，则心脏射血频率加快，以频率之快代偿回流、输出不足。若患病日久，精气调节衰微，神气不出，系统调节失敏，潜力用尽，心搏欲快不能而失代偿，则必然出现迟脉。所以，诸热不足，如交感兴奋，回流不利，输出不足，则多见数脉；诸寒不足，如副交感兴奋，心力衰竭，心肌痿软，则多见迟脉；数脉多是针对回流质量的，迟脉多是精气调节衰微、心力衰竭的反映。不仅如此，营气一日一夜循行五十周，卫气随之，日行于阳，夜行于阴，若脉率在一息五至以上，则营气流行必然超过五十周，一息三至以下，则不足五十周。超过五十周，则有日无夜，有夏无秋，有热无寒，不足五十周，则有夜无日，有冬无春，有寒无热。所以，脉率多少是反映近日节律、大气升降、卫气出入的指标，是精气调节，阴阳转枢的反映。或以为疾脉无非是快，与数脉本质相同，所以不必特立，其实不然。疾脉一息七八至以上，这是强烈应激，阳极转阴之象，输出反而不足，与数脉病理根本不同，所以必须单独开列。

动脉很特殊，脉形如豆，无头无尾，独在关上，厥厥动摇，这是心神不安，心主风证的表现，疼痛、紧张、惊恐、妊娠则多见动脉。心主是臣使之官，喜乐出焉。春回大地，心君欲有所作为，紧张敏感，虽不到激越的程度，但对脉动频率、节律还是会产生一定影响的，于是就形成了动脉。

脉动而止，止有定数，这是代脉，脉数而止，止无定数，这是促脉，脉迟而止，止无定数，这是结脉，三者都有一个节律不齐，何以故？脉动节律原本先天就规定好的，精神调节顺畅，心主功能正常，能有效灌注心脑，自然不会出现节律不齐。若精气将竭，或有或无，心主调节失敏，时断时续，也会产生节律不齐，但那是真脏脉，阴阳离绝。若精气、心主调节犹堪支撑，但心脏损伤，房室不协，心脑灌注不良，心主加快射血频率，以快代偿，房室反应不及而动有歇止，则必然出现脉数而止，病成促脉。若心主紧张敏感，房室不协，脉动而止，则病成代脉。若精气调节衰微，心主调节失敏，房室不协，脉迟而止，则病成结脉。心脏四腔，上房下室，心主传导，搏动自上而下、自右而左第次发生。所以，心房增频，心室跟进，房室间的低速传导密切配合，才能保质保量地输出、循环、回流，否则频率、节律不协，或迟，或动，或数而动有歇止，则病成结脉、代脉、促脉。所以，中枢、心神调节，心主传导、搏动过程中的房室关系，决定了脉象频率、节律。

脉象浮沉是应激状态下血液重分配的反映。浮脉之象，脉动浮于寸口皮肤表面，如漂浮在水面上的羽毛，轻轻一按就能触到，稍用力就沉进水里消失了。浮脉，是应激初起，交感兴奋，大气浮越，血液重分配，以确保心脑、肌肉供给而形成的。所以，浮脉主风证病态，诸气风证都可见到浮脉。如伤寒、温病初起，病在卫气水津则脉浮。若回流不利，营气不足，脉宗气紧张代偿，则脉浮中空，名为芤脉。若营卫不足，精气、脉宗气风证，脉浮弦而中空，如按鼓皮，名为革脉。若营气风证，脉宗气不足，精气调节衰微，脉浮大无力，按之空虚，则名虚脉；若脉宗气不足，精气调节不利，营气风证，脉散无根，至数不齐，则名散脉；若营卫不足，脉宗气衰微，精气风证，脉浮细柔，不任重按，则名濡脉。

沉脉之象，轻按不得，重按乃得，脉动显明于筋骨之间。急性强烈应激，血液重分配，只能保证心脑，必须牺牲肌肉、内脏血供，或肌肉、内脏应激，紧张拘急，组织失养，血供集中患处，外周失养，则脉沉有力。应激后期，脉宗气潜力用尽，精气调节衰微，组织、脏器调节失敏，只能勉强保证心脑供给，必须牺牲内脏、肌肉、筋骨血供，或回流不利，肌肉、内脏、筋骨失养，则脉沉无力。所以，沉脉是血液重分配的反映，与牢脉、弱脉、伏脉病理一致。伏脉，或因脉宗气不足，精气调节衰微，营卫俱虚，或因应激太过猛烈，只能抓住一点，不及其余，所以脉深至骨，常见于邪闭、昏厥、痛极，或极虚病证。弱脉，精气调节虽虚犹存，但脉宗气、营卫不足，所以脉沉细且软。牢脉，则脉沉有力、弦长，是强烈应激、血液重分配的反映，常见于疝气、癥瘕、气结、心腹剧痛、痉病拘急等病证。

脉象宽窄，反映了精气调节血脉的两种类型及趋向。脉道宽缓，则精气调节的靶器官集中在内脏，交感兴奋，使代谢旺盛，营气充盈，心搏、输出加强，属桂枝汤证应激类型；脉道狭窄，则精气调节的靶器官集中在外周，交感亢进，外周收缩，致卫气水津流行不利，属麻黄汤证应激类型。所以，大脉、缓脉不过是桂枝汤证应激类型的增强或减弱；紧脉、弦脉、细脉、微脉不过是麻黄汤证应激类型的增强或减弱，在病理上差别不大。大脉甚宽，但无汹涌之势，是精气不足、代谢旺盛的反映；若持续不解，则精气日虚，病深难解，脉大为进；若精气调节潜力进一步消耗，外周调节失敏，脉大而徒有其形、按之无力，则病入虚损，所谓"男子平人，脉大为劳"。缓脉，即宽缓之脉，脉道宽，应指柔和，近于迟怠。缓脉本属于脾，无偏阴阳，所谓"阴脉与阳脉同等者，名曰缓脉"是也。但是，缓脉又是宽大、迟缓之脉，是代谢旺盛，血流变性质改变，回流艰难，三焦淤滞的反映。所以，外感风证初起，脉浮而缓，卫气浮表，营气偏盛，病成"阳浮阴弱"之桂枝汤证。紧脉、弦脉、细脉、微脉都有脉道拘急狭窄的特点，是外周收缩的反映。弦脉是典型的应激脉，"端直以长，如按琴弦"主内脏，特别是肝门脉收缩，回流不利，心脑失养，从而收缩外周确保供给，是造成内外三焦营卫流行不利的病脉。所以，肝胆病，水谷精华、津液、水津生化回流不利，三焦瘀滞，营卫流行艰难，拘急疼痛，寒热疟疾等，多见弦脉。紧脉，脉道拘急、搏动有力，也是典型的应激脉，而且病势急骤，病情较重，常见于寒痛诸证。细脉则细直如线，应指明显；微脉则极细极软，似有似无，二者都有一个营卫不足，脉宗气调节失敏，精气调节衰微，外周收缩的病理。细脉常见于营卫俱虚、三焦淤积等病证，是对有形实邪的应激；微脉则常见于营卫、脉宗气、精气俱虚，循环衰竭病证，纯虚无实——"少阴之为病，脉微细，但欲寐也。"

脉象长短、虚实反映了心主输出能量的大小，是应激状态下精神调节心主的见证。心主输出动能大，血流迅疾，脉形长，则应指滑利；心主输出动能小，血流缓慢，脉形短，则应指艰涩。所以脉滑、脉涩反映了心主输出动能的大小。心主输出势能大，振幅高，则脉动有力，输出势能小，振幅低，则脉动无力。所以，脉动虚实反映了心主输出势能的大小。心藏神，主血脉。脉滑、脉涩、脉虚、脉实、脉长、脉短，不仅反映了营卫多少、运化强弱，也反映了调节盛衰。在应激过程中，脉宗气对交感兴奋的响应，既有心肌搏动有力、势能增大、血流加速的一面，又有血管紧张、射血频率加快的一面，相应的脉象就表现为脉滑、脉实、脉长、脉数；若营卫空虚，回流不足，精气调节衰微，心肌、血脉调节失敏，则脉象或涩、或短、或虚，或迟，甚或兼而有之。因是之故，洪脉、滑脉、实脉、长脉、数脉其实是一类，洪脉极大，波涛汹涌，来大去长，应指有力，举按有余，是一种集合了滑脉之速、长脉之长、实脉之力的脉象，而滑脉突出在流速，实脉突出在力量，长脉突出在长度，数脉突出在脉率，各据一隅。所以，洪脉见于营卫、调节俱盛；滑脉见于痰饮、宿食、瘀热、蓄血，若气象冲和，则主妊娠；实脉，三部有力，长而大，见于火盛、邪实；长脉，盈实而滑，如循长竿，上至鱼际，下至尺后，若浑身壮热，夜卧不安，则见于阳毒内蕴，三焦瘀热。涩脉、虚脉、短脉、迟脉也是一类脉象，"男子平人，脉大为劳，极虚亦为劳。"极虚之脉，其实与洪脉相对，是极涩、极短、极软、极迟之脉，而涩脉突出在流动艰涩，虚脉突出在不任重按，短脉突出在首尾缺如、不足三部，迟脉突出在脉率迟缓，也是各据一隅，各有偏重，只是我们不用"极虚之脉"这个名称罢了。

不管是平人之脉，还是病脉，都一定是物质、功能、调节三位一体的综合。脏腑功能变化，必然影响物质能量代谢，营卫生化、运化及中枢、外周的调节，进而见之于寸口脉动，形成脉象。如弦脉，没有心输出加强、动能充沛，就不会端直以长；没有交感兴奋、外周收缩，就不会拘急如弦。交感兴奋，说明机体正处于应激状态，外周收缩、脉道拘急升高了舒张压，说明回流阻力增大。这样一种病理改变，完全可以从一个搏动有力、按之如弦的寸口脉反映出来。再如沉脉，先不要去管哪个脏器有病，总而言之，沉脉是肌肉灌注不良的反映。为什么肌肉灌注会出现问题呢？无非两种情况：首先是急性强烈应激，血液重分配，只能保证心脑供给，不能兼顾肌肉、内脏，或脏腑有病，营卫去而不返，只能加强患病内脏和心脑灌注，管不了肌肉；另一种是脉宗气虚弱，只能勉强保证心脑供给，肌肉、内脏灌注不良。所以，脉沉有力，必是急性剧烈应激，或脏腑有病的反映；脉沉无力则是脉宗气虚弱、血液重分配，肌肉、内脏，甚至筋骨、精气失养，回流不利的的表现。总之，只要是肌肉灌注不良，就会表现为脉动沉伏。

数千年以来，历代医家在实践中不断摸索，发现寸口脉与脏腑之间存在对位关系，即脉动阴阳分布能集中反映某脏某腑的变化。

《素问·脉要精微论》："尺内两旁则季胁也，尺外以候肾，尺里以候腹中；附上，左外以候肝，内以候膈，右外以候胃，内以候脾；上附上，右外以候肺，内以候胸中，左外以候心，内以候膻中。前以候前，后以候后。上竟上者，胸、喉中事也，下竟下者，少腹、腰、股、膝、胫、足中事也。推而外之，内而不外，有心腹积也。推而内之，外而不内，身有热也。"

　　既然《内经》有这个说法，所以后人认定：左气口寸候心、膻中，关候肝、胆，尺候肾、小腹；右气口寸候肺、胸中，关候脾、胃，尺候肾、小腹。原则是：上候上焦，中候中焦，下候下焦，气口脉前后位置与脏腑上下位置对应。当然，各种说法也不大一样，大体上：右手气口三部，寸候肺、大肠，关候脾、胃，尺候肾、膀胱；左手气口三部，寸候心、小肠，关候肝、胆，尺候肾、命门。问题是，这种对位关系有道理吗？

　　右手三部脉反映肺与大肠、脾与胃、肾与膀胱，左手三部脉反映心·小肠、肝与胆、肾与命门，不难发现，右手脉是候卫气的，左手脉是候营气的，为什么会这样呢？其实，从解剖看，右手气口脉，起头臂干，经右锁骨下动脉而出寸口，左手气口脉，起主动脉弓，经左锁骨下动脉而出寸口。升主动脉出左心，首先向头臂干供血，然后才供给左颈总动脉、左锁骨下动脉，而头臂干则首先供给右锁骨下动脉，再供给右颈总动脉。这样一种构造，使得右手气口，较之左手气口能优先获得血供，分享更多输出能量。同时，血浆中水津占90.7％，这还不包括约占0.95％的无机盐离子，其他物质，即津液仅占9.3％，而其中又有6.9％是蛋白质。水津流体黏度显然要大大低于津液粘度，内摩擦力远小于津液，流动性自然也要优于津液；津液因内摩擦力大，流动阻力远大于水津，流动时能量损耗也较之水津为甚。所以，综合起来，正常时右手气口搏动要比左手有力，能集中反映卫气水津流动的情况，左手气口搏动要比右手柔弱，能集中反映营气津液流动的情形，左右营卫由此而分。

　　卫气水津的生化、运化与肺（大肠）、脾（胃）、肾（膀胱）直接相关，营气津液的生化、运化与心（小肠）、肝（胆）、肾（命门）直接相关，这是由脏腑功能决定的。所以，右手脉动能集中反映肺（大肠）、脾（胃）、肾（膀胱）的功能状态，左手脉动能集中反映心（小肠）、肝（胆、）肾（命门）的功能状态，也就无足为怪了。然而，奇怪的是，为什么寸脉反映了肺（大肠），或心（小肠）的功能，关脉反映了脾（胃），或肝（胆）的功能，尺脉反映了肾（膀胱），或肾（命门）的功能？其实，精气调节，正如脾脉，正常时不可见，病变时才显现，而气口脉长短，由脉动能量决定。所以，正常时，脉动自然只能浮现于较浅的寸、关两部，较深的尺部脉动，要重按才能感觉到；生病时，精气调节原形毕露，脉动能量增大，尺部脉自然也就能浮现于浅层皮下了。右手气口所反映的肾（膀胱），其实不只是泌尿系的脏器，而是代表中枢、系统对肾系的调节，是一系列卫气水津生化、运化调节机制的代表；同样，左手气口尺脉所代表的肾（命门），也是主导津液生化、运化的调节机制的代表，具体说是调节脾系生化、肝胆代谢、三焦水火、营气循行的肾气的代表。所以，两尺脉所对应的肾，其实是调节卫气水津、营气津液生化、运化的肾气，而特别之处是，右手尺脉所对应的肾（膀胱），确也包括了属于泌尿系的肾功。所以，尺脉反映的是精气对营卫的非常调节，寸脉、关脉不过是精气调节的寻常呈现。所以，古人提出脉动必须有根、有神，原因就在这里。因为无根、无神之脉，就是调节失败之脉，证明纠错能力下降，有病难治，甚至死亡。

《难经·十四难》："上部无脉，下部有脉，虽困无能为害。所以然者，人之有尺，譬如树之有根，枝叶虽枯槁，根本将自生。脉有根本，人有元气，故知不死。"

中枢、系统、局部调节的效用就在于纠正病态、平衡阴阳，是人体贮藏的生命力，或抗病潜力。精气衰微，脉动无根，调节不能，抵御疾病能力不足，病理改变不能纠正，治疗无效，岂不是十分危险？所以，尺脉的存在，对于脉动之神，或原气的存在，具有标志性的意义，失之则危。

为什么右寸候肺（大肠）、左寸候心（小肠），右关候脾（胃）、左关候肝（胆）呢？如上所言，脉动能否冲击至寸，是由心搏能量大小直接决定的。能量大，则不仅能冲击至寸，而且还能冲上鱼际；能量小，则只能止步于关，甚至伏藏筋骨之间。比较肺、脾，心、肝，脾尽管能生产水谷精微，调和水津生化，肝能代谢津液，但毕竟只是生化营卫的，对脉动能量没有直接贡献，若没有心、肺循环推动，即便有再多的水津、津液也无法输运至气口，更别说输布上下表里、冲上鱼际了。同时，心、肺哪怕有很强的循环推动之力，若没有可循环推动的物质，那也是枉然。故综合起来，心、肺对寸口脉象塑造的作用显然是直接而主要的，所以属阳系，脾、肝的作用毕竟是间接而次要的，所以属阴系；寸在远，需要较大动能，关在近，所需动能次之。因是之故，右手气口，寸候肺（大肠），关候脾（胃），左手气口，寸候心（小肠），关候肝（胆），不就是必然的了吗？

古人将脉象概括为二十八种，实际当然不止，而且每一种脉象也有细微差别。特别明显的，如脉动能量不足之类的脉象有八种之多，照理脉动能量有余之类的脉象也应该与之相当，但实际上只有六种，多出来的两种，其实就是微有差别而细分的结果。界定病理改变程度其实很难，只能做到大体仿佛而已。如有余之类，实是稍多，有余则较多，旺盛是太多，亢进则盛极将脱；不足之类，虚是稍有不足，不足是较少，虚损是太少，衰竭则虚极将尽。与此相关，失常是没有恒度，失调是不能按恒度调节，不周是血液重分配、不能普遍灌注，周遍全身，轻则牺牲内脏血供，只能供给肌肉、心脑，重则牺牲内脏、皮肤、肌肉、筋骨血供，只能保证心脑……这些概念，虽尽力描述程度差别，但很难精确，所以判定脉象，还需要在实践中多体会。我们将二十八种脉象据类划分，述其特征，说明其病理意义，列表给出，供大家参考（见附表1）。

第十五章 以心会心

"陈三八，厥阴三疟半年，夏至节交，春木退舍，大寒热而倏解，病伤未旺，雨湿蒸逼外临，内受水谷不运，洞泄之后而神倦食减，湿伤脾胃清气，用东垣清暑益气主之。"

这则案例选自叶天士《临证指南医案》，我们看他说了什么。"陈三八，厥阴三疟半年"，这是旧疾。"夏至节交，春木退舍"，这是天气。"大寒热而倏解，病伤未旺，雨湿蒸逼外临，内受水谷不运，洞泄之后而神倦食减，湿伤脾胃清气"，这是当下病症、病理分析及结论。"用东垣清暑益气主之"，这是立法制方。短短七八十个字，就把诊病、断病、治法、用药全讲清楚了。然而，最关键的是，这则案例还提示了我们诊病的思路：从患者宿疾、天气入手分析病症、病理，得出确实结论，然后才能立法、制方、遣药。

诊病是收集病症资料，断病是结合这些资料、运用中医理论，证实某种病变的存在，寻找病证根本、治病病机。

病证根本，又叫病本或病根，是引起一系列病理改变的终极原因，是我们辛苦收集病症资料，苦思冥想推断病变，最终要寻找、证实的病变原因。例如，病患性情急躁，头晕头痛，面红目赤，血压升高，小便黄，大便干，舌绛苔黄，脉浮有力，这一系列的病症资料都是我们诊病收集来的，那他得了什么病呢？从病理说，显然是个大气厥逆。可为什么会产生大气厥逆呢？结合病症资料，我们知道患者就诊季节为初春，平时工作紧张，经常加班熬夜，最近压力更大，因此推断他是水不涵木，交感亢进。这个病证根本能否导致大气厥逆呢？当然可以。阴为阳之守，阳为阴之使。肾水不足，肾气失守，肝火旺盛，升发太过，不就是大气厥逆吗？能否得到证实呢？春季肝经主时，患者工作紧张、压力大，易于产生厥逆风证。患者头晕头痛、面红目赤、血压升高，显然运化太过；性情急躁、舌绛苔黄，显然肝火旺盛，代谢灌注太过；小便黄，大便干，显然水津不足。综合起来，不就是水不涵木、交感亢进吗？所以，病证根本产生病理改变，导致了病证。病证可以说明、解释一系列的病症。断病不能止步于病理，还必须再进一步，找到并证实病证根本，而且要反复往来求证，直到确信无误。中医师们常说，治病其实不难，难在识病。什么叫识病？就是不仅要弄清病理改变，更要弄清病证根本，两个都清楚了，病也就认识了。

中医断病有一个很好的理念——以心会心。即医者要把自己设想为患者，从而准确、细微地判断病本。以心会心，可以先从体察天地阴阳对患者的影响开始。

天地阴阳，人在气交，自然气候的变化，为一些疾病的产生、发展创造了条件。传统中医非常重视研究天文地理、气候寒温，其理论结晶即著名的五运六气学说。

运者，迻徙也。《易·系辞》中说："日月运行。"所以，运是移动、变化的意思。地气上升为云，天气肃降为雨。上升的云气又潮又热，下降的雨露又冷又湿。潮热云气，为什么变成了冷湿雨露呢？因为它碰到了寒冷的天气。冷湿雨露，为什么会变成潮热云气呢？因为它碰到了暑热的地气。暑热的地气从哪里来？显然来自天上的日照。那为什么有时候雨露太过，有时候干燥难耐呢？这是风气的作用，在上升下降的过程中，气候变化着；在气候变化中，万物萌发，生长，壮大，成熟，枯萎，死亡。天气不断推移变化，地气不断上升肃降，寒暑升降在天地构成了宇宙模型，在机体构成了人体模型。

《素问·天元纪大论》："天地者，万物之上下也；左右者，阴阳之道路也；水火者，阴阳之征兆也；金木者，生长之终始也。"

中国是个农业社会，靠天吃饭，气候变化那是至关重要。新石器末期，中原大地温凉二分，没有明显的秋冬，两周之后四季分明。然而，事实上，这种气候变化应该很早就出现了，陶寺遗址就是一个证明。这一古代天文祭祀奇迹要监测的是二分二至！古人为什么要花大力气去监测春分、秋分、夏至、冬至这四个气候节点呢？为什么要走遍中原寻找大地原点呢？若非出现了重大的气候变化，严重地影响了农业生产，那是没有办法解释的。

在长期观测中，古人首先发现了一年四季的常态，即所谓大运、主运、主气："五日为候，三候为气，六气为时，四时为岁。"一日分为十二辰，五日有六十辰，五日就有可察觉的气候变化。十五日一个节气，运气发生显著变化。六个节气构成了一个季节，日影明显偏移。四个季节，木星或岁星越历二十八宿，宣遍阴阳，十二月走一遭，十二年走遍周天。所以，一年气候变化可以用运气分别说明。主运是一年天气运化的总特征，岁岁不变：起于春气，继之盛夏，继之燥烈，继之壮盛，继之秋收，终于冬藏。主气是地气一年生化的总特征，岁岁相同：起初之气风木，经二之气君火、三之气相火、四之气湿土、五之气燥金、止终之气寒水。天地之气有了，如何交合呢？在天为气，在地成形。天地交合，运气生矣。所以，厥阴风木、少阴君火、少阳相火、太阴湿土、阳明燥金、太阳寒水，它们不停循序交替，占据天地优势，主导气候变化。

然而，运气学说并没有就此止步，而是进一步试图将这一模型数理化，所用的工具就是天干地支。具体来说，就是天地交合要与北斗七星的斗柄旋转规律联系在一起看。北斗七星的斗柄每年转动一周，起正月终十二月，起寅而终丑，所以月份、季节、节气，以及每年生化之初之气到终之气，运化之起风木，继君火、相火、湿土、燥金，终寒水就有了对应关系。

天干中气，正月建寅：

甲己……（土运）——丙寅（正月建寅）

乙庚……（金运）——戊寅（正月建寅）

丙辛……（水运）——庚寅（正月建寅）

丁壬……（木运）——壬寅（正月建寅）

戊癸……（火运）——甲寅（正月建寅）

地支化气：

巳亥——厥阴风木

子午——少阴君火

寅申——少阳相火

丑未——太阴湿土

卯酉——阳明燥金

辰戌——太阳寒水

古时以天干、地支相配纪年，起甲子，终癸亥，天干轮换六次、地支轮换五次，依次组合一次，凡六十年。天干、地支每年一换，主运、主气每年不变，两厢交错，则天干、地支的不同组合代表不同的阴阳比例，具体模型化之后，就有了司天、在泉、间气系统，以及主气、客气关系。

司天、在泉从地支推定：

少阴司天……子午（君火）……阳明在泉

太阴司天……丑未（湿土）……太阳在泉

少阳司天……寅申（相火）……厥阴在泉

阳明司天……卯酉（燥金）……少阴在泉

太阳司天……辰戌（寒水）……太阴在泉

厥阴司天……巳亥（风木）……少阳在泉

如，凡地支为子午的年份，司天之气就是少阴君火，在泉之气就是阳明燥金。

客气是异常的天气运化，对于地气生化而言，犹如不期而至的客人，打乱了主人的生活节奏。它加临于正常生化之上，产生了一年四季特殊的气运变化：

图形外周、中周为正常运气变化，年年不变，运化起厥阴风木，终太阳寒水，生化起初之气，止终之气，中央一周可转动，三之气为司天，终之气为在泉，左右为四间气；中央一周与外周的对比，即构成主客气关系。如上图，少阴司天，阳明在泉，右太阳、厥阴，左少阳、太阴，而初之主气所对的客气即太阴湿土，以此类推。

主客气之间有些关系是好的，有些不好，依据是六气生克。

相生关系：

太阳肾—厥阴肝—少阴心—少阳胆—太阴脾—阳明肺—太阳肾

相克关系：

少阴君火（心）——阳明燥金（肺）

厥阴风木（肝）——太阴湿土（脾）

太阳寒水（肾）——少阳相火（胆）

客气对主气只有胜，没有复，道理很简单，若有了复气，那其实就没有客气了。主客气虽无胜复，但有顺逆：若主客间为相生关系则气候平和，无病无灾；若主气克客气则气候异常，有病有灾。有时主气也不克客气，只是加临而已，这时就要看君臣关系了。如相火加临君火，有病有灾，这是臣居君位；如君火加临相火，这就是君居臣位，没病没灾。

用天干、地支表示方位、次第是古老的传统。殷商以干支纪年，用天干为先王庙号。春秋战国以下，干支又被广泛应用于天文、地理研究，五方概念逐步完善，长沙子弹库楚帛书就是一个例子。秦汉以下，天干、地支又被赋予了阴阳盛衰的含义，形成了一整套符号系统，无所不包。天干、地支的属性，总的来说，奇数为阳，偶数为阴；东南为阳，西北为阴，中央无偏阴阳。在运气学说中，运用天干表示，气用地支表示，按干支纪年法，每一年都是天地阴阳运气的组合，于是就产生了不及太过，以及生克制化关系。生就是相生，克就是相克，制就是生中有克、克中有用，化就是齐化、兼化。

《素问·六微旨大论》："亢则害，承乃制。制则生化，外列盛衰；害则败乱，生化大病。"

太过为害，乃生大病。能承则制，阴阳能在矛盾中取得和谐，这才是正确、正常的关系，才能生化万物。所以，疾病是阴阳过激时的一种转化，是正气失去制约而生成的不良后果。

运气学说认定一年四季大运、主运不变，这显然是不对的。殷商时代，黄河两岸，中原大地，甚至远至辽东，都是温暖潮湿的亚热带气候，无四季，但分凉热。到了春秋、战国以后，也即《内经》成书的时代，才逐渐分出了四季阴阳，怎能说大运不变？天干、地支作为一个符号系统不应该有任何阴阳属性，用它们表示了方位、联系起四季寒温变化之后，才有了阴阳差别，这完全是人为的；同时，天干、地支作为原始文化的遗存，饱含丰富而系统的原始象征，文字高古，难以索解，硬要借今喻古，必然陷入玄学。所以，秦汉以下，五行八卦学说遂成为中国传统文化中最不可理喻的部分。然而，尽管如此，五运六气学说的逻辑、模型却没有大错，有时甚至能发挥惊人的效用。

1955年为农历甲午年，少阴君火司天，阳明燥金在泉，石家庄地区病毒性乙脑大面积流行。蒲辅周先生根据运气学说，主以白虎加苍术汤治疗，活人无算。1956年，疫情蔓延至北京，再以旧方治疗却效果平平。蒲辅周先生又主以神术散施治，效如桴鼓。是年干支为乙未，太阴湿土司天，太阳寒水在泉，神术散温燥祛湿，平以苦热，恰中病机。而今，2020年，干支为庚子，又是少阴君火司天、阳明燥金在泉，厥阴风木为主，太阴湿土为客，上火下燥，内风外湿，天行大疫，蔓延全世界，民病干咳无津、发热不扬，制方多以驱风散火、芳香辟浊取效。前事不忘，后事之师。根据运气学说，推测气候寒温燥湿，恢复五脏生克关系，对抗大疫，救人水火，取得良好治效，谁能说不是一种有益的选择？

生活境遇是疾病发生、发展的条件之一，也是以心会心的重要内容。《素问·疏五过论》讲了医生诊病的五种过错。

"凡未诊病者，必问尝贵后贱，虽不中邪，病从内生，名曰脱营。尝富后贫，名曰失精。五气留连，病有所并。医工诊之，不在藏府，不变躯形，诊之而疑，不知病名，身体日减，气虚无精，病深无气，洒洒然时惊，病深者，以其外耗于卫，内夺于荣也，良工所失。不知病情，此亦治之一过也。"

未曾诊病时，一定要先问患者有否曾贵后贱。因为患者虽不中外邪，但病可以自内而生，这叫脱营。以往富裕后来贫困之人，难免悔恨悲哀，消烁精气，由此而病的叫失精。情志激越，五脏气争，疾病与之同步增长变化。医生诊病不解生活境遇、情志变化对人的影响，见脏腑无病，形质不变，所以诊而疑惑，不知病名，患者因此得不到有效治疗，身体日衰，气虚无精，而疾病日甚，无气滋养，洒洒恶寒，时时惊惕，这就是外耗卫气，内夺营气，小病酿成了重病，这是好医生也不能避免的过失。没有详细了解病情，这是第一种过失。

"凡欲诊病者，必问饮食居处，暴乐暴苦，始乐后苦，皆伤精气。精气竭绝，形体毁沮，暴怒伤阴，暴喜伤阳，厥气上行，满脉去形。愚医治之，不知补泻，不知病情，精华日脱，邪气乃并，此治之二过也。"

诊病一定要问清饮食居处，因为大乐大苦，始乐始苦，这些都是损伤精气的。精气损伤竭尽，形体损伤败坏，大怒伤阴，大喜伤阳，厥逆之气上冲，经脉充满而形质损伤。愚医治疗时，又不知补泻，不知病情，使病患精气荣华渐渐虚脱，邪气与之日益增长。不知患者饮食、起居、喜乐，诊断不明，学术不精，这是第二种过失。

"善为脉者，必以比类、奇恒，从容知之。为工而不知道，此诊之不足贵，此治之三过也。"

善诊脉者，一定要善于用比类、奇恒之法推断病理，从容谨细地了解病理。假如作为医生不谙此道，只会诊治常见病，这是诊断能力有缺陷，也是第三种过失。

"诊有三常，必问贵贱，封君败伤，及欲侯王，故贵脱势，虽不中邪，精神内伤，身必败亡。始富后贫，虽不伤邪，皮焦筋屈，痿躄为挛。医不能严，不能动神，外为柔弱，乱至失常。病不能移，则医事不行，此治之四过也。"

诊病有常规，一定要问贵贱。曾有封地而被剥夺，妄想封王封侯而不成功的，对这些屡屡挫败之人，虽不中外邪，但精神内伤，久之身体必然衰败，生命消亡；而始富后贫者，虽不伤于邪气，但精气内夺，皮焦筋屈，痿躄拘挛。像这些患者，如果医者既不劝诫，又不转变其观念，反而一味顺从，乱治无度，患者不良情绪不能消除则医治无效，做不到这一点，就犯了第四种错误。

"凡诊者，必知终始，有知余绪，切脉问名，当合男女。离绝菀结，忧恐喜怒，五脏空虚，血气离守，工不能知，何术之语。尝富大伤，斩筋绝脉，身体复行，令泽不息，故伤败结，留薄归阳，脓积寒热。粗工治之，亟刺阴阳，身体解散，四支转筋，死日有期，医不能明，不问所发，惟言死日，亦为粗工，此治之五过也。"

凡诊病，一定要知道患病始终，又要知道预后，切脉问病要适切男女。女子常离别郁结、忧恐喜怒，以至于五脏空虚，血气厥逆，如果医生不知，谈何治疗？男子常有身负重伤，筋斩脉绝，虽身体又能动了，但已经造成血气不荣，伤败结滞，旧伤触动阳气，腐肉为脓，脓积而常病寒热。粗工诊治，盲目针刺，令患者身体怠解、气血亡散，四肢转筋，堪堪欲死。医者不明男女之别，不问病情何以加重，只是断言病重危险，这是粗工常犯的第五种错误。

"凡此五者，皆受术不通，人事不明也。故曰：圣人之治病也，必知天地阴阳，四时经纪，五藏六府，雌雄表里，刺灸砭石，毒药所主，从容人事，以明经道，贵贱贫富，各异品理，问年少长，勇惧之理，审于分部，知病本始，八正九候，诊必副矣。"

这五种诊病的过失，都属医术不精、人情世故不明所致。所以说圣人治病，必知天地阴阳之道、四时规律，五脏六腑之理、阴阳表里区别，针刺火炙、砭石毒药性质与主治，洞悉人情世故、常识道理，如贵贱贫富的影响，审明年龄、勇怯之理，明辨三焦部分，知道疾病本末，参合八正之风、九候脉症，全面诊病断病，这样才能胜任治病救人的工作。总之，做医生学术要精湛，世故人心也要深知，懂得以心会心，否则就要常犯错误，难以胜任工作。

很大程度上，个人体质、旧病宿疾也是诊病时以心会心、分析推断的内容。

患病时，许多人感受的病邪是一样的，但以后发展却万种万殊，有人问题不大，甚至无病，有人却病势沉重，甚至死亡。生病的，有人风肿汗出，有人病患消瘅，有人虚劳寒热，有人病成痹证，有人病成积聚，这是为什么？体质不一、基础病不一也！人可以比作一棵树，树木受伤，树梢先伤，人患病，病在最虚处。如腠理疏松的，就常病汗出；皮肤薄、目光锐利的，他们心火盛、多怒，气逆胸中，充斥皮肤，瘀血不行，肝盛脾虚，肌肤消瘦，就常病消瘅；骨小柔弱之人阴阳不足，多病虚劳寒热；腠理疏松、肌肉不坚硬者，多病痹证。痹在何处？有人周身大气流行不利，有人局部三焦营卫不通，痹证多发于后者。然而，后者之病理改变，可导致前者；前者病理改变，又能引起后者。皮肤薄不润泽、肌肉不坚硬而潮湿之人，多病积聚。积聚或在腹腔、盆腔，或在肠中，或在脂膜，或在筋膜，或在血络，或在肌肉，若只是运化不利、生化乖谬，则病瘕疝，若组织变性，留著不去，则病癥瘤。皮肤薄无光泽，肌肉不硬而湿浊之人，脾系生化能力不强，常使组织失养，三焦不通，病生痰瘀，这种病态若长期不能纠正，病邪留滞不去，寒温无伦，就会病生积聚。

以心会心除了要搞清楚病证根本，搞清楚病机更是医者努力追求的目标。

　　什么是病机？机，本作機，主发谓之机。病机是疾病发展、转化的关键节点，像弓弩的扳机、门户的枢纽，在整个变化过程中，牵一发而动全身；认准了病机，就能针对这个关键点展开治疗，四两拨千斤，药味少，用量小，效果显著，疗程还短。所以，病机既是一个诊断学概念，也是一个治疗学概念，十分重要。

　　那么，病机的实质是什么？

　　事物的发展、变化是一个从量变到质变的过程。事物萌芽、初生谓之启；逐渐生长、壮大谓之承；亢极而变谓之转；渐次消亡谓之合。《易经》有六爻，阳卦谓之初、二、三、四、五、上，性质不同。初、四相当于不同发展阶段的萌发期；二、五中正冲和，暂时平衡；三、上处于激变的关口，阳极转阴，阴极转阳。若移诸病理，所谓病机就是亢极而变的关口，病证必将转变的关键节点；就是说，病机有两重意义：搞得好，重病变轻病，疾病治愈；搞得不好，轻病转重病，生命消亡。可见，病机是太重要了，必须重视。

　　如何认识、把握病机呢？

　　事物正常的状态是负阴抱阳、冲气以为和的。阴为阳之守，阳为阴之使。阴能规定事物的发展、变化，使之遵从一定的规律；阳能启发、推动事物的发展、变化，使之气象万千。所以，引起和推动事物发展、变化的主要力量来自阳气。这就意味着，病机主要是由阳气决定的，要从阳气的变化去分析、把握病机。

　　阳气变化的情形无非三种：一是外在因素促使阳气发生了变化，病在阳气；二是阳气自身发生了变化，使得阴气的地位、作用相应地发生了改变，或不能守，或不能养，病在阴气；三是或有偏阴偏阳的细微差别，但总属阴阳都发生了变化，病在阴阳。对这些变化，《素问·生气通天论》分得很清楚。

　　"因于寒，欲如运枢，起居如惊，神气乃浮。因于暑，汗，烦则喘喝，静则多言，体若燔炭，汗出而散。因于湿，首如裹，湿热不攘，大筋緛短，小筋弛长。緛短为拘，弛长为痿。因于气，为肿，四维相代，阳气乃竭。"

这是阳气因寒、暑、湿、气等外源刺激损耗而逐渐衰竭的情形。

"阳气者，烦劳则张，精绝，辟积于夏，使人煎厥；目盲不可以视，耳闭不可以听，溃溃乎若坏都，汩汩乎不可止。"

这是阳气因烦劳等内源刺激而弛张，消烁阴气，致使阴气耗竭不能守、阳气亢进无制，病发煎厥的情形。

"风客淫气，精乃亡，邪伤肝也。因而饱食，筋脉横解，肠澼为痔。因而大饮，则气逆。因而强力，肾气乃伤，高骨乃坏。"

阴是变化、贮藏精气以应对紧急情况的，阳是循行外周、固密生命的，所以阴平阳秘，精神才能安和，循度调节。若阴阳虚损不平，守使俱废，则既不能应对紧急情况，也不能循行外周、固密生命。如持续风证，损伤精气，阴分自然不足，于是肝系失去约束、代谢旺盛不制，内风盘旋，病发在肝，病理却在肾水不足；如饮食太过，脾胃损伤，气分不足，生化不利，筋脉无源而拘急、痿软，同时病发泄利、痔疮，病在阴分失养，根本却在阳气损伤。如饮酒无度则营气瘀热，强力入房则精气耗竭，营气瘀热，必使冲脉不平而厥逆，精气耗竭，必使骨髓空虚而痿痹，阴损及阳，持续不解，最终难免阴阳并损。这是阳损及阴、阴损及阳，阴阳虚损变化的情形。

总之，阳气变化的情势，或亢盛已极，或持续紧张、阴气竭尽，或阴阳并损，这些情形下的关键节点，都是疾病发生、发展、变化的枢机，名曰病机。

《素问·至真要大论》只讲了十九条病机，但每一条都值得认真揣摩。

"诸风掉眩，皆属于肝；诸寒收引，皆属于肾；诸气膹郁，皆属于肺；诸湿肿满，皆属于脾；诸热瞀瘛，皆属于心；诸痛痒疮，皆属于火；诸厥固泄，皆属于下；诸痿喘呕，皆属于上；诸禁鼓栗，如丧神守，皆属于火；诸痉项强，皆属于湿；诸逆冲上，皆属于火；诸胀腹大，皆属于热；诸躁狂越，皆属于火；诸暴强直，皆属于风；诸病有声，鼓之如鼓，皆属于热；诸病胕肿，疼酸惊骇，皆属于火；诸转反戾，水液浑浊，皆属于热；诸病水液，澄彻清冷，皆属于寒；诸呕吐酸，暴注下迫，皆属于热。"

诸者，辨也，判断之词。皆者，俱也。所以，"诸……皆……"相当于"类似……的，都可断为……"，或"凡……的，都可断为……"。如，"诸风掉眩，皆属于肝"直解就是"类似持续紧张、摇摆、目眩的症状，都可断为肝病"，简单点儿就是："凡持续紧张、摇摆、目眩的症状，都可断为肝病。"

研读病机十九条，有两个问题常令人迷惑。首先，热与火如何辨别？我的看法，热是泛指，火是胆火，或者热归少阴君火，火归少阳相火。如腹胀、呕吐、小便不利之类属热，而昏瞀、抽搐、口噤、冲逆、躁扰、发狂、浮肿、呕酸、暴泄之类属火；就是说，热病多在气系，火病多在血系，这与一般病理是吻合的。其次，病机十九条几乎每一条都有相反的情况。如腹胀、呕吐、小便不利等病症可以归为热证，但寒证恐怕更多。昏瞀、抽搐、口噤、冲逆、躁扰、发狂、浮肿、呕酸、暴泄固然多属热证，但寒证也不是不可能，而浮肿、呕酸、暴泄寒证也许更多属寒证。为什么一个病症可以寒热不同？我以为，这就是病机的特点。"审察病机，无失气宜。"利用病机，审察辨明之外，主要是抓住"气宜"。因为病机是病证转变的节点，阴极转阳，阳极转阴，阴阳属性不重要，重要的在于，无论是阴是阳，此时都已经变化到了极点，必将转变。把握病症属性是审察的任务，利用病机，却只在于"无失气宜"。例如，腹胀可能是寒证，也可能是热证，但是"诸胀腹大""诸病有声，鼓之如鼓"都属腹胀热极，必将转阴，据此而治，恰在时机。总之，对病机不必计较阴阳寒热，但要紧扣阴阳寒热的变化之机，因其气宜而施治，不要失去良机。

病机十九条，其实可分为三类。

五脏病转机：

九风气爱荡鼓动太遇引起头目眩晕，这是肝病；

凡寒邪太遇而拘急强直，这是肾病；

凡气逆而郁结，或气衰而消瘦忧郁，这是肺病；

凡湿浊引起的肿胀痞满，这是脾病；

凡热气太遇引起的昏冒抽搐，这是心病；

阴阳两系病转机：

凡疼痛痒疮，这是阳系病；

凡厥逆积聚选利，这是阴系病；

凡痿证喘息呕吐，这是阳系病；

凡口噤战粟，如丧失神气控制，这是阴系病；

六气病转机：

凡抽搐、颈项强直，这是火病；

凡痰饮逆上这是湿病；

凡肿胀腹大，这是火病；

凡狂躁失神，这是热病；

凡突然强直，这是水气病；

凡腹部胀满，汩汩有声，这是热病；

凡浮肿酸痛惊骇，这是火病；

凡转第、隆闭、小便浑浊，这是热病；

凡水液澄彻清冷，这是寒病；

凡呕吐吞酸，暴汗下迫，这是热病；

　　病机十九条不是一般的病理，而是阴阳变化达到极点时才出现的病变。阳气旺盛，最初只是一种紧张状态，再过一些才是交感兴奋、偶尔超越正常范围，更过一些才会达到激越的程度、超越正常范围，亢盛之极才会达到物极必反的程度，出现某种病机。所以，要慎重把握每条病机所属的病症，诊病时有没有这些病症都要推求原因，盛衰有变也要推求原因，以五行生克关系为依据预先制订治病的方案，然后调和气血、疏浚道路，令失去平衡的阴阳关系恢复正常。

第十六章　观一叶而知天下秋

看病之难，难在识证。识证之难，难在从纷繁杂错、真伪难辨、似是而非的乱象中梳理出线索，证明病证的存在。还需从病邪、病位、病性几个方面刻画病理改变的特殊性，为确立治疗原则、方法，制定方案，选择药物奠定思想基础。为此，除了以心会心、循求线索之外，还必须坚持系统观点，有目的地收集病症资料，系统地分析、解释病症，惟其如此，方能找到并证实病证，抓住病机，治愈疾病。

系统地分析、解释病症，找到、证实某种病理改变的确实存在，进而找到、证实病证根本，抓住病机，这个过程叫辨证。比较而言，以心会心还多少有些感性，辨证则讲究条理性，求其所必中。辨证必须依据某种理论，最好是一种涵盖足够广的、关于疾病发展时相性的理论。用这样的理论系统地分析、解释病症，证明病理，找到病本和病机。所以，辨证其实是一种思想工具，凭借这种工具，帮助我们认识、治疗疾病。

张仲景是中医辨证的鼻祖。他依据《素问》《九卷》《八十一难》《阴阳大论》《胎胪药录》，首倡六经脉症并治，将辨证、治疗冶为一炉。照这个体系，我们首先要在诊病的基础上，将病症归在某经或数经名下，然后再根据具体病症，找到适切的方证，如此一来，连治法、方药都有了，所以叫辨证论治。如何将病症归于某经名下呢？首先要看六经脉症纲领。

"太阳之为病，脉浮，头项强痛而恶寒。"

"阳明之为病，胃家实也。"

"少阳之为病，口苦、咽干、目眩也。"

"太阴之为病，腹满而吐，食不下，自利益甚，时腹自痛，若下之，必胸下结硬。"

"少阴之为病，脉微细，但欲寐也。"

"厥阴之为病，消渴，气上撞心，心中疼热，饥而不欲食，食则吐蛔，下之利不止。"

孤立地看，这些条文之间没什么联系，但《伤寒论》用"传变"这个概念解释了病证发展的规律，通过"病传"将六经纲领联系起来。所谓传变，即这一系统病变，传变为另一系统病变，而每个系统的病变都会出现一些标志性的病症。具体函义有三：首先，一系抗病的利则一系病；其次，先启动外周抗病机制，再依次启动内在深层抗病机制，从隐性应激转变为显性应激；深层抗病机制对浅层抗病机制有支持作用，抗病及支持不利，则深层抗病机制病。比如，外周水系抗病不利，则恶寒无汗、脉紧，是为麻黄汤证；但阳明是支持太阳的，支持不利，发汗不彻，则转属阳明；少阳是支持太阳、阳明的，支持不利则往来寒热；太阴是支持阳明的，支持不利，津液不足则口渴，不恶寒，反实热；少阴又是支持太阳的，支持不利则发热、脉反沉；厥阴不是支持少阳的，支持不利则躁而复烦，烦而复躁……遵循这样的思索，按图索骥。

找到那些标志性的病症，不就能把某种病症归属于某经了吗。那么，病传的实质是什么呢？病传，其实是机体应激各阶段特征性的病症变化，反映的是机体应激的时相规律和隐显变化，也是六经脉症之间内在的联系线索。我们看一下应激各时相特征性病症变化。

应激初起，交感-肾上腺髓质主导：

水系：肌肉酸痛、恶寒发热。

气系：脉数、身热、口渴、汗出。

阳系转枢系统：脉弦、胸胁苦满、寒热往来。

应激相持阶段，垂体-肾上腺皮质主导：

血系：脉滑、舌红绛，或发潮热、不大便、小便不利。

火系：脉细数、舌绛、暮夜发热、头痛眩晕、心烦失眠。

阴系转枢系统：脉微细、但欲寐，或躁狂、肌张力亢进。

应激后期，调节衰微、失敏：

脉虚数、面苍白、尿少、焦躁，或脉微欲绝、冷汗出、发绀、神昏。

显然，应激时相规律与六经脉症有较高的吻合度；病传规律、六经脉症，可以看做是应激各时相的特征性病变：

水系应激——太阳病

气系应激——阳明病

阳系转枢系统应激——少阳病

血系应激——阳明、少阳病

火系应激——三阳合病

阴系转枢系统应激——少阴、厥阴病

应激后期——脱闭证

这些特征性的病变，既标志着应激时相的不同，也标志着病证传变的去向，若有基础病，或合并出现，那就是数经合病。

除《热论》《伤寒论》外，经典对应激时相规律还有不同的描述。

《素问·玉机真藏论》："是故风者，百病之长也。今风寒客于人，使人毫毛毕直，皮肤闭而为热。当是之时，可汗而发也。盛痹不仁肿病，当是之时，可汤熨及火灸刺而去之。弗治，病入舍于肺，名曰肺痹，发咳上气，弗治，肺即传而行之肝，病名曰肝痹，一名曰厥，胁痛出食。当是之时，可按若刺耳。弗治，肝传之脾，病名曰脾风，发瘅，腹中热，烦心，出黄。当此之时，可按、可药、可浴。弗治，脾传之肾，病名曰疝瘕，少腹冤热而痛，出白，一名曰蛊。当此之时，可按、可药。弗治，肾传之心，病筋脉相引而急，病名曰瘛。"

风邪刺激是百病的发端。当病在皮毛时，则毫毛竖立、恶寒发热；若深入一层，痹阻三焦，则麻痹不仁、肿胀；若治疗不愈，传于肺，则咳嗽气逆；若治疗不愈，传于肝，则胁痛呕吐；若治疗不愈，传于脾，则腹中热、烦心、黄疸；若治疗不愈，传于肾，则少腹积热而痛、小便混浊；若治疗不愈，传于精神，则筋脉牵引、拘急而抽搐。这是一个从皮毛到经脉，从经脉到五脏，按五脏相克规律，次第传变的过程。

《灵枢·百病始生》："是故虚邪之中人也，始于皮肤，皮肤缓则腠理开，从毛发入，入则抵深，深则毛发立，毛发立则淅然，故皮肤痛。留而不去，则传舍于络脉，在络之时，痛于肌肉，其痛之时息，大经乃代。留而不去，传舍于经，在经之时，洒淅喜惊。留而不去，传舍于俞，在俞之时，六经不通，四肢则肢节痛，腰脊乃强。留而不去，传舍于伏冲之脉，在伏冲之时，体重身痛。留而不去，传在肠胃，在肠胃之时，贲响腹胀，多寒则肠鸣飧泄，食不化，多热则溏出麋。留而不去，传舍于肠胃之外，募原之间。留著于脉，稽留而不去，息而成积。或著孙脉，或著络脉，或著经脉，或著输脉，或著于伏冲之脉，或著于脊筋，或著于肠胃之募原，上连于缓筋，邪气淫泆，不可胜论。"

风雨冷湿伤人始于皮肤，然后循经络步步深入，直到病传于奇经、筋膜，病成积聚。这是循经传变的过程：起皮肤经脉，入皮肤、肌肉络脉；再入经脉，循经入脏；再循经入俞，走四肢、腰脊；再入冲脉奇经，循冲脉入胃肠；再出胃肠之外、筋膜之间，结于经络，病发积聚；此后，或著孙络，或著经脉，或著脏腑之俞，或著奇经，或著筋膜，或著肠胃筋膜、连属宗筋，邪气循经络扩散失去了约束，所生病祸，不可胜论。

《素问·玉机真藏论》《灵枢·百病始生》与《素问·热论》《伤寒论》都讲了六经传变，在病始发于皮肤这一点上意见一致，此后传变就不同了，究竟谁对？《素问·玉机真藏论》传变在病入肺系时是个关键，此后一路金克木、木克土、土克水、水克火地传了下去；《灵枢·百病始生》从皮肤，到络脉，到经脉，传至俞穴时是个关键，由此病传筋骨，再传奇经，再到胃肠内外，流散募原、宗筋，病成积聚，从经到络，从络到经，从外在内，从上到下，一路传变不离三焦。总起来，《素问·热论》《伤寒论》，以及《灵枢·百病始生》《素问·玉机真藏论》仿佛代表了三种传变类型：《素问·玉机真藏论》侧重讲五脏传变，《灵枢·百病始生》侧重讲经络传变，《素问·热病》《伤寒论》则经络、脏腑传变冶为一炉，综合论述。如此，没有谁对谁错，只是侧重不同而已。

治伤寒用六经辨证，治温病用卫气营血辨证，但叶天士说，它们其实是一样的，为什么？

《温热论》："温邪上受，首先犯肺，逆传心包。肺主气属卫；心主血属营。辨营卫气血虽与伤寒同，若论治法，则与伤寒大异。"

卫即气，营即血，营卫流行即成经脉，连属脏腑，属脏者成六阴经，属腑者成六阳经，阴阳六经与营卫气血，一物两名而已；经脉言其循行，营卫言其内容，虽各有侧重，但辨证实无不同，诊断不能迥异。所以，言营卫就是言六经，言六经就是言营卫，卫气营血与阴阳六经辨证，概可名之为营卫六经诊。

总之，凡外感病，不论是伤寒，还是温病，按六经营卫辨证总是不错的，它们依据的理论都是应激时相规律。我们循着这个规律，就能系统地分析、解释病症资料，归纳总结出病理改变，找到病证根本和病机。如心烦一症，在应激各阶段都可能出现，孤立地看，谁能断定它的病证价值？但是，如果从应激时相看，那就不同了：在病发初期出现，它就属于大青龙汤证，在少阳病，它就属于小柴胡汤证，在厥阴病，它就属于乌梅丸证；反过来，有了心烦一症，假如还在应激初起阶段，我们就可以判断、证明出现了大青龙汤证，再进一步，就知道存在里有郁热、外有深寒这个病本了。

人体作为有机巨系统，是由一个个小系统构成的。这些小系统，或构成表里关系，或构成标本关系，或构成守使关系，或构成主次关系，总之是一种二元对立关系，可统称为标本关系。

经脉，凡生化为本、运化为标，走里为本、走表为标。如手太阴肺经，起中焦，下络大肠，还循胃口，上膈属肺，这是走里为本；从肺系出腋下，循手臂出寸口、鱼际至大指端，这是走表为标。手足阴阳经，阴经为本、阳经为标，如肺经为本、大肠经为标，余可类推。卫气日行于阳，夜行于阴,行于阳则走阳经,主运化为标,行于阴则走五脏、诸阴经,主生化为本。胃气杂合阴阳,胃气之阳、胃之大络出脉宗气,主运化为标,胃气之阴生长胃气,主生化为本。

五脏能满不能实,六腑能实不能满,六腑生化精微注于五脏,变化而出,合乎四季阴阳变化,所以五脏为本,六腑为标;五脏制定政策,六腑负责执行,五脏为守,六腑为使,诸守为本,诸使为标,脏腑所以互为标本,究竟何时为本为标,应时应事而区别。如脾生化精华、奉养心君,心主温煦脾系、主宰脾系运化,就生化而言,脾系为本、心君为标,就运化而言,心君、心主为本,脾系为标。脏腑十二官,心为君主,神明出焉,主不安则十二官危,而余十一脏皆决于胆。所以,心君为神明之主,胆府为三焦决断之主,心胆统治为本,其余脏腑为心君之使而受制于胆,皆为标。

经脉、脏腑之表里、主次、守使虽是客观存在的,但正常时标本差异并不显著。但是,若机体患病,正气不足、调节失敏,标本差异就会特别显著,这时病理意义十分重要,标本辨证的价值就特别大了。

什么叫标本辨证?标本辨证就是依据脏腑与经脉表里、主次、守使、标本关系,结合正气不足、调节失敏的情势,推断系统病变,明确病证,证实病本,掌握病机的过程。标本辨证的基础,一个是客观存在的标本关系,一个是正气不足、调节失敏的当下情势。正气不足、调节失敏则必生厥逆,厥逆生寒热,寒热生拘急、肿胀。所以,虚实、厥逆、寒热、拘急与肿胀是标本辨证重点考察的内容。

"邪之所凑,其气必虚。"正气原来还能滋养皮肤肌肉,卫外以为固,开阖大气,和调五脏,洒陈六腑,当外感病邪,营卫应激时,现在只能集中起来抵御病邪,生化、运化障碍而正气不足,若病久不愈则卫气萧索、营气瘀热,邪气循经结于孙络,干犯奇经,泛滥胃肠之外、膜系之间,祸连宗筋,病生积聚大病。所以,阳气之损,损于不能清净而失其所。如果因为受寒,加之欲望如枢、起居如惊,就会浮越不归,或因为受暑,大汗津伤，肌肤炎热如火，或因为受湿而不能驱除，筋膜或拘急，或痿软，或生化不利，精华不足，病生肿胀、四肢痿软，于是阳气就衰竭了。阳气的特点是烦劳则张。如意欲无穷、情志激越、饮食不节、起居无常、房劳无度，则阳气激越，虚竭五津，于是阴损及阳，正气不足，调节失敏，阴阳不足。若阳气弛张，精血不能守，再碰上气候寒热异常，则病厥逆煎迫，目盲不可视，耳聋不可听；若情志激越、大怒不制，外周收缩，血瘀于上，则病卒中，如筋伤则瘿疭不收、半身不遂，如筋伤则痿软，形质不容，病生偏枯。阴阳不足，外受风邪，表里不和，若汗出受湿则病疮疖、汗疹，若湿热淤积则病生痈疽，若疲劳汗出、感受风气，寒则病生酒渣鼻，热则病生痤疮。所以，阳气是唯有清净才能养神，唯有柔和才能养筋骨。阳气弛张、开阖不定、表里招引，侵犯督脉则病生大偻；沉陷血脉则病为阴疽；结滞肌肤，营气不顺，郁结肌肉则病生痈肿；扰乱经气，从俞穴逼迫精神则病生畏惧惊骇；汗出不彻，形质虚弱，俞穴封闭则病发寒热。总之，就外感邪气而言，因阳气浮越而产生的风证是百病的初始，如果清净则腠理固密，阳气不浮，自然正不受邪、邪不为祸，正气不虚，阴阳和调。

阳气主宰免疫，卫外以为固，多因外邪袭扰而损；阴气变化五精、守护阳气，应对突然，多因内伤而损。阴不能守则血脉周流急迫，淤积至上之焦而狂躁；阳不能使则五脏气争，九窍不通。只有阴阳和谐，筋脉才能和柔，骨髓才能坚固，气血才能顺从，表里才能调和，纵有邪气也不能为祸；不能和调阴阳，先病于内，则病邪必能为祸。若肝气多风则风证肆虐，五精亡失，如内风盘旋，又复饱食，则筋脉松弛、泄利脓血，病患痔疮；如饮酒过度，则气逆喘咳；如勉强入房，则损伤肾气、脊椎高骨。所以，古人讲："阳强不能密，阴气乃绝；阴平阳秘，精神乃治；阴阳离决，精气乃绝。"阴损及阳，阳损及阴，阴阳损伤，调节必然失敏，有病难愈。若阴阳不足、调节不利，又触犯风气，则初病寒热，久病难解。"春伤于风，邪气留连，乃为洞泄；夏伤于暑，秋为痎疟；秋伤于湿，上逆而咳，发为痿厥；冬伤于寒，春必温病。"四时风气，交替损伤五脏，而阴气滋生，根本在五味滋养，管理在五脏，损伤在五脏过用。所以，肝气太过，脾气乃绝；肾气太过，骨髓损伤，肌肉枯槁，心气抑郁；心气太过，喘息烦满，肾水消烁；饮食不节，脾胃过用，则脾胃气虚；肺系过用，筋脉松弛，精神颓败。所以，阴阳并损，正气不足，调节不利，阳盛则身热、反无汗郁热，呼吸急迫，不能仰息，齿干心烦，胸腹痞满，能冬不能夏；阴盛则身寒、反汗出身冷，四肢寒厥。

阴阳不足，调节不利，经脉必生厥逆。

《灵枢·卫气》："下虚则厥，下盛则热；上虚则眩，上盛则热痛。"

《素问·五藏生成论》："头痛巅疾，下虚上实，过在足少阴、巨阳，甚则入肾。徇蒙招尤，目冥耳聋，下实上虚，过在足少阳、厥阴，甚则入肝。腹满䐜胀，支膈胠胁、下厥上冒，过在足太阴、阳明。咳嗽上气，厥在胸中，过在手阳明、太阴。心烦头痛，病在膈中，过在手巨阳、少阴。"

经脉，阴经为里，阳经为标；生化、走里为本，运化、走表为标。调节不利，经脉上下，标本厥逆，下盛则上虚，下虚则上盛。阴虚不能守，阳气运化有余，逆上不归则足寒，阳虚不能使，阴气生化有余，逆下不上则足热；阳气厥于上则头晕目眩，阴气厥于上则瘀热头痛。

头痛巅疾，下逆上厥，病在足少阴、足太阳，甚至祸及督脉；视物不清、震颤不定、目昏耳聋，下厥上逆，病在足少阳、足厥阴，甚至祸及任脉；腹满䐜胀、心下痞满，上逆下厥，病在足太阴、足阳明，甚至祸及冲脉；咳嗽逆气，胸寒腹热，病在手阳明、手太阴，病甚则祸及阳维；心烦，头痛，心痛，胸热腹寒，病在手太阳、手少阴，病甚则祸及阴维。

脏腑功能，即特定的生化、运化能力，能力不足则为虚，能力有余则为实。脏腑虚实分两类：无实邪刺激下的虚实病变，有实邪刺激下的虚实病变，前者是因为脏器功能失调，后者是因为脏器抗病应激时表现出的功能强弱。无实邪刺激的五脏虚实变化之所以是病态的，是因为其生化、运化不合四季阴阳恒度。如，心主是输出血液、推动循环的，实则输出太多，虚则输出太少，都属病态。输出不足，周身脏器、系统处于紧张状态，固然不宜；输出太多，则扰乱脏腑生化、运化第次、节律，五脏气争，六腑失序不洁，同样是祸。所以，输出多少，若不合恒度就都是病态。这种病态，与实邪无关，是调节失常引起的。自然，调节不利也是内源刺激，而且脏腑生化、运化失常，也会产生有形实邪，但这就是另一回事了。

脏腑功能有了虚实变化，彼此关系必然紊乱。五脏功在能守，六腑功在能使，守使不平，则病生厥逆。

《素问·脉要精微论》："五脏者，中之守也。中盛脏满，声如从室中言，是中气之湿也。言而微，终日乃复言者，此夺气也。衣被不敛，言语善恶，不避亲疏者，此神明之乱也。仓廪不藏者，是门户不要也，水泉不止者，是膀胱不藏也。得守者生，失守者死。"

五脏之能在于规范六腑生化。若胸腹气盛，说话声音发闷，这就是五脏被湿浊困阻了，导致胃气满溢；若声音微弱，或者郑声，这就是五脏虚损了，心气衰竭；若不盖衣被，谵语妄言，这就是五脏神气错乱了，脉宗气失去了恒度；若脾胃不能循度更虚更实，大便泄利不止，这就是肾气不能约束魄门了；若小便不禁，这就是肾气不能升清，膀胱一味泄浊了。所以，六腑生化，得到五脏规范，就能活下去，不能规范就会死亡。

脏腑虚实有变、守使关系逆乱，则必生寒热。通常，虚则寒，实则热。但是，脏腑寒热，不仅是功能异常的反映，还与病邪刺激有关，既是调节失常，也是一种应激状态。

《素问·刺热论》："肝热病者，小便先黄，腹痛多卧，身热。热争则狂言及惊，胁满痛，手足躁，不得安卧。"

热，含义复杂，生化、运化太过为热，代谢亢进为热，调节有阳无阴为热，病邪刺激致热，而脏腑之热，多指功能太过，且以祸及子母、所克为突出表现。热争，即脏腑交争、对抗而发热，比一脏一腑之发热更为酷烈。肝热，小便黄，这是祸及其母；腹痛多卧，这是祸及所胜；身热，这是祸及其子。肝、心、胃、脾热争，则狂言、惊悸、胁满痛、手足躁扰。

《素问·刺热论》："心热病者，先不乐，数日乃热，热争则卒心痛，烦闷善呕，头痛面赤，无汗。"

心热，先不乐，这是祸及心主；数日热，这是肺热、脾胃热、肝热。诸脏腑皆热之时，突然心痛，烦闷，多呕，头痛面赤，无汗，这是脏腑热争。

《素问·刺热论》："脾热病者，先头重、颊痛、烦心、颜青、欲呕、身热。热争则腰痛，不可用俯仰，腹满泄，两颔痛。"

脾热，先头重、颊痛，祸及胃；烦心，祸及其母；颜青，木盛克土。热争，腰痛不可俯仰，腹满泄，两颔痛。

《素问·刺热论》："肺热病者，先淅然厥起毫毛，恶风寒，舌上黄身热。热争则喘咳，痛走胸膺背，不得大息，头痛不堪，汗出而寒。"

肺热，先起毫毛，恶风寒，舌上黄，身热，祸及其母。热争则喘咳，胸膺背痛，不得深呼吸，头痛汗出而寒战。

《素问·刺热论》："肾热病者，先腰痛胻酸，苦渴数饮身热。热争则项痛而强，胻寒且酸，足下热，不欲言。"

肾热，先腰痛腿酸，消渴，身热，祸及其子、所胜。热争则项痛而强，腿寒且酸，足下热，不欲言。

《灵枢·邪气藏府病形》讲六腑病多杂寒热。如大肠病则肠鸣、如刀割一样痛，稍受寒气就会腹泻，脐周痛，不能长久站立；胃病则腹胀满，胃脘心下痛，支撑两胁，令膈、咽之间不通，食饮不下；小肠病则小腹痛，腰脊牵引睾丸痛；三焦病则腹中气满，小腹坚硬，小便不利，窘迫难受，水液滞留，泛溢皮肤则为水，淤留腹中则为胀；膀胱病则小腹肿痛，以手按之欲小便而不能；胆病则常叹息，口苦，呕吐胆汁，心慌，像是害怕被抓，常觉咽喉中有东西梗塞，总是咳嗽、吐痰。六腑病，尤其要重视三焦、膀胱、胆病。三焦病表现为不得小便、腹满、水肿；膀胱病表现为小便不得；胆病表现为太息、咽干、口苦、呕吐，常恐人捕之。所以三焦、膀胱、胆三经病，皆能祸乱三焦水火，扰乱经气，且经络相通，一经病变，他经也必然被祸。

脏腑功能衰竭为极虚之证，经典名之为脱闭之证。

《灵枢·经脉》："五阴气俱绝，则目系转，转则目运；目运者，为志先死。六阳气绝，则阴与阳相离，离则腠理发泄，绝汗乃出。"

五脏气绝，目系就会拘急反转，视觉就会昏乱，这是精神志意先死的危象。六腑气绝，阴阳就会分离，阳气失去阴气约束，就会使人绝汗流泻而死。

机体调节，上有精神调和心君、脏腑，下有命门调和三焦、经脉。经脉标本病变，主要是原气不足，奇经虚损不治，三焦水火不平，经脉生化、运化不协，表里出入不利，三焦上下不和，孔窍营卫不通。命门原气不足，奇经不能治理十二经，三焦水火不平，则上下表里不和，经脉本厥则标逆，本逆则标厥，表厥则里逆，表逆则里厥。经脉不得奇经缓冲、补益，纠错能力不足，所以本虚则本病，标虚则标病，标本先后由此而分，病势缓急不同、轻重不同，急则治标，缓则治本，实则逆治，虚则从治由此而别。所以，原气不足，阴阳不相顺接，则必生厥逆。如少阴病，脉微细、但欲寐而手足厥，这是原气虚寒、本厥标逆，所以手足逆冷，咽喉反痛。再如厥阴病，热深厥深，这是原气不足、本逆标厥，所以交感兴奋、代谢旺盛而发热，手足反冷。

心君为十二官之主，与脾系、肾系、肝系之间都有同盟关系。心君以心主、胆为使，宣布王命，转枢阴阳，决断三焦，协和四方。肺系-大肠-肾系，心主-胃系-小肠，心君-肝-胆，特别是脉宗气-胃气之间皆能构成标本关系。若心君不调，心主不堪为使，胆府失职，不能决断三焦，则脏腑标本逆乱，必生厥逆、寒热。

饮食不节，情志抑郁，劳伤脾气，中州败坏，精华不能奉养心君，久病则心神、心主不调，心主-胃系-小肠同盟不和，则病生小建中汤证，上虚下陷、表里不足则病生补中益气汤证表示为或虚劳，阳涩阴弦，里急，心悸，衄血，腹痛，梦遗，四肢酸困，手足烦热，咽干口燥；或气高而喘，身热而烦，渴喜热饮，不任风寒，脉大无力；或少气懒言，四肢无力，困倦少食，饮食乏味，不耐劳作，动则气短，久泻脱肛，脏器下垂。补中益气汤证，李东垣说其病机是"阴火逆上"。阴火自何而来？脾胃因饮食而伤，水谷精华不生，原气因情志而伤，虚损不调。原气不足，脾寒飧泻，水谷尽成糟粕，营卫无源，心脑缺血，脉宗气紧张代偿，所以心火独盛。这种心火源于阴系不足，并非阳系有余，故名阴火。可见，脾胃三焦是标，原气是本；脾胃三焦是本，脉宗气是标，原气-脾胃三焦一系，脾胃三焦-脉宗气一系，本厥则标逆，本逆则标厥。所以，本有原气不足、阴寒逆上，则标有脾胃虚寒、营卫不生而厥；本有脾胃虚寒而厥，标有脉宗气兴奋而逆。进而言之，脾厥则胃逆，小肠厥则心逆，肾厥则膀胱逆，冲脉厥则胸背逆，皆可谓之阴火逆上。病患脾厥，脉宗气过用损伤，于是少气懒言，四肢无力，困倦少食，饮食乏味，不耐劳累，动则气短；脾厥胃逆，所以气高而喘，身热而烦，渴喜热饮；反之，胃厥则脾逆，所以不任风寒，脉大无力，内脏下垂，久泻脱肛。补中益气汤号称用了甘温除热法，其实张仲景早就创立了小建中汤，不仅治腹中时痛，喜温喜按，舌淡苔白，脉细弦，也能治心悸，虚烦，手足烦热，咽干口燥，甚至衄血。诸气不足，皆能发热，所谓功能性发热，本质上是一种紧张代偿风证病态，且一定会伴有脏腑厥逆病变。

肾系升清泌浊、膀胱变化津液、大肠吸收水津，三者共同生化水津，水津回流肺系，肺系监测水津盛衰，制定节律，调和电解质，启动精神调节，于是上有心神调节心主输出，脉宗气随呼吸而出入，胆府疏浚三焦，下有肾气调和肾系升清泌浊、原气平衡三焦水火、经脉流行。若外感病邪，脉宗气应激，而精神、原气尚能调和，则三焦有开无阖，脉浮发热，口渴、小便不利。若神气不虚、原气虚，水津生化不利，心脑失养，脉宗气紧张代偿，三焦上阖下开、水过于火，则口渴，小便频数，夜尿繁多。若神气虚、原气不虚，脉宗气虚弱，三焦上开下阖，湿热淤积，则小便癃闭，久则肾系过用损伤。若神气、原气皆虚，上有脉宗气虚弱、三焦上开下阖，二便不利，病生水肿；上有脉宗气兴奋、三焦有阖无开，二便不利。如真武汤证既有上下调节不利的基础，又有三焦虚寒不开的病机，小便无源，肌肉失养，所以太阳病，汗出热不解，依旧发热、心下悸，头眩，肌肉眠动，站立不稳，或腹痛下利、四肢沉重，小便反不利，所以要温煦命门，疏浚三焦。金匮肾气丸证，或脚气上逆、少腹不仁，或虚劳腰痛，少腹拘急，小便不利，短气，或男子消渴、小便反多，妇人饮食如故，烦热不得卧、倚息不得溺。再如肾气丸这个方子一般认为是温阳利水的，却不知正是治上实下虚，三焦上阖下开的。三焦上阖下开则逆于上、厥于下，下有足胫水肿、小便不利、腰痛、少腹拘急、小便频数、夜尿繁多，上有消渴，甚至烦热、倚息不得卧，所以要温煦命门，调和上下，疏浚三焦。

心君-肝-胆厥逆最为常见。若神气、原气不虚，交感兴奋，肝代谢旺盛，门脉拘急不通，三焦有阖无开，则精神失养，心神亢奋，脉宗气紧张代偿，则上下皆逆而表里不和；副交感兴奋则三焦有开无阖，心脑失养，脉宗气兴奋，上逆下厥，手足烦热。若神气不虚、原气虚，交感兴奋则三焦上阖下开，上厥下逆，副交感兴奋则三焦有开无阖，上逆下厥，陈寒痼冷。若原气不虚、神气虚，交感兴奋则三焦上开下阖，逆气冲咽喉，副交感兴奋则三焦有开无阖，呕吐、泻利。若神气、原气皆虚，交感兴奋则静而复烦，副交感兴奋则烦而复静。如乌梅丸证，上有郁热，下有陈寒，心烦止而复来，久利久泻，所以必须温煦五脏，补益气血，调和上下。再如吴茱萸汤证，上下陈寒，或呕吐而头痛，或呕吐下利，手足逆冷，发作欲死。吴茱萸善能温暖厥阴、少阴、阳明，又能降逆止呕，一般常辅之以人参、生姜、防风、细辛之属以增强其温煦、疏浚作用。

脏腑病变，常按照相克关系，第次相传，使辨证有路可循，治疗有法可依，能减少盲目性。

《素问·标本病传论》："夫病传者，心病先心痛，一日而咳，三日胁支痛，五日闭塞不通，身痛体重……肺病喘咳，三日而胁支满痛，一日身重体痛，五日而胀……肝病头目眩，胁支满，三日体重身痛，五日而胀，三日腰脊少腹痛胫酸……脾病身痛体重，一日而胀，二日少腹腰脊痛，胫酸，三日背膂筋痛，小便闭，十日不已死……肾病少腹腰脊痛，三日背膂筋痛骱酸，小便闭，三日腹胀，三日两胁肢痛。胃病胀满，五日少腹腰脊痛骱酸，三日背膂筋痛，小便闭，五日身体重。膀胱病小便闭，五日少腹胀，腰脊痛骱酸，一日腹胀，一日身体痛，二日不已死。"

所谓病传，如心病而痛，传于肺而咳嗽，再传肝而胁支满，再传脾而闭塞不通、身痛体重。肺病咳喘，传于肝则胁支满痛，再传脾则身重体痛，再传胃则胀满。肝病头痛目眩、胁支满，传于脾则身痛体重，再传胃则胀满，再传肾则腰脊、少腹痛、胫骨酸。脾病身痛体重，传于胃则胀满，再传肾则少腹、腰脊痛、胫骨酸，再传膀胱则背脊筋痛、小便闭。肾病少腹、脊背痛，再传膀胱则背脊筋痛、小便闭，再传胃则腹胀，再传肝则两胁支满。胃病胀满，传于肾则少腹、腰脊痛、骱骨酸痛，再传膀胱则背脊筋痛、小便闭，再传脾则身体重。膀胱病而小便闭，再传肾则少腹胀、腰脊痛、骱骨酸痛，再传胃则腹胀，再传脾则身体痛。所以，病传的规律是第次传于己胜者，待传至己所不胜者时，便是死期。

三焦微循环本无阴阳区别，由于特定地连属脏腑，循行经脉而有了阴阳之分。心肺居上焦，奉养精神，手经主运化而为阳系，肝肾居下焦，奉养心脑，足经主生化而为阴系。卫气日行于阳，夜行于阴，行于阳则走阳经，行于阴则走五脏。所以，一般而言，足经为本，手经为标；分而言之，昼则阳经为本、阴经为标，如胃经为本、脾经则为标；夜则阴经为本、阳经为标，如脾经为本、则胃经为标。正气不足、调节不利，阴系、阳系标本不和，阴阳不平、卫气逆乱，阳经、阴经厥逆生矣。《素问·调经论》云：

余已闻虚实之形，不知其何以生？气血以并，阴阳相倾，气乱于卫，血逆于经，血气离居，一实一虚。血并于阴，气并于阳，故为惊狂。血并于阳，气并于阴，乃为炅中。血并于上，气并于下，心烦惋善怒。血并于下，气并于上，乱而喜忘。

虚实何以病成？气血相并，阴阳偏颇，或卫气逆乱，或营气逆经，气血离开其所，虚实生矣。营气逆于阴系、卫气逆于阳系则病惊狂；营气逆于阳系、卫气逆于阴系则病热中；营气逆于心、卫气逆于肾则心烦郁怒；营气逆于肾、卫气逆于心则失神善忘。

血并于阴，气并于阳，如是血气离居，何者为实，何者为虚？血气者喜温而恶寒，寒则泣不能流，温则消而去之，是故气之所并为血虚，血之所并为气虚。

营气逆于阴系，卫气逆于阳系，气血都离开了它原来的居所，然则，哪里是实，哪里是虚？血气寒则凝涩不流，热则消散而去。阳系寒则营气来并，血虚而气实；阴系寒则气来并，气虚而血实。所以，卫气并于阴系是由于无血，营气并于阳系是由于无气。经脉空虚，孙络贮藏之血气输出经脉，则经脉充盛而实。如，营卫并走至上之焦则病发大厥暴死，只有营卫返回其所才能复生。

夫邪之生也，或生于阴，或生于阳。其生于阳者，得之风雨寒暑；其生于阴者，得之饮食居处，阴阳喜怒。

风雨之伤人奈何？风雨之伤人也，先客于皮肤，传入于孙脉，孙脉满则传入于络脉，络脉满则输于大经脉，血气与邪并，客于分腠之间，其脉坚大，故曰实。寒湿之伤人奈何？寒湿之中人也，皮肤收，肌肉坚紧，荣血泣，卫气去，故曰虚。

疾病，或生于阳系，或生于阴系。生于阳系的病，是因为外感六淫，生于阴系的病，是因为内伤饮食、起居、情志。外感寒热，病邪先客居皮肤，再传于孙脉，孙脉失去正气则病入络脉，络脉失去正气则病入经脉。在经脉，病邪与营卫混杂，客居分肉、腠理之间，经脉硬而大，所以实。外感寒湿，皮肤拘急、肌肉坚硬、营气流行迟滞、卫气去而不返，分肉、腠理之间卫气不足，所以虚。

阴之生实奈何？喜怒不节则阴气上逆，上逆则下虚，下虚则阳气走之，故曰实矣。

阴之生虚奈何？喜则气下，悲则气消，消则脉虚空，因寒饮食，寒气熏满，则血泣气去，故曰虚矣。

阴系也有虚实。在阴系，愤怒不能调节，则营气逆上，上逆则下虚，下虚则卫气并，所以下实。在阳系，喜则气下，悲则气消，卫气空虚，又伤于寒饮食，寒气充满，营气凝涩，卫气消散，所以上虚。

阴系、阳系虚实是因为营卫失其恒度、离开它应该待的地方，进入它不该来的处所而造成的。营卫离开了它的居所，偏居一隅，这就是厥逆。营卫厥逆则虚实杂错，虚实杂错必生寒热。《素问·调经论》云：

阳虚则外寒，阴虚则内热，阳盛则外热，阴盛则内寒，余已闻之矣，不知其所由然也。阳受气于上焦，以温皮肤分肉之间，令寒气在外，则上焦不通，上焦不通，则寒气独留于外，故寒栗。

阴虚生内热奈何？有所劳倦，形气衰少，谷气不盛，上焦不行，下脘不通，胃气热，热气熏胸中，故内热。

阳盛生外热奈何？上焦不通利，则皮肤致密，腠理闭塞，玄府不通，卫气不得泄越，故外热。

阴盛生内寒奈何？厥气上逆，寒气积于胸中而不泻，不泻则温气去寒独留，则血凝泣，凝则脉不通，其脉盛大以涩，故中寒。

阳虚则外寒，盛则外热，阴虚则内热，盛则内寒，何以故？阳气出于上焦运化，温煦皮肤分肉之间，现寒气袭扰，上焦运化不利，不能有力支持阳气，所以寒战。若上焦运化本来就不通达滑利，皮肤紧密、腠理闭塞、汗孔不通，卫气不得泄越而出，热气郁闭，则生外热。劳倦太过，形体、营卫衰少，兼水谷精华生化乏力，上焦得不到有力支持，下焦也不通达，热气只得郁结胃中，熏燎于胸，所以内热。长此以往，下焦寒气日益累积，逆上冲胸，上焦久已虚寒，运化不能，寒气郁结不得下泄，剩余的温暖之气去而不返，寒气独留，营气流行迟滞，血脉不通，脉虽充盈但流动艰涩，成为中寒。所以，寒热皆取决于脉宗气运化，而脉宗气出胃气之阳，又必须得到胃气之阴的支持。若外邪袭扰，或脉宗气自身不足，卫气不能抵御寒气则外寒，热气郁闭皮下则外热；劳倦太过、形气衰少，急需水谷精华滋养，但胃气生化之力不足，既不能支持脉宗气代偿，也不能疏浚三焦生化道路，甚至下焦寒气逆上也不能流泄，于是热气郁结胃中则内热，寒气郁结胸中则中寒。总之，阴阳表里寒热是脉宗气-胃气同盟关系失常导致的病理表现，基础在于水谷精华多少、脉宗气调节能力强弱。脉宗气出胃之大络，生于胃气之阴，胃气为本，脉宗气为标，标本不协，变生寒热。

阳系主运化，阴系主生化。然而，阴系生化还必须能转枢为阳系运化，阳系运化也必须能转枢为阴系生化，唯有如此，才能实现营卫周流，大气升降，这个过程叫阴阳转枢，是由少阳、少阴主导的，卫气负责具体执行的。

营气周流，一日一夜行五十周，终而复始，如环无端，生命之节律、盛衰由此而定。营行脉中，卫行脉外，昼行于阳，夜行于阴。卫气昼循阳跷、出目眦，开启诸阳经，周行二十五周，同时少阳决断三焦，关闭阳明、开启太阴，阳转为阴，大气肃降；入夜则从足少阴，开启诸阴经，循阴维、任脉上行，系于眼目之下，同时周流五脏二十五周，而少阴作强，关闭厥阴、开启太阳，顺接进入阳跷的卫气，出目眦，阴转为阳，大气升腾，再次开始一日的循行。卫气开启诸阳经，阳经运化；开启诸阴经，阴经生化；开启阳经，少阳转阳明运化为太阴生化；开启阴经，少阴转厥阴生化为太阳运化。所以，阴阳转枢，离不开卫气上下循行，离不开少阳决断三焦、少阴作强，离不开五脏和洽，离不开阳明顺接太阴，厥阴顺接太阳，阳跷、阴维、督脉、任脉治理。若病邪刺激，五脏不和，三焦不通，正气不足，奇经不治，则少阳、少阴转枢障碍，病祸三焦，结滞孙络，阴阳节律、大气升降逆乱，寒热不平，百病生矣！

少阳证是运化转枢病。少阳胆府，决断三焦，转枢阴阳。病邪袭扰，交感兴奋，卫气运化增强，营气流行迟滞，微血管收缩拘急，灌注不良，流行不利，三焦不通，这是主要的病理改变。所以，邪中风府入项，扰乱目系则目眩；交感兴奋、运化太过则汗出、口苦、咽干；卫气流行、转枢不利则寒热如虐、善太息、马刀侠瘿；三焦不通则面如蒙尘、体无膏泽，胸胁及少阳经行一线疼痛，不能反侧，总属交感兴奋，三焦不通，卫气流行、转枢不利。与此相关，小柴胡汤证原有血系瘀热基础，如身热、恶风，颈项强，胁下满，手足温而口渴，如多汗、恶风，头痛耳聋，胁下痛，不可转侧，如热入血室发寒热，暮则谵语、昼如常人等，其交感兴奋，卫气流行、转枢不利显然严重于少阳证。何以故？因为肝系应激总在阳经之后，不仅有卫气转枢、运化不利，而且血系内热瘀积。诚如张仲景所言："血弱气尽，腠理开，邪气因入。与正气相搏，结于胁下，正邪分争，往来寒热，休作有时。默默不欲饮食，脏腑相连，其痛必下，故使呕也。"气虚是因为应激有日、堪堪不支，血弱是血系应激初起、渐露端倪。在这种条件下，复感风寒，应激反应就分外猛烈，卫气流行、转枢不利则往来寒热；三焦瘀阻不通以两胁之下、脾胃之间为甚，但涉及甚广，如心烦，胸中烦，口渴或不渴而身有微热，或咳，或心下悸、小便不利，或腹中痛，甚至胁下痞硬。比较而言，少阳证只是小柴胡汤证的轻证，初起不过口苦、咽干、目眩，稍重则脉弦急、头晕、往来寒热，而小柴胡汤证初起就比较严重，甚至祸及三阳运化，脉浮大，但欲睡，闭目则汗出。更进一步，少阳证、小柴胡汤证也要区别于厥阴病。厥阴病是消渴，气上撞心，心中疼热，饥而不欲食，下之利不止，证属虚损，厥逆病理明显。对这种病，张仲景说是从结胸变成了脏结，结胸只是三焦不通、胸胁痞满，卫气流行、转枢不利，脏结则是脏腑生化、运化结滞，三焦不通，上逆下厥，所以厥阴病必须温煦五脏，补益气血，疏浚三焦，治用乌梅丸。总之，内伤外感令少阳、厥阴应激，交感兴奋，卫气流行、转枢不利，三焦不通，甚至病久虚损，脏腑功能衰弱，上逆下厥，造成了阳系运化转枢不利病证。

少阴证是生化转枢病。卫气从足少阴入阴系，少阴作强，协调厥阴、太阳，关闭生化，转入运化，开启阳跷，于是卫气出目眦，大气升腾，开始新的营卫循行。若病邪袭扰，卫气留恋上焦，或五脏病变，卫气循行不利，或少阴不足、阴阳不平，甚至奇经不治，则厥阴不能顺接太阳，卫气不能开启阳跷，生化不能顺接运化，病祸生矣。如麻黄附子细辛汤证，初病就是发热脉沉，机体虽处于应激状态，但脉沉，生化不足以支持运化，所以必须用附子、细辛温煦心肾，用麻黄疏解风寒、疏浚水系。再如黄连阿胶汤证，外感应激，营气不能和调五脏、洒陈六腑，于是五脏气争，卫气不能周流五脏，滞留于外，阳跷脉满，失眠不寐，必须用黄连、阿胶清肃南北，黄芩、芍药清肃血系，用鸡子黄贯通三焦，安和精神。少阴之为病，脉微细、但欲寐，病属少阴作强不能、生化不能支持运化，若强发汗鼓动运化，则下有泄利不止，上有循环衰竭，更加大汗出，则病成四逆汤证、白通汤证、白通加猪胆汁证、通脉四逆汤证。下利不止是生化厥于下，循环衰竭是运化厥于上，胃气阴阳接续不良而分离，脉绝病危。所以，必须用附子、干姜温煦上下，甘草调和于中，疏浚三焦，接续阴阳。少阴作强不能，奇经不治，则生化难以转为运化，厥阴不阖、太阳不开，下热上寒，则呕吐、头痛，甚至三焦不通，呕吐下利，手足厥冷，发作欲死，遂病成吴茱萸汤证、四逆散证；若阳跷不开，则昏睡不醒；若下热太过，则病成承气汤证；若下利不止，心脑失养，心主代偿，复感风寒，则病成麻黄升麻汤证、猪肤汤证，等等；若大肠失代偿，不能调和水津，则病成桃花汤证；若大肠犹能代偿，但肾系虚寒，升清不能，三焦不通，症见下利，腹痛、小便不利，浮肿，四肢沉重疼痛厥冷，心悸动，头目眩晕，筋肉瞤动，站立不稳，咳喘呕逆，则病成真武汤证。总之，少阴病变的核心是作强不利，生化不支持运化，卫气不得顺畅周行五脏、阴系，接续阳系，严重影响了营气周流、卫气出入，扰乱了大气升降、生命节律。

那么，怎样判断阴阳两系不足或有余呢？

《灵枢·终始》："终始者，经脉为纪，持其脉口人迎，以知阴阳有余不足，平与不平，天道毕矣。所谓平人者不病，不病者，脉口人迎应四时也，上下相应而俱往来也，六经之脉不结动也，本末之寒温之相守司也。形肉血气必相称也，是谓平人。少气者，脉口人迎俱少，而不称尺寸也。如是者，则阴阳俱不足，补阳则阴竭，泻阴则阳脱。如是者，可将以甘药，不可饮以至剂，如此者弗灸。不已者因而泻之，则五脏气坏矣。人迎一盛病在少阳……二盛病在太阳……三盛病在阳明，四盛已上为外格。寸口一盛病在厥阴……二盛病在少阴……三盛病在太阴，四盛已上为内关。人迎与寸口俱盛四倍以上为关格。关格之脉，赢不能极于天地之精气，则死矣。"

天地阴阳，左升右降，营卫周流，每一周期都是有始有终、始终接续的，所以叫终始。看营卫始终，以经脉周流为纲纪，从人迎脉看阳经，从寸口脉看阴经，比较阴阳，判断有余不足，这是基本方法。若人迎、寸口上下相应，顺应四时变化，六脉没有结动，阴系阳系标本能守能使，寒热、形肉、气血相称，这就是无病平人。盛，在这里是比较之词，即谁比谁更盛。人迎体现阳经运化，稍盛于寸口脉，这是少阳病，再盛就是太阳病，又胜就是阳明病，极盛那就是格阳了。寸口体现阴经生化，稍盛于人迎，就是厥阴病，再盛就是少阴病，又盛就是太阴病，极盛那就是关阴了。人迎、寸口都达到极盛，病名关格。关格之阴阳虽盛，但阳不能等齐于天，阴不能等齐于地，阴阳不能交流而分离，所以必死。假如人迎、寸口脉皆小，不称其尺寸，这就是少气，阴阳都不足。像这种情况，温阳则竭阴，泻阴则脱阳，只能服以甘和滋养之药，不能服用过寒过热之药，也不能针灸，否则治病不愈反伤五脏。

标本辨证，往小了说可断定一经病变，往大了说可断定阴阳两系病变，虽然在正气不足、调节失敏的情况下最切实用，但我们也可以见微知著，推而广之，应用范围是不可限量的。

如标本辨证可以与三焦四部相结合，扩展应用范围。人身上下，最上为脑髓之府、主精神调节，脉宗气居上焦、主运化营卫，胃脾、肝胆居中焦，主生化水谷精华、决断三焦，肾膀胱大肠居下焦，生化水津，变化阴阳，平衡三焦水火。三焦四部，心脑是核心，中焦、下焦供奉心君，而脉宗气为精神之使，同时担负奉养精神之责，此为基本框架。围绕这个基本结构，经脉流行上下，孔窍交通内外，三焦维络组织脏器，骨为干，脉为营，肉为墙，谷入于胃，脉道以通，血气乃行。所以，脉宗气-精神标本不协，则五官、头面、感觉、自主运动、精神、心、肺、胃之大络诸病生矣；脉宗气-中焦-下焦标本不协，下不能奉上则心、肺、膈肌、胸背、上肢、皮肤诸病生矣，上不能治下则肝、胆、脾、胃、胸腹诸病生矣。胃、食道、胸胁并属脉宗气、中下焦；三焦微循环并属精神、脉宗气、中下焦；肾、膀胱、前后二阴、胞宫、精室、少腹、腰脊、背部、颈项、下肢等并属下焦。这虽然只是一个粗糙的勾勒，但对锁定病位、明确病理，无疑是有帮助的。

如神昏谵语，《伤寒论》以下都认作阳明腑实证。

"伤寒若吐、若下后，不解，不大便五六日，上至十余日，日晡所发潮热，不恶寒，独语如见鬼状。若剧者，发则不识人，循衣摸床，惕而不安，微喘直视，脉弦者生，涩者死，微者但发热谵语者，大承气汤主之。"

神昏就是意识不清，谵语就是胡言乱语，古人认为，这是大热熏蒸所致。但从精气调节看，意识不清是因网状组织与皮层之间连属关系厥断引起的，谵语是语言中枢与额叶关系障碍引起的。意识不清，又称意识模糊，表现为注意力减退、情感反应淡漠、定向障碍、活动减少、言语不连贯，理解判断障碍，可伴错觉、幻觉、躁动、精神错乱，多因急性严重刺激导致交感亢进而引起；此外，交感持续兴奋、皮层兴奋性过高导致的意识模糊、知觉障碍，名为谵妄。交感极度兴奋，可使脉宗气亢进，至上之焦静脉回流不利，颅内压增高，脑组织失养，交互过程错乱，网状组织抑制，皮层兴奋-抑制转枢失衡，是一种瘀血、郁热病变。若只是郁热、皮层兴奋，则独语如见鬼状；若郁热，并有瘀血，则昏不识人，循衣摸床，惕而不安。至于治法，当然要清降脉宗气，促进静脉回流，恢复至上之焦脑组织正常生存环境了，所以要用承气汤肃降胃气；胃气一降，三焦通畅，脉宗气不得不降。

视物不清、迎风落泪、目眩，一向被认为是肝风内旋引起的。《灵枢·口问》中有一段很有意思的对话。

"黄帝曰：人之哀而泣涕出者，何气使然？岐伯曰：心者，五脏六腑之主也；目者，宗脉之所聚也，上液之道也；口鼻者，气之门户也。故悲哀愁忧则心动，心动则五脏六腑皆摇，摇则宗脉感，宗脉感则液道开，液道开，故泣涕出焉。液者，所以灌精濡空窍者也，故上液之道开则泣，泣不止则液竭；液竭则精不灌，精不灌则目无所见矣，故命曰夺精。"

悲哀时，鼻涕、眼泪一块儿流个不停是为什么？心是五脏六腑之主，能藏神；目系为诸脉所灌注，是上液的出口；口鼻是气息出入的门户。所以，心感到悲哀、忧愁就会引动神气，心动则五脏六腑都要加强活动，灌注目系，决开液道，使眼泪流出。液有滋养五官的作用。若哭泣不止而液枯，不能滋养目系，就会导致目盲。

人悲哀、忧愁能引动心神，从而让五脏六腑都动员起来，这个描述与今天中枢调节过程高度同一，所谓五脏六腑动员不就是交感兴奋吗？今天看，所谓肝风内旋其实就是交感兴奋、代谢旺盛。由于交感兴奋，血管拘急收缩，肝系回流不利，导致脉宗气紧张代偿，脑静脉回流不利，脑脊液循环障碍、吸收减少，颅内压增高，刺激视神经，引发视盘水肿，轻者目眩、迎风落泪、视物不清，重者剧烈头痛、呕吐，甚至导致失明。颅内压由脑脊液静水压决定，而脑脊液静水压又受血压、呼吸影响，即受脉宗气影响，但主要是受颈静脉压影响。脑脊液循环通路各节段压力不一，越接近静脉窦，压力越低，从而形成脑脊液—静脉之间的交换循环。由于脉宗气亢进，上腔回流障碍，颈静脉压升高，脑脊液回流不利，从而引起颅内压增高，导致视盘水肿。所以，目眩、视物不清、迎风落泪，甚至头痛、呕吐、肌张力异常，肝风内旋只是一个外周原因，精气调节失常才是直接、主要的病因。张仲景讲过不少精气病证，如脏躁、梅核气、百合病、热入血室、失眠、痉病等，也例举过不少精气病症，如善忘、头痛、狂躁、谵语、郑声、口噤、直视、失音、耳聋等，这些病证或病症，都有一个或数个外周病因，可以认为是由外周病变引发的中枢调节障碍，在治疗时也应针对外周病变制定方案。

再如，吴鞠通提出三焦辨证，具体如：上焦手太阴肺病则发热、恶寒、头痛、汗出而咳；手厥阴心包病则神昏谵语，或舌謇肢厥、舌红绛；中焦足阳明胃病则但热不寒、汗出、口渴、脉大；足太阴脾病则发热不扬、体痛且重、胸闷呕恶、苔腻、脉缓；下焦足少阴肾病则身热面赤、手足心热、心烦不寐、唇裂舌燥；足厥阴肝病则热深厥深，心中憺憺大动，手足蠕动、抽搐。和叶天士一样，吴鞠通也信"守心不受邪"之说，以为心有病皆由心主代之。其实，偏于心功则属心主，偏于调节则属心君，都是心脏功能的一部分，为了给手少阳三焦配对，硬是一分为二，并将脉宗气病变的中枢效应，归于心神，这才埋下了后世议论纷纭的种子。看三焦辨证，心包病证多属精气病变，舌謇肢厥也是中枢障碍引起的躯体病变，只有舌红绛属心功病症。中焦只局限于脾胃病显然不妥，不仅于理不合，而且也与临床实践不符。肝木犯脾就是典型的中焦病，从《内经》时代的"二阳之病发心脾"，到叶天士的"肝风内旋"，无不将病位定于中焦。中焦病少了肝胆，不仅有很大一部分病证没了着落，而且大部分营气病都不能解释，中焦辨证也就很难成立了。虽也有下焦肝病，特别是带下、崩漏、痔疮、癃闭、臌胀、积聚、癥瘕、痿证、历节、风湿等，但三焦辨证所举下焦病，其实都是由精气调节失常引起的躯体病症，虽初起于营气亢进，但神气出入不利毕竟是直接病因，理应归于精气病，且少阴病心烦不寐，厥阴病手足蠕动、抽搐，更是典型的中枢病变引发的外周病症。

疾病的发生、发展，总是一个物质、功能、调节异常、关系不断演化的过程。疾病发生后，脏腑生化、运化不利，物质精华代谢先受其祸，五精与五气之间关系异常。根据五精与五气之间关系的改变，可以判断病证，证实病本，把握病机，这个思路与方法，可称为五精辨证。

五精即水津、津液、血液、髓液、精液；五精对应五气，即卫气、胃气、营气、筋气、神气。津液的前身是水谷精华，所以水谷五味与津液可以不分。胃气综合了运化、生化，而营卫出于水谷精华，所以津液与胃气构成守使关系。髓液是流注骨空、筋膜的营养物质，滋润筋膜，涵养骨髓，滋养脑髓，筋膜坚固，骨属灵活，骨骼强壮，脑髓充实，则筋骨强劲，劲力焕发，所以名之曰筋气。精液出于先天，养于后天，是神经-体液调节系统的物质基础，精神调节的中介，对应的运化之气为神气，表现为先天的、整体的、中枢性的生命恒度与气象。五精与五气一物两名。卫气生化，名水津；水津运化，名卫气。胃气生化，名津液；津液运化，名胃气。营气生化，名血液；血液运化，名营气。筋气生化，名髓液；髓液运化，名筋气。神气生化，名精液；精液运化，名神气。五精为守，五气为使。五精不守，五气逆乱；五气不使，五精浊变。五精、五气守使不平，则病生百端。

五精是如何耗竭的呢？

心君主神气，目为心神出入之窍，面色是心气集中的地方。所以悲哀，则肺之阴神动而流泪。泪出于肾，而肾主志。平时不流泪是因为肾不失志，能约束；若肾失志不能约束阴神，就会悲伤落泪。肾主水，水养志，心主火，火养神，正常时水火冲和，神志清明，不正常时水火不和，神志不明，不能约束就要流泪了。所以，心悲即志悲。心肾之精共凑于目，心肾皆悲，阴神上入于心，下潜于肾，智识不能约束心神，肾失志不能约束水精，所以泪下。鼻涕属脑，脑为髓海，髓液养骨。骨属于肾，肾志约束髓液而上传于脑。肾志不传，脑失智识约束，阴神主宰精神，泪水、鼻涕一起流淌。所以，泪水、鼻涕就像兄弟，一死俱死，一生俱生，肾志失，则涕泪俱下。或有欲哭不能，哭而泪少，且无鼻涕的。哭而无泪是因为阴神不在肾，不哭而流泪是因为阴神不在心。若肾志失，逆冲心脑，与心神共凑于目，则阴神失去智识，涕泪俱下矣。阳气厥逆则目无所见，是因为阳气厥逆于上，阴气走并于下。阳气在上则心火独盛，阴气在下则足寒，甚至腹胀、水肿。肾之一水，不能克制心肝二火，眼睛失去了冲和之气，就看不见了。这就像迎风落泪，风中于目，阳神独守，心火灼目，所以落泪，又好比一定先要有风气雷电，然后才能下雨一样。

《灵枢·五癃津液别》：水谷入于口，输于肠胃，其液别为五，天寒衣薄，则为溺与气，天热衣厚则为汗，悲哀气并则为泣，中热胃缓则为唾。邪气内逆，则气为之闭塞而不行，不行则为水胀。

水液吸收后，别走上焦，温肌肉，充皮肤者为水津，进入循环、留于体内的是津液。水津、津液因机体不同状态而施用，其中有正常的，有不正常的。天热衣厚、感觉温热则化为汗，这是正常的；若寒气滞留分肉，水津凝聚，令肌肉关节疼痛，这就不正常了。天寒衣薄、感觉寒冷，腠理闭，泻出不能、升清不利则化为尿，这是正常的；若病邪干犯，三焦闭塞不通，水液淤积，或肿胀肌肤，或滞留下焦、小便癃闭，或凝聚肠道、泄利不止，这就不正常了。五脏，心为君主，耳为心听，目为心视，肺为心之相傅，肝为心之将军，脾为心之卫士，肾为心治水，五脏水精皆上奉心君，流注耳目，这是正常的。若心君失神，相傅不辅，将军叛乱，卫士失职，三焦水火不平，经水断绝，这就不正常了。如，心君感到悲伤，脉宗气逆上，心系拘急，肺叶高举，但脉宗气不能常上不下，必须有节奏地时上时下，如果能上不能下就会咳嗽、泪出，这就是不正常地竭尽水津。再说津液，若中焦热郁，胃肠张力增加、蠕动有力，善能消谷，吸收了大量津液，胃肠胀满宽厚而气逆，水液随之而出，所以唾涎；若中焦虚寒，水液下流，则腹胀痛，泄利不止。这两种情况，都不是正常的津液代谢方式，虚竭水谷精华而已。津液流注筋膜、骨属、骨空化为一种膏状液体，能滋养筋膜、骨髓、脑髓，下注阴股，润滑关节，若调节不利，病发厥逆，则髓液逆流阴股，骨腔精髓虚少，不能滋养腰背则腰背痛、小腿酸，髓海空虚则头晕眩冒，视物昏花，耳鸣，胫酸，嗜卧。总之，水津、津液代谢有正常的，有不正常的；正常施用，营卫循度运化，自然无病，不正常施用，必然耗竭五精，逆乱五气。《素问·调经论》云：

神有余不足何如？神有余则笑不休，神不足则悲。

精液失守，心神病变，实则丧失神志，虚则悲伤。笑，就是喜；喜，就是鼓；鼓为春分之音，所以象征肝气升腾，代谢旺盛。所以，笑不休，不是大笑不止，而是肝火亢进，浮越出表，神识不清，精神迷乱。

气有余不足奈何？气有余则喘咳上气，不足则息利少气。

水津失守，肺气病变，有余则喘咳上气，不足则鼻息不利、短气。肺主肃降，藏阴神。肺气有余，流连盛夏，不能肃降，所以咳喘、逆气；肺气不足，在秋犹冬，不能宣发，所以鼻息不通、气短。

血有余不足奈何？血有余则怒，不足则恐。

津液失守，肝气病变，血气充盛，阳神施威，在春犹夏，所以愤怒；血气虚少，阳神畏惧，在春犹冬，所以恐惧。肝代谢津液，生化血液，变化阳神，有余则怒，不足则恐。

形有余不足奈何？形有余则腹胀，径溲不利，不足则四肢不用。

水谷失守，脾气病变，有余则腹胀，小便不利，不足则四肢痿软不用。脾为水谷大源，生长胃气，变化意。脾气有余，有意无志，有升无降，所以腹胀满，大小便不利；脾气不足，有志无意，有降无升，所以四肢不用。

志有余不足奈何？志有余则腹胀飧泄，不足则厥。

三焦水火不平，肾气病变，实则腹胀、飧泻，不足则厥。肾气有余，智识不明，有冬无夏，有水无火，所以腹胀、飧泻；肾气不足，智识昏乱，有夏无冬，有火无水，所以上逆下厥。

《灵枢·本藏》："人之血气精神者，所以奉生而周于性命者也；经脉者，所以行血气而营阴阳、濡筋骨，利关节者也；卫气者，所以温分肉，充皮肤，肥腠理，司开阖者也；志意者，所以御精神，收魂魄，适寒温，和喜怒者也。是故血和则经脉流行，营复阴阳，筋骨劲强，关节清利矣；卫气和则分肉解利，皮肤调柔，腠理致密矣；志意和则精神专直，魂魄不散，悔怒不起，五脏不受邪矣；寒温和则六腑化谷，风痹不作，经脉通利，肢节得安矣，此人之常平也。"

血气精神是奉养、周全性命的；经脉是流行气血，运转阴阳，濡养筋骨，滑利关节的；卫气是温养肌肉，充实皮肤，肥厚腠理，开合大气的；意志是驾驭精神，驯服魂魄，适应寒温，调节喜怒的。所以，营气冲和则经脉流行无碍，阴阳调和，筋骨强健，关节滑利；卫气冲和则肌肉舒展滑利，皮肤和柔，腠理紧密坚实；意志冲和则精神不乱，魂魄不散，悲伤、愤怒、幽怨得以调和，五脏不受情志损伤；适应寒温则六腑顺利生化水谷精微，不病风痹，筋骨、肢节无病。反之，血液失守，则营气流行障碍，阴阳不和，筋骨痿软，关节伸屈不利；水津失守，卫气不能滋养肌肉、和柔皮肤、肥厚腠理；精液失守，则精神逆乱，魂魄消散，情志激越，脏腑损伤；营卫不和，内生寒热，外受病邪，则六腑精华不生，病生风痹，筋骨痿软，关节不利。

《灵枢·决气》："精脱者，耳聋；气脱者，目不明；津脱者，腠理开，汗大泄；液脱者，骨属屈伸不利，色夭，脑髓消，胫酸，耳数鸣；血脱者，色白，夭然不泽，其脉空虚，此其候也……六气者，各有部主也，其贵贱善恶，可为常主，然五谷与胃为大海也。"

脱者，消肉臞也。肌肉消瘦太甚，以至于脱形，这就是脱。脱是五精亡失太过的病态。精脱则耳聋，因为耳聚五阳，少阴开窍于耳，督脉空虚则耳聋。气脱则目不明，因为目系属心，脉宗气不足，营卫不足则眼花，视物不清，甚至失明。水津脱则腠理能开不能阖、汗漏不止；髓液脱则关节伸屈不利，面色无华，脑髓不足，小腿酸痛，时时耳鸣。血脱则面色苍白，黯无光泽，脉道空虚。精、气、津、液、血、脉六气，各常主其部分，决定该部分之生理、病理，都以五谷精粹和胃作为大海，言外之意，六气都以胃气为根本。

《素问·脉要精微论》："头者精明之府，头倾视深精神将夺矣。背者胸中之府，背曲肩随，府将坏矣。腰者肾之府，转摇不能，肾将惫矣。膝者筋之府，屈伸不能，行则偻附，筋将惫矣。骨者髓之府，不能久立，行则振掉，骨将惫矣。"

府是体现五精恒度的组织。五精在内，五气在外，五精虚竭，五气必衰。所以，头颈是体现精液恒度的，头倾、眼睛不灵活了，那就是神气竭尽了；背是体现津液、水津恒度的，背肩弯曲不直，那就是营卫衰竭了；腰也是体现精液恒度的，转动不灵，那就是肾气衰竭了；膝盖是体现髓液恒度的，伸曲不能，走路佝偻，那就是筋气衰竭了；骨也是体现髓液恒度的，不能久立，走路震颤摇摆，那就是筋气不足了。

脑为精之府，精出窍即为神：出心窍为心神，出肺窍为阴神，出肝窍为阳神，出脾窍为意，出肾窍为志，出命门为原气，出耳目为听觉、视觉，出舌窍为言语、咀嚼、吞咽、味觉，出鼻窍为嗅觉，出肌肤为痛觉、触觉、温度觉、运动觉、位置觉、振动觉，出前后二阴则通调二便……所谓出窍，就是作为精气之使的神气对机体、脏器、组织活动的调节。所以，精液不足，神气或虚而不调，或逆乱无度，或太过成风。

《灵枢·本神》：血、脉、营、气、精，此五脏之所藏也。至其淫泆离脏，则精失，魂魄飞扬、志意恍乱、智虑去身者，何因而然乎？天之罪与？人之过乎？何谓德、气、生、精、神、魂、魄、心、意、志、思、智、虑？

五脏生化、运化血、脉、营、气、精。五气逆乱，脱离五脏节制，则精气亡失，魂魄飞扬，志意恍惚，智虑去身。何以故？

阳气循度运化，这是德；阴气循度生化，守护阳气，这是气。阴阳冲和，就化生出了我之精气。与生俱来的阴阳精华叫做精；阴精、阳精相抱，叫做神。神气往来，偏于阳者为魂，偏于阴者为魄。阴阳之神相抱冲和，使心能够洞悉万物：当它对某物思虑时，就是意；对某物有智识时，就是志；根据智识而推演万物时，就是思；根据万物的变化而有所希望时，就是虑；根据所虑而处理物与我的关系时，就体现出了智慧。所以，有智慧的人，一定会顺应四时阴阳变化，善于调节情绪而安居，节制阴阳偏颇而调和刚柔，这样才能长生久视。

　　所以，欲望太过则伤神，伤神则肾精不固，恐惧遗精；得而复失、悲哀太过则伤中，伤中则神绝而死；心气过用则神气涣散，不能潜藏；忧愁则伤肺，气闭而流行障碍；大怒伤肝，令人神迷；恐惧伤肾，令人神气波动、怯弱而无法潜藏。具体而言，欲望太过则伤心神，病患恐惧遗精，痈疽、消瘦。忧愁不解则伤脾，病患倦怠烦乱，四肢不举。悲哀痛中则伤肝，病患狂妄不径，行为不当，阴囊缩，筋脉拘挛，两胁痛，骨痿。心气过用则伤肺，病患癫狂，目中无人。盛怒伤肾，病患智识混乱，前言不搭后语，记忆障碍，腰脊不可俯仰。所以，五精损伤，则五气逆乱：肝藏血，阳神居之，血气虚则恐惧，血气实则怒；脾藏营，意虑居之，胃气虚则四肢不用，五脏不安，胃气实则腹胀，小便不利；心藏血脉，诸神宗主，血气虚则悲伤，血气实则神识迷乱；肺藏气，阴神所居，气不足则鼻塞短气，气实则喘咳、胸闷、逆气；肾藏精，智识居之，肾精不足则厥，肾气实则水肿，五脏不安。

　　病理四纲指病邪、厥逆、拘急、虚损，是理解、描述病证的纲目。通过六经辨证，能知道病邪内外、性质、强弱、变化，通过标本辨证，能知道病变类型、性质，通过五精辨证，能知道精气虚实。当我们把病理四纲所涉及的事实综合起来，就能得到针对某一具体病变的描述，这种描述是适切于诊断疾病，指导治疗的。中医辨证方法还在不断发展中，如三焦四部辨证可用于确定病位，脏腑六系辨证有助于判定病机，等等。随着对疾病认识的深入，一定还会有更好、更切实用的辨证方法涌现出来。

第十七章　以平为期

天地阴阳，人在气交，出入升降，无器不有。作为天地气交的产物——人，是阴阳交合的一个结果，有负阴抱阳的内在结构，有阳为阴之使、阴为阳之守的阴阳关系，有生化、运化的运动形式，有升降出入的外在表现，这样一种存在，这样一种状态，不仅被千百年来的经验所验证，也是严谨的哲学思辨的结果。因是之故，所谓病理改变，或表现为阴阳分离，或表现为守使不平，或表现为生化、运化障碍，或表现为出入升降异常，而治疗所追求的，就是恢复常态，以平为期。

我们凭什么可以恢复人身的正常状态呢？物与我、病与常、药与食，都是天地阴阳气交的一种状态、一个结果，这是治疗所以能产生作用的根本原因。人的存在与活动是阴阳气交的体现，也是阴阳气交存在与活动的具体事例。外在的气交活动介入生命过程，与改变人身的力量在本质上是完全同一的。所以，当我们施予药物，给予安慰之时，药物、安慰都是作为改变人身的力量而出现的，与造成疾病的力量也是一致的。"天地不仁，以万物为刍狗。"在自然面前，只有纯粹的道，没有高低贵贱、亲疏好坏之分。治疗之所以有效，是因为我们的治疗，不管是物质的，还是方法的，都与改变人身、疾病的力量完全同一，而不是外在于人身、疾病的。具体说，对阴阳分离者，急欲使之交合阴阳，对阴阳偏颇者，急欲使之冲气以为和，对生化、运化不利，升降出入异常者，急欲使之合乎恒度，特别是，当异在于人的实邪客居体内，要想方设法驱除之，以恢复纯粹。所有这些治疗，都是内在于生命活动的，都是改变人体状态、疾病发展的力量，人体自身的活动、调节，是可以容纳它们，利用它们的。内因是变化的根据，外因是变化的条件，外因通过内因而起作用。所以，治疗其实就是根据人体内在的规定性，给予它变化的外在条件，促使它回到正确的轨道上来，如是而已。

那么，如何利用人体内在的规定性呢？

中医治疗有许多原则，第一个就是治病求本；通俗说，就是要搞清楚针对谁；谁才是我们的敌人！

医者皆知治病必求于本，而且一般认为，这个本就是指阴阳，但是我们必须具体化，从内在规定、治疗依据去理解它。病症是疾病的外在表现，病证是疾病的内在病理，引起内在病理改变的原因才是病变之本，才是治疗所针对的对象；治疗必须针对病本，依据所以发生病变的道理，否则就是关山远隔，不切病机，治必无效。

如病症是头晕、面赤、小便黄、大便难、下肢厥冷，病证是厥逆，病理根本是什么呢？肝阳太过，肾阴不足！怎么治疗呢？"壮水之主，以制阳光。"为什么"壮水之主"就能"以制阳光"呢？因为大气有升无降这个病理改变是肾阴不足、肝阳失守造成的，只有补足肾阴，使肝系代谢、回流恢复恒度，才能令大气肃降，恢复正常；换言之，大气有升无降这个病理改变的原因，才是治疗必须锁定的目标，而阳为阴之使、阴为阳之守这个关系才是我们施治的依据。

再如，治病要讲正治、反治，或逆治、从治。病症与病证统一时要"正治""逆治"，所谓"寒者热之，热者寒之，温者清之，清者温之，散者收之，抑者散之，燥者润之，急者缓之，坚者软之，脆者坚之，衰者补之，强者泻之"；病症与病证不统一时要"从治""反治"，所谓"热因热用、寒因寒用、塞因塞用、通因通用""治热以寒，温而行之；治寒以热，凉而行之"。为什么"微者"要"逆之"，"甚者"要"从之"？微，就是病势较轻，病症与病证统一；甚，就是病势较重，上下、表面寒热、虚实不统一，脉症不符。所谓病势较轻，无非是正气未损，人体还有纠错、调节的能力；反之，病势较重，人体正气已伤，纠错、调节能力衰微，出现了悖逆的病症也无法依靠自身的力量去纠正，这才出现了病症与病证不统一的情形。所以，对前一种情形，我们要直接用药物祛除病邪，用正治、逆治法，对后一种情形，我们要用药物扶助正气，调和阴阳，有条件、有本钱了再去祛除病邪，甚至但问正气，不计病邪，以养代治，带病延年。为什么治法如此不同，大异其趣？原因是，在后一种情形，病理改变的根本原因是正气不足、纠错能力下降，而治疗的依据是"形不足者，益之以气；精不足者，补之以味"，治疗时所针对的根本，必须是"精气夺"，不能是"邪气盛"；如果一味驱邪，那对象就搞错了，效果不会理想，甚至病还没治好，人却早死了。

不仅如此，治病求本、治疗最根本的依据还在于以平为期。治病以平为期，所根据的是负阴抱阳、冲气以为和的基本原理。阴阳彼此呼应、守使关系正常，是为无病平人，否则便是有病。既然无病是负阴抱阳，冲气以为和的，那么阴阳平衡当然可以作为治疗所秉持的原则了。但是，在应用这一原则时，我们又要将其具体化。因为负阴抱阳，冲气以为和只是一个总的状态，这一状态的具体表现却在周身大气的循度升降，在一脏一腑的正常生化、运化，在局部三焦的营卫和谐。脏腑生化运化，大气升降出入，守使关系都正常了，阴阳不能不平衡，气机不能不冲和，这是一而二、二而一的关系。所以，在我们无法明确治疗依据时，可以将以平为期奉为圭臬，立法制方，遣药施治。

实事求是、紧扣病证特性是第二个原则。治病，但知大概，不解精微是不行的，治疗必须适切患者、病证、治法的特殊性，摒除妄见，这是十分重要的原则。

诊断就是证明，可以先有假设，不可以先有妄见，事先就认定患者必患此病，不加证明，或拿捏不准，便施药石，这是典型的粗工所为，成则偶然，败则必然，多半偾事。

患病的是具体、个别的人，不是人体模型。人秉承先天，身心处于自然、社会之气交，患病也必然是人各不同，都有特殊性。治病是治疗个体，不是人体模型，不是实验动物，见病不见人，道理再好，没有效果，甚至损人正气、伤人寿数，这就背离了医道。

诊断不仅要证明病证的客观存在，还要证明病证的特殊存在，而且必须精确。首先，辨析病位就要精确，三焦四部，病祸所在，不宜含混。病在水系，必以卫气水津失常为主；病在气分，必以水谷生化、脉宗气运化不利为主；病在血系，必以营气运化障碍为主；病在火系，必以营气生化不利为主；病在精神，必以调节失常为主；病在转枢，必以寒温偏颇，升降无伦，出入异常，三焦不通，营卫不交为主……对于病位特征，一定要给予高度重视，不能等闲视之。其次，寒热、虚实反映了病证属性，必须确切弄清孰寒孰热，孰虚孰实，对象要精准，不可含糊。如表热，究竟是水系热，还是气系热，应当细辨之。皮肤热在水系，要用麻黄汤，肌肉热在气系，要用桂枝汤，治法是不一样的。正气虚，邪气实，这是虚邪；正气实，邪气实，这是实邪；正气虚，邪气虚，这是真虚；邪气虚，正气实，这是假虚。有形实邪，不计数量，都属于实；调节不利，不论程度，都属于虚。有形实邪，在所必去；无形虚损，应当缓调。不从有形无形、正邪关系去精确把握虚实，必然施治无法，针对性也就无从谈起了。

《素问·六微旨大论》："出入废，则神机化灭；升降息，则气立孤危。故非出入，则无以生长壮老已；非升降，则无以生长化收藏。"

"升降出入，无器不有。"机体，乃至一脏一腑、一经一系都有升降出入。观乎出入，可以知生化；观乎升降，可以知运化。治病必须把握升降出入的特性，借以刻画病机，立法施治。一脏一腑、一经一系，乃至周身大气的升降出入情况都弄清了，辨证才有标准，论治才有依据，立法、制方、遣药才不会陷于盲目。

病有常也有变，治有补也有泻。疾病之常是病理决定的，疾病之变是病证特性决定的。不知病理，攻补无据，但知病理，不知变化，关山远隔，滥杀无辜。补是调补，不是一味呆补；泻是移泻，不是一味攻伐。补，针对的是不足；泻，针对是有余。不足当补，补的同时又要调，使偏颇程度、性质不一的阴阳关系恢复正常；有余当泻，泻的同时要移，对不同实邪施用不同方法。所以，有补敛，有调补，有补泻，不能只持一端，不随病证特点而变化；有泻，有消，有移，实邪不同，治法也不一样。驱邪为急，施以泻法；补虚为急，治以补法；驱邪、补虚均不可少，则攻补兼施。补中有调，泻中有移，紧扣病证特性，才能提高疗效。

一种疾病，有萌发，有渐盛，有衰落，有转折，有虚损，有消散，发展阶段不同，邪正盛衰不一，治法必须相机而变，适切病证时相。病在萌发、渐盛，应逆而折之，以祛除病邪为主；病在衰落、转折，应攻补兼施，扶正祛邪；病在虚损、消散，应弥补正气、收敛精华，以养代治，丸散缓图，饮食调息，带病延年，不可再施以针石、药物。

《素问·五常政大论》："大毒治病，十去其六；常毒治病，十去其七；小毒治病，十去其八；无毒治病，十去其九。谷肉果菜，食养尽之。无使过之，伤其正也。"

凡药皆毒，凡毒皆偏，药物对人实质上就是一种刺激。凡刺激必使人处于风证状态，也正是由于这种风证状态，才能拨乱返正，治病救人。药物伤正，固然是治疗应当适度的理由，但问题的关键在于，非其时，用其治，不仅于病无益，反而不能切中病机。疾病初起，正气不虚，用正用逆，正当其时，不求祛除病邪，好好利用强盛的正气，反而弥补正气，敛邪深入，必然永无愈期。病入衰落，事有转机，不扶正则无力纠正病态，不祛邪则正气不能恢复，有故无殒，必须攻补兼施，扶正祛邪。病入虚损，病邪渐次消散，病者虚不受药，攻伐不能假正气而祛邪，精华亡失无以为继，痰瘀实邪淤积三焦，处处风证，稍加刺激，变证蜂起。当此之时，急治偾事，缓图有功，只有给予患者高度适应的食物，调息营卫，稳固中焦，收敛精华，以养代治，才能逐步恢复生机。所以，阳明病初起，张仲景治以白虎汤，口渴了就加人参；胃家实，初用大承气汤，正气不足就用新加黄龙汤；阳明病去，剩有余热，则用竹叶石膏汤，不为治病，但求调息。叶天士反复申明络病治法，药用虫蚁，辛香流散，通补治虚，剂用丸散，重药缓投，用意也在分清经络，针对病证特点而施治。总之，不能实事求是紧扣病证特性，周全照顾病患、病位、病性、病势的特性，遵从疾病发展、邪正变化的规律而妄加毒药，必使阴阳反作，疾病深固，永无愈期。

治病精诚是第三个重要的原则。治病，当然以能够治愈疾病为准则，治疗方法应以简便、有效为贵，以综合施治为上。如治痿痹重证，病所偏远，单用汤药不易见效，应内外结合，配以丸散，施用多种治疗方法，各尽所长，以病愈为准，不应固执一隅，墨守成规，甚至偏狭于陋见，唯我独尊，耽误治疗。

《医学心悟·医中百误歌》："医家误，强识病，并不识时莫强认，谦躬退位让贤能，务俾他人全性命。"

"医家误，不克己，见人开口便不喜，岂知刍荛有一能，何况同人说道理。"

医有定见固然不错，特别是难决大病，医者科学严谨的作风、洞悉往来的执守能增强患者信心，共克顽疾；但也必须广泛听取意见，不拘于陈见，不囿于陋习，以病愈为期。因是之故，医患之间相互信任，医者尽其本分，患者正确对待都是十分重要的。

《素问·五藏别论》："拘于鬼神者，不可与言至德；恶于针石者，不可与言至巧。病不许治者，病必不治，治之无功矣。"

固执于鬼神，不信客观诊断的，你无法给他讲清楚防病、治病的至高道理；害怕治疗的，你无法给他讲清楚治法的高妙；排斥你治疗的，病就不能治愈，治了也无功——都归功于偶然和鬼神了。

谨守治病原则，一只脚已踏上了正确的轨道，而要落实原则，还必须讲求治法。

治法是治疗方法、效用的综合。效用，是治疗方法所能产生的效果，即机体物质、功能、调节等方面发生的变化。每一种治疗方法都可能产生多种效果。因为某些治疗方法常用而且必需，治疗效果显著而且明确，所以被概括、固定下来，上升为治疗大法。根据治疗效用而选择治法，这是一个常规的立法思路。

中医治病方法很多，但概括起来只有祛邪、扶正两类，前一类针对有形、无形病邪，后一类针对物质精华亡失，调节、功能异常。当然，扶正、祛邪也可以联合使用。如解表，通常是祛除无形病邪，攻下通常要祛除有形实邪；清法、温法、补法都属扶正范畴，祛湿、活血、消癥一般用攻补兼施法，如此等等。还有一类治法是针对药物本身的，或反佐引经，或减毒增效，或缓冲调和，这在方制中叫使药，在治法中可以叫通调，是扶正、祛邪之外的具有独立意义的治法。

祛风法：为祛风而设，别称很多，如疏风、熄风、安神等。在内外刺激下，组织、脏器、系统处于紧张敏感状态，引起种种不适，是为风证。风为百病之长，是一切疾病的基础，一切疾病不过是风证病态的进一步发展演化。祛风法的核心是平复持续紧张敏感的交感神经类型的反应，主要效用有清热、镇静、止痛，流行营卫，缓解拘急敏感病态，对抵御各种致病因子袭扰，拨乱反正有明显效用。银翘散、消风散、川芎茶调散、大秦艽汤、羚角钩藤汤、镇肝熄风汤等都是运用祛风法的经典方案。实际上，风证是普遍存在的基础病变，是一切疾病的底色，不管治什么病，立法、制方都应考虑有无祛风的必要。

发汗法：为调和体温而设。发汗法的实质是用药物人为地将应激时相推进到汗出热散的阶段。水系周流外周三焦，流行组织浅层，能调和血容、血压、体温。内外刺激，组织应激，水系流行不利，发热的同时，或恶寒，或怕风，总不能顺利地进入汗出热散时相，组织拘急不舒，代谢产物、病理产物堆积，卫气循行障碍。当此之时，需要用药物激发机体潜能，人为地推进应激时相进入汗出热解阶段，从而周流水系，缓解应激损伤。用发汗法，卫气循行不利，若见于皮肤，就要与疏风结合使用；若见于经脉，就要与通经结合使用；若见于肌肉，就要与解肌结合使用；若见于脏腑，就要与温中结合使用，如此等等。发汗法的核心是激发调节潜能，推进应激时相，目的是周流水系，主要有流行水系，升降大气，调和营卫，清热除湿，消肿抗炎，缓急止痛，祛痰平喘，利尿通便等效用。

清热法：为治疗各种热证而设。清热法的核心是利用药物抑制过于亢进的应激反应，提高副交感神经类型的兴奋程度，将应激时相拉回到热散阶段，主要效用有镇惊熄风，清肃大气，流行营卫，消肿止痛，利尿通便等。发热强度有区别：郁热最低，发热其次，热甚较高，亢盛最高，必阳极似阴。发热也有虚实之分：虚热属功能性、调节性发热，因阴阳不平，或物质精华不足、机体紧张代偿，或转枢不利引起，热度不高，有一定规律，或往来寒热，或暮夜热甚；实热属病邪刺激发热，因应激亢进引起，热度高，或持续不解，或疾如风雨。所以，清热法也分两类，一是补虚清热，令阴阳冲和，一是祛邪清热，清除内外致热因子。如阴虚发热，应滋阴清热；外感发热，宜祛邪清热。若虚实不分，或敛邪，或伤正，必使病深难解，越治越重。

祛邪法：为祛除实邪而设。祛邪法的核心是祛除病邪刺激，纠正病理状态，清除病理产物，主要效能有平衡阴阳，流行营卫，祛除实邪，改善组织生存状态，清热解毒，祛风镇痛等。实邪分有形、无形两类。郁证是一种郁积、凝结而不能散发的病态，也是最常见的无形实邪。大病初愈，或久病缠绵，三焦痰饮积聚，组织瘀血水肿，经络不通，营卫不行，中枢调节衰弱，组织调节失敏，内毒素郁积，组织变性、变形，这时必须恢复正气，攻逐有形实邪。所以，祛邪法是多种多样的，或化湿，或逐饮，或泄水，或消痰，或消肿，或排脓，或解毒，或活血，或止血，或消食，或杀虫，或散瘕，或消癥……营卫流行不利，便是无形实邪。无形实邪既成，有形实邪必生。有形实邪刺激，营卫流行更难，无形实邪愈重。所以，无形实邪不祛，有形实邪难削；有形实邪不消，无形实邪难祛。

攻下属祛邪法之一，为攻逐中心三焦病理性淤积而设。中心三焦出脉宗气，生化营卫，为生气大源；流行气血，交换物质，为通衢大道；升降大气，转枢阴阳，调节、滋养、治疗必借道于三焦才能发挥效用，为阴阳之使。但是，中心三焦最为脆弱，凡情志激越，饮食劳倦，内外刺激，营卫病变，脏腑生化、运化失恒，都将祸乱三焦，遂令脾胃更虚更实逆乱，有形、无形实邪郁积，填塞道路，断绝表里，代谢产物一变而为病理产物，病理产物久留不去而成毒素，循经流散，周身经脉、组织、脏器无不被祸，病生百端，久必虚损，变证蜂起，不可收拾。所以，五脏皆病，独取中州，或理气，或清肃，或通便，或利尿，或消导，或增液，或滋养，或固涩……总以流畅三焦，攻逐实邪为法。攻下法的核心是祛除病理产物，疏通三焦，周流营卫，纠正应激后遗症，修复受损组织，主要效能有理气、通便、利尿、活血、化痰、逐水，肃降大气，抗炎消肿，活血止痛，通畅上下表里等等。如大承气汤能清热解毒，活血抗炎，理气通便，攻逐实邪，恢复脾胃功能。大黄附子汤更进一层，将温暖命门、攻逐实邪相结合，对肠道松弛、络结实邪者，治用卓效。吴鞠通五承气汤，特别是宣白承气汤、增液承气汤、新加黄龙汤则再进一层，充分考虑了脾胃虚损、寒热、升降等病理特性，针对性更强。

和解法：为调和阴阳，交合营卫，纠正转枢异常而设。和解法的核心是抑强扶弱、顺接阴阳、交合营卫、流畅三焦，主要效用有恢复阴阳守使关系，流畅营卫，疏通三焦，使精神调节，营卫生化、运化，大气升降，水谷出入合乎恒度。少阳主阳系运化转为阴系生化，阳明阖而太阴开，少阴主阴系生化转为阳系运化，厥阴阖而太阳开。少阳转枢不利，则有升无降，卫不交营，少阴转枢不利，则有降无升，营不交卫。营卫不交，水火不平，则三焦不通，上下厥逆，表里乖戾。所以，和解法必以抑强扶弱、平衡阴阳、恢复守使关系、升降大气、流畅三焦、交合营卫为法。如小柴胡汤，用柴胡、黄芩清肃少阳，用半夏、生姜通降三焦，用人参、甘草、大枣补益胃气，既能抑强扶弱，更能通畅三焦，促进营卫交合。吴茱萸汤用吴茱萸、生姜温煦少阴，通泄三焦，促进营气交合卫气，用人参、大枣补气和营，促进卫气交合营气。营卫交合，上下表里通畅，生化、运化顺接，大气升降，水谷出入自能循度。

升降法，或理气法，属于和解法的特殊类型，核心是条理气机，交合营卫，纠正厥逆病态。少阳、少阴转枢不利，营卫不交，必使三焦不通，营卫生化、运化障碍，痰淤积聚，大气升降、水谷出入逆乱。厥则当至不至，逆则去而不返。三焦当实不实、当虚不虚，当通不通、当涩不涩；水谷当出不出、当入不入；大气当升不升、当降不降；营卫当至不至、当返不返，营卫不平，交合不利……凡此种种，都是气机逆乱的表现，治宜调和升降，顺接生化、运化，疏通上下表里。其实，任何病理改变都必然包含升降出入异常，三焦营卫不通，或厥逆，或拘急，势不可免；任何药物，实际上都是一种刺激，必然造成气机改变。所以，治疗任何疾病，使用任何药物，都要将调和阴阳，纠正或利用气机改变，作为重要考量内容。如桂枝汤本为解肌，照理说，补气发汗更为直截了当，却偏偏配以白芍，而且辅之以甘草、生姜、大枣，这绝不是为了满足君臣佐使的方制要求，而是为了通调阴阳、和畅三焦，以求获得治效。再如镇逆法，用治上逆重证，用药多取质重金石介类，但同时要少佐宣发、流利之品，否则恐怕旧疾未去，新病又起。

补虚法：为补足阴阳，调治虚损而设。补者，完衣也。衣裳原来是完整光鲜的，现今残破了，要缝补它，使之完足，是为补虚。所以补虚法的核心是补益阴阳之不足，主要效用有填精、滋养、回阳、温里、清热、补血、补气、固涩、舒缓等，总以弥补物质、功能、调节之不足，以平为期，补而能使，充实持久，恢复纠错能力为法。负阴抱阳、冲气以为和的构造和状态，是组织、脏器、系统，乃至整个机体得以维持正常生命活动的必要条件。阴阳不平，守使无度，就是虚弱；阴阳并损，调节衰微、失敏，就是虚损；阴阳离绝，就是生命消亡。若细致而言，则水为阴，气为阳；血为阴，火为阳；精为阴，神为阳。水气不平，或寒或热；血火不平，或虚或实；营卫不平，转枢不利，不得顺接，或厥或逆；精神不平，或阴或阳。凡此种种，必然祸及组织、脏腑纠错能力，经脉不通，三焦阻塞，气机或厥或逆，组织或紧张拘急，或松弛不用，都属虚弱不足。若营卫并损，精神不足，中枢调节衰微，外周调节失敏，则病入虚损。所以，凡补虚，必须精确锁定对象，滋长生化源泉，切合虚实程度，明确守使关系，疏通使用道路，这样才能知所应补，补而能使，使而不竭。

中医治法大抵如此，数量不多，但要用好、用活，还必须看准时机，抓住病机，不能盲目滥用。一般而言，病证初起宜攻，继之宜攻补结合，再之宜补，最后宜调、宜养。病发之初，不急急祛邪，非其治也，所以发汗、清热常用；疾病渐盛，正气已虚，纠错能力有所下降，一味蛮攻，只会偾事，所以要攻补兼施；疾病后期，病邪已去，正气大虚，组织损伤，急当调息，反大力攻伐，大谬不然，宜多用补法，且辅之以饮食消息，以养代治。总之，用什么治法，要根据病机情况、邪正多少，参合天人，具体问题，具体分析、具体处理，不能以不变应万变。

在实际临床，其实很少单独使用一种治法，通常都要在系统考量的基础上，结合数种治法，综合施用。单独使用一种治法，叫对症治疗；结合数种治法，综合使用，叫系统治法。人体是一个动态平衡系统，任何一个局部的变化势必引起系统性反响；同时系统状态也必然影响着局部状态。所以，不把病证放在病理改变的整体中加以考察，就不能明其意；病理改变，不从系统的观点去考量，就不能知其理。意义不明，病本不清，如何立法制方？所以，要想充分发挥治法效用就不能脱离系统考量、综合应用。系统治法，就是把病证放在系统中综合考虑，通过改变系统整体，达到扶正祛邪的目的。

经典中的系统治法，首推运气学说的五脏生克气味阴阳治法。从具体辨证施治的角度看，运气学说这一套推法是有价值的。首先是辨证。如，当我们确定上焦心火太盛，那么依照运气学说，立即就能知道肾水不足、肝火精确度盛、肺金受祸，是一个厥逆病理，再结合病证发展时相，就能预判病本、病机了。其次是治法。《素问·至真要大论》给我们提供了一揽子方案。

如厥阴司天、少阳在泉这种情况，以司天论则"平以辛凉，佐以苦甘，以甘缓之，以酸泻之"，以在泉论则"治以咸冷，佐以苦辛，以酸收之，以苦发之"。阴阳关系无非生克制化。太过不及之化，有齐化，有兼化。齐化太过，我盛不能克，只能平之；兼化不及，胜者可以兼并代替我。平则齐，兼则治。"平以辛凉"，是说清肃肺气，以平抑肝气。"治以咸冷"，是说清肾以治相火。佐，辅助之谓。以手助手为左，以口助手为右。右手为主，左手助之。"佐以苦甘"，苦入心，甘入脾，调和心脾，以助清肃肺气、辅佐肺气肃降。缓，宽缓之义。泻，移泻之义。宽缓脾，移泻肝，无非是疏通道路，减毒增效。收，收捕之义。发，射发之义。射礼，三射而止，每射四矢，所以十二矢为一发。"以酸收之，以苦发之"，是说收束肝气，使心气运化有度。总之，生克制化，无所不在，病理改变由之，治病救人准之。

运气学说的五脏生克气味阴阳治法，其实是五行生克、气味阴阳系统治法的进一步发展，根据就在于天地阴阳、左升右降这个标准模型，五行生克、气味阴阳这两种治法。

五行生克，以五脏配五行，借五行生克解释五脏关系，借阴阳守使解释脏腑生化、运化功能，原是藏象学说的核心内容。所以，病理改变就可以理解为五脏生克关系，脏腑生化运化、守使关系的异常改变。比如说肺病，就是心火克肺，或木火刑金，或土不生金，不是腑脏自身有病，而其他脏腑的影响，使之生化、运化太遇、不及，是为病；所以，治疗当然就是要恢复正常的五脏生克关系，脏腑生化、运化，以及阴阳守使关系了。从这个理解出发，判断病证，实施治疗，就是系统的五行生克治法。

五脏相生：木生火，火生土，土生金，金生水，水生木。

五脏相克：木克土，土克水，水克火，火克金，金克木。

生者，进也；使之萌发、茂盛，因而有助于对方增强、显现出功能。克者，服也；使之削弱，甚至替代之，因而令对方隐匿、消散其功能。阴阳交合，无非生克，无非制化。五脏间生克关系，充分体现了生克制化的玄妙，也体现了亢则害、承则制的道理。与此相应，在治法上，就应该虚则补之，实则泻之，通过补泻五脏，调和阴阳，以恢复正常的生克关系是谓平。

在《素问·藏气法时论》中黄帝问："合人形以法四时五行而治，何如而从，何如而逆？"意思是，把病证、四时、五行结合在一起进行治疗，怎么就对了，如何就错了？岐伯解释道：金木水火土五行，交替主持，更贵更贱，决定了人的死生，治疗的成败，其中关键就是要确定五脏生化·运化之气的强弱，以及知道死生的恒度。就是说，金木水火土五行，有相生，有相克。五脏配五行，随四时阴阳变化而交替主导。五脏的相生相克，能决定生死，决定治疗成败，关键是要确定五脏变化之气的强弱，也要知道生死大限。

《素问·藏气法时论》：肝主春，足厥阴少阳主治。肝苦急，急食（咸）以缓之。心主夏，手少阴太阳主治。心苦缓，急食酸以收之。脾主长夏，足太阴阳明主治。脾苦湿，急食（苦）以燥之。肺主秋，手太阴阳明主治。肺苦气上逆，急食（甘）以泄之。肾主冬，足少阴太阳主治。肾苦燥，急食辛以润之，开腠理，致津液，通气也。

主，灯中火主，也就是灯火中最亮的中心火焰。治，理也，就是使之有恒度、条理。所谓"肝主春，足厥阴少阳主治"，就是说，肝在春天主导机体活动，通过足厥阴、足少阳使机体活动有条不紊，合乎四季阴阳恒度。苦，即酷，酒厚为酷。所以，苦既代表心的运化，也泛指太过。急，衣小为急，拘急紧张之谓。咸，原作甘，但整体看，宜作咸，是以气味代称脏腑，不是直指药物气味，后面的苦、甘也是一样，分别指心、脾。"肝苦急，急食咸以缓之"，意思是，肝本主春，但运化太过而拘急紧张了，就要赶快治肾以宽缓它，使它松弛下来……以此类推，整段文字的意思是：

肝本主春，通过足厥阴、少阳治理，使生命活动有条不紊，但运化太过而拘急紧张了，就要赶快治肾以宽缓它，使它松弛下来；心本主夏，通过手太阴、太阳使机体活动谨守恒度，运化太过了，赶快治肝约束它，通过约束肝的运化而规范心的活动；脾主长夏，通过足太阴、阳明使机体活动井井有条，太过了，湿浊淤积了，赶快治心干燥它，通过增强心的运化而使脾干燥；肺本主秋，通过手太阴、阳明使机体活动守持恒度，运化太过了，不能肃降，赶快治脾下流其气，通过约束脾的运化而清肃肺气；肾本主冬，通过足少阴、太阳使机体活动合乎恒度，运化太过了，水津枯竭，赶快治肺使它润泽起来，通过宣散肺气而决开腠理，罗致水津，疏通卫气。

五脏苦，是讲脏气太盛，运化太过，不合四季阴阳变化之恒度，未至而至改变了五脏间的生克关系，属五脏实证。所以，五脏实证，治在相生：肝盛治肾，心盛治肝，脾盛治心，肺盛治脾，肾盛治肺。

《素问·藏气法时论》：肝欲散，急食辛以散之，用辛补之，酸泻之。心欲软，急食咸以软之，用咸补之，（苦）泻之。脾欲缓，急食（酸）以缓之，用（酸）泻之，甘补之。肺欲收，急食（苦）以收之，用（苦）补之，辛泻之。肾欲坚，急食（甘）以坚之，用（甘）补之，咸泻之。

散，分散之义。欲散，就是肝想使藏气分散出去，换言之，就是肝气虚，不能自主分散。为什么不能自主分散呢？是因为肺气太盛，压制了肝气，所以要治肺；治肺就是补肝，同时也要补益肝气。所以，"肝欲散，急食辛以散之，用辛补之，酸泻之"，意思是，肝气不足，不能将藏气分散出去，要赶快治肺，用治肺这种办法补肝，同时也要补益肝气本身。软，当作"輭"，丧车也。心欲软，就是心力衰竭。心力衰竭，应当赶快治肾，用治肾来补心，同时补益心气。缓，宽大舒缓，与间同义。脾是生化水谷精华的，生产的节奏太慢了，间隔时间太长，这是脾气不足。脾气不足，要赶快治肝来补脾，用治肝来移泻脾气，同时要补益脾气。收，捕也，约束降服之义。肺气有肃降，无宣发，仿佛被束缚住了，即肺气虚。肺气有肃降，无宣发，要赶快治心来补肺，用治心来补肺，同时要移泻肺气。坚，硬也，也就是有冬无春，阴寒太盛。肾阴寒太盛，要赶快治脾，用治脾来补肾，同时补益肾气。

藏气不足，五脏生化不利，是为五脏虚证。欲，就是能力不足而欲足。所以，五脏虚证，治在相克，同时也要补益自身藏气。因为克制胜己，则无异于补己，这是基本思路。所以，整段话的意思是：

肝气不足，赶快治肺令肝气散发，用治肺以补肝，用补肝移泻肝气。心气不足，赶快治肾令心气强盛，用治肾以补心，用补心移泻心气。脾气不足，赶快治肝令脾气宽厚，用治肝以补脾，用补脾移泻脾气。肺气不足，赶快治心令肺系收肃，用治心以补肺，用补肺移泻肺气。肾气不足，赶快治脾令肾气坚实，用治脾以补肾，用补肾移泻肾气。

"病在肝，愈于夏，夏不愈，甚于秋，秋不死，持于冬，起于春。禁当风。肝病者，愈在丙丁，丙丁不愈，加于庚辛，庚辛不死，持于壬癸，起于甲乙。肝病者，平旦慧，下晡甚，夜半静。"

病在肝，夏天应当痊愈，这是自然痊愈；夏不愈，甚于秋，这是五行相克；秋不死，相持于冬，这是五行相生；病愈于春，这是藏气旺盛而愈。所以，"夫邪气之客于身也，以胜相加，至其所生而愈，至其所不胜而甚，至于所生而持，自得其位而起"。肝病如此，心、脾、肺、肾四脏之病也莫不如此。所以，治疗的策略应当是"毒药攻邪，五谷为食，五果为助，五肉为益，五菜为充，气味合而服之，以补精益气。此五者，有辛酸甘苦咸，各有所利，或散或收，或缓或急，或坚或软，四时五脏，病随五味所宜也"。用毒药攻邪，这是治疗，用五谷、五果、五肉、五菜滋补，这是以养代治，"形不足者，益之以气，精不足者，补之以味"。这个治法思路，可名为气味阴阳治法，欲明其理，必须结合中医方药理论。

古人管用药叫遣药，意思是，制方犹如排兵布阵，用药就像调兵遣将，一副拉开了架势，要和病邪决一死战的样子。那么，什么是药呢？

天地上下，万物气交，变化之道，独立不改，周行不殆，无形而永恒。道之变，一生二，二生三，三则为多，多则至极，极则变化。因是之故，万物都有负阴抱阳之内在构造，都有特定的变化恒度，都能通过出入升降与外在交流，都因外在条件的变化而变化。所以，物与物之间的关系，无非是以偏对偏，事物无非因偏极而变；万物于我，无非因偏而毒，因毒而变，因变成药。所以，万物皆药。

万物负阴抱阳，冲气以为和，然后成其形质，性有所偏，然后成其物性。物无性，则不可区分；能区分，则必有所偏。物之于我皆为偏，是我生命变化的条件。生命之变，或生或长，或病或死，万物之偏于我，非毒即养。所以，物之于我，因偏而毒，因毒而药。毒即药性，即物性，即偏性，即气味之差。药，所以叫药物，不叫食物，是因为它为性太偏，不像食物，人畜无害，如是而已。

药物之性，气为阳，味为阴。气，就是药物之于我的运化之力，寒热温凉平是也；味，就是药物之于我的生化之能，辛甘酸苦咸淡是也。因是之故，药气能调节脏腑、经络运化，或以温热令其兴奋、紧张、亢进，或以寒凉令其安静、抑制，或但取其滋味，以平为贵，所以性属阳；药味能补益精华，滋养脏腑、经络，支持、规范运化活动，所以性属阴。药物对于人，本质上就是一种外源刺激，令机体处于紧张敏感状态，但是，正因为它是一种刺激，所以才能以偏制偏，以毒攻毒，调和阴阳，恢复生机。

六腑属阳，反主生化，五脏属阴，反主运化。六腑能实不能满，五脏能满不能实。实者，富也。满者，溢也。六腑生化，能够富实，但不可以泛溢；五脏运化，能够充溢，但不可以富实。所以，药物，能够助长六腑生化之能，但不可使之泛滥无度，拥有流散五脏运化之力，但不可使之富实独行。

《素问·至真要大论》："五味入胃，各归所喜：酸先入肝，苦先入心，甘先入脾，辛先入肺，咸先入肾，久而增气，物化之常也。气增而久，夭之由也。"

喜者，鼓也；鼓动、激发之谓。五味各有所喜，就是五味各有特别的鼓动、激发作用。所以，某些药物特别能鼓动、激发肝系代谢、回流。某些药物特别能鼓动心主输出、推进循环。某些药物特别能激发脾系生化水谷精华，滋养机体。某些药物特别能助长肺系回流、输出营卫。某些药物特别能滋长肾系升清泌浊，规范卫气循行，沉降大气，变化生机。喜则滋长，久而增益脏气，增气太过，五脏充溢独行，六腑泛滥无度，反而成为损伤机体的根源。

药之物性，气为阳，味为阴，这只是大概，其实阴中有阳，阳中有阴。以药气论，温热相比，热为阳，温为阴；寒凉相比，寒为阴，凉为阳。平为气，淡为味，其实差不多，有气无味，有味无气，如酒似酒，无偏无倚，是为平淡。

"辛甘发散为阳，酸苦涌泄为阴；咸味涌泄为阴，淡味渗泄为阳。六者或收或散，或缓或急，或燥或润，或软或坚，以所利而行之，调其气使其平也。"

对于阳系来说，辛甘能发散运化之力，属阳，酸苦能涌泄运化之力，属阴；对于阴系来说，咸味能涌泄生化之力，属阴，能渗泄生化之力，属阳。肺系回流、脾系生化，不仅是阳气发散的基础，也是三焦疏浚的机关，能开启阳系、促进运化，所以是阳；肝系代谢、回流，肾系升清泌浊、变化阴阳，不仅是阴气生长的基础，也是三焦流泄的通衢，能开启阴系、促进生化，所以是阴；胃气综合生化之阴、运化之阳，有味无气，有气无味，如酒似酒，所以微偏于阳。气归六腑，运化为阴，功成为阳；味归五脏，运化为阳，功成为阴。所以，药物气味，于肺气则或能收束，或能散越，于脾气则或能宽厚，或能约束，于肝气则或能干燥，或能润泽，于肾气则或能衰弱，或能坚实，于胃气则或能鼓动，或能制约。所以，针对病本，紧扣病机，依据生克制化关系，因纠正病变所需而施用药物，调和阴阳，恢复正气，这就产生了气味阴阳系统治法。

人身上下，天枢以上为天属阳，天枢以下为地属阴，所以心、肺、胃属阳系，肝、脾、肾属阴系。阴阳生化、运化气交，太过不及，必使对方某脏某腑呈现病志，生化、运化质量脱离恒常轨道，这是病。欲治此病，一方面要治主病腑腑，名为治；另一方面要协调病脏闰腑所在系统间的关系，此名佐；更要调和对立系统中引起病变的脏腑，此名平，并且调和对立系统其他脏腑的关系，此名补满阴系病，发于阳，治阴和阳；阳系病，发于阴，治阴和阴，这样的方案，必得依靠为物气味才能实现，所以叫气味阴阳治法。

叶天士用药首推气味，更以润燥、刚柔、升降考量药物性能。比如治中风，他认为"肝为刚脏，非柔润不能调和也"，提出"缓肝之急以熄风，滋肾之液以驱热"的治疗原则。柔肝则主酸甘化阴，认为"酸能柔其阴""甘能缓其急"；清热则主辛凉，认为"情志变蒸之热，阅方书无芩连苦降、羌防辛散之理"，微凉轻散可以熄风。他认为水不涵木是内风盘旋的根本原因，"肾液不荣，肝风乃张""肝血肾液内枯，阳扰风旋乘窍"。所以调和肝肾关系是治中风的一个关键，"大凡肝肾宜凉宜润，龙相宁则水源生"。熄风，多选介类重镇，认为"凡肝阳有余，必须介类以潜之，柔静以摄之，味取酸收，或佐咸降，勿清营络之热，则升者伏矣"。在调和肝肾关系时，叶天士开提出了奇经治法，认为肝肾不和与奇经虚损密切相关。如治一人，"热自左升，直至耳前后胀；视面色油亮，足心灼热，每午后入暮皆然"，治以茶调散不应，遂断为"此肝肾阴火乘窍"。病因是"男子精亏，阳不下交"。治法：滋填阴药，必佐介属重镇。药用熟地黄、龟甲、山萸肉、五味子、茯苓、磁石、黄柏、知母，以猪脊髓为丸缓图。结果"试以安寝，竟夜乃安"。再如，治一人"虚劳三年，形神大衰，食减无味，大便溏泻，寒起背肢，热从心炽；每咳必百脉动掣，间或胁肋攻触"，判断"种种见症，都是病深传遍"，治以"四君子汤以养脾胃冲和，加入桑叶、牡丹皮，利少阳木火，使土少侵，服已不应"，于是"想人身中二气致偏则病，今脉症乃损伤已极，草木焉得振顿？见病治病，谅无裨益"，考虑"益气少灵，理从营议；食少滑泄，非滋腻所宜"，遂决定"暂用景岳理阴煎法，参入镇逆固摄"，最后药用人参、秋石、山药、茯苓，以河车胶为丸，这就是调和冲脉、督脉了。天士制方，向以药味少，药量小，疗效显著闻名于世，究其所以，气味阴阳治法必为其独有心得。不传秘诀。如治虚劳案，大便溏泄当属脾系病本阴系，先和阳系，所以主用四君子汤补心脾，更加桑味、丹皮和心肺，肝脾。治之无效，马上转移重点，用紫阿东、山药、茯苓、秋石和调阴系，只用一味人参固本清源，且药甲丸散，以养代治，轻录至极，又丝丝入扣，不愧为一代宗师。

药物能集中、特定地滋长某脏某腑生化、运化之能，扶正祛邪，这是它的偏性、毒性使然，是作为外源刺激引起组织、脏器，乃至机体应激使然。万物皆药，食物当然也是药，但特殊之处在于，食物是人类千万年来通过实践对自然之物的选择。每一种食物，人体都能充分适应，每一种食物都包含着人体所必需的物质精华。食物并非没有药性，有的还很猛烈，如酒、醋、姜、葱、香料等，但食物作为药物的突出特点在于，人是能充分适应的，即便是身患重疾也能适应。所以，治虚损病，当患者不堪药石，虚不受药之时，就只能用食物滋养，以养代治，带病延年了，这样才能治病无损；同时，在使用猛烈药物时，也很有必要辅佐一些食物，以冲抵、缓和毒性，提高疗效。张仲景制方多用姜、枣辅助麻、桂，既能减毒，又能增效，一举两得；对病入虚损者，或小麦，或百合，或粳米，将养为先，治病其次。食物于我，有的营养特别丰富，如人乳、海参、乌鸡、羊肉、雀卵、鸡子黄等，能滋长精神，恢复正气。所以"精不足者，补之以味"，对虚不受药，攻伐难消者，用食物将养，以养代治，乃是唯一可行的选择。同理，当药物荼毒、大病初愈之后，更应该"五谷为食，五果为助，五肉为益，五菜为充，气味合而服之，以补精益气"了。

药物据其气味、功效归为不同种类。中医界定生理、病理不离物质、功能、调节三位一体的综合，相应的，药物分类也是一分为三：攻逐实邪的一类，可名为祛邪药；调节生化、运化的一类，可名为调气药；补益物质精华、增强纠错能力的一类，可名为补虚药。

祛邪药，攻逐有形实邪之药也。病邪刺激，机体应激过程中，产生了大量代谢产物，若输运不及，就会化作病理产物，生成内毒素，令组织失养，甚至变性、变形。为攻逐内外有形实邪，消除刺激，疏通三焦，削除异生组织，改善内环境，则取诸药物攻逐实邪之能。

消食药属祛邪药，含有多种消化酶、维生素，如脂肪酶、淀粉酶、维生素 B、维生素 C 等，又能促进消化液分泌，如鸡内金含有胃激素，使胃液、胃酸分泌显著增加，增强机能，强化运动，令胃肠迅速排空。

泻下药也属祛邪药，能排除肠道宿食、积滞，清热解毒，抵御应激性溃疡，使水液从大小便排出，消除水肿。大承气汤、大陷胸汤、大黄牡丹皮汤均能促进胃肠道活动，纠正胃肠道失养病态，改善血供，促进侧支循环，加强微循环过流，又能抗菌、抗炎，抑制脓肿、粘连，减少炎性渗出，降低毛细血管通透性。

利水药归为祛邪药，有利尿作用。如猪苓利尿作用强大，效果肯定，茯苓对肾性、心性水肿利尿作用显著。大部分利水药都能清热通淋，且清热与抗菌有关，如茯苓、猪苓、木通、泽泻、萹蓄、车前子、半边莲都有抗菌作用。此外，利尿药能降血脂，抗脂肪肝，降压，能利胆保肝，促进胆汁分泌，减轻肝细胞肿胀、脂肪样变性坏死，还有抗炎消肿作用，调节消化系统功能，能抗肿瘤，抑制癌细胞 DNA 合成，提高巨噬细胞产生 TNF 的能力，增强机体免疫力。

瘀血是一种综合征，包括一系列的病理改变：血液浓、黏、凝、滞；微循环过流缓慢，微血管变形、收缩、闭塞，甚至消失，血浆渗出；循环动力不足，冠状动脉血流量减少，心肌失养，血流量、血氧含量减少，血流速降低，以及更为普遍的外周回流不利。活血药能改善血流动力学，扩张外周血管，强化器官灌注，扩张冠状动脉，增加血流量。如当归、丹参、赤芍可直接抗血栓形成；川芎、红花、桃仁、三棱能拮抗凝血；当归、川芎、牡丹皮、红花、益母草、山楂、延胡索、没药等改善微循环，养血活血，破瘀止痛。此外，益母草、红花、蒲黄能加强子宫收缩，乳香、没药、延胡索有较强镇痛作用。活血药还能祛瘀抗炎，增强免疫力，如降低毛细血管通透性，减少渗出，改善局部循环，促进炎性渗出吸收，抑制纤维组织增生等。

此外，逐水药能泄水利浊，涌吐药能致吐，驱虫药能杀虫去积，祛痰药能祛痰、消痰、化痰，解毒药能抵抗致病因子、消抑毒素……这些药皆以攻伐为性情，祛邪的同时，也容易损伤正气。

调气药，调和脏腑功能之药。脏腑功能障碍，即生化、运化不利，五脏气争，六腑不洁失序，为恢复脏腑功能，则取诸药物调气之能。调气药种类很多，如祛风药、清热药、温里药、安神药、开窍药、平肝药、理气药等。

祛风药主要有清热、镇静、镇痛，缓解交感神经类型兴奋的效用，多混杂在解表、清热药中。由于作用病位、特点不同，这类药又分为祛风药、安神药、熄风药、解痉药、开窍药，等等。祛风药很少单独使用，因为诸病皆起于风证，又多杂有风证，祛风与其他治法常不能截然分开。比如解表，祛风可以解表，发汗也可以解表，常常是祛风、发汗一起用而统称为解表，但其实，麻黄、桂枝之类的祛风作用是通过发汗、推进应激时相实现的，完全不同于薄荷、桑叶、菊花之类，后者是通过祛风而解表，鲜有发汗作用，名为辛凉解表其实不妥，该叫祛风解表才好。

清热药主要是抑制中枢、脏腑功能亢进，多兼有其它功能。如清热而能燥湿的有黄芩、黄连之类，兼能解毒的，有金银花、连翘、板蓝根、蒲公英之类，兼能抗病毒的，有金银花、连翘、板蓝根、大青叶、鱼腥草、黄芩、黄连之类，兼能抗阿米巴原虫的，有黄连、白头翁、鸦胆子之类，兼能抗疟原虫的，如青蒿之类……清热与解毒常并称，但解毒其实表现在多个方面。如牡丹皮、知母、黄连之类能减弱细菌毒性，射干之类能对抗透明质酸酶，使细菌不易浸入组织，苦参之类能增强肝细胞色素功能，金银花、黄芩、黄连、穿心莲之类能增强机体消解内毒素的能力。清热解毒药一般对免疫功能有积极影响，如白花蛇舌草、穿心莲、黄连、黄芩、蒲公英、石膏、鱼腥草、大青叶、金银花、牡丹皮、赤芍、山豆根、青黛、山慈菇等，皆能增强免疫功能。清热药主要是抑制脏腑功能亢进，对中枢也多有解热、镇静之功，如犀角、石膏、知母、金银花、大青叶、栀子、牛黄之类；此外，对外周主要是降低血压，改善血流变性质，抗炎消肿，如黄芩、牡丹皮可降压，连翘、金银花能抑制炎性渗出，缓解关节肿胀，黄芩、黄连、金银花对肉芽肿有对抗作用。清热药还有一个特点就是多才多艺，如牛黄可强心，黄连、苦参能抗心律失常，黄芩能保肝利胆，等等。

温里药主要是增强脏腑功能的。如强心、抗心力衰竭有附子、乌头、细辛、干姜、吴茱萸之类；提高肠胃道张力，加强排气，降逆镇吐有吴茱萸之类；镇痛、镇静有附子、干姜、肉桂、细辛、吴茱萸之类。附子还能兴奋垂体-肾上腺皮质系统，增加皮质激素分泌，有补阳作用。

补虚药，增补物质精华、补益精气、恢复机体纠错能力之药。先天不足，或患病日久，精气耗竭，外周调节失敏，物质精华匮乏，机体、系统、组织纠错能力下降，则取诸药物补虚之能。补虚药最不好界定。精气夺则虚，物质、功能、调节构成精气，若局部，或周身缺损，则为虚。所以，凡能弥补物质、功能、调节不足的药物都属补虚药，但这就与调气药，甚至祛邪药重叠在一起了。如清热，或温里，说是调气，其实也属补虚；滋阴常与清热并称，壮阳常与补气混同。所以，补虚还是应限定在弥补物质精粹、提高调节能力，以及相关的固涩、止血等几方面，核心作用是提高纠错能力。

比如，阳气虚可表现为皮质激素水平低下、性腺轴不调，鹿茸、淫羊藿可直接刺激性腺轴，补骨脂、菟丝子可促进性器官成熟，人参、黄芪、枸杞子可增加性激素分泌；阳气虚还表现在甲状腺素分泌不足，基础代谢率偏低，人参、灵芝、党参、甘草有皮质激素样作用，能提高甲状腺素水平。补虚，某种程度上也是调气，如人参、党参、黄芪、当归、鹿茸、苦参有抗心律失常作用；鹿茸、人参、党参、黄芪、当归、阿胶能促进造血机能改进；补气药能促进小肠吸收功能，调节胃肠运动，抗溃疡，加强胃黏膜保护，恢复化源；补阴药能使消化道腺体、唾液分泌增多，迷走神经兴奋增强，促进胃肠排空。补虚药多有强壮作用。如黄芪、何首乌、麦冬能提高应激适应力，抵抗器官功能衰竭；人参、黄芪能增强正性肌力，促进肝脏、脾脏、骨髓等器官蛋白质合成；麦冬对蛋白质代谢有调节作用；人参、白术、地黄、枸杞子、淫羊藿能降低血糖；枸杞子、女贞子、黄精、人参、黄芪、淫羊藿、骨碎补能降低血脂；人参、当归、肉苁蓉、党参、黄芪能清除自由基；猪脑、鹿茸、白蒺藜、黄芪、白术、五味子、鸡子黄、何首乌、女贞子、漏芦能提高体力、脑力、减轻疲劳感；人参、党参、白术、黄芪、冬虫夏草、熟地黄、白芍、当归、阿胶、鹿茸、补骨脂、灵芝、麦冬、枸杞子、女贞子能提高免疫力；人参、黄芪、党参、何首乌、灵芝、刺五加、枸杞子有健脑作用，如此等等。

当然，我们理解中药必须立足于气味阴阳，只不过用实验说话显得更清晰，好理解而已；同时，这也是为了说明一个问题：中药分类不过大体仿佛而已，很难严格区分。只具有一种效能的药物很少，许多药物是一身三能，多数药物性兼两能。如生地黄，《神农本草经》谓之"主折跌绝筋，伤中，逐血痹，填骨髓，长肌肉，作汤除寒热积聚，除痹，生者尤良"，可见有活血、填精、清热之能，身兼两类效能。现代药理实验也证明，生地能增强心脏收缩力，降血压、血糖，影响皮质醇代谢，有镇静，止血，抗炎作用，与《神农本草经》描述一致！现行的中药分类，其实与《伤寒论》六经辨证暗合，彼此重叠甚多。如解表药被单独列为一类，但表证很复杂，很难说解表是一种药性。表证有两类，一类是非特异性的，叫虚邪致病，如风寒、湿热等刺激引起的表证，一类是特异性的，叫实邪致病，如病毒、细菌等引起的表证。治疗前一类表证的药物应归为调气，后一种应归为祛邪。表证也分内外，如风湿就是一种内源刺激引起的表证。所以，治疗表证的药物，虽然都叫解表药，其实是一分为三：攻虚邪的，抗实邪的，治风湿的。麻黄、桂枝、金银花、连翘之类，既能抵御致病因子，又能疏散虚邪，或发汗解表，或疏散风热，虚实兼理。抗风湿药，如羌活、独活之类，多能抗炎利湿、消肿止痛，缓解炎性反应；多数抗风湿药还能调节免疫功能，如青风藤、秦艽、独活、防己能提高痛阈，雷公藤、五加皮、独活、豨莶草、青风藤能抑制机体免疫功能；不少抗风湿药，或有促肾上腺皮质激素样作用，或有皮质激素样作用，或通过肾上腺皮质系统而发挥作用，如秦艽、五加皮、雷公藤、威灵仙、青风藤均能兴奋下丘脑-垂体系统，释放促肾上腺皮质激素，兴奋肾上腺皮质，使皮质激素合成、释放增加。所以，抗风湿药常被认为有"补肝肾，祛风湿"之能，这里的"补肝肾"只是"抗炎"的另一种说法，与真正的补虚不同。

药物的三种效能，正好与人体抵御疾病的三个阶段相对应。人体抵御疾病，初则积极抗邪，继则功能逆乱，最后病入虚损，药物性能因其所偏而有祛邪、调气、补虚之能。人有积极抗邪，药有祛邪之能；人有脏腑功能逆乱，药有调气之能；人有精神、外周调节不利，药有补虚之能。抗病三阶段，彼此互为因果，密不可分，药物三效能，如影随形。进而言之，从治法说，对抗病的第一个阶段、药物的第一种效能，对应的治法是祛邪；对抗病第二个阶段、药物第二种效能，对应的治法是调气；对抗病第三个阶段、药物第三种效能，对应的治法是补虚。抗病、药性、治法之间的对应关系，最终也决定了制方的原则：以切合抗病形势为第一要求，或突出祛邪，或突出调气，或突出补虚，或因势组合，在辨清病证，抓住病本、病机，综合考量邪正力量对比之后，选择适宜治法，制定治疗方案，调兵遣将，扶正祛邪。

其实，原本是没有什么方剂的，只有一个个具体的治疗方案，或方子。然而，有些方案适用范围很广，效果显著，所治病证又颇具代表性，药物组合别有巧思，这就固定流传了下来，成了方剂。这么做有很多好处，一是便于循证索方；二是在这个基础上加减化裁，就能适应病证特性，方便制定方案；第三，更重要的是，方剂能表示某种病理改变之下的病症表现、治法、用药，就像一篇实验报告，不仅效用肯定，而且具有理论价值。所以，从方子，到方剂，再到方剂学，两千多年下来，遂演变成了专门的学问。

　　方子从何而来？从病证判断来，从邪正盛衰来，从治法来，从遣药来。组一个方子，常规的思路，或从考虑祛除病邪开始，看看要不要配合调气，甚至补虚，或从考虑补虚开始，看看要不要配合调气，甚至祛邪，或从调气开始，看看要不要配合祛邪，乃至补虚，标本缓急，什么急迫，就先考虑什么，视正邪多少再考虑是否配合、从哪些方面配合。如疾病初起，正气不衰，脏腑未乱，组方时应主要考虑驱邪；邪正相持，脏腑功能逆乱，内外实邪袭扰，应主要考虑祛邪、调气；疾病末期，病邪犹在，脏腑衰弱，正气不足，应综合考虑补虚、祛邪、调气；病入虚损，虽有组织损伤，实邪干犯，气机逆乱，转枢不利，三焦不通，但患者虚不受药，只好以养代治、丸散缓图、带病延年。

　　治法不同，方制不同，何以故？因为正邪多少不同。病证初起，祛邪为主，疾病后期，补虚为主，这都是对症治疗。疾病发展、演变过程中，正气已虚，实邪未怯，应通畅三焦，培植正气，扶正祛邪，这是系统施治。所以，治法之用，或对症治疗，或系统施治，都要看正邪多少。对症治疗，要解决的问题相对单一，比较集中，通常使用一种治法，或以一种治法为主，无需复杂，也不能复杂，方制必然简单。如发汗法，就应当一鼓作气，一战功成，所谓"汗之不以偶"是也，立法必须单一明确，制方必须简单；回阳也一样，立法明确，制方简单，药少量大。系统施治，病证复杂，要解决的问题分散繁多，通常不能以一种治法贯穿始终，必须把疾病放在一个系统中综合考量，以恢复纠错能力作为治愈疾病的基础。如温经汤，用吴茱萸、生姜调和足少阴，转枢阴阳，用当归、芍药、川芎、阿胶、牡丹皮入厥阴，通补任脉，用人参、麦冬、甘草补益脉宗气，用桂枝、半夏温通冲脉，交合营卫……兼顾了整个血系。胞宫瘀阻、月经不调虽属局部病证，却与血系全体相关，若不用如此复杂的方案，焉能治愈？

　　进而言之，正气、邪气对疾病的作用各不相同，不同的作用，决定了不同的治法、方制。正气是人体纠正病态、抵御病邪的潜能与模式，它的多少代表了人体的抗病能力。邪气是引起疾病的不良刺激，它决定了疾病的性质、复杂程度。正气、邪气的相互作用，决定了病势的缓急、严重程度。无正气则不能抵御病邪，即使大量使用药物也无济于事；病邪轻，但凭正气就可以祛邪返正，无需药物帮助；病邪重，只靠正气不足以抵御疾病，必须求诸药物。所以，病证初起，正气未虚，径直祛邪即可，或发汗，或清热，单刀直入；病证后期，正气虚损，既不能有效纠正病态，也不能使药物正常发挥效用，大量使用药物只会损伤正气，所以只好先顾正气，以养代治，待有了本钱，再去祛邪治病。

但是，上述情形只是理想，实际临床要复杂得多。因为每个病患都不是白纸一张，每个病患多少都有些基础病变，都有体质差异，都有生活环境、条件之不同，即使感受病邪，见症也会多种多样，必须从不同找出相同，又要紧扣相同，照顾不同。如患者原有气机不调，那就要先调气作基础，同时祛邪；如患者原有正气不足，那就要先补虚，同时驱邪；如患者已成虚损、气机不调，复感实邪，那就得祛邪、调气、补虚一起来。所以，组方遣药，先要整体考虑，适切缓急之情，抓住主要矛盾，辨证施治。

更妙的是，如此这般组方遣药，无需刻意强求，自然会形成方子的君臣佐使结构。君主神明，所以一个方子主要干什么，这是由君药决定的。臣者，效犬效马，所以为君药效命、驱使的就是臣药。佐者，以手助手，所以辅佐、帮助君臣药的就是佐药。使者，交通四方，宣布王命，协和上下，所以为实现君臣佐药效能开辟道路的就是使药。一个方子，要祛邪，要调气，还是要补虚，总得有个重点，体现这个重点的药物，就是君药。祛邪、调气、补虚可能涉及许多方面，靠君药自己难以独立完成，这就要求臣药的配合。一个方子，通常不会只管重点，常须兼顾，或祛邪为主、调气配合，或祛邪为主、补虚配合，或祛邪为主，调气、补虚配合，或调气为主，或补虚为主，再配合其它……为主的，自然是君药，配合的，辅佐、帮助君臣的，当然就是佐药。如麻黄、杏仁发汗驱邪、周流水系，这是君臣药，但没有心主的支持，那就没有发汗驱邪的本钱了，所以还必须用桂枝温通心主，以辅佐麻黄发汗驱祛。然而，无论君臣药，还是佐药，都属外源刺激，必然引起组织风证，所以还要缓急解毒；无论君臣药，还是佐药，虽能祛除病邪，鼓动、或抑制脏腑生化、运化，增强调节能力，但病邪祛除了，功能增强或减弱了，调节能力强大了，物质精粹增多了，如果不知去处，了无所用，当然也是不行的，所以还必须启用使者，让药物效能特定地体现在某一方面、某个组织，达到某种效果。此外，中心三焦为通衢大道，十二经、五脏六腑之海，任何药物都必须通过阳明、在冲脉的治理下才能传布出去，产生治效，所以又必须通畅三焦，交合营卫；一个方案是离不开缓急解毒、引经为使、疏通三焦、交合营卫之药的。如麻黄汤，甘草缓急解毒、交合胃气，就担当了使药的角色。总之，只要针对祛邪、调气、补虚确定主次，周全考虑配合，争取最大治效，自然就会形成君臣佐使结构，无需刻意追求。因是之故，最基本的方剂结构，必然是一君一臣一佐一使，简化一点可以不要臣药，更复杂一些则增加君、臣、佐、使药，全面照顾病证特征，这样就形成了种种变式。

一个方子其实就是一个治疗方案，病证情势不同，方子自然也要随之而变。如独参汤证、十枣汤证之类，病势急迫，刻不容缓，或补虚，或祛邪，用药必须单一，量必须大，效用必须肯定，不敢驳杂。如生脉饮治脉宗气虚损，药用人参、麦冬补虚、调气，五味子守而兼补，用为使药，只求补虚，稍加调气，绝非祛邪。病入虚损，虚不受药，必须以养代治、固涩补虚。如四乌鲗骨一茜草丸，药用乌鲗骨、茜草，以雀卵为丸，饮以鲍鱼汁，只有茜草是正宗的药物，海螵蛸在药食之间，雀卵、鲍鱼汁则纯然为食物，且丸散缓图。然而，一般情形下，都要根据病证特性、正邪关系、病位所在，明确治法，灵活安排祛邪、调气、补虚主次构造，组方遣药。

《素问·至真要大论》：气有多少，病有盛衰，治有缓急，方有大小，愿闻其约奈何？气有高下，病有远近，证有中外，治有轻重，适其至所为故也。《大要》曰：君一臣二，奇之制也，君二臣四，偶之制也；君二臣三，奇之制也，君二臣六，偶之制也。故曰，近者奇之，远者偶之。汗者不以偶，下者不以奇。补上治上，制以缓；补下治下，制以急。急则气味厚，缓则气味薄，适其至所，此之谓也。病所远而中道气味乏者，食而过之，无越其制度也。是故平气之道，近而奇偶，制小其服也；远而奇偶，制大其服也。大则数少，小则数多。多则九之，少则二之。奇之不去则偶之，是谓重方。偶之不去则反佐以取之，所谓寒热温凉，反从其病也。

调气补气的方剂，制方遣药，首先要准确判断正气多少、邪气盛衰、缓治急治，然后才能确定方子的结构。邪气所来，有阴系，有阳系，产生的病证有表里有阴阳，或见于内，或见于外，治病用药有轻有重，以恰好周全其标本为原则。所以，群一臣二，这是治标之法，君二臣四，这是周全标本的说法。君二臣三也是周全标本，但以治为主，君二臣六也是周全标本，却是全面照顾。阳系病治标即可，阴系病要全面周全。为汗法不用偶方，攻下不用奇方。阴系病宜甲减法，阴系病宜用补法，减法用药气味轻薄，补法用药气味厚重。如此才能周全标本，因为病所远，药味薄，或病所近，药味厚，都不协调。所以，表病，无论用奇方、复方，服法宜小促期间，里病，无论用奇方、偶方，服法宜宽大其沟，前者可一日九服，后者可一日两服，治标不效则兼治根本，这叫复方、偶方、厚重之方；厚重之方不效，则用反佐治法。用寒热温凉不一般办法，治标本表里病性不一致的病证。

至于以偏、以毒攻邪治病的方子，药物自身的毒性、偏性不是遣药的标准，能治病、克制病邪才是标准。所以，针对病邪制方遣药，君一臣二，不需佐药，这是病轻药轻，方制之小也；君一臣三佐五，需要佐药辅助，这是病缓药缓，方制之中也；君一臣三佐九，必须仰赖佐药才能治病，这是病重药重，方制之大也。攻邪小制，无需辅之调气，直接攻伐；攻邪中制，必须辅之以调气，五脏调和，然后病邪可去；攻邪大制，不但要辅之以调气，更要辅之以补虚，发挥佐药的效用，无所不用其极。攻邪既要遵守"微者逆之，甚者从之"的治则，又要灵活选择、组合治法，遣药必以适切病邪特征为准则。如大黄䗪虫丸，药用䗪虫、水蛭、虻虫、蛴螬、干漆、桃仁活血破瘀，这是攻邪，同时用大黄、黄芩、白芍、地黄、杏仁清热，这是调气，而用甘草为使，方制之中也。鳖甲煎丸，药用䗪虫、蜣螂、蜂房、鼠妇、凌霄、桃仁、丹皮攻邪，用鳖甲、大黄、硝石、柴胡、黄芩、半夏、厚朴、射干、葶苈子、石韦、瞿麦调气，用党参、干姜、桂枝、阿胶、白芍补虚，方制之大，无所不用其极，这就是用大制攻邪了。

第十八章　脏腑六系

脏腑六系，以及伤寒六经的实质究竟是什么？一言以蔽之，它们是机体的抗病机制，在抗病机制之间有如下关系：

（1）一系或一经抗病不利，则一系或一经病；

（2）机体抗邪，总是向外而内，第二天启动抗病机制，使在里的抗病机制依次成为显性应激反应；

（3）在里的抗病机制对在外的抗病机制有支持作用，支持不利便生坏病；

（4）机体抗邪，总是在外、在里的抗病机制联合抵御病邪。如在里的抗病机制支持不利，医者就要仔细审察脉症，看看是哪个机制不能支持抗病，妨碍了疾病好转，然后随证治之。

脏腑六系与伤寒六经关系密切，重叠甚多（见附表六《脏腑六系支伤寒六经比较》。现从伤寒六经方证各择数例，稍益时方，略加分析，借以阐述脏腑六系病证。

水系方证举例：

1. 麻黄汤证

麻黄三两（去节）　桂枝二两（去皮）　甘草一两（炙）　杏仁（去皮尖）七十枚

上四味，以水九升，先煮麻黄，减二升，去上沫，内诸药，煮取二升半，去滓，温服八合，覆取微似汗，不须啜粥，余如桂枝汤法将息。

原文脉症：

太阳病，头痛，发热，身疼腰痛，骨节疼痛，恶风，无汗而喘者，麻黄汤主之。

麻黄汤证是典型的水系病。外三焦水系遍布周身，流行水津，周行卫气，所以麻黄汤证不仅在外感病中极为常见，在内伤病中，只要是卫气水津病变符合麻黄汤脉症，也都归为麻黄汤证。外感麻黄汤病症表现主要集中在三个方面：首先是太阳经一线尽痛，也可以深入筋骨，这是内外病邪刺激，交感亢进，外三焦水系拘急，卫气周流不畅所致；其次是发热恶寒、无汗，这是皮温较低，腠理闭塞，虽有发热，但不能顺利进入应激散热时相所致；最后是水系、气系病变，如鼻塞流清涕、咳嗽、喘息，以及呕逆、腹泻之类，这是肺系、胃气拘急，孔窍、膜系营卫交合不利所致。总之，内外寒邪刺激水系，外三焦卫气抗邪不利，在里气系不能支持构成了麻黄证的总病机，而外感麻黄汤证脉浮紧，浮则在表为风，紧则外周拘急，都属典型应激脉象；舌苔薄白，说明只是病证初起，尚未形成血液重分配，符合这个脉症的水系病变，不管内伤、外感，都是麻黄汤证。

内外刺激都能引起麻黄汤证。外感风寒，病在太阳也好，在阳明、少阳也好，只要是无汗、脉浮紧，都可用麻黄汤加减治疗；内源刺激，只要病在卫气水津，水系拘急不通，也都可用麻黄汤加减治疗。疾病的生成常常是内外合邪联合刺激的结果，所谓内邪招引外邪。麻黄汤证常有内寒为虚、气系不足的病理基础。经典有言："风寒湿三气杂至，合而为痹。"其实，单纯的风寒湿外邪刺激，多不足以导致痹证，常常是先有气系不足，寒湿内存，然后感受外来邪气，内外合邪，才导致了痹证。如麻黄加术汤，所加的白术就是针对内湿去的。此外，肺胃寒热结滞，升降不利，可治以麻杏石甘汤、射干麻黄汤，湿热身黄治用麻黄连翘赤小豆汤，阴疽治用阳和汤，两感于寒治用麻黄附子细辛汤，等等，其立法制方，也都是综合考虑了内外合邪的情形。

麻黄汤证病理，除水系流行不畅之外，还有一个隐匿的危险，即"瘀热在里"，也就是血系应激，代谢旺盛。因为内外三焦营卫流行，彼此间有物质交换机制，也有代偿调节之责。外三焦卫气流行不利，内三焦营气循行必然障碍，内外物质交换紊乱，毛细血管通透性改变，特别在病患气系不足、上焦郁热的情形下，麻黄汤证多有皮肤、黏膜出血的骇人病症，甚至发"红汗"。所以，麻黄汤用得不好，轻重把握不准，常会引起烦躁、胸胁满痛、鼻衄、眩瞑等症。

麻黄汤证，就"邪气盛"来说，有交感兴奋，水系拘急，卫气流行障碍，不能游行出入孔窍的病变，从"精气夺"来说，有气系不足，不能顺利进入汗出热散时相的基础，所以发热无汗，腠理无法打开，反水系被塞，周身疼痛，甚至深入筋骨深层。所以，在治法上，既要针对病邪，周流水系，疏通卫气，也要帮扶一把，鼓动气系：用麻黄、杏仁宣通水系，通畅上下表里，交合营卫；用桂枝、甘草温通脉宗气，温煦气系夯实基础。麻黄药性类似肾上腺素，振奋精神，鼓动心神，强化办理出之处，尚能舒张气道，同时并不收缩内脉血管，所以能疏通内外水系，治疗各种水系病。

麻黄汤证是水系病，为什么要用桂枝温通气分？水系以气系为根本，气分不足，根本不固，即使重用麻黄也必定无效。气分不足，心主输出、循环能力下降，胃肠道分泌增多，精华、糟粕不能及时吸收、输运，加之应激导致血液重分配，肠道组织失养，所以极易造成溃疡、痰饮、呕逆、泄泻；同时，支气管收缩，肺系回流不利，组织失养，痰液分泌增加，呼吸困难，咳嗽、喘促，甚至短气懒言。更严重的是，脉宗气不足，输出乏力，肺系输出艰难，对麻黄汤证升高舒张压、促进水津回流以抵御病邪的应激措施来说是个不小的障碍，严重时汗出而病不解，缠绵难愈。总之，脉宗气、胃气不足，抗病能力下降，卫气效能必定衰减，孔窍必定不利；治水系病，先治气分，不仅必要，而且防患于未然，是张仲景治未病思想的重要体现。麻黄汤用桂枝，巧妙正在于此。

2. 小青龙汤证

麻黄三两（去节）　细辛三两　五味子半升　半夏半升（洗）　桂枝三两（去皮）　芍药三两　干姜三两　甘草三两（炙）

上八味，以水一斗，先煮麻黄，减二升，去上沫，内诸药，煮取三升，去滓，温服一升，日三服。

原文脉症：

伤寒，表不解，心下有水气，干呕，发热而咳，或渴，或利，或噎，或小便不利、少腹满，或喘者，小青龙汤主之。

咳逆，倚息不得卧，小青龙汤主之。

病溢饮者，当发发汗，大青龙汤主之；小青龙汤亦主之。

外水系抗邪不利，内水系气系不支，痰浊结滞，干呕、发热、咳喘，甚至倚息不得卧，面目乃至周身水肿，便形成了小青龙汤证。

外水系抗邪不利，内水系气系不支，主要是肺系张力不足、呼吸效能下降，心主输出乏力，胃气之阳虚寒，小肠生化不利，水谷精华虚少，结肠水系失代偿，湿浊淤积，免疫能力不足，不耐寒热，稍触即病。在这种情形下，风寒刺激，脉宗气应激，水系拘急，支气管紧张收缩，心主兴奋，君相关系不协，甚至肺系水肿、炎性改变，就会产生小青龙汤证。气系不足，胃气生化、运化不平，下寒上热，脘腹痞闷、干呕、逆气，甚至喘促、倚息不得卧，或有腹泻，或口渴；水系抗邪不利，发热、咳嗽，或小便不利、少腹满……总之是一个以水气两系抗邪障碍、水湿淤积内外三焦为基础病变的水系风寒证。若中心三焦运化不利，则病成水湿；若外周三焦运化不利，水液淤积，则病成水肿；若水聚组织之间，则病成水饮；若兼有气分郁热，则病成痰饮；若兼有血分瘀热，则病成湿热；若湿热不攘，筋骨失养，内源刺激，炎性反应，则病成痿痹……种种变证，不可胜计。

小青龙汤证，基础病是气系虚寒不足，继发病是外感风寒刺激，抗水邪系不利，所以用桂枝、芍药、细辛、半夏、干姜、甘草温通心主、三焦，以麻黄、五味子止咳平喘、温通水系。干姜、甘草就是甘草干姜汤，内伤用治咳而遗尿的膀胱咳，是温煦下焦水系的组合；半夏、五味、细辛体现了"以苦泄之""以酸收之""温药和之"的治法原则，是张仲景治寒痰的常规方案。桂枝、芍药、干姜、甘草，综合了桂枝汤、芍药甘草汤、甘草干姜汤、桂枝甘草汤等方子，能温通脉宗气，宽缓筋脉，温通三焦。脉宗气充沛，水气温通，三焦无碍，水湿既去，水津周流气化，则咳喘自平。

小青龙汤证是内有痰饮，复感外邪，气系先病，水系继之，它和大青龙汤证是什么关系？大青龙汤证，张仲景讲得很清楚：太阳中风而见脉浮紧，太阳伤寒而见脉浮缓，都属水、气同病，特殊之处在于，它有个"烦躁"的气系症，烦者，剧也。烦躁，就是特别地躁动不安，显然是胃气不平。所以，大青龙证是先有气系郁热，支持不利，复感风寒邪气，腠理不开，水系又病，小青龙汤证是先有气系痰饮，支持不利，复感外邪刺激，水系抗病不利，一寒一热，一重一轻，由此而别。

3. 五苓散证

猪苓十八铢（去皮）　白术十八铢　茯苓十八铢　泽泻一两六铢　桂枝半两（去皮）

上五味，捣为散。以白饮和服方寸匕，日三服。多饮暖水，汗出愈。如法将息。

原文脉症：

太阳病，发汗后，大汗出，胃中干，烦躁不得眠，欲得饮水者，少少与饮之，令胃气和则愈。若脉浮，小便不利，微热消渴者，五苓散主之。

太阳病，发汗已，脉浮数，烦渴者，五苓散主之。

中风发热，六七日不解而烦，有表里证，渴欲饮水，水入即吐者，名曰水逆，五苓散主之。

假令瘦人，脐下有悸，吐涎沫而癫眩，此水也。五苓散主之。

水津的来源的来源有三：心文-小肠的津液吸收，大肠的代偿吸收，肾系的泌浊升清、肺系的回流输布，所以水系有三道闸门：中心三焦为内关水库，大肠-肾系 g-膀胱为下关，肺系-皮毛为上关。肾-膀胱-大肠、肺-皮毛构成了外水系，居皮肤浅层及胸腹膜系，心主-小肠-大肠-肾-膀胱构成了内水系，居中心三焦，在气血两个系之间，对气血两系都有支持、调和作用。五苓散证，口渴、小便难，上下关皆病，这究竟为何？病邪刺激，脉宗气处于应激状态，心与小肠、肺与大肠标本相失，上实下虚；同时，气系支持不利，肾系血管收缩，膀胱上口拘急，尿液渗入不易，排出更难。于是，水津既不能回流上朝，又不能下泄排出，只得淤积内水系；不能上朝则消渴、烦躁、头眩，不得下泄则小便难，淤积三焦则心烦、口渴、入水即吐，或吐涎沫、脐下悸动，遂病成五苓散证。

五苓散证病理复杂，但脉宗气不足、气系支持不利终究是一个问题。发汗而大汗出，病邪当解，反不解，烦躁不眠、口渴，这自然是内水系不能和调血系，血容减少，精神失养。但假如脉宗气不虚，心-小肠协和，则犹可饮水自救，缓解病症。然而，发汗病不解，依然脉浮微热，或脉浮数，消渴、小便不利，这就是脉宗气、气系不足，水淤三焦了。脉宗气、气系久虚，水聚三焦，则脐下悸、吐涎沫、头眩，虽不一定有口渴、小便不利，却也是五苓散证，为什么？冲脉不治，实邪淤积也。所以，五苓散证病理，无非是脉宗气、气系不足，水津不得周流而淤积三焦。治用桂枝温通脉宗气、疏风祛邪，用白术、茯苓运化脾系，顺接小肠、结肠，疏浚三焦，重用泽泻、猪苓清通水系下关，加强泄浊，上开、中通、下泄全面调治。

气系方证举例：

1. 桂枝汤证

桂枝三两（去皮）　芍药三两　甘草二两（炙）　生姜三两（切）大枣十二枚（擘）

上五味，㕮咀三味，以水七升，微火煮取三升，去滓，适寒温，服一升。服已，须臾啜热稀粥一升余，以助药力。温覆令一时许，遍身漐漐微似有汗者，益佳，不可令如水流离，病必不除。若一服汗出，病差，停后服，不可尽剂；若不汗，更服，依前法；又不汗，后服小促其间，半日许，令三服尽。若病重者，一日一夜服，周时观之，服一剂尽，病证犹在者，更作服；若汗不出，乃服至二三剂。禁生冷、黏滑、肉面、五辛、酒酪、臭恶等物。

原文脉症：

太阳中风，阳浮而阴弱。阳浮者，热自发；阴弱者，汗自出。啬啬恶寒，淅淅恶风，翕翕发热，鼻鸣，干呕者，桂枝汤主之。

太阳病，下之后，其气上冲者，可与桂枝汤，方用前法；若不上冲者，不可与之。

吐、利止，而身痛不休者，当消息和解其外。宜桂枝汤。

病常自汗出者，此为荣气和，荣气和者，外不谐，以卫气不共荣气和谐故尔。以荣行脉中，卫行脉外。复发其汗，荣气和则愈。宜桂枝汤。

桂枝汤是《伤寒论》起手第一方，有点像练武人学的第一招第一式，是基础的基础。这个方子所治的病证，张仲景说是太阳中风，什么意思？

"太阳病，脉浮，头项强痛而恶寒。"脉浮是机体应激营卫立盛；头项强痛恶寒是太阳经卫气循行障碍，抗邪不利；皮温偏低。太阳病总起来说是一个外寒里热、水系抗邪不利的病理。在这个基础上，假如出现发热、汗出、恶风、脉缓等脉症，那就是太阳中风。热自何来？当然来自机体应激；汗出，这是腠理处于开放状态；恶风，这是虽有发热汗出，但皮温犹低，不能顺利进入汗出热散时相，水系抗病障碍。缓脉属脾，而脾脉正常时不可见，生病了才能见于寸口。缓者，宽大也，就是说气系，眼下正处于紧张敏感的风证病态，供给加强了。这就产生了一个问题：为什么太阳中风证之腠理在风寒刺激下不是关闭的，而是处于开放状态？腠理开放，当然是为了出汗散热、抵御病邪，气系应激，然而，发热汗出，但皮温低，依然不能达致汗出热散时相而恶风，只能说明，气聚事先就是一个虚弱不足的状态，不能充分支撑太阳抗邪。总之，气系不足，胃气之阳犹虚，这才导致了太阳中风证。

气系主管生化水谷精华，出脉宗气，为营卫之源，贯通三焦，介于水系与血系之间。太阳中风的病理，张仲景说是阳浮阴弱。水系在外为阳，气系在内为阴。浮者，泛也；向上冒出为泛。弱者，桡木也；弯曲之木为弱。所以阳浮、阴弱都强调一个"出"字，只是浮者已然冒出，沉浮不定，弱者委曲将出，欲出还难；阳浮、阴弱，是水气两系都过了，但气系不如水系为甚，只有大量水津、津液生成，但依然不能满足应缴需要。因是之故，桂枝汤证常见的症状集中在两个方面：一是水系应激不利，紧张敏感，微恶风寒；二是气系支持不利，孔窍不通，鼻鸣、干呕。若久有津液不足，血系瘀热，内风盘旋，则营卫不和、腠理不闭，常自汗出。若久伤气系，冲脉不治，则冲气逆上，或表里不和、身痛不休。

桂枝汤证让人一头雾水的地方就是营卫关系。这个关系，张仲景在太阳病篇讲过三次。第一次说："太阳病，发热，汗出者，此为荣弱卫强，故使汗出也。"卫气像弓弦那样有力，营气像桡木那样突起，所以令人出汗；脉宗气应激，荣气、卫气都发生了反应，但比较起来，卫气反应更强烈一些，实际上已经进入了散热时相，但营气反应偏弱，只是一个风证病态，所以虽能出汗，但汗出热不解。这个病理关系，其实和阳浮阴弱一样，只不过对象变了：一个讲水气，一个讲营卫。第二次说："病，脏无他病，时发热、自汗出而不愈者，此为卫气不和也。"第三次说："病人，常自汗出者，此为荣气和，营气和者、外不谐，以卫气不共营气和谐故尔，以荣行脉中，卫行脉外。"毛病就在这儿了：什么叫荣气和？一般理解，"和"是个好词儿，应当是没病的意思。既然没病，那怎么还自汗出呢？其实，和者，相应也，本义是唱和之和。荣气和，卫气不谐，就是荣气要求卫气应和，但卫气不能与之呼应协调；或者说，营气紧张敏感，要求卫气也协调行动，但卫气早过了，不能应和营气的要求，结果就常自汗出了。为什么营气要求卫气呼应，卫气不能呼应，就会自汗？卫气之能，叫做温分肉、肥腠理、司开阖，但其实司开阖并非卫气之能，汗孔开阖是由交感神经调控的，只不过调节的对象是卫气，交感、卫气、水津、腠理四者必须密切配合，才能打开汗孔、汗出泻热。现在，交感兴奋，荣气紧张敏感，有了出汗的理由和物质基础，要求卫气呼应，循度开阖，但卫气早已进入了散热时相，汗孔有开无阖，结果就只能是一个劲儿地出汗了。营在内为阴，卫在外为阳；阴为阳之守，阳为阴之使；营卫代偿，营气滋长、规范卫气，卫气循度执行命令。今营气紧张敏感，卫气兴奋亢进，两不和谐，汗出如洗，反不能散热，遂病自汗。

自汗，就是在没有刺激的情况下，如没有劳作、情绪激动、天气暑热等原因，清醒安静着就出汗了，这是营气风证、卫气亢盛，营卫不平引起的。然而，阳气者，烦劳则张，这种病理改变若不能纠正，中枢调节衰微，卫气调节失敏，最终会导致气虚、阳虚自汗。另一方面，营气风证的核心病变是交感持续兴奋，代谢旺盛，三焦不通，瘀热不解，为实现有效灌注，卫气必然加强代谢循行，紧张代偿，令人自汗恶风；同时，营气瘀热，体温升高，午后卫气渐次进入阴系，外周空虚，也会造成营卫不协，但发热、汗出总在阴系主时之后，午后汗出，暮夜为甚，或手足汗出，或但头汗出、齐颈而还，或自汗、盗汗。若病久不愈，精气不调，营卫俱损，三焦病理产物淤积，内源刺激，那就不仅是自汗、盗汗了，而是饮食不为肌肉，风气百疾，稍触即病，演化为风消。所以，桂枝汤不仅能治水气不平，还管着营卫表里，内外三焦，不少人认为它是和解剂，确有道理。

桂枝汤证是一种常见的基础性的病变。水系在外，气系在里。气系为守，水系为使。水系逆乱，气系失守。气系失守，水系必病。气分不足，心主输出不利，肺系输出艰难，回流障碍，紧张逆上，若受病应激，肺系分泌增加，喘咳不已，则病成桂枝加厚朴杏子汤证；若畜门开阖不利，颈项卫气周流障碍，则病成桂枝加葛根汤证；若营卫生化不利，三焦不通，奇经不治，脉宗气无源，紧张代偿，则上有阴火酷烈，下有湿浊淤积，饮食不为肌肉，腹胀、腹痛、腹泻，则病成小建中汤证、补中益气汤证，而偏于三焦水聚，则病成苓桂术甘汤证、桂枝加桂汤证；若病在水系，气系不支，则病成麻桂各半汤证、黄芪建中汤证。张仲景说："桂枝本为解肌。"何谓解肌？肌肉，在阳系则阳明主之，在阴系则太阴主之，阳明、太阴，正是连属脾胃、贯通中心三焦之径流，而桂枝汤证本有营卫不生、三焦不通病理，所以，解肌之谓，是桂枝汤有温煦脾胃，顺接阳明、太阴，通畅三焦，乃至通调冲脉，生化营卫，滋长肌肉的功用。

桂枝汤用药，桂枝温通心主-小肠，补火生土，增强气系支持力度，宣散外邪；芍药清通血系，缓急止痛。桂枝、芍药配合，调和水、气、血三系，平息内外风气；桂枝、甘草补益胃气之阳，治心悸不宁；甘草、芍药缓急止痛，补益降逆，宽缓筋脉，通畅三焦；甘草、生姜，交和胃气，降逆化饮，宣散风气；甘草、大枣调和诸药，解百毒，和胃气，缓解精气风证，实为甘麦大枣汤的基础结构；生姜、炙甘草、大枣养胃气，是张仲景制方的基本组合，能疏通三焦，送达药力，调和胃气，减毒增效，犹如一条传送带。今天看，桂枝能促进输出，加强动脉循环，芍药能宽缓筋脉，促进肝肾两系静脉回流，配合使用则能心主促进营卫循行，改善微循环，缓解组织失养状态，恢复内环境质量，抵御应激伤害，纠正风证病态，并能清肃血系而治未病。总之，桂枝汤不仅能疏风而作解表剂，调和阴阳而作和解剂，还能补益气血、治虚损而作补虚剂，更能周流营卫、促进循环、疏通三焦而作活血剂、利水剂、理气剂，甚至能用为基础载体，增强药物疗效，是一首适用范围极广的经典名方。

桂枝汤、麻黄汤都是治水系风证的。但麻黄汤证，腠理常闭而无汗，桂枝汤证腠理常开而自汗；麻黄汤证以水系紧张拘急为病证特点，气系不支逊之，桂枝汤证以气系不支为病证特点，水系风证逊之。麻黄汤证，交感调节集中于外周，病偏水系，稍涉气分，少关血系，病在肺、肾、外水系；桂枝汤证，交感调节集中在心主，病偏气系，稍涉血系，少关外水系，病在心、脾、内水系。严重的麻黄汤证就是小青龙汤证，水气两系皆病，乃至命门火衰，病成麻黄附子细辛汤证、四逆汤证；严重的桂枝汤证就是桂枝加人参汤证，甚至命门火衰，病成桂枝加附子汤证，出现汗漏不止，恶风，小便难，四肢拘急，难以屈伸，循环衰竭。总之，麻黄汤证是恶寒无汗、气分病变不甚严重，桂枝汤证是发热有汗、水系病变不甚严重，但都不能顺利进入汗出热散时相，都要用发汗来缓解病症，解决问题。

发汗是麻黄汤、桂枝汤所共同遵循的治法。但发汗是一柄双刃剑，在推进应激时相、祛邪息风、散热缓急的同时，也将虚竭营卫，伤阴伤阳。所以，假如病患原有阴阳支持不利的情况就不能强发汗，否则亡阳亡阴，必生祸端，甚至导致循环衰竭，折人天寿。桂枝汤是治气分病的，不能用于典型的水系病，越俎代庖去管麻黄汤的事，否则必然汗不得出，病不得解，徒增内热，加重病情。不仅如此，桂枝汤也不可用于气分郁热太甚的患者，更不可用于少阴不支，血容不足，身痛恶寒，肢体拘急的患者。因为误用的结果，无非是"不可为而为之"，加重病情，甚至产生危险。如对津液不足、血系不支的患者，用桂枝汤强发汗极易导致循环衰竭，厥逆、咽干。若只是烦烦躁、吐逆，就先用甘草干姜汤温煦水系；若手足温暖，然再用芍药甘草汤弥补津液；若胃阴太过谵语，那就得用调胃承气汤和胃了；若循环衰竭，冷汗出，四肢厥，那就得用四逆汤回阳救逆。回阳救逆，救的是胃气。胃气隐匿，就像逃亡之人藏了起来，所以叫亡阳。循环衰竭，起因不一：有心主动力不足而衰竭，有血容不足而衰竭，有中枢调节不利而衰竭，有实邪瘀阻而衰竭。桂枝汤误用于血系不支引起的循环衰竭，是血容不足所致，既有要恢复循环，这个时候不能一味补津，更不能清热。因为只是补津则缓不救急，而苦寒清热，无异于索命。宜先内流水系，恢复循环，待阳气恢复，再补津液。这里的先后缓急是不可以颠倒的。

2. 桂枝人参汤证

桂枝四两（别切）　甘草四两（炙）　白术三两　人参三两　干姜三两

上五味，以水九升，先煮四味，取五升，内桂枝，更煮取三升，去滓，温服一升，日再服，夜一服。

原文脉症：

太阳病，外证未除，而数下之，遂协热下利，利下不止，心下痞鞕，表里不解者，桂枝人参汤主之。

桂枝汤证虽有气系不支，但必竟还能发热汗去，桂枝人参汤证却是气系虚甚、外邪未除重症。张仲景反复强调太阳病必先解外，外解，始可攻里，何以故？自毁长城，首先败坏支持系统，悖逆之甚也。太阳病数攻下，必使气系虚竭，津液尽化作湿浊，别说支持抗邪了，就是维持正常功能都成了问题，而且利下不止，津液还在流失，遂病成桂枝加人参汤证。

"二阳之病发心痹。"饮食不节，情志激越，肝系持续紧张，脾系长期失养，水谷生化不利，脉宗气无源而紧张代偿，病久不愈，中枢调节衰微，气系调节失敏，三焦淤浊不通，这就形成了桂枝人参汤证的病理基础。在外感证范围，桂枝人参汤证的特点是表里不解，其实是反复治疗无效，或才罢又起，病情缠绵难愈。这说明，仅靠桂枝温通心主已经不行了，必须增强精气调节能力；同时，桂枝人参汤证有利下不止的特殊性，这是心主不能温煦、脾系运化不利引起的，所以不能再用白芍，而改用干姜、白术，从而将桂枝汤治气系外风的效用，一变而为治气系内风，是张仲景"观其脉证，知犯何逆，随证治之"的治疗思想的鲜活例证。

凡下利，直接的病理必是结肠失代偿，水聚下焦，但原因，通常是小肠吸收不良，清浊混杂下流，这个病理可概括为太阴开阖不利，中焦不能顺接下焦。小肠为什么会产生吸收障碍呢？或因内外病邪刺激，肠道应激，炎性反应，渗出太多，吸收效能下降；或因肝系拘急，回流不利，肠道失养，渗出增多；或因电解质失衡，淤积肠道；或因气分不足，脾系输运不及，水聚三焦；或因心神不调，小肠张力不足，吸收减少，分泌增多，蠕动增加；或因元气不足，冲脉不治，三焦水多气少；或因肾系升清泌浊障碍，结肠失代偿，大小肠不得虚实更替……先是输运不良，水液聚集，病成湿浊、痰饮；继则内源刺激，炎性反应，肠道易激惹病为痛泄；久则组织坏死，病入虚损，病成积聚癥瘕。

桂枝人参汤用桂枝、人参补益心神、脉宗气，用干姜、白术温运脾系止泻，用甘草交合胃气。张仲景交待，桂枝要用四两，而且后下，这是因为外有表证，内有寒饮遂上之故。桂枝促进心主输出，人参双向调节中枢兴奋-抑制过程，补益心神，桂枝、人参组合，这是从加强精气调节的高度恢复心主输出之能、脾系运化之力。桂枝强心属阳，人参调和中枢属阴，阴为阳之守，阳为阴之使，必得人参滋长、规范，桂枝的强心作用，才能正常而持久地发挥出来。

桂枝人参汤证还有表里不解的问题。若只是脾系精气不调，泄利不止，则去桂枝，即成著名的理中汤。理中汤证，病在脾系、小肠，是精气调节衰微，小肠调节失敏，肠道分泌、蠕动增强，张力不足，吸收减少，精华、糟粕杂处下流，湿浊淤积，营卫生化不利，所以要用人参调动精气，用干姜、白术温脾止泻，用甘草交合胃气阴阳。汤名理中，即条理中焦之意，就是让小肠恢复化物之能，脾系恢复运化之力，分清楚谁是精华，谁是糟粕，促进水谷精华的生产、吸收，同时为水津生化创造条件。"理中汤，理中焦。"若命门火衰，下利不止，那就不是理中汤管辖的范围了，而是水系下关失制，症见饮水即吐，食谷则利，脉迟而微，冲脉空虚，营卫不足，须更加附子温补命门，通畅水系。

理中汤、四君子汤都可补气。四君子汤用茯苓、白术交合营卫，利水升阳，通调中下焦，下利不一定严重；理中汤用干姜、白术苦温燥湿，温脾止泻，侧重中焦，下利必定严重。所以东垣常以人参、白术、甘草补脾，避免滥伐无辜，可谓善裁者也。

3. 白虎汤证

知母六两　　石膏一斤（碎，绵裹）　　甘草二两（炙）　　粳米六合

上四味，以水一斗，煮米熟，汤成，去滓，温服一升，日三服。

原文脉症：

伤寒，脉滑而厥者，里有热也。白虎汤主之。

伤寒，脉浮滑，此为里有热，表无寒也。白虎汤主之。

白虎汤证，气系应激障碍，可以直接形成，也可以来自太阳。旧说叫

"郁久化热"。病邪有一个逐步深入的过程：从水系到气系，出气系至血系，从血系到火系，乃至于祸乱神系、精系；同时，病邪一旦深入，势必造成虚实杂错的病理状态，同时生成实邪。虚实病邪作为内源刺激又将进一步引起应激，如连锁反应，前后激发，连绵不绝。所以，在根本上不是什么"化热"问题，而是不同抗病机制第一次奋起抗邪的表现。

交感兴奋有程度差别：只是紧张敏感，可称为风证；比风证更强烈的，可称为兴奋；交感全面动员，脱离正常恒度，可称为激越；比激越更猛烈，阳极转阴，可称为亢进。同时，交感兴奋对代谢的影响也有程度的不同：风证病态可能只是稍有增强表现为郁证；交感激越才会改变代谢方式，营卫俱感；交感亢进则导致抑制反应，启动自我保护机制。白虎汤证是一个交感激越，出离恒度的兴奋状态：由于交感激越，刺激汗腺太甚，所以汗大出；由于代谢旺盛，界域气阴阳俱感，所以脉从浮到缓，从缓到滑，从滑到洪大有力……这些都没有问题，唯一可疑的就是身大热。

西医分热型为六类，稽留热、弛张热都属应激性高热，间歇热、回归热、波状热、不规则发热都属往来寒热。这六种发热，既有病邪刺激的原因，也与调节障碍有关。白虎汤证的身大热，不是简单的外邪刺激、脉宗气激越，它同时还有精气调节不利、血系亢进这个深层次的原因。按理，身大热、汗大出，自当汗出而热解，白虎之热何以不解？首先，脏腑有六系，各系皆有其所主的内外三焦，所以各有其汗。皮肤之汗属水系，用麻黄汤发汗，皮肤之热可解；肌肉之汗属气系，用桂枝汤发汗，肌肉之热可解，所谓"解肌"是也；三焦之热属少阳，兼有气、血、水三系，借小柴胡汤之力内清外散，能清三焦之热可和解；血系之热属胃系、脾系、冲脉，断无麻桂宣散之理，宜感苦微凉之药，辛开苦降；火系之热属督脉少阴，"寒之不寒是无水也"，宜"壮水之主以制阳光"；神气游行，暴戾恣睢，非清肃精气不足以制伏，必须填实、重镇、收敛，综合治理。错系发汗，只能虚竭正气，挑动逆乱，反生祸端。白虎汤证的大热，关键在"脉洪大"，即胃气阴阳俱盛。白虎之热，是外有邪气干犯，胃气之阳亢进，内有阴系瘀热冲击，上下交攻，胃气遂不可制，所以，脉从浮到缓，从缓到滑，再到洪火，一派阳明热感之象。简言之，白虎之汗，乃阴阳两系之汗，不是仅仅宣散水系之热就可请来的。这才是白虎汤证大汗出而热不解的根本原因。

我们从白虎汤的用药也可窥见一斑：石膏对正常体温并无清热作用，对体温异常升高才有效，它的清热是针对应激和调节的，也即是针对阳系运化的。知母对甲状腺素、交感－肾上腺系统引起的发热有抵御作用，它的清热是针对阴系生化的。所以，知母配石膏，既能清解外邪刺激引起的应激性发热，又能解除中枢神经－体液调节亢进引起的高热，还能清除代谢旺盛导致的郁热。白虎汤用甘草、粳米，可说是意味深长。胃系在水津代谢中虽不是主角，但也吸收一部分水液和电解质，用于冲抵胃系强劲的运化活动，使胃系维持阴阳冲和的无病状态。粳米为食物，微凉多汁甘美，甘草交合胃气，这是抵御胃系高热的必要措施；同时，白虎汤证精气不调、交感激越，再发展一步就是阳极转阴、阴阳并损，以食物入药，以养代治，这也是一个预防措施，是治未病思想的体现。总之，白虎汤用石膏、知母将阴阳两系亢盛的阳气拉回到正常恒度，清解高热，这是治病求本，用粳米、甘草和胃养阴，这是抵御应激损伤，防患于未然，组方之严密，令人叹为观止。

白虎汤证从阴阳的观点看，已经到了阳极转阴的关键点，要时刻提防应激虚损、病证激变。所以，若口不渴，脉滑，或脉浮滑，即使热深厥深，处于精气调节不利的边缘，犹可单用白虎汤；若口渴、脉数，出现了水津不足、供给不利的情况，那就非得加人参了；若虚损日重，那就要用石膏配阿胶，人参配黄连了；若高热不解，以至于神昏谵语、肌肉抽搐，那就非得用温病三宝了。

用石膏清热重在配伍：热在水系，宜配宣散药，如麻杏石甘汤；热在气分，宜配苦寒药，如黄连、栀子；热在血系，宜配清热补虚药，如知母、生地黄；热在中枢，必加人参。人参对精神有双向调节作用。正如用人参、桂枝温通心主一样，加了人参，才能规范石膏、知母的清热降逆之能，使之效力持久。白虎汤名为白虎，意为西方之神，能让夏之酷烈，转为秋之肃杀，确是清肃大气的第一名方。

4. 大承气汤证

大黄四两（酒洗）　厚朴半斤（炙去皮）　枳实五枚（炙）　芒硝三合

上四味，以水一斗，先煮二味，取五升，去滓，内大黄，更煮取二升，去滓，内芒硝，更上微火一二沸，分温再服。得下，余勿服。

原文脉症：

伤寒，若吐若下后，不解，不大便五六日，上至十余日，日晡所发潮热，不恶寒，独语如见鬼状。若剧者，发则不识人，循衣摸床，惕而不安，微喘直视，脉弦者生，涩者死。微者，但发热谵语者，大承气汤主之。

脏腑六系自外而内，起于水系，然后是气系、血系、火系、神系、精系，次第井然。精系为本，神系为标：神系为本，火系为标；火系为本、血系为标；血系为本，气系为标；气系为本，水系为标。标病则本有支持之职，支持不利，标本皆病。所以，阳明病，既有太阳阳明，又有正阳阳明，还有少阳阳明。这三种阳明证的共同特点虽然都是胃家实，即胃气阴阳俱感，但根本失职则不同。太阳阳明，是水系抗邪不利，阳明不支，郁热消津，胃明不已，所以脉浮涩，小便数，大便难，名为脾约。少阳阳明是少阳不决，三焦不通，所以胸胁满，呕逆，发潮热，大便初硬后溏或大便难，小便自利，舌苔厚腻。正阳阳明是气系直接胃气亢盛，水津消烁，而抗邪不利，虽身热，汗自出而邪犹不解，不恶寒，反恶热。

所以，三阳明证，虽然都有胃气亢盛的病理基础，但正阳阳明、太阳阳明是因为热感消津、胃阴不能支持胃阳而病，少阳阳明，则是胃阳不足，不能支持胃阴而病。进而言之，胃阴何以不足？血系为气系根本，血系不支，气系无力抗邪，所以，正是由于血系太过，消耗了大量水津，瘀热郁积，才导致承气汤诸证。因是之故，若胃系但热不燥，则病成调胃承气汤证，以大黄、芒硝、甘草和调胃气即可；若下焦，瘀热实滞，水系不通则病成小承气汤证，以大黄、厚朴、枳实清热导滞、疏通水系即可；若交感激越，胃气旺盛，血系淤积，津液耗损，肝系回流障碍，肠道组织失养，炎性介质释放，内源刺激，或泄或滞，代谢产物淤积，则病成大承气汤证，非用大黄、芒硝、厚朴、枳实清热、导滞、润燥、祛实不可；若肠道组织失养、炎性反应，组织瘀血损伤，则病成桃核承气汤证，清热活血，祛瘀导滞；若只是炎性反应，淤热下利，则病成葛根芩连汤证，清热燥湿止泻而已；若命门火衰、三焦虚寒，又复感受病邪刺激，拘急紧张，寒热杂凑，实邪结积络脉，则为大黄附子汤证……阳明病首先要面对的就是气系的基础病变，寒中则不能食，热中则能食。其次要面对的就是脾胃关系，脾寒往上则干呕、呃逆、咳喘，甚至倚息不得卧，脾寒逆下则腹满下利，甚至酷寒刺激，水系拘急，大小便皆难；脾热逆上则消渴，小便难，黄疸，脾热逆下则赤白泄下，小便涩，大便难，甚至尿血，肠风，筋膜尽烂。

阳明病理，张仲景说是胃家实，《千金翼方》说是"胃中寒"，意思都一样。胃家，即胃气。实者，"邪气盛则实"，正邪交争则实。胃家实，或胃中寒，即胃气感受病邪，包括寒邪刺激而强烈应激，不一定有燥屎才是胃家实，凡三焦不通，病理产物淤积，营卫生化迟滞，大气升降不利，都属胃家实。但就阳明实热而言，气分高热是不可或缺的因素。

大承气汤只用四味药。枳实能双向调节胃肠道，既可抑制，又可兴奋，从而使胃肠道维持恰当张力，而对受损肠道兴奋作用更明显，令其振幅增大，收缩有力。但枳实之妙，还在于能强心活血，促进输出，特别是能增强脑、肾灌流，抗血栓，所以，虽为血药，却能入气。厚朴功效类似于枳实，但抗溃疡、活血能力更强，且偏于攻遂有形实邪。所以，厚朴、枳实能通调三焦，抗乙酰胆碱、组胺，缓解胃肠道紧张敏感病态，同时强心活血、抗溃疡，改善组织失养状态，促进吸收。大黄直接刺激神经丛，促进胰腺分泌，增强肠道蠕动，缓解紧张痉挛，保肝利胆，通泄三焦而清热；能强心、活血、止血，改善组织失养状态，抗菌、抗炎、抗肿瘤，修复受损组织，促进肾排血氮，纠正病态代谢方式，不仅能有效缓解交感激越病态，还能消除应激后所产生的病理影响，从正反两方面抵御应激后综合征。芒硝能形成肠道高渗状态，增水行舟，刺激蠕动。总之，大承气汤清肃气血之热，有效缓解、纠正气系应激病态，祛除实邪，通畅三焦，恢复营卫流行，修复受损组织，是治疗气系实热、推陈致新的极佳方案。

5. 小建中汤证

桂枝三两（去皮）　甘草三两（炙）　大枣十二枚　芍药六两　生姜三两　胶饴一升

上六味，以水七升，煮取三升，去滓，内胶饴，更上微火消解，温服一升，日三服。呕家不可用建中汤，以甜故也。

原文脉症：

男子脉虚沉弦，无寒热，短气里急，小便不利，面色白，时目瞑，兼衄，少腹满，此为劳使之然。劳之为病，其脉浮大，手足烦，春夏剧，秋冬瘥，阴寒精自出，酸削不能行。男子脉浮弱而涩，为无子，精气清冷。

虚劳，里急，悸，衄，腹中痛，梦失精，四肢酸疼，手足烦热，咽干口燥，小建中汤主之。

心-小肠这个构造，既是气系、脾系的核心，也是冲脉的基本组织。情志激变，意欲无穷，起居饮食不节，精神紧张，房事无度……这一系列的内源刺激都使交感神经持续紧张，肝系代谢旺盛，回流障碍。初则血系瘀热，脉宗气弛张，脾系损伤，继则小肠生化、脾系运化不利，脉宗气紧张代偿，最后精气调节衰微，脉宗气、小肠、脾系调节失敏，营卫无源，遂病入虚损。若脉宗气不足，心-小肠表里不协，脾系拘急痛滞，则病成小建中汤证。

小建中汤证以水谷生化不利，脉宗气日益虚损，精气不调为主要病理改变。若脉宗气不足为甚，只能保证心脑供给，则脉沉弦，无寒热，短气，里急腹痛，少腹满，小便不利，面色白，时目瞑；若脉宗气犹堪支撑，则脉浮大，心悸，咽干口燥，手足烦热，或有衄血；若上逆下厥，冲脉不治，则四肢痿软沉重，男子阴寒梦遗，精子少、畸形，病发不育。总之，水谷生化不利，营卫无源，脉宗气或能代偿，或不能代偿，甚至病入虚损，都属小建中汤证。这个病理也是造成三焦虚寒，实邪结滞的基础。所以，若只是腹痛，用小建中汤足矣；若精气调节乏力，虚寒实痛，甚至病成疝瘕，那就要用大建中汤了。

小建中汤，用桂枝汤温通心主，疏浚三焦，协和心-小肠标本，滋长营卫化源，倍芍药、用饴糖促进肝气回流缓急止痛、滋养精神、补气和营。《千金·食治》："胶饴补虚冷，益气力，止肠鸣、咽痛，除唾血，却咳嗽。"可见下能补气、上能清肃，它含有大量营养物质，直接弥补津液不足，恰合小建中汤证病理。

小建中汤首开甘温除热治法先河。若营卫生化不利之外，更有水系周流不利，腹痛里急，饮食不为肌肉，则加黄芪，名黄芪建中汤；若营卫不足、运化障碍，肌肤麻木不仁，则去甘草、饴糖，专一流行营卫，名黄芪桂枝五物汤。然而，这已是气病及血，营卫并虚了，所谓水不利则为血矣。

6. 麦门冬汤证

麦门冬七升　半夏一升（洗）　人参二两　甘草二两　大枣十二枚（擘）　粳米三合

上六味，以水一斗二升，煮取六升，温服一升，日三夜一服。

原文脉症：

大逆上气，咽喉不利，止逆下气者，麦门冬汤主之。

胃气之阳主运化，胃气之阴主生化。胃气上下和调，三阳无激越之苦，三阴无滑泻之疾。然而，胃系之阳，外邪先受，胃系之阴，内邪先伤。外感、内伤胃气不平，脉宗气生化无源、代偿亢进，运化受邪，抵抗激烈。若病久不愈，神气浮动，肺系枯槁，胃气不和，升降不协，干咳气逆，咽喉不利，则病成麦门冬汤证：以人参、麦冬补益脉宗气阴阳，仿《素问》半夏秫米汤，用半夏、粳米滋养、接续胃气，以大枣、甘草补气和营、交合营卫。所以，麦门冬汤证，外症虽见于水系，但其实是标准的气系病，是胃气这个后天之本发生了病变，逆传心肺，引起了水系病症。麦门冬汤去半夏、粳米，加五味子，即著名的生脉饮，更去人参加小麦，即甘麦大枣汤。总之，治脉宗气病证，必须协调肺、心、胃气三者之间的关系，这是一个宝贵的经验。

原方麦冬用七升，可能是二升之误。如用七升，则当今之 835 克，虽为四服，犹嫌太多。张仲景于竹叶石膏汤、温经汤用麦冬多不过一升，于炙甘草汤、薯蓣丸仅用半升。《神农本草经》谓麦冬主心腹结气，伤中伤饱，胃络脉绝，羸瘦短气，可见能接续胃气阴阳，补益心肺，清热降逆，配合人参，用治脉宗气虚损，那是再合适不过了。

7. 炙甘草汤证

甘草四两（炙）　桂枝三两（去皮）　麦冬半升（去心）　麻仁半升
地黄一斤　阿胶二两　人参二两　生姜三两（切）　大枣三十枚（擘）

上九味，以清酒七升，水八升，和合，先煮八味，取三升，去滓，内胶烊消尽，温服一升，日三服。

原文脉症：

伤寒，脉结代、心动悸者，炙甘草汤主之。

精气调节衰微，脉宗气调节失敏，胃气阴阳虚竭，甚至心肌损伤，房室不协，传导紊乱，遂病成炙甘草汤证。

脉迟有止，这是精气调节衰微，胃气之阳不足，心肌受损，房室不协；脉动有止，或脉动心悸、虚里振衣，这是神气悸动，心系紧张敏感，胃气之阴不足，心肌受损，房室不协。所以，炙甘草汤证的病理基础是胃气全面虚损，病证特点是心神出入不利、房室不协，是典型的中枢-脉宗气轴系调节病变。

炙甘草汤以桂枝汤去芍药加人参，鼓动心神、补益胃气之阳，以地黄、阿胶、麦冬，清和肾气、补益胃气之阴，这是从阴阳两个方面补足胃气，恢复脉律。最妙的是重用炙甘草、大枣，并用麻仁、清酒。虚损则虚不受药，炙甘草、大枣和胃补虚，以养代治，患者易于接受。麻仁促进排便，疏通三焦，减小腹压，促进输出，减轻心肺负担。胃主要能吸收酒精，虚损则运化无力，但对酒精却很容易吸收，所以借酒力促进药物运化，温通脉宗气，送达药力，直透络脉，也有助于减轻心肺负担。这些遣药方法，都是发挥使药效能的经典范例。

炙甘草汤又名复脉汤，可见能恢复胃气阴阳，维持生命体征。后世温病学派，去其燥烈，更加阴柔，用治温病后期虚损，津液不足，循环衰竭，精气风证，卓有效用，可谓善用古法者也！

阳系转枢方证举例：

1. 小柴胡汤证

柴胡半斤　黄芩三两　人参三两　甘草三两（炙）　半夏半升（洗）生姜三两（切）　大枣十二枚（擘）

上七味，以水一斗二升，煮取六升，去滓，再煎取三升，温服一升，日三服。

原文脉症：

伤寒五六日，中风，往来寒热，胸胁苦满，嘿嘿不欲饮食，心烦喜呕，或胸中烦而不呕，或渴，或腹中痛，或胁下痞鞕，或心下悸，小便不利，或不渴，身有微热，或咳者，小柴胡汤主之。

经典将两个功能归于少阳：一个是调节三焦微循环之能，一个是疏通中心三焦、转枢阴阳、升降大气之能，所以少阳是中正之官，脏腑要想正常发挥其功能都要仰赖于胆府。内外病邪刺激，交感兴奋，口腔诸消化腺分泌减少，则口苦、咽干，三焦微循环有出无入，流性障碍，至上之焦及诸孔窍失养，则目眩，于是病成少阳证。这是少阳一系抗邪不利。三焦位在气系、血系之间，假使气系不足，不能抵御病邪，令邪气穿越气系，直接刺激血系，既有气系不足，又有血系瘀热，则往来寒热、胸胁苦满、心烦喜呕、不欲饮食，于是病成小柴胡汤证。所以，交感兴奋，水津不足，这是总的病理。在这个基础上，气系不支，动血减容，三焦不通提小柴胡汤证。质言之、小柴胡汤证，只是少阳证的一个类型，并非全部。

小柴胡汤证因何而起？张仲景说是"血弱气尽"。血弱者，血系应激，营气瘀热，委屈欲出；气尽者，应激数日，气系支持，堪堪不足，或病患原有气系不足，甚至内风盘旋，病邪直接刺激血系，动血减容，祸乱三焦。由此可见，小柴胡汤证的病位跨越气系、三焦、血系三个脏系，其病理，气系不足有之，三焦结滞有之，血系瘀热有之，是一个内风招引外风、内外合邪引起的病证。所以，张仲景断定，伤寒六七日，病下厥阴，大热已罢，烦躁，这是病邪出血、入水系的标志，此时若"身热恶风，颈项强，胁下满，手足温而渴"，或"头汗出，微恶寒，手足冷，心下满，口不欲食，大便鞕，脉细"，或"胁下鞕满，干呕不能食，往来寒热，尚未吐下，脉沉弦"……总之，厥阴支持太阳、少阳支持阳明不利，特别是见到往来寒热，胸胁苦满，心烦欲呕，不欲饮食等特征性病变，但见其一证便是小柴胡汤证，不必悉俱。凡小柴胡汤证，多舌边尖红、苔白或黄，脉弦，或细数，这是营气瘀热，三焦不通，气系不足的明证。

妇女易患小柴胡汤证，病程短则 1 日，长者可达 40 年！妇女情志敏感，又有经期、产后特殊情况，本身就有一个血弱气虚的病理基础，若再感受不良刺激，则病生柴胡证，甚至病患热入血室，或产后风证、郁冒的危险就大大增加了。所以，先有气系不足、后有血系应激，或先有血系瘀热，后有气系不足，或气虚血热病理状态长期存在，在此基础上，复感内外刺激，就比较容易演变成小柴胡汤证了。

中枢的节律性调节，特别是近日节律调节，与阴阳两系的生化、运化转枢直接相关。精出心窍，心神鼓动心主输出，启动营卫运化，太阳大开，阳明充盛；精出肾窍，肾气和调三焦，交济水火，启动营卫生化，三焦流行，厥阴充盛。午时一阴生，阳明盛极转阴，关闭阳系运化，打开阴系生化；子时一阳生，少阴作强，厥阴盛极转阳，关闭阴系生化，打开阳系运化。血弱气尽，三焦不通，心肾不交，阳明不能顺接太阴，厥阴不能顺接太阳，卫气循行失常，生命节律紊乱，寒热往来之外，病症表现常匪夷所思：如每月朔日出现嗜睡、惊恐、哭叫；每至经前一周出现经期感冒；每至经期即痛经、吐泻；每五日一作定时吐血；每四日一作伏暑阴疟，及三日疟、间日疟；每日子午两时出现神识痴迷，四肢不收；每日子卯两时出现咳嗽加剧；每日清晨荨麻疹发作；每日一发昼日明了、夜则谵语、如见鬼状；每日子时腰痛、发热等……不可尽数。

　　小柴胡汤证与结胸、痞证、脏结、少阳阳明诸病证都是标本关系。小柴胡汤证病位跨越气系、三焦、血系，病理"血弱气尽"，这是一个重要而普遍的病理基础。若气系久有不足，支持太阳不利，外症不解，三焦结滞，病偏上焦，脉浮滑，则病成小陷胸汤证；若祸及中心三焦，水多气少，则病成大陷胸汤证。若气系不足，三焦虚实、寒热结滞，则病成痞证；若气系陈寒痼冷，中枢调节乏力，则病成脏结；若脾系虚寒，胃气郁热，消烁津液，大便初硬后溏，甚或不大便，则病成少阳阳明证。这些病证都有气系不足前提条件，又有动血减容、三焦结滞病变基础，所以皆以小柴胡汤证为病机根本。

　　小柴胡汤以柴胡、黄芩清肃血系、宣散风气，以半夏、生姜降逆止呕，顺接胃气，疏浚三焦，以人参、甘草、大枣、生姜调和、滋养胃气。人参、甘草和调精气，充实胃气，这是针对气虚，柴胡、黄芩抗惊厥、清热、祛风，这是针对血弱，配合使用，能调和中枢，充实胃气，清肃营气，疏通三焦，转枢阴阳，所以古人称柴胡有推陈致新之能，言不虚也！

　　用柴胡必须小心。张仲景原方柴胡要用半斤。依汉制，在今天有125克，虽一日三服，犹当有 40 克，柴胡有必要用这么多吗？我理解，这里的柴胡和大青龙汤里的麻黄一样是一药多用。大青龙汤用一味麻黄宣散水气两系病邪，小柴胡汤用一味柴胡宣散气血三焦病邪，既要解肌祛邪，又要兼清血热，还要疏通三焦，不得不多。然而，柴胡毕竟辛燥发散，用这样大的量，升发之力太过，即使辅之以黄芩，即使回煎浓缩，也是令人担心。所以后人或改用青蒿、薄荷，或减量使用，多不敢放胆一搏。究其所以，我想主要是不能区分少阳证、小柴胡汤证之故。

少阳证病在三焦，血系病变突出；小柴胡汤证病在气系、血系、三焦，血系病变或有强弱。少阳病，交感兴奋，消化腺分泌减少，所以口苦、咽干；脉宗气亢进，上腔回流不利，颅内压 fu 高，加之三焦不通，至上之焦、诸孔窍失养，所以，目眩，耳鸣，失眠，心悸，巅顶头痛。这个病证，其实就是叶天士所谓的肝风内旋，必须清热、滋阴、填实、重镇，大剂量使用柴胡未免有巅疾之忧。小柴胡汤证则不然，血弱气虚，外感邪气，表里标本皆病。这个病证其实和气系不支关系甚大，血系虽动或不支撑，必须和解，误用清热滋阴，则中焦不得顺接下焦，病不能解，反越治越重。但是，少阳证与小柴胡汤证两者常常混在一起，医者难辨，于是就有了柴胡劫阴难用之说。何况现代人多有血系基础病，脉宗气常处于紧张代偿状态，柴胡用量过大，宣散太过，难免气血逆上，病发大厥，这是必须要注意的。至于用柴胡 5～8 克就能升阳，即增加肠道张力，用 10～15 克就能疏肝，即疏浚肝系回流道路，这只是鼓动气血、疏通三焦而已，与治少阳证、小柴胡汤证的用法，泾渭不同，区别是很大的。

血弱气虚在内伤病范围几乎和感冒一样普遍，反复发作，经年不愈，而少阳决断三焦，柴胡证兼及气血，病位不离三焦，所以柴胡证常常祸及络脉，疑难怪病屡见不鲜，所谓"久病在络""怪病多痰"是也。所以，张仲景还制有一个四逆散，以柴胡、枳实导滞通降，疏通上下三焦，以芍药、甘草宽缓经脉，疏通内外三焦，用治三焦营卫流行不利，四肢厥冷。这个方子精于通降，长于宽缓，交通三焦上下表里，后人更加入川芎、香附、陈皮，大大增强了疏通气血之力，效用显著，可谓善用古方者也！

小柴胡汤证既然跨越水、气、血三系，其势必不能不有所偏颇。固是消食，柴胡证犹在，气系抗邪不利，呕不出，心下急，郁郁微烦者，便成大柴胡汤证；气系支持不利，心下满硬痛，则病成大陷胸汤证；血系证不突出，但满不痛，则病或痞证，或泻心汤证。泻心汤证不可治以柴胡汤，何以故？泻心汤证气系不支，血系病症不突出，徒然以柴胡黄芩治血系，宜散其热，势必令血系又复不支，无益反害。若只是胃气不降，心大痞，但满不痛，则治以半夏泻心汤；若胃气不平，胃气之阳不足，积食、干噫、食臭，则于半夏泻心汤中更加生姜，加强半夏和胃、降逆、止呕功效；若胃气之阴虚寒逆上，心下痞满硬，干呕少气，心烦不安，下利日数十行，腹中雷鸣，则于半夏泻心汤中更加甘草，加强胃气阴阳交合；若胃气之阳弛张为甚，衄血、吐血，则治以泻心汤，将大黄、黄连开水浸泡代煮，清热止血；若下有陈寒痼冷，上有胃阳亢进，甚至衄血、吐血、咯血，则治以附子泻心汤。

五泻心汤之中，我们对甘草泻心汤要给予特别重视。甘草泻心汤证以胃气不效为甚，生化、运化不得衔接，气系支持不利，准只是一个郁热风证病态。但是，这恰恰是一个卫气虚弱、营气不从，肌肉、皮肤、内脏肿痛溃烂，诸孔窍营卫不交的的病理。眼、舌属心系，咽通地气，外阴属冲任，眼、舌、咽、外阴肿痛溃烂是甘草泻心汤证的病症表现之一，何以故？血系瘀热则流行不畅，毛细血管通透性改变，津液渗出外三焦，气分虚寒则外三焦流行不畅，内外三焦渗透压不平，于是外三焦淤滞则肿胀，内三焦瘀滞则红肿疼痛，炎性物质渗出则组织肿痛溃烂，细胞生存环境恶化，或水肿，或失养，组织变性、变形。外三焦卫气流行不畅，内三焦血系瘀热难行，代谢产物、内毒素淤积，若再有病邪刺激外周，气寒则凝聚，气微则不宣，血盛则淤积，火热则溃烂，邪久留则有久成毒，卫气微行则痒，水液淤积则肿，营气不流则溃，营卫不通则痛痹，卫气不足则不用，营气不足则麻木不仁，内毒素、代谢产物刺激则组织、免疫系统紧张敏感，炎性渗出、组织肿胀、溃烂流脓……甘草泻心汤清降血系、温煦气分、疏浚三焦、解毒缓急，正是治疗组织肿痛，孔窍营卫交合不利的基本方案，也是中医外科立法制方的总原则。

柴胡证，若血系支持不利为甚，动血减容，水系又难以代尝，则胸满烃惊，小便不利，谵语，一身尽重不可转侧，则病成柴胡加龙首牡蛎汤症。若更加气系支持不利，则但头汗出，齐颈而还，腹满微喘，口干咽烂，或不大便，久则谵语，甚至于哕，手足躁扰，捻依摸床，其惊惕狂躁者，即成桂枝去芍药加蜀漆龙首牡蛎救逆汤证，若只是特别躁动不安，则成桂枝甘草龙骨牡蛎汤证。此类病证，张仲景称为火逆、火劫，是柴胡症的进一步恶化。

3. 当归四逆汤证

当归三两　芍药三两　桂枝三两（去皮）　细辛三两　通草二两　甘草二两（炙）　大枣二十五枚（擘）

上七味，以水八升，煮取三升，去滓，温服一升，日三服。

原文脉症：

少阴病，脉微而弱，身痛如掣者，此荣卫不和故也。当归四逆汤主之。

凡情志激越，过劳心力，乃至环境变迁，猝遭激变，都能使交感紧张，代谢旺盛，三焦壅塞，络脉瘀阻，营卫难行。若应激日久，脉宗气不足，心主输出、循环无力，血流变性质改变，内外三焦络脉瘀阻，病理产物淤积，组织灌注不良，营卫不交，则病成当归四逆汤证。

当归四逆汤证。首先是精气、脉宗气不足，其次是内外三焦，特别是营卫交接处流行不畅，交合不利，络脉瘀阻。精气、脉宗气不足，则输出、循环无力，脉微弱；营卫流行不利，交合障碍，组织失养，则身痛如掣，四肢厥冷。对于此类病变，张仲景说是因为荣卫不和引起的，也就是营气瘀热、卫气虚寒，三焦流行不畅，营卫交合不利引起的。卫气虚，则外三焦循环不利，痰淤积聚；营气盛，则内三焦循环艰难，瘀血阻滞。营气瘀热、卫气虚寒则营卫交合不利，组织失养，变性变形，疼痛厥冷。

当归四逆汤以桂枝、细辛温通气系，以当归、芍药通调血系。用通草堪称妙手：心-小肠标本不协，水谷不生，则脉宗气瘀热，小肠津液尽成湿热痰饮。通草甘淡而寒，清营气、利水道，导引脉宗气下流小肠，桂枝、细辛药力得以下行，营气清净、卫气通调，诸药效力得以发挥。当归四逆汤以当归、芍药、大枣柔肝补血，直是半个四物汤，以桂枝、细辛、甘草温煦利水好比半个初级版的四逆汤，通草交合营卫，将四物、四逆结合在一起，含有纠正虚损之意，立法制方可谓巧极。

方名四逆，想来身痛之外，尚有手足厥冷，乃至无汗、小便不利等症。所以，张仲景提示，若久有陈寒痼冷，少阴转枢不利，可加吴茱萸、生姜，乃至附子、人参。这就构成了一个系列：四逆散疏通内外三焦，病证最轻；当归四逆汤温通气系，疏浚营气，流行水系，已属虚损；当归四逆加吴茱萸生姜汤，补益精气，促进少阴转枢，救治虚损性循环不利，病属最重。

血系方证举例：

1. 银翘散证：

连翘（一两）　银花（一两）　苦桔梗（六钱）　薄荷（六钱）　竹叶（四钱）　生甘草（五钱）　芥穗（四钱）　淡豆豉（五钱）　牛蒡子（六钱）

上杵为散，每服六钱，鲜苇根汤煎，香气大出，即取服，勿过煎。病重者，约二时一服，日三服，夜一服；轻者三时一服，日二服，夜一服；病不解者，作再服。

胸膈闷者，加藿香三钱、郁金三钱，护膻中；渴甚者，加天花粉；项肿咽痛者，加马勃、玄参；衄者，去芥穗、豆豉，加白茅根三钱、侧柏炭三钱、栀子炭三钱；咳者，加杏仁利肺气；二三日病犹在肺，热渐入里，加细生地黄、麦冬保津液；再不解或小便短者，加知母、黄芩、栀子之苦寒，与麦、地之甘寒，合化阴气，而治热淫所胜。

原文脉症：

太阴风温、温热、温疫、冬温，初起恶风寒者，桂枝汤主之；但热不恶寒而渴者，辛凉平剂银翘散主之。

太阴温病，血从上溢者，犀角地黄汤合银翘散主之。

吴鞠通说："太阴之为病，脉不缓不紧而动数，或两寸独大，尺肤热，头痛，微恶风寒，身热自汗，口渴，或不渴，而咳，午后热甚者，名曰温病。"头痛、微恶风寒，咳嗽，口渴或不渴，脉动数、两寸大，尺肤热，都属上焦脉宗气风证；身热、自汗、午后热甚，都属血系瘀热。所以，病邪刺激，交感兴奋，上焦脉宗气鸥张，发病之初便见血系病变者，温病是也！

温热病的基础病变在血系，不管哪一种温病，发病之初血系病症必有所表现。血系病，即营气运化证。营气和调五脏、洒陈六腑，病则运化失调，五脏气争，六腑痰淤积聚、生化次第紊乱。营气日夜循行五十周，过则有余，不足则虚。运化太过，所以身热、自汗，午后热甚，咽喉痛，脉动数。五脏气争，手太阴独盛，所以口渴，两寸脉大，咳嗽，尺肤热。六腑生化次第紊乱，所以胸膈痞闷、小便短赤。温热病恶化，则血系病证必日益严重。卫分证只是咽喉痛、舌边尖红、脉浮数，气分证便有壮热、舌红、苔黄、脉数有力，代谢亢进，津液匮乏，传至营分则身热夜甚、心烦、谵语、舌红绛、脉细数，到了血分证，诸血症必成显性。温病初起，或有水气二系病变，但由于血系病症突出，所以不可发汗、不可攻下、不可火炙，唯有清热疏风，在立法、制方、遣药诸方面，必须针对脉宗气，兼顾营卫，分清主次，以辛凉清肃为主。如病在气分，阳明高热，用辛凉重剂白虎汤，若血系病症突出就用玉女煎，但改熟地黄为生地黄，去牛膝而加玄参。玄参、生地黄、麦冬，即著名的增液汤，能清热滋阴凉血。若血从上溢，血系病症明确，就用银翘散合犀角地黄汤，后者重镇解毒，凉血活血，直取至上之焦。若寸脉大，舌绛而干，口不渴，病全在血系，就用清营汤，或清宫汤。若病患持续不解，脉宗气厥逆，回流不利，精神失养，出现神志昏乱、肢体抽搐、舌卷肢厥、诸窍不通，那就得用温病三宝了。可见，一般温热病的发展始终不离血系，治疗也要始终针对血系、兼顾卫气，而银翘散证，恰是介于营卫之间、偏于卫气的病证。

银翘散，以连翘、金银花、薄荷、淡竹叶、芥穗、淡豆豉清肃心肺，以牛蒡子、桔梗、生甘草清热利咽，以鲜苇根清热补津，用药看似全在卫气，其实连翘、金银花、薄荷、淡竹叶、豆豉、荆芥都是兼顾营卫的，是气血两清。鲜苇根补益水津，除烦、利尿、解毒，上清心系，下利小肠，流行三焦，能有效缓解脉宗气紧张状态，也是兼顾气血的。

2. 茵陈蒿汤证

茵陈蒿六两　栀子十四枚（擘）　大黄二两（去皮）

上三味，以水一斗二升，先煮茵陈蒿，减六升；内二味，煮取三升，去滓，分三服。小便当利，尿如皂荚汁状，色正赤，一宿腹减，黄从小便去也。

原文脉症：

伤寒，七八日，身黄如橘子色，小便不利，腹微满者，茵陈蒿汤主之。

黄疸，古人认为是气系湿热所致，但根源却在强烈应激后形成的血系运化障碍，其实是一种瘀血证。

黄疸脉症，寸口脉浮缓，这是交感紧张敏感、肝系代谢旺盛；四肢苦烦、色黄，这是病祸脾系；瘀热以行，即血系瘀热，流行外周三焦，这是黄疸病的病理。所以，交感激越，代谢旺盛，肝系损伤，门脉拘急，不仅结合胆红素能力下降，血液变质，而且回流不利，胆汁不排，逆流入血，同时脾系失养，内外三焦不通，小大便不利，湿热淤积，这是黄疸之所以生成的原因。

张仲景讲了五种疸病，细究之，其实都属血系运化病。在黄疸病变基础上，若阳明瘀热，拘急不通，气系不支为甚，则病成谷疸；若脉宗气瘀热，脾系虚寒，不能食，时欲吐为甚，则病成酒疸；若病下冲脉，少阴支持不利，额上黑，微汗出，手足心热，薄暮即发，膀胱拘急，小便自利为甚，则病成女劳疸；若病入虚损，三焦络脉瘀滞，目青面黑，心中热痛，皮肤、爪甲不仁，脉浮弱，则病成黑疸。总之，黄疸病发于血系，祸及阳明、脉宗气、冲脉奇经、内外三焦，病理总属营气运化不利。

茵陈蒿汤，用大黄清热活血，疏通三焦，缓解应激后综合征，用茵陈、栀子保肝利胆，清热祛湿。大黄有极强、极广的疏通能力，泻下则疏通气分，利尿则通调水系，清热强心则凉血活血，所以有推陈致新之能。推陈致新，其实就是疏通三焦，柴胡、芒硝、前胡、橘红、牛肉、人尿等都能推陈致新。张仲景白通猪胆汁汤，就是用胆汁、人尿疏浚三焦，缓解休克。朱丹溪有一个倒仓法，治瘫劳蛊癫等痼疾，就是用了牛肉的推陈致新之能。大黄又是功效独特的血分药，强心与清热并举，止血与活血同功。《神农本草经》讲大黄下瘀血，血闭，清热，说的就是这个意思。茵陈，原方要用六两。茵陈质轻，反用至六两，这是非重用不为功也。

3. 王不留行散证

王不留行十分（烧）　　蒴藋细叶十分（烧）　　桑南根白皮十分（烧）
芍药二分　黄芩二分　干姜二分　蜀椒三分（除目及闭口者，去汗）
厚朴二分　甘草十八分

上九味，杵为散。饮服方寸匕。小疮则粉之，大疮但服之。产后亦可服。

原文脉症：

问曰：寸口脉微而涩，法当亡血，若汗出。设不汗者，云何？曰：若身有疮，被刀斧所伤，亡血故也，此名金疮；无脓者，王不留行散主之；有脓者，排脓散主之，排脓汤亦主之。

三焦内外，经络之内，无非流行营卫。外伤金疮，血液因创伤而亡失，局部应激，炎性介质释放，发热肿痛。寸口脉小而涩，或主失血，或主汗出，今无汗出，所以主血液亡失、无致病菌感染之外伤，即王不留行散证。

凡外伤、渗出、瘀血、肿胀、疼痛等病症，不离营卫，病在三焦，都是局部三焦营卫流行不利，而瘀血、痰饮、水湿互为表里，难分难解。所以，治金疮，必以活血利水为法，三焦通畅，诸症皆消。

王不留行活血、通经、消肿痛，通乳、利水，《神农本草经》谓其"主金疮，止血逐痛，出刺，除风痹内寒"。蒴藋，即接骨木，叶子发汗利水，根茎活血散瘀。桑白皮，清肺、利水消肿。这三味药以王不留行为主，接骨木、桑白皮辅助，能活血、利水、消肿、止痛，是王不留行散的主要成分；芍药、黄芩、甘草就是黄芩汤，主清血分热，缓急止痛；干姜、蜀椒、厚朴，类似大建中汤，温中祛湿，行气利水。总之，王不留行散能消肿止痛、抗炎清热、行气利水，切中金疮初起之病理。

乳汁，虽出于乳腺，却是三焦营卫所化。乳腺三焦瘀阻，则有乳不通；营卫虚少，则能通无乳。通乳药，如通草、木通、路路通、冬葵子、赤小豆、皂角刺、蛴螬等，皆善于搜剔通络，疏浚营卫道路而利水；催乳药，如猪蹄、狗蹄、鲤鱼等，都富含营养，大能弥补营卫之不足。所以，三焦通畅、营卫有源是妇女泌乳的基本条件，也是外伤金创恢复的必要条件。《本草纲目》引俗语云："穿山甲，王不留，妇人服了乳长流。"穿山甲、王不留行皆善通络脉，既能令乳汁长流，又能促进创伤恢复。

治金疮为什么要治脾？脾是水谷大源，顺接卫气，为胃行津液。脾气虚则化源不足，精华亡失，三焦不通，心主输出、循行不利。金疮病属血液亡失，正需要源源不断地弥补损失，所以治脾，就是为修复组织准备物质基础的。而且，组织肿胀，总属水病，健脾则顺接大肠，有利于流行水系，消肿止痛。《神农本草经》谓"蜀椒主邪气咳逆，温中，逐骨节、皮肤死肌，寒湿痹痛，下气"，可见有温中降逆、流行三焦之能。干姜性同蜀椒，温暖太阴，顺接卫气，促进水系循环，也有利于消肿止痛。

身被金疮必然应激，营气亢进，瘀阻难行，黄芩、芍药、甘草清肃营气、缓急止痛，在所必用。甘草清热、抗炎、抗变态反应，有很好的解表作用；缓解肠道紧张，抗肝损伤，解百毒，有调和营卫、疏通三焦、减毒增效之能；类皮质激素，能增强肾上腺素强心效能，所以善补脉宗气。在王不留行散中，甘草用至十八分，量最大，主要取其清热抗炎之能。

王不留行散宜用于无脓之时，若脓已成，则必以抗炎排脓为主，治用排脓散、排脓汤。若卫气虚，则加黄芪、皂角刺，托脓外出，以助消肿、排脓、收口。王不留行散产后亦可服。今产后多服生化汤，药用当归、川芎、桃仁、益母草、炮姜、甘草，其结构与王不留行散何其相似！

4. 抵挡汤证

水蛭三十枚（熬） 虻虫三十枚（去翅足，熬） 桃仁二十枚（去皮尖） 大黄三两（酒洗）

上四味，以水五升，煮取三升，去滓，温服一升，不下，更服。

原文脉症：

太阳病，六七日，表证仍在，脉微而沉，反不结胸；其人发狂者，以热在下焦，少腹当鞕满，小便自利者，下血乃愈。所以然者，以太阳随经，瘀热在里故也。抵挡汤主之。

阳明病，其人善忘者，必有蓄血。所以然者，本有久瘀之血，故令善忘；屎虽鞕，大便反易，其色必黑，宜抵当汤下之。

妇人，时腹痛，经水时行时止，止而复行者，抵挡汤主之。

交感兴奋，代谢旺盛，血流变性质改变，三焦营卫流行艰难，这就是瘀血，至于血管栓塞，血液外溢，淤积一隅，内源刺激，都过不是这一病机的演变。

交感兴奋，肝系代谢旺盛，乃内伤瘀血之渊薮。交感兴奋，代谢旺盛，则血流变性质改变；门脉拘急，则肝系所属回流不利，淤积外周；血液重分配，则脾、肾、肝诸系，乃至肌肉灌流不足，筋骨失养。外周肝、脾、肾三系不能奉养心脑，则脉宗气紧张代偿，上下腔回流不利，遂病成瘀血。若精气失养，神气出入无常，则头晕、善忘，甚至癫狂；若肠道失养，精华、糟粕下流无度，水谷不生，脉宗气紧张代偿，则上下腔回流不利，淤积外周，病生血痹；若营气不足，脉宗气紧张，上逆下厥，则筋骨失养，病生痿痹；若盆腔回流不利，则病生带下、崩漏、疝气、癥瘤；若交感亢进，血液重分配，肾系灌流不足、血脉收缩，或心主输出乏力，或回流肺系受阻，肾系升清无源，或灌流减少，或升清不能，则水津不足，血流变性质改变，营卫瘀塞不流。所以，将军一怒，百脉不通，必病瘀血。

瘀血部位不同，外症各异：下焦瘀血，少腹硬满，小便自利；中焦瘀血，大便反易，其色必黑，或便下脓血，或先便后血，或吐血；上焦瘀血，则衄血、咯血、发斑；至上之焦瘀血，善忘、发狂、强直、抽搐、口眼㖞斜、舌偏难言、动作不遂。

抵挡汤是通治瘀血而偏于中心三焦的方案：以大黄、桃仁清通三焦血脉，缓解应激后综合征，以虻虫、水蛭活血祛瘀，改善血流变性质。张仲景的活血祛瘀方案还有很多：大黄牡丹皮汤、桃核承气汤都用大黄、桃仁清通三焦血脉；桂枝茯苓丸，以桂枝汤加强心主输出、疏通三焦，以桃仁、牡丹皮活血祛瘀，流畅下焦血系，以茯苓交通冲任；黄土汤证，营气实、卫气不调，先便后血，以附子、干姜、白术温通水系，以地黄、阿胶、黄芩清通营气，更以黄土滋养脾气。后世活血名方当归补血汤，主阴系生化、回流不利，脉宗气紧张代偿，治用当归补血和营，黄芪补气通脉、促进外周回流，补血活血，一举两得。

妇女经期、妊娠、产后，从病理上看，实为肝系、胞宫瘀血证，都有一个代谢旺盛，阴系回流不利，精气、脉宗气风证，紧张敏感的基础病变。若再感受不良刺激，特别是情志不遂，肝火郁结，三焦不通，则肝系所属回血不利，血病及水，肾系回流必然艰难，组织失养，年深日久，病入虚损，任脉不治，冲脉虚少，则月经不调，崩漏带下，或黄或白，腹痛腰酸，瘀血癥瘕，下肢浮肿，面色萎黄，头晕、头痛、抑郁、善忘……"其传为风消，其传为息贲者，死不治。"所以，若只是肝系拘急，营气弛张，卫气不调，则治用当归芍药散；若病成带下，津液不足，脉宗气虚损，则治用小建中汤；若少阴转枢不利，三焦不通，营气结滞，卫气不调，胞宫失养，崩漏带下，则治用温经汤；若病入虚损，瘀血癥瘕，饮食不为肌肉，肌肤甲错，两目黯黑，则治以大黄䗪虫丸。

5. 化癥回生丹证

人参六两，熟地黄、当归尾、白芍各四两，公丁香、苏木、桃仁、小茴香炭、杏仁各三两，安南桂、两头尖、麝香、片子姜黄、川椒炭、虻虫、京三棱、藏红花、苏子霜、五灵脂、降真香、干漆、没药、香附、吴茱萸、延胡索、水蛭、阿魏、川芎、乳香、良姜、艾炭各二两，蒲黄炭一两。

鳖甲胶一斤，益母膏八两，大黄八两。

共为细末，以高米醋一斤半，熬浓，晒干为末，再加醋熬，如是三次，晒干，末之。共为细末，以鳖甲、益母、大黄三胶和匀，再加炼蜜为丸，重一钱五分，蜡皮封护。同时温开水和，空心服；瘀甚之证，黄酒下。

原文脉症：

燥气延入下焦，搏于血分，而成癥者，无论男妇，化癥回生丹主之。

化癥回生丹证的病理一如鳖甲煎丸证，都是以虚损为病理基础的局部组织异生，治疗的方法也都是用消法，所不同者，鳖甲煎丸证有寒热外症，化癥回生丹证寒热表现并不明显，肿块不痛不散。

消法，就是攻削异生组织，使之由大到小，慢慢消散。用削法有前提，首先是要耐削。病成癥瘕，正气先虚，而削法所用药物，都是辛香流窜、攻伐猛药，所谓"络脉治法"，若正气不支，徒然伤身，无法施用。其次是要充分考虑正邪盛衰，猛药缓投，以养代治。因是之故，凡用削法，必先顾正气，等机体有了一定的纠错能力之后，再行攻伐。

化癥回生丹用人参、吴茱萸、肉桂、高良姜、阿魏、丁香、降真香、川椒炭、小茴香炭、艾炭温煦少阴，疏通冲脉，恢复营卫生化之源；用苏子霜、杏仁疏通水系，流行卫气；用熟地黄、白芍、川芎、当归尾通补营气；用麝香、虻虫、水蛭、干漆、藏红花、没药、乳香、桃仁、香附、苏木、两头尖、姜黄、延胡索、京三棱、五灵脂、蒲黄炭化瘀通络；用益母膏、鳖甲胶、大黄胶别走血系，宣散药力；以醋、蜜、酒和药为丸，缓攻慢图，以养代治，催动药力。

吴鞠通于方后例举了很多可治之证，但唯有"癥结不散不痛"最为合宜，其他病证有更适合的方案。尽管如此，他的解释却很值得深究："化癥回生丹法，系燥淫于内，治以苦温，佐以甘辛，以苦下之也。方从《金匮》鳖甲煎丸与回生丹脱化而出。此方以参、桂、椒、姜通补阳气，白芍、熟地黄，守补阴液，益母膏通补阴气，而消水气，鳖甲胶通补肝气，而消癥瘕，余俱芳香入络而化浊。且以食血之虫，飞者走络中气分，走者走络中血分，可谓无微不入，无坚不破。又以醋熬大黄三次，约入病所，不伤他脏，久病坚结不散者，非此不可。或者病其药味太多，不知用药之道，少用独用，则力大而急；多用众用，则功分而缓。古人缓化之方皆然，所谓有制之师不畏多，无制之师少亦乱也。"

火系方证举例

1. 桂枝加附子汤证：

桂枝三两（去皮）　芍药三两　甘草三两（炙）　生姜三两（切）
大枣十二枚（擘）　附子一枚（炮去皮，破八片）

上六味，以水七升，煮取三升，去滓，温服一升，日三服。将息如桂枝汤法。

原文脉症：

太阳病，发汗，遂漏不止，其人恶风，小便难，四肢微急，难以屈伸者，桂枝加附子汤主之。

火系主营气生化。肝系回收、代谢津液，回流肺系，化赤为血，从手太阴、少阴入阳系，心主输出，上交卫气于咽喉、畜门、目系、巅顶，奉养精气，和调五脏，洒陈六腑，从足少阴入阴系，下交卫气于结肠、肾系。心神出入，少阴转枢，外三焦水津交合内三焦津液，水火交济，营卫周流，如环无端。所以，脏腑六系都有火。水气二系之火偏于卫气，见于喉咙、畜门、目系、巅顶、项背、皮肤、肌肉；血火二系之火偏于营气，见于舌咽、耳目、筋骨、精髓；精神二系之火源于先天、养于后天，见于神气出入，心肾调节。六系无火，营卫不生，运化不能，三焦淤积，百病丛生……若手足少阴不支，强发少阴汗，则心神不出，水系无阳，心主无火，循环衰微，上不能奉养精气，下不能调和水津，泌下小便，外不能灌注肌肉四末，则病成桂枝加附子汤证。

物质精华之所以能发挥效用，不但要生化有源，而且要循环有序。少阴不支，虽发汗而漏不止，犹不能去病，则虚竭卫气、血容不足，在病理上无疑是一个循环衰微，水系无火的病态。虽然只是怕风、外周营卫不交，还不到休克的程度，但原有心肾不调，脉宗气衰微，现在又发汗太过，血容不足，所以小便难，外周营卫不交，四肢拘急，难以屈伸。

桂枝加附子汤，病理上显然是血容不足，水系无阳，为什么着力点却在气系？很简单，其人必原有心肾不支·气系不足，或重伤气系也。由于气系不足，供给不力，内风不息，腠理常开，所以发汗时稍有不慎，便汗漏不止，造成水津亡失，血容不足，循环衰竭。此时，救阴则缓不救急，且损伤阳气，救阳才能恢复循环，挽回生命。所以，桂枝加附子汤，以桂枝汤温通脉宗气，疏通三焦，交合营卫，以附子鼓舞心肾，温通水系，总以先救其阳，后救其阴，恢复循环为法。

2. 四逆汤证

甘草二两（炙）　干姜一两半　附子一枚（生用，去皮，破八片）

上三味，以水三升，煮取一升二合，去滓，分温再服。若强人可用大附子一枚，干姜三两。

原文脉症：

吐、利，汗出，发热恶寒，四肢拘急，手足厥冷者，四逆汤主之。

循环衰竭，或因血容不足，或因循环乏力，或因调节衰微，或因实邪瘀阻……更常见的，是既有血容不足，又有循环乏力。吐、利、汗之后依然发热，恶寒必是太阳病百治无效，必属少阴不支也。何况大汗出或下利、呕吐不止导致水津流失，血容不足，电解质紊乱。所以，神气不出、心主衰微，四肢拘急，手足厥冷，面色苍白，脉微欲绝，循环衰竭，遂病成四逆汤证。

四逆汤主要是温通水系，只用三味药：用附子上救心力衰竭，下温肾系，用干姜温煦大肠，用甘草交合胃气。附子能强烈刺激神经、心脏，鼓舞心神，若用量太过，心神、心主不堪，反致心力衰竭，所以有毒。但用附子恢复循环，所用的，恰恰是它的毒性。熟附子少毒，只堪温煦，生附子毒性甚大，能够回阳，四逆汤只有用生附子才能获效。生附子振奋命门，令元气出调三焦，若三焦阴寒太甚，水系凝结，则终难建功，所以要用干姜温通三焦道路，引导附子之力上升。张仲景用干姜甘草温煦大肠水系，治"咳则遗尿"的膀胱咳，就是针对下焦水系虚寒，不能治水去的。附子、干姜相比，附子为阳，干姜为阴。阴为阳之守，阳为阴之使。若一味振奋命门，不予规范，则元气必然快速耗尽，势难持久。所以，干姜就像一座桥，能让附子之力通达冲脉，贯通阳明，直上脉宗气，温煦四方。古人说，附子无干姜则不热，这是宝贵的经验。甘草解毒、清热、缓急，交合胃气，与附子、干姜相比，尤偏于阴。所以，附子之力，干姜之功，必须仰仗甘草，才能通达胃气，生长脉宗气，有使有守，恢复循环。如果只是一味振奋命门，不去温通冲脉，规范原气，缓急解毒，那只能取效于一时，很难持久，甚至夺人性命。所以，张仲景说："脉暴出者死，微续者生。"这就是要始终维护胃气阴阳的平衡，否则胃气有阴无阳，有阳无阴，阴阳不交，则必生灾祸。总之，附子、干姜、甘草配合，是从原气到下焦水系，从冲脉到阳明到胃气，从胃气到脉宗气，从脉宗气到心神，步步开拓，一线贯通，不仅能恢复循环，而且效用绵长，用治血容不足、心主衰微、精神不调之循环衰竭是再合适不过的。

四逆汤与干姜附子汤相比，多了半两干姜、一味甘草，变化似乎不大，其实不然。精出肾窍，肾气调和命门，进而调和督脉、任脉，兼及冲脉、带脉。三焦温通，太阴生化，少阴转枢，阴系转为阳系，厥阴代谢，脉宗气源泉充足，自无循环衰竭之理。所以，四逆汤温通水系，偏于使，弱于守；干姜附子汤温煦气系，转阴为阳，偏于守，弱于使。所以四逆汤病在水系，手足四逆，干姜附子汤则病在气系，常使脉宗气代偿性亢进，昼日烦躁，甚至上热下寒。这是它们绝不相同之处。

四逆汤证不离手足少阴。少阴病，胃气将亡，所以脉微无力；血容不足，外周拘急，所以脉细；中枢不调，神气不出，所以但欲寐。这显然是一个血容不足、循环衰竭的病理。血容不足、电解质紊乱的原因，或为下利、呕吐不止，或为汗大出；恶寒，甚至手足四逆、四肢拘急的原因是心主衰微，营卫不交。少阴病，有一个精气不调、神气不出的核心病理，所以外症常有厥逆病变，脉症相反。如咽痛，消渴，口疮，面红如妆，汗出如珠，甚至发狂、衄血，反下利无度、四末厥冷。少阴病，肾气不足、原气衰微，小大不利，这是因为，心主衰微，小肠生化不利，清浊混杂，命门火衰，结肠水津吸收失代偿，所以大便泄利不止而小便难；若病久不愈，肾系损伤，不能升清，则大小便失禁不制；若手足少阴衰微，脾系分清不能，结肠不主吸收，酷寒刺激，水系拘急，则小大便皆难。因是之故，若下利不止为甚，生化将去，则病成白通汤证，以葱白易甘草，急急交通胃气之阳；若脉宗气将尽，面赤，下利清谷，水系流泻，水津无源，则病成通脉四逆汤证，重用干姜、附子加强气系支持，救其厥逆；若胃气阴阳分离、断绝无脉，则病成白通加猪胆汁汤证，于白通汤更加猪胆汁、人尿以疏浚三焦，调和电解质，交合胃气。总之，阴极似阳是个关口，阳气将尽，必然奋力一搏，看似阳气充沛，其实六脉无根，只是尽力供给心脑而已，不能周遍全身。通脉四逆汤、白通汤、白通加猪胆汁汤，立法、制方、遣药皆着眼于加强脉宗气、肾气之间运化、生化的交通，恢复胃气，期望水火相济，三焦通畅，恢复循环，所依据的正是"有胃气则生，无胃气则死"的著名论断。

生附子毒性甚剧，宜久煎。用量，张仲景最多用大者两枚，相当于60g左右，且古无再煎之法，若分温再服，甚至三服，不过十余克。附子为纯阳之物，必辅之以守而后可用。如无干姜、甘草配合，过用附子不过是扰乱阳气，豢养逆贼，有害无益。今人反以能大量用附子而自矜，实属莫名其妙。

3. 附子汤证

附子二枚（炮去皮，破八片）　茯苓三两　人参二两　白术四两　芍

药三两

上五味，以水八升，煮取三升，去滓，温服一升，日三服。

原文脉症：

少阴病，身体痛，手足寒，骨节痛，脉沉者，附子汤主之。

附子汤证病理，系精气不足，命门无火，气系不支，营卫运化障碍。督脉不调，卫气流行不利，所以背寒、骨节痛；冲脉不调，三焦无火，所以身痛、手足寒；脉宗气衰微，心脑供给不足，血液重分配，所以脉沉；肾气不足，任脉、冲脉不调，厥阴、阳明空虚，所以胞宫寒，妊娠七八月腹痛、寒冷……总的病理，无非精气不足，肾神、心神不出。

附子汤以附子鼓舞心神、温煦命门，以人参调和精气，以茯苓、白术利水升阳，顺接阳明、太阴，交通冲脉，以芍药宽缓筋脉、疏浚三焦、促进回流、缓急止痛。人参较之附子属阴，两者配合，能循度、持久地调和精气，鼓舞心神，温煦命门。茯苓、白术顺接小肠、结肠，沟通阳明、冲脉，利水升阳，交合营卫。用芍药最妙：宽和筋脉，疏浚三焦，促进静脉回流，而附子也有扩张外周作用，两者配合，能疏通血络而止痛，周流营卫，改善组织灌流，温煦肌肉、皮肤。不用芍药，则附子、人参所滋长的阳气便无用武之地，徒增内热而已。所以，真武汤、附子汤皆用芍药，道理正在于此。总之，附子、人参决开了闸门，茯苓、白术清除了淤泥，芍药拓宽、疏通了河道，结果自然是上下通达，表里和畅，大河奔流，一泻千里！

4. 肾气丸证

干地黄八两　薯蓣四两　山茱萸四两　泽泻三两　丹皮三两　茯苓三两　桂枝一两　附子一两（炮）

上八味，为末，炼蜜和丸，如梧桐子大。温酒下十五丸，日再服。不知，渐加至二十五丸。白饮下亦可。

原文脉症：

男子消渴，小便反多，以饮一斗，小便一斗，肾气丸主之。

虚劳，腰痛，少腹拘急，小便不利者，八味肾气丸主之。

问曰：妇人病，饮食如故，烦热不得卧，而反倚息者，何也？师曰：此名转胞，不得溺也。以胞系了戾，故致此病。但利小便则愈。肾气丸主之。

虚损，精气不足，肾气不出，水系不得上朝，脉宗气紧张代偿，这就是肾气丸证。命门火衰，督脉无阳，冲脉不调，营卫不生，水津下流无制，所以上有消渴，下有小便数；太阴虚寒，津液不生，水系酷寒刺激拘急不通，所以腰痛、少腹拘急、小便不利；肾系酷寒，升清不能，水系拘急不通，心脑失养，脉宗气紧张代偿，所以烦热不得卧，水寒逆上所以倚息喘息。总之，肾气丸证的病理主要是肾气不足，督脉不治，水系虚寒，水津不得上朝，脉宗气紧张代偿。

肾上腺素系统是中枢-外周最重要的调节轴系，是精气在外周最重要的使者，名为肾气。肾气调和肾系，则能升清泌浊，控制血容、血压，进而调和体温，维持内环境稳定、电解质平衡，生化卫气；调和肝系，则能代谢津液，回流肺系，化赤为血，生化营气；出命门则为原气，调和三焦水火，节制水谷大源，转枢阴阳，顺接阳明、太阴，厥阴、太阳，灌输十二经，滋养、规范五脏六腑生化、运化。若肾气不足，原气衰微，奇经不调，营卫不生，心脑失养，脉宗气紧张代偿，则上盛下衰，病成肾气丸证。

肾气丸，顾名思义，是治肾气的方案，不治肾精，也不治肾功。但是，欲治肾功，必先治肾气，欲治肾气，必先治肾精，而欲调补肾精，又要先规范肾神、疏通三焦。所以，肾气丸用地黄、牡丹皮、山茱萸清收任脉，用山药、用泽泻、茯苓疏通肾系、冲脉，附子、桂枝温煦上下，交通水火，总以肾气滋长有源，调和有度，流行有路，贯通上下，水火相济，营卫交合，流行无碍为法！

肾气丸是补肾气的，反大量使用补阴药，这是为什么呢？首先，阴为阳之守，阳为阴之使，阴阳守使平衡，才能冲和无病。肾气为肾精之使，本身就是杂合阴阳的。若但补阳气，不补阴气，则能使不能守，徒增逆乱；但补阴气，不补阳气，则能守不能使，徒增阴浊。所以，"善补阳者，必于阴中求阳，则阳得阴助而生化无穷；善补阴者，必于阳中求阴，则阴得阳升而泉源不竭。"其次，肾气丸的病理还有一个肝系兴奋、脉宗气紧张代偿的问题，所以要用地黄补益肾水，用山茱萸、牡丹皮清收厥阴，通治母子。总之，补肾气，不同于补营卫，营卫不足，气虚者必补以甘温，清润之品非所宜，血虚者必补以甘凉，辛燥之类不可用；补肾气则不然，补阳必须同时加以规范，补阴必须同时促进运化，唯有如此，才能平调阴阳，恢复正气。张锡纯善用山茱萸、山药，认为山茱萸温涩能收敛元气，得木气最厚，性兼条畅，通利九窍，敛正气不敛邪气，山药收敛肺系、脾系，多汁滋肾，能滋润血脉，固摄气化，宁嗽定喘，强智育神，平和为食物，久服不伤正气。其实，山茱萸收敛任脉，山药收敛冲脉，这是它们的主要功效。凡补者，必假之于重镇、填实、收涩、流行，肾气丸用山茱萸、山药，意在于此。

肾气丸又名崔氏八味丸。宋代名医钱乙，去桂枝、附子，改名地黄丸，填补肾精，清肃任脉，通调冲脉，规范厥阴之力大增，用治任脉不调，冲脉不和，逆上厥下之证，可谓面目全非矣！

阴系转枢方证举例：

1. 吴茱萸汤证

吴茱萸一升　人参三两　生姜六两（切）　大枣十二枚（擘）

上四味，以水七升，煮取二升，去滓，温服七合，日三服。

原文脉症：

干呕，吐涎沫，头痛者，茱萸汤主之。

呕而胸满者，吴茱萸汤主之。

食谷欲呕者，属阳明也，吴茱萸汤主之；得汤反剧者，属上焦。

少阴病，吐、利，手足逆冷，烦躁欲死者，吴茱萸汤主之。

何谓脏结？师曰：脏结者，五脏各具，寒热攸分，宜求血分，虽有气结，皆血为之。假令肝脏结，则两肱痛而呕，脉沉弦而结者，宜吴茱萸汤。

跌阳脉微弦，法当腹满。不满者，必便难，两肱疼痛，此虚寒从下上。当以温药服之。

原气以奇经为使治理三焦经脉，决生死、处百病、调虚实。对运化而言，则太阳为开，少阳为枢，阳明为阖；对生化而言，则太阴为开，少阴为枢，厥阴为阖。太者，初也。太阳、太阴分别能打开阳系、阴系，对阳系、阴系本身而言是刚刚到达阴阳两系，对别人来说则是阴阳两系刚刚启动，就像打开了门户。阳明、厥阴都是极端状态。阳明者，阳盛至极，阳极转阴；厥阴者，阴系至极，阴极转阳，断绝阴系，转入阳系。而少者，小也。细小而分散的阴阳之气，就是少阴、少阳。所以，少阳、少阴都是调节机构，像门户的枢纽，发挥作用的组织都是三焦微循环。少阳能开阖阳系三焦微循环，关闭阳明，打开太阴，转运化为生化；少阴能开阖阴系三焦微循环，关闭厥阴，打开太阳，转生化为运化。内外病邪刺激，精气调节太过不及，少阳不能中正地打开阳系三焦，顺接阳明、太阴，则病生少阳证；同样，内外病邪刺激，或病入虚损，少阴不能中正地打开阴系三焦，顺接厥阴、太阳，则病患少阴证。

"病有结胸，有脏结。"何谓结胸？少阳支持不利，阳明、太阳气水不平，三焦结滞不通，阳系不能顺接阴系，便成结胸。何为脏结？少阴不利，厥阴、太阴、太阳气、血、水不平，三焦结滞不通，阴系不能顺接阳系，便成脏结。所以，少阴无阳，作强不能，三焦湿浊淤积，卫气不得进入阴系，太阳不开，厥阴不能关闭阴系，找开阳系，太阴脾系清浊不分，三焦道路不通，甚至逆上厥下，或逆下厥上。阴浊逆上则干呕、吐涎沫、头痛，或呕吐、胸满，食谷欲呕；逆下 mj 呕吐、下利，手足逆冷，烦躁欲死；阴邪为祸，mj 昼轻夜重；陈寒痼冷、三焦结滞，大便难，两肱疼痛。吴茱萸汤证的典型脉症是脉沉弦而结，沉则营卫不足，弦则生化不利、外周收缩应激，结则中枢调节衰微、房室不协，这是阴系不生，少阴久病过用而损的一个必然结果。

吴茱萸汤用人参、大枣温煦胃气之阴，生化津液，用吴茱萸、生姜温通胃阳，疏浚三焦，和胃止呕。胃气上下阴阳平衡，自然营卫和畅，阴霾消散。

吴茱萸能兴奋中枢，增强脊髓、肾上腺功能，这是它温煦少阴的药理基础；能松弛小肠平滑肌，这是它降逆止呕功效的由来；能增强横纹肌张力（骨骼、心肌、内脏），这是它治脏结的根据。吴茱萸、生姜是个基本组合：生姜辛散和胃，助吴茱萸温降胃气。人参、大枣也是个基本组合：人参调补精气，大枣补气和营。吴茱萸、生姜与人参、大枣配合，则精气保障有力，肾气、心神旺盛，三焦温通，营卫交合，厥阴顺接太阳矣！

2. 乌梅丸证

乌梅三百枚　黄柏六两　黄连十两　当归四两　细辛六两　附子六枚（炮去皮）　干姜十两　花椒四两（出汗）　人参六两　桂枝六两（去皮）

上十味，异捣筛，合治之。以苦酒渍乌梅一宿，去核，蒸之，五斗米下，饭熟，捣成泥，和药令相得，内臼中，与蜜杵二千下，丸如梧桐子大。先食，饮服十丸，日三服。稍加至二十丸。禁生冷、滑物、臭食等。

原文脉症：

伤寒，脉微而厥，至七八日，肤冷，其人躁，无暂安时者，此为脏厥，非蚘厥也。蚘厥者，其人当吐蚘。今病者静，而复时烦，此为脏寒。蚘上入其膈，故烦，须臾，复止，得食而呕，又烦者，蚘闻食臭出，其人常自吐蚘。蚘厥者，乌梅丸主之。又主久利。

乌梅丸证，究系何病？一言以蔽之：少阴支持不利，厥阴抗邪艰难，太阳不开也！

脉微、肢厥、肤冷，这是少阴支持不利，虚寒病态不能纠正，脾系寒甚，有冬无夏；静而复烦，烦而复静，这是精气衰微，心神出入艰难，脉宗气调节失敏，代偿不利。脉沉弦，下利不止，下焦酷寒，营卫不足外周收缩。总之，乌梅丸证主要是少阴转枢不利，陈寒痼冷，厥阴开阖艰难，太阳欲开不能也。

乌梅丸用桂枝、细辛、蜀椒、干姜、附子温煦稳中有降少阴，温通气系，驱除阴浊，促进营卫生化，用人参补益精气，鼓舞心神，用当归、乌梅、黄连、黄柏滋养血系，更以醋入营气，蜜入卫气，米入胃气，和之养之。少阴温煦，营卫生化旺盛，厥阴顺接太阳，大气升降合乎阴阳之恒度矣。

乌梅能增强免疫能力，消除疲劳，抗衰老，抗过敏，消除炎症，促进皮肤细胞新陈代谢，美肌美发，所以滋养卫气，提高机体抗应激能力；能利胆，增加食欲、促进消化，收缩肠壁而止泻，所以能滋养营气、疏通三焦。在乌梅丸中，乌梅要发挥纠正虚损病态的作用，与薯蓣丸中用山药是一个道理。

精神二系方证举例：

1. 川芎茶调散证

薄荷叶（不见火）八两　荆芥（去梗）四两　川芎四两　白芷二两
甘草二两　羌活二两　细辛一两（去芦）　防风一两五钱

为细末，每服二钱，食后，茶清调下。常服清头目。

原文脉症：

治丈夫、妇人诸风上攻，头目昏重，偏正头疼，鼻塞声重；伤风壮热，肢体烦疼，肌肉𥆧动，膈热痰盛；妇人血风攻注，太阳穴疼。但是感风气，悉皆治之。

川芎茶调散出自《太平惠民和剂局方》，原方仅用薄荷、川芎、荆芥、香附四味，现在所用的方子，药物、证治内容都略差于原初，但"诸风上攻"却是一致的。

"诸风上攻"是什么病？内外病邪刺激，精气、脉宗气紧张敏感便是诸风上攻。精气风证，至上之焦兴奋-抑制过程转枢不利，脑组织失养，紧张拘急，敏感易激惹，神气出入无常，交互过程紊乱；脉宗气风证，交感紧张兴奋，上下腔回流障碍，大气有升无降，心神出入无常，心主输出不利，胃气不平，水谷生化艰难。若上腔回流障碍，精气失养，颅内压增高，则头重，头痛，目昏，鼻塞，或发热、肌肉瞤动，或腰脊僵硬、角弓反张、肌肉震颤、手足抽动，或善忘抑郁，或敏感多疑，或惊怯自闭，或烦躁易怒，时好时坏，莫名其妙，遂病成川芎茶调散证。"风者，善行而数变。"风证，病位或在此，或在彼，病势说轻不轻、说重不重，病症变化无常，忽阴忽阳……就像是风，你能感觉到它的存在，却看不见、摸不着。风证病态，可出现在各组织、各脏器、各系统，非独病祸脉宗气、精气也。风证只是一种紧张、敏感状态，交感调节还不到激越的程度，所以要帮它一把，用药物人为地推进应激时相，然后才能调动调节机制，迅速恢复平和，汗出热散，脉静身凉。

古人研究精神二系病证多从外周入手，认为外周病是引发精神病证的根本原因，这是很高明的。如头痛一症，实践发现，川芎善治头两侧及颠顶痛，即少阳、厥阴头痛，羌活善治颈项、后脑头痛，即太阳头痛，白芷善治前额头痛，即阳明头痛，他们把头痛这个精神病证皆归因于外周。今天看，这类头痛都属精气紧张拘急、营卫流行不利引起。但是，为什么精气会病发风证呢？说到底，还不是脉宗气紧张兴奋，上腔回流不利引起的；能治好脉宗气风证，也就能治好精气风证。进一步深究，脉宗气为什么会处于风证病态？说到底，无非上有病邪刺激，下有回流不利……治病必求于本，这么一路责问下去，终究会找到病发根源，也就找到了治愈精神疾病的方法，比起头痛医头，脚痛医脚，不是更高明吗？

川芎茶调散诸药皆有"疏风之能"，组方更是遵循分经用药的原则，如羌活、防风主要归经足太阳，荆芥、薄荷、川芎主要归经手太阴、足厥阴，白芷主要归经手太阴、足阳明，细辛主要归经手少阴、手太阴，《太平惠民和剂局方》原来的组成是川芎、香附、荆芥、薄荷，偏于疏散血系内风，兼顾水系外风，今则扩展了范围，连足阳明、足太阴、手少阴也管起来了，更加全面。但诸药作用部位皆偏上焦、至上之焦，配合甘草缓急息风、调和营卫，自能疏解上焦、至上之焦风邪，恢复清净。最妙的是用清茶调服。茶入五脏，除烦解渴，清头目，令人兴奋、愉悦，既能清肃外周，又能兴奋中枢，所以用为使药，引药力上行下肃。川芎茶调散既是治疗方法，又是治疗方案，实际使用时看病发部位依经选药。如太阳头痛、鼻塞，用羌活、防风、荆芥、薄荷、白芷就够了，厥阴头痛用川芎、细辛、荆芥、薄荷、白芷就行了，总以巩固阳明，流行营卫为法。

川芎茶调散能改善脑循环，流通脉宗气，镇痛、镇静，还能抗病原微生物、抗炎、抗氧化损伤，不管是内源刺激，还是外源刺激引发的风证，都可施用。药理研究证实，川芎能扩张脑血管、降低阻力，显著增加脑血流量，改善软脑膜微循环，对脑缺血有保护作用，还具有明显的镇静作用，其挥发油成分少量就可抑制延髓呼吸、血管运动中枢，脊髓反射中枢。羌活能增加脑血流量，有显著镇痛作用。薄荷能兴奋中枢神经，扩张毛细血管，促进汗腺分泌，增强散热过程。荆芥、白芷能解热镇痛。防风、细辛能镇痛、抗惊厥。这些药物，对外周脉宗气，多有缓解拘急，促进流通，活血通瘀的作用。

唐宋以下，理法日简，用药日繁，理解病证及从"气血"二字入手，立法制方遣药，也是抓住气血不放，仲景学说遂废而不用，这其中集大成者便是《太平惠民和剂局方》。如川芎茶油散用药，薄荷、川芎、细辛、清茶可为一组，偏于血系，有功于气系、水系，荆芥、白芷、羌活、防风可为一组，偏于水气，有功于血系。联合使用，兼顾气血，宜散内外风气，所谓"气中血药""血中气药"，似乎考虑周全，其实弱化理法，流弊深固。这是必须要注意的！

2. 安宫牛黄丸证

牛黄（一两）　郁金（一两）　犀角（一两）　黄连（一两）　朱砂（一两）　梅片（二钱五分）　麝香（二钱五分）　真珠（五钱）　栀子（一两）　雄黄（一两）　黄芩（一两）　金箔衣

上为极细末，炼老蜜为丸，每丸一钱，金箔为衣，蜡护。脉虚者人参汤下，脉实者银花、薄荷汤下，每服一丸。兼治飞尸卒厥，五痫中恶，大人、小儿痉厥之因于热者。大人病重体实者，日再服，甚至日三服；小儿服半丸，不知再服半丸。

原文脉症：

邪入心包，舌蹇肢厥，牛黄丸主之，紫雪丹亦主之。

温毒神昏谵语者，先与安宫牛黄丸、紫雪丹之属，继以清宫汤。

手厥阴暑温，身热不恶寒，清神不了了时时谵语者，安宫牛黄丸主之，紫雪丹亦主之。

阳明温病，斑疹温痘、温疮、温毒，发黄、神昏谵语者，安宫牛黄丸主之。

吸受秽湿，三焦分布，热蒸头胀，身痛呕逆，小便不通，神识昏迷，舌白，渴不多饮，先宜芳香通神利窍，安宫牛黄丸；续用淡渗分消浊湿，茯苓皮汤。

痉厥神昏，舌短，烦躁，手少阴证未罢者，先与牛黄紫雪辈，开窍搜邪；再与复脉汤存阴，三甲潜阳，临证细参，勿致倒乱。

至宝丹、紫雪丹、安宫牛黄丸号称温病三宝，吴鞠通说一个比一个寒。所谓"安宫"，即安定心君宫城，也就是治心主病证的，其实不然。

舌蹇、肢厥，这是神气不出舌窍、手足营卫不交，热深厥深，在此病理基础上，若出现神昏谵语，便是安宫牛黄丸证。安宫牛黄丸证的主症是神昏谵语。神昏，就是神识昏沉，不省人事，嗜睡，呼之不应，这是精气失养，神气不调；谵语，就是胡言乱语、语无伦次，声高气粗，这是中枢交互过程紊乱。神昏谵语，一静一动，这是精气不足，神气逆乱的反映。应激后期，或急性应激，脉宗气弛张，血流变性质改变，至上之焦回流不利，病理产物淤积，精气失养，神气无守，所以昏迷、胡言乱语。这种病证，既有外周供给不利的原因，又有精气失养，神气逆乱的原因。外周供给不利，或因脉宗气弛张、至上之焦回流不利，或因交感亢进、血流变性质改变，或因痰饮、浊秽阻滞三焦；精气失养，则由于供给、回流不利，病理产物淤积。所以，安宫牛黄丸不但能治风温神昏谵语，其他如温毒、暑温、斑疹、湿温，以及痉厥等，凡神昏谵语，皆可使用。

安宫牛黄丸，以牛黄，配犀角、朱砂、雄黄、珍珠、金箔、郁金、黄连、黄芩、栀子清热解毒，活血祛瘀，清肃脉宗气，镇逆安神，以麝香、冰片流通精气，降低颅内压，改善血供，修复受损组织，以蜂蜜缓急镇静，滋养精神体力。这个方案对外周脉宗气、血系作用也十分显著，能扩张冠状动脉，增强心肌收缩力，抗心律失常，降低血压、血液黏滞度，抑制血小板聚集。

牛黄，清热解毒、镇惊醒神，治高热神昏，惊痫烦躁，作用部位在中枢，对皮层、脑干、脊髓均有一定抑制作用。麝香对中枢有双相调节作用，小剂量兴奋，大剂量抑制，能显著减轻脑水肿，改善脑循环，保护失养损伤组织，促进神经功能恢复，拮抗痴呆病患的学习、记忆功能减退，是流行精气的首选药。冰片能提高血脑屏障通透性，促进神经胶质细胞生长分裂。黄连的镇静、解热作用也是中枢性的，而且能兴奋下丘脑-垂体-肾上腺皮质系统，扩张脑膜血管，增加局部血流量，对脑组织缺血再灌注损伤有保护作用。黄芩能加强皮质抑制过程，减轻缺血再灌注脑损伤，缩小梗死体积。朱砂能透过血脑屏障，降低中枢兴奋性，有镇静、催眠、抗惊厥作用。雄黄剧毒，但汞、铅、二硫化二砷对中枢神经系统、许多酶系统都有非特异性的抑制作用，钙、镁、铁、钾又能维持神经系统兴奋性，参与儿茶酚胺调节，有助于缓解精气风证。

3. 百合地黄汤证

百合七枚（擘）　地黄汁一升

上二味，先以水洗百合，渍一宿，当白沫出，去其水，更以泉水二升，煎取一升，去滓；内地黄汁，煎取一升五合，分温再服。中病，余勿服。大便当如漆。

原文脉症：

百合病者，百脉一宗，悉致其病也。意欲食后不能食，常默默，欲卧不能卧，欲行不能行，欲饮食或有美时，或有不用闻食臭时，如寒无寒，如热无热，口苦，小便赤，诸药不能治，得药则剧吐利，如有神灵者，身形如和，其脉微数。

百合病，不经吐、下发汗，病形如初者，百合地黄汤主之。

百合病多发于急性应激之后，或持续应激后期，病理是精气、脉宗气风证。众脉皆出于心而归于肺，心肺就像是众脉之宗，所以叫"百脉一宗"。应激后，营气郁热，三焦瘀阻，营卫不生，气阴两虚，脉宗气、精气紧张敏感，神失其守，出入无常，如寒无寒，如热无热，欲食不能食，欲卧不能卧，欲行不能行，常寡欢，口苦，小便赤，脉微数，遂病成百合地黄汤证。

精神深藏，更多地表现为综合调节，所以欲窥视精神状况，特别是诊断精气虚实，通常需要从视、听、嗅、味、触诸感觉，以及言语、记忆、认知、情绪、行为等诸心智活动中去搜寻线索。如少阳证的口苦、咽干、目眩，吴茱萸汤证的头痛、烦躁，抵挡汤证的善忘，热入血室的暮则谵语，葛根汤证的颈项强直，大承气汤证的神昏谵语等，这些病症，都属精神。如声嘶、喉喑在外感病也属寻常。叶天士云："金实不鸣，金破不鸣。"金实不鸣，这是肺气壅滞，声带失养，证属外周；金破不鸣，这就是精神虚损，声带失养，组织变性。若精神虚损，不仅见于发声，更见于肢体运动，足痿不能行、声嘶不能言，这就是一种典型的精神病证了，治以地黄饮子。

百合地黄汤，以百合清肃肺气，安神镇静，以地黄清肃心气，滋长化源，总以清肃脉宗气，改善精气供给为法。

百合，除能止咳祛痰平喘，抑制过敏，提高外周白细胞数和免疫能力之外，更能镇静，抗疲劳，抵御皮质激素分泌太过，或灭活不及所致的阴虚和心肌缺氧状态。生地，能促进皮质激素合成，又能拮抗其副作用，减轻中枢因激素过量而对皮质系统的抑制，有扶助神气的作用；同时，能抑制中枢而镇静，对心脏小剂量强心、大剂量抑制，并显著降压，有清热凉血、滋补精气的作用；对弥散性血管内凝血（DIC）病理改变，既能止血，又能活血，清通三焦而除血痹；能利尿、抗过敏，有疏通水系之能。总之，地黄能清血热、除血痹、养精气，百合能清心肺、利二便、安神养精。三焦营卫流行，前后二便通畅，阴阳来复，精气清肃，神气循度，自无精气、脉宗气风证之忧。

4. 甘麦大枣汤证

甘草三两　小麦一升　大枣十枚（擘）

上三味，以水六升，煮取三升，温分三服。

原文脉症：

妇人脏躁，喜悲伤欲哭，象如神灵所作，数欠伸，甘麦大枣汤主之。

躁者，疾也，从走，所以是坐卧不安之意。常悲伤欲哭，肺气欲舒不能也。欠伸者，胃气之阳欲出不能出、欲入不能入也。所以，脏躁是一个脉宗气紧张敏感的病理状态，即心神风证。

肝系持续紧张，水谷生化不利，心脑失养，久病不愈，脉宗气，病入虚损，神气紧张敏感。若阴神出入无常，则莫名忧愁、悲伤、哭泣、躁扰不安；足太阳连属手太阴，足阳明为手太阴之根，阳明、太阳不足，若胃气之阳卫气欲出不能出，欲入不能入，则常欠伸。总之，心神出则、阴神、胃阳亢奋，不出则沉郁，出入无常则肺胃盛衰无常，所以常悲伤欲哭，每每欠伸，病成甘麦大枣汤证。甘麦大枣汤，重用甘草、大枣交合胃气，补气和营，缓急熄风，用小麦滋养肺气。总因病在虚损，虚不受药，所以多用食物，以养代治，调和阴阳。

甘草助心神、养胃气是因为它有类似肾上腺素样作用，又能缓解拘急，抗惊厥，镇静安神，清热解毒，所以性兼阴阳，善于交合胃气，解百毒，常用为诸药之使。大枣抗变态反应，抑制中枢，同时又能增强肌力、体力，也是性兼阴阳，能缓急解毒、补气和营。小麦清热生津，利尿养肝，缓解肝系紧张，流行水系。比较而言，甘草、大枣偏阳，小麦偏阴，所以用作将养胃气，和调脉宗气，缓解神气风证是最合适不过的。更重要的，小麦、大枣都属食物，患者完全适应，能有效克服虚不受药之弊。

"形不足者，益之以气；精不足者，补之以味。"这是治营卫、精神虚损，以养代治的第一原则。

5. 麻黄附子甘草汤证

麻黄二两（去节）　附子一枚（炮，去皮，破八片）　炙甘草二两

上三味，以水七升，先煮麻黄一两沸，去上沫，内诸药，煮取三升，去滓，温服一升，日三服。

原文脉症：

少阴病，得之二三日，麻黄附子甘草汤微发汗。以二三日无里证，故微发汗也。

卫气周流，在身后则循脊而上，从颈项、畜门、目系、巅顶入络脑中，交通脉宗气，在身前则出少阴，走阴维、任脉，上交阳跷。阳跷脉能增益诸阳、打开目眦，令人清醒。卫气入阴系，则阳跷虚而目合入眠，卫气出阳系，则阳跷实而目开清醒。所以，卫气盛，则督脉、太阳、阳跷皆盛，目眩、喘息、烦热，不得眠；卫气虚，则督脉、太阳、阳跷皆虚，抑郁、倦怠、虚寒、嗜睡，所以，麻黄附子甘草汤证，是一个少阴不支，神气不出的病理。

脑组织对颅内压、电解质、血氧变化特别敏感。卫气入络脑中，充实血容，调节血压、电解质，流行水津，输运代谢产物，奉养精气，滋长神气。卫气不足，精气失养，神气不出，阳跷空虚，卫气不能游行目窍，流散体表，所以令人精神抑郁，倦怠欲寐，昏睡不醒。

麻黄附子甘草汤，用附子鼓舞少阴、温煦原气，生化卫气，温通督脉、太阳、阳跷，用麻黄流行水系、温通太阳，加强足太阳、手太阴之间的联系，用甘草调和胃气阴阳，总以卫气周流至上之焦，游行出入孔窍为法。

附子能温通水系，促进卫气运化，疏通表里上下。麻黄能兴奋皮层、脑干、脊髓，鼓动神气，振奋心主，宣通水系，开辟卫气道路，沟通足太阳、手太阴，引导卫气游行出入目窍，令人清醒。甘草能兴奋下丘脑-腺

垂体-肾上腺皮质系统,增强体液调节效能,又能解毒清热、交合胃气阴阳,配合使用则能滋长神气,规范卫气,令人清醒汗出。大大提高神经-体液调节效能,纠正脉微细、但欲寐的低迷嗜睡病态,可说是卓有效用的中枢神经兴奋剂。

6. 鹿附汤证

鹿茸(五钱)　附子(三钱)　草果(一钱)　菟丝子(三钱)　茯苓(五钱)

水五杯,煮取二杯,日再服,渣再煮一杯服。

原文脉症:

湿久不治,伏足少阴,舌白身痛,足跗浮肿,鹿附汤主之。

肾精不足,肾气衰微,督脉、冲脉不得温煦,三焦湿浊凝聚,结肠不能吸收,肾系不能泌浊,下肢水肿,身痛苔白,遂病成鹿附汤证。

鹿附汤用鹿茸、菟丝子温煦督脉,以附子、草果温通三焦水系,以茯苓交通奇经,导入至阴之界。鹿茸填补督脉,菟丝子温煦收涩,用治督脉、冲脉虚寒。附子鼓动原气,温通奇经,流散三焦水系。草果燥湿止泻,治冲脉虚寒,下焦泄利。茯苓肃降脉宗气,凡忧、恚、惊、邪、恐、悸,以及心下结痛、寒热烦满、咳逆皆能治之,又能顺接中焦、下焦,交合奇经,流行水系。张仲景之桂枝茯苓丸、苓桂术甘汤、五苓散多用茯苓,叶天士称茯苓能"导入至阴之界"。草果配合茯苓,大能通畅三焦,交合营卫。

奇经病治法,既不同于脏腑病,也不同于经脉病,而近于络脉病。叶天士说:"古人以肾脏内寓真阳,非温不纳,肝脏内寄相火,非清不宁。用药之法:填实精气,以固其下,佐咸味以达之,兼气重以镇之,介类以潜之,酸味以收之,复入滋清以凉肝,引之导之,浮阳内风,勿令鼓动。"在这里,他讲的是任脉治法,但适用于所有奇经。治奇经病,要以血肉有情之物填补之,以收涩涵养之,以特定药物引导之,对于厥逆风证,要以重坠之药镇逆、介类潜藏,对阴阳偏颇,或温或清,总以填为补,以敛促养,以通为用,杂合阴阳,以养代治,丸散缓图,不宜混淆于脏腑、经脉病治法。

7. 薯蓣丸证

薯蓣三十分，当归、桂枝、神曲、地黄、豆黄卷各十分，甘草二十八，人参七分，川芎、芍药、白术、麦冬、杏仁各六分，柴胡、桔梗、茯苓各五分，阿胶七分，干姜三分，白敛二分，防风六分，大枣百枚为膏。

上二十一味，末之，炼蜜和丸，如弹子大，空腹酒服一丸，一百丸为剂。

原文脉症：

虚劳，诸不足，风气百疾，薯蓣丸主之。

精神得之于先天，滋养于后天。精神不足，或因先天缺损，或因后天失养。后天失养，又多因久病、大病消耗，且久病、大病消耗，必使营卫不足，精神两系、诸脏器、诸经脉处于风证病态，紧张敏感，稍触即病。薯蓣丸证，首先是虚损，有一个精神不足，外周调节失敏的基础病理，其次是"风气百疾"，也就是脏腑、三焦到处调节失敏，紧张易激惹。总之是一个大病、久病虚损，精神、脏腑、三焦风证病态。

薯蓣丸以山药、神曲、大豆黄卷、大枣，药食一体，以养代治，固涩冲脉，滋长水谷之源，用人参、麦冬、白术、茯苓、干姜、甘草、桂枝、芍药温通脉宗气，促进营卫生化，补益冲脉，充实十二经、五脏六腑；用防风、杏仁、桔梗流行卫气，用地黄、阿胶、当归、川芎、芍药通补营气，用柴胡、白敛疏散血系内风，通畅三焦。营卫充实，三焦通畅，精神饱满，虚损自复，风气自消。

薯蓣丸是治虚损、以养代治、甘缓息风的典范。薯蓣即山药，收敛肺脾，滋长肾水，清血系而降糖，抵抗应激损伤，提高免疫力，止泻平喘，用作主药，有"上下皆病取其中"之意。大枣百枚为膏，增强肌力体力，又能补气和营。大豆本为优质蛋白，发芽制药，能清热除湿，缓解风证病态。神曲含酵母菌、淀粉酶，促进物质代谢，有利于蛋白质消化、吸收、利用。白蜜缓和滋养，调和卫气。服药用酒，虚损人运化无力，借酒力宣散药力。

《神农本草经》谓白蔹"主痈肿疽疮，散结气，止痛，除热，目中赤，小儿惊痫，温疟，女子阴中肿痛"，可见能清通血系，配合柴胡，调畅三焦，消肿止痛，修复肝胆、胃肠道损伤，可谓恰中病机。

附　　录

附表 1　二十八病脉

脉纲	脉象	脉象特征	病理意义
浮脉	浮	轻触即得，重按稍减。	应激初起，脉宗气、精气风证。
	芤	浮大中空，如按葱管。	营气亡失，脉宗气、精气风证。
	革	浮弦中空，如按鼓皮。	营卫亡失，脉宗气、精气风证。
沉脉	沉	轻按无脉，重按始得。	营卫不周、血液重分配。
	伏	得之筋骨，甚或不见。	营卫不周，脉宗气、精气不足。
	牢	沉伏筋骨，实大弦长。	营卫不周，外厥里逆。
迟频脉	缓	一息四至、脉宽倦怠。	营气实、卫气淤阻。
	迟	一息不足四至。	精气不足，脉宗气失敏。
数频脉	数	一息五至以上。	回流不利，脉宗气、精气紧张代偿。
	动	独在关上，如豆动摇。	脉宗气风证。
	疾	一息七至以上。	精气、脉宗气盛极衰竭。
脉律失常	促	脉数有止，止无定数。	回流不利，房室不协。
	结	脉迟有止，止无定数。	精气不足，脉宗气失敏，房室不协。
	代	脉动有止，止有定数。	脉宗气风证、房室不协。

脉纲	脉象	脉象特征	病理意义
脉动能量不足	虚	脉三部无力、空虚。	胃气、脉宗气、精气虚损。
	弱	脉沉、细柔。	营卫不周,脉宗气虚损。
	细	脉细软,应指如线。	营卫不足,卫气拘急,脉宗气虚损。
	短	脉无首尾,不满三部。	营卫不足,卫气为甚,脉宗气虚损。
脉动能量不足	涩	细迟而短,往来艰难。	营卫不足,营气瘀滞,脉宗气、精气虚损。
	濡	脉浮、细软、不任重按。	营卫不足,卫气淤滞,脉宗气风证。
	散	浮散无根,稍按则无,至数不齐。	营卫不足,脉宗气风证,精气虚损。
	微	极细极软,似有似无,至数不明。	营卫不足,脉宗气、精气衰竭。
脉动能量有余	实	脉三部有力。	营卫有余、卫气尤盛。
	紧	拘急紧张,牵绳转索。	营卫有余,卫气拘急、流行不利。
	滑	往来流利,应指圆滑。	营卫充盛,营气有余。
	洪	宽大、滑实。	营卫、脉宗气、精气亢盛。
	弦	端直而长,如按琴弦。	营卫有余,营气拘急,回流障碍。
	长	首尾端直,脉过三部。	营卫有余,卫气尤盛,脉宗气、精气有余。

附表 2　交感、副交感神经调节效能

组织-器官-过程	交感神经兴奋	副交感神经兴奋
心脏	心肌收缩力加强、心率加快，脉数有力。	效应相反，脉缓柔软。
皮肤	血管收缩和面部血管舒张、潮红。面红目赤。	无作用。
骨骼肌	血管收缩与舒张，体力充沛。	无作用。
血管	大多数收缩。	少数如阴茎、膀胱下部收缩。
内脏	血管收缩。	血管舒张。
生殖器	血管舒张，阴茎勃起。	血管舒张，阴茎充血。
毛发	收缩并立毛。	无作用。
细支气管	舒张以加大通气，呼吸深大。	收缩。
胆囊胆管	抑制。	兴奋。
肛门括约肌	收缩。	松弛。
尿道膀胱	肌张力增加。	收缩。
睫状肌	松弛，视远物。	收缩，视近物。
虹膜	瞳孔扩张。	瞳孔收缩。
汗腺	刺激分泌，汗出。	无作用。
鼻、泪、唾液、胃、小肠腺体、胰腺	血管收缩、抑制分泌，鼻、咽、口干、口苦，少苔舌红。	舒张血管、刺激分泌，流涕、流泪、舌润不渴。
胰岛	减少胰岛素分泌，血糖升高。	增加胰岛素分泌，血糖降低。
肝脏	促进糖原分解为葡糖并释放入血。	无作用。
肾上腺髓质	增加肾上腺素、去甲肾上腺素分泌，心率加快、血压上升、血糖增高。	无作用。
循环器官	心跳加快、心搏加强，内脏血管、皮肤血管、唾液腺、外生殖器官血管均收缩，脾包囊收缩，肌肉血管收缩（肾上腺素能）或舒张（胆碱能），肾脏缺血尿浓缩。	心跳减慢，心房收缩减弱，部分血管（如软脑膜动脉与分布于外生殖器的血管等）舒张，脉迟缓。

组织-器官-过程	交感神经兴奋	副交感神经兴奋
呼吸器官	支气管平滑肌舒张，分泌粘稠痰液，呼吸深快。	支气管平滑肌收缩，黏膜腺分泌多量清稀痰液，呼吸浅慢而痰多。
消化器官	分泌黏稠唾液，抑制胃肠运动，促进括约肌收缩，抑制胆囊活动。	分泌稀薄唾液，促进胃液、胰液分泌，胃肠蠕动增强，括约肌舒张，胆囊收缩。
泌尿生殖器官	促进肾小管重吸收，逼尿肌舒张、括约肌收缩而少尿，有孕子宫收缩，无孕子宫舒张。	逼尿肌收缩、括约肌舒张而多尿。
眼	虹膜辐射肌收缩，瞳孔扩大，睫状体辐射状肌收缩，睫状体增大。	上眼睑平滑肌收缩，虹膜环形肌收缩，瞳孔缩小，促使泪腺分泌。
皮肤	竖毛肌收缩，汗腺分泌。	无作用。
代谢	促进糖原分解，促进肾上腺髓质分泌。	促进胰岛素分泌。
情绪	情绪亢进，兴奋、愤怒等阳性情绪主导，心率加速、血压上升、胃肠运动抑制、脚掌出汗，红细胞计数增加，血糖浓度上升，呼吸加深加快。	情绪抑制、敏感，忧虑、悲伤等阴性情绪主导；焦急使排尿、排便次数加频，忧虑使消化液分泌加多，悲伤则流泪，受惊则心率减慢。
免疫反应	去甲肾上腺素能抑制免疫反应。	乙酰胆碱、脑啡肽增强免疫反应，β-内啡肽促进，或抑制免疫反应。
内分泌与免疫	促肾上腺皮质激素、雌激素、孕激素和雄激素均抑制免疫反应；糖皮质激素一般也抑制免疫反应。	促甲状腺素释放激素、促甲状腺素、甲状腺激素、生长激素均有增强免疫功能的作用。

附表3　主要激素的靶效应

激素	分泌-抑制	靶效应	备　　注
催产素	阴道、乳头刺激分泌。	收缩子宫以利于精子运输、胎儿娩出、乳房射乳。	增加周围血管阻力、提高心率，大剂量时抗利尿。
雌激素	雌激素和孕激素主要由卵巢合成、分泌。排卵前的雌激素主要由卵泡内膜分泌，排卵后的雌激素和孕激素主要由黄体细胞分泌，其分泌的功能随着卵巢功能周期性变化而波动。	促使子宫内膜发育、增生，肌肉变厚，血运增加，收缩力增强，增加子宫平滑肌对催产素的敏感性。使子宫颈口松弛，宫颈黏液分泌增加。促进输卵管发育，加强输卵管节律性收缩的振幅。使阴道上皮细胞增生和角化，阴唇发育丰满。使乳腺管增生，乳头、乳晕着色。促进其他第二性征的发育。	雌激素对卵泡发育是必需的，对代谢也有一定作用，能保留钠水，使总胆固醇下降，防止冠状动脉硬化症。雌激素还能促进骨钙沉积，在青春期使骨骼闭合，而绝经后易产生骨质疏松。
抗利尿激素	水肿、血量减少、血压降低、血管收缩素Ⅱ、疼痛、应激、恶心、呕吐刺激分泌；体液减少、血量增多、血压升高、心房钠尿肽升高、乙醇抑制分泌。	主要作用就是通过控制排尿，调节血容量和血压，分泌增多时，排出浓缩尿，减少时，排出大量稀释尿。	血量过多时，左心房扩张，刺激感受器，冲动经迷走神经传入中枢，抑制下丘脑-垂体后叶系统释放抗利尿激素引起排尿；血量减少时则反之。严重失血时，抗利尿激素的合成和释放大量增加，抗利尿激素还能使血管平滑肌收缩，血管床容量减少，外周阻力增加，从而维持血压。此外，动脉血压升高，刺激颈动脉窦压力感受器，可反射性地抑制抗利尿激素的释放；心房钠尿肽可抑制抗利尿激素分泌；血管紧张素Ⅱ、疼痛刺激和精神紧张则可刺激其分泌。

激素	分泌-抑制	靶效应	备 注
生长激素	氨基酸刺激分泌；葡糖、脂肪酸抑制分泌。	促进肝产生生长激素介质，引起生长期的骨骺软骨形成，从而使躯体增高。促进糖元分解，使血糖升高。促进脂肪分解，使血中游离脂肪酸升高。	生长抑素：存在于中枢、胰脏D细胞（占90%）、胃肠道神经系统、胃黏膜，可抑制胃酸分泌、胃肠道分泌蠕动、胰重碳酸盐和胰酶分泌，降低内脏和肝门静脉血流量，明显减少胆汁分泌输出。
甲状腺素	T_3、T_4、生长抑素、多巴胺可反射性地刺激促甲状腺素分泌，使甲状腺激素释放，T_3、T_4合成，甲状腺增生。TSH分泌有昼夜节律性，清晨2~4时最高，以后渐降，午后6~8时最低。完全缺少TSH或TSH浓度基本不变的情况下，甲状腺自身也可根据碘供应的多少而调节甲状腺素的分泌。骤冷可提高T_3、T_4水平。	甲状腺激素可直接作用于心肌，使心肌收缩力增强，心率加快。能促进骨骼、中枢神经生长发育；使心排出量增加、肺CO_2排血和通气量增加；肾功能和尿素排出加强；Na^+、K^+、ATP增加。可抑制胰高血糖素、胃酸分泌，抑制胃肠运动。	甲状脉功能亢进症（简称甲亢）主要是交感亢进，表现为怕热多汗、多食善饥、体重下降；多言好动、紧张焦虑、易怒失眠，记忆力减退，手和眼睑震颤；心悸气短、心动过速，高压升高、低压降低；泄泻，严重时有肝肿大；女性月经减少或闭经，男性阳痿。甲亢经治疗、桥本甲状腺炎、1型糖尿病、白癜风常发展成亚临床甲状腺功能减退症（简称甲减），表现为高脂血症，心率加快，心肌收缩力增强，认知、情绪改变，或抑郁。亚临床甲减可发展为甲减，表现为面苍白，眼睑和颊部肿，皮肤干燥增厚、粗糙脱屑，毛发脱落，手脚掌萎黄，体重增加；表情淡漠痴呆，记忆减退，智力低下，嗜睡，反应迟钝，头晕头痛，耳鸣耳聋，眼球震颤，共济失调，甚至痴呆，木僵，昏睡；心动过缓，输出减少，血压低，心脏扩大；厌食、腹胀、便秘，甚至患肠梗阻；胆囊收缩减弱胀大，贫血；肌肉痿软、疼痛强直，或伴关节病变；女性月经过多，或闭经不育，男性阳痿，性欲减退。

附表4　肾上腺激素的靶效应

激素		分泌-抑制	靶效应	备　　注
肾上腺激素	皮质醇	压力、紧张、节食、睡眠不足刺激分泌。	消瘦、血糖升高、脂肪沉积，形成"豆芽菜体型"；食欲增加、体重上升、性欲减退、极度疲劳；胰岛素释放增加、骨质疏松、免疫低下、尿浓缩（保钾排钠）；与去甲肾上腺素共同维持动脉张力、血压，及神经兴奋。	原发性慢性肾上腺皮质功能减退即艾迪生病，是由于肾上腺受损，使皮质醇分泌减少所致，外症可见全身皮肤色素加深，伴轻度倦怠、易怒、体重减轻、四肢肌力下降、喜食高盐食物、恶心呕吐、直立性低血压。
	肾上腺雄激	男性主要由睾酮刺激分泌；女性的雄激素来自肾上腺和卵巢。	可促进外生殖器成熟发育；决定第二性征形成，如皮脂腺肥大、发际线后退、阴毛、体毛生长，胡须生长；通过肝促进氨基酸合成，进而促进骨骼、肌肉生长。	男子中年雄激素减少，体毛脱落、肌肉松弛、精力衰退、性欲降低、阳痿，伴神经紧张、易怒、失眠、过度出汗、甚至潮热症状。雄激素对女性的作用是合成雌激素前体，维持女性正常生殖功能，保持女性阴毛、腋毛、肌肉及全身的正常发育，促进青春期少女迅速生长。但如果雄激素过多，女性卵巢功能将受到抑制而闭经，甚至导致男性化，使内分泌失调，引起，多毛。
	醛固酮	细胞外液量、血量减少，高血钾、肾素、血管紧张素Ⅱ，都可刺激分泌。心脏分泌的心房钠尿肽可抑制分泌。	使水钠潴留，增加细胞外液和血量，可引发水肿和血压升高；使 K^+、H^+ 排出；使汗液、唾液分泌，肠失水钠，大便干枯。	醛固酮缺乏时则钠水排出过多，血钠减少，血压降低，而尿钾排出减少，血钾升高。盐皮质激素也可增强血管平滑肌对儿茶酚胺的敏感性，且作用比糖皮质激素更强。

激素		分泌-抑制	靶效应	备 注
肾上腺激素	肾上腺髓质激素	包括肾上腺素和去甲肾上腺素。髓质其实是交感神经的节后部分。	肾上腺素：使心排血量增加、基础代谢率增高、支气管扩张、抑制肠运动、使肝脏分解糖原产生高血糖，使中枢兴奋，脂肪分解。 去甲肾上腺素：显著升高血压，促进脂肪分解，也能有限地提高基础代谢率。	肾上腺素能受体主要有 α 和 β 两种，而 β 受体又可分为 $β_1$、$β_2$、$β_3$。$β_1$ 受体主要在心脏，$β_2$ 受体主要在皮肤、肾、脾、胃肠、肝脏、骨骼肌、冠脉血管，$β_3$ 受体主要在脂肪组织。α 受体兴奋引起缩血管收缩；β 受体兴奋则产生强心效应；$β_2$ 受体兴奋则舒张血管。 肾上腺素可激活 α、β 两种受体，但对 β 受体的作用更强。其作用于心肌细胞膜 $β_1$ 受体的效应，与心脏交感神经的作用一样；作用于皮肤、肾脏、脾、肠胃等内脏血管的 α 受体能引起血管收缩；作用于骨骼肌、冠状动脉血管的 β 受体，则舒张血管。所以，肾上腺素的作用主要是增强输出，选择性地加强骨骼肌、冠状动脉灌注，减少皮肤、肾、肝、脾、肠胃灌输。 去甲肾上腺素对 α 受体有强大激动作用，对 $β_1$ 受体作用较弱，对 $β_2$ 受体几乎无作用。在整体条件下，由于强烈的缩血管效应使外周阻力明显增高，心排血量因外周阻力增加而下降．血压升高又可反射性地引起心率减慢。甚至导致心律失常。α 受体的收缩血管作用以皮肤、粘膜最为明显，其次使肾、脑、肝、肠系膜、骨骼肌血管，冠动脉状血管可因心脏兴奋产生大量腺苷等代谢产物而舒张。所以，去甲肾上腺素的作用主要是收缩外周，加强回血，不改变，甚至减少心输出。

附表 5　体质与患病倾向

体质类型	表　现　特　征
平和质 （A型）	**总体特征**：阴阳气血调和，以体态适中、面色红润、精力充沛等为主要特征。 **形体特征**：体形匀称健壮。 **常见表现**：面色、肤色润泽，头发稠密有光泽，目光有神，鼻色明润，嗅觉通利，唇色红润，不易疲劳，精力充沛，耐受寒热，睡眠良好，胃纳佳，二便正常，舌色淡红，苔薄白，脉和缓有力。 **心理特征**：性格随和开朗。 **发病倾向**：平素患病较少。 **对外界环境适应能力**：对自然环境和社会环境适应能力较强。
气虚质 （B型）	**总体特征**：元气不足，以疲乏、气短、自汗等气虚表现为主要特征。 **形体特征**：肌肉松软不实。 **常见表现**：平素语音低弱，气短懒言，容易疲乏，精神不振，易出汗，舌淡红，舌边有齿痕，脉弱。 **心理特征**：性格内向，不喜冒险。 **发病倾向**：易患感冒、内脏下垂等病；病后康复缓慢。 **对外界环境适应能力**：不耐受风、寒、暑、湿邪。
阳虚质 （C型）	**总体特征**：阳气不足，以畏寒怕冷、手足不温等虚寒表现为主要特征。 **形体特征**：肌肉松软不实。 **常见表现**：平素畏冷，手足不温，喜热饮食，精神不振，舌淡胖嫩，脉沉迟。 **心理特征**：性格多沉静、内向。 **发病倾向**：易患痰饮、肿胀、泄泻等病；感邪易从寒化。 **对外界环境适应能力**：耐夏不耐冬；易感风、寒、湿邪。
阴虚质 （D型）	**总体特征**：阴液亏少，以口燥咽干、手足心热等虚热表现为主要特征。 **形体特征**：体形偏瘦。 **常见表现**：手足心热，口燥咽干，鼻微干，喜冷饮，大便干燥，舌红少津，脉细数。 **心理特征**：性情急躁，外向好动，活泼。 **发病倾向**：易患虚劳、失精、不寐等病；感邪易从热化。 **对外界环境适应能力**：耐冬不耐夏；不耐受暑、热、燥邪。
痰湿质 （E型）	**总体特征**：痰湿凝聚，以形体肥胖、腹部肥满、口黏苔腻等痰湿表现为主要特征。 **形体特征**：体形肥胖，腹部肥满松软。 **常见表现**：面部皮肤油脂较多，多汗且黏，胸闷，痰多，口黏腻或甜，喜食肥甘甜黏，苔腻，脉滑。 **心理特征**：性格偏温和、稳重，多善于忍耐。 **发病倾向**：易患糖尿病、脑卒中、胸痹等病。 **对外界环境适应能力**：对梅雨季节及湿重环境适应能力差。

体质类型	表 现 特 征
湿热质 （F型）	总体特征：湿热内蕴，以面垢油光、口苦、苔黄腻等湿热表现为主要特征。 形体特征：形体中等或偏瘦。 常见表现：面垢油光，易生痤疮，口苦口干，身重困倦，大便黏滞不畅或燥结，小便短黄，男性易阴囊潮湿，女性易带下增多，舌质偏红，苔黄腻，脉滑数。 心理特征：容易心烦急躁。 发病倾向：易患疮疖、黄疸、热淋等病。 对外界环境适应能力：对夏末秋初湿热气候，湿重或气温偏高环境较难适应。
血瘀质 （G型）	总体特征：血行不畅，以肤色晦黯、舌质紫黯等血瘀表现为主要特征。 形体特征：胖瘦均见。 常见表现：肤色晦黯，色素沉着，容易出现瘀斑，口唇黯淡，舌黯或有瘀点，舌下络脉紫黯或增粗，脉涩。 心理特征：易烦，健忘。 发病倾向：易患癥瘕及痛证、血证等。 对外界环境适应能力：不耐受寒邪。
气郁质 （H型）	总体特征：气机郁滞，以神情抑郁、忧虑脆弱等气郁表现为主要特征。 形体特征：形体瘦者为多。 常见表现：神情抑郁，情感脆弱，烦闷不乐，舌淡红，苔薄白，脉弦。 心理特征：性格内向不稳定、敏感多虑。 发病倾向：易患脏躁、梅核气、百合病及郁证等。 对外界环境适应能力：对精神刺激适应能力较差；不适应阴雨天气。
特禀质 （I型）	总体特征：先天失常，以生理缺陷、过敏反应等为主要特征。 形体特征：过敏体质者一般无特殊；先天禀赋异常者或有畸形，或有生理缺陷。 常见表现：过敏体质者常见哮喘、风团、咽痒、鼻塞、喷嚏等；患遗传性疾病者有垂直遗传、先天性、家族性特征；患胎传性疾病者具有母体影响胎儿个体生长发育及相关疾病特征。 心理特征：随禀质不同情况各异。 发病倾向：过敏体质者易患哮喘、荨麻疹、花粉症及药物过敏等；遗传性疾病如血友病、先天愚型等；胎传性疾病如五迟（立迟、行迟、发迟、齿迟和语迟）、五软（头软、项软、手足软、肌肉软、口软）、解颅、胎惊等。 对外界环境适应能力：适应能力差，如过敏体质者对易致过敏季节适应能力差，易引发宿疾。

注：参阅中华中医药学会合著，中国中医药出版社出版，2009 年版《中医体质分类与判定》

附表6 脏腑六系与伤寒六经比较

	脏腑六系	伤寒六经
名称与表里次第	自表及里：水系→气系→血系→火系→神系→精系	自表及里：太阳→阳明→少阳→太阴→少阴→厥阴
涉及脏腑、经脉	水系：外水系包括肾系－膀胱；内水系包括肺－心主－小肠－大肠； 气系：胃－脾－肺－心主；大肠－肾－膀胱；胃气－肾气－元气； 阳系转枢：肝－胆－心主－三焦；大肠－小肠； 血系：脾系－胃系－肺系－心主；大肠－小肠；上下冲脉 火系：肾气－肝系－胆－胃－脉宗气；大肠－小肠；督脉； 阴系转枢：督脉－肾－膀胱；肝、肺；心神－心主－小肠－三焦； 神系：心神明，阴神魄，阳神魂，脾神意，肾神志；命门元气－奇经八脉； 精系：脑－脊髓；中枢－中枢轴系；诸调节体液；中枢－外周轴系；	小肠、膀胱－胃、大肠－三焦、胆－肺、脾－心、肾－心主、肝
支持关系	精系支持神系，神系支持四系；火系支持血系，血系支持气系，气系支持水系；	阳系关系：阳明支持太阳；少阳支持太阳、阳明、太阴； 阴系关系：太阴支持阳明；少阴支持太阴、厥阴、太阳；厥阴支持少阳、太阳； 标本关系：少阴支持太阳，太阴支持阳明，厥阴支持少阳 阴阳关系：阴系支持阳系，阳系支持阴系；

图书在版编目（CIP）数据

岐黄思辨录 / 洪泉著. -- 长沙 ： 湖南科学技术出版社，2021.9
ISBN 978-7-5710-0987-8

Ⅰ．①岐… Ⅱ．①洪… Ⅲ．①中国医药学 Ⅳ.①R2

中国版本图书馆 CIP 数据核字(2021)第 109890 号

QIHUANG SIBIAN LU
岐黄思辨录

著　　者：洪　泉
责任编辑：王跃军
出版发行：湖南科学技术出版社
社　　址：长沙市芙蓉中路一段 416 号泊富国际金融中心
网　　址：http://www.hnstp.com
湖南科学技术出版社天猫旗舰店网址：
　　　　　http://hnkjcbs.tmall.com
邮购联系：本社直销科 0731-82194012
印　　刷：长沙市宏发印刷有限公司
　　　　　（印装质量问题请直接与本厂联系）
厂　　址：长沙市开福区捞刀河大星村 343 号
邮　　编：410153
版　　次：2021 年 9 月第 1 版
印　　次：2021 年 9 月第 1 次印刷
开　　本：787mm×1092mm　1/16
印　　张：28.5
字　　数：382 千字
书　　号：ISBN 978-7-5710-0987-8
定　　价：89.00 元